Monstros
Triviais

J.M. Miro

Monstros Triviais

Tradução de Raquel Zampil

Título original
ORDINARY MONSTERS

Copyright do texto © 2022 *by* Ides of March Creative Inc.
Todos os direitos reservados.

Direitos para a língua portuguesa reservados
com exclusividade para o Brasil à
EDITORA ROCCO LTDA.
Rua Evaristo da Veiga, 65 – 11º andar
Passeio Corporate – Torre 1
20031-040 – Rio de Janeiro – RJ
Tel.: (21) 3525-2000 – Fax: (21) 3525-2001
rocco@rocco.com.br
www.rocco.com.br

Printed in Brazil/Impresso no Brasil

Preparação de originais
PEDRO KARP VASQUEZ

CIP-Brasil. Catalogação na publicação.
Sindicato Nacional dos Editores de Livros, RJ.

M653m

Miro, J. M.
    Monstros triviais / J. M. Miro ; tradução Raquel Zampil. – 1. ed. – Rio de Janeiro : Rocco, 2022.

    Tradução de: Ordinary monsters
    ISBN 978-65-5532-301-6
    ISBN 978-65-5595-155-4 (e-book)

    1. Ficção americana. I. Zampil, Raquel. II. Título.

22-79514   CDD: 813
                    CDU: 82-3(73)

Meri Gleice Rodrigues de Souza – Bibliotecária – CRB-7/6439

O texto deste livro obedece às normas do
Acordo Ortográfico da Língua Portuguesa.

Este livro é uma obra de ficção. Todos os personagens, organizadores e acontecimentos retratados são produtos da imaginação do autor, foram usados de forma fictícia.

Para Dave Balchin

E, quando os homens já não podiam sustentá-los,
os gigantes voltaram-se contra eles
e devoraram a humanidade.

— O LIVRO DE ENOQUE

A Coisa na Escada de Pedras

1874

1

Crianças Perdidas

A primeira vez que Eliza Grey pôs os olhos no bebê foi num fim de tarde, em um vagão de carga que se deslocava lentamente no trecho da ferrovia varrido pela chuva, a cinco quilômetros de Bury St. Edmunds, em Suffolk, Inglaterra. Aos dezesseis anos, ela era analfabeta, inexperiente, tinha olhos escuros como a chuva, estava faminta, pois não se alimentava fazia dois dias, e não usava casaco nem chapéu, porque fugira no meio da noite sem pensar para onde poderia ir ou o que poderia fazer. No pescoço ainda tinha as marcas dos polegares de seu patrão, e nas costelas os hematomas causados pelas botas dele. Em seu ventre crescia o filho do homem, embora ela ainda não soubesse disso. Ela o deixara morto, de pijamas, com um grampo espetado no olho.

Desde então estava fugindo. Quando saiu aos tropeços de entre as árvores e avistou do outro lado do campo, que mergulhava nas sombras, o trem de carga se aproximando, não pensou que conseguiria. Mas, de alguma forma, ela se viu escalando a cerca, atravessando o campo cheio d'água, a chuva congelante fustigando-a de lado e a lama escorregadia e pesada do aterro sujando suas saias, enquanto ela caía, descia escorregando e se agarrava freneticamente à encosta para voltar a avançar.

E então ouviu os cães. Viu os cavaleiros surgirem do meio das árvores, figuras escuras, uma após a outra após a outra, em fila única por trás da cerca, os cães pretos soltos, latindo e disparando à frente. Ela viu os homens esporearem os cavalos, lançando-os em um galope, e, quando agarrou a alça do vagão de carga e, com suas últimas forças, içou o corpo, entrando no vagão, ouviu a explosão de um rifle, e alguma coisa passou faiscando diante de seu rosto; ela se virou e viu o cavaleiro com a cartola, o tenebroso pai do homem morto. Ele se erguia nos estribos, ajustando novamente a mira, e ela rolou, desesperada, no meio da palha para se afastar da porta, ficando ali deitada, ofegante, na escuridão, enquanto o trem ganhava velocidade.

Ela devia ter dormido. Quando acordou, o cabelo estava colado no pescoço, o piso do vagão chacoalhando e vibrando debaixo dela, a chuva entrando pela lateral aberta. Mal conseguia distinguir as paredes formadas por caixotes amarrados, nas quais se via o carimbo da Greene King, e um pallet de madeira virado no meio da palha.

Havia algo mais, uma espécie de luz que brilhava fora do seu campo de visão, leve, o azul nítido de um relâmpago se refletindo nas nuvens. Mas, quando rastejou até lá, viu que não se tratava de uma luz. Era um bebê, um menininho, brilhando em meio à palha.

A vida inteira ela se lembraria daquele momento. Como o rostinho do bebê cintilava com um azul translúcido, como se uma lanterna queimasse sob sua pele. O mapa das veias nas bochechas, nos braços e no pescoço.

Arrastando-se, ela se aproximou um pouco mais.

Perto do bebê, jazia a mãe, uma mulher de cabelos pretos, morta.

O que governa uma vida, senão o acaso?

Eliza observou o brilho na pele da criaturinha se dissipar lentamente até desaparecer. Naquele momento, o que ela fora e o que ela viria a ser estendia-se à sua frente e às suas costas em uma única linha, longa e contínua. Ela ficou de quatro sobre a palha, oscilando com o vagão, sentindo o coração desacelerar, e quase poderia pensar que tudo não passava de um sonho, aquele brilho azul, quase poderia pensar que a luz que persistia em suas pálpebras era apenas cansaço e medo e a dor de uma vida de fugitiva abrindo-se diante dela. Quase.

— Ah, o que você é, pequenino? — murmurou ela. — De onde você vem?

Ela mesma não tinha nada de especial nem inteligente. Era pequena como um passarinho, com um rosto estreito e magro, olhos grandes demais e cabelos castanhos e ásperos como grama seca. Sabia que não era importante, ouvira isso desde garotinha. Se sua alma pertencia a Jesus no outro mundo, neste sua carne pertencia a quem a alimentasse, vestisse e lhe desse abrigo. O mundo era assim. Mas enquanto a chuva fria caía ruidosamente e passava veloz pelo ramal aberto da ferrovia e ela segurava o bebê junto ao peito, a exaustão se abrindo à sua frente como uma porta para a escuridão, foi surpreendida pelo que sentia, pelo quanto foi repentino, descomplicado e feroz. Parecia raiva, e era tão desafiador quanto, mas não era raiva. Nunca em sua vida havia segurado algo tão indefeso e tão despreparado para o mundo. Eliza começou a chorar. Chorava pelo bebê, por si mesma e pelo que não podia desfazer, e depois de algum tempo, quando suas lágrimas haviam se esgotado, ficou simplesmente segurando o bebê e olhando a chuva lá fora.

Eliza Mackenzie Grey. Esse era o seu nome, ela sussurrou para o bebê repetidamente, como se fosse um segredo. Não acrescentou: *Mackenzie do meu pai, um homem bom levado pelo Senhor cedo demais.* E não disse: *Grey daquele com quem mamãe se casou depois, um homem grande como o meu pai, bonito como o diabo com um violino, que falava de um jeito doce que mamãe pensou que gostasse, mas que não era como suas palavras.* O charme daquele homem desaparecera na bebida poucas semanas após a noite de núpcias, e então as garrafas começaram a rolar sob os pés no mísero cortiço em que moravam ao norte, em Leicester, e ele passou a abusar de Eliza nas manhãs, de uma forma que ela, apenas uma menina, não compreendia, e que a machucava e fazia sentir vergonha. Quando foi vendida como doméstica aos treze anos, foi sua mãe quem tratou a venda, sua mãe quem a mandou para a agência, de olhos secos e lábios pálidos como a morte, qualquer coisa para tirá-la de perto daquele homem.

E agora esse outro homem — seu patrão, herdeiro de mercadores de açúcar, com seus coletes elegantes, relógios de bolso e suíças bem aparadas — a havia chamado a seu estúdio e perguntado o seu nome, embora a essa altura ela já trabalhasse na casa havia dois anos. E, duas noites atrás, batera suavemente na porta do quarto dela, levando na mão um pires com uma vela, e fechara a porta ao passar, antes que ela pudesse se levantar da cama, antes que pudesse sequer perguntar o que estava acontecendo. Agora ele estava caído, morto, a quilômetros dali, no chão do quarto dela, em uma poça de sangue escuro.

Morto pelas mãos dela.

No leste, o céu já empalidecia. Quando o bebê começou a chorar de fome, Eliza tirou o único alimento que tinha, uma casca de pão envolta em um lenço, mastigou um pedacinho para amolecer e então o passou para o bebê, que o sugou avidamente, os olhos arregalados observando os dela o tempo todo. Sua pele era tão pálida que Eliza podia ver as veias azuis por baixo dela. Em seguida, ela rastejou e tirou da anágua da mãe morta um pequeno maço de notas de libra e uma pequena bolsa de moedas e, com dificuldade, despiu e rolou a mãe, livrando-a de suas roupas externas. Em seu pescoço havia um cordão de couro com duas pesadas chaves pretas. Eliza não se preocupou com elas. As saias cor de malva eram longas, e ela teve de dobrar a cintura para caber; quando terminou, murmurou uma prece para os mortos. A mulher morta era clara, corpulenta, tudo que Eliza não era, com cabelos negros e espessos, mas havia cicatrizes em seus seios e costelas, formando queloides, não como queimaduras ou marcas de varíola, era mais como se a carne tivesse derretido e cicatrizado daquele jeito, e Eliza não queria imaginar o que as havia causado.

As roupas novas eram mais macias do que as dela, mais elegantes. À luz do amanhecer, quando o trem de carga diminuiu a velocidade em uma passagem de nível, ela saltou com o bebê nos braços e caminhou pelos trilhos até a primeira plataforma que encontrou. Ficava em um vilarejo chamado Marlowe, e por ser um nome tão bom quanto outro qualquer, ela deu ao bebê também o nome de Marlowe, e, na única casa de cômodos próxima à velha estalagem, pagou por um quarto e se deitou nos lençóis limpos sem nem mesmo tirar as botas, a cálida maciez do bebê junto ao seu peito, e juntos dormiram por muito tempo.

De manhã, ela comprou uma passagem de terceira classe para Cambridge e, de lá, ela e o bebê seguiram para o sul, para King's Cross, para a fumaça da Londres mais sombria.

O dinheiro roubado não durou. Em Rotherhithe, ela contou a história de que seu jovem marido tinha morrido em um acidente de carroça e que ela estava procurando emprego. Na Church Street, encontrou trabalho e alojamento em um pub junto ao proprietário e sua mulher, e por um tempo ficou feliz. Ela não se importava com o trabalho duro, em esfregar o chão, empilhar os potes, pesar e peneirar a farinha e o açúcar dos barris. Descobriu até que tinha uma boa cabeça para as contas. E, aos domingos, atravessava toda Berdmondsey, levando o bebê para Battersea Park, para o grande gramado que havia ali, de onde mal dava para ver o Tâmisa através da névoa, e juntos os dois pulavam descalços nas poças, fazendo a água espirrar, e jogavam pedras nos gansos enquanto os pobres errantes tremeluziam como luz de velas nos caminhos. A essa altura sua barriga estava quase aparecendo, e ela vivia o tempo todo preocupada, pois sabia que estava grávida de seu antigo patrão, até que certa manhã, agachada sobre o penico, sentiu uma forte cólica e algo vermelho e escorregadio saiu e, por mais intensa que tenha sido a dor, foi o fim daquele problema.

Então, em uma noite escura de junho, uma mulher a parou na rua. O fedor do Tâmisa no ar era quase palpável. Nessa época, Eliza estava trabalhando como lavadeira em Wapping, mal ganhando o suficiente para comer, e ela e o bebê dormiam embaixo de um viaduto. Seu xale estava esfarrapado e suas mãos de ossos finos, manchadas, vermelhas e feridas. A mulher que a deteve era enorme, quase uma giganta, com ombros de lutador, cabelos grisalhos e grossos presos em uma trança que caía pelas costas e olhos muito pequenos e pretos, como os botões polidos de um bom par de botas. Seu nome, disse ela, era Brynt. Falava com um sotaque americano forte e claro. Disse que sabia que era uma visão e tanto, mas que Eliza e o bebê não precisavam se assustar, pois entre eles não tinha diferença alguma, por mais oculta que pudesse ser, e não era essa a maravilha da mão de Deus no mundo? Ela havia trabalhado durante anos em espetáculos secundários, e sabia o efeito que podia causar em uma pessoa, mas agora seguia o bom reverendo Walker no Turk's Head Theatre e, que lhe perdoasse o atrevimento, mas Eliza já tinha sido salva?

E, quando Eliza ficou muda, a encarando, aquela mulher enorme, Brynt, puxou para trás o capuz para ver o rosto do bebê, e Eliza sentiu um terror súbito, como se Marlowe pudesse não ser ele mesmo, como se talvez houvesse algo de errado com ele, e então o afastou dela. Mas ali estava apenas o bebê, sorrindo sonolento. Foi nesse momento que Eliza avistou as tatuagens que cobriam as mãos da mulher enorme, subindo e desaparecendo sob as mangas, como um marinheiro recém-chegado das Índias Orientais. Criaturas entrelaçadas, rostos monstruosos. Havia tatuagens no pescoço da mulher também, como se seu corpo inteiro fosse colorido.

— Não tenha medo — disse Brynt.

Mas Eliza não estava com medo; ela apenas nunca vira alguém assim.

Brynt a conduziu em meio ao nevoeiro por um beco e atravessaram um pátio encharcado que levava a um teatro decrépito debruçado sobre o rio lamacento. Lá dentro, o ambiente era enfumaçado e escuro. O salão era pouco maior que um vagão de trem. Ela viu o bom reverendo Walker em camisa de botão e colete andando de um lado para o outro do palco, a luz das velas brincando em seu rosto, enquanto ele falava aos gritos com uma multidão de marinheiros e prostitutas sobre o apocalipse iminente, e quando o sermão chegou ao fim ele começou a vender seus elixires, unguentos e pomadas. Mais tarde Eliza e o bebê foram levados para onde ele se encontrava sentado atrás de uma cortina, enxugando a testa e o pescoço com uma toalha, um homem magro, na verdade pouco maior do que um menino. Seus cabelos eram grisalhos, os olhos antigos e ardentes. Os dedos macios tremiam enquanto ele desenroscava a tampa de seu láudano.

— Existe um único Livro de Cristo — disse ele com voz suave. Então ergueu os olhos vermelhos e cansados para ela. — No entanto, existem tantos tipos de cristãos quanto o número de pessoas que já pisaram nesta terra.

Ele fechou o punho e em seguida abriu bem os dedos.

— Os muitos vindos de um — sussurrou ele.

— Os muitos vindos de um — repetiu Brynt, como uma prece. — Estes dois não têm onde ficar, reverendo.

O reverendo resmungou, os olhos tornando-se vítreos. Era como se ele estivesse sozinho, como se houvesse esquecido Eliza completamente. Seus lábios se moviam silenciosamente.

Brynt a levou dali pelo cotovelo.

— Ele está cansado agora, só isso — disse. — Mas gosta de você, meu bem. De você e do bebê. Quer um lugar para dormir?

E eles ficaram. A princípio, por uma noite, então por um dia e depois até a semana seguinte. Ela gostava do jeito de Brynt com o bebê, e afinal eram só Brynt e o reverendo: Brynt cuidando do trabalho, o reverendo misturando seus elixires no velho teatro que rangia, *argumentando com Deus por trás de uma porta fechada*, como dizia Brynt. Eliza havia pensado que Brynt e o reverendo eram amantes, mas logo descobriu que o reverendo não tinha interesse em mulheres e, quando viu isso, sentiu imediatamente um grande alívio. Ela cuidava da limpeza e das compras e até de parte da comida, embora Brynt fizesse uma careta toda noite diante do cheiro da panela, e Eliza também varria o salão e ajudava a aparar as velas do palco, e diariamente refazia os bancos com tábuas e tijolos.

Estavam em outubro quando duas figuras entraram no teatro, sacudindo a chuva de seus sobretudos com gola de veludo. O mais alto dos dois correu a mão pela barba encharcada, os olhos ocultos sob a aba do chapéu.

Mas ainda assim ela o reconheceu. Era o homem que a tinha perseguido com os cães, em Suffolk. O pai de seu patrão morto.

Ela se encolheu junto à cortina, querendo desaparecer. Porém, não conseguia tirar os olhos dele, embora tivesse imaginado esse momento, sonhado com ele tantas vezes, acordando encharcada de suor, noite após noite. Ela ficou observando, incapaz de se mexer, enquanto ele contornava a multidão, estudando os rostos, e era como se ela estivesse ali só esperando que ele a encontrasse. No entanto, ele não olhou em sua direção. E tornou a se juntar a seu companheiro no fundo do teatro e desabotoou o sobretudo e tirou do bolso um relógio de ouro em uma corrente, como se estivesse atrasado para algum compromisso, e então os dois tornaram a sair para a escuridão de Wapping e Eliza, salva, voltou a respirar.

— Quem eram eles, criança? — perguntou Brynt mais tarde, em sua voz grave e reverberante, a luz da lamparina brincando em seus dedos tatuados. — O que eles te fizeram?

Eliza, porém, não podia dizer, não podia contar que fora ela quem fizera algo a eles; ela conseguiu apenas apertar mais o bebê e tremer. Sabia que não era uma coincidência e se deu conta naquele momento de que ele ainda estava atrás dela, que estaria para sempre. E todo o bem-estar que havia sentido aqui, com o reverendo e com Brynt, se foi. Ela não poderia ficar, não com eles. Não seria certo.

Mas Eliza não partiu, não de imediato. Até que, numa manhã cinzenta, carregando o balde de lavar roupa por Runyan's Court, Brynt veio ao seu encontro, tirou das grandes saias um papel dobrado e o entregou a ela. Havia um bêbado dormindo na sujeira do calçamento. Com a roupa pendurada em um varal, Eliza abriu o papel e viu sua própria imagem olhando para ela.

Era um anúncio publicado em um jornal. Um aviso de recompensa, pela captura de uma assassina.

Eliza, que não sabia ler, disse apenas:

— É o meu nome aí?

— Ah, meu bem — disse Brynt suavemente.

E Eliza então contou a ela, contou tudo, bem ali naquele pátio sombrio. As palavras saíam hesitantes a princípio, e então começaram a jorrar e, enquanto falava, ela percebeu que era um alívio, não se dera conta do quanto fora difícil manter aquele segredo. Ela falou do homem de pijamas, o fogo da vela nos olhos dele, a fome que havia ali, e como doera e continuara a doer até ele acabar, e como as mãos dele cheiravam a loção e que, em meio à dor, ela havia procurado a cômoda e encontrado... *alguma coisa*, um objeto afiado sob os dedos, e que o atacara com ele, e só vira o que fizera depois de empurrá-lo de cima dela. Ela contou também do vagão de carga e da lanterna que não era uma lanterna e como o bebê olhara para ela naquela primeira noite, e contou até que pegara o dinheiro da mãe morta, e as roupas boas de seu corpo que já estava enrijecendo. E, quando acabou, viu Brynt desinflar as bochechas e se sentar pesadamente em um balde emborcado, com a barriga se dobrando sobre os grandes joelhos e os olhos fechados com força.

— Brynt? — disse ela, assaltada de repente pelo medo. — É uma recompensa muito grande, a que eles estão oferecendo?

Com isso, Brynt ergueu as mãos tatuadas e olhou de uma para a outra, como se quisesse desvendar algum enigma ali.

— Eu pude ver em você — disse ela baixinho —, no primeiro dia, quando a encontrei ali na rua. Pude ver que havia alguma coisa.

— É uma recompensa muito grande, Brynt? — perguntou mais uma vez.

Brynt assentiu.

— O que você pretende fazer? Vai contar ao reverendo?

Brynt ergueu os olhos para ela. E sacudiu a imensa cabeça lentamente.

— Este mundo é um lugar grande, meu bem. Há quem pense que, se você for longe o bastante, pode fugir de qualquer coisa. Até mesmo dos próprios erros.

— É... é isso que você pensa?

— Ah, faz dezoito anos que estou fugindo. Você só não pode fugir de si mesma.

Eliza enxugou os olhos, passou a parte posterior do pulso no nariz.

— Eu não queria fazer aquilo — sussurrou ela.

Brynt assentiu, olhando o papel na mão de Eliza. Ela começou a se afastar, então parou.

— Às vezes os canalhas simplesmente merecem — disse ferozmente.

Enquanto isso, Marlowe, com seus cabelos negros, crescia. Sua pele permanecia estranhamente branca, uma palidez que parecia doentia, como se ele nunca tivesse visto a luz do sol. No entanto, ele se tornou um garotinho doce, com um sorriso capaz de fazer se abrir uma bolsa e olhos tão azuis quanto o céu de Suffolk. Mas de vez em quando havia nele alguma coisa, uma impertinência, e à medida que ele crescia Eliza às vezes o via torcer o rosto de fúria e bater o pé quando as coisas não saíam do seu jeito, e ela já havia se perguntado que espécie de demônio morava dentro do menino. Nessas ocasiões, ele gritava e berrava e agarrava o que quer que estivesse mais perto, um pedaço de carvão, um tinteiro, qualquer coisa, e despedaçava. Brynt tentou lhe dizer que esse era um comportamento normal em uma criança, que todas elas, aos dois anos, passavam por isso, que não havia nada de errado com ele, mas Eliza não tinha tanta certeza assim.

Pois houve aquela noite na St. Georges Street, quando ele quis alguma coisa — o que era mesmo, um doce de alcaçuz na vitrine de uma loja? — e Eliza, talvez cansada, ou apenas distraída, tinha lhe dito não, com firmeza, e o puxado pela mão, levando-o dali, abrindo caminho em meio à multidão. Havia uma grande escada de pedras descendo para a Bolt Alley, e ela o arrastou até lá. "Eu quero! Eu quero!", chorava ele. E então dirigira a ela um olhar sombrio e venenoso. E ela sentira um calor surgir na palma da mão e nos dedos onde ela segurava os dele, e se detivera no meio da escada de pedras, à luz fraca e amarela de um lampião a gás acima deles, e vira aquele mesmo brilho azul saindo dele, e uma dor excruciante tomou conta de sua mão. Marlowe olhava para ela com raiva, vendo seu rosto se contorcer em agonia. Ela gritara e o empurrara, e ali, nas sombras, havia uma figura encapuzada ao pé da escada de pedras, que se virou e olhou para eles, imóvel como uma pilastra de escuridão. A figura, porém, não tinha rosto, apenas fumaça, e ela estremeceu ao vê-la...

Então a raiva de Marlowe se foi, e o brilho azul desapareceu. Ele olhava para ela de onde havia caído em meio à sujeira, o olhar confuso, o medo contorcendo seu rostinho pálido, e começou a chorar. Ela levou a mão machucada ao peito, enrolou-a no xale e puxou a criança para perto com o braço bom, cantando baixinho, sentindo ao mesmo tempo vergonha e medo, e correu os olhos à sua volta, mas a coisa no pé da escada havia sumido.

Então Marlowe já estava com seis anos e eles haviam perdido o teatro em Wapping para os credores e estavam todos morando em um quarto miserável na Flower and Dean Street, em Spitalfields, mas a Eliza parecia que talvez Brynt estivesse errada, talvez fosse possível fugir de seus erros, afinal. Fazia dois anos que os anúncios nos jornais tinham deixado de aparecer. De Spitalfields, Eliza descia até o Tâmisa para mergulhar na lama grossa e pegajosa do rio na maré baixa em busca de objetos de valor, Brynt sendo pesada demais para dar conta, Marlowe ainda muito novo. Mas ele corria ao lado das carroças de carvão nas ruas enevoadas, catando pedrinhas de carvão caídas nas pedras do calçamento, passando sob as patas dos cavalos e esquivando-se das rodas reforçadas com ferro, enquanto Brynt se mantinha atrás das balizas, vigiando-o com olhos preocupados. Eliza não gostava de quase nada de Spitalfields, um lugar escuro e cruel, mas gostava da maneira como Marlowe sobrevivia a ele, da dureza que se formava no menino, da maneira como aprendia a ser vigilante, seus grandes olhos escurecidos pelo entendimento. E às vezes, à noite, ele ainda se acomodava no colchão infestado de insetos ao lado dela, e dava para ouvir seu coração batendo muito rápido, como quando ele era um bebê, descomplicado, doce e bom.

Mas nem sempre. Na primavera daquele ano ela o encontrara agachado em um beco cheio de lixo, saindo da Thrawl Street, segurando o pulso esquerdo com a mão direita, e aquele brilho começou em suas mãos, no pescoço e no rosto, assim como acontecera tantos anos atrás. O brilho era azul e atravessava o nevoeiro. Quando ele afastou a mão, a pele estava borbulhando e se desfazendo. Mas foi só por um momento. Depois ficou lisa outra vez, voltando ao normal. Involuntariamente, Eliza gritou, não pôde evitar, e Marlowe se virou, a expressão de culpa, abaixou a manga e, como num passe de mágica, o brilho sumiu.

— Mamãe...? — disse ele.

Estavam sozinhos naquele beco, mas Eliza podia ouvir as carroças rangendo a menos de dez passos deles, em meio à neblina densa da rua adiante, e o barulho e os gritos de homens e seus carrinhos com mercadorias para venda.

— Ah, meu coração — murmurou ela, ajoelhando-se ao lado dele, sem saber o que mais dizer.

Ela não achava que ele se lembraria daquele dia em que queimara a mão dela. Se ele sabia o que fizera ou não, ela não podia ter certeza, mas sabia que ser diferente não era uma coisa boa neste mundo. Tentou explicar isso a ele. Disse que a toda pessoa Deus concedia dois destinos e que nesta vida é nossa tarefa escolher um ou outro. Ela olhou seu rostinho e viu as bochechas brancas no frio e o cabelo preto comprido, cobrindo suas orelhas, e sentiu uma tristeza esmagadora.

— Sempre temos uma escolha, Marlowe — disse ela. — Você me entende?

Ele assentiu. Mas Eliza não acreditava que ele tivesse entendido. Quando ele falou, sua voz era pouco mais do que um sussurro.

— Isso é ruim, mamãe? — perguntou ele.

— Ah, meu bem. Não.

Ele pensou por um momento.

— Porque é de Deus?

Ela mordeu o lábio. Assentiu.

— Mamãe?

— Sim?

— E se eu não quiser ser diferente?

Ela disse a ele que jamais deveria ter medo de quem era, mas que devia esconder esse brilho azul, o que quer que fosse. *Até do reverendo? Sim. Até de Brynt? Até de Brynt.* Ela disse que o propósito daquilo se revelaria a ele com o tempo, mas até esse dia haveria aqueles que desejariam usá-lo em benefício próprio. E muitos outros que o temeriam.

Esse foi o ano em que o reverendo começou a tossir e cuspir sangue. Um médico em Whitechapel disse que um clima mais seco poderia ajudá-lo, porém Brynt limitou-se a abaixar a cabeça e sair intempestivamente para a neblina. O reverendo tinha saído dos desertos americanos quando menino, explicou ela mais tarde, com raiva, e tudo o que ele queria agora era voltar a esses desertos para morrer. À medida que andavam lentamente pelas noites iluminadas a gás, o rosto dele ficava mais cinzento, os olhos cada vez mais amarelos, e chegou um momento em que ele parou até mesmo de fingir misturar seus elixires e acabou por vender uísque puro, dizendo a quem quisesse ouvir que tinha sido abençoado por um homem santo nas Black Hills de Agrapur, embora Eliza achasse que seus clientes não se importavam, e mesmo essa mentira ele contava com cansaço, sem convicção, como um homem que não mais acreditasse em sua verdade ou na verdade deles ou em qualquer verdade.

Numa noite o reverendo desmaiou na chuva, enquanto discursava loucamente em cima de um caixote, gritando para os transeuntes da Wentworth Road pela salvação de suas almas, e Brynt o carregou nos braços de volta ao cortiço. A chuva entrava pelo telhado em vários lugares, o papel de parede estava havia muito se soltando e o mofo crescia como uma camada de pelos ao redor da janela. Foi naquele quarto, no sétimo dia de delírios do reverendo, que Eliza e Marlowe ouviram uma batida suave na porta e ela se levantou e abriu, pensando que deveria ser Brynt. Em vez dela, porém, viu um homem estranho parado ali.

Uma coroa de luz cinza vinda do patamar adiante criava um halo em torno de sua barba e das bordas de seu chapéu, de modo que seus olhos se encontravam na sombra quando ele falou.

— A Srta. Eliza Grey — disse ele.

Não era uma voz rude, era quase gentil, o tipo de voz que ela imaginava que pudesse vir de um avô em uma história infantil.

— Sim — disse ela devagar.

— Brynt já voltou? — perguntou Marlowe. — Mamãe? É a Brynt?

O homem tirou o chapéu e então virou o rosto de lado para olhar além dela, e de repente Eliza vislumbrou o rosto dele, a comprida cicatriz vermelha sobre um dos olhos, a crueldade que havia nela. Ele usava uma flor branca na lapela. Ela começou a fechar a porta, mas ele estendeu uma manzorra, quase sem nenhum esforço, e entrou, fechando a porta em seguida.

— Ainda não nos conhecemos, Srta. Grey — disse ele. — Acredito que isso será corrigido em tempo. Quem é este, então?

Ele olhava para Marlowe, que se encontrava no meio do quarto segurando um ursinho marrom junto ao peito. Ao urso faltava um olho e o enchimento escapava por uma perna, mas era o único tesouro do menino. Ele fitava o estranho com a expressão vazia no rosto pálido. Não era medo, ainda não. Mas Eliza viu que ele pressentia que algo estava errado.

— Está tudo bem, docinho — disse ela. — Volte para junto do reverendo. É somente um cavalheiro que deseja tratar de um assunto comigo.

— Um cavalheiro — murmurou o homem, como se aquilo o divertisse. — E quem seria você, filho?

— Marlowe — respondeu o menino com firmeza.

— E quantos anos você tem, Marlowe?

— Seis.

— E quem é aquele no colchão lá no fundo? — indagou ele, agitando o chapéu na direção do reverendo, que se encontrava deitado, suando e delirando, o rosto voltado para a parede.

— Reverendo Walker — disse Marlowe. — Mas ele está doente.

— Vá — disse Eliza rapidamente, o coração na garganta. — Vá e se sente com o reverendo. Ande.

— Você é da polícia? — perguntou Marlowe.

— *Marlowe* — disse ela.
— Bem, sim, sou, filho. — O homem girou o chapéu nas mãos, analisando o garoto, e então seu olhar encontrou o de Eliza. Seus olhos eram duros, pequenos e muito escuros. — Onde está a mulher? — perguntou ele.
— Que mulher?
Ele ergueu a mão acima da cabeça, até a altura de Brynt.
— A americana. A lutadora.
— Se o senhor quer falar com ela...
— Não quero — cortou ele. Havia uma cadeira torta junto à parede e ele colocou o chapéu nela e viu seu reflexo na janela embaçada. Fez uma pausa e passou a mão pelo bigode. Então correu o olhar ao redor, avaliando o quarto. Vestia um terno xadrez verde, e seus dedos estavam manchados de tinta, como os de um bancário. A flor branca, Eliza via agora, estava murcha.
— O que o senhor deseja, então? — perguntou ela, tentando manter o medo afastado da voz.
Ele sorriu com a pergunta. Então puxou o paletó para trás, e ela viu o revólver em seu quadril.
— Srta. Grey, há um cavalheiro, de procedência duvidosa, residindo no momento em Blackwell Court, que vem perguntando em toda a Spitalfields sobre a senhorita. Diz que você é a beneficiária de uma herança e quer localizá-la.
— Eu?
Os olhos dele brilhavam.
— Sim.
— Não pode ser. Não tenho parentes em lugar nenhum.
— É claro que não tem. Você é Eliza Mackenzie Grey, vinda de Bury St. Edmunds, procurada como fugitiva da lei pelo assassinato de um homem... seu patrão... não é?
Eliza sentiu as bochechas ficarem vermelhas.
— A recompensa oferecida é considerável. No entanto, não há nenhuma referência a uma criança. — Ele olhou para Marlowe com a expressão inescrutável. — Não imagino que o cavalheiro vá querer o garoto também. Posso encontrar uma posição adequada para ele, em algum lugar. Como aprendiz. Mantê-lo longe das casas de correção. Seria uma perspectiva melhor do que aqui, com seu reverendo moribundo e sua americana maluca.
— Brynt não é maluca — disse Marlowe, do canto.

— Meu bem — disse Eliza, desesperada —, vá até o Cowett's e peça para chamar Brynt. Diga a ela que o reverendo precisa dela. — Estava se dirigindo à porta para deixá-lo sair quando ouviu um clique oco e ficou paralisada.

— Afaste-se da porta agora. Boa menina.

O homem havia erguido o revólver na luz cinzenta e fraca que se filtrava pela janela. Ele tornou a colocar o chapéu.

— Devo confessar que você não tem cara de assassina — disse ele.

Com a mão livre, ele havia tirado, do bolso do colete, um fino par de algemas niqueladas e, em um momento, estava ao lado dela, segurando-a rudemente pelo braço, prendendo as algemas em seu pulso direito e estendendo a mão para agarrar a esquerda. Ela tentou resistir.

— Não... — Eliza começou a dizer.

Marlowe, do outro lado do quarto, pôs-se de pé.

— Mamãe? — disse ele. — Mamãe!

O homem empurrava Eliza na direção da porta, ignorando o menino, quando Marlowe o atacou. Parecia tão pequeno. Ela observou quase em câmera lenta enquanto ele agarrava o punho do homem com ambas as mãozinhas, como se para detê-lo. O homem se virou e, pelo que pareceu a Eliza um longo momento, embora não pudessem ter transcorridos mais do que alguns segundos, ele ficou olhando o menino com perplexidade, depois com assombro, e então algo em seu rosto se contorceu em uma espécie de horror. Marlowe estava brilhando. O homem largou o revólver e abriu a boca para gritar, mas não gritou.

Na luta, Eliza havia sido lançada contra a parede. Marlowe estava de costas, de modo que ela não podia ver seu rosto, mas podia ver o braço do homem onde o garoto o segurava, podia ver como ele começara a borbulhar e então amolecer como cera quente. O pescoço dele entortou, as pernas cederam, e lá estava ele, escorrendo em torno de si mesmo, uma substância gélida, pesada e espessa, o terno verde se avolumando em lugares estranhos. Em pouco tempo o que fora um homem forte em seu apogeu estava reduzido a um bloco retorcido de carne, o rosto um ricto de agonia, os olhos arregalados, fitando-os da massa derretida do que fora sua cabeça.

No silêncio que se seguiu, Marlowe soltou o punho. O brilho azul desapareceu. O braço do homem se projetava, rígido, da massa de carne paralisada.

— Mamãe? — chamou Marlowe. Então olhou para ela e começou a chorar.

O quarto miserável estava muito frio, muito úmido. Ela foi até o menino e o abraçou da melhor forma que pôde com as algemas ainda fechadas, sentindo como ele tremia, ela tremendo também. Ele enterrou o rosto em seu ombro, e nunca antes ela havia sentido o que sentia naquele momento — nem o horror, nem a piedade, nem o amor.

Eliza não sentia medo, porém, não de seu garotinho.

Ela encontrou a chave das algemas no bolso do colete do homem. Em seguida enrolou Marlowe em seu cobertor bom e acendeu o que restava do carvão no balde. E o embalou até ele dormir ao lado da cama do reverendo, o corpo arruinado do caçador de recompensas no chão sob a janela. O menino dormiu com facilidade, exausto. Brynt ainda não havia chegado, ainda estava trabalhando, talvez até a manhã. Quando Marlowe adormeceu, Eliza enrolou o infeliz corpo no único outro cobertor que tinham e enfiou o revólver ali também, então o arrastou com dificuldade até a porta, descendo a escada que rangia, os calcanhares dele batendo a cada degrau, até mesmo enquanto ela lutava para transpor o alpendre, em direção à escuridão do beco que ficava ali atrás.

Os homens não deixariam de vir atrás dela, quem quer que fossem. Em Wapping, em Spitalfields, em qualquer lugar. Eles teriam rostos diferentes, seriam de qualquer idade e portariam qualquer tipo de arma, mas o dinheiro oferecido seria sempre aquele, uma quantia alta demais para alguém desprezar.

Eliza não voltou para o quarto. Pensou em Marlowe, a quem amava, e soube com uma súbita clareza que ele estaria muito mais seguro com Brynt. Brynt, que conhecia o mundo, que não era procurada por caçadores de recompensas, que havia falado em voltar para a América um dia. Parecia agora uma espécie de sonho. Em Blackwell Court, a duas ruas dali, esperava um homem com uma cerveja na mão e uma arma no bolso, e ele estaria acordado mesmo àquela hora. Ela apertou ainda mais o xale imundo em torno do corpo, segurando os cotovelos com as mãos cruzadas. Desceu as pedras encharcadas em meio à névoa e alcançou a rua. Seu coração estava partido, mas Eliza não se permitiu desacelerar o passo nem se virar e olhar para trás, para a janela rachada de seu quarto alugado, com medo do que veria, a pequena silhueta ali, enrolada em um cobertor, a mãozinha pálida pressionada contra o vidro.

Um Mapa Feito de Pó

·

1882

2

Pequenas Chamas

Pareciam pequenas chamas em sua carne. Isso era o que ele tentava explicar a eles. Que *doía*.
 Seu nome era Charlie Ovid, devia ter uns dezesseis anos pelos cálculos do juiz e, apesar de uma vida inteira de chicotadas, surras e brutalidade, não havia uma cicatriz em nenhum lugar de seu corpo. Com um metro e oitenta, já tinha a altura máxima que alcançaria, mas ainda tinha o peito descarnado como o de um menino. Seus braços eram magros e musculosos. Ele mesmo não sabia por que seu corpo se reparava daquela maneira, mas não achava que tivesse algo a ver com Jesus, e já aprendera o suficiente para saber que era melhor guardar aquilo para si mesmo. Sua mãe era negra e o pai era branco, em um mundo que o via como um monstro.
 Não sabia dizer sua idade nem o mês do nascimento, mas era mais esperto do que pensavam e podia até ler um pouco e escrever seu nome em letras bem-feitas, se lhe dessem tempo para isso. Nascera em Londres, Inglaterra, mas o pai sonhava com a Califórnia, com um mundo melhor para eles. Talvez até o tivesse encontrado, se tivesse vivido o suficiente para chegar lá. Mas morrera em sua carroça no Texas, ao sul do Território Indígena, deixando Charlie e a mãe isolados, com dinheiro suficiente apenas para levá-los de volta ao leste, além da Louisiana. Depois disso, eles passaram a ser apenas mais dois negros errantes em um país cheio deles e, quando a mãe adoeceu e morreu cinco anos depois, não deixou para ele nada além de seu anel de casamento. Um anel de prata com um brasão com martelos cruzados diante de um sol em chamas, e Charlie, que ainda nem comple-

tara dez anos, o segurava e girava nos dedos à luz da lanterna, lembrando o cheiro da mãe, pensando no pai, que tinha dado aquele anel a ela por amor, tentando imaginar quem ele tinha sido. Charlie ainda tinha aquele anel, escondido com ele. Ninguém o tiraria dele.

A mãe soubera o que ele podia fazer, o poder de cura. Ela o amara assim mesmo. Mas ele tentara de tudo para guardar o segredo de todos os outros, e isso — tanto quanto o poder de cura — o mantivera vivo. Ele havia sobrevivido ao trabalho no rio ao sul de Natchez, Mississippi, e aos barracos escuros que tinham surgido mais perto da River Forks Road naquela mesma cidade, mas aqui, algemado na escuridão da sala de funcionários de um antigo depósito, ele não tinha certeza se sobreviveria. Tudo que já havia conhecido, perdido ou sofrido em sua breve vida lhe ensinara a mesma verdade solitária: todos abandonam você, mais cedo ou mais tarde. Neste mundo, você só tem a si mesmo.

Ele não usava sapatos nem casaco, e a camisa de fabricação caseira se encontrava dura com seu próprio sangue, e a calça, esfarrapada. Vinha sendo mantido no depósito e não na cadeia por causa do medo que a mulher do xerife sentia dele. Tinha certeza de que era isso. Fazia agora duas semanas que vinha sendo deixado ali, acorrentado nos tornozelos e com as mãos algemadas na frente do corpo. O delegado aparecia alguns dias com outros homens brancos armados com porretes e correntes, pousavam o lampião no chão e nas sombras enlouquecidas o espancavam por diversão e depois assistiam, rindo de espanto, às feridas se fecharem. Mas, mesmo enquanto ele se curava, o sangue era real, a dor que sentia era real. O terror que o dominava, enquanto chorava caído na escuridão, era real.

Depois, ele nada podia fazer além de cambalear, batendo de parede em parede, na quase escuridão, sentindo as pequenas chamas onde antes estavam as feridas, as lágrimas e o ranho secando em seu rosto, tomando cuidado para não virar o balde com seus próprios excrementos. Seus pulsos estavam tão finos que as algemas ficavam se soltando; o xerife então trouxe um par feito sob encomenda pelo ferreiro, e essas lhe serviam. A única mobília naquele ambiente era um banco suspenso na parede por correntes enferrujadas, sobre o qual se deitava quando achava que devia ser noite e às vezes tentava dormir.

Estava deitado no banco nesse dia quando ouviu vozes na rua lá fora. Não era hora da comida, ele sabia disso. A comida vinha apenas duas vezes por dia e era o delegado que a trazia em uma bandeja coberta de gaze, vinda diretamente da cozinha do xerife, mais acima na rua, e o delegado às vezes fazia questão de cuspir nela antes de deixá-la ali. Charlie o odiava, odiava e temia, a sua crueldade casual, o jeito como chamava Charlie de vira-lata e sua risada áspera. Mas, acima de tudo, era o olhar do homem que o assustava, o olhar que dizia que ele, Charlie, não passava de um animal, que não era nem mesmo uma pessoa.

Do lado de fora veio o estrondo dos ferrolhos na grande porta do depósito e depois os passos lentos e pesados de botas se aproximando. Charlie ficou de pé, encolhendo-se, com medo.

Ele havia matado um homem. Um homem branco. Foi o que lhe disseram. Fora aquele Sr. Jessup, que andava de um lado para o outro no cais das linhas de navegação fluvial que seguiam para o sul de Nova Orleans e para o norte de St. Louis, com um chicote cantando na mão, como se ainda estivessem em 1860, como se nunca tivesse acontecido uma guerra, nada houvesse sido abolido e a liberdade ainda não fosse a mentira que se revelaria ser. O homem que ele matou merecia, disso ele tinha certeza, não sentia remorso. Mas a questão era que ele não se lembrava de tê-lo matado. Sabia que tinha acontecido porque na audiência todos disseram que ele fizera aquilo, até o velho Benji, com seus olhos tristes e mãos trêmulas. *Em plena luz do dia, sim, senhor. Nas plataformas de madeira, sim, senhor.* Charlie estava sendo chicoteado por alguma transgressão, e o castigo durou tanto tempo que ele podia sentir os cortes começando a se fechar e, quando o Sr. Jessup também viu, praguejou e começou a invocar o demônio, Charlie virou-se com medo, virou-se com muita rapidez, deve ter sido, tanto que foi de encontro ao Sr. Jessup e o homem caiu no cais e bateu a cabeça de mau jeito, e foi isso. Mas, quando tentaram matá-lo a tiros por isso, Charlie simplesmente começou a respirar de novo, quase imediatamente, e as balas foram expulsas de sua carne na frente dos olhos do carrasco. E, quando o amarraram a um poste uma segunda vez e miraram, mesmo assim não conseguiram matá-lo e agora não sabiam o que fazer com ele.

Os passos cessaram diante da porta e Charlie ouviu o ruído das chaves raspando e retinindo no chaveiro e então a pesada porta com suas fechaduras de ferro se sacudiu. O estrondo de um porrete atingindo metal ecoou.

— Levante-se! — gritou o delegado. — Você tem visita, garoto. Se arrume.

Charlie se encolheu e recuou para a parede dos fundos, colando as costas nos tijolos frios. Ergueu as mãos diante do rosto, tremendo. Ninguém vinha visitá-lo, nunca.

Ele respirou fundo, com medo.
A porta se abriu.

Alice Quicke, cansada, os nós dos dedos doloridos, desanimada, encontrava-se parada sob o sol forte, diante do depósito arruinado em Natchez, olhando a rua íngreme enquanto seu parceiro, Coulton, caminhava tranquilamente em sua direção. Quatro noites antes, em um restaurante no porto de Nova Orleans, ela havia achado necessário promover o encontro do nariz de um homem com o suporte de metal do balcão do bar, e fora somente o revólver de Coulton e uma retirada às pressas que tinham evitado um verdadeiro derramamento de sangue. Às vezes os homens se sentiam no direito de invadir os trajes femininos de uma forma que, à medida que ia ficando mais velha, Alice tolerava cada vez menos. Ela já havia passado dos trinta, nunca se casara e nunca haveria de querer se casar. Alice tinha vivido da violência e de sua esperteza desde garota e isso bastava para ela. Preferia calças a anquinhas e espartilhos, e usava sobre os ombros largos um longo casaco de oleado, feito para um vigia noturno, com as mangas dobradas nos pulsos. O tecido fora preto um dia, e agora estava desbotado, quase cinza em alguns lugares, com botões de prata manchados. Seu cabelo louro estava oleoso e emaranhado, cortado, por ela mesma, em um comprimento mais fácil de lidar. Ela era quase bonita, talvez, com um rosto em forma de coração e traços finos, mas seus olhos eram duros, e o nariz havia sido quebrado anos atrás e consolidara torto, e Alice não sorria o suficiente para que as atenções dos homens se demorassem nela. Estava bom assim para ela. Era uma detetive, e já era difícil o suficiente ser levada a sério sem ter a droga da mão beijada a todo instante.

Coulton descia a rua sem pressa. Ela o observava caminhar casualmente sob os frondosos choupos verdes, abanando o chapéu-coco enquanto andava, um polegar enganchado no colete. Ao redor dela pairava a miserável quietude ribeirinha de uma cidade ainda bonita em sua arquitetura, toda construída nas costas de escravos, bela como uma flor venenosa. Coulton vinha da casa do xerife, da pequena prisão de tijolos ao lado dela.

Ela estava começando a odiar esse trabalho.

Tinha localizado a primeira órfã, uma menina chamada Mary, em uma pensão em Sheffield, Inglaterra, em março passado. O segundo desapareceu antes mesmo de chegarem à Cidade do Cabo, África do Sul. Alice encontrou sua sepultura recém-cavada, cascalho vermelho, sem grama, uma pequena placa de madeira. Morrera de febre, o enterro pago por uma sociedade de auxílio a senhoras. Coulton contou a ela sobre outros que vieram de Oxford, Belfast, até mesmo de Whitechapel. Em junho, ela e Coulton partiram para Baltimore e lá pegaram uma garota em um abrigo público e depois seguiram de barco para o sul, rumo a Nova Orleans, e reservaram passagem em um vapor subindo o rio. E agora aqui estavam, no Mississippi, procurando por um tal Charles Ovid, fosse quem fosse.

Ela não sabia mais do que isso porque só lhe deram o nome da criança e o endereço do tribunal da cidade de Natchez. Era assim que funcionava. Ela não fazia perguntas, apenas fazia o trabalho. Às vezes, só recebia o nome de uma rua, ou de um bairro, ou da cidade. Não importava. Ela sempre os encontrava.

Coulton estava vestindo um terno xadrez amarelo, apesar do calor, e suas suíças se destacavam, eriçadas, nas mandíbulas. Ele era praticamente careca, mas penteava de um lado para o outro da cabeça os poucos fios que lhe restavam e estava sempre levando a mão à cabeça, alisando-os, para mantê-los no lugar. Era talvez o homem mais confiável que ela já conhecera, robusto e educado como um bom inglês, um filho da classe média. Mas Alice também o tinha visto atravessar com fúria um bar enfumaçado em Deptford, deixando corpos em seu rastro, e ela sabia que não deveria subestimá-lo.

— Ele não está aqui — disse Coulton, alcançando-a. — Eles o estão mantendo em um depósito. — Ele agitou o chapéu lentamente, segurando-o pela aba, e enxugou o rosto com um lenço. — A mulher do xerife não queria alguém como ele junto com os outros, ao que parece.

— Porque ele é preto?

— Não por isso. Imagino que haja muitos assim na cadeia.

Ela esperou.

— Vou ter de me sentar e conversar com o juiz local, ouvir o que ele tem a dizer — prosseguiu ele. — O xerife agendou para o fim da tarde de hoje. Legalmente falando, o garoto não é propriedade de ninguém, mas tenho a impressão que está bem próximo disso. Pelo que posso deduzir, é como se o depósito fosse seu dono.

— O que ele fez?

— Matou um homem branco.

Alice ergueu os olhos.

— Sim. Algo como um acidente no estaleiro, onde ele estava trabalhando. Um confronto com um supervisor, e o homem caiu da plataforma e bateu a cabeça. Caiu morto, exatamente assim. Talvez não tenha sido uma grande perda para o mundo. O xerife não acredita que foi de *propósito*, mas também diz que para ele não importa, o que aconteceu, aconteceu, não se pode permitir que aconteça de novo. Agora aqui está o problema: o garoto já foi julgado e condenado. A sentença já foi executada.

— Executada...?

Coulton abriu bem os braços.

— Eles o fuzilaram. Seis dias atrás. Não funcionou.

— Como assim não funcionou?

Coulton olhou de volta para a prisão, com toda a calma, os olhos sombrios.

— Bem, o garoto ainda está respirando. Acho que é isso que querem dizer. A mulher do xerife diz que é impossível ferir o garoto.

— Aposto que ele não diria o mesmo.

— Acho que sim.

— E é por isso que está trancafiado em um depósito. Porque eles não querem que os cidadãos de bem fiquem perturbados.

— Srta. Quicke, eles não querem que os cidadãos de bem nem mesmo *saibam*. No que diz respeito à cidade de Natchez, Charles Ovid foi executado na prisão, seis dias atrás. O garoto já está enterrado.

É impossível ferir o garoto. Alice soltou o ar de suas bochechas. Ela odiava as superstições tacanhas das cidades pequenas, a vida inteira as odiara. Sabia que essas pessoas queriam uma razão, qualquer razão, para espancar e continuar espancando um garoto preto que tinha matado um homem branco. Essa besteira de não deixar marcas era uma desculpa tão boa quanto qualquer outra.

— E o que eles vão fazer agora? — perguntou ela. — Isto é, se não aparecêssemos nos oferecendo para tirá-lo das mãos deles, o que fariam com ele?

— Creio que iriam em frente e o enterrariam.

Ela fez uma pausa.

— Mas se não conseguem matá-lo...

Coulton sustentou o olhar dela.

E ela então compreendeu. Eles o enterrariam *vivo*. Ela deixou o olhar vagar além do ombro dele.

— Este maldito lugar — disse ela.

— Sim. — Coulton estreitou os olhos, tentando ver o que quer que fosse que ela estava olhando, não viu nada, dirigiu o olhar para o céu sem nuvens.

Dois homens vinham se aproximando agora, subindo a rua, suas silhuetas ondulando no calor. Eles vinham a pé, sem cavalos, ambos de terno, o mais alto deles abraçado a um rifle cruzado diante de seu peito. O xerife e o delegado, ela supôs.

— O que você gostaria de fazer com eles? — perguntou ela baixinho.

Coulton tornou a colocar o chapéu-coco e se virou.

— O mesmo que você, Srta. Quicke — disse ele. — Mas quem nos contratou não aprovaria. A justiça é só um balde com um furo no fundo, como dizia meu pai. Está pronta?

Alice esfregou os nós dos dedos.

Ela trabalhava com Frank Coulton fazia treze meses e estava bem perto de confiar nele, pelo menos até onde podia confiar em alguém. Ele a havia encontrado em um anúncio que ela publicara no *Times*. Tinha subido a escada deformada pela água do cortiço onde ela morava em Deptford, segurando o recorte no bolso de seu sobretudo, a respiração saindo como fumaça no ar frio. Ele queria saber, explicara em voz baixa, sobre suas credenciais. Uma névoa amarela rolava no beco úmido ali fora. Ele tinha ouvido coisas, continuou, ouvira dizer que ela fora treinada pelos Pinkerton, em Chicago, e que com as mãos apenas deixara um homem inconsciente nas Docas das Índias Orientais. Havia alguma verdade nesses relatos?

Verdade, pensara ela com desgosto. O que essa palavra significava, afinal?

Verdade: ela sobrevivera como batedora de carteiras nas ruas de Chicago desde os quatorze anos. Verdade: sua mãe estava encarcerada em um hospício para loucos criminosos e ela não a via fazia quase vinte anos, e não tinha nenhum outro parente no mundo. Estava com dezoito anos quando escolheu o bolso errado, e a mão que agarrou seu pulso veio a ser de Allan Pinkerton, detetive particular, agente de inteligência para a causa da União, que gostou dela imediatamente e, em vez de entregá-la à polícia, a convidou para ir a seu escritório e, para surpresa dela mesma, ela foi. Ele a treinou na arte da investigação com disfarce. Ela trabalhou nisso por oito anos e você pode perguntar a umas duas dúzias de desgraçados cumprindo pena em alguma cadeia se ela era boa nesse trabalho, e eles cuspiriam e limpariam a boca, e admitiriam isso por meio do ódio em seus olhos. Mas, quando os filhos de Pinkerton assumiram o escritório, ela foi demitida, tudo porque era mulher e, portanto, *delicada* e, portanto, *inadequada* para o *trabalho de detetive*. Ela atravessou a parede do escritório de William Pinkerton com um soco quando ele a demitiu.

— A porra da sua *parede* que é delicada — disse para ele.

Mas depois disso ela só conseguiu trabalho em pistas de corrida subindo e descendo a costa leste e, quando isso também secou, ela comprou uma passagem em um navio com destino a Londres, Inglaterra — afinal, por que não? Lá ela descobriu uma cidade muito sombria e cheia de vícios, assassinos e becos iluminados a gás mergulhados na névoa, onde até mesmo uma detetive mulher, vinda de Chicago com seus cabelos amarelos como enxofre escuro e punhos semelhantes a marretas, poderia encontrar muito trabalho a fazer.

O xerife e seu delegado desceram a rua quente, cumprimentando-os educadamente com a cabeça ao se aproximarem. O delegado vinha assoviando, mal e desafinado.

— Sr. Coulton — disse o xerife. — Podíamos ter vindo juntos. E a senhora deve ser...

— *Senhorita* Quicke — informou Coulton, apresentando-a. — Não deixem que a bela aparência dela os engane, cavalheiros. Eu a trago para minha proteção.

O xerife pareceu achar isso divertido. O delegado embalava o rifle nos braços, estudando Alice como se ela fosse uma criatura estranha saída do rio, mas não havia desdém nele, nenhuma hostilidade. Ele viu que ela o olhava e sorriu, tímido.

— Não recebemos mais muitos visitantes estrangeiros — disse o xerife. — Desde a guerra, pelo menos. Era uma época em que víamos todo tipo de gente, franceses, espanhóis. Até uma condessa russa morou aqui por um tempo, não é mesmo, Alwyn? Ela também tinha costumes diferentes.

O delegado Alwyn corou.

— Meu pai sempre contou isso — afirmou ele. — Mas eu não tenho essa lembrança. Também não sou casado, senhorita.

Alice mordeu a língua, reprimindo seu comentário.

— Onde está o menino? — perguntou ela em vez disso.

— Ah, sim. Vocês estão aqui por causa de Charlie Ovid. — O rosto do xerife se fechou, consternado. — Venham, então. — Ele fez uma pausa, ajustou o chapéu e franziu a testa. — Bem, eu não sei se deveria fazer isso. Mas vendo que vocês vieram de tão longe para isso, e que vão falar com o juiz Diamond mais tarde, não sei se chega a ser um problema. Mas não quero que vocês saiam por aí falando sobre o que vão ver. É um assunto delicado por aqui, esse rapaz. Ele é a coisa mais maldita que já vimos.

— Uma abominação é o que ele é — murmurou o delegado. — Como uma daquelas coisas na Bíblia.

— Que coisas? — perguntou Alice.

Ele tornou a corar.

— Servos de Satanás. Os monstros que ele criou.

Ela parou, ficou de frente para ele e o olhou de cima a baixo.

— Isso não está na Bíblia — disse ela. — Você se refere a Leviatã e Beemote?

— Eles mesmos.

— Estes são monstros de Deus. Foi Deus quem os fez.

O delegado pareceu incerto.

— Ah, eu não acho...

— Deveria.

O xerife estava destrancando a pesada porta do depósito, cadeado por cadeado.

— Inglaterra, você disse — murmurou ele. — É uma distância e tanto para percorrer por causa de um garoto preto.

— Sim — replicou Coulton, logo atrás dele, sem dizer mais nada.

O xerife fez uma pausa no último cadeado, olhou para trás.

— Sabem, não tem jeito de o juiz deixar este garoto ir — disse ele, cordialmente. — Não com vocês nem com ninguém.

— Espero que esteja enganado — disse Coulton.

— Bom, não é nada pessoal. — O xerife abriu um sorriso. — Eu sempre quis ir à Inglaterra um dia. A patroa, ela diz: "Talvez já seja hora de você se aposentar, Bill, e a gente fazer uma viagem." Os pais dela vieram da Cornualha, vejam bem. Bom, eu não sei se estou velho demais para sair pelo mundo como um funileiro viajante. Mas me parece uma distância e tanto, se querem saber.

O depósito estava escuro e cheirava levemente a algodão azedo e ferrugem. O ar era sufocante, denso. Ao lado da porta, de pregos na parede, pendiam duas lamparinas velhas, e o delegado pegou uma, abriu a portinha de vidro e a acendeu com uma pederneira, e então fecharam a porta do depósito. A luz oscilou frouxamente na mão do homem. Alice vislumbrou as silhuetas de máquinas grandes na escuridão, ganchos e correntes pendurados em longos laços nas vigas. O xerife os conduziu pelo depósito até um corredor sujo, as paredes pontilhadas de buracos, como se feitos a bala, pelos quais entrava a luz do dia. Havia o contorno de portas ao longo da parede oposta e, no fim, uma única e grossa porta de ferro com vários cadeados e ali o xerife se deteve.

O delegado pousou a lamparina e bateu com a coronha do rifle na porta.

— Levante-se! — gritou o delegado. — Você tem visita, garoto. Se arrume.

Ele se virou timidamente para Alice.

— Não sei se ele está cem por cento aí, senhorita. Não se assuste. Ele é um pouco como um animal.

Alice não disse nada.

A porta se abriu. Lá dentro era tudo escuridão. Um cheiro horrível escapava dali, um fedor de falta de banho, sujeira e fezes.

— Santo Deus — murmurou Coulton. — É ele?

O xerife levou um lenço à boca e assentiu solenemente.

O delegado segurou a lamparina à sua frente, entrando com cautela. Agora Alice podia distinguir a figura do garoto, encolhido junto à parede oposta. Era alto e magro. Ela podia ver o reflexo da luz nas algemas em seus pulsos, a corrente nos tornozelos. Ao entrar, percebeu a calça esfarrapada, a camisa com uma crosta marrom de sangue seco, o terror nos olhos dele. Mas o rosto era liso, de traços finos, sem machucados ou inchaços, os cílios longos e escuros. Ela estivera na expectativa de encontrar danos terríveis; isso era estranho. As orelhas pequenas se projetavam da cabeça como pequenas alças. Ele ergueu as mãos à frente do corpo, como se quisesse se defender de um golpe, como se a luz lhe provocasse dor. As correntes tilintavam de leve quando ele respirava.

— Nunca vi nada parecido com ele em toda a minha vida — disse o delegado, quase com admiração. Ele estava falando com Alice. — Nenhum de nós teria acreditado se não tivéssemos visto com nossos próprios olhos. Aquele sangue todo é dele, mas não se vê nenhuma marca na pele. Se é golpeado com um taco, ele simplesmente se recupera. Se leva uma facada, ele se cura bem na sua frente. Eu juro, é o suficiente para quase fazer um homem acreditar no diabo.

— Sim, é — murmurou Alice, fuzilando o delegado com o olhar à luz fraca.

— Ande, Alwyn — disse o xerife. — Mostre a eles.

O menino se encolheu ainda mais.

— Por Deus, Sr. Coulton...! — disse Alice, a voz alta demais.

Coulton estendeu a mão para deter o delegado.

— Não será necessário, Alwyn — disse ele, com seu jeito calmo. — Nós acreditamos em vocês. É a razão de estarmos aqui.

Ele enfiou a mão no bolso e pegou a carta com as instruções destinadas a eles, escritas por seu contratante de Londres. Desdobrou os papéis, levou-os até a luz. Alice podia ver o brasão de Cairndale, gravado com destaque no envelope, o selo de cera parecendo uma impressão digital de sangue.

Charles Ovid também estava olhando para o envelope, Alice viu. Ele tinha ficado muito quieto, atento como um gato, os olhos brilhando na escuridão.

A sala onde ele estava era comprida, mas estreita. Alice deu um passo à frente, sentindo uma grande repulsa crescer dentro dela ao pensar nesses dois homens e nesse pobre garoto. Independentemente do que Coulton dissesse, ela sabia que ferimentos não se curavam sozinhos. Diabos, alguns deles nunca se curavam. Ela sabia um pouco sobre isso também.

Alice tirou as luvas. Os nós de seus dedos estavam vermelhos e machucados. Ela olhava para as algemas do garoto.

— Você pode começar tirando estas coisas — disse ela por sobre o ombro. Então olhou para trás. — Alwyn, não é?

Ninguém se moveu. O xerife olhou para Coulton.

— Está tudo bem, senhor — disse Coulton, guardando a carta novamente no bolso. — Eu garanto. É só para examiná-lo.

O delegado se dirigiu à parede oposta, se ajoelhou e abriu os grilhões dos pés, então se levantou e tirou as algemas. Depois se afastou, a corrente enrolada em suas mãos.

Alice avançou, parou diante de Ovid e tomou as mãos dele nas suas. Eram macias, sem ferimentos. Ela ficou surpresa por não encontrar nenhuma calosidade. Na penumbra, ele estava tremendo.

— Assim está melhor? — murmurou ela, olhando para ele.

Ovid não respondeu.

— Senhorita — chamou o xerife rispidamente. — Não é aconselhável uma dama como a senhorita tocar nesse tipo. Não aqui, não em Natchez. Afaste-se dele, por favor.

Alice o ignorou. Ela inclinou o queixo do garoto na direção da luz até ele olhar em seus olhos. Apesar de tudo que tinha sofrido, apesar dos tremores e da maneira como ele se encolhia, seus olhos, quando ele os fixou nela, eram calmos, inteligentes, destemidos. Ele possuía a quietude feroz de um garoto que só podia contar consigo mesmo. Os outros talvez não vissem isso. No entanto, ela via.

— Senhorita... — chamou o xerife.

— Charles Ovid — sussurrou ela, sem conseguir manter a indignação longe de sua voz. — Charlie, não é? Meu nome é Alice. Este é o Sr. Coulton. As pessoas para quem trabalhamos nos enviaram aqui para ajudar você, para tirá-lo daqui. Para que ninguém machuque você assim outra vez.

Ela mais sentiu do que ouviu o xerife se aproximar. Ele enfiou a mão debaixo do seu braço, sem violência, e a puxou, tirando-a do alcance do garoto.

— A senhorita vai tratar dessa questão com o juiz — disse ele. — Mas até lá, vamos manter as coisas como devem ser por aqui.

Alice, porém, estava observando Charlie Ovid.

Se ele compreendeu o que ela disse, não demonstrou; simplesmente estremeceu quando o xerife se aproximou, baixou os olhos e continuou tremendo à luz da lamparina.

No fim dessa mesma tarde, Alice e Coulton sentaram-se no gabinete do juiz, no elegante edifício de pedra onde funcionava o tribunal, localizado diante da praça arborizada. Alice usava um vestido longo azul e um espartilho que apertava suas costelas e a fazia ficar se remexendo e lutando para respirar, odiando isso, odiando o cabelo macio recém-lavado e enrolado em cachos, odiando o vermelho em seus lábios. O sol baixo entrava pelas janelas, enroscando-se nas cortinas. O juiz percorreu a sala, acendendo as luzes a gás uma a uma, depois retornou para a mesa e se sentou. Ele havia interrompido o seu jantar e ainda estava de camisa. Olhou para Alice, depois para Coulton.

— Uma bela noite — disse, alisando o longo bigode.

A escrivaninha era de nogueira, estava totalmente vazia e brilhava à luz vermelha do sol poente. Era um homem pesado, com um pescoço flácido e trêmulo, e, quando pousou as mãos grandes diante de si na mesa, Alice surpreendeu-se com a brancura de alabastro delas.

— Não sei o que o xerife lhe disse, Meritíssimo — começou Coulton educadamente. — Somos representantes do Instituto Cairndale, de Edimburgo. Estamos aqui por causa do garoto Ovid.

Coulton pegou os documentos e cartas de testemunho da sacola ao lado de sua cadeira e os estendeu para ele por cima da mesa. O juiz estudou os papéis, um a um.

— É uma espécie de clínica, é isso?

— Sim, senhor.

O juiz assentiu.

— Bill disse que vocês querem levar o garoto embora. É isso mesmo?

— Sim, senhor.

— O que eu não entendo — disse ele — é como o seu instituto ouviu falar desse garoto. Vocês devem ter saído de Edimburgo, bem, quatro semanas atrás? Seis? Ele ainda não tinha matado ninguém. Nem imagino que exista algum registro que dê conta da existência dele. Aquele garoto não é nem um fantasma, Sr. Coulton.

Coulton assentiu.

— Verdade, Meritíssimo.

— Então...?

Coulton olhou para Alice e desviou o olhar.

— Cairndale empenha-se em pesquisar possíveis casos. Eles conseguem rastrear, pela genealogia, alguns deles. — Coulton abriu bem as mãos. — Não vou fingir que compreendo os métodos deles, senhor. Mas sei que o instituto vem procurando a família de Charles Ovid faz alguns anos, desde que um tio do garoto chamou a atenção deles.

O juiz bateu dois dedos nos papéis e voltou o rosto para a janela.

— Vocês sabem que já matamos o garoto duas vezes — murmurou ele. — Acredito que Bill tenha medo dele.

— Três vezes — corrigiu Alice.

Coulton cruzou uma perna sobre a outra e alisou a calça. Então começou a girar o chapéu nas mãos.

— Trata-se de uma condição médica, Meritíssimo. Nada mais. O senhor é um homem culto, se me permite dizer. Sabe com que facilidade o povo pode temer o que não compreende.

O juiz inclinou a cabeça.

— Não só o povo. Aquele garoto me assusta também. — A luz do dia estava findando e agora as sombras das lamparinas iluminavam seu rosto áspero, as rugas cansadas em torno dos olhos. — E como conciliar isso com o problema da justiça? Charles Ovid matou um homem.

— Sim, senhor, ele matou.

— Um homem *branco* — interveio Alice. — Não é essa a real questão?

— Um homem branco, sim, senhora. Bem, eu conhecia um pouco Hank Jessup. Ele podia não ser um cavalheiro, mas era honesto e respeitável. Eu o via na igreja todo domingo. E tenho uma cidade cheia de cidadãos enraivecidos, me enviando cartas furiosas sobre a direção que este condado está tomando. Metade deles está com disposição para um bom e velho linchamento.

— E a outra metade...? — murmurou Alice, azeda.

— Charles Ovid foi executado na semana passada, em sigilo — disse Coulton, interrompendo-a. — Ninguém pensa outra coisa.

— Isso não é exatamente verdade. Tem Bill e Alwyn, para começar. Little Jimmy Mac estava na cadeia naquela noite. E tem as esposas, a de Bill e a de Alwyn. Eu apostaria um dólar que elas sabem.

— Não esqueça dos homens que seu delegado estava levando a semana toda para surrar o garoto — acrescentou Alice com amargura.

O juiz hesitou e olhou para ela.

— Meritíssimo — Coulton apressou-se em dizer —, se me permite, quem vai acreditar que existe um garoto negro que não se pode ferir, acorrentado na cadeia de Natchez? Parece algo tirado da Bíblia. Um milagre. Isso é simplesmente impossível, não importa o que as esposas de seus delegados digam em seus chás. O povo fofoca, é o que fazem. Mas, se o senhor se pronunciar e disser a todo mundo que o garoto foi executado, quem vai questionar isso?

— Seria uma mentira — replicou o juiz.

— Seria? — grunhiu Coulton, alisando a perna da calça. — Seu único problema é um cadáver ambulante do qual vocês simplesmente não conseguem se livrar. Aquele garoto morreu. Ele parou de respirar. Não importa que tenha voltado a viver. A sentença foi cumprida, a justiça foi feita. Eu não posso fingir que não se trata de um caso estranho. Mas na questão da justiça, não vejo nenhum problema. Sei que outras pessoas podem discordar, vendo-o ainda andando por aí. Mas pode ser que sejamos uma espécie de solução. A clínica que representamos fica na Escócia, e posso garantir que, se o senhor o liberar para nós, esse garoto nunca mais voltará a Natchez, aqui no Mississippi. A condição dele ainda não é bem compreendida. Mas o que se tem observado é que, no fim das contas, acaba sendo fatal. O garoto tem apenas alguns anos de vida.

— Alguns anos.

— Sim, senhor.

— Então por que eu não troco a sentença do garoto por dez anos de trabalhos forçados?

— Isso não pareceria uma punição leve aos olhos daqueles que o senhor representa?

Alice observou enquanto o juiz absorvia tudo aquilo. Durante toda a sua vida ela conhecera homens como esse, homens que sabiam o que sabiam com tanta certeza que preferiam olhar para uma coisa bonita e ser admirado por ela a ouvi-la falar, e ocorreu-lhe, brevemente, que talvez fosse isso que ela deveria fazer: admirá-lo, emitir sons agradáveis, arrulhar e piscar os olhos. Ela, porém, não faria isso.

Na penumbra, o juiz os estudava por cima dos dedos de ambas as mãos unidos nas pontas. Então ele suspirou, virou-se e olhou pela janela.

— Minha senhora faz uma torta de maçã como vocês nunca provaram na vida — disse ele. — Foi premiada no Piquenique das Filhas Confederadas por três anos consecutivos. E, neste exato momento, há um pedaço dela esfriando em um prato na minha cozinha. Sinto muito que vocês tenham vindo de tão longe, sinto mesmo.

Coulton pigarreou e se levantou. Alice também se pôs de pé, o vestido varrendo seus tornozelos. Coulton continuava girando o chapéu nos dedos.

— O senhor consideraria pensar no assunto por esta noite? Nós poderíamos voltar pela manhã...

— Sr. Coulton. Eu concordei em recebê-los por gentileza, só isso.

— Meritíssimo...

O juiz levantou uma das mãos.

— A única maneira de o seu garoto deixar aquela cela — disse ele baixinho — é numa caixa de madeira. E eu não me importo se dentro dela ele ainda estiver se mexendo.

— Filho da puta — sibilou Alice, enquanto descia os degraus do tribunal. Ela estava puxando o espartilho, passando a mão por baixo das saias, de forma muito imprópria para uma dama, no intuito de abrir um colchete ou dois e, assim, voltar a respirar. Já estava escuro, o calor do dia se levantando do solo, as cigarras cantando alto na noite quente. — Foi para isso que coloquei um vestido?

— Sim, e olhe só para você. Vamos torcer para não encontrarmos o delegado Alwyn. A língua dele ia parar nos pés se visse você toda arrumada.

Ela se conteve para não responder. Ainda estava furiosa demais para se deixar distrair.

— O que você disse lá dentro é verdade? Aquele pobre garoto só tem alguns poucos anos de vida?

Coulton suspirou.

— Charlie Ovid vai morrer depois de todos nós — afirmou ele.

— Eles têm tanta certeza de que o garoto é igual a Jesus. E isso só piora as coisas para ele. Por que eles têm tanta certeza de que ele não pode ser machucado?

— Ah, ele pode ser machucado, sim. Ele só se cura, só isso.

Alguma coisa na maneira como Coulton disse isso a fez hesitar.

— Você acredita nisso?

Ele deu de ombros.

— Não vi nenhuma marca no garoto. Você viu?

— Talvez se tivesse levantado a camisa dele. Ou talvez as pernas estejam destruídas. Você olhou de perto?

Ele suspirou.

— Perto o bastante para saber que o mundo não é como eu gostaria que fosse — replicou ele suavemente. — Escute. Preciso que você troque de roupa e então mande suas malas para o cais. Pague a nossa conta. Encontro você no hotel em uma hora. Acho que acabamos o que tínhamos de fazer na boa cidade de Natchez.

Alice se deteve. Ela se encontrava na grama da praça vazia sob a estátua de algum general confederado morto em batalha e, após um momento, Coulton também se deteve, se virou e caminhou lentamente de volta até onde ela estava.

— Eu não vou embora sem aquele garoto — disse ela.

Uma carruagem passou na rua, suas lanternas balançando. Quando ela se foi, Coulton se aproximou dela.

— Nem eu tampouco — disse, determinado.

Eram nove horas quando eles deixaram o saguão do hotel e caminharam pela calçada da Silver Street até o rio, seguindo então pelos becos desertos até o velho depósito. O prédio se erguia escuro e decrépito ao luar sulista. Eles ficaram um longo tempo nas sombras e depois cruzaram a rua sem falar, o bolso do sobretudo de Coulton pesado e tilintando. Alice mantinha o olho atento a alguém que estivesse nas ruas. Mas não havia ninguém.

Coulton precisou de apenas um minuto para se ajoelhar na frente da grossa porta e abrir os cadeados. Ele se levantou, olhou para Alice em silêncio, então abriu a porta e deslizou para dentro da escuridão, seguido por ela. Eles não carregavam uma luz, mas caminharam com passos firmes ao longo da passagem em que haviam estado mais cedo naquele dia e, diante da cela do garoto Ovid, outra vez Coulton pegou sua argola de gazuas e habilmente abriu os cadeados.

Estava totalmente escuro lá dentro. Alice não pôde ver nada por um tempo e se perguntou o que Charles Ovid conseguia ver, olhando para eles, como devia estar fazendo agora. Coulton pigarreou e perguntou num sussurro:

— Charlie, meu rapaz? Você está aqui? — E, por um longo momento de silêncio, Alice temeu que o garoto tivesse sido levado para longe.

Mas então ela ouviu um suspiro na escuridão, e o som de correntes tilintando, e viu o garoto surgir no fraco halo de luar. Ele não pareceu surpreso em vê-los.

— Me deixe livrar você disso — murmurou Coulton.

Alice olhava para o garoto com cuidado. Agora que seus olhos estavam se ajustando à escuridão, ela entrou na cela, falando suavemente e devagar.

— Viemos tirá-lo daqui — disse ela. — Você vem conosco?

Mas Ovid ficou simplesmente olhando para eles na escuridão. Havia alguma coisa em seu olhar tranquilo que Alice achou enervante.

— Os… papéis — sussurrou ele. A voz era baixa, áspera, como se não tivesse sido usada por muito tempo. — Cadê eles?

Coulton piscou.

— Que papéis? O que ele quer dizer?

De repente Alice entendeu.

— Sua carta de Cairndale. Você a mostrou ao xerife. Cadê ela?

Coulton tirou o envelope de seu colete e desdobrou a carta.

— Não vai fazer sentido para você, rapaz. São apenas instruções, papéis de soltura, documentos legais…

Ovid, porém, ignorou a carta e pegou o envelope, correndo os dedos de leve sobre o brasão de Cairndale: martelos gêmeos cruzados diante de um sol em chamas.

— O que é isto? — sussurrou ele.

— Rapaz, não temos tempo para.... — começou Coulton.

— É o brasão de armas do Instituto Cairndale, Charles — disse Alice. — Que vem a ser nosso empregador. Para quem trabalhamos. — Um pensamento ocorreu a ela. — Você já viu este símbolo antes? Você o conhece? Significa alguma coisa para você?

Ovid umedeceu os lábios. Pareceu que ia falar alguma coisa, mas então, de repente, ele ergueu o rosto e escutou atentamente na escuridão.

— Ele está vindo — sussurrou o garoto.

Alice ficou paralisada.

Foi quando ela ouviu também: botas de homem arranhando o chão do depósito, se aproximando. Ela deslizou sem fazer barulho até a porta da cela e a fechou suavemente, recostando-se na parede atrás dela. Coulton postou-se ao lado dela. Ele havia enrolado as correntes em torno de uma das mãos. Agora o homem tinha começado a assoviar e Alice reconheceu o assovio: era o delegado Alwyn.

Coulton tateava os bolsos.

— Trouxe sua arma? — sibilou ele.

Mas Alice não havia levado. Deixara-a de propósito, sabendo que, se fosse disparada, o barulho iria denunciá-los, atrairia atenção demais. De qualquer forma, ela não precisava de nada além dos próprios punhos.

Mas de súbito Ovid estava na frente deles, num movimento rápido, e começou a remexer no bolso de Coulton, que, perplexo, deixou que ele continuasse, olhando enquanto o garoto pegava a mais afiada das suas gazuas. O garoto então se empoleirou na beirada do banco, arregaçou as mangas, segurou a gazua com a mão direita como um garfo e de repente, na escuridão, sem emitir um ruído sequer, cravou o instrumento no antebraço esquerdo, penetrando-o fundo na carne, abrindo um corte irregular que descia até o pulso.

— Jesus...! — sibilou Alice.

O sangue escorreu preto na escuridão e ela viu o garoto fazendo careta, os dentes cerrados, as bolhas de ranho que se formavam enquanto ele respirava com força pelo nariz. E então ele largou a gazua no chão com um retinido e enfiou os dedos fundo na própria carne e tirou do corte um fino pedaço de metal de quinze centímetros.

Uma lâmina.

Um instante depois, para a perplexidade de Alice, o corte no braço do garoto começou a se fechar sozinho, carne com carne, até que havia apenas o sangue em uma mancha comprida, a sujeira na camisa e o chão escorregadio sob os pés dele.

Parecia um sonho. Ovid se levantou. Não disse nada. Ficou parado, tremendo e feroz, diante da porta, a mão direita agarrando a lâmina com força, e esperou.

Então uma luz laranja surgiu por baixo da porta e os pesados cadeados foram destrancados, um a um, e o delegado gritou com a voz alegre:

— Opa, garoto, parece que você não vai nos deixar tão cedo, afinal.

E então a porta se escancarou, bloqueando por um momento a visão de Alice, de modo que ela não podia ver Ovid nem o delegado entrando, pôde ver apenas a luz da lanterna caindo e ouvir o homem grunhir de surpresa. Em seguida veio o barulho de alguma coisa caindo e a lanterna se espatifando no chão, e logo depois a escuridão.

Alice saiu de trás da porta imediatamente, punhos dobrados, mas o delegado já estava morto. A lâmina estava enterrada em seu pescoço. Ovid olhava para ele.

— *Maldição* — praguejou ela. — O que *foi* aquilo?

Coulton, porém, não se abalou.

— Me deixe ver isso, filho. — Ele agarrou o pulso de Ovid e virou o braço para um lado e para o outro até que o garoto se soltou.

Ovid se ajoelhou ao lado do homem morto, puxou a lâmina, retirando-a do corpo com um ruído de sucção, limpou-a na própria calça e a guardou dentro da camisa.

— Por que vocês voltaram para me buscar? — sussurrou ele. Seus gestos eram calmos, mas a voz soava abalada.

Alice, ainda atônita, não sabia o que dizer.

— Porque é o nosso trabalho — disse, por fim. — E porque ninguém mais ia fazer isso.

— Não deveriam ter vindo.

— Por que não?

— Eu não teria.

— Não temos tempo para isso — interrompeu Coulton. — O barco parte em quinze minutos. Temos que ir.

Alice sustentou o olhar do garoto por um longo e silencioso momento.

— Talvez um dia você faça isso — disse ela. — Talvez um dia haja alguém por quem voltar.

Coulton já estava tirando o sobretudo e entregando o chapéu para Ovid, que ficou ridículo com a roupa. Alto demais para ela, pensou Alice, mas não havia nada que pudesse ser feito a esse respeito. Alice tirou as botas do delegado e Ovid as calçou. Eles teriam de se manter nas sombras e rezar para encontrarem ruas vazias. Alice calculou que tinham no máximo dez minutos antes que a ausência do delegado fosse notada e alguém viesse procurá-lo. Puxou as mangas do sobretudo para o garoto, abotoou-o rapidamente sobre a camisa ensanguentada, levantou a gola e grunhiu.

— Muito bem — disse ela. — Vamos.

Coulton gesticulou para que seguissem. Eles atravessaram o depósito apressados e saíram na rua iluminada pela lua, então deslizaram ao longo da parede levemente prateada e tomaram a direção do rio. O ar parecia limpo, incrivelmente bom para Alice, depois do fedor da cela do depósito. Ela estava tentando não pensar no que acabara de ver, no garoto e em seu antebraço, a lâmina enterrada nele. Tentando e fracassando.

No cais fluvial, Alice podia ver o grande vapor com roda de pás iluminado sobre a água, que refletia o brilho, os homens lá embaixo cuidando silenciosamente da carga e das cordas. Coulton os conduziu por uma longa rampa até uma pequena bilheteria, e lá ele falou em voz baixa com um homem atrás do balcão, e depois de alguns minutos saíram apressados e subiram a passarela até o vapor. Ovid usava o chapéu abaixado, a gola levantada e as mãos enfiadas nos bolsos do sobretudo, mas ainda era, aos olhos de Alice, claramente um garoto negro, absurdo em suas botas grandes e roupas curtas demais. No entanto, quaisquer que fossem os arranjos que Coulton tivesse feito funcionaram; ninguém os deteve e, dentro de poucos minutos, estavam a bordo do barco a vapor, seguindo um carregador por um corredor até suas cabines. Então ouviram os gritos dos trabalhadores lá embaixo, e as cordas foram soltas, e o barco partiu lentamente, com força, seguindo as correntes do escuro Mississippi.

Ela e Coulton tiveram um jantar tardio no barco, os únicos dois passageiros jantando àquela hora.

Tinham deixado o garoto Ovid na cabine de Coulton, fingindo dormir, com as mãos desamarradas, na convicção de que não confiaria neles se não confiassem nele primeiro. No salão, a luz dos lampiões a gás estava bem fraquinha, a roda de pás zumbia de leve na escuridão além. Um garçom negro recostou-se na barra de metal do bar, observando-os pelo espelho. Coulton mastigava seu bife em pequenos pedaços, enchendo as bochechas com batata e molho. Alice estava sem apetite.

— Você sabia? — perguntou ela. — Sabia que ele podia fazer aquilo?

Coulton sustentou seu olhar.

— Não sabia — disse baixinho.

Ela sacudia a cabeça.

— Aquele delegado tentou explicar. Tentou nos dizer.

— Esses garotos, esses órfãos. Nenhum deles é normal. Mas isso não faz deles monstros.

Ela pensou no que o homem dizia.

— Não mesmo? — Ela ergueu os olhos para ele. — Não é exatamente o que isso faz deles?

— Não — disse ele com firmeza.

Ela ficou ali sentada com as mãos cruzadas no colo, fitando o prato. Era verdade, havia em todos eles, em todos aqueles órfãos, alguma coisa estranha, inexplicável, que não devia ser comentada por ela ou por Coulton. Rumores que vinham com eles de sua antiga vida.

— Ele poderia ter escapado a qualquer hora — disse ela, falando lentamente. — Tinha uma faca *dentro* dele. O tempo todo. Por que não tentou fugir antes? — Ela ergueu os olhos. Pensou que Coulton não parecera nem um pouco surpreso na cela e se sentiu tola, como se tivessem mentido para ela. — O que exatamente é o Instituto Cairndale, Sr. Coulton? E não venha me dizer que essas crianças são *afligidas*. Para quem eu estou trabalhando?

— Nós estamos do lado do bem — disse ele baixinho.

— Será mesmo?

— Estamos.

— Todo mundo acha que está do lado do bem.

Mas Coulton estava sério. Ele alisou os poucos fios de cabelo em sua cabeça, franzindo a testa.

— Eu disse à Sra. Harrogate, antes de partirmos, que você devia saber mais. Ela não tinha certeza de que você estava... comprometida. Mas eu acho que já é hora. Guarde as perguntas objetivamente em sua cabeça, e pode fazê-las pessoalmente a ela, quando estiver de volta a Londres.

— Ela quer me encontrar?

— Sim.

Alice estava surpresa; tinha encontrado sua empregadora uma única vez. Mas estava satisfeita com isso. Pegou o garfo e a faca.

— Eu não sei como você aguenta — disse ela, mudando de assunto. — Essas pessoas. Aquele juiz. Eu o teria jogado pela maldita janela do próprio gabinete.

— Que benefício isso teria nos trazido?

— Teria feito bem a mim.

— Conheço um pouco este mundo, Srta. Quicke. Aqui as boas maneiras são mais importantes do que a verdade. Mais importantes do que ter razão.

Ela pensou no garoto em farrapos, tremendo no depósito.

— Boas maneiras — murmurou.

— Sim. — Coulton dirigiu-lhe um sorriso. — Talvez isso seja difícil para você.

— Posso ter boas maneiras.

— Com certeza.

— O que foi? Posso mesmo.

Coulton parou de mastigar. Engoliu, tomou um gole de vinho e então limpou a boca e a encarou.

— Nunca, em toda a minha vida, conheci uma pessoa mais parecida com um furúnculo no traseiro vermelho de um padeiro do que você, Alice Quicke. E digo isso da maneira mais positiva possível. — Ele levou a mão ao bolso do casaco e pegou um pequeno pedaço de papel dobrado. — Um mensageiro entregou isto no hotel — disse ele, voltando a mastigar. — Um novo trabalho. O nome é Marlowe. Você precisa ir ao Beecher and Fox Circus, em Remington, Illinois.

— Remington.

— Sim.

— O hospício em que minha mãe está internada fica em Remington. Ou nos arredores.

Coulton a observou.

— Isso é um problema?

Ela hesitou, então sacudiu a cabeça.

— Vai ficar tudo bem. É só o lado errado do traseiro, só isso. — Ela fez uma pausa. — Espere. *Eu* preciso ir? Você não vai?

— Eu vou acompanhar o garoto Ovid a Londres. — Coulton pegou um novo envelope no bolso. — Tem uma passagem aqui para um barco com destino a St. Louis, que parte ao amanhecer. Não se preocupe, ele não para em Natchez. De St. Louis você vai de trem para Remington. Também vai encontrar alguns testemunhos que tomei a liberdade de escrever para você, documentos e afins. E mais o endereço em Londres onde vai encontrar a Sra. Harrogate. Mande um telegrama diretamente para ela, se algo acontecer. Além disso, algum dinheiro para cobrir as despesas e dois bilhetes de segunda classe para um vapor que parte de Nova York daqui a dezoito dias. — Ele comeu mais um pedaço do bife. — E um relato de como esse garoto Marlowe foi roubado por sua ama quando era bebê e levado para fora da Inglaterra, e como a família contratou você para rastreá-lo etc. etc.

Ela correu os olhos pelos papéis.

— Tem uma marca de identificação?

— Um sinal de nascença. Sim.

— Isso não é comum.

Ele assentiu.

— Quanto disso é verdade?

— Um pouco. O suficiente.

— Mas ele é só mais um órfão?

— Sim.

— Contanto que eu não chegue lá e o encontre tirando porcarias do braço.

Coulton sorriu.

Ela deu mais uma garfada e mastigou.

— Por que vou sozinha dessa vez?

Coulton olhou para ela, que ficou surpresa com a emoção estampada no rosto dele.

— Alguém anda fazendo... perguntas — disse ele, relutante. — Fui informado pouco antes de deixarmos Liverpool. Um homem, fazendo perguntas. Sobre o Mississippi, sobre moedas americanas. Ele tem *interesse*, pode-se dizer, nas crianças que recolhemos. Certamente no garoto Ovid. Tive medo de que o encontrássemos aqui em Natchez. Ficarei de olho para o caso de ele aparecer na volta.

Ela estudou o rosto de Coulton em silêncio.

— Ele é detetive?

Coulton sacudiu a cabeça.

— Já esteve associado ao instituto. O nome dele é Marber. Jacob Marber.

— Jacob... Marber.

— Sim.

Alguma coisa na maneira de Coulton falar a fez hesitar. Ela ajeitou o garfo e a faca no prato, pensativa.

— Você o conhecia — disse ela.

— Eu sabia *sobre* a sua existência. Ele tinha certa... reputação. — Coulton mexeu nas próprias mãos. — Jacob Marber é um homem perigoso, Srta. Quicke. Se ele está caçando Charlie Ovid, é melhor que o garoto seja levado logo para Londres. Você deve ficar bem com esse menino Marlowe, em Illinois. — Coulton fez uma careta, como se tentasse decidir se deveria dizer mais. — Marber culpou o instituto por alguma coisa, algo que aconteceu. Eu não sei o que foi. Alguém morreu, acho. Não importa. Perdemos o rastro dele há anos, e não ouvi falar dele desde então. Há quem ainda pense que ele esteja morto. Eu não. Era bom demais no que fazia, um dos melhores.

— E o que ele fazia...?

Os olhos de Coulton encontraram os dela.

— O mesmo que nós. Exceto que os métodos dele eram mais sanguinários.

Alice pensou no que ele acabara de dizer.

— Como vou reconhecê-lo? Se o vir?

— Você vai saber. Ele é do tipo que vai te assustar.

— Eu não me assusto.

Coulton suspirou.

— Sim, se assusta. Você só não sabe disso ainda.

Alice tornou a cruzar as mãos no colo, sentindo-se de repente gelada. Ela observou o reflexo de ambos no vidro desenhado da janela do barco, as grandes correntes do Mississippi ao redor deles na escuridão, o garçom parado com a mãos cruzadas nas costas. As poltronas verdes de *plush* e as samambaias moribundas. Tudo isso à luz nebulosa dos lampiões a gás em suas arandelas.

— Ele vai ficar desapontado então, esse seu Sr. Marber — disse ela. — Se for para Remington.

Coulton abriu um sorriso cansado ante a dureza dela, e o sorriso desapareceu quando ele empurrou o prato para o lado e se pôs de pé, limpando os dedos gordurosos no guardanapo.

— Seria melhor você estar longe de lá, se ele for — disse em voz baixa.

3

O Garoto no Fim do Mundo

Treze meses haviam se passado desde que Brynt tivera o Sonho pela última vez. Mas ele estava de volta, ruim como sempre, e a apavorava tanto que toda noite agora ela tentava não dormir, tentava ficar acordada até de manhã com um café forte na carroça escura, observando o rostinho de Marlowe no beliche, respirando, contando a si mesma ao luar que não havia nenhum problema, que nada estava errado, que eles estavam seguros.

Mas todas as noites, por fim, seus olhos ficavam pesados, ela cabeceava e o Sonho vinha.

Começava sempre do mesmo jeito. Ela estava agachada no seu guarda-roupa de menina, tentando se esconder. O cheiro acre de naftalina, o farfalhar de roupas penduradas. Ela era pequena novamente, uma criança, embora nunca tivesse sido pequena de fato. Estava na casa de cômodos do tio, em São Francisco, era noite e, quando ela abriu uma fresta na porta do guarda-roupa, pôde ver o luar entrando. Embora fosse uma garotinha, era ao mesmo tempo ela mesma, a velha Brynt, aflita, cansada, e o pequeno Marlowe estava com ela, chorando baixinho de medo. Bem devagar, ela saía do guarda-roupa, pegava Marlowe pela mão e levava um dedo aos lábios para pedir silêncio.

Havia alguma coisa na casa com eles.

Dirigiam-se à entrada. Escadas estreitas e íngremes, a luz prateada da lua no patamar. Todas as portas dos quartos estavam abertas, nas sombras. E Brynt e a criança começavam a descida lenta, impossivelmente lenta, os degraus rangendo, Brynt apurando os ouvidos, concentrada, tentando captar os sons daquela outra presença na casa, aquela coisa, onde quer que estivesse.

E então ela ouviu. Passos acima deles. Um vulto escuro surgiu no terceiro andar, caminhando lentamente, partículas de sombra enxameando em torno dele. Brynt disparou numa corrida, descendo os degraus de dois em dois, arrastando o menino atrás dela. Mas agora o vulto escuro vinha se aproximando, incrivelmente rápido, estendendo um braço longo, muito longo, no qual havia dedos pálidos e curvos, estranhamente alongados, e toda a luz parecia ser sugada para aquela mão. Marlowe gritou. A sombra não tinha rosto; e onde deveria estar a boca, era tudo...

Brynt sentou-se. Sentiu o cobertor embolado em seu corpo, o suor que cobria seu rosto esfriando na penumbra. A luz das estrelas entrava pela janela alta e estreita. Ela afastou o cabelo do rosto.

Marlowe.

Ele não estava na cama. Ela desceu do beliche em pânico, a carroça do circo rangendo e estremecendo sob seu peso, e passou pela cortina esfarrapada. Marlowe estava comendo um biscoito com manteiga na mesa estreita, um livro de gravuras aberto diante dele. Eram as gravuras de Gustave Doré para o *Inferno* de Dante, almas sinistras se contorcendo, atormentadas, um presente dado pelo reverendo há muito tempo, o único livro na carroça além da Bíblia. Ela sentiu o coração em seu peito desacelerar.

— Você está bem, querido? — perguntou, numa voz forçada. — O que está fazendo?

— Lendo.

Ela sentou-se ao lado dele.

— Não conseguiu dormir?

— Você estava falando de novo — disse ele. — Era aquele sonho outra vez?

Ela o encarou. Fez que sim com a cabeça.

— Eu estava nele?

Ela tornou a assentir.

A luz das estrelas prateava os cabelos pretos dele, as mangas do pijama. Ele olhou para ela com os olhos escuros e sérios. Seu rosto era tão pálido, que ele poderia ser um dos mortos.

— Eu te ajudei dessa vez? — perguntou ele.

— Ajudou, sim, meu bem — mentiu ela. — Você continua me salvando.

— Que bom — disse ele com firmeza, e se aninhou nos braços dela.

Brynt passou a mão pelos cabelos dele. A última vez que o Sonho a atormentara assim foi na semana em que o reverendo morreu, naquele quarto úmido e cheio de mofo em Spitalfields, fazia mais de um ano agora. Ele havia resistido por dois anos depois daquela semana sombria, quando a mãe de Marlowe desaparecera na neblina, Brynt tentando cuidar dos dois o tempo todo, o garotinho e o moribundo, metade do tempo com raiva de Eliza, o restante, aflita por ela. Brynt pensava sempre que talvez Eliza voltasse, no entanto ela nunca voltou. O menino nunca falava daquela noite, quase não falava da mãe, na verdade, e, se falava, era só na hora de dormir, quando estava com sono. É claro que Brynt sabia que Eliza Mackenzie Grey não era a mãe dele, não de verdade, mas a pobre menina tinha salvado a criança do abandono e cuidara dela mesmo nos momentos mais difíceis e a amara como se tivesse nascido dela. Se isso não era ser mãe, Brynt não sabia o que era.

Mas agora o Sonho estava de volta. Ali sentada com Marlowe à mesa, Brynt sentiu uma espécie de formigamento na ponta dos dedos, quase como um pressentimento, como se o tempo estivesse prestes a mudar, e por isso ela sabia que algo estava por vir, algo ruim, e eles não estavam prontos.

Marlowe não era como as outras crianças.

Brynt sabia disso, é claro que sabia. Para começar, obviamente, havia o brilho. Sua pele se iluminava com aquela estranha cor azul e ele ficava com o olhar parado; e não havia nenhum truque nisso, nenhum mesmo. Não que o Sr. Beecher ou o Sr. Fox soubessem a verdade — afinal, um artista tinha direito a ter seus próprios segredos, seus próprios truques. Muito provavelmente eles presumiam que o garoto era pintado com algum tipo de tinta luminescente, irídio talvez, como ela já vira os espiritualistas usarem em seu ridículo ectoplasma, nas sessões espíritas nas salas de casas de famílias lá na Inglaterra. Não importava que o brilho fosse mais estranho do que isso, mais bonito, como se o atravessasse, como se você pudesse ver, através da pele dele, as veias, ossos, pulmões e tudo mais.

Uma vez ele dissera a ela, que na ocasião pintava o próprio rosto para a apresentação da noite, que ele tinha medo do que podia fazer.

— E se eu não conseguir parar, Brynt? E se um dia eu não conseguir?

E essa era outra coisa diferente nele: o quanto parecia se preocupar. Não era como nenhuma outra criança de oito anos que ela já conhecera.

— Não conseguir parar o que, meu bem? — perguntara ela.

— O que acontece comigo. O brilho. E se uma noite ficar pior?

— Então poderemos usar você para encontrar coisas no escuro.

Ele havia olhado para ela no pequeno espelho com a expressão muito séria.

— Deixe que eu me preocupo por nós dois — ela havia respondido. — Está bem?

— A mamãe costumava dizer que eu poderia escolher o que quisesse fazer. Que era uma decisão minha.

— Isso mesmo.

— Mas não é sempre assim, é? A escolha, eu quero dizer. A gente não pode escolher sempre.

Era como se ele estivesse pensando em outra coisa, algo mais sombrio, mais perturbador, e ela de súbito se perguntara se não seria a mãe, se não seria em Eliza que ele estava pensando.

— Às vezes a gente não pode escolher — Brynt tinha dito gentilmente. — Isso é verdade.

— Sim — replicara ele.

Ela então tinha olhado para Marlowe, *olhado* de verdade. A maneira como ele contemplava o próprio rosto cinzento no espelho, mordendo o lábio, a cabeleira preta caindo em sua testa. E ela pousara a tinta que estava passando no rosto e o puxara para ela.

— Ah, meu bem — dissera então, como sempre fazia, quando não sabia o que mais falar.

Agora ela segurava as saias com uma das mãos, passando em meio à sujeira da manhã e os cabos de sustentação da tenda, seguindo para o escritório do Sr. Beecher. Marlowe quase corria para acompanhá-la.

Beecher era o sócio-gerente e tesoureiro. Durante a noite, Brynt havia decidido que teria de falar com ele de qualquer maneira, que era hora, mas então, de manhã, logo após o café, uma garota tinha batido na carroça deles com o aviso de que ela e o garoto estavam sendo esperados no escritório do Sr. Beecher, *imediatamente, por favor*. Brynt não acreditava em coincidências, mas sim que havia uma configuração para o mundo e seus acontecimentos, quer ela pudesse vê-la ou não, e logo lembrara do sonho daquela noite e da sensação que ainda estava com ela, e havia franzido a testa e pegado o chapéu.

Todos os lugares cheiravam a cavalo molhado e feno. Havia lixo e cartazes pisoteados na lama. Figuras acocoradas nos degraus das carroças, barba por fazer, bebendo café em xícaras de lata. Eram aquelas cujos dons não tinham lugar no mundo. Pessoas com anomalias e palhaços, quiromantes e engolidores de fogo. Eles a seguiam com olhos sombrios. Ela e Marlowe vinham trabalhando nos palcos secundários aqui já fazia seis semanas e ainda eram vistos como forasteiros, estranhos, sozinhos quase o tempo todo, mas Brynt não se importava — na verdade, preferia assim. Ela vivera entre essas pessoas a vida toda e sabia que elas não eram piores do que outras nem mais parecidas com ela do que ninguém, apesar de suas próprias peculiaridades. Pessoas eram pessoas, e isso significava principalmente que elas se aproveitavam do que podiam, sempre que podiam.

Ela sempre fora diferente, a vida inteira.

"Você parece ter dois pés esquerdos", seu tio costumava dizer. Isso quando ela era apenas uma menina, em São Francisco, morando no prédio de apartamentos que ele supervisionava. Seu tio tinha sido um pugilista, famoso em alguns círculos, vencendo luta após luta até que uma noite ele foi derrotado, e então começou a longa e lenta queda, e as dores de cabeça, os punhos tão inchados que não fechavam direito, a fala arrastada. Ele a criara para lutar e, aos dez anos, ela já corria atrás do maior garoto de qualquer rua, e às vezes parecia que lutar era tudo que ela sabia fazer. Ela amara o tio, no entanto; amara seus modos gentis, como ele nunca a fazia sentir-se outra coisa que não normal, apesar de seu tamanho e de sua força enorme. Às vezes, surpreendia-se ao pensar em sua vida, no quanto do mundo já vira, no encontro com o reverendo em São Francisco no ano seguinte à morte do tio, na ida com ele para o sul do México. Foi lá que ela fez sua primeira tatuagem. Mais tarde, ela e o reverendo partiram para a Inglaterra, viajaram pela Espanha, retornaram à Inglaterra. Agora que havia regressado aos Estados Unidos, compreendia que nenhum lugar era seu.

Ela atravessou pensativa a área do circo, Marlowe pulando pela lama. Uma estranheza estava instalada em seu coração. Um martelo soou no ar frio, duas vezes, depois duas vezes de novo, como um aviso. Um palhaço idoso, em camisa de botão, curvado sobre um barril de água, ergueu o rosto com uma navalha aberta na mão. Ele os cumprimentou solenemente com um movimento da cabeça quando passaram. A alguma distância dali, junto a uma cerca, uma mulher vestindo uma sobrecasaca por cima de uma espécie de ceroulas puxava um balde de água. Mais além, um bloco de nuvens escuras pairava contra um céu ainda mais escuro.

Ela não imaginava o que o Sr. Beecher queria, mas estava pensando que ela e Marlowe vinham trabalhando no espetáculo havia mais de um mês, e isso era muito tempo; já era hora de seguir em frente.

Havia três pessoas ali. Estavam sentadas em torno da mesa de Beecher na tenda salpicada de lama que ele chamava de escritório, e todas se viraram ao mesmo tempo quando ela entrou. Brynt teve de abaixar a cabeça para passar pela entrada baixa e estendeu a mão e sentiu Marlowe segurar dois de seus dedos em sua mãozinha. Uma das pessoas era uma mulher, usando um vestido de veludo azul, um chapéu de abas largas delicadamente posicionado sobre cachos louros, de modo que seus olhos estavam na sombra. Sob a bainha de sua saia, Brynt vislumbrou botas sujas de lama. À medida que seus olhos se adaptavam à pouca luz, viu que o nariz da mulher havia sido quebrado havia muito e que se consolidara torto, e que em seus olhos havia uma dureza, fazendo com que Brynt sentisse que ela não era delicada nem refinada. A mulher tinha um ar feroz e desconfiado que, em outras circunstâncias, teria agradado a Brynt.

O Sr. Fox, sempre cavalheiro, levantou-se educadamente quando Brynt entrou, mas Beecher limitou-se a se recostar na cadeira, mastigando o charuto na penumbra.

— E aqui está ela, a Grande Brynt em pessoa — disse Beecher, insolente. — Que bom que você trouxe o garoto, querida. Esta aqui é a Srta. Alice Quicke, detetive particular vinda da...

— Inglaterra — disse a estranha, que olhava para Marlowe com curiosidade.

— ... das distantes ilhas da bela Inglaterra. A Srta. Quicke estava justamente explicando como é fácil confundir, ah, o que era mesmo? Ah, sim. Um garoto roubado com outro.

— Eu nunca disse roubado — replicou ela em voz baixa.

Brynt hesitou, espreitando o rosto dos três, deixando seus olhos se ajustarem. Então ela se voltou para o terceiro entre eles.

— Sr. Fox — disse ela. — Do que se trata?

— O menino, Srta. Brynt. O seu Marlowe. Me corrija se eu estiver enganado ao dizer que ele não é seu parente de sangue... — Quando ela não falou nada, o Sr. Fox pigarreou, com uma expressão de desculpas. — Por favor, sente-se. Tenho certeza de que há uma explicação para tudo isso. Olá, filho.

Marlowe olhava à sua volta, calado.

A tenda era estreita, iluminada por um lampião antigo no canto da mesa. Brynt pensou que ela poderia ir embora, ela sabia disso, poderia simplesmente se virar e ir, levando Marlowe com ela, e nenhum dos três poderia detê-la, ela podia apostar, nem mesmo a detetive. Então se lembrou dos problemas em que Eliza estava metida, lá na Inglaterra; não sabia se havia alguma conexão com isso, mas na verdade não queria descobrir.

No entanto, ela não foi embora. As tábuas do assoalho estavam soltas e riscadas com barro seco e rangiam sob seu peso quando ela avançou, virou a cadeira que restava vazia, levantou as saias e se sentou, os braços enormes dobrados sobre o encosto da cadeira.

— O nome verdadeiro dele é Stephen Halliday — disse a mulher, a Srta. Quicke. Ela dirigiu um olhar inquieto para Marlowe, que se encostava no braço de sua guardiã, e depois voltou a olhar para Brynt. — Não seria melhor se ele não estivesse aqui presente? Pelo bem dele? — Mas, quando ninguém se mexeu, muito menos Brynt, e Marlowe ficou ali em silêncio, ouvindo, ela pareceu pôr fim a alguma discussão interna e prosseguiu. — Stephen Halliday foi sequestrado pela ama há oito anos. Isso foi em Norfolk, Inglaterra. Sua família está ansiosa para tê-lo de volta. Estou aqui em nome deles. Tenho documentos, é claro.

Ela tirou do bolso interno um envelope grosso amarrado com barbante e o entregou a Brynt, que desdobrou os documentos e, enquanto todos aguardavam, começou a ler. De vez em quando ela fazia uma careta e erguia o rosto. O envelope continha vários formulários e registros carimbados e certificados tanto em Londres quanto em Nova York, alguns dos quais Brynt não entendia; a maioria, porém, atestava a identidade e a história do menino desaparecido. Havia também depoimentos e autorizações oficiais para a mulher, Srta. Alice Quicke, assinadas por um tal Lorde Halliday, reconhecendo-a como a investigadora particular legal no caso. Marlowe, ao que parecia, era herdeiro das vastas propriedades dos Halliday no leste da Inglaterra. Ele fora sequestrado quando ainda era bebê, desaparecera na fumaça da grande Londres e a família vinha procurando por ele desde então. Podia ser identificado por uma marca de nascença nas costas em forma de chave.

Tonta, Brynt sentiu o rosto ficar quente. Ela conhecia aquela marca.

— Sinto muito — disse a Srta. Quicke baixinho. — A família é grata a você, é claro.

— Não — disse Brynt.

A palavra foi tudo que lhe ocorreu, e saiu espontaneamente, contra a sua vontade, e assim que falou, ela se arrependeu. Viu o Sr. Beecher correr um dedo pelo bigode e olhar para o Sr. Fox. O charuto queimava entre seus dentes. Ela pensou no Sonho e na sensação de que algo ruim estava para acontecer, e tentou identificar o que era, mas não achou que fosse isso. Então arregaçou as mangas devagar, expondo os grossos antebraços tatuados. O que havia de errado com ela? Era a verdadeira família dele. Sua mãe verdadeira. Sua *casa*.

A Srta. Quicke observava atentamente, como se pudesse assistir a todos aqueles pensamentos no rosto de Brynt diante dela.

— Sinto muito, Srta. Brynt. É uma ordem judicial. Não é um pedido.

— Ela vai acionar a justiça contra você — disse o Sr. Fox. — Contra todos nós.

— Que justiça? — perguntou Brynt, recompondo-se. — A lei na Inglaterra não é a lei daqui.

— Conhecer a identidade do menino — continuou a Srta. Quicke —, mas se recusar a entregá-lo, faria de você uma cúmplice do sequestro. E o Sr. Fox e o Sr. Beecher também, e todo o seu negócio aqui. Você poderia passar uma década na cadeia. Ou pior.

— Santo Deus — murmurou Beecher, divertindo-se. — Oh, oh. Ou pior.

— Estamos preparados para compensá-la, é claro — prosseguiu a Srta. Quicke.

Brynt passou uma mão protetora pelos ombros de Marlowe.

— Compensar?

— Financeiramente. Pela perda de renda.

— Perda de renda?

O Sr. Fox tirou os óculos. Ele tinha os braços e pernas longos como se fosse uma aranha do campo, a mesma cabeça peluda.

— Marlowe, filho. Levante a camisa e vire de costas.

O garoto soltou os suspensórios, ergueu a camisa e se virou. Brynt ouviu a Srta. Quicke ofegar. O torso do menino era impressionantemente pálido, como se nunca houvesse visto a luz do sol. E na base das costas se via um sinal de nascença vermelho, no formato de chave.

— É ele — disse o Sr. Beecher. E olhou para o Sr. Fox, perplexo. — É o garoto Halliday.

Felix Fox pôs os óculos, inspecionou o sinal e tornou a tirar os óculos. Do fundo de sua garganta escapou um ruído, mas ele nada falou.

Ninguém disse nada.

O Sr. Fox esfregou o rosto, parecendo um homem que não queria dizer o que estava prestes a dizer.

— Brynt — começou ele. — Há dinheiro por trás de tudo isso. Dinheiro e gente poderosa convencida de que este é o garoto deles. Você imagina que isso vá parar? — Ele estreitou os olhos lacrimosos. — Você sabe a resposta.

Brynt estava pensando a mesma coisa.

A Srta. Quicke calçou as luvas e então se ajoelhou diante do menino. Ela não o tocou.

— Seu nome verdadeiro é Stephen, criança — disse ela. — Stephen Halliday. Você desapareceu quando era um bebê. Fui contratada para encontrá-lo e levá-lo de volta para seus pais, na Inglaterra.

— Eles vão ficar muito felizes ao saber que você está bem, filho — disse o Sr. Fox. — A Srta. Quicke está aqui para ajudar, pode confiar nela. Está tudo bem. Ela é boa gente.

Tudo isso o menino ouviu em silêncio, observando com atenção a boca de quem falava. Ele não dava nenhum sinal de compreensão, exceto pela maneira como procurou a mão de Brynt e a segurou com força.

A Srta. Quicke se levantou.

— Por que ele não fala? É surdo?

— Surdo! — Beecher sorriu. — Santo Deus! Isso ele não é, com certeza!

O Sr. Fox cruzou os braços, agora aflito para acabar logo com isso.

— Não existe nenhuma lei, em nenhum lugar da Terra, que não diga que o garoto ficará melhor com a família, Brynt. — Ele franziu a testa. — A Srta. Quicke pretende partir de manhã. Acredito que não haja necessidade de prolongar o assunto. Esteja com o menino pronto, Brynt.

— Pronto...? — Brynt ergueu os olhos, como se estivesse voltando a si. — Pronto?

— Ah — disse Beecher rapidamente. — Mas ainda temos, sim, alguns detalhes para discutir. Remuneração e tal. Como foi proposto. Existe um contrato, afinal.

— De acordo — disse a Srta. Quicke.

Beecher levantou a mão comprida e cinzenta.

— E o garoto se apresenta no espetáculo desta tarde e desta noite. Ele é nosso até de manhã.

— Tudo bem.

O garoto pôs a camisa para dentro da calça e ajeitou os suspensórios. Então manteve os olhos fixos na detetive, a Srta. Quicke.

— Filho...? — chamou o Sr. Fox.

Marlowe não respondeu. A tenda ficou em silêncio.

— Marlowe — disse a Srta. Quicke devagar, com cautela. — Eu sei que isso deve ser confuso. Você deve ter perguntas para mim.

Ele a encarou com grande intensidade, os olhos pálidos e azuis. Como se procurasse no rosto dela alguma pista sobre a natureza de seu verdadeiro eu. Ela submeteu-se em silêncio a seu escrutínio, as mãos enluvadas castamente à sua frente, como se de alguma forma compreendesse que era importante não se mexer e não desviar o olhar. Brynt assistia a tudo isso do outro lado da tenda. Ela viu os cílios longos e escuros dele, as sardas salpicadas no nariz, a cabeleira espetada, conhecendo cada traço perfeitamente. Ele era tão pequeno para oito anos, ela pensou. Ou talvez as crianças de oito anos fossem assim mesmo.

Por fim a Srta. Quicke estremeceu e olhou hesitante ao redor.

— O que ele quer? — perguntou ela.

Brynt a observava como uma víbora.

— Senhora... — começou Fox.

Antes que ele pudesse terminar seu pensamento, porém, o menino se inclinou, como se respondesse, e sussurrou algo muito baixinho para a mulher. Ela olhou para Brynt, e seu rosto estava triste.

Então a mulher, a Srta. Quicke, tornou a se ajoelhar.

— Ah, querido, não — disse ela ao menino. — Não, Brynt tem que ficar aqui.

Alice Quicke deixou a tenda de Beecher querendo socar alguém, de preferência sua empregadora, a Sra. Harrogate, dar um soco em sua cara gorda, ou talvez Frank Coulton, qualquer um mesmo, odiando seu trabalho de qualquer forma, o que ela tinha de fazer para realizá-lo e a quem ela tinha de fazê-lo.

Aquele pobre garoto, ela pensou. Aquela pobre mulher, com suas tatuagens e seus olhos tristes. Enquanto se abaixava para passar por baixo de um cabo de sustentação e refazia o caminho por onde viera em meio à lama, indo em direção à tenda grande e à estrada de volta para Remington, ela compreendeu que bastava, que já fora até onde podia com tudo aquilo, o rastreio dos órfãos, as mentiras. O problema não era apenas esse garoto, a tristeza disso tudo. Era também aquele menino Ovid no Mississippi, o que cortara a carne do próprio braço e tirara dele uma lâmina. E o aviso de Coulton sobre o tal Jacob Marber, em algum lugar do mundo, caçando essas crianças? Jesus.

Não, ela terminaria esse último trabalho, escoltaria o garoto Marlowe de volta à Inglaterra e então informaria a Harrogate sua decisão: tinha chegado ao fim da linha.

A questão era que havia encontrado a mulher, a Sra. Harrogate, uma única vez, no Grand Metropolitan Hotel na Strand, lá no início de tudo. O hotel era escuro, com espelhos brilhantes reluzindo sob as luzes elétricas, lambris de mogno polido, candelabros pendendo das vigas em rodas flamejantes, tudo que se pode imaginar. Colunas altas de mármore na recepção e o elevador forrado de veludo com um garoto de uniforme operando as engrenagens. Alice tinha seguido Coulton até o quarto andar, com um Colt Peacemaker em um bolso e um soco inglês no outro.

Ele a conduziu por um longo corredor com uma mobília opressiva, parando e introduzindo uma chave na fechadura de uma porta bem larga, e então eles se encontraram em uma sala de estar, com portas entreabertas na extremidade oposta e uma mesinha de laca vermelha, onde se via um bule fumegando em uma bandeja de prata, e na janela do outro lado, de costas para eles, uma mulher de meia-idade vestida de preto.

— Srta. Quicke — disse ela, virando-se. — Ouvi coisas tão interessantes a seu respeito. Por favor, entre. O Sr. Coulton vai recolher o seu casaco.

— Vou ficar com ele — disse Alice, a mão no bolso, no revólver.

A mulher se apresentou: Sra. Harrogate, viúva havia muitos anos, e uma mera representante do Instituto Cairndale, sua procuradora aqui em Londres, por assim dizer. Alice a tinha observado com atenção. Parecia uma governanta, exceto pela expressão nos olhos. Podia ter quarenta anos, podia ter cinquenta. Ela se aproximou, deslizando pelo tapete, as mãos cruzadas à frente, avermelhadas, como se tivessem sido esfregadas com soda cáustica, dedos sem anéis nem joias. Um sinal de nascença roxo cobria uma de suas bochechas, a ponte do nariz e um olho, tornando sua expressão difícil de ler. Mas seus lábios estavam voltados para baixo, como se ela tivesse acabado de provar algo azedo, e havia em seus olhos escuros algo de impiedoso. Ela não usava maquiagem, apenas um fino crucifixo de prata acima dos seios.

— Sou feia — disse com naturalidade.

Alice corou.

— Não — contestou.

A Sra. Harrogate apontou um sofá, então se sentou; Alice, depois de um momento, sentou-se também. O homem, Coulton, deu um passo à frente, serviu o chá e se dissolveu nas sombras, e então a Sra. Harrogate explicou o que queria que Alice fizesse. Era tudo muito simples, disse ela, talvez apenas um pouco incomum. O Instituto Cairndale era uma organização de caridade interessada no bem-estar de certas crianças, crianças que sofriam de uma doença rara, que não poderiam receber tratamento em outro lugar. O trabalho de Alice seria ajudar a rastrear essas crianças; ela receberia nomes e lugares. Assim que fossem encontradas, o Sr. Coulton as traria aqui para Londres, para a Sra. Harrogate, que cuidaria para que fossem levadas em segurança até o instituto. Alice se reportaria diretamente ao Sr. Coulton; ele cuidaria para que ela fosse paga integralmente, e também cobriria as outras despesas. O contrato de Alice duraria o ano todo, e poderia ser renovado caso seus serviços ainda fossem necessários. Era tudo perfeitamente legal, é claro, mas era necessário discrição. A Sra. Harrogate acreditava que os termos se mostrariam satisfatórios.

Alice fitou o chá escuro em sua xícara, mas não bebeu. Estava pensando nas crianças.

— Ah — murmurou a Sra. Harrogate. — Você está se perguntando: e se elas não quiserem vir?

Alice assentiu.

— Não estamos no ramo do sequestro, Srta. Quicke. Se as crianças não quiserem vir, então elas não vêm. Embora eu não preveja que isso vá acontecer. O Sr. Coulton pode ser bem... persuasivo.

Alice levantou os olhos.

— O que isso quer dizer?

— Bem. Você está aqui, não está?

Alice sentiu o rosto ficar vermelho.

— Não é a mesma coisa.

A Sra. Harrogate sorriu e bebericou o chá.

— As crianças vão sofrer se não receberem tratamento, Srta. Quicke — disse ela após um momento. — Esse fato costuma convencer as pessoas bem rapidamente.

— E os pais delas? Eles vêm também?

A Sra. Harrogate hesitou, a xícara de chá a meio caminho dos lábios.

— Essas crianças — disse ela — são todas desafortunadas. — Ela inclinou-se para a frente, como se contasse um segredo. — Elas são órfãs, querida. Sozinhas no mundo.

— Todas elas?

— Todas elas. — A Sra. Harrogate franziu a testa. — Parece ser uma das condições.

— Do seu instituto?

— Da condição delas.

— É contagioso, então?

A Sra. Harrogate sorriu de leve.

— Não se trata de uma peste, Srta. Quicke. Você não vai contraí-la, não vai ficar doente. Não precisa se preocupar com isso.

Alice não tinha certeza se entendia. Ela tentou imaginar como seria sair pelo mundo recolhendo crianças, uma a uma, como uma espécie de monstro saído de um conto de fadas. Sacudiu a cabeça lentamente. Sempre haveria outro trabalho.

— Não sei se é isso o que eu faço — disse ela, relutante.

— O quê? Ajudar crianças?

— Roubá-las.

A Sra. Harrogate abriu outro sorriso breve.

— Não sejamos dramáticas, minha querida. Talvez ajudasse se eu lhe dissesse o que sei. Não tenho pleno conhecimento de todos os aspectos. Você já deve ter ouvido falar da Royal Society, sim? Foi o início de uma abordagem científica organizada aqui, na Inglaterra, ao mundo ao nosso redor. Em uma de suas primeiras reuniões, uma garota cega foi levada diante deles, uma garota com uma aflição inexplicável: aparentemente ela podia ver os mortos. Nenhum dos cientistas se deixou enganar; tais fraudes vinham sendo perpetradas havia séculos; porém, o mais perturbador foi que, por outro lado, ninguém conseguiu refutar as alegações da garota. Isso os incomodou, principalmente os anatomistas. O Instituto Cairndale foi fundado cerca de um ano depois, dedicado a fenômenos que não se enquadravam nos domínios das investigações científicas. Em seu primeiro mês, levaram a eles duas gêmeas vindas de um vilarejo no País de Gales. Ambas apresentavam sintomas incomuns desde os cinco anos. E havia outras, outras crianças igualmente... como direi?... *afligidas*. Desde então o instituto vem trabalhando para localizar essas crianças, para trabalhar com elas em suas doenças.

— Trabalhar com elas como?

A Sra. Harrogate a encarou. Seus olhos eram muito escuros.

— A carne delas, Srta. Quicke — murmurou ela. — Pode *parecer* que fazem coisas estranhas: se regenerar, se transformar.

Alice se sentia perdida.

— Não entendo.

— Nem eu tampouco. Não sou uma especialista. Mas imagino que, para quem não tem a mente científica, isso pareceria assombroso. Semelhante, não sei, a um milagre.

Alice olhou para a mulher, subitamente desconfiada. Estava tentando avaliar o que ela queria dizer.

— Desculpe... não entendi — disse com a voz branda.

— O quê, minha querida?

— Por que, exatamente — perguntou ela devagar —, vocês procuraram a *mim*, Sra. Harrogate?

— Mas você sabe por quê.

— Existem outros detetives.

— Não como você.

Alice umedeceu os lábios, começando a compreender.

— E o que eu sou, exatamente?

— Uma testemunha, é claro. — A Sra. Harrogate alisou o vestido. — Ora, vamos, Srta. Quicke, não acha que não fizemos uma investigação minuciosa a seu respeito, não é?

Quando Alice continuou calada, a Sra. Harrogate tirou de sua bolsa um comprido envelope pardo. Começou a ler dos papéis guardados ali dentro.

— Alice Quicke, de Chicago, Illinois — leu ela. — É você, certo? Você cresceu junto a Adra Norn, na comunidade religiosa de Bent Knee Hollow, sob os cuidados da sua mãe, correto?

Alice, perplexa, assentiu. Fazia anos que ela não ouvia aquele nome.

O estranho rosto da mulher se suavizou.

— Você presenciou um milagre, quando era uma garotinha. Viu Adra Norn entrar em uma fogueira, ficar parada nela e então sair, sem se queimar. Ah, essa história é bem famosa, em certos círculos. Nosso diretor, o Dr. Berghast, foi um correspondente de Adra Norn. Na verdade, eles se conheciam havia muitos anos. Foi terrível, uma lástima, o que sua mãe fez. Eu sinto muito por você. E, naturalmente, pela sua mãe.

— Ela era louca. É louca.

— Ainda assim.

Alice se pôs de pé. Já ouvira o bastante.

— A senhora deveria sentir pelas pessoas que ela queimou em suas camas — disse. — É para elas que a senhora deveria reservar sua piedade.

— Srta. Quicke, por favor. Sente-se.

— Estou de saída.

— *Sente-se.*

A voz era fria, severa, grave, como se viesse de uma mulher muito mais velha e hostil. Alice deu meia-volta, furiosa, mas foi surpreendida ao ver que a Sra. Harrogate não parecia nem um pouco autoritária, era a mesma figura discreta, o sinal de nascença descolorindo seu rosto, os dedos vermelhos pegando uma segunda xícara de chá.

— Srta. Quicke — disse ela —, mais do que ninguém, a senhorita sabe como uma vida pode ser prejudicada pelo preconceito, como o medo pode ser rapidamente despertado. Essas crianças *precisam* de você.

Alice ainda estava de pé, as mãos fechadas, tensas, ao lado do corpo. Ela viu que o tal Coulton, perto da chapeleira, havia descruzado os braços, as mãos grandes e peludas pendendo ao lado do corpo. Sob a aba do chapéu--coco, seu rosto era indecifrável.

— E se eu disser não?

Mas a Sra. Harrogate se limitou a sorrir de leve e serviu o chá.

Naturalmente, ela não tinha dito não.

E agora aqui estava, exausta, suja de lama, fazendo exatamente o que jurara não fazer, vagando entre os pobres infelizes do mundo com as mãos vazias e crispadas ao lado do corpo, exatamente como um monstro saído de um conto de fadas, vindo roubar uma criança de oito anos.

Remington ficava a cerca de cinquenta quilômetros a nordeste de Bloomington, bem afastada da ferrovia principal, e ela havia descido do trem em Bloomington, caminhado até o outro lado da cidade e comprado uma passagem na antiquada carruagem do correio, que partia naquela noite, sem primeiro recolher suas malas. Isso fora quatro dias antes. Ela fizera o trajeto através de campos verdes e bosques de álamos e carvalhos no crepúsculo, observando as vastas nuvens de tempestade da sombria massa do Meio--Oeste americano no horizonte. Fazia quase seis anos que ela fora embora e o campo havia mudado. Ela também mudara.

Alice saiu da área do circo, distraída. Caminhou até um ferreiro na periferia da cidade e comprou uma carroça com rodas de ferro e um fardo de feno e o cavalo de carga no estábulo que havia nos fundos. O animal era magro e ossudo, com feridas ao redor da boca e um olho vítreo, mas ela não pechinchou. Alice estudou os apetrechos de couro antiquados e as cordas penduradas em ganchos acima do balcão e não disse nada. Pareciam estar ali desde a fundação da cidade. O ferreiro cuspiu na mão e a estendeu. Tinha a barba loura desgrenhada, a palma das mãos cheia de sujeira. Ela a aceitou. Comprou uma machadinha, alguns cobertores e uma pederneira no estabelecimento ao lado e mais tarde ficou parada no calçadão, massageando o pulso torcido, olhando a extensão da rua até o campo pisoteado mais além, a grande tenda se projetando, sombria. Pensando na criança. O céu estava branco com traços de nuvens escuras à deriva e, quando ela ergueu os olhos, teve de semicerrá-los em virtude da claridade. Mais tarde, comprou no armazém geral uma caixa de pão e carne seca e um saco de maçãs murchas. Levaria a criança para o leste, seguindo para Lafayette, Indiana, pela manhã.

O que ela não estava pensando, o que ela deliberadamente *não* queria pensar, era em sua mãe, naquele hospício, a pouco mais de vinte quilômetros de onde ela estava, a mãe que ela não via fazia anos, a quem tinha ido visitar em seu último dia em Illinois tantos anos atrás, antes de ir para o leste. Ela a tinha visto andando na área externa do hospício acompanhada por uma enfermeira, a mãe já grisalha então, curvada, seu rosto assustadoramente liso, os olhos vidrados e mortos e os dedos se agitando no ar como passarinhos. Alice tinha ficado na extremidade do jardim fechado e observado a mãe percorrer o caminho próximo, correndo os dedos ao longo da parede de pedra em alguns lugares, como uma senhora cega se orientando, e Alice não a tinha chamado, não tinha ido até ela, não a abraçara nem fora por ela abraçada.

Ainda era meio-dia quando levou o burro de carga até o hotel. Então trocou o vestido azul pelas roupas que preferia, a calça masculina e o sobretudo desbotado e o chapéu gasto com a aba puída pelo tempo. De volta à rua, subiu na carroça e se acomodou com um cobertor no colo, agitou as rédeas e partiu para o norte, saindo da cidade.

Ela conhecia o caminho, lembrava-se dele. O céu ainda estava brilhante e logo começou a chover, uma névoa fraca, mas Alice não reduziu a velocidade nem parou sob as árvores, e logo a névoa se foi e o mundo voltou a brilhar. Seu coração estava na garganta. Não era medo exatamente o que sentia, mas não sabia como sua mãe estaria quando chegasse lá, ou o que diria a ela, ou mesmo se a mãe a reconheceria. Fazia tanto tempo. Só Deus sabia o que faziam com os pacientes naqueles lugares.

Quando chegou ao asilo, ficou muito tempo sentada na velha carroça, as rédeas enroladas nos dedos, os olhos examinando a fachada de granito escuro, as janelas ofuscantes com o reflexo do céu. O silêncio era completo, não se ouvia nem mesmo o canto de pássaros nas árvores ao longo da margem do gramado. Ela não sabia o que faria ou diria, não tinha nem certeza da razão de ter ido. O que a mãe poderia oferecer a ela agora, passados todos esses anos? O que ela poderia oferecer à mãe?

A carroça rangeu e estremeceu quando Alice desceu. Ela subiu os degraus antigos e entrou. O saguão estava na penumbra e cheirava a verniz; uma enfermeira se encontrava sentada atrás de um grande balcão, escrevendo em um livro-razão. Ela levantou o rosto quando Alice entrou, olhando-a de cima a baixo com desaprovação. Era muito velha. Atrás do balcão via-se a porta que levava às enfermarias, trancada.

Alice hesitou.

— Vim ver Rachel Quicke. Uma paciente. Sou a filha dela.

Uma expressão carrancuda cruzou rapidamente o rosto da mulher.

— O dia de visita é domingo.

— Vim de muito longe — disse Alice. — Da Inglaterra. E preciso partir novamente amanhã de manhã. Por favor.

— E você não pensou em escrever com antecedência? — A enfermeira bateu com o lápis duas, três vezes. Então suspirou e pegou um livro grande encadernado em couro preto atrás dela. — Vou precisar do número de identificação da paciente.

Alice sacudiu a cabeça.

— Sinto muito, não me disseram...

— É claro que não. Nunca dizem. O Dr. Crane não acredita em usar o nome dos pacientes, sabe? Deixa pra lá, vou procurar. Rachel Quicke, foi o que você disse?

Alice assentiu.

— Sim, senhora.

— Foi internada recentemente?

— Há dezoito anos.

A enfermeira ergueu o rosto.

— Por que razão?

Alice fez uma pausa.

— Paranoia religiosa. Ela queimou onze pessoas em seus leitos. Estava tentando recriar um milagre que acreditava ter presenciado.

A enfermeira olhava para ela de uma forma estranha.

— Paciente Dezessete — disse baixinho. — Você é filha dela. Eu não sabia que tinha uma filha. Ninguém entrou em contato com você?

— Em contato...?

A enfermeira fechou o livro delicadamente, os olhos perscrutando o rosto de Alice.

— Sua mãe era uma mulher digna, Srta. Quicke. Todos nós a conhecíamos. Perturbada, é claro. Mas uma boa pessoa, no fundo.

Alice não entendeu.

— O que a senhora está dizendo? — perguntou ela.

A enfermeira tinha uma postura solene, as mãos unidas à frente do corpo.

— Sua mãe morreu há sete anos. Enquanto dormia. Sinto muito.

Sete anos.

Alice não disse nada. Ela deveria ter se sentido envergonhada, talvez. Mas não havia nada em seu coração — nem tristeza, nem raiva, nem amargura. Estava vazia, e isso a surpreendeu. *Talvez o luto seja isso*, pensou ela. *Talvez seja essa a sensação de perda. Como o nada. Como o vento em um buraco.*

A enfermeira vestiu um xale e a levou até o lado de fora, mostrando-lhe o pequeno cemitério na colina. Alice andou até lá e ficou parada um tempo diante do túmulo da mãe, a lápide já desgastada. Ainda não sentia nada, e se perguntava se deveria dizer algo, uma prece talvez, mas no fim ela se limitou a olhar para o céu, sem pensar em absolutamente nada, e então voltou para a carroça e o burro, que esperava com as orelhas em pé, os olhos se revirando, nervosos, e tornou a subir no veículo.

Quando Alice voltou para Remington já era noite. As sombras se acumulavam na rua sob as luzes das tavernas. Ela podia ouvir o circo, o rufar dos tambores, o distante rugido da multidão.

No andar de cima do hotel, em seu quarto, não conseguia dormir. Cruzou as mãos atrás da cabeça e ficou observando as lanternas coloridas do picadeiro refletidas no teto do circo. Pensando em Jacob Marber e no que ela vislumbrara no rosto de Coulton ao lhe falar dele. Não era exatamente medo. Era algo mais sombrio e mais estranho.

Não conseguiu mais dormir depois disso. Vestiu-se e sentou-se na beirada da cama, calçou as botas e saiu. O circo estava enfeitado com velas acesas em potes de vidro vermelho e verde e havia homens com ternos fora de moda circulando em frente à tenda principal e mulheres de chapéu com flores de tecido presas por alfinete chamando os filhos para perto. Um palhaço distribuía panfletos tirados de um saco de linho. Dentro da tenda, um trombone e um bumbo começaram a tocar. Ela se virou e, usando um casaco sujo de lama e calça masculina, afastou-se dali como se estivesse em uma escuridão criada por ela própria e o riso foi gradualmente desaparecendo. Por fim, em uma tenda com desenhos de estêncil, ela parou, ergueu os olhos e leu o nome na placa.

Alice quase seguiu em frente. Mas algo nela não permitiu. Um empregado vendendo ingressos de um rolo na porta a estudou de seu banquinho, as mãos imóveis, um cigarro pendendo dos lábios.

Dentro da tenda um grupo de homens de chapéu e sobrecasaca observava duas garotas dançarem. Não havia música. As garotas usavam lingerie e tinham fitas de couro preto enroladas nos pulsos e braços. Enquanto dançavam, suas mãos giravam em círculos lentos e as fitas em seus braços também se moviam. Foi então que Alice viu que não eram fitas, mas cobras. Os homens reunidos observavam as dançarinas das cobras com grande seriedade, como se o que se passava ali diante deles contivesse alguma verdade sobre um futuro ainda não escrito. Quando as garotas terminaram, um homem de cabelos compridos trançados nas costas apareceu, se curvou e prendeu uma corrente aos piercings em seus mamilos e, com as mãos apoiadas nos joelhos, levantou uma bigorna e atravessou o palco com o corpo abaixado. Então uma das dançarinas das cobras circulou entre eles com uma caixa de madeira contendo garrafas de bebida e copos tilintando em uma corda em torno de seu pescoço. Sob a maquiagem, seu rosto parecia abatido e envelhecido.

Nesse momento, a tal Brynt atravessou a multidão. As pessoas abriram caminho para ela, carrancudas, cautelosas, e ela pairou sobre Alice, encarando-a de cima, os braços enormes nus, as tatuagens brilhando sobre sua pele à luz do fogo como estranhas runas.

— Quero que você saiba — disse ela com a voz rouca — que ele estará pronto para partir de manhã. Eu não vou segurá-lo. É certo que um menino fique com os seus. Não vou ficar no caminho disso.

Havia um brilho em seus olhos desmentindo suas palavras e Alice sentiu uma náusea repentina, vendo isso, vendo a mulher, a dor que ela claramente estava sentindo. Alice conhecia aquela dor.

— Vou levá-lo até lá em segurança — disse ela.

Brynt grunhiu. E então se virou e se afastou.

Mais tarde, o menino, Marlowe, foi trazido. Ele se sentou em uma cadeira de espaldar ripado diante dos homens e colocou as mãozinhas nos joelhos como uma criança durante a aula. E esperou. Os homens se calaram. O empregado andou ao longo das paredes, apagando as lanternas uma a uma até que toda a tenda mergulhou na escuridão.

Que coisa era de ser ver. A princípio, o brilho surgiu fraco, azulado, parecendo se originar do próprio ar. Então se tornou mais forte. Vinha da pele do menino. Ele se mantinha sentado, completamente imóvel, segurando o braço esquerdo com a mão direita, crepitando com a luz azul enquanto a escuridão na tenda começava a vibrar. Alice não conseguia desviar os olhos.

O menino não era mais como antes. Lentamente sua pele foi se tornando translúcida, de tal forma que ela podia ver o funcionamento interno de seus pulmões azuis e os ossos azuis e a profusão dos fios azuis das veias sob a pele do rosto e do pescoço. Ele olhava à frente com olhos escuros e duros, espelhados como obsidiana. Alice engoliu em seco ao vê-lo, os pelos de seus braços se eriçando. Em uma tarde de abril em Chicago, quando tinha seis anos, ela fora pega em uma tempestade e sentira algo parecido, a eletricidade espiralando em torno de seu corpo. Naquele dia, sua mãe tinha corrido para ela e a levara para dentro com os nós dos dedos inchados e a secara com uma toalha enquanto a madeira do porão em que moravam assoviava no fogão e relâmpagos brilhavam sobre o lago. Um cheiro de cedro em chamas. Chá de roseira-brava, vindo de Boston, em canecas lascadas. O cheiro gorduroso da pele de sua mãe, que Alice não sentia há um quarto de século. Isso. Ela estava chorando. De pé na escuridão daquela tenda, ela enxugou os olhos com a parte interna dos pulsos. À luz azul, viu que os rostos dos homens ali reunidos também estavam molhados de lágrimas e ela ergueu os olhos.

O menino brilhante ficou mais brilhante. E, depois, mais brilhante ainda.

4

Homem de Muitas Sombras

Walter estava com fome. Com muita fome.
 Em meio às multidões sombrias e carruagens barulhentas de Whitechapel, caminhavam as vendedoras de cestos, meninas e mulheres de pescoços compridos e brancos, envoltas em xales esfarrapados, como fiapos de sombras. Walter espreitava do beco, observando-as. Farejando o ar noturno quando elas passavam, o cheiro de sangue quente que exalavam. A carne dele era cinza e sem pelos, os lábios vermelhos estavam úmidos. Nos bolsos, as unhas eram afiadas como facas.
 Nenhuma delas sabia que ele vigiava. Ele gostava disso. Mas ele procurava uma em particular, uma entre as muitas. Uma mulher com queimaduras no corpo. Ela não sabia que ele viria.
 A multidão, empurrando, passava gritando. Um vendedor de tortas quentes anunciava aos gritos sua mercadoria. Walter estava tentando se lembrar, mas doía lembrar. Havia uma mulher que tinha uma arma, ou ela própria era a arma, ou algo assim. Ela poderia machucar seu querido Jacob, e isso lhe dava medo. Walter saía à noite porque era isso que Jacob queria, seu querido Jacob, seu bom Jacob. Porque no nevoeiro frio da noite, cheirando a enxofre, poucos o veriam como ele era.
 Walter Walter Walter Walter...
 Mas ele não sabia quem era a mulher. A vendedora de cestos que ele seguira esta noite tinha cabelos louros e um rosto encovado e cicatrizes por todo o peito e pescoço, como se tivesse rolado no fogo. Seria ela quem machucaria seu Jacob? A multidão se abriu; Walter a observou atravessar a

rua, saias pesadas arrastando na sujeira. A multidão tornou a se fechar. Ele precisava perguntar a ela. Precisava encontrá-la e fazê-la contar o que sabia. Ele subiu em uma pilha de caixotes a tempo de vê-la passar, cambaleando, entre duas portas iluminadas por lanternas, bêbada talvez, entrando em um beco escuro.

... vá Walter vá atrás dela faça com que ela te mostre o que está escondendo...
Walter umedeceu os lábios e olhou à sua volta. Então, descendo às pressas, ele saiu das sombras e deslizou despercebido em meio à multidão, a gola levantada, o chapéu puxado sobre o rosto.

O beco escuro o chamava como uma canção.

Walter acordou ofegante. Onde ele estava? A última coisa de que se lembrava era de ter atravessado as docas à noite, em Limehouse, e antes disso ter estado em uma espécie de bar perto do matadouro, mas não conseguia se lembrar de mais nada. Não, isso não era verdade. Havia também um píer na escuridão, a agitação do Tâmisa, uma vendedora de flores chorando em um beco. Ele abriu uma pálpebra que parecia cheia de areia: paredes marrons descascando, corpos adormecidos nos cantos escuros do quarto. Em seus dedos ele ainda segurava um cachimbo, agora frio, a pasta preta do ópio há muito consumida.

Walter Wal...
Ele se levantou, cambaleando, e se apoiou na parede. Precisava voltar, precisava voltar para o quarto que alugava por meio *penny* por semana, sob as ruínas de St. Anne's Court. O chão estava molhado. Ele olhou para baixo. Alguém tinha levado seus sapatos.

... ter Walter o que você trouxe pra nós Walter Wal...
As vozes. Sempre as vozes. Elas cessavam sempre que ele fumava a resina, mas assim que ele saía de seu estupor, o crânio latejando, elas estavam de volta em sua cabeça, sussurrando, sempre sussurrando.

Ele não sabia a hora, mas não era mais noite. O nevoeiro flutuava na viela lá fora. Jacob o tinha incumbido de uma tarefa, sim. Agora ele estava lembrando. Havia uma mulher que poderia machucá-lo, sim. E ele confiara a Walter a tarefa de encontrá-la. Ele tropeçou, pisando em uma poça, se segurou em uma baliza no meio do nevoeiro e depois se misturou ao barulho da Market Street. Logo estava correndo por uma viela estreita entre os cortiços, depois virou à esquerda, atravessou uma segunda rua e passou, abaixando-se, sob o toldo gotejante de uma tabacaria. Desceu um lance de degraus de pedra, em uma passagem íngreme. Havia crianças amontoadas nas portas olhando para ele; havia mulheres remexendo no lixo. Em St. Anne's Court, ele se virou de lado e passou pela grade de ferro retorcida, caminhando com cautela sobre a sujeira, evitando as poças fundas e o lodo gorduroso que flutuava nelas. Havia um varal de roupas pendurado em uma janela, todas encardidas, remendadas e molhadas na névoa úmida, e, sob o eixo de uma carroça quebrada em um canto, ele viu o homem-rato, bêbado, dormindo.

Walter Walter Walter Walter Walter...

Sua porta. Fora deixada aberta. Ele entrou, descendo os três degraus úmidos aos tropeços. A luz da janela quebrada era a única iluminação ali.

... venha pra nós Walter venha pra nós traga o chaviato pra nós e...

Ele estava tentando lembrar. E então, ali — na prateleira junto à parede oposta —, ele os viu, seus queridinhos, brilhando na escuridão. Uma fileira com três enormes vasilhas de vidro. O líquido no interior delas era um verde opaco, e, flutuando em cada uma delas, como frutas em conserva, via-se a pálida forma craniana de um feto humano, encolhido, abortado, malformado. Seus olhos estavam abertos e as mãos inacabadas pressionavam o vidro da vasilha, enquanto o observavam, chamando-o baixinho.

Walter Walter o que você deixou no...

Nesse momento ele se virou e viu o catre quebrado em que dormia e, em meio à roupa de cama, a vendedora de cestos de cabelos louros. Sua garganta tinha sido cortada de orelha a orelha, o abdome fora escavado e fixado bem aberto, como se pelo bisturi de um cirurgião, como se alguém houvesse remexido dentro dela, procurando alguma coisa. Os olhos haviam sido removidos e deixados ao lado do corpo.

... porque ela estava escondendo ela estava mas onde está Walter onde está a coisa que machuca...

Ele fechou os olhos. E tornou a abrir. A luz no porão estava diferente. Seus queridinhos brilhavam nos potes de vidro, esverdeados e lindos. Ele ficou de pé, tonto, e oscilou sobre a garota morta, voltando então a se sentar no chão gelado. Dormiu novamente e, quando acordou, sua mente estava mais clara e havia uma visita pairando acima do catre, uma mulher de meia-idade. Ela olhava o corpo da vendedora de cestos.

— Parece que você fez uma trapalhada e tanto, Walter — disse ela com naturalidade. — Eu me culpo por isso. Devia ter vindo buscar você antes, é claro.

... ela conhece a gente Walter como ela conhece...

— Você conhece a gente — disse ele estupidamente. — Como...?

— A gente? — Ela deu um passo, entrando no campo da luz fraca e cinzenta que vinha da janela, uma visitante vinda de uma sociedade e de um mundo que ele conhecera, e não conhecia mais. Ela segurava uma bolsa recatadamente na frente do corpo, com as duas mãos enluvadas. Usava um vestido preto de gola, luvas pretas, um chapéu preto com uma pena azul e um sinal de nascença obscurecia metade do seu rosto. Os olhos dela eram muito escuros e quando falava, a voz soava perigosa. — Estamos sozinhos aqui, Walter. Fiquei observando você por algum tempo.

— Walter, Walter, Walterzinho — sussurrou ele.

... talvez esteja com ela talvez ela tenha o...

— Você é Walter Laster — disse a mulher. — Jacob Marber era seu amigo.

Sim, pensou ele, *meu amigo. Jacob era meu amigo. É meu amigo. Eu o amo.* De repente, do chão, ele olhou para ela, sentindo-se grato. A mulher tinha um belo pescoço.

— Sou a Sra. Harrogate, Walter. Estou aqui para ajudar você.

Sim, pensou ele. *A Sra. Harrogate vai nos ajudar.*

Mas, quando ele se ergueu em toda a sua altura, pôde sentir que tudo o que era, seus pensamentos, seu breve lampejo de compreensão, começava a deslizar de volta para um espaço em sua cabeça, e então a porta daquele espaço estava se fechando, e ele estava partindo novamente, ia dormir outra vez, e as vozes continuavam a sussurrar, cada vez mais altas. Ele queria avisá-la sobre as vozes, mas não disse nada.

A mulher caminhou até seus queridinhos, onde eles se viravam nos jarros, brilhando com um fogo sobrenatural, e os examinou bem de perto, à luz verde que eles irradiavam.

... por que ela está olhando pra a gente Walter o que ela quer Walter será que ela tem a coisa que machuca...

A coisa que machuca, a arma, sim... Ela estava de costas para ele e ele chegou mais perto, apenas um centímetro, apenas meio centímetro, cada vez mais perto. Ele não sabia o que estava fazendo, ah, não estava fazendo nada, nada mesmo, então por que seus punhos se fecharam, ah, agora ele podia sentir o cheiro do pó de lilás no cabelo dela...

... *anda Walter faça logo, agora...*

— Ah, Walter — ele ouviu a mulher, a Sra. Harrogate, murmurar, como se estivesse muito longe. — Eu *estou* desapontada. Você precisa se esforçar mais para controlar isso.

... *agora agora agora agora agora...*

Ele chegou ainda mais perto. Ela estava remexendo na bolsa. Mas, quando ele levou a mão ao pescoço dela, a figura pequena e robusta girou agilmente na penumbra, com uma incrível rapidez, segurando algo, e em seguida uma dor feroz explodiu no interior do crânio dele.

Margaret Harrogate tornou a guardar a pequena clava em sua bolsa e a fechou rapidamente. Ela o havia golpeado com tanta força que seu pulso doía.

Walter Laster, pensou ela. *Ora, ora.*

Então se ajoelhou ao lado dele e procurou o pulso, mas a pele dele estava fria, gelada mesmo, como a morte e, hesitando por um instante, ela tirou o chapéu e as luvas e encostou o ouvido no peito dele. Não conseguia ouvir um batimento cardíaco, mas sabia que isso não significava nada, menos do que nada, e cuidadosamente ergueu o lábio superior dele e viu os longos dentes amarelos, ainda mais longos por causa das gengivas vermelhas retraídas, exatamente como tinham lhe dito que seria. Sua palidez era exangue, o cinza-azulado de leite estragado. Ele era totalmente careca, o corpo glabro também. Três linhas vermelhas, como dobras de pele, rodeavam sua garganta.

Em seguida, ela se levantou, ajeitou o chapéu e passou cautelosamente por cima de Walter, indo até a mulher morta no catre. Algo precisaria ser feito em relação a isso, e como sempre, supôs, caberia a ela.

Fez um rápido inventário do quartinho miserável, a umidade que subia pelos tijolos, a escuridão que era quase uma coisa viva junto à parede oposta, aqueles três estranhos fetos brilhantes flutuando na solução em que eram conservados. Então ela se pôs em ação. Havia um trapo que Walter estivera usando como toalha e ela o utilizou para recolher as entranhas da mulher morta e colocá-la de volta em sua cavidade abdominal; depois enfiou os dois globos oculares nos devidos lugares, rolou o cadáver no cobertor rasgado e o puxou. O corpo caiu no chão com um baque, a mancha de sangue se espalhando. Ela conseguira fazer tudo isso sem se sujar e ficou ali parada, as mãos nos quadris, satisfeita. Então ergueu Walter nos braços e o levou para fora, deixando-o apoiado na parede na lama do pátio. A fragilidade dele a surpreendeu, o quanto era leve, pouco mais que pele e osso. Levantar a mão dele era como pegar um ninho de pássaro.

Ela voltou ao porão, abriu a bolsa, tirou os dois frascos de óleo inflamável que trouxera e derramou o conteúdo de ambos sobre a cama, o corpo embrulhado da mulher e as prateleiras de madeira. Deteve-se diante dos frascos de vidro com as amostras. Os fetos flutuavam, pálidos, imóveis. Ela tamborilou com um dedo. Os pobrezinhos. Defeitos congênitos teratológicos. Dois dos frascos ainda tinham a etiqueta da Coleção Hunteriana da Faculdade Real de Cirurgiões. Ela não sabia como uma criatura tão deplorável quanto Walter Laster poderia ter tido acesso àquela instituição e tirado essas coisas de lá. Mais um mistério. Ora, ora.

O que a levou a fazer o que fez em seguida? Um sentimento, talvez, uma *intuição*, como diria Frank Coulton, algo que aprendera a acreditar em si mesma? Ela não sabia dizer. Mas pegou o terceiro dos frascos, aquele com o menor feto, as pequenas pálpebras fechadas como pétalas, os traços delicados quase humanos. Era pesado, muito mais pesado que Walter, e o formaldeído se agitou desigualmente contra as paredes de vidro enquanto ela o carregava para fora. Walter ainda estava lá, deitado na lama, imóvel.

Estava ficando tarde. De volta ao quarto, ela pegou um fósforo comprido na bolsa, riscou-o na parede de tijolos e o lançou sobre a roupa de cama encharcada de óleo. As chamas irromperam no quarto. Ela ajustou o véu sobre o rosto, o sinal de nascença como uma marca de mão roxa que se estendia pela bochecha e o nariz até acima de um dos olhos, com o qual ela vivera a vida toda. Não seria bom se a encarassem. Então saiu calmamente, deixando a porta aberta, e pegou Walter em um dos braços e, com o outro, cobriu o frasco com o xale, pegando-o também. Enquanto o porão rugia em chamas atrás dela, e um bêbado no canto do pátio erguia a cabeça cansada, ela atravessou o nevoeiro até a Bloom Stairs Street, a fim de chamar um coche de aluguel.

Essa era a questão em relação ao seu trabalho, o que ela fazia. Havia um quê de perversidade nele, uma perversidade em essência nada feminina, apreciada por ela. Seu marido, que sua alma descanse em paz, tinha visto isso nela e a amara por isso. Não que todos os dias envolvessem a queima de corpos — o sequestro, sim, vamos dar nome aos bois, o *sequestro* de infelizes viciados em ópio. Homicidas. Não, na maior parte do tempo ela era uma espécie de gerente, como em um banco, ela supunha, ou em uma seguradora, supervisionando os trabalhos que o Dr. Berghast desejava que fossem feitos na capital e otimizando tudo em prol de uma maior eficiência. Ainda assim, era uma vida de segredos, uma vida de farsas, mesmo nos momentos mais monótonos. E Margaret Harrogate gostava demais desse trabalho, era boa demais nele, para se demitir.

O prédio do Instituto Cairndale no número 23 da Nickel Street West, em Blackfriars, não era identificado. Tratava-se de uma imponente casa geminada de cinco andares, e Margaret Harrogate era sua única ocupante, vagando pela penumbra dos cômodos de mobília pesada, passando pela lareira a carvão, pelas cortinas grossas e quentes, ou espreitando, como uma aparição, pela janela de corpo inteiro que dava para a rua. Quando seu marido estava vivo, havia empregadas, uma cozinheira e até uma carruagem e cavalos mantidos na cavernosa cocheira com calçamento de pedra na entrada, ao nível da rua. Mas agora era só ela, e assim era havia tantos anos que a presença de outros parecia uma interrupção, um equívoco. Seus dias eram passados cuidando de assuntos do instituto. Em parte, isso significava o arquivamento de papéis, organização de correspondências, uma reunião ocasional com um investidor do instituto. Mas, principalmente, significava que sempre que Frank Coulton ou sua nova parceira, a tal Quicke, trouxessem um órfão, Margaret examinaria a criança, confirmaria a natureza de seu talento e registraria suas descobertas em um dos grandes livros do instituto guardados no vão atrás do balde de carvão.

Talentos. Era assim que o Dr. Berghast se referia a elas. Ela tinha visto coisas perturbadoras, coisas bíblicas: carne ondulando como água, transformando o rosto de uma criança no de outra; um garotinho tocando um cadáver e fazendo-o levantar-se, frouxo, como um gigante de carne desconjuntado. Dois anos atrás, ela ouvira quando uma menina de doze anos — *uma bruxa dos ossos*, como o Dr. Berghast a descrevera em uma carta — com um assovio fizera um esqueleto sair do caixão e dançar chacoalhando os ossos. Coisa de pesadelos. Margaret Harrogate não tinha tais talentos, graças ao bom Deus. Tampouco o marido dela, quando estava vivo. E a verdade era que ela nem tinha certeza se achava que o que essas crianças podiam fazer era natural ou anormal, uma coisa do bem ou do mal.

Walter Laster, no entanto, era uma criatura totalmente maléfica. Disso ela sabia, podia ver em sua pele exangue, glabra como uma larva, e em seus apetites, em seus dentes semelhantes a presas. Ele era algo novo; e o Dr. Berghast ficaria intrigado.

Fora o marido que a envolvera com o Cairndale, quase trinta anos antes. Ou sua morte: ele morrera de febre no segundo inverno de seu casamento. Isso foi em 1855. Ela ainda era muito jovem. Quando encontrou Henry Berghast pela primeira vez, três semanas depois do funeral, depois que o homem destrancara o portão de ferro na Nickel Street West com sua própria chave e tocara a campainha com um buquê de lírios em uma das mãos, o chapéu e uma bolsa de couro na outra, ela não soubera muito bem o que dizer. As criadas, a essa altura, já tinham ido embora; ela mesma tivera de atender a porta.

— Meus pêsames, Sra. Harrogate — dissera ele. — Seu marido, por acaso, falou de mim?

Ela olhara para seu rosto de traços bonitos e fortes, os cabelos pretos assentados com pomada, sem certeza se o marido havia falado.

— Sou o diretor do Instituto Cairndale; era o empregador do seu marido. Gostaria de discutir um assunto com a senhora, em particular. Posso entrar?

— Tudo bem — replicara ela, relutante. Então o conduzira até o sofá no salão e se sentara primeiro, as mãos com as luvas pretas sobre o colo. Supunha que ele fora até lá para despejá-la.

Naquela época, era difícil determinar a idade do Dr. Berghast; ele não parecia nem jovem nem velho, embora já fosse reservado. Havia nele um foco concentrado, quase como uma essência. Seus gestos eram lentos, deliberados. Seus joelhos e tornozelos estalaram suavemente quando ele cruzou as pernas. No entanto, tinha ombros largos, uma espessa barba preta, olhos cinzentos e sua aparência emanava poder. O terno preto que estava usando era impecável, feito sob medida e na última moda, e a rosa branca na lapela parecia recém-colhida. Pelas janelas, Margaret viu que a tarde tinha se tornado cinzenta e chuvosa, mas seu visitante não estava molhado.

— Sinto muitíssimo por sua perda — começara ele, que observara o sinal de nascença no rosto dela sem nenhum traço de consternação. — Seu marido não temia a morte, não queria ser motivo de luto. Falávamos disso com frequência. Mas o que ele não considerou foi como aqueles que o amavam deveriam prosseguir.

— Sim — disse ela.

— A senhora já pensou em como vai viver? Ainda é jovem...

— Não estou na miséria, senhor. E tenho uma irmã em Devon.

— Ah. — Ele pareceu fazer uma pausa, pesando alguma ideia. Dobrou elegantemente um pulso sobre o joelho e franziu a testa discretamente. — Tinha esperanças de que a senhora pudesse considerar outra possibilidade. Sra. Harrogate, estamos todos cercados pelo invisível, o tempo todo. O que mais é perda? O que é a morte? Quem não acredita em coisas que não consegue explicar? Deus e os anjos, gravidade e eletricidade, a morte e o mistério da vida. Existem forças que entendemos e outras que ainda não. O Instituto Cairndale cultiva e preserva um desses mistérios. Seu marido era uma grande ajuda em nossos esforços, assim como o pai dele, e o pai do pai antes.

Ela assentiu em silêncio.

— Estou falando do rio, da parede, da cortina, da mortalha, Sra. Harrogate. Estou falando da passagem deste mundo para o próximo. Da morte, senhora. Da qual sabemos mais do que imaginamos. — Ele se inclinou, aproximando-se dela, baixando a voz. Ela sentiu o cheiro de hortelã-pimenta, de fumaça de cachimbo. — Precisamos dos mortos mais do que os mortos precisam de nós. Mas o corpo humano é composto de tecido morto quase na mesma proporção de tecido vivo. Pense nisso. Carregamos nossa própria morte dentro de nós. E quem pode dizer que, na morte, as proporções não se invertem? A química da morte, a física do ato de morrer, a matemática do reino dos mortos, esses são os mistérios que a ciência ainda não começou a estudar.

Ele piscou suave e liquidamente, passou a língua pelos lábios. Ele era bonito, e assustador.

— Existem alguns poucos entre nós, Sra. Harrogate, agora velhos, que já foram dotados, que nasceram com certos talentos... inextinguíveis. — Ele examinou com atenção o dela. — O talento para manipular células mortas, por exemplo. A senhora já viu isso, talvez, no trabalho do seu marido. Não? Pode se manifestar de muitas formas estranhas. Pode parecer curar ou destruir, suspender a vida ou restituí-la. Nunca é o tecido vivo que sofre interferência. Esses homens e mulheres vivem em Cairndale há muito, muito tempo. Desde que eu era criança. Antes disso, até.

— Cairndale é uma espécie de... hospital?

— Uma clínica particular, pode-se dizer. Muito particular.

Margaret Harrogate, em seus trajes de viúva, olhou fixamente para o visitante, pensativa.

— O senhor está me oferecendo o emprego dele — disse ela, confusa. — O trabalho do meu Sr. Harrogate.

— Seu marido acreditava muito na senhora. Era essa a vontade dele.

O Dr. Berghast levantou-se para ir embora. Ela viu que as samambaias dispostas nas janelas não haviam sido regadas, pelo menos na última semana. De sua sacola de couro, o visitante tirou uma grossa pilha de correspondência entre o falecido Sr. Harrogate e ele mesmo, amarrada com barbante, e a colocou sobre o banco.

— Confio que será discreta — disse ele ao parar junto à chapeleira. — Seja qual for a sua decisão.

Ela leu as cartas lentamente à luz de velas nas semanas seguintes. O instituto, ao que parecia, ocupava uma mansão construída no século XVII, à beira de um lago, incorporando a propriedade de um antigo mosteiro, a uma certa distância a noroeste de Edimburgo. O Dr. Berghast fora criado ali, filho do antigo diretor, de mesmo nome, até assumir ele mesmo o cargo. Havia muitas coisas nas cartas do marido que naquela ocasião ela não entendeu, menções a um *orsine*, o que quer que fosse isso, e aos convidados do instituto. Com o tempo, ela viria a saber mais desses assuntos do que gostaria. Mas, à medida que lia, deu-se conta apenas de que vira o instituto uma vez, a distância, naquele primeiro verão de casada, caminhando ao longo de um muro baixo em ruínas que circundava a propriedade, de braço dado com o marido. O sol brilhava e o céu, de tão azul, era quase preto. Estávamos no alto de um penhasco de uma estranha argila vermelha, com vista para um lago escuro e uma ilha mais além, as estruturas de pedra de um antigo mosteiro ainda visíveis ali, e uma árvore de folhas douradas erguendo-se em meio às ruínas. Havia uma bela mansão na margem que dava para a terra. Abaixo, um grupo de pinheiros anões balançava sombriamente. No perímetro de pedra havia um arco, construído talvez no século XIV, verde da cobertura de musgo, com marcas estranhas gravadas, agora fechado com um portão preto com o brasão de Cairndale destacando-se nele. Foi ali que ela e seu jovem marido pararam, espiando através das grades, não passando daquele ponto.

Assim tinha sido.

Intrigada, confusa, ela havia escrito ao Dr. Berghast dizendo que de fato ficaria feliz em assumir os deveres do falecido marido. E então tivera início sua estranha segunda vida, como havia sido nos últimos quase trinta anos, sua vida de segredos e escuridão.

Seu trabalho não a levava muitas vezes para o norte, para o instituto. Nas raras ocasiões em que isso acontecia, ela às vezes parava a carruagem no portão, lembrando-se do marido, imaginando a vida que poderia ter tido. Os anos passaram; ela envelheceu.

Então uma coisa nova apareceu, algo terrível. O Dr. Berghast a chamou de *drughr*, uma criatura das sombras, nem morta nem viva. A essa altura ela já tinha ouvido rumores, é claro, sinais de estranhos acontecimentos em Cairndale, sussurros sobre os *experimentos* do Dr. Berghast. Tentou não dar ouvidos àquilo. Mas tinha visto com seus próprios olhos, em suas eventuais viagens ao norte, como ele estava mudando: ela sabia que ele estava com medo de *alguma coisa*, algo *anormal*. E assim, quando ele escreveu para ela sobre a *drughr*, avisando que ela estava perseguindo os jovens talentos, as crianças ainda não encontradas, ela também ficou com medo.

E foi assim que tudo começou, dez anos antes: as descobertas. O Dr. Berghast enviou dois homens para o número 23 da Nickel Street West para trabalhar sob as instruções dela. Eles localizariam as crianças, todas órfãs. Ambos eram homens capazes, discretos, implacáveis. E eles trariam os órfãos para ela, contorcendo-se em sacos de estopa, se necessário. Seus nomes eram Frank Coulton, que ela já havia conhecido, e Jacob Marber.

Jacob: houve um tempo em que ela quase teve pena dele. Encontrado pelo próprio Dr. Berghast nas ruas sombrias de Viena, arrancado da pobreza, contemplado com uma vida melhor. Mas ninguém o via fazia mais de sete anos, desde aquela terrível noite em que ele atacara Cairndale. Foi quando tudo deu errado, quando ele se voltou contra o instituto e massacrou aquelas duas crianças nas margens do Lye, dando início àqueles atos horríveis e maléficos, o que ele fez, o que jurou que faria, aqueles atos dos quais não há caminho de volta, não quando uma escuridão penetra você e corrói o que você é e o deixa virado do avesso, as costuras aparecendo. Depois disso, ele desapareceu, subtraído da face da terra. Alguns disseram que ele havia sido devorado pela *drughr*. Margaret, porém, sabia que não era assim: ela sabia que ele tinha sido seduzido e levado *por* ela, tinha caído sob seu *domínio*, e que ele ainda estava por aí, espreitando as crianças, como um monstro dos contos de fada.

Ah, poucas coisas assustavam Margaret Harrogate. E Jacob Marber era uma delas.

* * *

Todos esses pensamentos passavam pela mente de Margaret Harrogate enquanto ela lutava para tirar Walter do coche de aluguel, passar com ele pelo portão de ferro trancado na Nickel Street West, 23, e subir os quatro lances da sombria escada que levava ao quarto que ela havia preparado. A dispensa dos criados após a morte do marido se deu em razão do desejo de privacidade e de sua própria natureza solitária. O trabalho duro nunca foi problema para ela, mesmo quando era menina. Mas não tolerava fofocas nem as superstições dos criados.

Deixou Walter inconsciente, amarrado pelos pulsos e tornozelos às resistentes colunas de carvalho da cama desarrumada, desceu para buscar o frasco de vidro com o feto e o colocou, após alguma hesitação, sobre a mesa do salão, embaixo da janela. Ela tirou os vasos de samambaia, um a um, e os colocou no patamar da escada.

Quando voltou ao quarto onde deixara Walter, ele estava acordado, olhando para ela com uma mistura de medo e astúcia. Tinha perdido os sapatos em algum momento. Ela foi até o guarda-roupa no canto e tirou da prateleira de cima um cachimbo, um pratinho lascado e uma lata do tamanho de um frasco de unguento. Em seguida, desatarraxou a tampa e tirou, com cuidado, a pequena goma preta de ópio, cortou uma pontinha e a espalhou no prato. Então desamarrou um dos pulsos dele. Walter ergueu-se debilmente, apoiando-se no cotovelo, e pegou o cachimbo sem nada dizer. Ela saiu e voltou com uma vela, passando a chama de um lado para o outro sob o prato até a goma preta começar a borbulhar e soltar fumaça. Ele inalou os vapores pelo cachimbo, em tragadas longas e profundas. Depois se deixou cair de volta nos lençóis com um suspiro.

O método usual dela não envolvia ópio, é claro. Em uma gaveta trancada de sua mesa, ela guardava em pacotinhos de papel pardo um pó que encorajava os visitantes mais recalcitrantes a compartilhar suas verdades. Ele os fazia falar. Mas Walter precisaria de algo mais forte.

Margaret Harrogate deixou de lado o prato, apagou a vela e tirou o cachimbo dos dedos úmidos de Walter. Então abaixou o rosto, de modo que seus lábios ficaram próximos da orelha dele. Ela já sabia muitas coisas. Sabia que Jacob Marber tinha deixado Walter aqui, na imundície de Londres, para caçar o chaviato. Ela sabia que se tratava de uma arma de tal poder que poderia destruir até mesmo o que Jacob havia se tornado. Sabia que ele a temia; e sabia que ele nunca deveria encontrá-la.

Lentamente, o queixo de Walter se ergueu. Suas pálpebras tremulavam, translúcidas, à medida que a droga fazia efeito.

— Walter, Walter — disse ela suavemente —, vamos lá, conte pra gente. Conte sobre Jacob. Ele estava aqui em Londres com você? Você precisa tentar lembrar.

A voz de Walter era pouco mais que um sussurro.

— Jacob... Jacob estava aqui...

— Sim, sim, ótimo. — Ela acariciou delicadamente sua careca, como uma mãe. — Mas ele foi embora?

— Jacob... me abandonou...

— Sim, ele fez isso, Walter — murmurou ela. — Mas onde? Onde Jacob Marber está agora?

5

E Mais Brilhante Ainda

O estranho chegou em meio à poeira, vindo pela depressão que ladeia a estrada, com um andar sinistro de pernas compridas; cortou a estrada e, sem diminuir o ritmo, virou para o oeste, em direção à cidade. Ele parecia não lançar nenhuma sombra. Quando passou pelo velho estabelecimento do Skinner com seu celeiro quebrado, o sol se escondeu atrás de uma nuvem e a própria tarde escureceu. Ele vinha caminhando. Usava um casaco preto sujo de poeira da estrada e um chapéu preto alto puxado sobre os olhos; um lenço preto escondia-lhe o rosto, e ele parecia não se cansar enquanto caminhava.

O ferreiro observou sua aproximação com um mau pressentimento e, quando o estranho parou, ele se aprumou junto à forja. Suas mangas estavam enroladas por causa do calor e a camisa grudava no peito. Ele não conseguia explicar, mas sentiu uma profunda inquietação.

Na porta, o estranho parou, a luz do dia lançando-o na escuridão.

O ferreiro estava acostumado com viajantes precisando de ajuda, mas, quando o visitante não falou, ele pigarreou e encorajou:

— Teve algum problema na estrada, senhor? Com o que posso ajudar?

A figura mudou de posição, ergueu os olhos. Porém, não abaixou o lenço. O ferreiro vislumbrou duas luzes ardentes, como pequenas brasas, refletindo o fogo da forja.

— Estou procurando o Beecher and Fox Circus — sussurrou ele.

— Ah, gente do circo — disse o ferreiro, engolindo em seco. — Achei que se tratasse de um visitante por essas bandas. Ficou para trás, foi? Seu pessoal está em Remington. Duas milhas a oeste daqui.

— Remington — murmurou o estranho.

— Não dá para não ver, amigo. Você não está a pé, está?

O estranho virou o rosto e olhou para os cavalos ferrados relinchando em suas baias, então olhou mais uma vez para o ferreiro e começou a tirar as luvas pretas, dedo por dedo.

— Não — disse suavemente.

Enquanto falava, deu um passo silencioso à frente, fechando a porta ao passar.

Nos dias que se seguiram à partida de Marlowe, Brynt apenas dormia, comia e trabalhava. Totalmente vazia, como se não houvesse mais nada em sua vida. Duas vezes por noite ela aparecia sob os holofotes da barraca de Fox, onde era apresentado o espetáculo secundário, semidespida, o cabelo grisalho descendo numa trança pelas costas, as tatuagens expostas à luz das velas, enquanto rostos feios por toda parte lançavam olhares maliciosos. Depois ela puxava as alças do vestido e descia energicamente do palco. Havia uma tristeza profunda nela, como uma droga que não a deixava.

O Sonho, porém, este a deixara. Tinha ido embora com Marlowe, naquela velha carroça conduzida pela detetive contratada, aquela mulher sombria de olhos escuros e casaco de oleado, gola levantada contra o frio. Brynt quase sentia falta dele agora, do Sonho, apesar do homem de capa preta, com seu rosto oculto pela escuridão, os longos dedos brancos. Ela quase sentia falta dele, porque era uma daquelas coisas que lembravam o que você teve, o que você o tempo todo temia perder.

A luz do dia já estava desaparecendo. Ela se encontrava na tenda dos animais, limpando as baias, transportando baldes cinzentos de água de banho. O tropeiro se curvava em sua bancada de trabalho com uma marreta e um furador, consertando varais de carroça, taciturno, desdentado como um sapato velho. Ele passara metade da vida nas sarjetas de cidades cujo nome Brynt não conseguia nem pronunciar, na Argentina, na Bolívia, e havia uma lucidez em sua miséria que tornava sua presença suportável. As barracas ainda fediam à fumaça da noite anterior. O macacão do tropeiro pendia, frouxo, enquanto ele trabalhava, desfiando uma cantilena ininterrupta de impropérios, como uma música cantada bem baixinho. Não se referia a nada em particular nem a ninguém, xingava apenas por xingar, como se fosse algo que precisasse de sua atenção, como uma oração ou poesia. *Malditofilhodaputa*, praguejava ele. E Brynt, cansada, triste, acenava com a cabeça no mesmo ritmo de suas imprecações.

Marlowe não disse nada naquela última manhã. Nem uma só palavra. Ela caminhara ao lado dele, sem tocá-lo, até onde a carroça estava parada, à meia-luz nas primeiras horas do dia no campo, a grama molhada indo até os joelhos, a palma da mão pairando de forma protetora atrás da nuca do menino, o xale enrolado nos ombros, torcendo para que ele falasse alguma coisa, qualquer coisa, mesmo que fosse apenas para dizer o quanto estava furioso com tudo aquilo. Mas seu rostinho simplesmente olhava para os próprios sapatos durante todo o caminho. Ele lhe parecera tão pequeno. Para Brynt, o fato de ele não dizer nada, nem mesmo quando ela se ajoelhou na lama fria e o abraçou, se despedindo, foi quase o pior de tudo. Enquanto isso, a detetive jogava a pequena mala dele na parte de trás da carroça e ficava parada, esperando, tirando as luvas com os dentes, passando as mãos vermelhas pela égua, no frio. Então Marlowe subiu na carroça, a detetive estalou as rédeas, e o veículo se deslocou, rangendo e aos solavancos, do campo molhado para a velha estrada que levava para o leste, na direção do sol nascente.

Ela tentou imaginar Marlowe feliz na companhia daquela mulher, Marlowe rindo de alguma tolice que ela teria dito, talvez se aconchegando, sonolento, ao casaco dela, junto a uma fogueira na beira da estrada. Mas não conseguia imaginar essa cena, e fechou os olhos com força, em desespero. Durante oito anos a família o tinha procurado. O amor que esse gesto continha, certamente isso significava alguma coisa, não?

Pelo menos, pensou ela, ele estava seguro.

Seguro. Ela sentiu algo então, uma teia de dor queimando em seu abdome, em suas costelas, súbita e brusca, fazendo com que se aprumasse, levasse a mão à barriga e parasse ofegante, olhando ao redor. Não sabia o que havia de errado com ela. Era como se, por um momento, não pudesse respirar. E então a sensação foi passando, ou pelo menos o pior dela, deixando-a atordoada com o mesmo peso que vinha sentindo desde que Marlowe partira, ou melhor, fora levado: um peso que era três quartos solidão e um quarto raiva. E essa raiva era voltada diretamente para si mesma. Não deveria ter deixado o menino ir, não sozinho. Não sem ela.

O Sr. Beecher ergueu a aba da barraca com sua bengala de prata, com cuidado, como se não quisesse sujar suas roupas elegantes, apesar de viver e viajar com um traje de circo, entrando e saindo das cidades mais pobres do Meio-Oeste.

— Ora, aí está você — disse ele, irritado. — Não lhe disseram que eu estava chamando?

Ela limpou as mãos sujas na frente da camisa, as palmas e os dedos, e o olhou de cima, com raiva. Ela deveria odiá-lo, o prazer com que ele entregara Marlowe para aquela detetive; que inferno, talvez ela devesse era arrancar seu lindo terno de tweed e enfiar sua bunda branca nua em um monte de bosta de mula. No entanto, não fez isso. Qual era o problema com ela?

— Deixa pra lá, não vou ficar me estendendo no assunto — disse ele com desagrado. — Não somos uma instituição de caridade. Sua carroça é para ser ocupada por dois artistas. Agora só está você lá, não é?

Brynt se encolheu e assentiu.

— Está confortável e espaçoso, não é?

— Não — disse ela.

Ele a olhou de cima a baixo.

— Ah. Mesmo assim...

— O senhor está se estendendo no assunto, Sr. Beecher — disse ela em voz branda.

Beecher ficou vermelho.

— A questão é que estou determinando que a Sra. Chaswick divida a carroça com você. Ela vai levar os pertences dela amanhã de manhã.

— A Sra. Chaswick.

— Algum problema, Srta. Brynt?

— É a que fala com os fantasmas? Qual o problema com o lugar onde ela está dormindo agora?

— Não que isso seja da sua conta. Mas no momento ela está dormindo no refeitório, com o velho Sr. Jakes. O que não é nada apropriado. E são espíritos, não fantasmas. — Ele fez menção de se retirar, mas se deteve. Apertou a ponte do nariz. — Mais uma coisa. Não me venha se queixar do cheiro dela. Eu já sei disso, e não me importa.

Brynt estendeu a mão enorme para impedir o tesoureiro de ir embora.

— Sr. Beecher — disse ela. — Espere.

Ele a olhou, irritado.

— Não tem negociação, mulher.

— Aquela detetive, aquela com quem Marlowe foi embora. Ela deixou um endereço para onde estava indo? Um lugar na Escócia, não era?

O Sr. Beecher se encaminhou distraidamente até a cerca de uma baia e raspou a sola da bota nela. O cavalo que estava ali se mexeu, inquieto. O tropeiro resmungava no lado oposto da tenda, xingando sem parar. *Cornofilhodaputa. Merdamerdamerdamerda*. Beecher não tomou conhecimento.

— Senhor? — chamou ela.

— Alice Quicke — replicou ele. — Era o nome dela. O que foi? Está pensando em nos deixar também? Está pensando em ir atrás do garoto?

Ele disse isso com um sorrisinho maldoso, o bigode pequeno se movimentando, e por um longo momento Brynt não disse nada.

Então falou:

— Talvez esteja.

— Se não cumprir o contrato, não será paga — disse rispidamente.

— Quero escrever uma carta para ele, Sr. Beecher.

Ele fungou.

— Bem, não posso ajudar você. Talvez Felix saiba. Embora só Deus saiba o quanto do que ela disse é verdade. Posso farejar uma mentira, como se tivesse acabado de pisar nela, Srta. Brynt. O que saiu da boca daquela mulher não valia nem meio dólar de verdade.

Brynt o encarou. Podia sentir seu rosto esquentando.

— E o senhor o deixou ir? — sussurrou ela. — Não disse nem uma palavra?

Beecher sorriu.

— Ah, olhe só você — disse ele, e piscou. — Estou brincando, mulher. Relaxe.

Depois que ele se foi, Brynt ficou um longo tempo ali, pensativa. Então saiu da barraca, segurando a pá ao lado do corpo, precisando de ar. A trança prateada descia, longa e pesada, por um ombro. Seus olhos vagaram pelas tendas remendadas e frouxas, a principal avultando-se acima das outras, lançando tudo em uma sombra fria e opaca contra o céu do fim do dia. *Marlowe*, ela pensou.

E foi então que ela a viu. Uma figura.

Ziguezagueando entre os cabos de sustentação das tendas, como um lampejo de escuridão.

Brynt começou a tremer. Ela deixou a pá cair na lama com ruído, sua cabeça girando. Era ele. O homem de sombras. O homem do Sonho, com os dedos longos e brancos e o casaco preto como piche, o rosto coberto por um cachecol, o chapéu puxado sobre o rosto.

Ele não olhou na direção dela. Caminhava pelas poças no crepúsculo e deslizava entre as tendas, movendo-se rapidamente, mas havia algo de errado nele, uma névoa, como se uma fumaça escura escapasse de suas roupas à medida que ele prosseguia. Era alto, talvez tão alto quanto Brynt, embora nem de longe tão forte. Ela foi tomada por uma sensação horrível e nauseante.

Ela sabia o que ele queria.

Marlowe.

Recolheu a pá na lama, girando sua lâmina diante de si como uma machadinha, limpando a lama em sua manga. Então foi atrás dele. Brynt era enorme, grisalha, e se enchia de uma fúria que nunca havia sentido. Aparentemente não havia ninguém por perto; por algum motivo, as tendas estavam silenciosas; ela pisou em poças escorregadias, passou por fogueiras apagadas, seguindo.

O estranho virou à esquerda, novamente à esquerda, e reapareceu do outro lado de uma carroça. Brynt se apressou. Ele não olhou para trás uma vez sequer. Ela não teria se importado, até queria que ele olhasse, que a visse, tamanha era sua raiva. Conhecia a própria força; uma vez, em uma cidadezinha miserável no México, havia derrubado um leão da montanha com um único soco. Isso ocorrera muitos anos atrás; ela estava bem mais velha agora, mas era forte o suficiente para encarar um homem do tamanho dele. Medo era coisa de gente pequena.

Ele parou na tenda de Felix Fox. Então entrou, desaparecendo. Brynt franziu a testa. Ela balançava a pá ao lado do corpo, mantendo a cabeça baixa, como um touro, e os olhos pequenos apertados, e não se deteve. Escorregou em uma poça de lama, recuperou o equilíbrio e, diante da tenda, respirou fundo, levantou a aba com a pá e entrou.

O interior estava na penumbra. Em silêncio. Ela fez uma pausa para deixar seus olhos se acostumarem. Uma escrivaninha, um arquivo. Três cadeiras vazias. As tábuas soltas estavam sujas, com lama incrustada, ela percebeu ao avançar. A barraca era dividida por uma cortina, atrás da qual ficava a pequena cama de Felix, o guarda-roupa e o balde para sua higiene, e ela foi até ali olhar, mas o estranho não estava lá, tampouco Felix, claro que não. A essa hora ele estaria ensaiando os números na tenda grande. Mas Brynt não entendia; o estranho não poderia ter saído: havia apenas uma saída. Ela tornou a passar pela cortina e ficou ali, com os ombros curvados para não bater no teto, e a pá frouxa ao seu lado, os ouvidos atentos, mas não notou nada.

— Você não está louca — murmurou, avistando sua figura volumosa no espelho.

Havia uma fina camada de pó cobrindo a mesa, e ela se curvou, inquieta, correndo dois dedos grossos pela superfície e deixando um rastro pálido e sinuoso na madeira. Os dedos ficaram pretos.

Quando Felix Fox deixou o Sr. Beecher, com todos os seus livros contábeis, suas colunas de pequenos números e seus horários de trem, e atravessou cansado o terreno lamacento até a tenda grande, já era noite. Seus óculos estavam dobrados no bolso da calça. As lanternas brilhavam mais adiante. Ele podia ouvir os cavalos relinchando perto do curral. Precisariam partir em breve, todos eles, pois ninguém estava comprando ingressos. Esse era o resumo das queixas do Sr. Beecher. No entanto, ainda não tinham consertado todas as peças das rodas das carroças de equipamentos depois que aquela grande tempestade os pegou nos arredores de Bloomington, e o novo ferreiro todos os dias já estava bêbado no café da manhã.

Bem, deixe que Beecher se preocupe com isso, disse a si mesmo. Seu sócio cuidava do dinheiro, da organização, dos horários e das reservas. Sim, ele administrava razoavelmente o circo na temporada de turnês. Mas, se Beecher era o cérebro, Felix Fox era o coração. Ele era um artista. Havia estudado o Pierrot em Bolonha, o teatro de fantoches em Praga, trabalhara com acrobatas nos vilarejos ensolarados da Provença. Fora ele, Felix, quem idealizara os estilos e temas e coreografias dos números, e ele, Felix, que trabalhava na arena todas as tardes treinando-os, e ele, Felix, quem pintava os cenários e construía os armários e verificava e tornava a verificar os nós nas cordas de segurança. Sem Beecher, é verdade, não haveria circo; mas sem Felix, não haveria espetáculo.

Ele acendeu um charuto ao se aproximar da grande tenda. Podia ouvir risadas vindas lá de dentro. Scootch estava vendendo os ingressos na porta, a caixa pendurada no pescoço, mãos enfiadas nos bolsos.

— Noite lenta? — perguntou Félix.

— Mais lenta que o cu de um caracol. — Scootch deu de ombros, inclinando o chapéu para trás. — Acho que está quase secando por aqui, Sr. Fox. Se o senhor me permite dizer.

Félix piscou.

— Vamos partir em breve, rapaz — disse ele. — Pastos novos e tudo o mais.

Ele entrou. Nem um quarto dos bancos estava ocupado. A jovem Astrid com o rosto pintado e a calça de balão se aproximava da arena, tocando uma melodia em sua corneta. Um belo talento, ela. Não havia ainda completado quinze anos, mas a garota já sabia fazer malabarismos, andar na corda bamba e era um palhaço tão bom quanto qualquer outro. Tinha um hematoma provocado por uma queda descolorindo metade do seu rosto, mas o público nunca perceberia, não quando ela estava maquiada. Felix nunca deixava de se surpreender com a beleza de tudo aquilo, como uma tenda surrada e suja de lama podia se transformar, à luz do fogo, em algo tão *bonito*; como os artistas, com seus olhos cansados e sombrios, as barrigas famintas, podiam ficar tão *bonitos*; como as mulas com uma pincelada de tinta aqui e ali podiam se transformar em garanhões tão graciosos. Ah, havia uma magia naquilo tudo, não restava dúvida.

Ele pôs os óculos e caminhou lentamente pelo perímetro da arena, contando cabeças mesmo a contragosto. Havia lanternas penduradas por pregos em postes acima das arquibancadas e velas espelhadas servindo de holofotes na arena, e fumaça e sombras enchiam o ar. Felix contou vinte e três cabeças, oito das quais reconheceu como pessoal do circo, o que significava que apenas quinze ingressos tinham sido vendidos, mesmo com o novo preço reduzido. Lamentável. Ele tirou os óculos e fechou os olhos com força por um momento. Talvez o espetáculo paralelo tivesse mais público.

Não ajudava o fato de o garoto, Marlowe, o Incrível Menino Brilhante, ter ido embora. Nem que Brynt parecesse apática e deprimida diante da plateia. Um péssimo negócio, pensou. Artistas iam e vinham, é claro, embora raramente quebrassem o contrato, e ele nunca havia perdido uma parte de seu espetáculo para uma detetive.

Percorreu o caminho de volta até sua tenda na escuridão, pensativo, jogou o charuto na lama, esmagando-o com o calcanhar, e então entrou. Já havia tirado o chapéu quando sentiu que algo estava errado. Havia um leve fedor de fuligem na escuridão do ar.

— Olá? — disse ele. — Alguém aí?

— Sr. Fox — respondeu uma voz. — Estava à sua espera.

— Estes são meus aposentos privados, senhor — replicou Felix rispidamente. Não tinha certeza de onde vinha a voz. — O senhor é do *Daily Almanac*, suponho.

Ele sentou-se à escrivaninha e remexeu na lamparina até conseguir acender o pavio; então fechou a portinha de vidro e ergueu os olhos. O estranho se encontrava de pé nas sombras ao lado do arquivo, o rosto escondido por um lenço preto. Felix engoliu em seco, apreensivo. O homem não se parecia nada com um repórter de cidade pequena. Era alto, magro e usava uma capa ou casaco comprido preto, chapéu de seda baixado sobre os olhos.

— Então, senhor, diga qual é o assunto — acrescentou Felix, subitamente irritado. Estava cansado; não era hora de alguém aparecer sem ser anunciado. Ele mexeu no colarinho. — Tenho um circo para administrar, se não se importa. Estou no meu horário de *trabalho*.

— Não precisa se preocupar com a apresentação desta noite, Sr. Fox. Já foi tudo providenciado. — A voz do estranho era muito macia, muito baixa. Ele tinha um sotaque inglês. Antes que Felix pudesse perguntar de que diabos ele estava falando, o estranho acrescentou: — O senhor recebeu um visitante recentemente, um homem vindo da Inglaterra. O nome dele era Coulton, correto?

Felix estava começando a sentir uma estranha falta de ar.

— Quem? — perguntou ele. Procurou um copo d'água, mas não encontrou.

— Coulton — repetiu o estranho. — Um detetive.

— Nunca conheci alguém com o nome de Coulton — disse Felix com a voz rouca. Sua respiração agora estava acelerada e rasa. — Diga-me, senhor, aqui dentro está enfumaçado? Vamos lá para fora?

— Não minta para mim, Sr. Fox.

Felix se pôs de pé. Estava se sentindo tonto.

— Me desculpe, eu só preciso de um pouco de ar...

— *Sente-se*.

Perplexo, Felix sentou-se.

— O senhor responderá às minhas perguntas.

Felix sentiu um medo repentino. Ele fitou o estranho; não sabia como, mas de imediato compreendeu que era obra dele, essa asfixia, essa falta de ar.

— O detetive — a voz tornou a dizer, pacientemente. — Frank Coulton. Me fale sobre ele.

— Era uma mulher — arquejou Felix. — Alice Quicke. Aqui. Por causa do garoto de Brynt.

— Garoto de Brynt?

— Marlowe. Estava trabalhando. Espetáculo secundário. Para nós.

O estranho se mexeu na escuridão, assentindo.

— E o que precisamente ele fazia, esse garoto?

Os olhos de Felix saltavam, seu coração retumbava no peito.

— Nada. Ele brilhava. Azul. Como uma lanterna. Por favor, nunca perguntei...

— Fale sobre a mulher, Alice... Quicke. Ela levou o garoto?

— Para a Inglaterra. Sim. Halliday. O nome dele. Era Halliday.

— Quando ela foi?

— Semana passada...

— Sr. Fox, receio que tenham mentido para o senhor — disse o estranho com toda a calma. — Não existe nenhum garoto Halliday. Essa criança, Marlowe, foi roubada de vocês. Ele vai ser levado para uma mansão na Escócia. O Instituto Cairndale. Vão fazer coisas com ele lá, coisas terríveis. Eu tinha esperança de poupá-lo disso.

Felix tentava desesperadamente afrouxar o colarinho, puxando a gravata. O estranho deu um passo à frente, agora saindo das sombras, mas ainda assim ele parecia fumegar, como se cinzas caíssem de suas roupas, da própria pele dele.

— O que eu gostaria mesmo de ouvir, Sr. Fox — prosseguiu ele —, é tudo que o senhor sabe sobre esse garoto. A idade dele, a aparência, de onde ele é, quem tomava conta dele. Tudo. Não deixe nada de fora. Pode fazer isso por mim?

Estrelas cintilavam na periferia da visão de Felix.

— Sim — arquejou ele.

— Excelente — disse o estranho, aproximando-se. Ele sentou-se em uma cadeira de frente para a escrivaninha, cruzou uma perna sobre a outra, alisou a calça. A cada gesto uma onda de poeira negra, como fumaça, se erguia e se dissipava na escuridão. — Não vamos desperdiçar o tempo um do outro, então — murmurou ele.

Nesse momento, tirou o chapéu, desenrolou o comprido lenço preto, e então Felix viu o seu rosto.

É *claro* que aquele desgraçado do Beecher não podia dizer nada a ela, pensou Brynt. O que ele sabia que não fazia parte de um livro-razão?

Ela baixou o pó e a escova de crina de cavalo e olhou para o espelho que Marlowe a fizera prender atrás da porta da carroça deles meses atrás. Marlowe. O espelho era para ele, então ela teve de se curvar no chão para se ver. O rosto pintado a fitava, branco de pó, olhos escurecidos e ferozes na luz bruxuleante. Afora isso, estava nua. As tatuagens cobriam sua pele, cada uma delas uma lembrança ou uma história de onde ela esteve, quem ela foi. Um dragão enrolado numa meia-lua feito por um artista chinês em São Francisco. Na semana em que soube da morte de seu irmão. Uma árvore quebrada erguia-se de suas costelas no lado esquerdo, presente de um artista cigano da Espanha. Romani, era como ele chamava seu povo. Tinham sido amantes por duas semanas, e então ela acordou um dia em um campo e descobriu que ele havia ido embora, sumido no meio da noite. Ele havia deixado para ela sua corrente de ouro. Raposas, fênix, elfos, duendes. Entre os seios volumosos havia um crucifixo ornamentado, Jesus em sua coroa de espinhos, o rosto sofrido virado de lado. Por essa ela pagara seus últimos dólares nos dias que antecederam a morte do reverendo. Antes de Eliza Gray desaparecer e Marlowe ficar aos seus cuidados. Mas havia um último espaço, sem tatuagens, logo acima do coração, que um dia ela preencheria com a silhueta de um menino brilhante. Seu menino. Sobre a mesinha, o toco da vela pingava no prato e ela se pôs parcialmente de pé, vestindo com esforço as roupas de baixo e o vestido e jogando seu xale mais quente sobre os ombros. Então apagou a vela.

Dane-se Beecher, pensou ela. Se queria seguir Marlowe, tinha de falar com Felix Fox.

Na porta, ela hesitou, olhou para trás. A pequena carroça era escura, estreita. Não havia nada ali que apreciasse. Não conseguia nem ficar de pé. Mas para onde quer que olhasse via Marlowe e ouvia sua vozinha séria. Ela havia embalado uma sacola de roupas e objetos pessoais e levou a mão ao espaço sob a mesa, pegando o livro de gravuras que Marlowe gostava de olhar e o enfiou na sacola também. Em seguida, correu os olhos pela carroça. Que a mulher que falava com fantasmas ficasse com ela. Brynt iria embora pela manhã.

Ou talvez teria ido, ela se corrigiu, enquanto descia as ripas de madeira trepidantes e pisava na lama. Esperava que tivesse ido. Era noite agora, o circo estava em pleno funcionamento. Fazia frio. Ela podia ver as lanternas coloridas da tenda grande brilhando por trás da fileira de carroças. Ouviria o que Felix Fox tinha a lhe dizer primeiro, sim. Depois veria. Embora tivesse viajado por um bom pedaço do mundo, e embora temesse muito pouco por sua própria segurança, ainda precisaria de um ponto para começar, alguma forma de encontrar o rastro de Marlowe.

Não tinha ainda dado dez passos quando ouviu um silvo vindo de algum lugar atrás dela, quase como se algo sorvesse uma grande quantidade de ar subitamente, e então um brilho alaranjado iluminou o céu. Ela sentiu uma parede de calor passar pelas carroças, pelas tendas, e virou a cabeça. A tenda grande estava pegando fogo.

Por um longo momento Brynt não teve reação. Deixou-se ficar sob aquela luz sinistra, olhando, tentando entender o que ela sabia ser verdade. E então começou a correr.

Havia outras pessoas correndo, passando por ela. Homens, mulheres. Alguém berrava pedindo baldes, pedindo água. A tenda grande era uma cortina de chamas azuis e brancas que rastejavam pela lona e subiam pelas vigas como uma coisa viva. O calor era imenso. Brynt podia ouvir os relinchos dos cavalos lá dentro, horripilantes, terríveis, e ela circulou a tenda, olhando para os rostos manchados de fuligem, horrorizados, gritando para quem passava pegar água, fazer fila, começar a tirar tudo do caminho. À luz do fogo, tudo brilhava de forma berrante, alucinatória e estranha, as sombras brincando na grama como uma estranha tatuagem viva. Havia homens e mulheres da cidade, de Remington, alguns seminus, todos correndo pelo campo para ajudar. Brynt viu o Sr. Beecher com as mangas da camisa dobradas, carregando um balde em cada mão, mastigando um charuto apagado. Ela viu o tropeiro conduzindo um cavalo manco para longe do fogo, ouviu seus xingamentos acima do barulho. Viu um palhaço muito alto, a pintura do rosto derretida, jogando água no fogo, balde atrás de balde atrás de balde.

No entanto, não viu Felix Fox. Em parte alguma.

Brynt se deteve. Ficou parada onde estava, girou e correu os olhos à volta, mas ele não estava lá.

— Quem ainda está lá dentro? — gritou ela para um operador do circo, um homem que ela sabia que trabalhava na tenda grande.

Ele estava preto de fumaça.

— O Sr. Fox ainda está lá dentro?

O homem olhou para ela boquiaberto e sacudiu a cabeça.

— Não sei — disse ele. — Não vi.

Ela então começou a correr. Correu fugindo do fogo, sentindo o calor terrível em suas costas e correu entre as carroças, procurando a tenda de Felix Fox. Não havia luz lá dentro. Ela entrou intempestivamente, chamando o nome dele.

— Sr. Fox? Sr. Fox! Senhor! — gritou ela.

Não havia movimento na barraca, estava escuro ali dentro. Ela seguiu aos tropeços até a escrivaninha, lembrando-se, por conta da visita que fizera mais cedo naquele dia, que havia ali uma lanterna e uma vela. Ao encontrar a lanterna, ficou surpresa ao sentir que ainda estava quente. Alguém estivera ali não fazia muito tempo. Ela procurou a pederneira e acendeu a vela, fechando a portinha de vidro. E então viu o corpo.

— Meu Deus — arquejou.

O Sr. Fox se encontrava esparramado na cadeira atrás da mesa, as longas pernas separadas, um sapato arrancado. Seu rosto tinha um tom vermelho escuro, os olhos injetados de sangue, as pálpebras e a pele embaixo deles machucada e enegrecida. Seus dedos, semelhantes a garras, estavam voltados para cima em seu colo como se estivessem em busca de uma bênção, como se estivessem procurando a graça divina.

Ele morrera sofrendo.

Sobre tudo ali dentro, como uma fina camada de neve negra, estava a mesma estranha fuligem preta e sedosa que ela havia encontrado mais cedo naquele dia.

Brynt deixou a tenda, cambaleando, tonta. Respirava com dificuldade. O fogo ainda se alastrava pela área do circo. Ela ficou um longo momento na quietude daquela parte do campo, observando o brilho alaranjado sobre as tendas e então, sem pensar, quase como se fosse outra pessoa fazendo isso, ela andou lentamente até sua carroça, pegou a pequena bolsa na mesa, a que ela arrumara mais cedo, aquela com suas roupas e o livro de gravuras para Marlowe, e então se afastou do horror, do rugido, da matança e partiu para a cidade.

Mas nas margens da claridade do fogo, ela se deteve. Havia algo perto da cerca, uma figura, perfeitamente imóvel na escuridão, uma figura segurando um chapéu, que quase não se distinguia da própria escuridão. Brynt, olhando-a, as roupas manchadas de fumaça e suor, o reconheceu imediatamente, sabia quem ele era, o que ele tinha feito. Acima de tudo, ela sabia quem ele estava procurando. O sangue latejava em seus ouvidos. O monstro mantinha-se imóvel, com as mãos ao lado do corpo, e ficou apenas observando enquanto a tenda grande queimava, encolhia, ruía sobre si mesma. Depois de um tempo, ele colocou o chapéu, virou-se e afastou-se silenciosamente pela noite.

E Brynt o seguiu.

6

Despertando o Suctor

Charlie Ovid não tinha nenhuma lembrança do pai. Algumas noites, quando ele era muito pequeno e a mãe ainda estava viva, ela lhe falava sobre o homem que o tinha gerado e amado, e ele a ouvia sussurrar à luz do luar em alguma casa de cômodos lotada. Ele era um homem bom, dizia ela, mas problemático. Ela nunca conheceu a família dele. Ele havia abandonado tudo e ido para Londres fazer sua vida, e foi lá que ela o conhecera e se apaixonara.

— A gente dele e a nossa não deveriam ficar juntas em lugar nenhum, Charlie — contava ela. — Mas ele não se importava com isso. Ele acreditava que um mundo melhor estava por vir, um mundo do qual todos nós poderíamos fazer parte. Ele achava que só precisávamos sobreviver tempo suficiente para ver isso.

E nas sombras Charlie ouvia de olhos arregalados enquanto a mãe passava os dedos calejados pelos cabelos dele. Ela mesma era filha de jamaicanos libertos, os pais trazidos ainda jovens de uma plantação ao norte de Kingston para a Inglaterra, seu benfeitor um homem branco rico e privilegiado, mas também, ela insistia, indignado com o mundo como era, não muito diferente do pai de Charlie. Talvez esse fosse um dos motivos pelo qual ela se apaixonara por ele, sussurrava ela. E às vezes, quando achava que era seguro, ela tirava das saias o anel de prata, dado a ela pelo pai de Charlie, e o pressionava no pulso do menino, para que ele pudesse olhar, à luz fria do luar, as estranhas marcas: os martelos gêmeos cruzados e o sol em chamas, até elas enfraquecerem em sua pele e desaparecerem de vez.

Quem era seu pai, o que tinha acontecido com ele, como era sua vida antes? Tudo isso estava além da imaginação de Charlie. Era como uma dor profunda dentro dele: o que ele lembrava e o que ele não podia lembrar. Às vezes ele pensava em como sua carne podia se recuperar de qualquer coisa, mas como as dores verdadeiras, as que estavam dentro dele, nunca aliviavam. Quando a mãe morreu, ele saiu em busca de trabalho, e havia nele um vago desejo de encontrar o túmulo do pai naquela trilha de carroças no oeste, parar de cabeça descoberta sobre a terra seca e as pedras que guardavam o homem que sua mãe amara, e que amara a ele, Charlie, e prestar sua homenagem. Mas é claro que isso não aconteceria; um garoto metade negro, sem família e sem nome, não podia simplesmente vagar pelos condados do Sul em vestes informais sem logo se ver no lado errado de um cassetete.

E então esse Sr. Coulton entrou em sua vida, um homem vindo da Inglaterra à procura dele, Charlie, entre todas as pessoas. E ele tinha o mesmo brasão — os martelos gêmeos e o sol em chamas — em um envelope em seu poder. Charlie estava receoso, e também cauteloso e cheio de uma ansiedade feroz. Alguma coisa no Cairndale lhe falaria sobre seu pai, quem ele era, o que havia acontecido com ele, Charlie tinha certeza disso.

Ele só precisava encontrá-la.

A questão era que o Sr. Coulton, em seu colete amarelo vivo e suas suíças ruivas, não era como nenhum outro homem branco que Charlie conhecera. Isso o fez pensar naquele benfeitor das histórias de sua mãe, de tantos anos atrás, aquele homem branco que havia ajudado seus avós a deixar a Jamaica. E quando o Sr. Coulton olhava para Charlie durante aquela longa travessia oceânica, na luxuosa cabine de primeira classe do *SS Servia*, um navio a vapor de deslumbrantes luminárias de latão, luzes elétricas no salão e um casco que singrava as ondas cinzentas como uma lâmina, o homem realmente *olhava*, não com desprezo nem nada, não com raiva, não como se estivesse procurando um rato para esmagar. Ele apenas olhava para Charlie, como olharia para qualquer pessoa, para qualquer um, isto é, da mesma forma que olhava para o velho mordomo que entregava suas toalhas quentes todas as noites, ou para o menino de rosto vermelho que trazia sua roupa lavada. E Charlie, que toda a vida tinha aprendido a baixar os olhos ao ver um homem branco, e tremer, e esperar pelo chicote, simplesmente não sabia o que fazer naquela situação.

Eles desembarcaram em Liverpool em uma manhã chuvosa e o Sr. Coulton pegou sua própria mala de viagem e os dois caminharam lado a lado pela chuva, subindo a colina até a estação ferroviária, a água escorrendo para dentro de seus colarinhos, entrando em seus sapatos, incrivelmente fria, totalmente diferente da chuva no Delta do Mississippi ou as chuvas do rio que ele conhecera a vida toda, e ninguém olhava para eles atravessado, nem mesmo o policial balançando o cassetete na garoa. E o Sr. Coulton, com suas suíças e grandes mãos de aparência crua e o chapéu-coco gasto, comprou duas passagens em direção ao sul, para a St. Pancras Station, em Londres.

Enquanto o vagão do trem, chacoalhando, manobrava e ganhava velocidade, e a chuva salpicava as janelas, Coulton fechou o compartimento com um clique e sentou-se do lado oposto, tirou o chapéu e passou a mão pela cabeça calva. Alisou os poucos pelos que tinha e suspirou.

A vida toda Charlie morara em casebres de terra no Mississippi, em quartos comunitários lotados, nas próprias plantações no auge do verão. Ele se lavava em rios frios aos domingos, antes de percorrer os longos dez quilômetros em meio à poeira até a igreja. Tivera apenas um único par de sapatos até ali, e esses sapatos passaram de grandes demais a apertados demais e por fim absolutamente nada.

A questão com gente branca não era só eles serem ricos, ou falarem como bem quisessem, ou irem aonde bem desejassem. Não eram somente seus cavalos castrados, carruagens e criados de libré. Era mais do que isso. Eles andavam pelo mundo como se fosse um lugar que não precisasse ser do jeito que era, como se ele pudesse mudar, da maneira que uma pessoa pode mudar. Essa era a diferença, ele sempre pensara. Ele precisava se lembrar às vezes que seu pai também devia ter sido assim. E esse homem, esse Sr. Coulton, que comprou para Charlie roupas novas em Nova Orleans, pagava suas refeições e conversava com ele calmamente, em voz baixa, sem pedir nada dele, esse Sr. Coulton não era diferente nesse aspecto. Ele simplesmente não entendia como tudo o que tinha poderia ser tirado dele, rápido como um raio. Como sua vida não valia um centavo. Ele também era inocente, nesse aspecto. Como qualquer um deles.

Eles haviam ficado semanas no mar; a viagem de trem para o sul, em direção a Londres, levou apenas algumas horas. No entanto, a jornada parecia tão longa quanto. Para onde quer que Charlie olhasse, via estranheza: campos de um verde profundo, bosques de árvores de aparência estranha, cercas e ovelhas em colinas distantes como uma pintura que ele vira uma vez, entrando aos tropeços no tribunal em Natchez, pouco antes de seu julgamento. Ainda mais estranho: todos na plataforma do trem, ou se acotovelando no estreito corredor, eram brancos, mas não se encolhiam, afastando-se dele, como acontecia em seu país. Eles apenas faziam um cumprimento com a cabeça, levantavam o chapéu e seguiam seu caminho.

Durante a primeira hora, Coulton ficou sentado com os olhos fechados, os ombros e o colete amarelo balançando com o barulho do trem. Ele não estava dormindo; Charlie podia ver. O trem passava rugindo por túneis — escuridões longas e ruidosas — e então saíam do outro lado, para a luz cinzenta do dia.

— Sr. Coulton, senhor — disse Charlie finalmente. — Alguém já deixou o Cairndale? Quero dizer, foi embora e nunca mais se ouviu falar dessa pessoa?

— Cairndale não é uma prisão, garoto. Você pode sair, se quiser.

Charlie umedeceu os lábios, desconfiado.

— Não, quer dizer... o senhor conhece alguém que já *fez* isso?

Coulton abriu uma pálpebra pesada, estreitando os olhos por causa da luz.

— Eu nunca soube de um talento que quisesse ir embora, depois de chegar lá — disse ele. — Mas as pessoas são livres para ir, se quiserem. A Inglaterra não é igual ao seu país. Você vai ver.

Charlie ficou observando o homem.

— Londres é uma verdadeira sopa de gente. Já vi todo tipo por lá. Ah, não me refiro apenas aos chineses e mouros e afins. Refiro-me a jogadores trapaceiros, assassinos e batedores de carteira que tiram um pedaço de você sem que você sequer sinta. Isso mesmo. O coração do maldito mundo, aquela cidade. E cada um deles, cada maldita pessoa, é livre para ir e vir como bem entender.

Nem sempre ele compreendia o que o Sr. Coulton dizia. Não era só o sotaque. Era também o que o homem queria dizer. Às vezes parecia que aquele inglês falava uma língua diferente.

— Você não parece um garoto que matou dois homens — acrescentou Coulton.

Não, nem sempre ele entendia o que o homem queria dizer. Mas dessa vez ele entendeu.

Ele desviou os olhos. Olhou para o outro lado, em parte porque não sabia o que dizer, mas sobretudo porque não era verdade, ele não era um garoto que havia matado dois homens. Essa era a questão, era o que ele não estava contando. O ato de apunhalar o delegado na garganta o perseguia, de fato. A cena ficava se repetindo sem parar em sua mente, o que aconteceu, a rapidez com que aconteceu, a sensação que ele experimentou. Isso o fazia se sentir mal. Mas ninguém se criava preto, sozinho e desprotegido no Delta mantendo as mãos limpas.

Ele tinha lutado com um homem pela primeira vez aos nove anos, quando não fazia nem duas semanas que a mãe estava no túmulo. Foi para manter o saquinho de pano com moedas que a mãe colocara em suas mãos no leito de morte. O homem o deixara ensanguentado e saíra do celeiro com as moedas na camisa e Charlie havia quase morrido de fome depois disso. Com dez anos, ele deixou um homem preso sob a roda de uma carroça, na chuva, levando o casaco dele e um saco de comida e se refugiando na escuridão. Se isso não era matar, chegava bem perto. Ele estava com fome naquela ocasião também, mas se sentiu tão mal com o que tinha feito que não conseguiu comer a comida do homem e, quando voltou dois dias depois, o homem, a carroça e tudo o mais não estavam mais lá.

Mas aos olhos de Deus não havia como mentir ou esconder — e, sim, era verdade, ele já havia matado antes. Essa era a terrível verdade. Era um garoto como ele, de quatorze anos, um garoto com quem estava morando em um armazém em ruínas, um garoto que o havia apresentado à bebida. O nome do menino era Isaiah. Ele não tinha dois dentes na frente e um olho estranho, mas possuía um senso de humor rápido e costumava fazer Charlie rir. Tinham acabado uma garrafa e, como costuma acontecer com crianças e bebida, começaram a discutir e em seguida partiram para os socos. Charlie o empurrara para trás, contra uma parede de onde uma ponta de ferro se projetava, uma espécie de rastelo para o trabalho no antigo armazém, e o menino estava morto antes que pudesse saber o que estava acontecendo. Aquilo destruiu Charlie. Ele nunca mais tocou em uma garrafa, e nunca tocaria.

Depois veio o supervisor, sim.

E agora o delegado.

Ele sabia que o delegado era uma pessoa ruim, um homem cruel, e se não estivesse atormentando Charlie, faria isso com outro. Charlie sabia que, se não houvesse agido, o homem talvez machucasse a mulher branca, a que o tinha resgatado, a Srta. Quicke. Alice. Ele sabia disso, mas mesmo assim se sentia mal com o que fizera. Tirar uma vida era uma das coisas mais terríveis que havia.

Mas não podia falar sobre isso com o Sr. Coulton nem com ninguém. Ele guardava o que sentia para ele e não ficava pensando naquilo. Era essa a maneira de sobreviver. E, assim, quando chegaram à St. Pancras Station, em um estrondo de vapor e fumaça, Charlie saltou e olhou à sua volta, perplexo. Ele era alto o bastante para ver acima dos chapéus da multidão. O ar estava preto de fuligem; o teto de aço e vidro elevava-se bem acima deles. Ele seguiu o Sr. Coulton de perto em meio aos corpos, estreitando os olhos, engasgando, passando por carregadores de touca empurrando carrinhos com pilhas altas de malas, vendo homens com chapéus de seda preta, garotas vendendo flores em caixas penduradas por cordas no pescoço, esbarrando em trabalhadores, limpadores e mendigos, e saindo na escuridão marrom e turva de uma tarde de chuva grossa, que caía sombria, inclinada, as pedras do calçamento coletando a água e lançando um brilho negro, pois as luzes a gás já estavam acesas. Charlie olhava para tudo aquilo, para o rugido da multidão compacta, como se o mundo todo estivesse indo e vindo da praça calçada de pedras diante da St. Pancras Station. E talvez estivesse mesmo.

O Sr. Coulton o conduziu direto a um ponto de aluguel de carruagens na esquina e o fez subir em um coche de dois lugares, inclinando-se para fora a fim de chamar a atenção do condutor, que estava do outro lado da praça, em um carrinho de comida, batendo palmas para aquecer as mãos. O homem veio correndo quando viu Coulton acenar.

— Nickel Street West, número vinte e três, homem — disse Coulton, batendo a bengala no teto. Suas bochechas estavam vermelhas de frio. — Blackfriars. Vamos rápido, por favor. — Ele resmungou, mudou de posição e o coche guinchou e estremeceu. Ele sorriu para Charlie. — Bem-vindo a Londres, garoto. Bem-vindo ao grande nevoeiro.

— O grande nevoeiro — repetiu Charlie, admirado, no momento que se punham em movimento.

A cidade escura passava por eles. A chuva corria pelos flancos do cavalo à frente deles em grossos fios prateados. O coche seguia aos solavancos e rangia pelas ruas movimentadas.

Lenta, muito lentamente, o Mississippi, e todos os seus horrores, o calor pegajoso, a vastidão do céu e a crueldade de tudo aquilo, começaram a se dissipar e se desfazer em sua mente, como papel de jornal na chuva.

Pararam diante de uma casa alta e ornamentada ao lado de outras iguais, na esquina de uma rua bem cuidada. As janelas estavam escuras. Havia balizas bloqueando a passagem dos pedestres, pedras no calçamento brilhando nas sombras marrons. Pessoas encolhidas atravessavam a rua correndo. Via-se na casa uma pequena entrada que dava para a rua, mas Coulton o conduziu por um portão de ferro, passando por uma cocheira alta e escura, vazia, cruzando o piso de pedra e subindo os degraus até grandiosas portas de carvalho. Ele não tocou a campainha, simplesmente virou o puxador e entrou, como se estivesse em sua casa, e fosse seu direito fazê-lo; Charlie, nervoso, o seguiu. Seus olhos abarcaram os elegantes lambris do saguão de entrada, o candelabro no alto, as densas samambaias em torno de um espelho turvo, a chapeleira vazia como um observador esquelético. Os sapatos de Coulton deixaram meias-luas no tapete macio enquanto ele colocava a mala de viagem no chão, enxugava a água da chuva do rosto com a mão aberta e entrava na casa.

— Aqui estamos, então — disse ele com um grunhido.

Um saguão grandioso, com escadas subindo em curva para a escuridão. Um relógio alto feito do que parecia ser osso tiquetaqueava ruidosamente no silêncio. Na entrada do salão, Coulton fez uma pausa, bloqueando o caminho, de modo que Charlie não conseguia ver além.

— Que diabos… — murmurou ele.

Coulton se dirigiu a uma mesa sob uma grande janela. A penumbra era preenchida pelas pesadas formas da mobília coberta. Ele havia apanhado alguma coisa com as duas mãos e a girava à luz fraca, e então Charlie viu o que era. Um frasco de vidro, contendo um feto humano, malformado, em um líquido verde. Que parecia quase brilhar no escuro.

— Tenha cuidado com isso — disse uma voz macia. — Espécimes hidrocefálicos abortados não são fáceis de obter. E aonde o senhor vai, Sr. Coulton, a destruição parece segui-lo.

Uma mulher robusta, de vestido preto, encontrava-se parada completamente imóvel diante da janela, as mãos pálidas entrelaçadas à frente do corpo. Ela aproximou-se suavemente. Seus ombros eram arredondados e macios, o pescoço transbordava da gola apertada. Um sinal de nascença cobria-lhe metade do rosto, como uma queimadura, complicando sua expressão. Charlie não a ouvira entrar; ela parecia ter simplesmente surgido, como um fantasma, deslizando no ar.

— Sim, Margaret — disse Coulton, pousando o pesado recipiente. Dentro dele, a coisa com um quê de peixe flutuava e girava sem parar. — Eu sempre admirei o seu gosto.

— Você gostaria de saber como o adquiri. Estava na posse de um... colecionador bem incomum. — Ela se virou. — Quem é este? É o garoto do Mississippi? Cadê o outro, o do circo?

Coulton tirou o chapéu, sacudiu a chuva do sobretudo, resmungou.

— Que tal: *Bem-vindo de volta, Sr. Coulton. Como foi de viagem, Sr. Coulton? Espero que tudo tenha corrido bem, Sr. Coulton.*

A mulher soltou o ar muito lentamente pelas narinas, como se estivesse sofrendo e sobrecarregada.

— Bem-vindo de volta, Sr. Coulton — disse ela. — E como foi de viagem, Sr. Coulton?

— Tudo muito bem — respondeu ele com um sorriso repentino, pousando o chapéu no sofá.

— Há uma chapeleira no saguão. Como sempre houve.

Coulton fez uma pausa, metade do braço fora da manga. Então, com uma calma deliberada, terminou de tirar o sobretudo e fez questão de dobrá-lo com todo cuidado, pousando-o no sofá também. Seu terno xadrez amarelo parecia brilhar na penumbra, como uma mariposa em uma janela iluminada.

A mulher suspirou.

— Charles Ovid — disse ela, voltando o olhar escuro para ele. — Meu nome é Sra. Harrogate. Sou a empregadora do seu bom Sr. Coulton.

Charlie tentou não olhar para ela diretamente.

— Sra. Harrogate... senhora — disse ele, com um cumprimento de cabeça.

— Ah, eu não quero saber de nada disso — disse a mulher, rispidamente.

Ela cruzou o salão, tomou o queixo dele em seus dedos e virou-lhe o rosto de modo que ele foi obrigado a encará-la. Ele era bem mais alto que ela e olhou diretamente para o sinal de nascença.

— Pronto — disse ela. — Isto aqui não é a América, Charles. Aqui, você não será menos do que é. Pelo menos, não na minha presença. Estamos entendidos?

Ele assentiu, alarmado, confuso, com medo de desviar o olhar.

— Sim, senhora — sussurrou ele.

— Sim, Sra. Harrogate — corrigiu ela.

— Sim, Sra. Harrogate.

— Agora — disse ela, virando-se para Coulton —, *cadê* o do *circo*?

— Em algum lugar no meio do Atlântico a essa altura. — Coulton sentou-se em um sofá de veludo e pôs as botas para cima, os calcanhares deixando manchas marrons molhadas com o formato de ferraduras na renda. — Deixei que a Sra. Quicke cuidasse disso. Imagino que esteja cuidando.

A Sra. Harrogate prendeu a respiração.

— Sozinha?

— Sim, ela é capaz. Isso é um problema?

— Não foram essas as minhas instruções. — Ela não parecia satisfeita. — Não recebi nenhum telegrama, nada. Vou precisar informar Cairndale.

— Ouça, Alice Quicke pode enfrentar o dobro do que eu posso. Ela é dura como pregos, aquela ali. E o Meio-Oeste fica a meio caminho do deserto, Margaret. Dê tempo a ela. Eu ficaria mais preocupado se você *tivesse* recebido notícias dela.

— Vocês brigaram? Foi por isso que ela foi sozinha?

Coulton sorriu com uma calma irritação.

— Já vi couro de sapato mais agradável do que ela. Mas não foi esse o caso. — Ele baixou a voz. — Ouvi conversas, Margaret. Em Liverpool. Antes de partir.

— Ah?

— Acho que talvez nosso velho amigo esteja de volta. Acho que ele se interessou pelo nosso garoto aqui. Por Charlie.

— Nosso velho amigo.

— Sim. *Marber.*

— Sei de quem o senhor está falando, Sr. Coulton. Mas ele se foi há sete anos. Por que voltar agora?

Coulton deu de ombros, zangado, seu rosto redondo ficando vermelho.

— Bom, eu nunca li o maldito diário dele, li? Talvez tenha se sentido solitário.

Tudo isso Charlie, de cabeça descoberta, ainda de pé, com a calça escurecida pela chuva, observava com grande atenção. Estava acostumado a se manter imóvel e se fazer invisível, e era o que tentava fazer agora. Mas, quando o olhar da Sra. Harrogate caiu sobre ele, era tão intenso e penetrante quanto antes, e ele entendeu que ela não havia esquecido de sua presença.

— Sr. Ovid — chamou ela bruscamente. — Há uma bacia de água aquecida em uma mesa de cabeceira, e toalhas limpas à sua disposição. Tomei a liberdade de adquirir algumas roupas mais adequadas para você. Pensei que fosse mais baixo, mas elas vão servir. O seu é o primeiro quarto ao sair do patamar no segundo andar. Você deve estar cansado da viagem. Vou trazer algo para você comer em minutos.

Hesitante, Charlie virou-se e subiu as escadas. Na penumbra, os vitrais do patamar eram debilmente iluminados pelos postes de luz na rua e lançavam uma estranha luz verde sobre suas mãos e suas roupas. O quarto era grande e forrado com papel de parede, a mobília era pesada, e as cortinas estavam fechadas. Uma fresta de luz da rua penetrava sob as dobras do tecido. A cama era ampla e bem-arrumada. Sobre a mesa de cabeceira de mogno havia uma tigela de porcelana coberta, tendo uma toalha dobrada ao lado. A toalha, quando ele a pegou, parecia incrivelmente macia. Cheirava a lilases. Por fim, Charlie ergueu o tecido que cobria a tigela e observou o vapor subir por suas mãos e pulsos como um sonho.

Ele sabia que a Sra. Harrogate o havia mandado embora para continuar sua conversa em particular, então permaneceu no quarto depois de lavar o pescoço, o rosto e as mãos, não se incomodando com isso. Era tão bom estar limpo. Passado um tempo, ele abriu a porta e ficou olhando pelo corredor. Havia outros quartos, cujas portas estavam abertas. Tinha o pressentimento de que havia algo mais no Cairndale e na Sra. Harrogate, mas não conseguia imaginar o que fosse. Parecia-lhe que havia entrado em um mundo estranho, um mundo de sombras e misteriosas deformações flutuando em frascos, e segredos, sabonetes e toalhas divinamente macias. A loucura daquilo tudo o desconcertava.

Ele se dirigiu ao patamar e se inclinou sobre a balaustrada, olhando para baixo e para cima, e então, sem que pudesse explicar a razão, continuou subindo a escada até o andar seguinte. Outro corredor, outra porta. Charlie a abriu com dedos hesitantes.

O que ele viu fez seu sangue gelar. Em uma cama idêntica à sua, jazia uma figura, cinzenta, careca, os lençóis retorcidos no sono, a pele destituída de cor. Ele não emitia nenhum som enquanto dormia. Na mesinha de cabeceira, Charlie avistou um cachimbo, uma vela, um pratinho com um pouquinho de goma preta espalhada, como uma impressão digital. Os pulsos e tornozelos do homem, ele notou, haviam sido amarrados às colunas da cama com corda.

— Este quarto não é o seu, garoto — disse uma voz.

Charlie deu um pulo. Era o Sr. Coulton, parado na porta aberta, o rosto escondido na sombra. Ele parecia maior, mais corpulento. A cabeça atarracada e as longas suíças davam à sua silhueta um aspecto desgrenhado, semelhante a um gorila. As tábuas do assoalho gemeram quando ele entrou.

— Eu não vou ser amarrado desse jeito — disse Charlie em tom de advertência.

Coulton gemeu.

— Você? Meu Deus, garoto. Óbvio que não.

— Quem é ele? O que foi que ele fez?

— Era, você quer dizer — corrigiu Coulton. — Quem ele *era*. Amigo e confidente de um homem que quer você morto, garoto, se o conheço bem. Este aqui é o maldito Walter Laster.

Charlie hesitou. Qualquer um que o quisesse morto estaria em Natchez, furioso por causa do supervisor, e do delegado que ele havia assassinado no vão da porta, mas ele não achava que fosse daquilo que Coulton estivesse falando. Olhou para a figura esquelética amarrada ali, machucado como um pugilista, os lábios parecendo macios e muito vermelhos. Os dedos finos eram ossudos e pareciam fortes.

— O que há de errado com ele? Está doente?

— Doente não, Charles — disse a Sra. Harrogate, entrando no quarto em suas saias pretas. — Morto.

Coulton olhou para ela.

— Você não disse que o tinha encontrado.

— Bom. Vocês acabaram de chegar, Sr. Coulton.

Charlie estava com medo de eles ficarem com raiva por ele ter saído do seu quarto, mas nenhum dos dois parecia zangado. Isso o surpreendeu. A Sra. Harrogate foi até a janela, abriu as cortinas e ficou observando a chuva batendo no vidro desenhado.

— Ele é um suctor, Charles — disse ela. — Está ao mesmo tempo morto e não morto. — Ela se virou. — Ah, não me olhe assim. Você próprio sabe um pouco sobre o que é e o que não é possível, eu acho. Fomos levados a acreditar que o Sr. Laster morreu de tuberculose, ah, quando foi mesmo? Sete anos atrás, Sr. Coulton? No entanto, parece que alguém encontrou uma forma de preservá-lo.

Charlie olhava para ela, perplexo.

— Preservá-lo...?

No entanto, ninguém ofereceu mais nenhuma explicação.

— É ele, não é, Margaret? — perguntou Coulton. — É Jacob. Tem de ser.

A Sra. Harrogate assentiu.

E então o Sr. Coulton avançou no quarto, cheirando a fumaça de cachimbo e cinzas. Ele se inclinou sobre o homem na cama, o sei-lá-lo-quê doente, o suctor. Então pousou a mão, desconfiado, na testa da criatura e a recolheu, assombrado.

— Você sabia que Jacob podia fazer isso?

A Sra. Harrogate franziu a testa.

— Ele ficou mais forte — murmurou ela.

Margaret Harrogate deixou Coulton e o garoto acomodados no salão e subiu até o quinto andar, ao sótão, jogando um xale nos ombros e calçando luvas de pelica. Estava frio nessa parte alta da casa. Ela não pôs o véu. Destrancou o pequeno portão de ferro no alto da escada, que chacoalhou quando ela o abriu, passando para o espaço fedorento, onde o vento entrava. A chuva ainda estava caindo, contínua e tristemente, tamborilando no telhado. Além da pequena sacada, através das portas de vidro, ela podia ver o nevoeiro marrom e frio que cobria a cidade. Uma porta ficava sempre aberta. O papel de alcatrão estava pegajoso e embolava embaixo dela.

Ao se aproximar do amplo espaço de madeira e arame, ela pôde ver, atrás da prancha de desembarque, as formas escuras dos pássaros de ossos, silenciosos, imóveis, pequenas criaturas imobilizadas em seus poleiros escalonados. Um recém-chegado esperava na armadilha.

Com cuidado, ela destrancou a porta e entrou. Na mão esquerda, calçou a grossa luva de couro do tipo usado para treinar falcões e olhou as criaturas. Eram criações delicadas e pálidas, feitas de ossos e penas, as órbitas ocas e escuras, os crânios inclinando-se de um lado para o outro. Tenebrosas, de fato. Mas não precisavam nem dormir nem se alimentar, nem nunca se perdiam. O Dr. Berghast havia construído um estranho peitoral mecânico para manter suas costelas e o osso esterno no lugar, e as curiosas engrenagens e armaduras envolviam suas vértebras e a parte posterior e macia do crânio.

Ela tirou a mensagem da perna do pássaro de ossos, soltou o fio preto que a amarrava e a desenrolou. Dizia simplesmente:

Não examine a criança M. Traga-a para o norte imediatamente. Proceda com C. Ovid como de hábito. —B.

Na mesa alta, ela tirou um pequeno papel da gaveta, lambeu a ponta do lápis e escreveu uma breve resposta. Fez uma pausa antes de acrescentar que a segunda criança, o tal *Marlowe*, ainda estava a caminho. Em seguida, enrolou bem o papel, o amarrou com um barbante vermelho e o enfiou na bolsinha de couro presa à perna do pássaro de ossos mais próximo.

Bem devagar, para não perturbar a criatura, ela a levou até a chuva e a lançou no ar. O pássaro se elevou silenciosamente, batendo as asas, sobrevoou o telhado duas vezes e se foi.

Não era típico de Henry Berghast se interessar pelos talentos não encontrados, muito menos ficar agitado por causa de um deles. Mas esse último menino, Marlowe, do circo de Illinois.... O nome não lhe era familiar, mas Margaret o conhecia mesmo assim. Ela lembrava do terror daquela noite, sete anos atrás, em que vasculhara o terreno escuro do Cairndale com lanternas, dragando o lago, varrendo a vegetação rasteira com varas enquanto Jacob Marber uivava lá fora na escuridão das montanhas. O berço imóvel no berçário, a cama da babá vazia. Era por esse motivo que Berghast escrevia a cada poucos dias, determinado, furioso, por que enviava pássaros de ossos para o sul a toda velocidade, exigindo atualizações: Eles já haviam chegado, e em que condições, e por acaso ela havia notado algo peculiar? Ah, ela compreendia.

Tivesse sua vida tomado outro rumo, se seu querido marido não lhe tivesse sido tirado tão cedo, tivessem eles sido abençoados dessa maneira — ora, ela também não se deteria diante de nada para ter o filho de volta.

Depois de despachar o pássaro de ossos, Margaret colocou o véu e desceu a escada dos fundos, a de serviço, e se dirigiu à cidade. Na Thorne Street, um coche de aluguel passou ruidosamente, muito perto dela, os cascos do cavalo chapinhando nas poças, o cheiro de pelo molhado e de ferro em suas narinas. As ruas estavam cheias apesar do tempo. Ela caminhou dois quarteirões na direção leste e depois virou para o norte, no sentido contrário ao do rio, passando por uma loja de chá e pelo Wyndleman's Bank. Comprou três tortas de carne e cebola na carroça de um vendedor na extremidade do parque e então voltou, pisando nas poças, os embrulhos gordurosos quentes debaixo do braço.

Jacob Marber, era nele que ela estava pensando. Pelo amor de Deus. Caçando o filho de Berghast.

Bem, muita sorte para ele. O mundo era imenso e a procura difícil. O próprio Henry não tinha levado oito anos para rastrear a criança, e isso com um glífico para encontrar o caminho? O que fazia Jacob imaginar que poderia ser mais rápido?

Mas aqui também havia questões prementes, lembrou ela. O exame, por exemplo. Charles Ovid precisaria ter seu talento avaliado, uma chapa do seu retrato tirado pelos fotógrafos mais abaixo na rua, um arquivo criado. Ela já havia preparado o quarto embaixo da casa, antes mesmo de trazer Walter; estava tudo pronto. Pelo menos isso.

Ela parou logo depois de passar pelo portão de ferro no número 23 da Nickel Street West, abriu as tortas com os polegares, pegou um pequeno pacote de pó e o misturou à carne. Depois, no salão, deu ao menino as três tortas, pegou uma vela no pires e subiu a escada. Levaria alguns minutos para o pó fazer efeito, ela sabia. Não tinha pressa. Ela encontrou Coulton no quarto de Walter Laster.

Uma segunda vela ardia ao lado da cama. Coulton pairava acima do suctor, girando o chapéu nas mãos, as suíças rebeldes e desgrenhadas. À luz da vela, seus olhos brilhavam.

— Então ele está de volta — disse ele baixinho, sem olhar para ela. — É o que isto significa. Jacob Marber voltou.

— Sim — confirmou Margaret.

— Olhe o que ele fez. Walter, o idiota desgraçado. — Coulton pôs o chapéu na borda da cama e correu os dedos pelos cabelos ralos. — Você não pode mantê-lo aqui, Margaret. Não é seguro. Não para o garoto nem para nenhum de nós. Meu Deus, você não sabe nem se essas cordas são fortes o bastante.

— Elas são fortes o bastante.

— Tem uma tranca nessa porta?

— Ele vai ficar onde está.

— Talvez enquanto estiver dormindo. Mas e quando acordar? O que você pretende fazer com ele?

— Levar para Cairndale, é óbvio.

Coulton riu.

— Claro. E talvez alimentá-lo com uma ou duas crianças enquanto ele estiver esperando?

Ela sabia que aquilo parecia loucura. Seu olhar encontrou o de Coulton e ela viu a expressão dele tornar-se sombria.

— Você está falando sério. Para o instituto? Com que intenção? Será que ele pode mesmo passar pelas enfermarias?

Ela pousou o pires com a vela, olhou o corredor para ter certeza de que o garoto não estava por perto e então juntou as mãos na frente do corpo.

— Ele é nosso único elo direto com Jacob. Seríamos tolos se não o usássemos.

— Usarmos como? Ele é só um cachorro sem a coleira.

— Ele pode ser bem falante para um cachorro, Sr. Coulton. Já ofereceu algumas informações interessantes sobre Jacob Marber. Por exemplo, parece que Jacob o deixou aqui em Londres com uma tarefa. Ele está procurando — e nesse momento Margaret baixou a voz — um chaviato.

No silêncio que se seguiu, Coulton alisou as suíças.

— Bem... isso não parece... bom — disse ele lentamente.

Ela o observou.

— Você não faz ideia do que é isso, não é?

— A menor.

— Uma arma, Sr. Coulton. Uma arma muito poderosa. Seria de grande valor para Jacob, se ele viesse a obtê-la. Desnecessário dizer que ele não terá sucesso. Especialmente com seu leal Walter trancafiado em Cairndale. Além disso — acrescentou ela —, creio que o Dr. Berghast vá querer examinar Walter pessoalmente.

Coulton massageou a palma de uma das mãos, fechando os dedos.

— Sim — disse ele com relutância. — O que é isso que você está dando a ele? Não é alcatrão? Onde você conseguiu um pouco de heroína?

— Tenho minhas fontes, Sr. Coulton. Assim como o senhor.

— Devíamos simplesmente matar o desgraçado agora. — Ele se inclinou sobre a forma imóvel do que um dia fora Walter Laster. — Se é que sabemos como fazer isso. É preciso cavar aí, arrancar o coração. Não é assim?

— É o senhor quem sabe sobre suctores. Já encontrou um antes, não foi?

Coulton fez uma careta.

— Sim. Há muitos anos, no Japão.

— Como foi que o destruiu?

— Não fui eu quem fez isso. Foi a criadora do suctor.

— Humm. Podíamos perguntar a ela.

Coulton suspirou, e por um momento ela viu, à luz da vela, a compaixão que havia nele, que fazia parte dele, que ele escondia em sua rudeza.

— Foi uma coisa horrível, Margaret — disse ele —, o que aconteceu lá. Eu não quereria perguntar à pobre garota. Ela não precisa passar por tudo aquilo outra vez.

Ele foi para a janela, ergueu a cortina transparente e fitou a escuridão invasora.

— Então que seja — disse ele, por fim, virando-se. — E nosso amigo aqui deu alguma informação sobre onde o maldito Jacob Marber pode ser encontrado agora? Se ele não estava em Natchez nem em nenhum outro lugar na volta, por que andou fazendo perguntas sobre o meu destino? Para onde ele foi, Margaret?

Ela o olhou atentamente.

— O senhor não sabe? — perguntou ela.

E então um lampejo de compreensão cruzou o rosto de Coulton.

— O garoto do circo — murmurou ele. — Marlowe.

Margaret alisou as saias pretas e entrelaçou os dedos à frente do corpo.

— Então ele não estava atrás de Charlie — continuou ele. — O tempo todo era Marlowe.

— E, se ainda não o encontrou — disse Margaret suavemente —, vai encontrar em breve.

Quando chegou a hora, Margaret conduziu Coulton e o garoto até o porão. Passaram por uma pesada porta sem identificação, por uma segunda passagem, úmida e escura, e por outra porta trancada, quando chegaram a um cômodo antigo. Uma parede era de pedra e torta, e parecia tão velha que devia estar em uso no tempo dos romanos. O porão era fundo e não tinha janelas. Ali Margaret examinava as crianças recém-chegadas, fazia anos. Coulton não achava que dessa vez fosse necessário.

— O garoto é um *curaetor*, Margaret — ele tinha dito a ela mais cedo —, não há muito que examinar. Eu vi com estes meus olhos. Tirou uma lâmina do próprio antebraço e cortou a garganta de um homem com ela.

Curaetors, porém, eram raros, ela sabia, e a habilidade podia ter graus variados, e era melhor determinar tais coisas por si mesma. Ela destrancou a porta, erguendo a lanterna bem alto. A sala de exame era à prova de som, o teto, as paredes e até os ladrilhos de porcelana do piso eram pintados de branco; havia um ralo no chão, como em um abatedouro. Ela vinha se preparando havia dias para o retorno de Coulton e tinha arrumado uma mesinha perto da porta com vários instrumentos afiados cobertos por uma toalha branca, e uma caixinha vermelha, oculta sob um lençol, no canto mais distante. No meio do espaço havia uma cadeira de aspecto sinistro, posicionada sobre o ralo, com algemas de ferro aparafusadas nos braços e nas pernas. Seu propósito era o medo, não a dor. O medo podia ser um gatilho útil para talentos latentes.

Charles parou no vão da porta.

— Sr. Coulton?

Ele parecia assustado.

— Sim, garoto, entre — disse Coulton. — Você não corre nenhum perigo. Eu juro.

Margaret os conduziu para dentro do espaço, ríspida, severa, esfregando os braços no ar úmido. Essa era a única coisa no lugar que ela não havia conseguido mudar. Um belo fogãozinho ardendo no canto seria o suficiente. Até poderia vir a ser útil, caso fosse necessário queimar alguma coisa.

— Então, Charles — disse ela secamente. — O que foi que o Sr. Coulton contou? Você foi informado sobre Cairndale? Seu propósito?

Quando o garoto não disse nada, limitando-se a lançar um olhar nervoso para Coulton, ela franziu a testa, em desagrado. Era tarefa de Coulton preparar as crianças, não era?

— O Instituto Cairndale é um refúgio, um lugar de segurança para pessoas como você, um lugar onde vai aprender a dominar o seu talento. Ele é dirigido por um homem chamado Dr. Berghast. Se esse teste correr como eu espero, você vai encontrá-lo em breve. Mas, primeiro, preciso confirmar o que você é capaz de fazer. Está claro?

Ele piscou lentamente. Havia uma inteligência prudente no garoto; ele se sairia bem, de fato.

— Eu não vou ser preso nesses ferros — disse ele.

— Será, sim — replicou ela. — A contenção, Charles, é para nossa segurança, não a sua. Por que nós o traríamos da América até aqui, só para fazer você sofrer? Você deve ver que isso não faria o menor sentido.

O garoto olhou para a cadeira, olhou para ela, hesitou. Então se sentou. Coulton agachou-se ao lado dele e fechou as algemas com uma chavezinha, girando-a duas vezes em cada fecho. Então deixou a chave no segundo fecho e dirigiu ao garoto um aceno com a cabeça. Em seguida, em silêncio, deu um passo atrás.

— O Sr. Coulton me diz que você é um *curaetor*. Esse é o nome para o que você pode fazer. É um talento raro, mas você não está sozinho. *Existem* outros. Quantos anos você tinha quando soube o que era capaz de fazer?

Charlie umedeceu os lábios.

— Mamãe disse que eu sempre fiz isso. Disse que não era uma coisa para mostrar para as pessoas. Disse: mantenha isso seguro, mantenha em segredo.

— Sua mãe era uma mulher sábia. Quantas pessoas já viram você fazer isso?

— Eu não sei, Sra. Harrogate.

— Mas foram muitas, concorda?

O garoto assentiu.

— Eu diria que uma boa dúzia, só em Natchez — interveio Coulton. — Todos os que estiveram presentes em sua execução.

— Ah, mas eles não vão acreditar no que viram — murmurou ela. — Vão encontrar alguma explicação; sempre encontram. Isso não é um obstáculo. Diga-me, Charles, quantas pessoas você matou?

Ele ergueu os olhos rapidamente para ela.

— Senhora?

— Matou, Charles. Quantas?

A voz dele soou fraca quando respondeu.

— Duas, Sra. Harrogate.

Ele estalou a língua. Estava mentindo, era óbvio, ela podia ver claramente escrito no rosto dele. O pó que lhe dera ainda não tinha surtido o pleno efeito. Não importava. Ela estava satisfeita com a mentira, satisfeita em ver a vergonha que ele sentia ao falar do assunto. Ela vira crianças demais naquela cadeira, repetidamente machucadas pelo mundo, até que o fato de elas ferirem e serem feridas não parecia mais motivo de vergonha. Essas eram as que a preocupavam.

Ela atravessou o porão, a saia preta farfalhando no piso pintado de branco. Na mesa perto da porta, pegou um bisturi comprido.

— Dói, Charles? Quando você se cura, é o que quero dizer.

— Sim. — O garoto fez uma pausa. — É como se eu estivesse pegando fogo por dentro.

— Eu preciso ver por mim mesma, entenda — disse ela. — Preciso cortar você agora. Mas gostaria de ter a sua permissão.

Os olhos dele estavam límpidos.

— Sim, senhora. Pode cortar.

Ela tornou a atravessar o espaço e cortou o braço do garoto. O sangue vermelho vivo escorreu lentamente pelo punho dele, pelos dedos, pingou nos ladrilhos brancos. O garoto rangia os dentes de dor, arquejando, e virou o rosto para olhar a ferida. Enquanto observavam, a incisão se fechou.

Margaret Harrogate olhou para Coulton, que deu de ombros, entediado. Ela voltou-se outra vez para o garoto.

— Existem cinco famílias de talento, Charles. Você pertence à segunda. Você é um *curaetor*, que o Dr. Berghast descreveria como um regenerador. Quando suas células começam a morrer, aliás, qualquer parte de você, seu corpo revive. É um talento raro e extraordinário. Você vai envelhecer de forma diferente do restante de nós. Entenderá o risco de forma diferente, o perigo de forma diferente, o amor de forma diferente. Agora, pense bem, Charles. Existe algo mais que você possa fazer?

— Algo mais...?

— Incomum. Especial. Você pode... manipular sua carne? Digamos, alcançar objetos que estão muito distantes? Você já entrou em um espaço pequeno demais para você, onde supostamente não conseguiria entrar?

— Creio que não, Sra. Harrogate. Não.

— Tem uma caixa ali no canto. Está vendo? Quero que você tente alcançá-la. Concentre-se agora.

Ovid fechou os olhos. Tornou a abri-los.

— Não estou entendendo — disse ele.

— Feche os olhos. Quero que você imagine um céu branco. Não há nada nele. Agora, nesse céu branco há uma nuvem escura. No formato de uma porta. Ela está se aproximando. Olhe para ela. Tem um buraco de fechadura nela, e você está segurando uma chave. O que acontece quando você vira a chave?

O garoto parecia confuso, infeliz.

Margaret deslizou a língua pelos dentes, pensando. Talvez não fosse uma parte do dom dele, a mortagem. Talvez ele só precisasse aprender a controlar. Não importava.

— Fale sobre a sua mãe — pediu ela, mudando a abordagem. — Fale da sua lembrança mais feliz com ela.

— Minha mãe?

Ele olhou desconfiado para Margaret, os olhos velados. Ela esperou.

— Minha mãe... — repetiu ele, a voz mais suave.

Agora ela podia ver que o pó estava fazendo efeito.

— Mamãe era praticamente a única coisa boa que eu tinha — disse ele. — Agora nem lembro mais da voz dela. Ela costumava cantar na igreja, cantava como se o sol estivesse iluminando os anjos. Como mel na língua da gente. Era essa a sensação. Um dia, ela voltou pra casa com cheiro de farinha e açúcar... porque naqueles dias estava trabalhando numa cozinha antiga, e eles estavam fazendo tortas naquela semana. E ela enrolou as mangas, e os braços e cotovelos estavam cheios de açúcar, e nós dois lambemos aquele açúcar juntos.

Margaret sorriu.

— Ela podia... fazer coisas? Como o que você faz?

— Não.

— E o seu pai, podia? Ele era branco, obviamente...

— Não me lembro do meu pai — disse Charles bruscamente, zangado, e então baixou os olhos e fitou as gotas estreladas vermelhas de sangue nos ladrilhos brancos.

Ela podia ver que ele não queria falar mais, e sentiu uma rápida pontada de culpa, mas era necessário; ela precisava saber certas verdades. O garoto estava lutando consigo mesmo, mas estava sob efeito do pó.

— Papai morreu quando estava levando a gente pra Califórnia — disse ele, por fim. — Eu sempre quis descobrir onde ele foi enterrado, pra dizer a ele que cresci e tentei ser uma pessoa boa, como mamãe dizia que ele era. Ele era um homem bom, e amava a gente, e acreditava em um mundo melhor. Era o que mamãe sempre dizia. Mas ele também tinha medo, o tempo todo, medo por mim. Talvez soubesse o que eu podia fazer, não sei. Eu era só um bebê. — Charles ergueu a cabeça. Seus olhos estavam vidrados. — Talvez soubesse apenas que não tinha lugar nesta terra para alguém como eu. Nenhum lugar que fosse meu.

— Ah.

— Ele era daqui. Eu sei disso.

— De Londres?

— Não, senhora. *Daqui.*

Margaret franziu a testa, na dúvida sobre o que o garoto queria dizer. Ela olhou para Coulton, que ouvia atentamente. Ela ia fazer mais perguntas, mas algo a deteve, algum instinto no qual havia muito aprendera a confiar — e a seguir —, então apenas limpou as mãos na saia e virou-se de costas.

— Está bem, Charles, obrigada. Agora, quero que você se concentre. Sei que está cansado, mas tenho uma última pergunta. O que você *quer*, Charles?

A cabeça do garoto subitamente pendeu para a frente e então voltou a se erguer bruscamente.

— Não quero mais ser machucado — disse ele. Suas palavras se tornavam mais densas.

— Quanto pó você deu a ele? — perguntou Coulton. — Creio que ele já tenha acabado. Você conseguiu o que queria?

Margaret assentiu.

— Eu quero saber como ele era... qual era a aparência do meu pai... — murmurou o garoto. — Quero ouvir a voz da mamãe de novo, não consigo me lembrar da voz dela...

Ela abriu as algemas na cadeira, ajudou Coulton a levantá-lo, cambaleando, e colocá-lo de pé. Ele era magro, desengonçado, e as pernas se dobravam de lado sob seu peso.

— O pobrezinho — disse ela, dando um passo atrás. — Todos eles. Eles merecem mais de nós.

Charles Ovid acordou no salão, no sofá de veludo, os braços dobrados sob a cabeça. O fogo queimava na lareira. Sua cabeça doía. Ele ficou ali deitado, imóvel, tentando lembrar-se do exame, do que havia acontecido.

O vento soprava no duto da chaminé, como um lamento baixo. Um bêbado cantava indistintamente a algumas ruas dali. Cavalos passavam, os cascos ressoando nas pedras do calçamento lá fora. A chuva batia na janela, num ritmo lento e constante, abrandando por algum tempo, depois voltando.

Desconfortável, ele mudou de posição, depois sentou-se na escuridão. Passou a mão pelo rosto. Mesmo à noite, ao que parecia, Blackfriars fervilhava com movimento. Alguém havia deixado uma fresta aberta na janela, e o ar chuvoso deixava um gosto de giz em sua boca. Suas narinas, quando ele levou a mão ao rosto, estavam cobertas por um orvalho gelado e escuro. Ele nunca conhecera um lugar assim, como Londres, a magnitude de uma cidade construída pelas mãos dos homens, velha, sim, incrivelmente velha, como se tivesse sempre existido, e suja, estendendo-se por quilômetros e quilômetros, como o rio Mississippi, grande e marrom, que ele amava. Os becos profundos, cujo fim não se via, as vielas tortuosas e as escadas obscuras levavam a porões, onde figuras emergiam como aparições — tudo isso, apenas vislumbrado através da chuva turva enquanto o coche passava veloz, abrindo caminho pelas ruas lotadas que partiam da St. Pancras Station...

O que havia de errado com ele? Charlie esfregou os pulsos. A Sra. Harrogate parecera satisfeita, naquela sala sinistra no porão. Ele não confiava nela, obviamente, a maneira como ela deslizava naquele vestido preto, silenciosamente, o olhar sombrio, sem piscar, a inquietante mancha púrpura que cobria parte do rosto envelhecido. Não, pensou ele incisivamente, ele não estava sendo justo, ele sabia o que era parecer diferente. Mas não conseguia se livrar da sensação de que, quando olhava para ele, ela o estava avaliando, pesando-o como um saco de grãos, que valiam o quanto pesavam. Ah, tampouco confiava muito no Sr. Coulton; era verdade. Mas pelo menos ele havia observado o homem de perto, e chegara à conclusão de que era um bom homem, o que quer que isso significasse. *Um homem governado pela compaixão*, talvez o jovem pastor da sua igreja dissesse. Ele supunha que ambos houvessem se retirado para seus quartos nos andares superiores, onde aquela criatura dormia também, aquele suctor, amarrado e drogado, a pele azul-acinzentada e os lábios vermelho sangue, parecendo algo saído de um pesadelo. Charlie tornou a se deitar, pensando na criatura, e no instituto, como seria tudo aquilo. A expectativa o enchia de pavor.

E foi quando ele ouviu.

Uma porta, em algum lugar da casa acima dele, abriu com um rangido. Lentamente. Mas não vieram passos em seguida, nenhum estalo das tábuas do assoalho. Ele esperou. Ninguém apareceu.

E então ele ouviu o leve ruído de algo arranhando, como pequenas garras na madeira, e se sentou e observou atentamente a escada que levava ao interior da casa.

Nada. O relógio de pé feito de ossos tiquetaqueava suavemente os segundos. Nenhum outro som além da chuva nas vidraças. Ele se levantou, andou até o pé da escada, pousou a mão no corrimão e apurou os ouvidos.

— Sr. Coulton, senhor? — chamou ele. — Sra. Harrogate?

Não houve resposta.

Na quietude, ele começou a subir os degraus. O patamar do segundo piso estava escuro, silencioso. Assim como o do terceiro. No quarto andar, porém, a porta do quarto do suctor estava aberta. Lá dentro reinava uma escuridão absoluta.

Charlie parou, o coração disparado.

— Senhor? — chamou ele baixinho. — Está acordado?

Algo pálido e indistinto então se moveu no topo da moldura daquela porta, como se estivesse esperando, esperando por ele, um borrão contra a escuridão. E desceu, deslizando, ficando ali pendurado, à vista, de cabeça para baixo, olhando para ele com olhos pretos imensos. Charlie o encarou, sem entender. E então devagar, muito devagar, a coisa mostrou os dentes compridos, e algo se alterou em Charlie, um terror, e ele abriu a boca para gritar pelo Sr. Coulton, ou pela Sra. Harrogate, qualquer um, mas nenhum som saiu de sua boca.

Ele cambaleou para trás. O suctor pulou para o chão, arranhando o piso, e se endireitou, as cordas arrebentadas balançando em seus pulsos e tornozelos.

Então ele saltou.

Charlie correu. Lançou-se em disparada, quatro degraus de cada vez, escorregando e tropeçando, rolando ao alcançar o andar principal da casa, se endireitando e tropeçando em direção ao salão, fechando a porta ao passar. Não conseguia ouvir nada. Onde estavam o Sr. Coulton, a Sra. Harrogate? Será que estavam bem? Ele havia caído e se arrastava de lado, se afastando. Tentou apoiar-se no sofá, tentou ficar de pé. Por um longo momento, nada aconteceu; ele disse a si mesmo que estava sendo tolo, que seus sentidos o haviam enganado.

Foi quando a porta se moveu com um ruído seco. Uma vez, duas. No súbito silêncio, a maçaneta foi lentamente puxada para baixo, e as dobradiças rangeram, se abrindo, e então Charlie viu, horrorizado, o suctor cinza agachado, subindo como uma aranha humanoide pela parede até as sancas do teto, e de lá olhou para ele, inclinando a cabeça para um lado, estalando os dentes.

Antes de qualquer coisa, antes que ele pudesse gritar, pedindo socorro, ou tentar encontrar algum tipo de arma, a coisa havia se lançado, veloz como um raio, e colidido com ele, quebrando vasos de samambaias, aparadores e móveis. Com as garras, o suctor tentava alcançar seu pescoço, rasgando suas mãos enquanto ele tentava se defender, as cordas arrebentadas indo de um lado para o outro em um borrão, o rosto da criatura aproximando-se do seu, estalando os maxilares. Charlie lutava em silêncio, sem emitir nenhum som. Ele conseguiu enfiar o joelho embaixo da coisa e chutou com força, lançando-a pelo ar, estranhamente leve, e fazendo-a chocar-se contra a parede em frente. Em um instante, Charlie estava de pé. Ele vislumbrou, por um breve momento, aquele estranho feto no jarro. Parecia estar olhando para ele, pressionando suas mãos malformadas contra o vidro, como se o reconhecesse. Porém, quando o suctor o atacou novamente, Charlie ergueu o jarro acima da cabeça e o espatifou em um estrondo malcheiroso na cabeça do suctor.

O silêncio que se seguiu foi terrível. Perplexo, o suctor ficou ali caído em meio à substância fedorenta, virando o rosto de um lado para o outro, escorregando sobre o vidro, erguendo a coisa viscosa em suas garras. Charlie não ficou para ver mais: abriu a porta com violência, cruzou o saguão e estava do lado de fora, tropeçando, recuperando o equilíbrio e disparando na direção do portão de ferro, destrancando-o e fechando-o com um estrondo ao passar. Então recuou e parou nas pedras que calçavam a rua, escuras e escorregadias com a chuva, e fitou a escuridão.

A chuva já havia colado a camisa à sua pele. Ele não sabia se a coisa poderia passar pelo portão, mas achava que não.

Nesse instante, porém, ouviu um ruído de vidro sendo estilhaçado. Era a grande janela do salão. Através da chuva escura, viu uma figura pálida agarrada à lateral da casa geminada.

Charlie correu. Correu, escorregando entre as balizas e pelas pedras do calçamento, e virou em um beco escuro, tropeçando em uma pilha de caixotes quebrados. Havia figuras nos vãos das portas, virando-se, erguendo o rosto na escuridão, mas ele não parou. Cruzou um diminuto pátio e entrou por uma viela, passando por um pequeno parque com bancos e uma estátua se erguendo sob as lâmpadas a gás e então desceu, aos tropeços, até a metade de um lance de degraus tortos e parou. De alguma forma, ele havia passado à sua frente: ali estava o suctor, curvado no último degrau, olhando-o de baixo, fazendo aqueles estranhos estalidos com os dentes.

Na chuva, os braços e o peito de Charlie queimavam onde o suctor o havia arranhado, tentando alcançar seu pescoço. Ele estava arquejando. A dor era estranha, não era como ele estava acostumado a sentir. Ele ficou parado na escada molhada com os ombros arfando, sentindo sua força se esvair, sentindo o pavor crescer.

E então a coisa moveu-se de lado e o atacou, subindo os degraus de quatro, muito rápido, as cordas arrebentadas, ainda presas nos pulsos e nos tornozelos, batendo nas pedras. Charlie virou-se e subiu correndo. Havia uma lata de lixo de ferro no topo da escada e ele agarrou a tampa, virou-se e golpeou com toda a sua força. Sentiu a tampa bater no suctor, pegando-o sob o maxilar, e a coisa guinchou e saiu girando, de lado, para as sombras.

E então Charlie se viu correndo outra vez, saltando os degraus de pedra, chegando a uma rua que brilhava sob as fracas lâmpadas a gás.

O rio estava bem à sua frente, um negrume líquido de luzes laranja e formas estranhas, barcos, esquifes talvez, e ele viu uma ponte à esquerda e disparou para lá. Não havia mais ninguém por perto. Seus passos ecoavam nas pedras, perdendo-se na escuridão. Estava a meio caminho da ponte quando parou e olhou para trás. Não viu o suctor. Passou a língua pelos lábios, respirando com dificuldade, avaliando a situação, então correu até a amurada de pedra, debruçou-se nela e o viu.

— O que você quer? — gritou Charlie na chuva. — O quê?

O suctor continuou avançando, a boca escancarada.

— Fica longe de mim! — berrou o garoto. — Anda, vai embora!

O suctor fez uma pausa. Por um longo momento, nada aconteceu. E então ele saltou, as garras estendidas, os dentes estalando, e Charlie, dessa vez preparado, caiu para um lado, de modo que a criatura só o atingiu de raspão na lateral do corpo, e ele a acertou com um soco quando ela passou, erguendo-a no ar e lançando-a além da amurada de pedra. O suctor caiu. Charlie o viu se contorcendo, pendurado acima do vazio, tentando segurar-se na ponte, mas falhando. Charlie segurava a lateral do corpo, ofegante, soluçando. Ele viu o suctor oscilar horrivelmente sobre o rio e despencar em direção à escuridão do Tâmisa.

Então Charlie deslizou para o chão, as costas na pedra gelada, bem no meio da ponte, sob o débil halo das lâmpadas a gás na chuva, e começou a tremer, e tremia e tremia, e não sabia se a água em seus olhos era a chuva, suas lágrimas ou o quê.

7

Todo Estranho é um Novo Começo

Alice Quicke deixou Remington ao alvorecer, com o menino que brilhava semiadormecido sob um cobertor na carroça, as rédeas enroladas nos grossos punhos dela. A chuva formava uma névoa na escuridão, um brilho vermelho se erguendo acima da copa das árvores. As sombras já estavam longas quando eles atravessaram Merville e Oaks Hollow; naquela noite dormiram em um celeiro abandonado ao lado da estrada e de manhã seguiram viagem. Viram poucos cavaleiros. Na noite seguinte, Alice deitou-se completamente vestida na carroça, com o menino enroscado junto ao corpo dela para se aquecer, e na noite depois de entrarem em Indiana, ela dormiu no chão de terra, sentada, com as costas apoiadas em uma roda de ferro, o queixo abaixado, as botas chutando as brasas da fogueira enquanto ela sonhava.

Em Lafayette, levou dois dias para vender o cavalo e a carroça. Comprou bilhetes de terceira classe para Carmel, ao sul, e de Carmel eles dividiram uma cabine com uma senhora e seu cachorrinho durante toda a viagem, até Columbus, Ohio. Nove dias depois, Alice e o garoto estavam em Rochester, Nova York. Ela assinou o registro encadernado em couro com o nome de Sra. Coulton enquanto a chuva caía de lado na varanda, o menino pingando ao seu lado. Sob um lustre com uma roda de velas, as putas se debruçavam para a rua, a sacada onde estavam coberta pelas sombras, leques de seda fechando e abrindo em suas luvas, como as asas de um pássaro.

Na manhã seguinte, Alice leu sobre o incêndio.

A notícia era velha. Na sala barulhenta em que o café da manhã era servido, ela contou os dias mentalmente e concluiu que acontecera seis dias após a partida deles. O fogo havia começado na tenda grande e dali saltado para a tenda dos animais, e no todo onze pessoas e vinte e seis animais tinham morrido. Havia uma reprodução em linoleogravura de má qualidade de uma tenda de circo em chamas. Ela olhou para o menino com seu prato de bife e ovos e seu rostinho sério ao mastigar enquanto a chuva rastreava sombras nas janelas da água-furtada atrás deles e lançava um ar melancólico sobre a mesa em frente, e decidiu, com o coração devastado, que ele nunca deveria saber.

Passaram o dia na cidade comprando roupas para o menino e comeram em uma casa de chá que dava vista para um jardim, onde um pequeno parque de diversões iluminava o crepúsculo. Mais tarde, nessa mesma noite, ela ficou acordada, junto à janela, olhando do outro lado das cortinas, o revólver à mão sobre a mesinha. Releu a notícia sobre o incêndio e em seguida dobrou o recorte de jornal em quatro partes e o guardou em sua manga, como um lenço. Então apagou as velas. Nas poças compridas no meio da rua, as luzes laranjas da estação de trem ondulavam e dançavam.

Marlowe não era de falar. Ele mal tinha dito duas palavras durante toda a primeira semana de viagem. Ela passou os dedos pelos cabelos oleosos. Pensou no incêndio, em todas aquelas pessoas. O jornal chamara de acidente. O que Coulton diria? Ela pensou em seus olhos claros e profundos, a boca cansada. A escuridão em sua voz ao falar daquele homem, Marber. Jacob Marber. O caçador de recompensas que não era um caçador de recompensas. Atrás dela, um garoto de cabelos negros ressonava suavemente no escuro, vivo.

Essas coisas aconteciam. O mundo era cruel. No entanto, alguma coisa nesse incêndio a fez hesitar. Pensou no hospício onde a mãe vivera os últimos anos, na quietude dos pisos limpos, na solidão do cemitério. Sua mãe. Ela tentou pensar em alguma bondade que houvesse na mulher, mas não conseguiu. Que bondade ela, Alice, havia demonstrado em troca? Deslizou um dedo sob os olhos. Não tinha nem um daguerreótipo dela, nenhuma lembrança de sua aparência em vida. A mãe simplesmente desapareceu, como se nunca tivesse existido. O que alguém deixa para trás? Ela olhou para o garoto, afundado em seu travesseiro. Ela o levaria para a velha Sra. Harrogate, em Londres. Isso ela faria. O vento soprava a chuva em camadas de encontro à vidraça. Duas figuras atravessaram a rua cambaleando, os chapéus abaixados para protegê-las das rajadas. No coração de Alice havia uma sombra, como um temor, o pressentimento de algo errado, e ela ergueu a mão, instintivamente, para o jornal dobrado em sua manga.

— O que é, Alice? — murmurou, preocupada. — O que você não está vendo?

Na vidraça, seu rosto ondulou como um fantasma contra a escuridão.

O menino dormiu até tarde no dia seguinte. Alice não o acordou. Sentou-se na cama dele e, resistindo ao impulso de passar a mão por seus cabelos despenteados, simplesmente esperou que ele se mexesse.

— Bom dia — sussurrou quando ele fez um movimento.

— Sonhei com cavalos — disse ele, sonolento. — Como você me disse pra fazer.

Ele era tão pequeno. Embora a viagem tivesse sido desconfortável, ele não se queixara. Na primeira semana, mantivera-se calado, e somente nesses últimos dias tinha começado a falar um pouco. Se temia pelo seu futuro, não dizia nada. Ela conhecera poucas crianças em sua vida adulta e ficou surpresa com o sentimento bom que experimentava todas as vezes que ele a tocava, ou punha a mãozinha na dela, ou sorria para ela, mostrando os minúsculos dentinhos tortos. Ele dormia com as duas mãos erguidas acima da cabeça, como se estivesse em um assalto. Comia com um garfo em uma das mãos e uma colher na outra, alternando entre colheradas e garfadas. Quando calçava os sapatinhos pretos novos, ainda trocava os pés.

— Vamos, vamos, vamos — disse ela então. — O trem parte ao meio-dia.

Ele piscou os olhos cansados e sentou-se na cama.

— Você disse que podíamos ficar aqui. Ver o lago.

— Você vai ter a sua cota de água quando o navio partir de Nova York. Vamos.

Debaixo do cobertor, o corpinho dele permaneceu imóvel. Ela pensou que ele fosse dizer mais alguma coisa, mas ele não falou. Nenhuma queixa, nada. Ele se levantou, começou a se aprontar. Ela o observou no lavatório, sentindo uma pontada no peito.

— Dormiu bem? — perguntou, a culpa se costurando à sua voz. Ela não tinha percebido que ele queria ver o lago tanto assim. Por que não quereria? A pobre criança provavelmente nunca vira muita coisa além da área do circo.

Ele esfregava, muito absorto, o rostinho rosado, as orelhas rosadas, o pescoço rosado. Esfregando com a toalha até secar. Deliberadamente, não olhava para ela.

— É que existem horários — explicou ela, aproximando-se dele por trás. — O navio parte em menos de uma semana. Não quero que a gente o perca.

Ele franziu a testa para ela no espelho.

— Há pessoas que dependem de nós, pessoas que querem encontrar você — acrescentou ela. — Estão esperando há muito tempo. Pessoas boas.

Nesse momento ele se virou, ergueu os olhos para ela.

— Como elas são? — perguntou ele.

Ela engoliu em seco.

— Eu não sei. Bondosas?

— Você não parece ter muita certeza.

Alice umedeceu os lábios. Não sabia o que dizer.

— Marlowe, é a sua família — disse, por fim.

— Minha família é a Brynt.

— Não — replicou ela com firmeza. — Ela não é.

Mas Alice sentiu um nó na garganta ao dizer isso. Aquele diálogo era mais do que ele falara nas duas semanas que estavam juntos. Foda-se Coulton por colocá-la nessa posição. Foda-se o emprego. A chuva batia na vidraça. Marlowe olhava para ela fixamente agora, e havia em seu rosto algo triste, e sábio, como se ele conhecesse muito bem os caminhos do mundo e sentisse pena dela pelo que estava fazendo.

Ela pegou as botas com desgosto.

O último trabalho, pensou. Depois estava fora.

Mas o pressentimento ruim que a espreitava não passou.

Na verdade, só foi piorando à medida que se aproximavam do Grand Central Terminal. Três dias depois estavam em Nova York, descendo do trem e mergulhando em uma nuvem de fumaça branca, o ruído da estação insuportável, um céu curvo de vidro enegrecido pela fumaça, vigas de aço. Alice olhava com cautela à sua volta, com o coração na garganta, os rostos pálidos que passavam, os chapéus escuros, o lampejo das bengalas com ponta de prata. Ela mantinha a mão direita fundo no bolso do sobretudo de oleado, engatilhando o Colt Peacemaker carregado.

Quando desciam, Marlowe segurou a mão livre dela, que olhou para baixo, surpresa. Talvez ele só estivesse com medo de perdê-la na multidão. Mas Alice gostou, ficou surpresa com o quanto gostou daquilo, e lhe dirigiu um sorriso breve e tenso enquanto abria caminho até os carregadores de bagagem.

Na borda da plataforma, uma mulher cega, desgrenhada, o rosto abatido, gritava para quem passava:

— Direção errada, direção errada, direção errada. — Ninguém prestava atenção nela.

Alice podia sentir a fascinação do garoto.

— Não encare — disse. — Ela é louca, Marlowe. Só está falando sozinha. Deixe-a quieta.

Mas, quando passavam apressados, a louca voltou os olhos leitosos para eles. Parecia acompanhá-los, de alguma forma, girando o rosto devastado lentamente em sua direção, observando-os avançar, de tal forma que Alice, inquieta, ficou olhando para trás e estremeceu. As multidões passavam.

A essa altura já estavam havia semanas vivendo em quartos emporcalhados, na sujeira de hotéis e lençóis mal lavados. Alice estava ficando cansada. Mas levou Marlowe para as ruas sinuosas próximas ao porto, onde os imensos navios de passageiros ancoravam, e ali ela encontrou uma casa de cômodos pequena e decrépita, destinada a marinheiros, ou talvez a passageiros das classes inferiores. Uma casa velha de madeira, de três andares, com janelas de duas águas e cobertura de telhas. O salão era estreito, de teto alto. Deveria estar naquele local por mais de um século, talvez tivesse sido uma casa respeitável nos anos que antecederam a Revolução, antes que a cidade crescesse ao seu redor. Alice entrou no escritório mal-iluminado, as lamparinas a óleo acima dos lambris lançando todas as coisas em um brilho laranja esmaecido, ouvindo o assoalho estalar sob seus pés como um navio, e pensou nos milhares que haviam andado por aqueles mesmos assoalhos.

O pavor só fez aumentar quando ela tentou alugar o quarto. O homem que cuidava do lugar era velho e encurvado, e caminhava cambaleando, carregando uma lamparina a óleo em uma das mãos e uma argola de chaves pesadas na outra. Os cabelos ensebados pendiam por cima do colarinho. Havia remendos em seus cotovelos.

— Onde está seu marido? — perguntou ele, desconfiado.

Alice o olhou nos olhos. Suas botas haviam pisado em um riacho de lama verde vindo da fábrica de velas ao lado e, com cuidado, ela as limpou no tapete dele.

— Morreu — disse ela.

O homem apenas resmungou e examinou Marlowe.

— É seu filho? Eu administro uma casa de respeito. Também não poderá receber visitantes — murmurou ele.

Alice franziu a testa diante da insinuação. Ela poderia quebrar o nariz dele em seis lugares antes que piscasse, mas não havia nada que pudesse fazer para deter os pensamentos imundos do homem.

— O senhor vai aceitar nosso dinheiro ou não? — perguntou com toda a calma. — Precisamos de três noites.

— Pagamento à vista, antecipado. — Quando ela não protestou, ele gesticulou para que o seguissem.

E Alice, ainda tomada por uma sensação de pavor, pensou: *Serve*.

Era um quarto de solteiro no último andar da casa e, depois de abrir as cortinas, puxar os cobertores comidos por traças e abrir a porta do guarda--roupa para que o espelho comprido e embaçado refletisse a luz do dia, o homem os deixou sozinhos. As paredes e o chão eram tão finos que ela pôde ouvi-lo voltar com seu passo trôpego pelo corredor, descer a escada, cruzar o comprido corredor abaixo e voltar para o primeiro andar.

Ela olhou para Marlowe, que a olhou de volta.

— Seria um palácio para um rato — disse ela.

Ele sorriu.

Havia muita coisa a fazer. Eles passaram os dias seguintes de pé em filas no cais, batendo os pés no chão por causa do cansaço, preenchendo a papelada das agências alfandegárias ou procurando um condutor para ir até a casa de cômodos pegar sua pouca bagagem para a viagem de navio. O cais estava lotado, cordas, guindastes e grandes estrados de caixotes sendo carregados para as balsas vindas dos armazéns, e policiais perambulando sombriamente entre os trabalhadores e famílias recém-chegadas de Staten Island, amontoadas, miseráveis, com medo. Alice conduziu Marlowe por tudo isso, aquela sensação ruim ficando cada vez mais forte. Era quase como se estivessem sendo seguidos, pensou ela. Era essa a sensação. Mas sempre que entrava em uma porta ou parava em uma vitrine para examinar os reflexos da rua, não havia ninguém.

Em sua última noite em Nova York, ela não dormiu. Ficou deitada ao lado de Marlowe na cama, ouvindo a respiração do menino, fitando o teto na escuridão. Dali a poucas horas eles estariam subindo o passadiço, encontrando a sua cabine, zarpando do porto. Indo embora. Passava da meia-noite; ela ouvira o sino da capela do marinheiro, que ficava a ruas dali, marcando doze badaladas. Havia uma mancha de água amarelando o gesso no teto provocada por algum vazamento de muitos anos antes. Ela a fez lembrar da Sra. Harrogate, do sinal de nascença em seu rosto. Agora faltava pouco.

E foi quando ela o pressentiu.

Não era um som, não exatamente. Parecia mais uma sombra encobrindo o sol, uma súbita queda de temperatura, e Alice franziu a testa e virou o rosto no travesseiro, ficando imóvel.

E então realmente ouviu alguma coisa. Um rangido suave no corredor abaixo, como se alguém estivesse se esforçando para ser silencioso. Ela saiu da cama, vestiu a calça, a camisa, calçou as botas. E ficou na escuta. O ruído de pés se arrastando lentamente, cada vez mais próximos, subindo a escada que levava ao terceiro andar, o andar deles.

Rápida e silenciosamente, ela começou a enfiar seus poucos pertences nas malas de viagem, pegando as roupas de Marlowe, o pequeno espelho de viagem. Fechou as malas, prendeu as fivelas rapidamente. Olhou à sua volta. Foi até a janela e a abriu para a noite fria, sentindo uma raiva crescer dentro dela. Por último, pegou seu Colt Peacemaker, engatilhou-o, girou lentamente as câmaras lubrificadas e o guardou no bolso.

— Marlowe — sussurrou.

Alice o sacudiu e ele abriu os olhos, alarmado. Ela levou um dedo aos lábios e olhou para a porta.

Na casa de cômodos reinava um silêncio absoluto. Um silêncio impossível. Não havia nem o mais leve som de ronco, de tosse, murmúrios de outros hóspedes. Era isso — a imobilidade de tudo — que a havia alertado. Marlowe já estava calçando seus sapatinhos, os pés trocados, lutando para vestir o casaco. Ela foi até a porta e encostou o ouvido nela.

E dessa vez, os dois ouviram. Passos, claros, calmos, sem pressa, vindo pelo corredor na direção do quarto deles. Alice pressionou a mão na porta, deu um passo atrás, ficando à distância de seu braço, e mirou o revólver diretamente para a porta, à altura do peito. Os passos cessaram.

Nenhum movimento. Nenhum som.

Alguma coisa, alguém, um homem, pigarreou na escuridão além. Um horror crescente a dominou, uma sensação de ansiedade, de pavor. E ela piscou os olhos rapidamente para desanuviá-los e viu, estranhamente, uma fumaça preta infiltrando-se pela fresta sob a porta, dissipando-se, e então infiltrando-se por todos os quatro lados da porta, tornando-se mais densa, mais escura. A porta chacoalhou suavemente quando tentaram abri-la. Alice sentiu um terror súbito e frio.

Só.

Vai.

Porra, ela pensou.

Vai!

Então agarrou o braço de Marlowe e o arrastou até a janela aberta.

— Pelo amor de Deus — sibilou. — Depressa!

Ela subiu no peitoril e passou as duas malas pequenas para o telhado e depois pegou Marlowe por debaixo dos braços e o puxou para fora.

Quem quer que estivesse do outro lado da porta devia ter ouvido, pois começou a socar e chutar a madeira. O ar no quarto estava denso com uma fumaça preta, que cheirava a fuligem, a poeira. Alice manteve o lenço sobre a boca e virou-se para ir. Nesse momento, ela deu meia-volta, correu até a mesinha de cabeceira, pegou na gaveta as passagens e documentos para o navio. Agora ela estava fazendo barulho, movendo-se ruidosamente pelo quarto, não se importando. A porta chacoalhava em sua moldura.

O telhado era inclinado e Marlowe estava agachado segurando os joelhos contra o peito; Alice o pegou em um braço e as duas malas no outro, e subiu cambaleando até a cumeeira. Ela correu até a chaminé, praticamente deslizou até o beiral do outro lado, então jogou as malas pelo pequeno vão para o prédio ao lado. Em seguida, aninhou a cabeça de Marlowe em seu ombro.

— Feche os olhos — sussurrou.

E saltou.

Caiu de mau jeito sobre o joelho esquerdo, seu corpo se dobrando para o lado, depois se levantou rapidamente, olhando para trás. Não viu nenhum sinal de perseguição. Era loucura. O telhado em que estavam agora era plano e havia uma escada de incêndio de ferro forjado, e Alice apressou o menino, fazendo-o descer para a rua. De onde estavam ela podia ver a janela do quarto alugado, e fixou os olhos, forçando-os, na escuridão. Não havia ninguém lá. E, no entanto, uma leve fumaça escapava para a noite;

e então, contra a escuridão do quarto, uma escuridão maior avançou, uma silhueta negra na forma de um homem, observando-os ir.

Pois ela já estava agarrando Marlowe pela mão e, mancando com o joelho machucado, disparou numa meia corrida na escuridão da noite, para longe dali.

O joelho não estava quebrado, pelo menos isso. Mas estava inchado, a pele manchada, roxa e estranhamente macia, como uma monstruosa berinjela, e não sustentava nenhum peso.

Com dificuldade, ela seguiu com Marlowe até a Washington Avenue e atravessou, mancando, entre as carruagens pretas e lustrosas, o trânsito do teatro, olhando para trás o tempo todo. Em um pequeno parque atrás da estátua de algum revolucionário americano morto, ela parou e deslizou para a grama molhada com a perna latejando estendida à sua frente.

Estava tentando recuperar o fôlego, perscrutando a escuridão, tentando pensar. Olhou séria para o garoto.

— Você já tinha visto alguma coisa assim antes? Alguma vez?

Ele sacudiu a cabeça, os olhos azuis arregalados.

Ela sabia que as crianças que recolhiam eram diferentes. *Talentos*, assim Coulton as chamava. E sabia que aquela pessoa — aquela *coisa* — lá no quarto era tudo, menos normal.

— Não minta pra mim, Marlowe — disse com firmeza.

— Não estou mentindo — replicou ele. Sua voz era pouco mais que um sussurro.

De repente, sua perna irrompeu em uma explosão de dor. Ela gritou, segurando o joelho. Sua voz ecoou nas paredes, o eco morrendo na escuridão.

— Ele está vindo atrás da gente? — perguntou Marlowe.

Ela não disse nada, apenas correu os olhos ao redor.

O parque era pequeno, na verdade era só um quadrado de grama em torno da estátua, um poste de luz solitário queimando no canto. Havia prédios em três dos lados, paredes de fundos, sem janelas, julgando-se pelas formas escuras e altas que se viam. Um coche de aluguel passou chacoalhando na rua atrás deles. Se o homem os encontrasse, não haveria para onde fugir.

Ela devia ter desmaiado. Quando abriu os olhos, Marlowe havia mudado de posição: estava sentado de pernas cruzadas ao lado dela e tinha dobrado o próprio casaco, deslizando-o para baixo da cabeça dela, como travesseiro. Na escuridão, Alice mal podia distinguir seu rosto pálido.

Ela tentou se sentar e voltou a cair.

— É a sua perna? — sussurrou ele.

— Meu joelho. Por quanto tempo fiquei apagada?

— Você meio que tombou.

Ela queria fazer piada sobre a criatura no hotel, mas não conseguia pensar em nada para dizer e, após um momento, fechou os olhos.

— Alice? — disse o menino.

— Sim?

— Meu nome não é Stephen Halliday de verdade, é?

Ela abriu um olho, com dor.

— Por que... por que está me perguntando isso?

— Eu posso ver. Eu sei.

— Não — disse ela, com relutância. — Não é.

— Quem sou eu, então?

— Precisamos falar sobre isso agora? — Ela trincou os dentes, viu o rosto dele. — Escuta, eu não sei quem você é. Quem você quer ser?

— Marlowe.

— Tudo bem, então. — A cabeça dela tornou a afundar.

— Alice? Por que você disse que eu era Stephen Halliday se não sou?

O joelho dela estava doendo de novo. A umidade da grama havia se infiltrado por suas roupas e ela estava com muito frio. Ia ser um inferno chegar ao navio de manhã. Ela fez uma careta.

— Acho que porque as pessoas para quem eu trabalho me mandaram dizer. E acho que pensei que era o melhor jeito de fazer você vir comigo. O jeito que... magoaria menos as pessoas.

— Você tá falando da Brynt?

— Brynt, isso. E de você.

Marlowe, no escuro, estava quieto. Ela podia vê-lo mordendo o punho da manga.

— Então para onde você está me levando?

— Londres. Depois para um lugar na Escócia. O nome é Instituto Cairndale. Lá você estará seguro. Tem outras crianças lá, como você. Crianças que podem... fazer coisas.

— Você vai comigo?

Ela se encolheu.

— Parte do caminho. Em geral, eu só... encontro as crianças.

Ele assentiu.

— Você não devia ter mentido pra mim.

Então ele se levantou e se afastou, adentrando a escuridão. Ela começou a perguntar o que ele estava fazendo, mas ele voltou, os sapatos guinchando na grama molhada, tendo percorrido com cuidado o perímetro da pracinha, e se ajoelhou ao lado dela, dizendo, baixinho:

— Eu sei por que eles me querem. Por que as pessoas para quem você trabalha me querem.

Era uma coisa tão estranha para uma criança de oito anos dizer. Tão inquietante e sensata. Ela sentiu os pelos na nuca se eriçarem.

— O que você quer dizer? — perguntou.

Mas ele não respondeu. Em vez disso, fez algo que ela não estava esperando. Estendeu a mão e tocou o pulso dela com os dedos.

— O que aconteceu?

— Aqui? — Ela sacudiu a cabeça, surpresa. — Não foi nada. Uma torção.

Lembrou-se, ao falar, de como aconteceu. Como ela tinha dado um tapa na mão do homem, tirando-a de sua cintura, no bar em White Rapids, e como os amigos dele riram. Era um tropeiro contratado, ele havia contado a ela com um sorriso, e fazia quatro meses que estava na companhia somente de homens. Coulton observava a cena de cara fechada, sentado à mesa deles, como se ela tivesse feito alguma coisa para atrair a atenção do homem, e fora isso que a deixara com mais raiva. Quando o tropeiro levou a mão novamente aos seus quadris, ela já havia posicionado os pés como Allan Pinkerton lhe ensinara, e então jogara os ombros musculosos para a frente e dera um soco com toda força na cara do desgraçado. Sentiu algo ceder com a força do golpe e, em seguida, as pernas do tropeiro se dobraram e ele desabou. O bar ficou em silêncio, homens desviaram o olhar, o bar voltou à atividade. Coulton não fizera anda.

O menino estava ali sentado com os dedos entrelaçados, as mãos apertadas no colo. Então ele estendeu ambas, com a palma voltada para cima, diante dela, como se quisesse lhe mostrar alguma coisa.

— O que você está fazendo? — perguntou ela.

Muito lentamente, ele desamarrou a bota dela, tirou-a e enrolou a perna da calça para cima. Ela deixou que ele fizesse isso. Quando o joelho machucado estava visível, Marlowe olhou para ela com uma pergunta nos olhos e então pressionou ambas as palmas sobre ele. Seu toque era gentil.

Ela sentiu um calor vindo das mãos dele e era uma sensação boa. O calor percorreu a extensão da sua coxa, causando dor. E então ficou mais intenso. Seu joelho foi esquentando cada vez mais e ela olhou para o menino. Os olhos dele estavam fechados. Ele brilhava.

Era aquele mesmo brilho azul, a pele dele desenhada com veias de luz. Ela o olhava fixamente. Podia ver as veias, a sombra dos ossos em seu crânio e em suas mãos. A grama úmida e a silhueta da estátua refletiam o brilho azul. Então o calor em seu joelho tornou-se muito intenso, e a dor mais aguda, e, sem poder evitar, ela gritou e afastou-se dele. A dor se dissipou. A luz no menino se apagou.

— Marlowe — ela arquejou. — Marlowe...?

Alguma coisa estava diferente, porém. Ela sentiu imediatamente. O brilho ainda se apagava em sua visão periférica. Ela olhou para a perna, mudou o joelho de posição e o virou de um lado para o outro. Estava curado.

Ela o olhava, perplexa. Seu coração batia acelerado.

— Não fique zangada — sussurrou ele.

Estava pálido. Segurava com cuidado os pulsos junto ao peito e ela viu o quanto pareciam inchados.

— Vai ficar tudo bem — disse ele, o rostinho nublado pela dor. — Eu tirei a sua dor. Agora ela está comigo. E a dor vai embora rápido quando está comigo.

Ela estava tentando entender as palavras do menino, mas não conseguia. Pensou em Coulton, pensou em Charlie Ovid com a lâmina escondida em sua carne lisa.

— Não é possível — disse, levantando-se cautelosamente enquanto falava, testando a perna, encarando-o.

— Ela disse que você não acreditaria em mim — sussurrou o menino.

— Quem disse?

Ele não respondeu, não precisava. Obviamente Alice acreditava. Seu joelho era prova mais do que suficiente. Ela pensou em sua mãe, espontânea, o fogo verde em seus olhos toda vez que a fé a dominava, aquela loucura, e pensou no que a mãe acreditaria, vislumbrando o milagre de tudo aquilo, e fechou os olhos em súbito pesar. Sua mãe.

Em menos de uma hora, ele estendeu os braços, girou os pulsos e mostrou a ela. O inchaço havia desaparecido. Já estava começando a clarear. A cidade parecia esvaziada, imóvel.

— Não demora muito — disse ele. — Machucados pequenos como esse.

Ela sentiu algo então, uma espécie de desgosto, o que a surpreendeu e a envergonhou. Não queria tocá-lo. Ele havia confiado a ela algo importante, a ajudara, e seu desgosto parecia uma espécie de traição. Ela baixou a voz quando disse:

— Você já fez isso muitas vezes, Marlowe?
— Sim — respondeu ele com simplicidade.
— Como começou?

Ele deu de ombros, desconfortável.

— Não é sempre que consigo controlar. Antes eu não conseguia.
— Eles vão ajudar você com isso. No Cairndale. — Nesse momento ela se moveu e se pôs em pé, os músculos rígidos, batendo os pés para que o calor retornasse a suas pernas. Então disse: — Sua amiga, Brynt. Ela sabia?

Ele estava tornando a vestir o casaco e não olhou para ela.

— A gente não falava sobre isso.

Ela assentiu. Olhou a praça vazia à sua volta, as silhuetas dos prédios tornando-se cinzentas contra o céu. Em algum lugar ali havia um homem, uma criatura, feita de fumaça, uma coisa que estava seguindo os dois. Era loucura, e, no entanto, ela sabia que era verdade. Vira com os próprios olhos.

— Precisamos procurar alguma coisa para você comer — disse ela. — Vamos para o cais.

Ela pegou as malas e soltou o ar das bochechas. Marlowe a olhava.

— Alice?
— Hein?
— Tá tudo bem se eu sentir medo?
— Todo mundo sente medo — disse ela. — Eu sinto medo.
— Como no hotel?

Ela fez que sim com a cabeça.

— E em outras ocasiões também. O medo é só a sua cabeça dizendo ao seu coração para ter cuidado. Não é uma coisa ruim. É o que você faz com ele que importa.

Ele pareceu pensar nas palavras dela.

— Aquela coisa no hotel me deu medo.

Ela lhe dirigiu um olhar atento e demorado.

— Em uma hora estaremos no navio. E não vamos mais vê-la depois disso.
— Vamos sim — afirmou ele.

O menino tinha um jeito de fazer isso, de falar com certeza sobre coisas que ainda não haviam acontecido, que Alice achava enervante. O que ela via ao olhar para ele era uma criança pequena e indefesa, e seu coração, que nunca ligara muito para bebês, para o amor ou para conexões humanas, foi novamente dilacerado pela dor. No entanto, ao mesmo tempo, ela experimentou um novo tipo de desgosto, sentindo-se nervosa com o que ele podia fazer. Alice não era uma pessoa religiosa e não atribuía causas espirituais ao dom de cura de Marlowe, pois não podia conceber um deus que criasse um mundo tão cheio de sofrimento. Havia naturalistas em Washington que acreditavam que todas as criaturas eram parte de um padrão de desenvolvimento, que as pessoas um dia foram como os macacos e que suas características foram mudando gradualmente. Quando ela olhou para Marlowe, viu o mistério de tudo aquilo. Alice lembrou-se de que a mãe costumava dizer que havia mistérios no mundo e que a maior parte das pessoas tinha medo de vê-los. *Olhe com o coração, não com os olhos*, ela murmurava, correndo os dedos frios pelos cabelos de Alice. Dizia que bastava ter alguma fé e o maravilhoso poderia ser encontrado. *Você acredita?* E Alice respondia, muito solene: *Acredito, mamãe, acredito, sim.*

Por toda a vida essas lembranças cintilavam dentro dela, uma segunda chama. Era a consciência de que havia um mundo além deste, do impossível tornando-se possível, se ela se dispusesse a vê-lo.

Só porque você não pode ver, filha — a mãe sussurrava, zangada —, *não quer dizer que não exista.*

Bem, ela agora via. E acreditava.

Eles embarcaram com a multidão às primeiras luzes do dia, carregadores empurrando malas pela rampa, camareiros de uniforme muito branco cumprimentando-os, sérios, com um gesto de cabeça, quando passavam. Gaivotas giravam no céu cinzento, guinchando e enchendo o ar com seus gritos. Era um transatlântico novo em folha, e eles haviam comprado um bilhete de segunda classe e suas poucas bagagens já estavam a bordo. Os corredores estavam lotados de homens fumando charutos, mulheres rindo por trás das luvas. Marlowe mantinha-se perto. Ela sentiu os olhares estranhos dos passageiros para suas roupas masculinas. Ainda estava andando com cautela por causa da perna, sentindo-se estranha. Na cabine, trocou suas roupas por um vestido de cor malva e anquinha, sentindo-se desajeitada e odiando a sensação de aperto, e Marlowe ficou sentado, quieto, observando através da vigia os navios no porto passarem por eles.

Quando chegou a hora de zarparem, eles subiram para o convés com os outros passageiros e ficaram junto à amurada, observando a multidão reunida. O céu estava cheio de nuvens de gaivotas; o cais, lotado. Ela podia sentir os motores vibrando através do piso. Houve um estampido e então bandeirolas começaram a cair e, no mesmo instante, a buzina do navio soou, ensurdecedora, e as multidões rugiram.

O garoto estava observando atentamente alguma coisa. Era um homem, atrás da multidão no cais, quase invisível. Ele se encontrava na sombra de um armazém, a escuridão emanando dele como fumaça. Alto, suas feições se ocultavam atrás de um lenço preto. Usava um chapéu de seda, sobretudo preto e luvas também pretas, e olhava diretamente para o menino com uma expressão de puro ódio.

No entanto, o navio já havia partido, suas grandes turbinas transoceânicas gemendo em movimento reverso, as águas oleosas da cidade se agitando acima das imensas cordas, que estavam sendo içadas, gotejantes, a bordo. Alice girou o corpo e se inclinou sobre a amurada para manter o estranho em seu campo de visão. Ela sabia quem ele era. Agora ele avançava e abria caminho vigorosamente entre os espectadores e pessoas se despedindo, vindo em direção ao navio, mesmo com a distância aumentando, as bandeirolas caindo sem parar e a banda no tombadilho tocando uma valsa; no tumulto, ela o perdeu de vista na plataforma. E então tudo que havia era um mar de rostos, centenas deles, inocentes, comuns, as mãos enluvadas acenando, e a silhueta de Nova York mais além. A figura escura do estranho havia sumido na fumaça dos motores do navio, vagando sombriamente pelo cais, dissipando-se, desaparecendo.

8

Monstros no Nevoeiro

Walter Walter Walter acorda Walter acorda...
   Walter Laster franziu os olhos, fechando-os ainda mais. Através de suas pálpebras a claridade era ofuscante.
   ... o garoto Walter o garoto o que aconteceu com o garoto você não terminou o que começou Walter...
   Tanto.
   Frio.
   Ele estava com tanto frio.
   Sacudiu a cabeça, o rosto e a orelha esquerda cobertos por placas de dejetos, e se ergueu para a luz clara do dia como uma criatura surgida da terra. Ele estreitava os olhos e observava à sua volta. O rio. O Tâmisa. Ele se encontrava na sujeira à margem do Tâmisa, em uma lama profunda, espessa e pegajosa que não parecia nem um pouco com lama.
   ... o garoto o garoto o garoto o garoto...
   O garoto, isso.
   Precisava encontrar o garoto.
   Ouviu um assovio baixo e algumas risadas, e se virou. Eram catadores de lixo. Crianças. Três delas, com as calças esfarrapadas enroladas acima dos joelhos, os rostos sujos corados do frio, o catarro brilhando nos lábios superiores. Ele pulou, tentou andar e caiu, tentou se levantar novamente, firmando-se no chão com as unhas. As crianças, rindo, se dispersaram. Uma delas atirou uma pedra nele.

Uma ponte na chuva. Ele estivera se afogando, sim. Afogando por muito tempo. Dias? Estava descalço e seus pés doíam com o frio e sua roupa estava endurecida com uma lama amarela e malcheirosa. Mais adiante, na margem, ele viu uma figura solitária com um sobretudo remendado e chapéu, andando com cuidado pelas águas rasas, e Walter marchou resoluto em sua direção. Estava tentando lembrar de algo importante. O que era?

Você sabe o que é Walter você sabe o que é...

A figura o olhou, desconfiado, quando Walter se aproximou. Era um velho, barbudo, de rosto encovado, rançoso, com cara de mau.

— Dá o fora — sibilou o homem, agitando um braço esfarrapado. — Procura suas próprias coisas.

Walter agarrou o velho pela gola, e ele ficou se debatendo ali na luz branca do dia, sob aquele céu branco, com as grandes paredes do dique se elevando acima deles, e ele só queria que o homem parasse, estava se debatendo demais, então enterrou o rosto do velho na lama, mais fundo, mais fundo. Os membros se agitaram mais um pouco, ficaram imóveis. Depois ele o virou para cima, estudou o rosto incrustado de lama, os olhos fixos, e tirou a lama da boca desdentada. Por fim, soltou o saco do ombro e despiu o homem morto de seu casaco. Deixou o corpo lá, fitando o céu. Arrastando os pés, foi até o chapéu molenga e o pegou, então vestiu o casaco e colocou o chapéu, e subiu uns vinte metros por um túnel de esgoto.

O túnel era alto o bastante para que ele ficasse de pé dentro dele. Dejetos desciam lentamente, formando um rio no meio do túnel, e as paredes eram escorregadias e cobertas de crostas. Seus olhos gostaram da escuridão.

Ah venha pra nós Walter venha pra Jacob ele está vindo Jacob está vindo pelo garoto...

Jacob. Seu amigo. Ele queria o garoto para Jacob, era isso. Sim. O túnel fez uma curva e se dividiu em dois e ele ouviu um farfalhar ao longe, na direção leste, e subiu por uma escada curta, vendo-se em uma plataforma, acima de uma caverna profunda cheia de esgoto. A parede no outro extremo parecia estar se movendo, e então ele viu que estava fervilhando de ratos.

A uns dez metros à frente, chegou a um corredor. Havia uma luz tremulando lá dentro, uma única vela bruxuleando em um prato, lançando tudo em um estranho relevo. Era uma antiga cisterna, com aberturas nas paredes, a maioria ocupada pelas formas dos pobres adormecidos, que gemiam e se agitavam. Ele ficou parado um momento sob o portal, coberto de lama. Viu as três crianças da margem do rio agachadas em um canto, olhando para ele com cautela, e agora elas não riam. Ele entrou com dificuldade em uma das aberturas vazias, onde um cobertor esfiapado, sujo e cheio de piolhos encontrava-se embolado, e se deitou. Só queria dormir. Só isso. Dormir.

E dormiu.

Acordou com um gosto estranho na boca, metálico, como ferro. A vela tinha queimado até embaixo, e bruxuleava, ameaçando apagar. Alguém havia espetado uma faca em suas costas enquanto ele dormia. O cabo se projetava de seu tórax. Havia sangue seco em seus braços e na camisa. Quando respirava, o cabo da faca oscilava para a frente e para trás. Ele baixou os olhos para a faca, surpreso, e depois olhou para a cisterna escura à sua volta. Estava vazia. Aonde todos tinham ido? Ele agarrou o cabo com as duas mãos e puxou, e a faca saiu lentamente; ele então se pôs de pé com dificuldade e viu os corpos. Eram talvez uns dez, doze. Todos empilhados, os ossos removidos, ainda com seus trapos, em um canto da cisterna. Parecia que os olhos também tinham sido retirados. O chão, raiado de sangue coagulado por onde os corpos tinham sido arrastados. Walter olhou ao redor, confuso.

Ele saiu para o esgoto escuro. Devagar, hesitante. Refazendo seus passos. Sua cabeça estava atrapalhada e ele não conseguia pensar com clareza. Era noite lá fora, e um nevoeiro denso havia descido. Ele ficou parado na escuridão, olhando para a outra margem do rio, para as estranhas luzes amarelas que formavam halos na lama. Então se viu subindo degraus de pedra íngremes até o dique. E depois ficou parado em frente a uma janela iluminada, fitando um boneco imitando uma pessoa no lugar do dono da loja. Ele estava com muito frio. Por que nunca conseguia se aquecer?

Mais tarde parou no pátio onde seu quarto alugado deveria estar. Só havia a silhueta das ruínas ali. O prédio havia desmoronado. Madeiras chamuscadas se projetavam do entulho, e ele correu uma das mãos sobre a cabeça lisa, totalmente glabra, e fitou, desamparado, a neblina e a escuridão. Então, com os pés descalços escorregando no entulho afiado, voltou para a noite escura.

O garoto. Ele quase conseguia sentir o cheiro do garoto, um forte cheiro metálico no centro da cidade. Começou a girar, farejando o ar.

Por muito tempo depois que o suctor mergulhou no rio, Charlie ficou sentado, encurvado de dor, no meio da ponte Blackfriars, a chuva noturna batendo nele, tamborilando na amurada de pedra, e os buracos escuros e as poças brilhando estranhamente na escuridão. Ele não conseguia parar de tremer. Seu peito e seus braços estavam em chamas. Havia algo errado com sua cabeça também, e ele continuava a fechar os olhos e despertar, sem saber onde estava. A chuva amenizou, depois parou, a luz do dia cinzenta e rala filtrando-se, arenosa, na paisagem molhada. E então vieram carruagens e coches fazendo barulho pela ponte, e depois funcionários de escritório, de terno escuro e chapéu-coco, passando por cima dele, sem prestar atenção. Algum tempo depois um policial bateu em seu joelho com um cassetete.

— Dê o fora, moleque — disse o policial. — A menos que queira passar a noite na cadeia.

Ele se levantou, zonzo.

O policial olhou, entediado, por sobre a amurada.

— As docas ficam pra lá — disse, apontando rio abaixo com o cassetete.

Charlie saiu tropeçando, febril, refazendo seus passos, ou tentando. O céu estava clareando. Logo seria dia. Ao redor dele se estendia um labirinto de ruas tortuosas, becos escuros, varredores de ruas vestidos com trapos, cavalos cagando nas pedras e um mau-cheiro pavoroso de esgoto subindo dos bueiros. A imensidão de tudo isso o fazia cambalear.

Ele dormiu por um tempo no vão de uma porta caindo aos pedaços e acordou com um rato monstruoso subindo pelo seu pé. Roubou uma torta de carne de uma carroça numa esquina, fugindo aos tropeços pelo meio do trânsito de cavalos e coches de aluguel com rodas de ferro forçando a passagem, evitando por pouco colidir com eles. Seus braços e tórax pareciam estar com algum problema, inchados, a pele mole e dolorida ao toque. A essa altura, ele deveria estar curado. Havia algo nas garras do suctor, talvez algum veneno, que entranhava na carne. Ele dormiu numa poça d'água, em um beco, em algum lugar perto do rio, ensopado, e quando acordou era manhã de novo. Havia uma menina maltrapilha, agachada ao lado dele, descalça. Uma segunda menina, menor, estava de pé, um pouco atrás da primeira.

— Aí, tu — disse a menina da frente, com suavidade. — Tem que levantar. Anda.

Ela o puxou pelo braço latejante. Ele gritou, tremendo, e primeiro ficou de quatro, depois de pé, oscilando.

— Aí. — Ela sorriu para ele. Descendia de pretos e brancos, como ele. Mas era tão pequena. Talvez seis, sete anos, no máximo. O cabelo estava imundo, o rosto tinha marcas de sujeira esbranquiçada. A outra menina era ainda mais jovem, com cabelos castanhos compridos e desgrenhados, como um camundongo, e tinha um dedo enfiado em uma das narinas, o qual girava enquanto avaliava Charlie, mas não falou nada.

— Meu nome é Gilly — disse a mais velha, por fim, e sorriu. — Ela é Jooj. E tu pode parar de olhar pra gente de boca aberta, tu parece pior que nós.

A cabeça dele estava pegajosa e quente. Tentou dizer alguma coisa, mas apenas oscilou.

Elas o levaram pelas mãos, uma de cada lado, puxando-o para a frente como alguém que relutasse em ir num brinquedo em um parque de diversões. Adentraram a melancolia e as sombras úmidas de Wapping. O rio, malcheiroso, passava ali perto. Gilly e Jooj às vezes paravam para deixá-lo descansar, ofegante, apoiando-se em alguma parede lodosa, e as duas garotinhas o espiavam com interesse, ou paravam para apanhar um pedaço de metal ou um botão perto de um bueiro aberto, limpando-os na frente da blusa e guardando-os em algum lugar no meio de seus trapos.

Num armazém de paredes descascadas, que se inclinavam, instáveis, estalando em meio à neblina, elas o conduziram para o interior e o fizeram subir por uma escada caindo aos pedaços. No andar de cima, ao pé de uma parede de janelas quebradas, ele viu um pequeno grupo de crianças se virar para observá-lo.

— Que inferno, Gilly — disse um garoto alto, levantando-se e se aproximando. Era mais jovem que Charlie, mas quase da mesma altura. — Quem é esse agora? Tu não pode arrastar pra cá tudo quanto é marisco que cai das pedras. O que o Sr. Plumb vai dizer?

Gilly sorriu.

— Plumb tá no meu bolso.

— Ah, tá sim — disse o garoto.

— Mas Millard — disse Jooj, a menor, com uma vozinha baixa e fina. — Tu sempre diz que nós precisa de um olheiro. Ele é perfeito.

O garoto alto, perto de Charlie, o examinou como a uma peça de carne.

— Ele tem nome?

— Tem — respondeu Gilly. — Rupert.

— Rupert coisa nenhuma. Teu nome é Rupert?

Charlie, apertando o peito dolorido, deslizou para o chão com uma careta.

— Qual o problema dele? Foi ferido?

— Ah, Rupert só tá um pouco fraco. Precisa de uma boa sopa.

— Jesus todo-poderoso, não é Rupert, Gilly. Olha pra ele. Ah. Tá sangrando.

Charlie cerrou os dentes e olhou com dor para as crianças barulhentas.

— Charlie — sussurrou ele. — Meu nome... é Charlie.

Millard sorriu para as duas meninas. Ele não tinha nenhum dos dentes da frente.

— Falei pra ti — disse ele.

— Oi, Charlie — disse Gilly, se agachando. — Não liga pro Millard, ele só é um bocado preocupado. Vai se acostumar.

No momento seguinte, Jooj apareceu ao lado dele com uma tigela de lata amassada nas mãos. Dentro estava uma bola de mingau frio, uma colher mergulhada nela.

— Anda, come — disse Gilly, pegando a tigela das mãos da pequena. — Não tá envenenado.

Ele comeu, dormiu novamente, e acordou se sentindo um pouco melhor. A dor aguda no peito e nos braços estava diminuindo. O armazém estava mais escuro, as vidraças quebradas brilhando como geada. Millard estava sentado ao seu lado, segurando os joelhos junto ao peito.

— Pensei que tu talvez estivesse morto. — Ele sorriu. — Aqui. Come isso. Deve ajudar.

Ele deu a Charlie um pedaço de papel manteiga engordurado, dentro do qual havia três bolas de massa pálidas, ainda quentes. Tinham um sabor doce; Charlie as mastigou lentamente, passando de bochecha a bochecha, engolindo com dificuldade. Aos poucos ia se sentindo mais lúcido, atento e desperto.

— Aí — disse o garoto. — Tá com sede?

Ele tinha um copo de lata e o passou para Charlie, que bebeu e ficou surpreso em ver que era cerveja preta. Amarga, espessa, nutritiva. Ele limpou a boca com a mão.

— A gente tem um trabalho pra fazer — disse Millard. — É tua oportunidade de ajudar. Vem, então.

Ele conduziu Charlie pelos degraus destruídos, voltando ao armazém abaixo. Os ladrões crianças estavam reunidos ali, quatro lanternas que pouco iluminavam balançando entre eles. Gilly se aproximou, estudando seu rosto, assentindo para o que quer que via nele.

— Pronta? — perguntou Millard.

Gilly deu de ombros.

— Tô — disse ela, ainda olhando com interesse para Charlie. — Tu tá melhor? Certo. Ótimo. A gente precisa dos teus olhos. Tu sabe assobiar?

— Assobiar? — repetiu ele.

Jooj se materializou ao lado dela, segurando com as duas mãos uma lanterna próximo ao peito, e fez um gesto afirmativo com a cabeça. Ela assobiou baixinho: *fiu-fiu-fiu*.

— Assim — disse, prestativa, com sua vozinha.

— Sei assobiar — afirmou Charlie.

— Tá. Tu só faz isso quando vê a maldita polícia vindo — disse Millard. — Três assobios rápidos, que nem a Jooj fez aqui. Entendeu?

— Espera — disse ele. — Por que eu? Por que precisam de mim?

Gilly olhou para ele como se ele fosse um simplório.

— Ah, Charlie. Porque tu não é um *miúdo*, como a gente.

— Um miúdo?

Jooj fez que sim com a cabeça, os olhos arregalados.

— Isso — disse Millard. — A gente parado por aí, sem fazer nada? A polícia sabe que alguma coisa tá acontecendo. Mas tu, tu é só um trabalhador procurando serviço.

— De noite? No escuro?

Gilly sorriu.

— Tu não tá há muito tempo em Londres, tá, Charlie?

A noite estava densa, fria. As crianças de rua correram para a escuridão, se espalhando como ratos. Charlie seguiu Gilly, que seguia o estreito feixe de luz da lanterna de Jooj, que abria caminho pela névoa molhada de Wapping. Eles não viram ninguém. Atravessaram sorrateiramente passagens estreitas, andando sobre tábuas de madeira escorregadias, passando por cima de valas de esgoto abertas, subiram uma escada arruinada e se arrastaram ao longo de uma parede de pedra entre quintais sujos e sombrios. E então atravessaram um prédio abandonado, viraram à esquerda, desceram correndo um lance de degraus molhados, viraram à esquerda novamente e pularam uma balaustrada de madeira, que oscilou sob o peso de Charlie. Saíram então debaixo de um cais, na lama, e Gilly levou um dedo aos lábios. Jooj apagou a lanterna e, na escuridão, os guiou lentamente para cima. Alguns dos outros estavam à espera deles, observando o rio, as luzes ardendo nas barcaças mais além.

Gilly puxou a manga de Charlie e ele se abaixou até ela.

— Tu vai naquela direção — sussurrou ela, apontando. — Fica parado na esquina dos armazéns. Fica longe da luz. Assobia se a polícia aparecer.

— E você e Jooj?

Ela sacudiu a cabeça, impaciente.

— Só vai — sibilou.

Ele começou a se afastar. Mas então ouviu uma ondulação na água, se virou e viu um esquife escuro, com quatro figuras pequenas e esfarrapadas conduzindo-o com a ajuda de varas, se aproximando do píer. Nisso, Gilly e outros dois saltaram nele, silenciosos como sombras. O esquife balançou uma, depois duas vezes, então começou seu lento deslocamento em direção à barcaça amarrada.

Charlie espreitava na escuridão malcheirosa, como lhe disseram que fizesse. Os minutos passavam. A certa altura viu uma lanterna balançando a distância, do outro lado do cais, ziguezagueando entre os prédios, mas não veio em sua direção. Quando olhava além da água podia ver pequenas figuras movendo caixotes de madeira, sete, oito crianças em um único caixote. Elas trabalhavam rápida e eficientemente, em plena vista. Estava claro que alguém, em algum lugar, tinha sido subornado. Em certo momento, ele ouviu um grito, depois o barulho distante de algo caindo na água, e se agachou e viu o esquife, no meio do rio, oscilando de um lado para o outro. As crianças fervilhavam à sua volta, como formigas. Mas logo estavam a caminho outra vez, amarrando a embarcação ao lado do cais, içando os caixotes com redes suspensas por uma grande roldana montada pelas crianças que ficaram em terra. E logo estavam todas carregando caixotes, seis crianças em cada unidade, para debaixo do cais em meio aos dejetos brutos, empilhando-os ali. Levou quase duas horas para todas elas, com grande esforço, carregarem os nove caixotes até o armazém, com várias idas e vindas. De início, Charlie se perguntou o que elas teriam roubado que era tão pesado, mas logo o cansaço e a dureza daquele trabalho afastaram toda a curiosidade de sua mente.

O dia já estava quase amanhecendo quando eles retornaram do cais para o armazém. Pouco depois Charlie ouviu o guincho de rodas reforçadas com ferro e o relincho baixo de um cavalo, então dois homens adultos entraram, grandes, soturnos, com cabelos longos e sebosos escapando sob os chapéus-coco.

— Bom, olá, meus miúdos — disse o mais alto e mais magro.

Ninguém se mexeu.

— Esse é o chefe — disse Millard baixinho no ouvido de Charlie. Ele apontou com a cabeça o homem mais alto e mais magro, que havia avançado para o centro do espaço. O outro ficou junto à porta. — Tu fica de boca fechada — acrescentou Millard. — Não vai ser bom ele te notar.

O domador passou a mão pelas suíças.

— Traga a carroça até aqui, Sr. Thwaite — gritou ele para o companheiro. — Temos uma entrega, ao que parece. Ora, ora.

Então ele deu a volta em torno dos caixotes, muito lentamente, contando-os de forma exagerada.

— Um, dois, três, quatro, ah, muito bom. Cinco, seis, sete, oito, nove. Magnífico — disse ele, olhando radiante para as crianças amedrontadas. — Agora deixe-me ver. Nove... nove... nove... — Ele ergueu as sobrancelhas, demonstrando confusão, girou no mesmo lugar, erguendo o chapéu. — Como assim? Não são dez? Será que contei errado?

— A gente perdeu um, senhor — disse Gilly, a voz fraca.

Ele se deteve.

— Hein? Não entendi...

— Eu disse que a gente perdeu um, senhor — repetiu Gilly, mais alto. — Caiu na água.

De repente o chefe andou até a garotinha, as pernas finas e compridas como uma tesoura, o casaco de oleado estalando. Ele apoiou as mãos nos joelhos e inclinou o corpo para a frente até estar olhando direto nos olhos de Gilly.

— Vocês *perderam* um — disse ele. — Caiu na água, foi isso.

— Sim, Sr. Plumb, sim, senhor.

— O trabalho era para *dez*. Não eram *dez*, Sr. Thwaite?

— Eram dez, Sr. Plumb — disse o homem imenso junto à porta.

— São quase todos os dez — sussurrou Gilly. — É quase tudo.

— *Quase* tudo — repetiu o Sr. Plumb. Ele estendeu a mão, agarrou o punho da garotinha e ergueu o braço dela. Então começou a apontar para os dedos dela, um a um. — Deixe-me contar. Um, dois, três, quatro, cinco. Sim? E na sua outra mão, seis, sete, oito, nove. — Ele pegou o dedinho mínimo dela e o virou para trás, bem para trás, fazendo-a gritar e inclinar-se bruscamente para trás.

— Mas este aqui não tem importância — disse ele. — Você ainda tem *quase* todos.

Gilly parecia tão pequenina, pendurada diante do homem. Ninguém mais se movia, ninguém dizia nada.

— Vocês não são mantidos aqui por caridade — seguiu ele dizendo. — Vocês têm seu trabalho para fazer, e precisam fazê-lo.

Mas Charlie não conseguia mais ficar olhando. Ele deu um passo à frente, o coração na garganta.

— Deixe a menina — disse. — Ela é só uma criança.

Imediatamente o homenzarrão da porta, o Sr. Thwaite, avançou como uma sombra e um porrete surgiu das dobras de seu casaco, atingindo Charlie com força no lado da cabeça, lançando-o esparramado no chão. Ficou tudo desconexo, e então tudo escureceu. Ele estava arquejando. Raspando as mãos no chão, desequilibrado, os ouvidos zumbindo, enquanto ele tentava se levantar.

— Quem é este aqui? Um novato? — O Sr. Plumb havia largado Gilly no chão e se virado para olhar.

— Não liga pra ele, Sr. Plumb, senhor — implorou Gilly, agarrando a mão machucada. — Ele é só limitado. Cala a boca, tu — disse ela rispidamente para Charlie.

Ele tornou a cair, confuso, magoado. Sua bochecha ainda queimava, o sangue escorria.

— Se ele não tomar cuidado com a boca, vai perder a língua — disse o Sr. Plumb.

— Eu mesma vou cortar — disse Gilly.

O Sr. Plumb riu.

— É, você faria mesmo isso, sua pestinha — disse ele. — É o seu lado selvagem.

Quando os homens se foram, Gilly correu até ele. O porrete havia atingido Charlie na lateral do rosto, abrindo a pele logo abaixo do olho, ensanguentando seu nariz. Ele sacudiu a cabeça, sentindo o peso dela, como um saco de água.

— Seu dedo...

— Esquece isso. Aqui, levanta ele — Gilly estava murmurando. Ela ergueu o queixo dele com delicadeza, então ele ouviu que ela arquejava e de repente compreendeu. Ele se afastou, cobrindo o lado do rosto com uma das mãos. Mas não foi rápido o bastante. Ela o fitava, horrorizada. — O que tu fez? — sussurrou ela. — Charlie?

Ele olhou para ela, os olhos molhados.

— Isso num é humano — murmurou ela, dando um passo atrás. — Num é certo.

— Gilly...

— Vai embora! — gritou ela de repente. — Jooj! Olha o machucado sangrento do Charlie!

Antes, porém, que a órfã que parecia um rato se aproximasse, o garoto alto, Millard, abriu caminho entre as crianças, agarrando a cabeça de Charlie e virando-a de um lado para o outro. As outras crianças se amontoavam ao redor, os rostos sujos, os olhos arregalados.

— Diabos! — ia dizendo Millard. — Ele é uma aberração. É um monstro.

Charlie o afastou com um empurrão.

— Charlie é um monstro? — perguntou uma dos menores, de uns três anos. E começou a chorar.

— Não... — sussurrou Charlie.

— Ele é o Jack Saltador, é sim! — berrou uma segunda criança.

E elas se espalharam, fugindo dele então, gritando, todas exceto Millard e Gilly, e o próprio Charlie cambaleou para trás, a dor, a raiva e a humilhação crescendo dentro dele. Ele dirigiu um olhar furioso para os rostos que o observavam de trás de barris, caixas e madeiras apodrecidas pela umidade. Tudo aquilo, o suctor, a perseguição na escuridão, a agressão pelo chefe exatamente como antes no Mississippi, e agora isso, ser chamado de aberração, de monstro, tudo isso o encheu de algo que ele não havia se permitido sentir, não pelo menos por muito tempo.

Raiva.

— Vão pro inferno vocês! — gritou ele para os rostos sujos e cansados que o fitavam. — Pro inferno todos vocês!

Seus olhos estavam úmidos. Ele saiu intempestivamente do armazém, para a penumbra, para o nevoeiro que descia, e começou a correr pelas ruas geladas com calçamento de pedra, pelas vielas sombrias e becos tortuosos e pelas madeiras apodrecidas das pontes para pedestres. Havia tochas em suportes sobre as portas dos bares. Afora isso, escuridão e neblina espessa. De repente, se sentiu apreensivo, sozinho de novo na cidade, pensando naquele suctor que podia ainda estar por aí, à procura dele, subindo pelos prédios como uma aranha pálida.

Não sabia por quanto tempo tinha andado. Mas acabou chegando, em algum momento durante a noite, em uma ampla calçada de pedras, iluminada por lâmpadas de gás em meio ao nevoeiro e ao som de risadas. Figuras passavam por ele. Homens de chapéus de seda, mulheres com estolas de pele, passeando casualmente ao longo da margem. Ele estava novamente no rio. Havia carruagens reluzindo em meio ao nevoeiro. Rostos lançavam olhares de desaprovação na sua direção quando passava se arrastando, e ele cruzou os braços sobre a camisa, sabendo o quanto estava maltrapilho.

Então se viu novamente em uma ponte. Parou junto à amurada, no meio do vão. O local lhe parecia familiar, mas ele não fazia ideia se era a mesma ponte onde lutara com o suctor, ou se todas as pontes de Londres eram parecidas. A cidade era um mundo, percebeu em desespero; e ele jamais encontraria Coulton ou a Sra. Harrogate ali, por mais que andasse. O nevoeiro se adensava à sua volta, como uma coisa viva, como se fosse capturá-lo, levá-lo dali.

E então ele ouviu uma voz, uma voz conhecida. Uma figura corpulenta e de suíças fartas, com um chapéu-coco, pairava acima dele, colocando um sobretudo nos ombros de Charlie.

— Sr. Coulton? — Charlie piscou, perplexo. — É o senhor? De verdade?
Coulton resmungou.

— Procurei você pela maldita cidade inteira, garoto.

— O suctor, ele...

— Sim, garoto. Eu sei.

De repente, Charlie não pôde se controlar e começou a chorar, suas costas estremecendo em grandes soluços atormentados. Coulton o abraçou forte. O nevoeiro escuro os envolvia e passava por eles, atravessando o vão da ponte Blackfriars e desaparecendo na noite.

E Charlie deixou-se ser erguido. Deixou-se ser abraçado.

Precisamente na mesma hora, na estação de Charing Cross, um estranho desceu lentamente de um trem expresso na plataforma três. Suas botas deixavam marcas de fuligem no chão. Ele não levava bagagem; o chapéu de seda não tinha brilho, como se tivesse sido revestido com uma camada de sujeira; o sobretudo preto e as luvas também pretas pareciam sugar toda a luz à sua volta, de tal forma que tanto carregadores quanto viajantes se encolhiam, tentando não esbarrar nele.

Ele não estava sozinho. Vários vagões atrás, uma mulher de cabelos prateados, de vestido azul e xale, encontrava-se ali parada, olhando. Era enorme, forte, de aspecto impressionante. Suas mãos, pulsos e pescoço eram cobertos de tatuagens. Acima do barulho que ecoava, ela podia ouvir o silvo do vapor, o retinido dos pistões de aço dando partida. O homem que ela seguia era perigoso, verdade, mas ela também era; e, como tinha feito desde Liverpool, desde que embarcara naquela sombria manhã no porto de Nova York semanas antes, que inferno, desde aquela noite de chamas em Remington, quase um mês atrás, quando a tenda grande queimou, ela quase desejou que ele fizesse meia-volta e a visse. Porque o que Brynt queria era uma desculpa, uma chance de fazer com ele o que ele fizera ao pobre Felix Fox. O que ela queria era esmagar a traqueia dele com as mãos.

Mas ele não se virou, não viu que ela o seguia, apenas se afastou em meio ao barulho, sua altura acentuada pelo chapéu de seda alto, abrindo caminho em meio à multidão que se aglomerava nas cabines de venda de bilhetes, ao longo da passagem e através do grande túnel, saindo do lado de lá, na escuridão turva de Londres. Ele viera atrás do menino dela, tinha certeza: ele estava perseguindo seu pequeno Marlowe.

Brynt mordeu o lábio com tanta força que tirou sangue. Na entrada de Charing Cross, fez uma pausa, esquadrinhando a escuridão. Formas esqueléticas passavam ruidosamente. Por fim ela o viu, mergulhando no nevoeiro.

E então, estalando os nós dos dedos um a um, foi atrás dele.

9

Nickel Street West, Número 23

Alice Quicke e o garoto chegaram a Londres vinte e dois dias depois de deixar Nova York.

Ela passara mal na travessia, respirando o ar miasmático, sentindo mais do que vendo Marlowe, ajoelhado ao lado da sua cama, pondo um tecido molhado em seu rosto à luz fragmentadora da vigia. Agora, mais magra e de olhos fundos, ela abriu o portão de ferro que rangia na Nickel Street West e bateu à porta. O endereço estava nos papéis que Coulton lhe dera, tantas semanas atrás, no barco partindo de Natchez.

A Sra. Harrogate atendeu, os olhos triunfantes. Vestida toda de preto, com o véu escuro sobre o rosto, o pequeno crucifixo de prata brilhando em seu pescoço. Ela olhou além de Alice, para onde o menino Marlowe se encontrava.

Havia operários atrás dela, entrando e saindo do salão, serrando, martelando, consertando todo tipo de destruição.

— Redecorando? — comentou Alice secamente.

A mulher se virou, bateu palmas, ordenou aos operários:

— Fora, fora. Já chega por hoje. Obrigada, cavalheiros, obrigada.

A casa não era nada como Alice havia esperado. Alegre, aconchegante, com todas as luzes acesas, o salão pesadamente decorado com vasos de samambaias, sofás drapeados, e um monte de aparadores e até mesmo um piano em um canto, com pés ornamentados. Parecia que os operários estavam substituindo uma vidraça em uma janela de corpo inteiro que dava para a rua. A calafetagem ainda estava molhada. Havia buracos nas paredes, rachaduras no piso. Alice leu como a luta devia ter se desenrolado, claramente escrita nas ruínas à sua volta.

O dia estava sombrio como era habitual em Londres, e ela não viu Charlie Ovid onde ele se encontrava sentado, o rosto inexpressivo observando-a, não o viu ali até Marlowe soltar a sua mão e ir sentar-se ao lado dele, balançando uma perna e olhando, tímido, para o garoto mais velho.

— Olá, Charlie — disse ela, tirando o chapéu. — Que bom te ver aqui.

Ele respondeu com um débil aceno.

— O Sr. Ovid está bastante cansado — observou a Sra. Harrogate suavemente, interpondo-se entre eles. — Como você também deve estar. Eu a esperava aqui mais cedo, Srta. Quicke.

Ela deu de ombros.

— Travessia lenta.

— Humm. Parece que sim.

Depois que os operários se foram, a Sra. Harrogate tirou o véu. Ela agachou-se diante de Marlowe e tomou o queixo dele em sua mão, virando-lhe o rosto para um lado e para o outro.

— Marlowe — murmurou ela. — Estamos à sua procura há muito tempo, criança. Meu nome é Sra. Harrogate. É meu trabalho cuidar para que você chegue em segurança ao lugar que é seu.

Alice podia ver que ele estava nervoso. A Sra. Harrogate pediu que ele soltasse os suspensórios e levantasse a camisa para que ela pudesse examinar o sinal de nascença, então se pôs de pé e entrelaçou os dedos sobre a barriga, fitando-o. Alice franziu a testa, hesitante. Sua tarefa era simplesmente localizar e acompanhar a criança, mas ela se viu inquieta com o jeito da Sra. Harrogate, como se a mulher estivesse examinando um cavalo que pretendesse comprar.

Mas então a Sra. Harrogate desviou a atenção dele, como se perdesse o súbito interesse, e perguntou em um tom frio e desapaixonado se eles estavam com fome ou cansados, conduzindo Alice através do salão até uma mesa arrumada em frente a uma janela. Todos os seus gestos pareciam comuns, ou quase, ou pelo menos nem sinistros nem calculados, e Alice começou a relaxar. Mas recusou a xícara de chá. Tirou o chapéu, passou os dedos pelos cabelos, virou o pescoço e os ombros para um lado e para o outro por causa da rigidez. Por fim, começou a contar sobre o ataque à noite em Nova York, o incêndio no circo, o talento brilhante da criança e seu próprio joelho curado.

As pálpebras da Sra. Harrogate tremiam enquanto ela ouvia. Depois disso, porém, ela passou a acompanhar os movimentos do menino com uma estranha voracidade, como um gato de olho em um pássaro, e Alice sentiu voltar toda a inquietação anterior.

— O nome dele é Jacob — disse a Sra. Harrogate, girando uma colherzinha em sua xícara. Seus olhos não deixavam o menino. — Jacob Marber. Ele não é... como nós.

— Não me diga — replicou Alice, em tom ácido.

— O Sr. Coulton e eu tememos que isso acontecesse, quando ele não foi atrás do Sr. Ovid. — A Sra. Harrogate inspirava intensamente pelas pequenas narinas, como se para conter a raiva. — Eu queria que você soubesse que o propósito do Sr. Coulton era evitar exatamente o que aconteceu. É por essa razão que ele é pago continuamente. Estou muito envergonhada, Srta. Quicke. Você não deveria ter tido de enfrentar Jacob Marber.

E Alice, que vinha preparando seu discurso indignado por ter sido informada de tão pouco, alimentando-o por toda a travessia do Atlântico e no trajeto por terra até Londres, sentiu-se subitamente confusa com o pedido de desculpas, apaziguada, e pegou a xícara de chá que já havia recusado.

Como sempre, após a entrega de uma criança, Alice foi paga em dinheiro vivo, vinte cédulas estalando de novas guardadas em uma carteira, dessa vez deixada no aparador. A Sra. Harrogate deixou claro que seus serviços ainda eram necessários. Quando ela estava colocando o chapéu para ir, Marlowe a puxou para baixo, de modo a poder falar em seu ouvido.

— Não me deixe — sussurrou ele. — Por favor.

Ela olhou o seu rostinho, os grandes olhos confiantes.

— Vou voltar logo — mentiu.

E saiu para o nevoeiro, odiando a si mesma, o trabalho, a Sra. Harrogate e Coulton, onde quer que ele estivesse, e fez sinal para um cabriolé para levá-la até sua casa em Deptford. Lá, ela percorreu os cômodos, à procura de sinais de que alguém estivera ali, mas estava tudo como ela deixara, sombrio e surrado, embora agora estivesse coberto por uma fina camada de fuligem por causa da vedação ruim das janelas. Ela desceu a escada e pagou vários meses adiantados à senhoria, e tornou a subir. Abriu o armário, vestiu uma de suas duas camisas limpas, colocou um chapéu novo, mas o tirou e tornou a colocar seu chapéu de viagem encardido. Em um espelho embaçado, ela examinou com olho crítico o sobretudo de oleado, desbotando e craquelando nas costuras. Ela abriu uma caixa de munição para seu Colt Peacemaker e encheu os bolsos. Pensou em passar a noite ali, os quartos estando tão silenciosos, a cama simples e macia. Então pensou em Marlowe.

— Droga — murmurou ela.

Já era noite quando retornou à Nickel Street West. Todas as janelas estavam magicamente iluminadas.

— Eu sabia que você viria — disse Marlowe quando ela entrou no salão aquecido. Mas nos olhos dele havia alguma coisa que dizia que ele não sabia, que não tinha nenhuma certeza. Ela sentiu uma pontada no peito, vendo isso. Ele havia comido, lavado o rosto, vestido pijamas de flanela compridos demais para ele. Estava sentado com Charlie Ovid no grosso tapete persa sob a nova janela, conversando talvez, ou talvez só ali sentados, ela não sabia dizer. Mas fosse o que fosse, quando ela entrou Charlie se levantou, dirigiu-se ao saguão iluminado e subiu a escada sem dizer palavra.

Ela dirigiu um sorriso cansado a Marlowe.

— Eu disse que voltaria, não disse? — perguntou. Fez um gesto na direção por onde Charlie havia desaparecido. — Ele está bem?

Marlowe sorriu timidamente.

— Gosto dele. Ele é bom.

Bom. Não era a palavra que ela usaria. Lembrou-se de como Charlie havia cortado a garganta do guarda em Natchez, como ele desenterrara da própria carne a lâmina com que o matara, e sentiu que algo perpassava em seu rosto. Estava claro que alguma coisa tinha acontecido com Charlie, não só por causa das marcas ainda visíveis em seu pescoço. Havia no rosto dele uma nova gravidade, uma infelicidade. Ela lembrou a si mesma de lhe perguntar diretamente. Ou a Coulton, se ele algum dia aparecesse. Sim, onde Coulton havia se enfiado?

— Numa missão — era tudo que a Sra. Harrogate dizia.

E isso só de passagem, ao sair apressada do casarão, ajustando o chapéu e as luvas, ou ao se dirigir para o sótão onde, segundo ela, mantinha os pombos, ou então ao voltar das lojas, um pacote debaixo do braço, desaparecendo em um dos quartos do terceiro andar. Um dia se passou, depois outro. Parecia a Alice, irritada, que a viúva a estava evitando, como se soubesse que ela teria perguntas, como se soubesse que ela exigiria respostas.

Mas se a Sra. Harrogate evitava Alice, o mesmo não acontecia em relação a Marlowe. Alice estava com o menino uma tarde escura, passando pela entrada da cozinha, quando a mulher mais velha, de dentro, os chamou. Uma grande panela fervia em um fogão antigo. A Sra. Harrogate estava ao lado de uma bancada comprida, cortando uma fileira de cenouras com uma faca muito afiada, *pá pá pá*, passando-as para a panela, cortando mais.

— Que tipo de instituto não pode pagar um cozinheiro? — perguntou Alice.

— *Não pode* e *não quer* não são a mesma coisa — replicou a Sra. Harrogate. — Criados falam.

Alice sorriu secamente.

— Eles também cozinham.

— E você, Marlowe — disse a mulher mais velha, ignorando esse comentário —, como está se adaptando? Vejo que você e Charlie se tornaram amigos.

Marlowe, parado junto à porta, assentiu.

Ela parou de cortar cenouras.

— Fique ereto. Assim está melhor. Não devemos ser desleixados como um preguiçoso. Então, o que te ensinaram, criança, no seu circo? Você aprendeu as letras?

Marlowe assentiu.

— Sim, Sra. Harrogate.

— Matemática?

— Sim.

— E a Bíblia? Foi criado como cristão?

Marlowe mordeu o lábio, o rosto corando.

— Entendo. — Ela voltou às cenouras, mas manteve os olhos em Marlowe. — Me mostre as mãos. Estão imundas. A limpeza está próxima da divindade, criança. A Srta. Quicke não o instruiu sobre como se lavar na viagem?

— Ela cuidou bem de mim, Sra. Harrogate.

— E, no entanto, você está aqui, há vários dias aos cuidados dela, e suas mãos ainda estão assim. Ele está na Inglaterra agora, Srta. Quicke. Precisa fazer um trabalho melhor para ajudá-lo a se ambientar. — Ela tornou a se virar para a criança. — Você deve ter perguntas sobre o porquê de estar aqui. Você é um menino muito especial, Marlowe.

Alice observou enquanto ele sustentava o olhar da mulher mais velha com coragem. Ela vislumbrou na expressão do menino uma certa dureza, teimosia, que estava além da sua idade.

— Por causa do que posso fazer — disse a ela. — Porque tem outras crianças iguais a mim. Eu vou encontrar com elas.

— Bem, as outras crianças não são exatamente iguais a você — disse a Sra. Harrogate, escolhendo as palavras com cuidado. Ela cruzou a cozinha, indo até uma pequena despensa, e voltou com uma porção de batatas. — Mas elas são talentos, sim. É assim que chamamos a sua habilidade, sua e das outras crianças.

— Talentos — murmurou Marlowe, revirando a palavra na língua.

— Partiremos para o norte em breve. No instituto você vai conhecer o Dr. Berghast. Você sabe quem ele é?

— Não, Sra. Harrogate.

— Você era o tutelado dele. Ele é seu guardião. Sua família.

Alice levantou os olhos bruscamente. Isso era algo novo. Marlowe olhava a mulher mais velha sem medo.

— A senhora não precisa mentir — disse ele. — Eu sei que não tem nenhuma família procurando por mim.

— Quem te disse isso, criança?

— Tá tudo bem, Sra. Harrogate. Às vezes família é o que a gente escolhe.

— Quem disse que você não tem família?

Alice sentiu que a mão de Marlowe buscava a sua. Estava claro que ele não queria entregá-la, mas não sabia de que outra forma responder.

— Eu disse — afirmou Alice.

A Sra. Harrogate franziu a testa. Uma fria intensidade pareceu se desprender dela, quase como um cheiro.

— A Srta. Quicke está enganada, criança — disse ela suave e perigosamente. Ela gesticulou e a faca dançou com fluidez no ar. — É verdade que você foi adotado. Mas isso não muda nada. Eu te asseguro que seu pai é perfeitamente real, e está bastante ansioso para te ver. Você foi tirado dele por sua ama de leite quando era apenas um bebê. Levado no meio da noite, do Instituto Cairndale.

— Meu... pai... — Ele parecia estar testando a palavra na língua, experimentando-a, vendo qual era a sensação.

— Sim. Até, como eu disse, você ser levado.

— Por que alguém me levaria?

— Porque um homem chamado Jacob Marber estava a caminho para te matar — respondeu a Sra. Harrogate de modo trivial. — Ele já havia tentado fazer isso uma vez. Ah, você era apenas um bebê, criança; não foi nada que você fez. Você não precisa ficar assim. Jacob Marber foi criado em Cairndale, mas não queria aprender a controlar sua habilidade. Seu irmão mais novo havia morrido anos antes nas mãos de um mestre cruel, em uma cidade distante, e essa perda o consumiu. A dor e o ódio são primos próximos, criança. Quando ele veio te pegar naquela noite terrível, sua ama de leite não acreditou que alguém em Cairndale pudesse te proteger. Foi perverso da parte dela te levar. No entanto, ela estava certa em temer Jacob Marber.

Marlowe ouvia, arrebatado.

— Alguma coisa... aconteceu. Ela morreu antes que pudesse te devolver. Mas você... você foi encontrado em um vagão de trem por uma estranha, e levado embora, e talvez estivesse perdido para nós para sempre. Não sabíamos o que havia acontecido com você; mas Jacob Marber também não. Quando não conseguiu encontrá-lo, ele também desapareceu. Foi assim, para o seu pai. Você se foi. A família dele ficou destruída. No entanto, seu pai suportou. O Dr. Berghast tem um grande senso de propósito, uma força. Quanto a Jacob, pouco ouvimos dele durante anos. Agora parece que ele voltou. Seu pai, é claro, teme por sua segurança. Precisamos levá-lo para Cairndale.

Marlowe disse baixinho:

— Foi Jacob Marber que tentou nos machucar no hotel, não é? Ele é o monstro feito de fumaça.

O rosto da Sra. Harrogate brilhava à luz suave da cozinha.

— Monstro é uma forma bem extrema de defini-lo. Você entende que ele ainda quer machucar você?

— Sim.

— Então você entende por que é importante você estar aqui, conosco. E porque precisamos levá-lo para o norte o mais rápido possível, para o instituto. Lá você vai estar em segurança; Jacob Marber não pode entrar lá.

— Por que não?

— O lugar é... protegido.

O garotinho estremeceu visivelmente.

— Sra. Harrogate? — disse ele. — Como é o meu pai?

Os olhos da mulher brilharam.

— Ele é tão esperto quanto o próprio diabo. Você vai conhecê-lo em breve; então vai ver por si mesmo. Bom, acredito que vocês dois comam ensopado...

Depois disso, Alice não gostava de deixar Marlowe sozinho. Havia espaço demais para tão poucos naquele casarão. O quarto que Charlie e Marlowe ocupavam, no terceiro andar, era grande e pouco aconchegante, decorado com toalhinhas de renda na base dos pés da cadeira e até mesmo na maçaneta da porta, e havia um divã floreado aos pés da cama, e um pesado papel de parede de seda. Eles dividiam a cama de dossel, enroscando-se nas cobertas como irmãos, como se sempre tivessem tido um ao outro, e Alice começou a se sentar ali à noite, observando-os. A ela fora designado um quarto próprio, um quarto estranho com pilhas de intrigantes engenhocas com rodas apoiadas em uma das paredes — as tentativas de seu falecido marido de inventar uma máquina de locução, explicou a Sra. Harrogate —, mas as formas eram assustadoras no escuro e Alice estava dormindo mal de qualquer maneira, acordando com frequência, com a sensação de que havia algo no quarto com ela, algo vigilante, escondido e cheio de maldade. Então foi se sentar no quarto dos meninos, cautelosa. A própria Harrogate dormia no fim do corredor, com a porta permanentemente entreaberta, como se temesse que algo passasse à noite. No quarto andar Alice havia encontrado, em sua primeira noite na Nickel Street West, uma cama desfeita e um guarda-roupa com um colchão de palha manchado enfiado ali dentro e cordas com nós, mas nenhum sinal daquilo em que essas coisas tinham sido usadas.

Coulton, por sua vez, continuava fora.

As marcas de garras nos braços de Charlie Ovid estavam pegando fogo. Ou pelo menos era a sensação que ele tinha, deitado à meia-luz no quarto, fitando o teto de gesso, tentando não pensar.

Ele já deveria ter sarado a essa altura.

Tinha voltado fazia vários dias, mas ainda não estava bem. Começara a tremer no momento que o Sr. Coulton o trouxe para o número 23 da Nickel Street West, e a Sra. Harrogate, percebendo, o pusera na cama imediatamente. Naquela primeira noite, ela ficara sentada ao seu lado, e ele contara tudo para ela, surpreso com sua gentileza. Nenhuma parte dele queria confiar em alguém, mas era difícil, muito difícil, depois da estranheza de tudo que ele vira, continuar não precisando de ninguém. Depois daquela noite, porém, ele não voltara a falar sobre o suctor.

Ajudava o fato de que não vira nenhum sinal dele desde então. Nem na casa nem no modo como a Sra. Harrogate falava. Coulton, porém, tinha saído quase imediatamente depois de deixá-lo, o sobretudo bem abotoado contra o nevoeiro, sua arma no bolso, e dificilmente aparecia, mesmo depois que aquela outra — a mulher, Srta. Alice — chegara, de modo que Charlie sabia que o homem estava lá fora caçando o suctor naqueles horríveis becos encharcados.

Onde ele estava agora, no meio das roupas de cama, podia sentir o menino novo respirando ao seu lado. Marlowe, era como se chamava. Ele mal falava quando os adultos estavam por perto, mas quando os dois se viam sozinhos ele falava sobre sua vida no circo, sua guardiã tatuada e enorme, e até falou um pouco sobre alguma coisa que havia acontecido em uma casa de cômodos em Nova York, um ataque. Ele falou sobre o quanto se sentia sozinho e o medo que tinha da cidade e, na terceira noite, contou a Charlie sobre seu pai adotivo, que estava no Cairndale, esperando para encontrá-lo. Tudo isso Charlie ouviu com os olhos velados e não falou nada sobre suas próprias experiências, sua mãe, o pai que ele nunca conhecera e nunca conheceria. E o menino observava Charlie com atenção, como se ele tivesse algum tipo de resposta, como se soubesse alguma coisa sobre o mundo no qual estavam entrando, como se Charlie pudesse mantê-lo em segurança. Ele ainda era pequeno, esse menino, embora agisse como se não soubesse disso. Às vezes usava os sapatos nos pés trocados. Um dia, de manhã, esqueceu de fechar a braguilha.

Talvez fosse o horror do que havia sofrido, do suctor, de suas garras na chuva, talvez fosse a sensação de estar perdido em uma cidade tão extensa quanto um mundo. O que quer que fosse, quando Charlie foi levado de volta para a casa e se viu sozinho, fez algo que nunca tinha feito. Apanhou um abridor de cartas na escrivaninha da Sra. Harrogate, cortou sua perna, ignorando a dor, e escarafunchou a carne da coxa até encontrar o anel de prata que havia pertencido à sua mãe. A joia não era delicada nem feminina, e ocorreu-lhe então que talvez fosse um anel estranho para uma noiva. E enquanto sua ferida fechava, ele limpou o anel, correu a ponta dos dedos sobre os entalhes e o deslizou em seu dedo. Estava apertado, quase pequeno demais, exceto para o segundo dedo, e ele o tirou novamente e olhou para o brasão estranho, os dois martelos cruzados e o sol em chamas, pensando na mãe, no monstro que o havia atacado, e tentando imaginar a fria fortaleza de Cairndale no norte, para onde ele iria. Sabia que seu pai tivera alguma coisa a ver com o lugar, esse anel era a prova. Havia uma verdade enterrada lá sobre quem ele fora, o que havia acontecido com ele. E Charlie jurou para si mesmo que descobriria.

Desde aquela noite, ficava deitado acordado, o anel com o brasão voltado para baixo, marcando a palma de sua mão como um talismã. Foi numa noite assim que o menino novo, Marlowe, o chamou, sussurrando na escuridão, interrompendo seus pensamentos.

— Charlie? — murmurou ele.

Charlie continuou imóvel.

Marlowe não se deixou enganar.

— Charlie, eu sei que você tá acordado.

— Eu não estou acordado — sussurrou ele. — Volte a dormir.

— Estou vendo você piscar.

Charlie mudou de posição e virou o rosto. Marlowe o fitava.

— Não estou acordado — repetiu ele em um murmúrio.

— Então como você pode estar falando agora?

— Eu falo quando estou dormindo — disse ele.

— Você tá acordado — insistiu o menino.

Charlie suspirou, fechou os olhos. Podia ouvir a Srta. Alice no patamar, falando com a Sra. Harrogate, as vozes abafadas. Ele sabia que ela havia começado a passar a noite ali sentada, observando-os. Ele se sentia grato pelo som da presença dela e, ao mesmo tempo, o odiava. Mas não conseguia dormir quando ela não estava lá.

O menino emitiu um leve ruído vindo da garganta.

— Charlie? — sussurrou ele.

Charlie abriu os olhos novamente.

— O que foi?

— Você também vai pra Escócia? Para o instituto?

— Sabe muito bem que vou.

— A Sra. Harrogate diz que me pai tá lá. Eu vou conhecer ele. Talvez o seu também vai estar lá.

— Meu pai morreu. Eu já te disse isso. — Charlie fez uma careta, virou de lado e se apoiou no cotovelo, apertando o anel da mãe com força. — Você nunca viu o seu pai?

— Hã-hã.

— Como vai saber que é ele de verdade?

O menino ficou quieto, pensando.

— Eu vou saber. Mas ele não é meu pai de verdade, de qualquer forma. É o meu... guardião. E família é uma coisa que você escolhe. Brynt é a minha família. Só que ela tá longe.

Charlie olhou para o menino.

— Bom, eu não tenho nenhuma família, Mar. E estou bem.

— Eu acho isso triste.

— Isso é porque você é pequeno. Não é triste. Não é nada.

— Eu não sou pequeno. Quantos anos você tem?

— Não sei. Dezesseis.

— Você não sabe quantos anos tem?

— Eu disse dezesseis.

— Eu tenho oito.

— Bom pra você — disse Charlie, e então não falou mais nada.

Por um longo momento o menino também ficou em silêncio e Charlie se perguntou se teria adormecido ou se ele teria falado de forma muito rude, mas então o menino se moveu, aproximando-se dele na escuridão, e passou o braço em torno do corpo de Charlie. O braço dele era quente, macio e impossivelmente leve. Fazia muito tempo que ninguém tocava Charlie com aquela gentileza, e ele não sabia o que fazer. Seu coração estava disparado.

— Você é igual a mim — disse Marlowe, sonolento.

— Não sou nada igual a você — replicou Charlie.

— Eu quero dizer diferente — murmurou o menino. — Você também é diferente.

E então o menino adormeceu, aconchegado junto a Charlie, sua pele cheirando a leite, e havia algo naquilo tudo, algo doce e agradável, que fez Charlie, pela primeira vez desde que voltara para a casa, pela primeira vez talvez desde que se entendia por gente, simplesmente fechar os olhos com calma, e um momento depois ele também dormia.

Tarde, bem tarde da noite, Alice ouviu Coulton entrar tropeçando, a casa escura e silenciosa, os meninos imóveis na cama. O bracinho de Marlowe estava jogado sobre Charlie, que se enroscava em um travesseiro.

Ela ouviu a porta da frente abrir e fechar, ouviu os passos lentos e pesados de Coulton nos degraus. Ela sabia que era ele, conhecia o som de seus passos, e começou a se levantar. Mas, quando ele chegou ao patamar, ela parou e escutou. Um ruído surdo, seguido por um barulho longo e suave de algo raspando: Coulton estava arrastando algo devagar pelo corredor, para o quarto dos fundos. Depois de um instante, ela ouviu a voz da Sra. Harrogate, abafada.

Alice se levantou. A casa estava escura. Ela conhecia o som de um corpo sendo arrastado. Não estava mais com raiva, não exatamente, a raiva havia esfriado nos últimos dois dias, transformando-se em outra coisa, algo duro, afiado e sombrio, mas Alice estava cansada de todos aqueles segredos. Ela desceu para o patamar do segundo andar e sentou-se em um banco na janela sob o vitral e esperou Coulton. Porém, foi a Sra. Harrogate que desceu silenciosamente em seu vestido preto de viúva, carregando uma vela em um pires.

— O nome dele — disse ela baixinho, deslizando para o patamar — é Walter Laster.

Alice olhou para ela com calma.

— É outro órfão?

— Não. Walter é... outra coisa.

Os olhos duros e escuros da Sra. Harrogate reluziam à luz da vela. Ela se encontrava de pé com o pires à sua frente, o rosto desfigurado parecendo indistinto e estranho.

— Onde vocês encontram o nome das crianças? — perguntou Alice de repente.

— Ah. O Sr. Coulton disse que você teria perguntas.

Alice ignorou isso.

— Eu fico me perguntando onde. Não consigo imaginar. Charlie Ovid não existe em lugar nenhum, nem em um único maldito registro. Não venha me dizer que existe. E Marlowe era um órfão em um trem de carga. Ninguém consegue rastrear uma criança assim.

— Bom — disse a Sra. Harrogate de modo casual —, claramente alguém consegue.

— A senhora acha isso divertido?

— Nem um pouco.

— Acho que já é hora — disse Alice devagar — de a senhora me contar tudo.

— Sua fé em mim é muito lisonjeira. Mas eu não sei *tudo*.

Alice optou por ignorar esse comentário também.

— Pode começar com o que diabos era aquilo que estava nos seguindo em Nova York. E não me diga que Jacob Marber é alguma coisa semelhante a Marlowe ou Charlie. Ele não é.

A Sra. Harrogate ficou em silêncio por um longo momento, como se estivesse decidindo alguma coisa dentro de si.

— Está tarde — disse ela, por fim.

Mas levou Alice para seu estúdio, no andar de baixo, de frente para o salão, fechando a porta ao entrarem. Alice nunca tinha estado ali, e ficou surpresa com o cheiro de fumaça de cachimbo, com a mobília de couro escuro, a escrivaninha enorme, tudo em um estilo perfeitamente masculino. A Sra. Harrogate transferiu a vela para uma lanterna antiga e o ambiente se suavizou com o seu brilho. Havia uma lareira apagada atrás da escrivaninha e ela foi até o depósito de carvão, enfiou a mão na parede e pegou uma garrafa. Então foi até um armário, voltou com duas xícaras de chá, serviu um dedinho de uísque em cada uma. Estudou Alice à luz da lanterna.

— Vamos falar francamente, então.

Em seus dedos apareceu um xelim, que ela girava silenciosamente nos dedos. Ela o ergueu, e o virou à luz da lanterna.

— Existem dois lados para todas as coisas — disse baixinho. — Um lado da frente, e um lado oculto. A qualquer tempo, é assim. Mas imagine que ambos os lados são os da frente. E que o lado oculto é um terceiro lado, um que você nunca vê. Dentro da moeda. Os vivos e os mortos são como os dois lados dessa moeda. Mas existe um terceiro lado. E é isso que essas crianças são, esses... talentos.

— O que aconteceu com falar francamente?

A Sra. Harrogate sorriu.

— Jacob Marber, que seguiu vocês em Nova York, foi um talento no passado, não muito diferente de Marlowe ou Charles. Um operário do pó. Mas caiu sob a influência de uma criatura do mal, que já teve muitos nomes, mas nós o chamamos de *drughr*. Ele é, ou era... ah, como posso explicar? — Ela apertou os lábios. — Os talentos, Srta. Quicke, são como uma ponte entre o que está vivo e o que está morto. Eles vivem entre estados de existência. Entre mundos, se preferir. A *drughr* é uma corrupção de tudo isso. Um talento mais sombrio. A parte dele que estava viva... se foi.

— E o que foi atrás da gente em Nova York era um...

— Jacob Marber foi atrás de vocês em Nova York. Não a *drughr*.

— Mas ele estava sob as ordens dele?

— Ele é o criado dele. Sim.

— O que ele quer, essa... *drughr*?

— As crianças — disse a Sra. Harrogate simplesmente. — Ela as come.

Alice, que estava prestes a tomar um gole, ficou paralisada com a xícara junto aos lábios. Ela emitiu um ruído de raiva na garganta, a meio caminho entre uma risada e um grunhido.

— Entenda, a *drughr* não é uma criatura da carne. Mas ainda assim ela pode se degradar. Seu ser precisa ser... sustentado. Quando estiver forte o suficiente, ela vai poder andar por este mundo sem ser molestada, vai poder se alimentar dos talentos, tanto jovens quanto velhos.

— Isso é loucura — sussurrou Alice.

A mulher mais velha franziu a testa.

— Faz trinta anos que senti o mesmo que você está sentindo. Eu esqueço o quanto tudo parecia tão peculiar, no início.

Alice desviou o olhar. Estava se lembrando de seu primeiro encontro com Harrogate, no quarto de hotel, quando ela fora recrutada. Estava tentando entender como alguma dessas coisas se encaixava com o que tinham lhe dito então. E de repente lembrou-se de algo.

— Minha mãe — disse ela, escolhendo as palavras com cuidado. — A senhora disse que era por causa do que aconteceu com ela, o que ela viu, que a senhora... me procurou. Disse... — Alice engoliu em seco. — ... disse que *sabia* sobre aquilo.

— Sim.

— O que minha mãe viu naquele dia. Quando Adra Norn saiu do meio do fogo, ilesa. Seu... *milagre*. Adra era um de seus... ela era como seus órfãos, um... um talento?

A Sra. Harrogate alisou as saias no colo.

— Eu já falei demais — disse ela, relutante. — O Dr. Berghast pode lhe contar mais.

— O Dr. Berghast...

— No instituto. Ele sabe o que aconteceu na comunidade de Adra Norn. — Seus cabelos caíram sobre o rosto, ocultando-o. Quando ela falou em seguida, a voz havia mudado, havia se tornado mais dura, fria e distante. — Partimos para Cairndale pela manhã. Todos nós. O Sr. Coulton sugeriu que já é hora de você saber mais sobre o que fazemos. Eu concordo. Venha para o norte conosco. Pergunte ao Dr. Berghast o que você quiser saber.

— Eu não vou para a Escócia — afirmou ela.

A Sra. Harrogate se levantou. Estava olhando além de Alice e, quando esta se virou, viu que Coulton havia entrado e estava observando das sombras. Ela não sabia por quanto tempo ele estava ali.

— Descanse um pouco, Srta. Quicke — disse a Sra. Harrogate, as xícaras de chá tilintando em suas mãos, a garrafa desaparecendo em suas saias. — Espero que reconsidere. O expresso parte cedo. Não podemos nos atrasar.

Quando ela saiu, Coulton emitiu um gemido longo e baixo e se aproximou da mesa. Sentou-se onde a Sra. Harrogate estivera sentada. Ele estava com uma aparência horrível, pensou Alice, o rosto cinzento e marcado pela exaustão.

— Eu poderia dormir por uma semana inteira — murmurou ele. Conseguiu abrir um sorriso. — Mas é bom vê-la.

Alice o observava.

— Você e Harrogate não estão se falando agora? É isso?

— Estamos bem. — Coulton fechou os olhos, por causa da luz da lanterna. — Ou vamos ficar. Às vezes há muito a dizer e é difícil começar. Um pequeno desentendimento em relação ao velho Sr. Laster. Vi que Marlowe está são e salvo.

— Está melhor do que Charlie.

— Sim. O pobre garoto.

— Marlowe se afeiçoou a ele.

— E parece que você a Marlowe.

Com isso, ela ficou em silêncio. Conhecera a criança fazia pouco mais de um mês e já sentia algo intenso, tanto que vivia cheia de preocupação, medo e ansiedade na metade do tempo, e de um amor imenso na outra metade. Não era próprio dela se apegar. Jamais.

— Tenho pena dele — disse ela, por fim.

— Hum — murmurou Coulton, observando-a.

Ela se perguntou o que ele estaria pensando. Mas então ele se inclinou para a frente, abriu a portinha de vidro da lanterna e acendeu um charuto na chama.

— Margaret disse que você viu Jacob Marber. Em Nova York.

Ela assentiu.

— Parece que sim.

— Pensei que fosse de Charlie que ele estivesse atrás.

— Como você poderia saber?

Coulton a estudou sob o brilho laranja, as sombras brincando no rosto dele.

— Bom, foi culpa minha e eu peço desculpas. Eu o conheci um pouco, há anos. Nós trabalhamos juntos, pode-se dizer. Rastreando nossos desafortunados. Você nem o teria reconhecido então. Ele era gentil. Tímido. Naquela época, eu dizia sempre que ele era mais adequado para o clero. Tinha dedos perfeitos, sim, como os de um pianista. As senhoras os adoravam. Isso costumava envergonhá-lo infinitamente.

— Você disse que mal o conhecia.

Coulton a fitou com olhos límpidos, sem constrangimentos.

— Algumas confidências não cabem à pessoa fazer — disse ele. — Você sabe isso melhor do que ninguém.

— Alguma coisa do que você disse a respeito dele era verdade?

— Sim, ele realmente se sentiu traído, o Jacob. Culpou todo mundo. A mim principalmente, talvez. A questão é que, a essa altura, ele já estava convertido. Não foi nenhuma tragédia que provocou. Foi somente ele. Jacob.

— Convertido. Você quer dizer pela *drughr*.

Coulton a olhou por um longo momento.

— Margaret não costuma falar tanto.

Alice lhe dirigiu um sorrisinho sombrio.

— Bom. Fui *cordial*.

Coulton retribuiu com um sorriso também sombrio.

— Jacob foi convertido pela *drughr*, sim — prosseguiu ele. — Mas houve um tempo, antes disso, em que ele era um talento. Um operário do pó, como são chamados. As crianças que estamos recolhendo, elas não são as únicas que podem fazer coisas.

Algo no modo como ele falou isso fez com que Alice hesitasse. Ele havia se recostado na cadeira, de modo que as sombras engoliam o seu rosto. Somente a brasa de seu charuto, acendendo e apagando, podia ser vista.

— Em Natchez — disse Coulton, o rosto ainda oculto na escuridão —, você se referiu a Charlie como monstro. Todos eles. Mas, se eles são, eu também sou.

Ela engoliu em seco.

— Você é como... eles?

— Sim.

Ele disse isso com uma tristeza pesando na voz, e ela se perguntou de repente o que ele deve ter visto, o que deve ter passado. Ela não sabia nada a respeito dele. O que quis dizer, o que podia fazer? Arrancar facas do braço? Ela olhou para as próprias mãos, lutando, querendo perguntar, tentando não fazer isso. Não era da conta dela.

— Eu disse a mim mesma que esse era o último — afirmou, por fim. — Disse a mim mesma que estava fora, depois de trazer Marlowe para cá em segurança. Não preciso deste trabalho. Não se eu não souber o que está acontecendo.

— Talvez seja hora de você descobrir.

Ela desviou os olhos, subitamente se sentindo cansada. A casa toda à volta deles estava silenciosa. Ela pensou em Marlowe, dormindo lá em cima com Charlie.

— Harrogate pegou uma garrafa de uísque escocês atrás do depósito de carvão — disse ela. — Acha que ela tem outra ali?

Coulton debruçou-se na escrivaninha, seu rosto corado alcançando o campo da luz. Ele mastigou o charuto, sorrindo.

— Eu conheço aquela garrafa. É única. — Então a encarou, o sorriso desaparecendo de seus olhos. — Escuta. Você quer respostas, você as encontrará na Escócia. É para lá que precisa ir. Margaret já te chamou?

Ela assentiu.

— Então vamos. Venha conosco.

— Para Cairndale — disse ela suavemente, como se para si mesma.

— Sim — grunhiu ele, aspirando fundo o charuto e segurando a fumaça nos pulmões, os olhos brilhando à luz do fogo. — Venha para o maldito Cairndale.

10

A Calma que Antecede

Ainda estava escuro quando Brynt seguiu o monstro para a St. Pancras Station e, na correria inicial dos trabalhadores seguindo apressados para a cidade, ela o viu comprar uma passagem e depois foi até o mesmo guichê e perguntou para onde o outro estava indo. O funcionário dirigiu-lhe um olhar estranho, tirando os óculos para encará-la de testa franzida. Brynt usava luvas amarelas de pele de cabra feitas sob medida por um fabricante em Toledo, para esconder suas tatuagens em uma região de camponeses católicos, e também seu único vestido aceitável, sendo difícil encontrar algo do seu tamanho, embora estivesse ficando surrado debaixo dos braços, as anáguas estivessem cheias de sujeira seca e, como ela havia emagrecido, agora lhe caísse mal. Ela, porém, olhou nos olhos do funcionário e disse que queria uma passagem no mesmo trem e depois de um momento ele deu de ombros e rabiscou uma passagem para Horsechester.

— Onde fica isso? É longe?

— Fica a menos de cinquenta quilômetros ao norte de Londres — disse o funcionário. — É um vilarejo pitoresco.

O trem estava partindo no escuro e ela correu para a plataforma, não vendo o monstro em nenhuma parte. Então ela o avistou, subindo os degraus da plataforma, desaparecendo em um vagão com janelas altas, junto ao teto. Brynt abriu caminho entre a multidão, subindo no vagão. Ela tentou encontrar um assento na terceira classe que lhe permitisse espiar pela janela e que ficasse perto de uma saída. O vagão estava quase vazio, exceto por um homem de terno de tweed descascando lentamente uma cebola com uma faquinha e uma governanta com seu pupilo, sentados com as mãos no colo, ambos calados. O garotinho a fez pensar, com uma pontada no coração, em Marlowe.

Em Horsechester, o monstro desceu, fumegando escuridão, aquele lenço preto ainda cobrindo seu rosto; ignorando os olhares alarmados dos outros viajantes, ele se afastou, deixando a pequena estação à luz que antecede o amanhecer, seguindo as ruas calçadas de pedra do bucólico vilarejo. Brynt, agora faminta, apressou-se em segui-lo.

Ele começou a andar pelo campo, uma figura solitária e escura em roupas urbanas. O sol sangrava no leste. Brynt se movia com cautela, ansiosa. Não conseguia imaginar o propósito dele. Estavam seguindo ao longo dos trilhos da ferrovia através do campo, e em uma curva cega que contornava uma colina baixa coberta de grama, ela viu o homem parar de repente. Ele ficou ali em meio à grama alta, os braços balançando ao lado do corpo. Brynt, a cinquenta metros de distância, mergulhou na vegetação rasteira.

Havia insetos zumbindo na grama. A brisa estava fria. O céu matinal ficou azul, sem nuvens. Os trens passavam a intervalos. A tarde chegou e escureceu, transformando-se no crepúsculo. E o monstro estava lá, de pé.

Brynt mudava de posição de tempos em tempos, primeiro com cãibras nas pernas, depois nas costas. A noite esfriou. Ela dormiu mal. Quando a noite finalmente começou a desvanecer, ela quase temeu descobrir que o monstro havia desaparecido. Mas isso não aconteceu; ele ainda estava na colina, uma figura sombreada olhando para os trilhos, paciente, imóvel.

Aquilo tudo a estava deixando muito apreensiva. Então, no início da manhã, sob um céu azul, ela viu a fumaça de um trem que se aproximava, além da curva, acima das árvores. Alguma coisa lhe parecia diferente, embora não conseguisse identificar o quê. Logo ela podia ouvir, o estrondo mecânico e constante de seu avanço, e então ouviu o apito, alarmantemente perto, e de repente virou-se para trás e viu que o monstro havia caminhado e subido nos trilhos.

O trem surgiu na curva, um expresso de passageiros, aproximando-se a uma velocidade inacreditável, uma grande fúria de fogo, fumaça e letras verdes e douradas reluzentes. O coração de Brynt estava na garganta.

A figura, ela viu, estava parada no meio dos dormentes, olhando para o trem que trovejava em sua direção, o casaco preto comprido esvoaçando à volta dele. Calma e deliberadamente, ele desenrolou o lenço que cobria seu rosto.

O trem chegou, o apito gritando.

Ele abriu bem os braços.

Brynt se levantou.

Ele não se moveu, não tentou se esquivar. E então — em uma tremenda explosão de fumaça preta e fuligem — a locomotiva o atravessou, passou por onde ele estava, a fumaça se espalhando em torno dela como uma grande asa escura, e em seguida se reunindo de volta em sua corrente de ar e envolvendo na escuridão o trem, o vagão de carvão e os ornamentados vagões de passageiros de madeira, antes de gradualmente se dissipar em pó, e Brynt viu que o monstro havia desaparecido, simplesmente desaparecido, como se totalmente apagado, e toda a extensão do trem, guinchando, rugia pelo espaço onde ele estivera, faíscas queimando nas rodas, o compartimento do motor estremecendo e os grandes freios resistindo até parar uns longos cinquenta metros à frente.

Ela começou a correr.

No número 23 da Nickel Street West todos haviam se levantado sonolentos e irritados, e, cambaleando, fizeram suas abluções e tomaram um parco café da manhã no térreo, então embarcaram nas carruagens que aguardavam. A Srta. Quicke foi a primeira a acordar. Margaret fora cautelosa e alugara uma segunda carruagem onde Walter, obscuramente contrabandeado para o interior da casa, seguiria. Porém, Charlie viu, e ela viu que ele viu, e a expressão dele era puro medo e sentimento de traição.

O trem partiu pontualmente. Eles tinham deixado Londres havia uma hora talvez quando aconteceu. O vagão deu um solavanco, gemeu longamente, estremecendo, até parar. Houve um estrondo de baús e malas caindo no chão, um longo guincho de freios. Margaret agarrou-se ao parapeito da janela em busca de apoio, alarmada, e olhou de imediato para Walter. Mas ele ainda estava drogado e cochilando no banco diante dela, com a pele cinza e o aspecto doentio em suas cordas, e nem se mexeu. Por via das dúvidas, ela conferiu os nós. Então foi até a janela e puxou as cortinas. Eles ocupavam um compartimento no vagão-leito perto da extremidade final do trem, em frente ao vagão de bagagem. Ela havia comprado também um segundo compartimento, na outra extremidade do trem, bem na frente, onde as crianças, Coulton e a Srta. Quicke viajavam.

O trem tinha parado em uma curva da ferrovia, e ela podia ver claramente a locomotiva reluzente adiante, a figura distante do maquinista em seu macacão ao descer do trem com um salto, a nuvem de fumaça preta se afastando da chaminé. Esperava muito que não fosse um descarrilamento. Havia horários a cumprir. Um minuto depois, ela ouviu uma batida no compartimento.

Era Coulton, obviamente. Olhando de cara fechada para além dela, para Walter, contido pelas cordas.

— Está tudo bem? — perguntou ele.

— Você deveria estar com as crianças — disse ela. — Sua tarefa é mantê-las em segurança até chegarmos a Cairndale.

— Sim. — O olhar dele deslizou para além dela novamente, dirigindo-se ao suctor. — Eu sei qual é a minha tarefa. Mas precisamos conversar.

— Não aqui. — Ela empurrou o homem ríspido para o corredor lateral e deslizou a porta do compartimento, trancando-a ao passar. Fechou na mão a pequena chave de bronze, entrelaçando os dedos à frente do corpo. — Então? — questionou ela. — Caso a questão seja Walter Laster, não quero discutir sobre isso. O assunto está encerrado, Sr. Coulton. Por que paramos?

Coulton piscou.

— Eu não sei. Ouça...

— Nós batemos em alguma coisa? Havia algo nos trilhos?

— Eu não sei. Margaret...

— Se chegarmos atrasados para a conexão, vou ficar muito aborrecida.

— Cacete, Margaret — disse ele rispidamente. — Dê oportunidade a um homem para falar.

Ela franziu a testa em desaprovação, correu os olhos pela extensão do corredor e então o encarou.

— Creio que já o deixei expressar sua opinião, Sr. Coulton — replicou ela, numa voz deliberadamente baixa. — E esse tipo de linguagem não é nem um pouco adequado.

— Mas você não deixou — insistiu ele.

— Não deixei o quê?

— Não me deixou expressar minha opinião. Walter me disse que Jacob está a caminho. Ele disse que Jacob sabe como encontrá-lo.

Margaret inflou as narinas, demonstrando contrariedade, e ergueu o queixo.

— Duvido disso.

— Você não acredita que seja possível? Ou não quer que seja?

— Walter estava fumando ópio, estava bastante afetado pela droga. Você mesmo disse isso.

— Não quer dizer que não seja verdade.

— Estamos a caminho do instituto, Sr. Coulton. Jacob Marber não poderia chegar até ele, mesmo que soubesse como. Ele não está neste trem.

Ela observou Coulton lhe dirigir um olhar furioso.

— Certo — disse ele, relutante.

Ela fez menção de voltar ao compartimento, mas se deteve.

— Queria dizer mais alguma coisa?

Coulton corou.

— Não é tarde demais para mudar de tática. Se Jacob está procurando esse desgraçado, é provável que tenha uma forma de encontrá-lo, se entende o que quero dizer. É provável que o siga até o norte. Por que não me deixar escoltá-lo em um trem diferente?

— Acho que não.

— Ou você, então. Se não é tão perigoso. Não importa. Mas deixe ele longe das crianças. Você viu o que aconteceu com Charlie.

Margaret sentiu uma faísca de arrependimento por isso. Ela havia pensado que o ópio era mais forte, as cordas mais resistentes. Dessa vez, tomara a precaução de aumentar tanto a dosagem quanto a contenção. E não sairia do lado do suctor durante todo o trajeto. Isso devia ser suficiente. E mais: ela não sabia quanto tempo tinham até a caçada de Jacob Marber levá-lo até eles, e queria Walter trancado atrás dos muros de Cairndale antes disso.

Pelas janelas ela viu um condutor em seu uniforme azul e chapéu caminhar lentamente pela grama alta, acenando para alguém mais à frente. Alguns passageiros haviam desembarcado, e estavam parados na encosta da colina, fumando cachimbo, conversando ao sol. Ela sacudiu a cabeça.

— E o que propõe que façamos, Sr. Coulton? — perguntou suavemente. — Arrastar Walter para fora do trem, aqui, e carregá-lo até a estação mais próxima? E quem faria isso... você? Abandonaria as crianças? Ou talvez eu, com minha tremenda força física? Não, temo que seja tarde demais para mudar de tática, como você diz. Volte para o seu vagão, senhor.

Coulton esfregou as suíças. Havia algo na maneira como ele estava olhando para ela que não a agradava, uma decepção.

— Qualquer coisa que acontecer com essas crianças — disse ele sombriamente —, você vai ter que viver com isso.

Na parte dianteira do trem, Charlie Ovid pôs a mão na janela do compartimento, observando o maquinista e os condutores caminharem ao longo dos trilhos, espiando embaixo das rodas, chutando o mato amarelo e comprido. Um céu azul pálido, nuvens esvoaçando como fiapos de algodão. Depois do nevoeiro de Londres, ele quase esqueceu como era aquela visão. As luvas de pelica de Coulton estavam estendidas, cruzadas, no assento de mogno polido, como se para lembrá-los de sua ausência. Uma prateleira no alto para chapéus e guarda-sóis. Era um compartimento moderno, com uma porta deslizante de carvalho que se abria para um corredor interno. Charlie deixou seus olhos percorrerem os painéis escuros, impressos e detalhados, e estudou as cortinas de renda que obscureciam o vidro da porta. Marlowe estava com o rosto colado ao vidro, observando com interesse os homens lá fora.

— Atropelamos alguma coisa, só isso — disse Alice, fechando os olhos e puxando a aba do chapéu sobre o rosto. — Uma ovelha talvez. Está tudo bem, Marlowe.

— Eles estão olhando embaixo dos vagões — disse o menino.

Charlie franziu a testa. Alguma coisa estava errada; ele podia sentir.

— Aonde o Sr. Coulton foi, Srta. Alice? — perguntou baixinho.

— Você sabe aonde ele foi — respondeu ela, sem se mexer.

— Ele precisava perguntar alguma coisa à Sra. Harrogate, Charlie — disse Marlowe. — Ele falou pra gente. Antes de ir.

Mas Charlie umedeceu os lábios. Era porque ele sabia quem a Sra. Harrogate trouxera com eles, por que ela estava trancada em uma parte diferente do trem. Quando o algemara à cadeira na sala de exame, ela dissera que era para a proteção dela, não dele. Ele conhecia aquele tipo de medo.

— Ele já foi faz um tempo, não é?

— Passaram-se doze minutos, Charlie. — Ela levantou o chapéu, abriu um dos olhos. — Tente dormir um pouco.

Nesse exato momento eles sentiram um súbito solavanco, o trem gemeu sob seus pés e ali na frente soaram três apitos agudos. Lenta, muito lentamente, o trem começou a avançar, na velocidade de caminhada, até menos. E então o *clanque-shh*, *clanque-shh*, *clanque-shh*, cada vez mais rápido, à medida que o trem ganhava velocidade. Os campos verdes passavam velozes.

— Está vendo? — disse Alice. — Nenhum motivo para se preocupar.

Mas o mau pressentimento em Charlie só fez piorar. Ele estudou Alice, sentada com seu casaco comprido de oleado, como um fazendeiro. Na pequena mala no bagageiro suspenso, ele sabia que ela guardava um revólver. Ele a vira limpá-lo e envolvê-lo em um pedaço de lona, e vira como a sua mão pairava perto dela, e sabia o tipo de pessoa que ela era. Mas isso não o tranquilizou.

De repente Marlowe ficou paralisado. Alice deve ter percebido, pois tirou o chapéu do rosto, descruzou as pernas e olhou para ele. O menino desceu do banco, foi até a porta revestida e pressionou a mão contra ela.

— O que foi? — perguntou Alice. — Qual o problema?

O trem estava ganhando velocidade, os ombros deles sacolejando onde estavam sentados.

Marlowe parecia assustado.

— É ele — sussurrou. — Ele encontrou a gente. Ele tá *aqui*.

11

O Menino que Brilha

O trem estava novamente em movimento.
 De início, aos solavancos, estremecendo, depois começando a se deslocar normalmente. No estreito corredor lateral, Margaret Harrogate colidiu com Coulton. Pela janela, o campo começava a deslizar lentamente, ficando para trás. Ela estava cansada, irritada, especialmente porque uma parte sua sabia que Coulton tinha razão.

Mas pelo menos o homem havia parado de discutir, tinha isso, como se talvez tivesse desistido de tentar convencê-la. Ele podia ser tão insuportavelmente autoconfiante, às vezes. Mas então ele ergueu a mão calejada, virou a cabeça e ficou na escuta. As janelas e os acessórios chacoalhavam levemente agora, o ruído baixo dos dormentes da ferrovia atravessando o piso. Ela estendeu a mão para se firmar, estudando seu rosto redondo e vermelho e o suave movimento de seus cílios.

— O que foi? — perguntou ela.

Ele sacudiu a cabeça.

— Não sei. Pensei ter ouvido alguma coisa.

Os olhos dela se moveram imediatamente, passando por ele, seguindo pelo corredor em direção ao compartimento onde havia deixado o suctor. A porta ainda estava trancada, as cortinas azuis que cobriam a divisória de vidro fechadas. Houve uma rápida mistura de sol e sombra quando o trem passou por um grupo de carvalhos e emergiu em um campo aberto.

E foi então que eles ouviram o grito.

Vinha de um dos compartimentos. Margaret deu meia-volta imediatamente, em um farfalhar de seu vestido preto comprido e correu, e já chegou girando a pequena chave na fechadura, deslizando a porta até que abrisse completamente. Havia manchas no estofado onde o suctor tinha estado. As cordas tinham sido roídas e deixadas ali, puídas, emboladas. As cortinas voavam descontroladamente, em farrapos. Margaret dirigiu-se imediatamente para a janela alta do vagão. Ela fora baixada e deixada aberta, e o vento açoitou seus cabelos.

— Maldição — sibilou ela.

Coulton disparou:

— Como ele conseguiu passar por aí?

Então um segundo grito veio do compartimento ao lado e Coulton voltou para o corredor e bateu com o punho na parte superior da porta, mas uma jovem de óculos e blusa de professora, com os cabelos caindo nos olhos, já estava saindo, aos tropeços, desabando em seus braços, ainda aos gritos.

— Meu Deus, ah, meu Deus — ela berrava.

— Pelo amor de tudo que é sagrado, criança — disse Margaret rispidamente ao vê-la. — Fale com clareza.

No entanto, a jovem estava chorando demais para conseguir dizer alguma coisa com sentido.

— Minha janela, do lado de fora da minha janela, era um, um...

Seu rosto estava pálido, Margaret viu. A jovem, porém, já tinha dito o suficiente. Ela estava tremendo, apoiada nos braços de Coulton, e ele a pôs de lado, como se ela fosse um saco de batatas, e sacou seu Colt Peacemaker do bolso do sobretudo, virou os ombros fortes e entrou. Margaret vinha logo atrás dele. Mas esse compartimento também estava vazio: uma almofada de alfinetes, costuras jogadas em pânico no chão, uma maçã verde meio comida rolando sob a janela. Coulton tirou seu chapéu-coco e inclinou a cabeça para fora da janela, estreitando os olhos para protegê-los do vento, e em seguida se virou para olhar para o outro lado.

— E então? — perguntou Margaret. Estava furiosa consigo mesma. Tinha feito tudo que lhe ocorrera para evitar que isso acontecesse uma segunda vez.

— O desgraçado se foi — gritou Coulton, seu rosto ainda no vento. Então voltou para o interior do compartimento. — Deixou o trem, parece. Pode ter caído. Ou pulado.

— Ele não pulou — disse ela. — Ainda está a bordo.

Coulton verificou as câmaras do revólver e fechou o tambor.

— Muito bem — foi tudo o que disse. Pegou o chapéu e então hesitou.

— Diga — incitou Margaret, amarga. — Vamos. Diga que eu deveria ter te dado ouvidos.

Ele sacudiu a cabeça.

— Não foi culpa sua, Margaret.

Mas ela se limitou a fechar a cara, estender a mão enluvada e pegar a arma dele. Então a virou de lado, com perícia, e olhou pela mira.

— Eu o trouxe a bordo — disse ela. — Então, sim. É minha culpa.

Quando abriu a porta, ela viu todos os rostos descontentes reunidos agora no corredor, a maioria cavalheiros com chapéus de seda, estendendo lenços para a mulher. Um condutor abria caminho entre eles, querendo saber o que estava acontecendo.

Ela se voltou para Coulton, pôs a mão enluvada no pulso dele.

— Vá se certificar de que as crianças estão em segurança. Se ele está atrás de alguém, é justamente delas.

Coulton fez que sim.

— E você?

Ela ajustou o pequeno crucifixo e olhou nos olhos dele.

— Vou acabar com isto — disse ela, com raiva.

No vagão de segunda classe, mais à frente no trem, Alice fechou as cortinas da janela, mergulhando todos eles na escuridão parcial. Ela estava tentando entender o significado das palavras de Marlowe. *Ele encontrou a gente. Ele tá aqui.*

Charlie estava de pé, balançando com o trem, atravancando o compartimento desnecessariamente.

— De quem ele tá falando? Não é de Walter Laster, é? — perguntou ele. — A Sra. Harrogate disse que ele não ia acordar.

Alice hesitou.

— Walter... Laster?

— Walter. O suctor.

Alice foi até a porta e a trancou. Em seguida, pegou sua mala, desembrulhou o revólver que estava envolto em um pedaço de lona, abriu a bolsinha de couro em que carregava a munição e o carregou com cuidado, tentando acalmar os pensamentos. Walter Laster: esse era aquele com que a Sra. Harrogate estava viajando, em um dos últimos vagões. O homem que Coulton havia arrastado para a casa, na noite anterior.

— A Sra. Harrogate disse que ele está morto. Morto e não morto. — A respiração de Charlie havia se tornado rápida e pesada; ele estava quase arfando de medo. — A gente tem que sair daqui, precisa ir. Não podemos ficar. Eu *vi* o homem, ele tem dentes compridos e pode subir pelas paredes como uma aranha, e a pele dele é toda branca...

Charlie começou a sacudir a porta com força, fazendo o vidro chacoalhar na moldura.

— Está trancada, Charlie — disse ela, tentando tranquilizá-lo. — Ninguém vai entrar. O Sr. Coulton vai voltar logo, tá tudo bem.

— Não tá tudo bem — disse Charlie, desistindo da porta. — Você não sabe o que ele é. Não é uma *pessoa*. — Sua voz agora estava se tornando mais aguda. — Nada me machuca, Srta. Alice. Nunca. Mas ele sim. Ele me machucou. — Charlie desabotoou os punhos da camisa e enrolou as mangas para cima. Em cada antebraço havia quatro marcas profundas de garras parecendo infeccionadas. — A Sra. Harrogate disse que ele já estava morto. Que tipo de morto faz isso?

— O tipo que precisa de um pouco mais de incentivo, acho. Tipo uma bala no meio da testa. — Alice olhou para Marlowe. — É dele que você estava falando? Walter Laster?

Os olhos de Marlowe estavam arregalados.

— Não — sussurrou ele.

— De quem então?

— Do outro. O homem do hotel.

Alice ficou paralisada.

— Jacob Marber está no trem?

O garotinho fez que sim. Sua voz era pouco mais que um sussurro.

— E ele sabe que estamos aqui também.

Eles ficaram à espera. Os minutos passavam, Charlie e Marlowe parecendo cada vez mais assustados. Mas Coulton não vinha. Havia uma espécie de silêncio denso e abafado no corredor adiante, como se o vagão do trem tivesse sido esvaziado, como se todos os passageiros houvessem mergulhado em um sono profundo.

De tempos em tempos, Alice levantava a ponta da cortina da porta e olhava o corredor. Mas não havia movimento, nada. Nenhum condutor à vista. Nada de Coulton.

Atrás dela, Charlie Ovid havia puxado um pouquinho a cortina da janela externa, e Alice pôde ver que estavam passando pela periferia de alguma cidade industrial cinzenta, paredes de tijolos manchadas com fuligem, grades de ferro retorcidas em formas aflitas. Ela vislumbrou uma dezena de chaminés, lançando uma mancha marrom para o céu. Telhados opacos e sujos de fuligem. Logo estavam subindo novamente, deixando a periferia da cidade para trás, indo em direção ao norte.

Coulton já deveria estar de volta a essa altura, essa era a verdade. Era inquietante o silêncio que tomara conta do vagão. Por fim ela ouviu o som da porta do corredor se abrindo, o súbito barulho dos trilhos, e então o silêncio abafado quando a porta voltou a se fechar com um clique. Passos lentos e pesados. Mas vinham da frente do trem, do vagão dos funcionários e da locomotiva mais além. Ela franziu a testa e passou para o assento de frente. Com cuidado, levantou a ponta da cortina para ver.

E a largou, quase imediatamente, horrorizada.

Era ele.

Uma escuridão fuliginosa se soltava de seu casaco preto, do chapéu, das mãos vestidas com as luvas pretas. Ele era comprido e magro, tinha os ombros largos e usava uma barba espessa e preta, aparada ao longo da linha do maxilar como se feita por um barbeiro. O rosto, porém, estava voltado para o outro lado, e ela não conseguia ver seus olhos. Ele tinha a cabeça baixa, espiando os compartimentos, e, à medida que avançava, o vagão parecia mergulhar na escuridão. Charlie e Marlowe estavam imobilizados, olhando para ela, para a expressão em seu rosto provavelmente, e ela os encarou e não tentou esconder. Seu coração martelava no peito.

— É ele — sussurrou Marlowe.

Ela não respondeu. Olhou ao redor, examinando o pequeno compartimento, as redes no alto, os painéis de mogno na porta. Sua mão empunhava o revólver, ela olhou para a arma e a deslizou para o bolso do casaco de oleado. Então foi até a janela, tateou ao longo do caixilho, baixou com esforço a vidraça até o fim. As cortinas foram sugadas para fora e chicoteavam ao longo da parede externa do trem. Ela botou o rosto lá fora, mergulhando no rugido do vento, os cabelos voando para trás. Então estreitou os olhos.

Havia um corrimão destinado ao condutor ao longo de todo o comprimento do carro, e protuberâncias estreitas que podiam ser usadas como apoio para os pés. Teria de servir.

Ela voltou para o interior do vagão, a cabeça girando.

— Rápido, vamos — disse ela. — Precisamos ir mais para trás no trem. Agora.

Charlie olhou para Marlowe, alarmado.

— Ele não vai se pendurar do lado de fora de nenhum trem, Srta. Alice. Ele é muito pequeno.

Mas ela já estava abotoando, apressada, o casaco de Marlowe. Ela olhou por um longo momento para o rosto do menino e então assentiu, satisfeita com o que viu ali.

— Você se segura em mim e não solta. Tudo bem? Preciso que feche os olhos e não os abra até que estejamos no próximo vagão. Exatamente como fizemos no hotel. Pode fazer isso?

Marlowe olhou com medo para a porta trancada. Uma fina fumaça preta tinha começado a se infiltrar pela moldura.

— Marlowe? — sibilou ela.

— Tá bom.

Ela dobrou o chapéu e o enfiou no bolso que estava vazio, fechou o casaco e amarrou os cabelos, tirando-os do rosto. Então pôs as mãos nos ombros de Charlie.

— Você pode fazer isso, Charlie.

Charlie Ovid assentiu.

— Não vou me machucar mesmo, se cair do trem — sussurrou ele.

O compartimento chacoalhava em torno deles. Ela ouviu uma suave batida na porta. Mesmo quando se dirigiam para a janela, sabia que não havia mais tempo. Onde diabos Coulton se metera?

Alice pegou Marlowe no colo, apertando-o contra o peito, os bracinhos dele entrelaçados em torno de seu pescoço, e saiu pela janela, para o atordoante rugido do ar, sua força plena quase a derrubando. Ela agarrou o corrimão do condutor acima das janelas, e foi se deslocando lentamente ao longo do vagão. O vento estava a seu favor, empurrando-os adiante. O cascalho e os dormentes da ferrovia passavam voando, um borrão debaixo dela. Atrás dela, Charlie passou as longas pernas pela janela, rápido, ágil.

Ela podia sentir que Marlowe tremia, o rostinho apertado contra o seu peito.

— Está tudo certo, tudo bem, tudo bem — continuou murmurando no ouvido dele.

À medida que avançavam pelas janelas, ela espiava o interior dos compartimentos. Estavam todos, de alguma forma, impossivelmente, vazios.

Ela estava quase no fim do vagão quando alguma coisa dura e preta bateu e ricocheteou, passando por ela, indo embora. Ela olhou para trás. Jacob

Marber agarrava-se à parede externa do vagão, atrás deles. Seu chapéu de seda se perdera. Enquanto ela observava, atônita, ele começou a avançar, lentamente, uma mão enluvada após a outra, deslocando-se de lado, indo em direção a eles, seus sapatos macios escorregando ao avançar. Os cabelos eram soprados para a frente, cobrindo-lhe o rosto, obscurecendo-o, mas ela podia sentir, de alguma forma, seu olhar malévolo, a forma como seus olhos estavam fixos em Marlowe e Charlie.

— Charlie! — gritou ela. Ele estava ainda a uns três metros atrás dela. — Charlie, depressa!

O casaco comprido de Jacob Marber chicoteava à sua volta em meio ao barulho, como uma fita de escuridão, tentando alcançá-los.

O vagão de bagagem, na parte traseira do trem, estava silencioso, escuro. Duas saídas de ar abertas no teto deixavam entrar a única iluminação, uma luz do dia débil e cinzenta. Margaret Harrogate avançava lentamente em meio aos baús e pilhas escuras de malas de viagem, os fardos disformes de mercadorias em sacos, todos amarrados atrás de redes, o tempo todo os ouvidos atentos ao ruído abafado dos dormentes da ferrovia sob o piso, e a qualquer outro som. Ela levava a arma de Coulton engatilhada ao lado do corpo.

No meio do vagão, ela parou, muito quieta, olhando rapidamente para trás. Nada.

— Walter? — chamou baixinho. — Walter, sou eu, a Sra. Harrogate, querido.

Ele estava perto. Ela podia sentir isso, *sabia* que ele estava ali, embora não teria conseguido dizer como sabia. Ela seguiu andando calmamente, a raiva se dissipando, o medo desaparecendo. Era como se estivesse vazia. Formas surgiam, saídas da penumbra — malas, bolsas e cestos.

Nos fundos do vagão, ela puxou o trinco e abriu a porta para a plataforma traseira, o rugido dos trilhos alto em seus ouvidos, e ela pulou agilmente o corrimão e o engate, passando para a plataforma seguinte. E em meio às rajadas de vento e ao farfalhar das saias, ela abriu a porta do último vagão. Era vagão do Royal Mail. A fechadura havia sido arrancada de seu encaixe.

O vento que entrou pela porta aberta levantou um milhão de pedaços de papel rasgado, que flutuaram em uma lenta descida de confete em meio à penumbra. As sacolas haviam sido rasgadas. Ela fechou a porta com um som metálico, os pedaços de papel espiralando no ar.

Então, através da estranha neve, ela o viu. Walter. Encolhido no canto mais distante, o rosto voltado para o outro lado. Sua camisa havia sido arrancada de modo que as omoplatas se projetavam acentuadamente em suas costas e as vértebras quase brilhavam na penumbra. Estava descalço. Ela podia ouvir uns estalos sinistros, como facas chacoalhando em uma gaveta. Passou o revólver para trás das costas.

— Walter — disse ela com calma. — Está frio aqui atrás. Você não está com frio?

Ele ficou imóvel ao ouvir a voz dela. Mas não virou a cabeça lisa e careca. Suas orelhas se destacavam como botões. Os papéis ainda voavam em torno dela. O suctor estava debruçado sobre alguma coisa, ela agora via, e, à medida que se aproximava, vislumbrou um par de sapatos marrons surrados, um deles desamarrado, e um par de tornozelos peludos saindo deles. O funcionário dos correios.

Ela tentou manter a raiva afastada de sua voz.

— Ah, Walter. Ah, isso é muito inadequado — disse ela.

Ele mudou de posição, passando por cima do corpo, adentrando ainda mais as sombras. Então ergueu o rosto, a boca suja de sangue, sangue que também descia pelo peito pálido e sem pelos, como uma grande mancha vermelha. Os dentes compridos estalavam. Seus olhos, ela viu, estavam completamente escuros, como se ainda estivesse sob o efeito do ópio.

— Jacob sabe sobre o garoto — disse Walter baixinho.

Margaret hesitou.

A voz dele soava como uma corda sendo arrastada sobre pedra.

— Ele está vindo, sim, está se aproximando agora. — Ele arreganhou os dentes no que poderia ser um sorriso, ou talvez apenas um reflexo. — Ah, eu lembro da senhora, Sra. Harrogate. Jacob costumava falar da senhora. Da senhora e de seu precioso Sr. Coulton.

Ela se deteve, o coração na garganta. Ela começou a sacudir a cabeça. Ele parecia tão controlado, tão senhor de si. Era apavorante. O revólver ainda estava atrás dela, na base das costas, e com o polegar ela agora muito cautelosamente o engatilhou.

— Jacob Marber não está vindo — disse ela com firmeza. — Isso é o ópio falando. Ele te abandonou, Walter. Te abandonou naquela cidade horrível, sozinho. *Eu* te encontrei, fui *eu* quem te encontrou. Não Jacob. Agora, pare com essa bobagem e venha comigo. Deixe-me ajudar.

Ele inclinou a cabeça, como se pensasse em suas palavras. Mas não havia nada de humano nesse gesto. Suas mãos, quando ele as ergueu do piso, deixou duas impressões gêmeas e escuras de sangue.

— Meu Jacob... — disse ele lentamente.

— Te esqueceu.

O suctor aproximou-se um pouco mais, os músculos de suas pernas se retesaram.

— Ah, Sra. Harrogate — suspirou ele, batendo na lateral de sua cabeça. — Mas eu posso ouvi-lo. Ele já está aqui.

Por um longo momento nenhum dos dois se moveu. Margaret observava os olhos dele. O trem chacoalhava e balançava.

Até que ele saltou para cima dela, a boca ensanguentada bem aberta, os dentes compridos reluzindo, e no mesmo instante Margaret Harrogate ergueu a arma e disparou.

Brynt estava tentando não vomitar.

Ela se encontrava encolhida na plataforma traseira do vagão do Royal Mail, os braços tatuados entrelaçados na grade, o vento rugindo em torno dela. Havia degraus de ambos os lados, fechados com uma corda com borlas, e uma porta resistente às suas costas. *Marlowe*, pensou ela. *Você está aqui por Marlowe. Mexa-se.*

Continuou dizendo isso a si mesma, repetidamente, como se as palavras pudessem ajudar. No entanto, ela não se moveu. Estava agarrada ao último vagão do trem, vendo os trilhos correrem embaixo dela. Brynt odiava coisas em movimento rápido. Cavalos. Navios de passageiros. Mas estar empoleirada na plataforma aberta de um trem em alta velocidade talvez fosse a pior de todas.

Ela havia segurado as saias volumosas e corrido com todas as suas forças para os trilhos quando viu os condutores e o maquinista retornando para o trem parado, o sol às suas costas, a sombra alongando-se à sua frente, e ela havia acabado de alcançar o degrau do último vagão e içado seu corpanzil até ele quando os freios gemeram e o trem se pôs novamente em movimento, ganhando velocidade. Ela agarrou o corrimão, ofegante. Tinha certeza de que alguém devia tê-la visto. O trem, porém, não reduziu a velocidade, nenhum ferroviário veio correndo gritar com ela, e eles seguiram em frente.

A questão era que ela tinha visto aquele homem, o homem de sombras, explodir em fumaça enquanto a locomotiva passava trovejando através dele. O maquinista também vira, então freara de forma brusca e saíra procurando sob as rodas os pedaços dele. Ela o vira percorrer toda a extensão do trem, tirar o chapéu da cabeça, agachar-se, espiar embaixo de cada vagão. Não encontrara nada, nem ele nem os condutores, nenhum pedaço do homem. Ela vira tudo isso e pensara na fumaça envolvendo o corpo da locomotiva e o vagão de carvão e depois desaparecendo. Uma coisa era certa: não era suicídio. Aquele homem — monstro, o que quer que ele fosse — de alguma forma havia embarcado no trem. O que significava que Marlowe devia estar ali também.

Pelo menos era o que tinha pensado, deitada na grama alta observando. Mas agora, enquanto se agarrava ao degrau de trás do vagão postal, sua trança grossa voando com o deslocamento, seu rosto contorcido em uma careta, parecia quase loucura. Homens não explodiam em nuvens de fumaça. Mulheres do circo não pulavam em trens em movimento.

Foi quando ela ouviu um ruído abafado, como se algo pesado tivesse sido jogado contra a parede interna do vagão postal. Ela ficou totalmente imóvel. Até que o barulho tornou a soar, com mais violência. Era o som claro e inequívoco de uma luta ali dentro. Brynt encostou o ouvido na porta trancada. Nada.

E então algo bateu na lateral de madeira do vagão perto de sua cabeça, parecendo o barulho de uma vespa furiosa, e deixou um pequeno buraco escuro. Uma bala.

— Santo Deus — sussurrou. Oscilando de um lado para o outro, tentando sair do caminho. E então um único pensamento formou-se claramente em sua cabeça:

Vá.

E Brynt segurou-se com firmeza, olhou para a beirada do teto e começou a subir.

Alice abriu com violência a porta sacolejante do vagão, empurrou Marlowe para o interior, tirando-o do vento, e então estendeu a mão para Charlie Ovid. Ela ainda não via Jacob Marber.

Eles não ficaram ali parados. Estavam em um vagão com vários compartimentos privados e passaram correndo por todos eles, esbarrando de um lado e do outro enquanto o trem chacoalhava, os ocupantes virando-se um a um para olhá-los, surpresos, quando passavam. Alice continuou olhando para trás, com medo. Nos fundos do vagão, ela abriu a porta, passou para a plataforma já familiar, o rugido e o estrépito do vento e dos dormentes envolvendo-os, passou Marlowe sobre a grade e então a pulou também. O vagão seguinte era de terceira classe, lotado, barulhento, com bancos de madeira dispostos em filas. O ar era denso com fumaça de cachimbo, o estalo de jornais e mulheres de xale gritando umas para as outras de um lado e do outro do corredor. Alice e os meninos a essa altura estavam desgrenhados, a expressão desvairada, as cabeças descobertas. Ela sacou a arma à vista de todos, sem se importar, e então ouviu um silêncio descendo no vagão e ergueu os olhos. Fileiras e mais fileiras de rostos pálidos a fitavam. Ela apressou os dois meninos pelo corredor, em direção aos fundos, ignorando os passageiros de frente para eles. Seus antebraços estavam lentos e latejavam por causa do esforço do deslocamento do lado de fora, e ela estava sem fôlego. Reconheceu algumas das pessoas que tinha visto na plataforma de Londres, as duas viúvas de preto com os rostos tensos e amargos, o homem com a gaiola olhando enquanto eles passavam.

Estavam a três fileiras do fim do vagão quando a porta diante deles se abriu e Coulton entrou. Ele havia perdido o chapéu-coco, seu rosto corado estava afogueado e seus olhos, escuros.

— Você nos abandonou, seu filho da puta — disse ela. E empurrou com força seu peito.

Ele olhou, além dela, para os dois garotos.

— Estão todos bem?

— Não — respondeu Charlie rispidamente.

Alice pousou a mão na manga do garoto para acalmá-lo. Os passageiros observavam tudo.

— Marber está atrás da gente — disse ela. — Não podemos ficar aqui parados. Depressa.

— Jacob está...? — Coulton a segurou pelos ombros, encarando-a com firmeza. — Você disse...?

Mas então ficou em silêncio, seu olhar feroz passando por ela e seguindo para a frente do vagão do trem. Alice virou-se para acompanhar o seu olhar.

Jacob Marber estava parado bem na frente, no corredor, uma figura de escuridão, respirando pesadamente. Alguns passageiros haviam se levantado. Fuligem e fumaça saíam dele, como uma coisa chamuscada, como algo tirado do fogo apenas momentos antes. Suas luvas pretas pareciam longas demais, e ele havia perdido o chapéu e os cabelos pretos estavam despenteados e espetados na cabeça. Ele não fez nenhum movimento para se aproximar. A barba descia diante dele como um juiz do Antigo Testamento. Alice não via seus olhos.

— Fiquem atrás de mim — sibilou Coulton.

Ele tirou o casaco apressadamente, enrolou as mangas da camisa como um pugilista entrando em uma briga de rua. O colete amarelo estava apertado nos ombros e na barriga. O pescoço, Alice viu, era muito curto e grosso. E então ele pareceu, de alguma forma, ondular e condensar-se, como se sua pele estivesse endurecendo, e ela viu o meio do colete rasgar-se, e os ombros dele se encorparem. Alguma coisa estava acontecendo.

— Você devia ter continuado sumido, Jacob — disse ele.

Vendo Coulton se encorpando ali, vendo Jacob Marber tremular como uma sombra monstruosa, Alice nunca sentira tanto medo. Era o mais puro e absoluto terror. E tomou conta de seu estômago, quase fazendo-a segurar a barriga com dor. Ela sentiu que o menino se agarrava ao seu braço. Mas Coulton deu um passo à frente e Jacob Marber abriu a boca como se fosse gritar, e seus dentes eram pretos e a escuridão preenchia sua boca como sangue. E foi então que Alice viu a coisa aparecer na parede do vagão atrás dele.

Poderia ser uma impressão digital fuliginosa, um pouco de alcatrão. Mas passou a crescer dentro da madeira como uma gota de tinta na água e, vendo aquilo, ela começou a tremer. Aquela coisa foi corroendo a parede, espalhando-se rapidamente, uma escuridão absoluta, e então Jacob Marber ergueu as mãos abertas tal qual um pregador clamando por algum terrível sinal e as baixou lentamente diante de si, como se avançasse contra uma grande corrente. E de repente aquela escuridão jorrou na direção deles, tomando parede, teto e chão, escurecendo as janelas, apagando as luzes, uma sombra viva que a tudo consumia, tragando todos os que estavam naquele vagão.

O trem estremecia. Passageiros gritavam, dobrando-se de horror. Alice empunhava seu Colt Peacemaker, mas sua mão tremia e ela teve de segurá-la com a outra para estabilizá-la e só então disparou. Atirou repetidamente contra a escuridão onde Jacob Marber estivera até descarregar totalmente a arma e sua única resposta ser um clique. Não fez diferença. A escuridão continuava avançando.

Ainda assim ela ficou ali, examinando as câmaras inutilmente, e apenas a mão de Coulton em seu braço, pesada e fria como um saco de areia, a trouxe de volta a si.

— Vá! — gritou ele. — Vá!

Seu rosto estava estranhamente denso, como se suas feições tivessem sido consumidas por sua carne, e do fundo das órbitas seus olhos reluziam, pequenos e duros como pedras de rio.

E então ele se virou, dobrou os punhos inchados e lançou-se contra a escuridão.

A primeira bala disparada por Margaret Harrogate errou o alvo, atravessando a parede do vagão postal. Walter era veloz demais, impossivelmente veloz, subindo pela parede e percorrendo o teto. Ela observou o súbito furo aberto na parede lascada, por onde a bala passara e por onde a luz do dia entrava, como uma flor de luz, e estranhamente pensou: *Como é bonito.*

E então Walter estava em cima dela, arranhando, cortando, rasgando.

Ela podia sentir o corte molhado de suas feridas. O revólver caiu e foi arremessado pelo vagão, correndo pelo piso e indo parar de encontro a uma mala postal. Walter era estranhamente leve, tão leve que Margaret poderia tê-lo levantado com um braço, e ela não era uma mulher forte, em absoluto. E, no entanto, apesar disso, sua força era imensa, e ela lutou e chutou e a única coisa que conseguiu foi colocar um cotovelo sob seu queixo, mantendo os longos dentes dele, que mais pareciam facas, longe de sua garganta. Com um movimento brusco, ela o lançou longe.

Ele caiu de costas, virou-se e ficou de quatro, indo novamente em sua direção. Ela estava rastejando para pegar o revólver, quando foi agarrada pelo tornozelo e sentiu as longas garras dele atravessarem o couro da bota e cravarem-se em sua perna.

Eles lutaram quase em silêncio, apenas a respiração ofegante, os golpes e o som de osso raspando na madeira. Havia sangue na lateral da cabeça de Margaret, em seu cabelo, seus braços estavam pegando fogo. Mas ela chutou o rosto dele, uma, duas vezes, sentindo que seu calcanhar se conectava com algo que estalou, e então ela estava livre e pegou o revólver, fez meia-volta e disparou cinco tiros em rápida sucessão, diretamente contra o peito de Walter Laster.

A força dos impactos o arremessou para trás, violentamente, contra uma mala postal, em um emaranhado de redes.

Margaret levantou-se trêmula. Seu braço esquerdo não estava funcionando direito. Havia sangue entrando em seus olhos, escorrendo de algum lugar, e ela enxugou o rosto com o pulso, a manga rasgada tremulando. Olhou para o suctor, pálido, magro, curvado, imóvel onde caíra.

Ele estremeceu levemente, como se estivesse frio, como se tivesse acabado de sentir um arrepio, ergueu o rosto e olhou diretamente para ela. Seus olhos estavam pretos, absolutamente pretos. Obsidiana, brilhante e desumana.

Ela não hesitou. Puxou o gatilho, repetidamente. Mas estava sem munição. Ela virou o revólver para usá-lo como taco e lenta e sombriamente foi recuando até suas costas estarem coladas à parede. Procurava alguma coisa, qualquer coisa, que pudesse usar como arma.

Walter ficou em pé, os dentes compridos estalando levemente.

Ele sorriu.

Alice, paralisada, ficou olhando enquanto Coulton corria diretamente para a escuridão que era Jacob Marber.

E, de repente, era como se o medo que a mantinha em suas garras a soltasse, e ela pegou o pequeno Marlowe debaixo de um braço, trazendo o menino de rosto virado para seu colo, abriu com violência a porta no fim do vagão, saindo direto para o vento que rugia, e transpôs o espaço para a plataforma seguinte. Charlie Ovid estava bem atrás dela, fechando a porta, lutando com ela em meio ao rugido do vento e do trem, procurando alguma forma de trancá-la. Não havia nenhuma, ela sabia. Sua cabeça já estava desanuviando. Os trilhos passavam velozmente sob seus pés. *Filho da puta*, pensou. Se Coulton não conseguisse detê-lo, Jacob Marber iria caçá-los vagão por vagão, por toda a extensão do trem.

Ela firmou os pés, girou o tambor do revólver, esvaziou os cartuchos e recarregou a arma o mais rápido que pôde. Não conseguia ouvir nada vindo do vagão de terceira classe e começou a entrar no vagão seguinte, mas então parou e olhou para cima. Havia degraus aparafusados à lateral e de repente ela ergueu Marlowe e subiu com ele até o teto do vagão.

Ali era tudo céu e luz ofuscante. A força do vento a deixou sem ar. Seu casaco comprido voava atrás dela, enroscando-se em suas pernas. Ela estava de quatro, Marlowe pequeno e protegido embaixo dela. Charlie se arrastava ao lado dela, a boca aberta ao vento.

— A locomotiva! — gritou ela. — Precisamos ir até a locomotiva! Precisamos parar o trem!

Charlie assentiu.

O teto era de madeira, preso com pregos, e inclinava-se loucamente. Alice não tinha avançado mais do que uns poucos metros quando o garotinho se imobilizou.

A essa altura, estavam cruzando um rio. A água brilhava feito prata lá embaixo, de ambos os lados, e a maneira como a luz se refletia na superfície fazia sua cabeça girar. Havia a mancha marrom de uma cidade, a distância, a leste. O menino tinha os olhos fechados com força e estava enroscado no braço de Alice, de modo que ela não conseguia se mexer.

— Marlowe! — gritou ela no ouvido dele. — Temos que continuar!

Ela pensou ter ouvido a porta bater lá embaixo. Olhou para trás, apavorada, mas não viu nada. Talvez fosse Coulton, pensou.

Charlie estava a uns três metros à frente deles agora, agarrando-se ao teto, a cabeça baixa, como se se protegesse de uma chuva forte de vento. Muito lentamente, com grande esforço, ela foi empurrando Marlowe adiante, centímetro a centímetro. Coulton estaria procurando por eles lá embaixo, nos vagões, a essa altura. Coulton, ou Jacob Marber. Ela empurrou Marlowe adiante mais um pouco. Quando levantou o rosto e estreitou os olhos, viu que estavam talvez no meio do vagão. Havia dois outros à frente, e depois vinham o vagão de carvão e a locomotiva.

— Vamos — sussurrou.

E então tornou a olhar para trás. O que a fez se virar? Ela olhou para trás e o que viu a fez ficar paralisada e envolver o menino com um braço protetor.

Era Jacob Marber. Ele havia subido no vagão errado e se equilibrava apoiado em um dos joelhos com seus sapatos que escorregavam, logo após o espaço entre os dois vagões, o casaco preto fustigado à sua volta, o rosto e a barba voltados para baixo, por causa do vento. Ele estava inclinado para a frente, os braços estendidos para se equilibrar. Fumaça em forma de fitas soltava-se de seu corpo. Alice o olhava, horrorizada. Não havia nada nos olhos do homem que ela pudesse ver, absolutamente nada, nem malignidade, nem fúria, nada. Apenas dois poços gêmeos de escuridão, devorando a luz, sem refletir nenhum brilho.

E ficou ajoelhado ali, sem chapéu, observando-a, sem pressa.

E ela soube: Coulton estava morto.

Ninguém viria ajudá-los.

* * *

Na beirada do teto do vagão postal, Brynt deslizou bruscamente e começou a cair. Mas conseguiu agarrar a grade e içou o corpo de volta. Tinha perdido o gorro. Uma de suas luvas de pelica tinha se rasgado. As saias volumosas voavam loucamente ao vento. Ela fez uma pausa antes de descer na plataforma de engate entre os vagões, e naquele momento viu a porta do vagão postal deslizar para trás, e alguém — alguma *coisa* — saltar para fora.

O que era aquilo? Sem camisa, pálido, coberto de sangue. Seus dedos pareciam longos demais para o corpo. Ela não conseguia ver seu rosto claramente até que ele girou o corpo para poder abrir a porta do vagão seguinte, e então ela vislumbrou as maçãs do rosto muito angulosas, os olhos escuros. O sangue cobria-lhe os lábios, o queixo e a frente da calça.

Tudo isso ela viu em um instante, num piscar de olhos, agachada na beirada do teto, antes que a criatura se fosse, deslizando para dentro do vagão de bagagem, desaparecendo.

Marlowe!, ela pensou em desespero.

Chegara tarde demais. Ele o havia encontrado. Ela desceu com tudo, o coração batendo forte, e irrompeu no vagão postal, procurando a criança. Por toda parte se via uma confusão de papéis rasgados e caixotes espalhados pelo chão e estantes e prateleiras caídas; seus olhos examinaram todo o cenário rapidamente e então na parte de trás do vagão ela vislumbrou uma figura pequena e prendeu a respiração.

Não era ele.

Era uma mulher. Mas não a detetive do circo, a que levara Marlowe, que tinha prometido mantê-lo em segurança. Essa mulher era de meia-idade, vestida com trajes pretos, de viúva, agora muito rasgados, os braços e o rosto selvagemente retalhados. Ela havia sido cortada na barriga e no peito, e seu rosto estava de tal forma ensanguentado que não era possível reconhecê-la. Brynt se ajoelhou ao lado dela, as mãos pairando ansiosamente no ar, com medo de tocá-la. A mulher ainda respirava, mas fracamente. Brynt correu os olhos pelo vagão. Havia um segundo corpo, a alguns metros de distância, com os braços abertos. O corpo do funcionário dos correios. Mas nenhum sinal de Marlowe.

Ela virou a cabeça sombriamente.

E olhou na direção que a criatura tinha ido.

Alice olhou para trás dela, o vento do teto em seus ouvidos, tentando fazê-la se soltar, ameaçando fazê-la perder o equilíbrio.

Jacob Marber ainda não havia se mexido. Não tinha se levantado, nem avançado, nem tentado transpor o espaço entre os vagões, nada; ele apenas se mantinha meio ajoelhado ali, com os olhos mortos fixos nela e a cabeça abaixada contra o vento. Era como, ela pensou de repente, apavorada, como se ele estivesse esperando alguma coisa. Ou alguém.

— Srta. Alice! — gritou Charlie de onde estava, mais à frente. — Srta. Alice, depressa!

Ela não sabia como conseguiu fazer o que fez em seguida. Mas pegou Marlowe em seus braços, ficou de pé e correu de encontro ao vento, suas botas ressoando no teto de madeira, um ombro inclinado para a frente para proteger o menino do estrondo do vento e do trem.

Ela correu por toda a extensão do vagão do trem e não parou no vão, mas o saltou em alta velocidade e aterrissou deslizando no teto do vagão seguinte. Charlie já estava lá, estendendo a mão para ela, ajudando-a a se levantar. Ela olhou para trás.

Jacob Marber agora estava de pé, caminhando lentamente para a frente. Ele era magro como uma sombra, todo escuro. Parecia não pular entre os vagões, mas simplesmente tirar o pé da borda de um e pôr na do outro. E Alice viu outra coisa, algo pior.

Uma mão longa e branca havia aparecido sobre a beirada do teto, ao lado de Jacob Marber. Depois, uma segunda. Era o suctor. Ela subiu para o teto, se arrastando, e então ela viu os dois juntos, aterradores, um sem pelos e cinza como um verme, ambos monstruosos, ambos cruéis.

Eles não se entreolharam; não fizeram nenhum sinal, não trocaram nenhuma palavra. Era como se eles *soubessem*. Jacob Marber mantinha os braços ao lado do corpo, aquela fumaça densa e sinistra desprendendo-se dele e flutuando para trás. E agachado ao seu lado, de quatro, como uma aranha, malformado, Walter Laster a encarava. Sem camisa, descalço no vento gelado. Walter era impossivelmente pálido, e o rosto e o torso estavam manchados de sangue. Ele abriu a boca, mostrando dentes longos como espadas.

Alice procurou Charlie. Ele tinha as mãos sobre os ouvidos, e olhava em absoluto terror.

— Não não não não não — ele murmurava. Ela podia ver o formato de seus lábios, mas não conseguia ouvir nada acima do vento.

E foi aí que o suctor — Walter — começou a avançar.

Ele vinha devagar de início, com leveza, como se o vento não fosse nada para ele, como se andar ao longo do teto de um trem em alta velocidade não fosse nada. Alice podia ver suas longas garras se firmando, criando faíscas quando ele as cravava nas corrediças de ferro que prendiam os beirais no lugar, deslocando-se com rapidez para a frente. Ela empurrou Marlowe para trás de si, pegou seu Colt Peacemaker e ajoelhou-se em busca de equilíbrio.

Walter veio, cada vez mais rápido, como um sinistro cão branco.

Ela engatilhou o revólver.

Tinha descarregado a arma no mestre dessa criatura sem obter nenhum efeito; tampouco achava que as balas funcionariam em Walter. Mas ai dela se não tentasse. Sabia que tinha de esperar até que ele estivesse bem perto. Teria apenas uma chance. Seu coração estava calmo. Ela mirou.

Walter estava diminuindo a distância rapidamente, e ela podia ouvir agora o ruído de suas garras, raspando e estalando à medida que ele se lançava para a frente. Jacob Marber continuava lá atrás, como se estivesse paralisado, apenas observando. Alice relaxou a respiração.

De repente, a criatura saltou velozmente sobre o espaço entre os vagões. Porém, antes que pudesse aterrissar do outro lado, enquanto ainda estava, de alguma forma, em pleno ar, algo agarrou seu pé, e ele se virou de lado, então balançou descontrolada e violentamente para trás, indo chocar-se contra o teto do vagão de onde tinha acabado de sair.

E então Alice viu uma forma enorme erguer-se daquele espaço. Uma mulher, com sangue nos olhos, as saias voando. Uma mulher enorme e de aparência poderosa.

Marlowe gritou.

— Brynt! Brynt! — chamou ele. E a mulher enorme girou, procurando a voz, a trança grisalha voando, e Alice a reconheceu, a mulher do circo, a mulher tatuada, a protetora de Marlowe.

O suctor se debatia violentamente na mão dela, esperneando, atacando com as garras. Alice o viu se contorcer e escalar o braço da mulher, rápido como mercúrio, fluido como uma doninha, subir nas costas dela e começar a atacá-la com as garras. Alice podia ver pedaços de carne saindo das mãos da criatura e a mulher grande se contorcendo, estendendo a mão, tentando agarrar a coisa. Então ela conseguiu, e o puxou por cima da cabeça, esmagando-o no teto. Mas, quando ela se inclinou para trás, ele estava agarrado ao seu braço, e veio com ela, os dentes estalando. Ele soltou-se dela, saltando para a frente, como se quisesse chegar a Marlowe, e a mulher enorme, Brynt, se jogou para a frente e novamente o pegou pelo tornozelo.

Alice tentava obter uma visão desobstruída da criatura, mas não conseguia. Então a mulher levantou o rosto e olhou para Alice. Seus olhos se encontraram por apenas um instante. Não havia nada em seu rosto, nenhuma expressão. O suctor se contorcia, tentando mordê-la e se libertar. A mulher grande o agarrou pela perna com a outra mão também, não se segurando mais em nada, e jogou todo o seu peso para o lado.

— Não! — gritou Alice.

Por um longo e impossível momento, o suctor continuou se segurando no trem. A mulher, Brynt, batia violentamente na lateral do vagão. O suctor rosnava e olhava para o menino com desespero, mas o peso de Brynt era demais, então a criatura que era Walter Laster foi arrancada do teto e os dois, mulher e suctor, foram arremessados por cima do vão entre os vagões e se foram.

— Brynt! — Marlowe estava gritando. — Brynt!

Alice agarrou o menino, que se debatia em seus braços.

Em meio aos seus cabelos soprados pelo vento, ela viu Jacob Marber caminhando agora sobre o teto do vagão, decidido, veloz, vindo para cima deles. Uma escuridão encobriu o sol.

Margaret Harrogate abriu os olhos em agonia.

Cada parte de seu corpo doía. Havia papel rasgado grudado no sangue em suas mãos e em sua barriga e alguma coisa estava errada com suas pernas. Ela tentou se levantar, oscilou, caiu. Tentou novamente. Gemeu e olhou, tonta, à sua volta.

Walter não estava mais ali.

O vagão estava silencioso. Na penumbra, ela podia sentir através do piso os vagões traseiros chacoalhando velozmente sobre os trilhos. Ela se pôs de joelhos, as mãos segurando a barriga, então se levantou. Cambaleou em direção à porta. Precisava encontrar Walter. Tinha de avisar Coulton, avisar as crianças.

De alguma forma ela transpôs o engate, passando para o vagão de bagagem. Ali também reinava o caos. E, de alguma forma, ela conseguiu atravessar o vagão cambaleando, um caminho lento e agonizante, transpôs mais um engate, em meio ao vento rugindo, e entrou no corredor lateral do vagão onde ela havia drogado e amarrado Walter, na estação envolta em nevoeiro em Londres.

Isso parecia ter acontecido uma vida atrás. O vagão em que se encontrava agora estava em ruínas. Portas quebradas, arrancadas das molduras, vidraças estilhaçadas. O vento o atravessava, assoviando. Havia corpos caídos no corredor, gargantas abertas, sangue viscoso e preto no chão. Na metade do vagão, ela deslizou em alguma substância coalhada e por pouco não caiu, conseguindo se segurar e ofegando de dor.

Alguns dos que estavam caídos ali não estavam mortos e gemiam ou choravam baixinho quando ela passava. No entanto, ela não parou, não podia parar, não até chegar ao vagão de terceira classe lotado e vislumbrar as fileiras de passageiros ainda em seus assentos, asfixiados, os rostos sugados e cinzentos, os olhos saltando das órbitas, alguns deles ainda segurando seus pertences junto ao peito.

Encontrou Coulton de bruços no corredor, a pele branca, lívida, enrugada, como a de uma mão deixada muito tempo no banho, como se todo o sangue tivesse sido drenado dele.

— Ah não, não, não, não — sussurrou ela, aninhando a cabeça dele em seu colo. O sangue de suas próprias feridas estava grudando na pele dele, no rosto. Ela fechou-lhe as pálpebras, deixando uma impressão digital de sangue em cada uma delas. Foi quando ouviu um ruído sobre sua cabeça, de algo raspando no teto, e olhou para cima, sem entender, e alguma coisa desabou com força, o vagão estremeceu, oscilou de um lado para o outro, e então entendeu. Eles estavam no teto.

Ela tornou a se levantar dolorosamente e seguiu para a plataforma. O vento a fustigou. Avançou com dificuldade para o próximo vagão, agarrou a grade com força, de dentes cerrados, e olhou para cima. Podia ver Walter, tentando alcançar alguém com as garras, uma mulher enorme, cujas saias rasgadas voavam em torno dela com o vento. Ouviu Alice Quicke gritando do alto do vagão seguinte e tentou pensar.

Então seus olhos pousaram no engate entre os vagões, a corrente chacoalhando ali.

Aquela era, ela sabia, a única chance deles. Então ela se inclinou para fora e tentou desatarraxar o tensor, que não se moveu, nem um só milímetro. Os vagões estavam rangendo e chacoalhando juntos, os dormentes passando rugindo embaixo dela, em um borrão. Ela ouviu Walter correndo lá em cima, ouviu a estranha grandalhona gritar, e então os dois caíram da lateral do teto, e Margaret arquejou de dor e caiu para trás.

Não adiantava.

Ela sentia os cortes em sua barriga. Havia sangue na frente de todo o seu corpo. O vento soprava em seus ouvidos e em seus olhos, que ardiam.

E naquele momento, como se estivesse muito distante, Margaret Harrogate lentamente cerrou os dentes, tornou a se levantar, inclinou-se para fora do vagão e puxou o engate com todas as suas forças.

Alice puxou o gatilho.

Ela viu a bala entrar em Jacob Marber, acertá-lo em cheio no peito, viu quando ele estremeceu e girou de lado no vento, então se endireitou e continuou andando, sem parar, rapidamente, na direção deles.

Ela disparou mais uma vez, e outra, descarregou a arma, e a cada vez a bala parecia acertá-lo e ser absorvida por sua essência escura, simplesmente atravessá-lo, de alguma forma, embora isso não fizesse nenhum sentido e infringisse todas as leis da natureza em que Alice já havia acreditado. Marber nunca reagia, apenas continuava se aproximando, o ar escurecendo diante dele.

Charlie havia rastejado até a extremidade oposta do teto, agarrando-se ali, e gritava para ela. Alice tentou empurrar Marlowe para que o seguisse, mas o menino não ia, apenas a olhava, o rosto tranquilo. Era como se alguma coisa houvesse acontecido dentro dele depois de ver aquela mulher, Brynt.

— Vai, Marlowe — gritou ela. — Vai com Charlie! Vai!

Ela olhou para trás, para Jacob Marber. E foi então que viu: uma foice longa e curva feita de escuridão, como um tentáculo de fumaça, erguendo-se do monstro e lançando-se adiante, em sua direção. Ela não conseguiu sair do caminho a tempo, e sentiu algo perfurar o lado do seu corpo, trespassar suas costelas com uma dor lancinante, e em seguida foi impossivelmente erguida no ar e mantida suspensa ali no vento forte, empalada por aquela escuridão.

A dor era maior do que qualquer outra que já sentira. Ela estava se agarrando à escuridão, cravando-lhe as unhas, ofegando. E nesse momento Marlowe ergueu as duas mãos e as pousou nas costelas dela, os polegares dobrados para dentro, subitamente reluzentes. Sua pele estava azul, transparente, mais brilhante do que ela já tinha visto. Alice sentiu a ponta maligna da foice sair de seu corpo, e de repente ela desabou no teto, encolhida. A escuridão, o que quer que fosse, agora girava em torno de Marlowe, sendo sugada para o lado pelo vento, mas se refazendo e espiralando por toda parte. E ele simplesmente ficou parado no meio dela, as mãos para cima, o rostinho voltado para Jacob Marber.

Marber estava quase na beirada do teto, quase no vão, a menos de cinco metros deles. E Marlowe de repente estendeu as duas mãozinhas, tão pequenas, indefesas, como se quisesse advertir o monstro para que recuasse, como se o mandasse parar.

Alice olhava, atordoada. E a escuridão que o circundava de uma só vez se arremessou em direção a Jacob Marber, e o cercou, e debaixo dela toda a escuridão estava de alguma forma reluzindo com aquele mesmo azul brilhante — até que o homem se perdeu completamente na luz e havia apenas o vago contorno de uma figura, debatendo-se ali, como se estivesse presa em âmbar azul.

E então Marlowe desmaiou.

Ouviu-se um baque alto, e a luz azul formou um arco e desapareceu, e Jacob Marber, de joelhos, ergueu o rosto lentamente. Seus olhos pareciam estar sangrando, vertendo escuridão. Sua expressão estava retorcida em um ricto de dor e fúria. Ele se levantou. Alice rastejou para a frente, a lateral do corpo queimando de dor, e aninhou o menino em seus braços.

Foi quando, de repente, com um guincho lento, que o espaço entre os vagões começou a se alargar, a distância a aumentar, e ela pôde ver os trilhos passando velozes no chão, e a metade de trás do trem soltava faíscas, desacelerando e se afastando deles.

Alice se agachou no telhado, segurando o garotinho nos braços, os cabelos fustigando seu rosto. Lá atrás nos trilhos, no teto do vagão, Jacob Marber permanecia os encarando, imóvel, enquanto a escuridão girava em torno dele como um enxame de abelhas. Ele observava, apenas observava, enquanto eles avançavam velozes, e durante todo o tempo em que se manteve à vista pareceu a Alice que ele não se moveu, até que finalmente desapareceu de vista, e o trem continuou avançando para o norte, para a Escócia.

O Desaparecimento de Jacob Marber

1873

12

KOMAKO E TESHI

Na noite antes de Komako Onoe — nove anos, modeladora do pó, criança bruxa e irmã de uma menina moribunda — conhecer Jacob Marber em carne e osso e testemunhar algo extraordinário, algo que mudaria sua vida para sempre, ela primeiro se deitou com a irmã caçula no tatame delas e rezou.

Rezou para qualquer deus que pudesse escutá-la: *Salva minha irmã, por favor*.

Era o mês de *hazuki*. Toda a Tóquio estava quente e abafada. O pulso de Komako e a sombra dele se elevaram e pairaram diante da lanterna, geminados e estranhos, ali no brilho do braseiro e na escuridão do chão do quarto da doente.

— Me mostra, Ko — sussurrou a irmãzinha, se remexendo, os olhos brilhantes. — Me mostra de novo. Me mostra a menina no pó.

As vigas de carvalho do teatro rangiam em torno delas. Pelas venezianas, riquixás passavam, barulhentos, pelas ruas de madeira do bairro antigo.

Komako não achava que daria tempo. O terceiro ato já estava na metade e, se os assistentes de palco as surpreendessem ali embaixo, elas seriam repreendidas, surradas ou pior. Ela conhecia o *kabuki* e o temperamento de seus atores assim como outras meninas conheciam caligrafia e etiqueta. Mas ela puxou a tela de volta com um clique suave e desceu devagar, de chinelos, até o alçapão que ficava atrás das cordas e roldanas, sua irmãzinha se levantando do tatame, tênue como fumaça, para segui-la.

Ninguém as viu sair. A escuridão sob o palco era sufocante e quieta. Ela esperou que a irmã estivesse no fundo do vão sob o piso e então tornou a subir e puxou a corda trançada do alçapão para fechá-lo. Por entre as ripas chegava o canto do fantasma, o bate, arrasta, bate do *kabuki*. A luz alaranjada vinda do palco caía em listras sobre seu rosto e suas mãos enfaixadas.

Ela podia ouvir o farfalhar do *obi* de sua irmã arrastando no pó, e parou e se virou.

— Teshi — sussurrou ela. — Teshi, você precisa descansar?

Mas a irmã, de cinco anos, teimosa, apenas fechou o rosto pálido e passou engatinhando.

Elas encontraram a caixa de papel entre pilhas de acessórios teatrais e antigas máscaras, bem lá no fundo. Estava cheia de um pó cinza sedoso, cuidadosamente recolhido por Komako. Ela desenfaixou as mãos, cuja pele estava rachada e vermelha.

Havia um velho espelho coberto, que ela descerrou e pousou no chão para usar a superfície lisa. Em seguida, se ajoelhou e virou sobre ele o pó, numa pilha que fumegava lentamente; então fechou os olhos, esperando a quietude chegar. Ela podia sentir o suor escorrer por suas costelas. O pó era frio ao toque e logo esfriou ainda mais. Uma sensação de frio irradiou da palma das suas mãos e ela mordeu o lábio ao sentir sua rapidez. Então foi dominada. A dor entrou pelos ossos dos pulsos, pelos cotovelos. Ela virou as mãos devagar, e devagar o pó também virou, ondulando pelo espelho escuro, e seu reflexo e o de sua irmã estremeceram e se dissolveram no pó espiralado. Komako não conseguia sentir os braços. O frio estava chegando ao seu peito. Ela abriu os olhos e moldou o ar, gentil e suavemente, enquanto o pó se reunia na forma de uma pequena silhueta, semelhante a uma boneca, que fez uma reverência com a cabeça pequenina para Teshi, e ela ouviu a irmã rir de leve.

— Faz ela dançar, Ko — sussurrou a irmã.

E Komako, mexendo os dedos como um manipulador de marionetes, fez a criaturinha de pó dançar sobre o vidro do espelho, as mãos recatadamente unidas, as pernas movendo-se para a frente e para trás, dobrando-se numa perfeita imitação de uma princesa do *kabuki*.

Na penumbra, ela ouviu uma alteração na respiração da irmã e olhou para ela. Os olhos de Teshi estavam escuros e grandes. Os lábios pareciam muito vermelhos.

— Teshi? — sussurrou Komako, preocupada, o cabelo úmido colado em suas têmporas. Ela deixou o pó rodopiar e cair de volta numa pilha macia e inerte. Suas mãos latejavam. — É melhor voltarmos, agora. Você precisa descansar.

A irmãzinha estava oscilando, fraca, como se fosse cair.

— Ah, Ko, tá frio — murmurou ela, a pele branca quase brilhando no escuro. — Por que tá tão frio?

Gekijo mausu, era como as duas irmãs eram chamadas. *Ratinhas do teatro*. O Ichimura-za erguia-se no populoso bairro Asakusa Saruwaka-cho fazia quase vinte anos, resplandecente com a chama das lanternas, famoso em toda a Tóquio pelo seu *kabuki*. As duas meninas moravam ali e à noite e cuidavam dos acessórios e mantinham as portas trancadas, os braseiros frios e as velas apagadas. O teatro tinha sido completamente destruído por um incêndio em 1858, e o medo do fogo ainda era real numa cidade feita de madeira e papel. Depois que o antigo mestre se aposentou dos palcos, seu filho Kikunosuke manteve as meninas lá. Elas continuavam sem receber nenhum pagamento, mas comiam o que os atores deixavam, bolinhos doces de arroz, tigelas de caldo pela metade, um bolinho frito nas noites de sorte. Nas manhãs de inverno, as duas se encolhiam junto a um braseiro de carvão enquanto cortinas de chuva varriam as fachadas das lojas na rua e o teatro estalava, vazio, ao redor delas, que imaginavam que eram as únicas pessoas no mundo inteiro. Porque seus olhos redondos e a pele clara as distinguiam dos outros. Elas eram *hafu* e não pertenciam a lugar nenhum e a ninguém. Muitas eram as vielas em que não passavam por causa das crianças de rua que lhes atiravam pedras e as perseguiam. Sim, elas sabiam como o mundo podia ser, conheciam sua crueldade. A justiça só existia no palco. Seu pai voltara num navio para o país dele, no longínquo Ocidente, quando Teshi ainda estava no útero, e quando o trabalho escasseara, sua mãe, desesperada, amarrara Teshi às costas, tomara Komako pela mão e seguira para o norte, mendigando, até Tóquio. Aquela era a lembrança mais antiga de Komako, cruzar os grandes portões da cidade debaixo de chuva.

A mãe delas era filha de um calígrafo pobre, havia muito falecido; ela também havia morrido de uma febre no abrigo público apenas dois anos depois do nascimento de Teshi. Komako se lembrava muito pouco da mãe. A maciez de seus cabelos à luz das velas. Uma tristeza vincando seus olhos. Histórias que ela costumava contar algumas noites sobre os *yōkai* e o mundo dos espíritos e sobre o pai das meninas, alto, barbudo, de cabelos alaranjados como um dragão. Tudo aquilo desbotara com os anos. Komako não sabia mais o quanto do que lembrava era real. Mas contava a Teshi que a mãe delas a tinha aninhado à noite num gigantesco sapato de madeira e tinha cantado para ela, seu grilinho, e ela procurava no rosto da irmã, sob o luar, o sonho que devagar ia tomando conta de suas feições. Às vezes contava como ela, Komako, com apenas cinco anos, tinha carregado Teshi pelas ruas chuvosas, dia após dia, e se esgueirado para dentro de um teatro para se aquecerem; elas se agacharam nos fundos do teatro, escutando o *kabuki*, e, quando a apresentação chegara ao fim, ela se escondera debaixo de um banco e mantivera a irmã quietinha colocando um dedo em sua boca. Quando foram apanhadas, ela se agarrou a Teshi, gritou e chutou o assistente de palco que estivera varrendo a casa, mas foi arrastada para os bastidores mesmo assim. O velho mestre ficou sentado, totalmente imóvel com sua maquiagem branca, olhando as duas fixamente. Não perguntou nada. Com a peruca já removida e as grandes dobras de seus trajes se espalhando ao seu redor, ele lhe parecera um demônio vivo, e Komako tinha ficado apavorada. Por fim, o mestre soltou um grunhido e alisou as suíças.

— Este é seu irmão, ratinha? — perguntou ele, com sua voz grave e arrastada.

Komako abraçou a irmã mais apertado.

— Irmã, senhor — sussurrou ela.

— Hum — murmurou ele, olhando para o assistente de palco ajoelhado junto da tela. — Já existem ratos aqui nas paredes. Não creio que mais dois façam diferença.

— Você não deve falar sobre isso nunca — ela costumava dizer à irmãzinha. — Sobre o que eu sei fazer. Nunca.

— Mas e se isso ajudar as pessoas? E se acontecesse um incêndio e você pudesse salvar alguém?

— Como eu poderia salvar alguém?

— Você poderia apagar o fogo. Com o pó.

Ela sacudiu a cabeça com firmeza.

— Não é assim que funciona, Teshi. E eles não entenderiam, ficariam com muito medo.

Komako dizia isso em parte porque ela mesma tinha medo. Aquilo era uma espécie de defeito seu e que nunca tinha deixado de ser uma parte dela. Mesmo quando muito pequena ela a temia, temia a porta em sua mente, a porta para a escuridão. Era assim que ela imaginava. Se mantivesse a palma das mãos sobre o pó, aquela porta se abria dentro dela, e a puxava para dentro, e ela ficava parada, tremendo, num breu absoluto, girando os pulsos cegamente, o sangue pulsando alto em seus ouvidos enquanto o frio fincava os ganchos em sua carne. O que ela sabia fazer não era bruxaria; o pó era como uma coisa viva. Durante anos acreditara que ele era uma parte do mundo dos espíritos que ela estava vislumbrando, mas não havia beleza naquilo, e, portanto, não podia ser isso. Seu dom só funcionava com pó, não com areia nem com terra. Mas com o pó ela podia girar, subir, virar e dar vida, criando fitas prateadas na escuridão, flores de cinzas, e quanto mais velha ficava, mais controle tinha. Os olhos da irmãzinha sempre brilhavam, e a menina segurava a barra de seu quimono puído e ficava olhando. Komako também olhava, quase como se não fosse ela quem estivesse fazendo aquilo, quase como se o pó tivesse vontade própria, e as duas meninas só vissem o que o pó queria que elas vissem.

— Como é, Ko? — sussurrou Teshi uma noite. — É muito horrível pra você?

Komako passou os dedos rachados pelos cabelos da irmã. Seus dedos estavam vermelhos e doloridos o tempo todo e ela os envolvia em faixas de linho para ocultar sua aparência.

— Imagine uma escuridão — murmurou ela. — Imagine que essa escuridão está dentro de você, mas não é parte de você. Você sente que ela está ali. Está sempre à espera.

Teshi estremeceu.

— Isso assusta você?

— Às vezes. Nem sempre.

Mas Teshi não entendia o que era medo, não de verdade. Komako sabia disso. A primeira vez que viu Komako manipulando o pó, ela deu gritinhos e risadas. Isso foi antes de começar a ficar doente. Tinha três anos e estava segurando uma maçã, e a fruta caiu no piso polido, mas Teshi continuou parada, perplexa, atenta, olhando para as mãos de Komako, para as formas intrincadas que elas criavam no ar, para o pó em sua dança, e então ela abriu um sorriso imenso e bateu palmas e gritou.

— Komako, Ko! Olha o que você sabe fazer!

Para ela, o dom de Ko era *brincadeira*.

Tudo era brincadeira. Ela enfiava o rosto pela parede onde Komako se acocorava sobre o penico, fazendo xixi, e ria. Ou empilhava caixas na sala dos atores no andar de baixo e subia, balançando, e se esticava para enfiar os dedos pelas rachaduras no teto e mexê-los fantasmagoricamente ao lado do tatame da irmã, até que Komako os via e gritava.

Quando a doença chegou, foi muito lentamente, e de início elas pensaram que Teshi estava apenas cansada, e depois que ela tinha pegado um resfriado no ar do outono, e que logo ia passar. A irmãzinha não sentia nem um pouco de medo. Mas Komako, sim; quase sempre sentia medo, principalmente pela irmã, que parecia tão pequena, preciosa e frágil. A menina ficava deitada acordada, tossindo, o sangue salpicando seus lábios, a pele cada vez mais branca. Komako a levou ao médico português na clínica gratuita, mas ele não pôde ajudá-la. Ela procurou a bruxa no bairro antigo, três vezes, a bruxa que acalmava os *yōkai* zangados, que se lembrava dos métodos antigos, mas aquela bruxa só deu a Teshi um pacote com musgo seco e mandou que ela tomasse toda noite quando a lua estivesse nascendo, e não adiantou nada.

— Você tem que me pagar mais — disse ela, agarrando o pulso de Komako —, se quiser que os espíritos escutem você. Precisa me mostrar alguma coisa rara.

Disse aquilo como se soubesse o que Komako sabia fazer, como se suspeitasse.

Depois disso Komako tinha mantido Teshi longe da bruxa. Mas então, naquela terrível noite de verão, havia exatamente um ano, a pele de Teshi queimara e seus olhos se reviraram para dentro, e, nos braços de Komako, ela ofegava, incapaz de respirar, até ficar imóvel. Komako levara os punhos aos próprios olhos, as lágrimas escorrendo pelo rosto, e *rezara* — rezara para os mortos, para o espírito de sua mãe, para qualquer força que houvesse — para que a irmã não morresse.

Isso aconteceu no minúsculo quarto delas no alto do teatro, tarde da noite, sozinhas, e Komako tinha sentido o frio formigar em seus pulsos e subir pelos braços e começar a doer e a latejar. Não tinha nada a ver com o pó, com coisa nenhuma. Ela apenas havia segurado a irmã perto do braseiro, sentido a irmã estremecer em seus braços como uma asa aprisionada, e rezado.

E Teshi não morreu. De algum modo, ela não morreu. Mas depois daquela noite algum fogo se apagou dentro dela, e sua pele empalideceu, até parecer quase translúcida, e seus lábios ganharam um tom vermelho escuro, cor de sangue. Três linhas finas surgiram em seu pescoço, como colares de sangue. Às vezes Komako acordava e a encontrava em pé na escuridão, confusa, olhando para o tatame como se tentasse lembrar alguma coisa importante. Uma silhueta branca, parecendo estranha e sobrenatural, à luz do luar. Mais espírito que carne.

E ela sentia frio, dizia, o tempo todo, muito frio.

A pele era gelada como os mortos, pensou Komako.

Esse foi o verão em que o cólera arrasou o bairro antigo. Veio com fúria e desapareceu com as chuvas do outono, mas voltou novamente no verão seguinte, levando os mortos a serem empilhados como madeira cortada nas ruas abafadas, as lojas a ficarem vazias e os sobreviventes de olhos fundos a queimarem incenso para apaziguar qualquer que fosse o espírito furioso que estava matando seus entes queridos.

Um ano de medo. Teshi começou a andar à noite, sonâmbula, ao que parecia, se é que ela dormia, andando de um lado para o outro pelo piso escuro e polido do teatro, descalça. Certa noite, Komako pegou a irmã parada na porta escura que dava para a rua, olhando sem ver a noite, o ar quente a envolvendo. Semanas depois, Teshi, sozinha, seguiu para os becos, passando pelos antros de jogo, e parou junto aos mortos infectados, que jaziam sob as poças de luz criadas pelas tochas. Murmurando para si mesma sobre uma porta, uma porta que ela não conseguia abrir. Komako havia acordado e encontrado a porta escancarada, e saíra correndo pelas ruas, indo encontrá-la assim. Então jogou um cobertor sobre os ombros da irmã e a levou para casa. Havia trabalhadores e figuras de luto à luz do fogo, observando. De manhã alguém pintou os ideogramas da palavra "pragas" na porta do teatro com tinta vermelha. Duas noites depois, um bilhete dobrado foi entregue ao Mestre Kikunosuke, após uma apresentação tardia, avisando sobre a criança demônio, e depois disso Komako viu o que todos viam, até mesmo os ajudantes de palco, até os atores que conheciam Teshi desde que ela era um bebê.

— Amaldiçoada — sussurravam eles. — A doença vem à noite, andando em duas pernas, chorando como uma criança.

E era verdade, Komako sabia que era verdade, que Teshi estava mesmo diferente. Ela mal dormia, não comia nada, ficava em silêncio às vezes durante dias. Não era o cólera que estava nela. Mas o que quer que fosse, Komako finalmente cedeu aos seus próprios medos e mandou uma mensagem para a bruxa, oferecendo a única coisa que podia em troca: o segredo do pó.

Três dias ela esperou por uma resposta e, quando veio, era um papel dobrado entregue por um garoto nervoso com a calça rasgada. Nada mais do que uma simples palavra.

Venha.

E ela foi, ela saiu com a irmã, nas ruas perigosas, em meio à doença, pela primeira vez em meses. Uma chuva morna caía. Ela conduziu Teshi pelo beco e cruzou uma rua calçada de pedras cheia de riquixás abandonados e então por outro beco, adentrando o bairro pobre. Havia mortos amontoados em carroças, um fedor de doença e miséria. Andavam devagar, os *geta* de madeira afundando na lama. A irmã, agasalhada e coberta para esconder sua aparência, tossia uma tosse molhada.

Os becos dos pobres eram estreitos, úmidos e cheios de oficinas. A água pingava de beirais inclinados. Nas sombras, figuras pausavam seus trabalhos para observar as garotas passando.

A casa da bruxa era uma construção que havia muito estava em ruínas. Era cercada por um emaranhado de bambu anão nos fundos de um terreno baldio. As janelas superiores, compridas e baixas, no estilo antigo, estavam todas fechadas por tábuas. Havia telhas faltando. Havia persianas de bambu amarradas tortas sobre os beirais de uma varanda larga e, quando as meninas a cruzaram, a madeira rangeu e estalou com o peso delas.

Elas se detiveram na escuridão sem porta.

— Senhora? — chamou Komako.

A irmã tossiu ao lado dela.

— Senhora, olá? A senhora está aqui?

Houve um movimento lento na escuridão lá dentro. Um adejar, como de asas. Komako sentiu a irmã se aproximar ainda mais dela.

— Não pensei que você voltaria — disse uma voz. Era suave, quase bonita. — O que você me trouxe, *on'nanoko*?

Komako se ajoelhou, desamarrou uma trouxa que trazia às costas e a dispôs diante da escuridão. Lentamente ela a desembrulhou. Era a caixa de papel contendo o pó sedoso, levada do teatro. Ela reluzia, prateada e preta, na soleira da casa e, quando Komako recuou, a luz refletida cintilou, vacilou e se foi.

— Mais perto — disse a voz. — Traga mais perto. Meus olhos não são mais os mesmos de antes.

Komako levantou-se então e levou a caixa para a escuridão quente. Seus olhos se ajustaram. Ela transpôs o limite da sala de recepção, ajoelhou-se e, com o rosto úmido abaixado, avançou de joelhos e colocou a caixa de papel diante da figura cinzenta.

A bruxa não tocou na caixa.

— Isso — disse baixinho. — Ótimo. Eu não sei o que pode ser feito por sua irmã, mas vou tentar. Você entende?

Komako assentiu.

— Traga o pó. — A bruxa levantou-se calmamente e as conduziu para a casa em ruínas. Ao longo de um corredor quente e abafado, Teshi agarrou a mão de Komako. Seus dedinhos estavam frios, as unhas afiadas, Komako podia sentir mesmo através das tiras de linho. A maioria das telas shoji dos biombos havia apodrecido muito tempo atrás e o vazio e a escuridão se abriam de ambos os lados à medida que elas avançavam. Havia um cheiro de vegetais azedos, de roedores. Adiante viram a luz do dia e então desceram para um jardim em um pátio interno. Apesar da chuva com névoa, o dia estava claro depois da escuridão da casa. O jardim já fora bonito, mas agora estava tristemente sufocado por ervas daninhas. Um memorial de pedra encontrava-se abandonado em uma rocha no meio de um lago verde, juncos crescendo ao redor dele e, um pouco mais adiante, uma passarela de madeira havia desmoronado. Elas passaram por tudo isso em silêncio, então subiram para uma varanda coberta e adentraram novamente a escuridão.

A bruxa não era velha. Seus cabelos eram bonitos e presos no alto, seguros com grampos de cabelo gêmeos, feitos de osso, que reluziam entre os fios, o *kanzashi* tão fino e branco quanto seu pescoço. Ela vestiu rápida e silenciosamente um *furisode* rígido estampado de flores e não se virou nem diminuiu a velocidade por causa das meninas. Komako ouvira dizer que ela ficara viúva por feito próprio, que fora desfigurada como punição por sua maldade e que vivia trancada naquela casa desde os tempos do xogunato. A menina se perguntou se alguma daquelas histórias era verdadeira.

A bruxa morava em dois quartos nos fundos da casa. Ela foi até um braseiro, aceso apesar do calor, pegou um cobertor, acendeu uma lanterna e a colocou ao pé de um tatame. Havia uma chaleira meio corroída, oculta em sombras no chão. Uma tigela de porcelana de escuridão mal era visível.

Ela se virou e ficou imóvel. Suas mãos se perdiam nas mangas compridas do *furisode*.

— Você levou a criança a um médico?

— Somos pobres, senhora.

— À clínica portuguesa, então.

Komako assentiu.

— Eles não conseguiram achar o problema — disse ela. — É um resfriado. E uma fraqueza. Ela fica cansada o tempo todo. E tá piorando.

A bruxa franziu a testa. Seus olhos, Komako viu, eram estranhamente vazios e sem expressão, como se fossem pintados.

— Você. Criança. Venha aqui, deite-se.

Teshi foi até ela e se deitou no tatame. A bruxa afastou-se, adentrando a escuridão, ficou fora por um longo tempo e, quando voltou, trazia uma bandeja de madeira nas mãos trêmulas. Suas tigelas e palitos de incenso e cera e a faca antiga com o cabo de osso chacoalhavam suavemente. Ela havia desenhado uma linha de cinzas na testa com um polegar enegrecido.

A bruxa pegou uma pedra branca e a pôs na palma da mão de Teshi, fechando o punho da menina em torno dela.

— Segure isto. Não a solte. Qual o seu nome, criança?

— Teshi Onoe.

— E qual a sua idade?

— Cinco, senhora.

— De onde você vem?

— Do bairro Asakusa Saruwaka-cho. Em Tōquio.

A bruxa estalou a língua.

— De onde você vem? — repetiu a pergunta.

Teshi hesitou. E olhou para Komako.

— Eu não...

— Do pó, criança. É de onde você vem. E é para o pó que você retornará. — A bruxa ergueu o rosto, tirando-o da escuridão. — E o que você está procurando? — sussurrou ela.

Teshi não disse nada.

A bruxa estendeu uma xícara de chá.

— Beba isto.

Teshi bebeu.

Então a bruxa se ergueu de joelhos e levantou os braços, fazendo com que suas mangas volumosas escorregassem para trás. Ela estava segurando dois blocos de madeira. Então bateu os dois com força sobre Teshi e uma nuvem de pó pálido rompeu a escuridão e se apagou. Ela caminhou ao redor da menina, batendo os blocos um no outro. Depois começou a cantar.

Era uma música diferente de qualquer outra que Komako tinha ouvido, sinistra e triste ao mesmo tempo. Os olhos de sua irmã ficaram pesados e depois se fecharam. Sua pele era como uma fornalha. A bruxa ficou quieta e acendeu um bastão de incenso, e o carvão traçou um arco vermelho no escuro. Em seguida, no silêncio, ouviram um clique suave.

A pedra branca havia caído da mão de Teshi.

— Assim deve ser — disse a bruxa baixinho.

Komako sentiu um medo súbito. Ela não sabia o que a bruxa queria dizer com aquelas palavras. As pálpebras de Teshi tremeram, sua respiração se acelerou. Komako estendeu a mão para a manga da irmã.

A bruxa não tirou os olhos de Teshi, ao dizer suavemente:

— O pó é o que anima o seu dom, *on'nanoko*. E esse mesmo pó está na sua irmã, deixando-a doente. Ela precisa lutar contra a natureza dele.

Alguma coisa se moveu na escuridão para além da segunda sala. Komako virou o rosto para lá, os pelos em sua nuca se eriçando.

— Tem alguém aqui?

A bruxa apenas gesticulou na direção da caixa de papel.

— O pó é atraído por ela por um motivo. Alguma coisa o atrai, aprisiona sua essência. Alguma coisa... extraordinária. Eu já ouvi falar disso, mas nunca vi.

— O pó — ecoou Komako, com medo.

A bruxa alisou sua *obi* nas sombras, atenta.

— Por favor — implorou Komako —, sou *eu*? Sou *eu* que estou deixando Teshi doente?

— Mas por que seria você, pequena? — perguntou a bruxa, em um tom de voz que sugeria que ela sabia muito mais do que estava revelando. — Mostre o que sabe fazer.

Komako desenrolou as mãos lentamente. As palmas estavam esfoladas e coçando. Ela não conseguiu controlar os tremores ao abrir a tampa da caixa.

— Não é sempre que funciona — sussurrou.

A bruxa se aproximou. Komako podia sentir o cheiro de leite azedo de sua pele. Ela hesitou, as mãos pairando sobre o pó ali dentro, a escuridão ali reunida.

— A senhora vai ajudar minha irmã? — perguntou ela corajosamente.
— A senhora precisa prometer.

A bruxa emitiu um som impaciente.

— Não é fácil, *on'nanoko*.

— Mas a senhora pode fazer *alguma coisa*? Me promete.

Uma sombra cruzou as feições da bruxa.

— Alguma coisa pode ser feita por ela, sim — afirmou a bruxa, escolhendo as palavras com cuidado. — Vou fazer o que puder. Isso eu prometo.

Komako manteve os dedos esticados bem acima da caixa aberta. Ela sentiu o frio familiar infiltrar-se em seus pulsos e se encolheu.

E então o pó, em uma coluna comprida e fina, subiu suavemente e formou, suspensa no ar, uma bola em movimento, imprevisível e bela na penumbra. A bruxa prendeu a respiração. Os pulsos de Komako já estavam doendo. Ela estava cansada. Enrolou as mãos repetidamente em torno do pó, como se o moldasse, mantendo-o suspenso como uma minúscula lua, então soltou um suspiro e deixou cair as mãos, e o satélite de pó desabou imediatamente na caixa, outra vez sem vida, inerte.

A bruxa tinha os olhos fixos nela.

— É verdade — sussurrou ela. — Você… é um talento.

— Não sou coisa nenhuma. Sou só… eu. — Komako, trêmula, enfiou as mãos vermelhas debaixo dos braços para aquecê-las. Ela se sentia exausta. Seu rosto estava vermelho. — Vai ajudar minha irmã, senhora?

A bruxa havia se levantado e se dirigido ao início da escuridão quente, e olhava lá para dentro agora, sem ver.

— Esta é a garota — disse ela baixinho. — Você estava certo.

Uma voz respondeu das sombras.

— Ko-ma-ko… — disse a voz lentamente, como se saboreasse o nome sílaba por sílaba. — Sim, Maki-chan. Esta é a garota.

Komako levantou-se depressa, cambaleando para trás.

Duas figuras entraram no campo de luz. Eram homens, ocidentais. O mais alto tinha uma espessa barba negra e usava uma longa sobrecasaca preta, apesar do ar abafado, e girava um chapéu de seda nos dedos. Ele tinha olhos fundos, a testa franzida, como se estivesse preocupado, e cabelos muito pretos penteados para trás. Suas roupas cheiravam levemente a fuligem.

— Não se assuste — murmurou ele. — Precisávamos ver o que você podia fazer; eu tinha que ver. Por mim mesmo. Tinha que ter certeza.

Ele parecia muito alto. Ela olhou para o seu companheiro — mais robusto, de feição avermelhada, enxugando o rosto úmido — e depois de volta ao homem.

— Quem são vocês? — perguntou. — O que querem?

Ele se aproximou. Parou, olhando do alto para Teshi deitada no tatame, pequena e mortalmente pálida.

— Sua pobre irmã — disse ele. — Ela deve estar com muito frio...

— O que vocês *querem*? — perguntou Komako novamente, dessa vez com mais veemência, postando-se na frente de Teshi. Ela cerrou os pequenos punhos. Não podia imaginar o que um estrangeiro quereria com ela. E então uma ideia lhe ocorreu.

— Foi meu... foi meu pai que mandou vocês?

— Ah, criança — disse a bruxa.

O estranho não respondeu. Ele estava imerso em imensa e lenta concentração. Agachou-se sobre a caixa de pó aberta e tirou as luvas pretas. Tinha os dedos muito bonitos, longos, elegantes e suaves. A pele era como leite. Ele os movimentou em uma série de gestos estranhos, como se estivesse escrevendo no ar.

Então Komako arquejou.

Pois o pó na caixa estava se movendo. Ela ficou olhando enquanto o pó subia até as mãos pálidas do homem, saltando alegremente de dedo em dedo, girando em torno de seus pulsos, uma fita prateada de pó. Ele o manteve ali por um longo momento, como se o consolasse, como se fosse uma coisa viva. Então o deixou cair de volta, suavemente, na caixa aberta, fechou a tampa com os dedos longos e a encarou.

— Não estou aqui a mando do seu pai — sussurrou, passando a mão pela barba. — O que nós podemos fazer, Komako... é chamado ofício do pó, no lugar de onde eu venho. Deve te assustar às vezes, não é? Deve doer em você, usar seu dom, certo? E você não pode fazer isso por tempo demais, sem ser totalmente absorvida, não é mesmo?

Ela assentiu, os dedos nos lábios, com medo de falar.

— Comigo também é assim — disse o homem, uma certa tristeza na voz.

13

Jacob Ceifador, Jacob Possesso

O homem de barba era, obviamente, Jacob Marber. Ainda jovem naqueles dias, seu mundo ainda cheio de possibilidades.

A luz de verão estava se dissipando quando ele deixou o jardim da bruxa. As ruas de lama além da casa estavam silenciosas e havia corvos nas telhas molhadas das casas, atentos. Ele e Coulton fizeram sinal para um riquixá e percorreram o caminho irregular, passando por fachadas de loja escurecendo, tochas nos becos, todo o caminho de volta à hospedaria para estrangeiros acima do porto. A cidade devastada pela doença cheirava a degradação. Jacob segurava o chapéu de seda nas mãos e o girava, girava, preocupado, ruminando sobre a menina Komako e o que ele a vira fazer. Ele se sentia estranhamente feliz. Nunca tinha encontrado outra pessoa que pudesse comandar o pó.

O riquixá bateu em um bloco de madeira solto na rua, deu um solavanco e Coulton estendeu a mão rapidamente, balançando.

— Bom — disse ele, quebrando o silêncio. — Essa não irá conosco facilmente.

Jacob o olhou, surpreso.

— Achei que tudo correu bastante bem.

— O diabo que correu.

— Ela vai reconsiderar. Dê-lhe um dia.

Coulton lhe dirigiu aquele olhar. Jacob não conhecia bem o homem. Coulton era dez anos mais velho do que ele e gostava de lembrar Jacob disso e de usar esse fato para defender um cinismo que Jacob desconfiava que não era inteiramente verdadeiro.

— Ouça, garoto — disse Coulton agora. — Quando se chega à minha idade, você já viu muitas loucuras na vida. Estou te dizendo, aquela ali não vai pegar o que estamos oferecendo.

Jacob pôs o chapéu, lentamente, ajustando a aba. Ele observou o homem em farrapos guiando o riquixá, descalço, a pele brilhando de suor. A roda alta zumbia na altura de seu cotovelo esquerdo.

— Tem sempre um jeito. Ela vai ouvir.

— Nem *sempre* tem jeito.

Jacob sorriu.

Ele observou Coulton espanar sombriamente suas mangas.

— Você parece um maldito cachorrinho, rapaz. Eu me preocupo com você, me preocupo, sim.

A verdade, porém, era que ele não estava tão certo quanto queria fazer parecer. O riquixá seguia chacoalhando, adentrando a escuridão que caía sobre as ruas que cintilavam. Não era apenas a longa viagem marítima, e não era apenas essa garotinha e sua irmã. Ultimamente, ele continuava vendo seu eu menino, trabalhando como limpador das chaminés estreitas e sujas de Viena, desnutrido, os olhos vermelhos, desesperado, naqueles anos solitários após a morte de seu irmão gêmeo.

Isso foi antes de Henry Berghast entrar em sua vida, antes de ser arrancado dos horrores dessa existência, levado para o Cairndale, vestido, alimentado, *guiado*. Mas ele já tinha adoecido com aquela primeira vida; sua respiração nunca fora correta; e havia um tipo diferente de doença em seu coração. Ele sempre pensava: por que Berghast não veio antes, por que ele não veio enquanto seu irmão, Bertolt, ainda estava vivo?

Odiando a si mesmo, a Berghast, ao destino e a Deus, mesmo enquanto esses pensamentos lhe ocorriam.

Agora, no meio da rua, eles ouviram cânticos, viram uma procissão de monges em mantos amarelos batendo blocos de madeira, entoando seus estranhos cânticos. O puxador de riquixá esperou a um lado da rua que os monges passassem. Jacob franziu a testa, desviou o olhar. Não, não era apenas a velha preocupação, aquela com a qual vivera a vida toda, desde que se entendia por gente, que pesava sobre ele. Eram também os sonhos.

Pelo menos era o que ele disse a si mesmo que eram, sonhos. Ainda não havia contado a Coulton. Não sabia por quê. Talvez fosse a estranha nitidez deles, talvez fosse apenas porque ele não achava que poderia explicar o quanto pareciam reais, diferentes de outros sonhos. Tinham a ver com seu irmão morto, sempre, embora o irmão não estivesse neles, não aparecesse nem mesmo como lembrança. Mas havia sempre uma figura, uma mulher, envolta em escuridão, usando um vestido antiquado de gola alta, manto e chapéu de seda, conversando tranquilamente com Jacob, ponderada, em um tom suave, questionando-o, falando por meio de enigmas. O sonho sempre se passava no quarto em que ele estivesse dormindo, qualquer que fosse: a cabine do navio durante a viagem, a velha hospedaria japonesa a três ruas do porto, aqui em Tóquio, onde quer que estivesse, e era sempre como se ele acordasse normalmente, a mulher sentada do outro lado do ambiente, como uma visita, trazendo notícias de um mundo desconhecido.

— Você voltou — dizia Jacob, assustado, no sonho. — O que você é?

Não somos tudo o que podemos imaginar, Jacob?, vinha a resposta, baixa, suave, reconfortante.

Ele tentava sentar-se na cama, tentava ver o rosto da mulher.

— O que você quer? Por que veio até mim? — Sua voz soava queixosa e amedrontada aos próprios ouvidos.

E assim começava a estranha sequência de perguntas e respostas do sonho, como um catecismo, as perguntas que ele parecia incapaz de ignorar, as respostas que saíam dele quase a contragosto, quase como se não pudesse evitar:

O que você quer, Jacob?

— Saber que aqueles que amo estão bem. Trazer aqueles que amei de volta para mim.

E aqueles que você amou não estão sempre com você?

— Receio não saber.

É ao seu irmão, ao seu irmão gêmeo que me refiro.

— Eu não o salvei. Eu não o salvei.

A voz suave da mulher, enchendo-se então de amor: *A morte não é morte, Jacob, e nada é para sempre. Eu ainda posso alcançá-lo, assim como você também pode. E se Berghast não permite que você abra o orsine, você deve encontrar seu próprio caminho até mim...*

E o sonho se transformava então, se dissolvia, em algum sonho comum, e, quando por fim ele acordava, inquieto, não tinha certeza se tivera mesmo aquele sonho.

Quando chegaram de volta à hospedaria, ele e Coulton tiraram os sapatos e pegaram os chinelos oferecidos e subiram silenciosamente as escadas, o piso de madeira escura e polida brilhando, seus corpos encharcados de suor. Havia um cheiro de flores no ar, flores cortadas em uma tigela no corredor. Após alguns minutos, eles ouviram uma saudação abafada, e a mulher do dono da hospedaria apareceu, uma garrafa quente de saquê enrolada em uma toalha. Ela se ajoelhou, abriu a tela de papel, entrou e a fechou atrás de si. Então acendeu as lanternas, sem nunca olhar no rosto deles. Havia uma graça tão sem pressa nesse país, maravilhou-se Jacob. Tanta beleza no menor dos gestos.

Quando ficaram sozinhos novamente, ele disse, como se não tivessem interrompido o assunto, como se ele estivesse dando continuidade ao seu pensamento:

— Ela tem o meu talento, Frank. O pó.

Coulton fez um pequeno movimento de cabeça, mas não disse nada. Ele estava tirando o sobretudo molhado.

— Você viu o que eu vi.

— Sim — disse Coulton, relutante. — E vi a irmã também. *Aquele* não é o seu talento, rapaz.

— Talvez. Ou talvez tenha sido o pó que fez aquilo.

— Você nunca fez nada daquele tipo.

— Nunca tentei.

— Muito bem. — Coulton sorriu, servindo um dedo de saquê. — É inveja isso que estou vendo em você, rapaz?

Jacob franziu a testa, irritado. O homem estava fazendo uma brincadeira, mas, na verdade, uma parte dele sentia-se fascinada com a possibilidade. Ele nunca conseguira encontrar os limites da arte do pó; quem poderia dizer do que aquilo era capaz? Mas não falou nada disso em voz alta. Disse apenas:

— A maneira mais fácil de convencê-la a vir conosco seria prometer ajudar a irmã. Esse é o ponto fraco dela. Dizer que podemos curar a irmãzinha no Cairndale.

— Não podemos curar o que a garota é.

Jacob ergueu o rosto e viu Coulton observando-o com olhos velados, então disse em voz alta aquilo que vinham tentando não nomear:

— Porque ele é um suctor. É isso que você quer dizer, não é? A irmãzinha é um suctor.

— Sim. E a pobre menina acha que a irmã só está doente.

— Ela sabe a verdade — disse Jacob suavemente. — Mesmo que não se permita acreditar nela.

Coulton foi até a janela. As persianas de madeira estavam sustentadas por uma vareta.

— Eu só não entendo como isso é possível. Para fazer um suctor, é preciso um processo, não é? Não *acontece* simplesmente.

— Segundo Berghast — observou Jacob.

— Sim. Segundo o Dr. Berghast.

— Mas o que ele sabe? Ele, por acaso, já viu um suctor na vida? Talvez possa acontecer assim também. Talvez haja alguma coisa no ofício do pó que torne isso possível...

Ele titubeou, não concluiu o pensamento. Estava pensando na mulher em seu sonho, mas não se deu conta disso até falar, e agora, enrubescendo, deixou o pensamento inacabado. Coulton, porém, espiava, preocupado, as tochas se movendo nas ruas calçadas de pedras, e parecia não ter percebido. Ele levantou a camisa, enxugou o rosto. Os moradores da área estavam levando os mortos pelo cólera em carroças para fora da cidade.

— Certo. Então, essa garota — disse ele —, essa Komako. Estamos dizendo que ela transformou a irmã em suctor? E sequer sabe que fez isso?

— Acho que estamos.

Coulton virou-se. A angústia em seu rosto fez Jacob se encolher.

— E isso significaria que a garotinha, qual o nome dela? Teshi...

— ... já está morta. Sim.

Ele ouviu Coulton suspirar na escuridão.

— Merda — disse baixinho.

A lembrança mais antiga de Jacob era do pó.

Ele estava com quatro anos. Era uma noite de verão, naquele lúgubre lar para crianças em Viena. Ele estava agachado, suando debaixo de um cobertor comido por traças, o irmão ao seu lado, ambos atentos ao eco dos passos da freira noturna retrocedendo pelos corredores. Eles eram gêmeos, mas não idênticos. O irmão não tinha o dom de Jacob, seu talento, não sabia fazer o que ele fazia. A luz de um poste, que entrava pela janela aberta, mal era visível através do cobertor. Ele movimentava as pequenas mãos sobre o pó que recolhera nos cantos do quarto, fazendo-o girar, se deslocar e espiralar, quando um dos meninos mais velhos arrancou o cobertor de seu catre. Jacob nunca soube o que o menino viu, se vislumbrou seu talento em ação, nem mesmo se acreditou nos próprios olhos. Seu irmão, Bertolt, em um instante estava de pé. Lançando-se sobre o menino maior, rasgando seu pijama e seu rosto no dormitório escuro, socando-o. E, embora o outro fosse mais velho e maior, Bertolt o atacou com tamanha fúria que foi o menino que gritou por socorro, e Bertolt que foi arrastado pelo pescoço, Bertolt que foi espancado selvagemente, Bertolt que as freiras disseram ter o diabo dentro dele.

As freiras nunca se esqueceram desse episódio. Tampouco os outros meninos, e depois disso, Jacob e o irmão foram deixados praticamente de lado.

Os dois passavam os dias catando estopa ou costurando pedaços de pano e, quando cresceram um pouco, as freiras passaram a alugá-los para fábricas por causa de seu tamanho. Eles se enfiavam entre as máquinas, deslizavam nas aberturas onde as grandes engrenagens, zumbindo, trabalhavam sem parar, a fim de desenlaçar uma alça de couro ou soltar um parafuso emperrado. Bertolt nunca deixava Jacob entrar nas máquinas, era ele quem ia, mesmo quando estava ficando grande demais para isso. Havia meninos sem dedos, meninos sem mãos. Alguns anos depois, numa tarde de domingo, Bertolt pegou a mão de Jacob e saiu pelas portas abertas da fábrica, para a imundície da Unterstrass, para viver como limpadores nos grupos de crianças que trabalhavam nas chaminés das grandes casas nas ruas altas de Viena. Bertolt era assim, ele escolhia o próprio futuro e levava Jacob com ele, e Jacob o amava, o admirava e queria ser como ele.

Eles se tornaram limpadores de chaminés. A fuligem era diferente do pó comum, não era tão fácil para Jacob manipular ou atrair para suas mãos; era pegajosa e formava grumos que manchavam tudo, e portanto o trabalho era difícil. Ele esfregava, escalava e deslizava ao longo dos dutos, respirando com dificuldade, retorcendo-se para avançar, um garotinho com roupas enormes, a esclera dos olhos aparecendo. Mas ele nunca se importou muito. Bertolt era a única coisa que importava, e eles acharam que o trabalho de limpar as chaminés era mais seguro do que entrar no interior das máquinas. Os dois sempre estiveram prontos para defender o outro. Quando Jacob adoeceu com escarlatina no orfanato, era Bertolt, de quatro anos, quem enxugava sua testa e trocava os lençóis, não as freiras. Era Bertolt quem lhe trazia restos de comida quando era punido com a suspensão do jantar. Era Bertolt quem lhe dava motivo para não desistir. Eles não tinham nenhuma lembrança dos pais, nada que os fizesse lembrar-se deles e, se alguma vez houve um daguerreótipo, ou colar, ou outro objeto, as freiras não acharam adequado conservá-lo. Eram apenas os dois, somente os dois, no mundo todo.

— Bertolt, o que faremos? — perguntou-lhe Jacob em um inverno. Eles estavam congelando, começando a ficar grandes demais para o trabalho nas chaminés, os joelhos e as costas viviam machucados e sangrando.

— Vamos encontrar alguma coisa — disse o irmão. — Tem sempre um jeito.

— O quê? O que vamos encontrar?

— Eu não sei. Mas vamos encontrar.

Então, duas semanas depois, seu irmão se sufocou em uma chaminé quando ficou preso. O chefe dos limpadores deixou seu corpo abandonado em um beco sujo e Jacob entendeu que a única coisa que crianças como eles encontravam era sofrimento, dor e morte. E Jacob, tomado por uma fúria que nunca sentira antes, perseguira o chefe até uma mesa em um clube, onde ele jogava cartas de madrugada, e o sufocara com o pó, sufocara-o até os olhos quase saltarem das órbitas. Ele estava com dez anos.

Ele ficou sozinho depois disso, escondido, faminto, com medo. Foi nesse inverno que Henry Berghast o encontrou, como se o tivesse procurado a vida toda. Nesse mesmo inverno ele fez a longa viagem, de trem e de carruagem, atravessando a Europa e um mar cinza como ardósia, até os salões brancos e frios do Cairndale.

Jacob estava pensando em tudo isso quando deixou Coulton e passou pelo biombo de papel até o quarto adjacente. O ar estava quente, imóvel. O tapete de dormir já estava estendido no chão, tendo em uma das extremidades o estranho travesseiro japonês redondo e duro. Ele podia ouvir Coulton limpando o nariz, tossindo e se movendo pelo quarto. Tirou a camisa, desabotoou a calça, afastou os cabelos do rosto. Não achava que fosse dormir.

Naquela noite, a mulher veio até ele mais uma vez, uma sombra inquietante no canto do seu sonho.

— Você voltou — começou Jacob, lentamente, como sempre fazia. — O que... você é?

E veio a resposta já familiar: *Não somos tudo o que podemos imaginar, Jacob?*

Dessa vez, porém, as palavras pareciam apressadas, como se ela estivesse impaciente com a pergunta. Ela o espreitava, envolta em sua escuridão habitual, mas agora irradiava uma nova e perturbadora tensão.

Nosso tempo está se esgotando, disse ela subitamente, e dobrou as mãos às costas.

Lentamente, como se estivesse a uma grande distância, Jacob fechou os olhos e tornou a abri-los. Ele tentou sacudir a cabeça.

— Isto... não é um sonho. Eu não estou sonhando, estou?

Gostaria que tivéssemos mais tempo. Preciso falar francamente.

— Sim...

Você é especial, Jacob, você não é como os outros. Você sempre soube disso. Um dia fará coisas grandiosas, trará um grande bem para o mundo. Vai ajudar muitas pessoas. E vai começar com Bertolt.

— Bertolt...?

Ele está sofrendo, mesmo agora. O espírito dele está sofrendo.

Jacob esfregou o rosto, incrédulo.

Mas existe um jeito de ajudá-lo. Somente você pode fazer isso, somente você é forte o bastante. Ele pode ser trazido de volta.

— Do que você está falando? — sussurrou ele. — O que quer dizer com trazê-lo de volta...?

A morte é apenas uma porta. O orsine *no Cairndale é a chave, Jacob. Henry Berghast o mantém fechado, seu glífico o mantém fechado... mas você precisa encontrar uma forma de abri-lo...* A mulher na escuridão pareceu fazer uma pausa. *Eu não sou o que você pensa, Jacob. Lembre-se disso. Haverá quem lhe diga que eu desejo lhe fazer mal. Mas você sabe — você pode sentir — que isso não é verdade.*

— Espere. Se o *orsine* for aberto, os mortos passarão...

As maiores mentiras guardam verdades, Jacob. Henry Berghast não é digno de confiança. Ele lhe dirá que o orsine significa destruição. Não é verdade. Eu quero ajudar você, quero ajudar Bertolt. Mas você precisa permitir que eu faça isso.

Ele sentiu um pavor percorrê-lo ao ouvir essas palavras, mesmo em um sonho, um frio terrível e agourento, como se elas, de alguma forma, representassem uma ameaça, uma promessa de maldade. E então ele acordou.

A madeira do quarto rangia em torno dele, que permaneceu deitado no tatame, encharcado de suor, ouvidos atentos à escuridão, ao silêncio absoluto da cidade lá fora. Seu coração estava disparado. Ele umedeceu os lábios, sentindo o sonho desvanecer-se. Abriu os olhos.

Ali no canto estava a mulher, irradiando maldade, impossivelmente alta e deformada, como uma sombra que se estendesse pelo teto, seu rosto envolto em escuridão.

— JACOB! — ela gritou para ele, feroz, violenta e apavorante.

Ele gritou, e instintivamente procurou uma arma, qualquer coisa, mas não havia nada e, quando tornou a olhar, a mulher havia desaparecido, o quarto estava vazio.

Ele estava sozinho.

* * *

Frank Coulton conhecia a sensação de perder e também sabia o que era ser o último homem na mesa. Ele tinha trinta e quatro anos e estava fisicamente destruído, seus pulmões em mau estado pela manhã por causa de uma vida inteira de fumo e suas costas ruins à noite por causa de todo o resto. Ele estava perdendo os cabelos, ficaria careca em poucos anos. Tinha suíças ruivas que havia cultivado até transformá-las em uma barba exuberante, e mãos tão grossas e gordas por causa dos socos que às vezes parecia que ele estava usando luvas. Era corpulento, o pescoço grosso como o de um touro e gostava de coletes de cores vivas. Mas vivia quase o tempo inteiro sozinho, e nem sempre sabia como se portar com outras pessoas. Ele já fora jogador, operador de barco, soldado do exército da União; fora aprendiz de encadernador e carpinteiro nas grandes bibliotecas de Londres e Boston. Tivera muito de nada de bom, e não muito de algo ruim; e, se perguntassem a ele o que preferia, ele preferiria sempre algo ruim a nada de bom.

Ele nunca admitiria isso, mas seu coração, como diriam as baladas, era puro. Ele acreditava nas virtudes inabaláveis. A bondade não era uma questão de perspectiva e ele tinha visto muito sofrimento para querer ver ainda mais dele no mundo. Mas o tipo errado de esperança levava à amargura, e a amargura levava apenas à sarjeta. Ele tinha visto isso nos hospitais de campanha da União, homens desistindo. Seu próprio talento era a força. Ele poderia contrair sua carne, compactando-a em um sólido tão denso que um único soco seu poderia quebrar uma parede de tijolos, sem nem mesmo rachar a articulação de um dedo. Uma bala em um campo de batalha se alojaria superficialmente em sua carne, de forma dolorosa, porém inofensiva. No entanto, parecia a ele que todas as vezes que usava seu talento, era como se as paredes, o teto e até mesmo o céu aberto estivessem se fechando sobre ele, um peso tremendo, de tal modo que ele não conseguia respirar. Isso era, segundo lhe dissera o Dr. Berghast, uma condição comum no continente, conhecida pela nova geração de mentalistas como claustrofobia — um efeito colateral, ao que parecia, do que ele era capaz de fazer. Ele aprenderia a conviver com isso, dissera-lhe Berghast. Sim, havia concordado, mas como? *Simplesmente seguindo em frente, Sr. Coulton*, replicara Berghast. *Simplesmente seguindo em frente.*

Bem, ele sabia um pouco sobre seguir em frente.

Acordou de manhã na velha e precária hospedaria, na orla do porto de Tóquio, alta e coberta pela neblina, e sentou-se de imediato, seus pijamas já úmidos. Ele correu os olhos pelo quarto vazio.

Algo o estava observando.

Ele *sentia* isso.

Na verdade, vinha tendo essa sensação havia semanas, desde que desembarcaram em Tóquio, antes mesmo, enquanto contornavam a costa coberta por florestas naquele velho barco que rangia, vindo de Cingapura, de pé junto à amurada da embarcação, observando os marinheiros passarem por cima do cordame em meio ao nevoeiro. Como se alguma presença os espreitasse. Algumas vezes ele vislumbrara algo com o canto do olho, um movimento, uma figura desfocada, mas, quando se virou para olhar, o que quer que fosse já havia desaparecido. Nos últimos dias tinha ficado pior, mais intenso, os pelos em sua nuca se eriçando, de modo que ele girava de repente, em momentos inesperados, tentando ver o que quer que o estivesse seguindo, e Jacob o olhava como se ele fosse louco.

Ele se vestiu, inquieto, pensando nisso, dobrou o tatame e o deixou ali no chão escuro e reluzente. Ele podia ouvir a esposa do hospedeiro passando uma escova na escada. O quarto de Jacob estava arrumado, vazio: tinha o hábito de seguir seu próprio caminho, aquele rapaz.

Apesar de tudo, ele deveria ter se sentido satisfeito. Estavam caçando a garota Onoe havia semanas, a partir das pistas mais frágeis, tentando rastreá-la em uma cidade úmida devastada pelo cólera. E agora tinham conseguido; e só precisavam convencê-la a acompanhá-los, e poderiam ir embora, sair desse maldito país, de volta ao mundo que conheciam.

Coulton pegou seu chapéu e de repente parou, a mão no ar. O chapéu havia sido virado de cabeça para baixo, como ele nunca o deixaria. Ele se perguntou se a esposa do hospedeiro teria entrado ali enquanto ele dormia, ou se fora Jacob, mas nenhuma das opções parecia provável. Teria ele o deixado assim, em seu cansaço? Talvez.

Ele comeu o desjejum de arroz e peixe grelhado na caixinha de madeira deixada em sua porta, usando os dedos, ignorando os palitinhos próprios para isso, e em seguida saiu. As ruas estavam estranhamente silenciosas.

Em sua carteira, ele guardara o endereço de um bordel no bairro de Yoshiwara e seguiu para lá, passando pelos elaborados prédios de três andares e empenas, com suas sacadas de vime, os telhados de telhas com chifres. Havia alguns japoneses em ternos escuros, com chapéus de seda, parecendo estranhos aos olhos de Coulton. Mas a maioria dos homens perambulando na rua àquela hora usava quimonos escuros, ou calças rústicas, e andava em grupos de dois ou três.

O bordel que procurava, a Casa da Flor Amarela, era escuro, mofado, deserto. Uma mulher varrendo a entrada parou e olhou para ele por um longo e sombrio momento e depois desapareceu na escuridão do interior do prédio. Então em seu lugar apareceu, arrumando os cabelos, vestindo um quimono vermelho brilhante com uma faixa branca, uma jovem, que disse algo em japonês, falando rápido.

Coulton tirou o chapéu, sacudiu a cabeça.

— Estou procurando este homem — disse ele. E entregou para ela o papel que haviam lhe dado.

Ela fez uma reverência, pegou o papel, fez outra reverência. E então se retirou para o interior da casa, e Coulton ficou ali de pé, andou de um lado para o outro e abriu a porta para espiar a luz abafada do dia na rua ampla. Por fim, quem ele procurava apareceu, um homem de meia-idade com a barba já grisalha, uma expressão azeda nos olhos. Ele usava um roupão, e piscava na claridade.

— Capitão Johannes? — perguntou Coulton.

O capitão fez uma careta, levou a mão ao bolso e pegou um cachimbo.

— Você deve ser o camarada do Cairndale — disse ele.

— Isso.

— O que que quer embarcar pra Colônia de Cingapura.

— Para Calcutá, na verdade.

— Eu não vou a Calcutá — disse o capitão. — Portos livres apenas. Posso levá-lo pra Cingapura. Mas tem muitos navios saindo de lá. Barcos a vapor também, se quiser reservar passagem até a Inglaterra. Quer entrar e conversar sobre isso?

Coulton olhou além dele, para o interior da casa.

— Está precisando de alguma coisa?

O homem sorriu subitamente, mostrando a falta de dois dentes.

— Seus empregadores já me deram tudo de que preciso. A menos que haja uma mudança de planos. Tem alguma mudança de planos agora?

Coulton pensou na garota, no que Jacob dissera na noite anterior. Ele olhou para o capitão, com seus olhos cinzentos.

— Me dê mais uma semana — disse ele. — Mantenha-se ao alcance. Eu o informarei se houver necessidade de alguma mudança.

— Vou ficar aqui, à espera. Não me dói nem um pouco. — Ele piscou. — A menos que eu pague a elas para isso. Três passageiros, correto?

— Faz diferença?

O capitão deu de ombros.

— Não pra mim.

Antes de sair naquela manhã, Coulton tinha embrulhado uma bola de arroz em um lenço de papel e a enfiado no bolso do casaco, e agora, como um indigente, vagava pelas ruas, na sombra, desembrulhando o arroz pegajoso e comendo com os dedos. Ele captou os olhares inquietos dos transeuntes e sorriu com raiva. Não importava em que parte do mundo estivesse. As pessoas simplesmente gostavam de menosprezar os outros.

À tarde ele tornou a cruzar o bairro antigo, passando pelas ruas assoladas pelo cólera, pelas fachadas das lojas abafadas agora vazias, figuras escuras amontoadas nos fundos, os corpos envoltos em panos brancos e deixados nos quintais, o farfalhar de corvos levantando voo, circulando e descendo novamente, o cheiro de doença por toda parte. Na antiga casa coberta de mato onde Maki-chan morava, ele parou, bateu forte no batente da porta e esperou.

Ela o fascinava, verdade. O Dr. Berghast fornecera as apresentações. Ela era uma bruxa pelos padrões locais, mas Coulton reconhecia uma mulher educada quando via uma, e havia em Maki-chan algo formidável e atraente. Ela falava um inglês quase impecável. Sabia coisas que não deveria. Ela o cumprimentou na escuridão quente, fez uma reverência e gesticulou para que ele a seguisse, e então, arrastando os minúsculos chinelos, o levou para o pavilhão no jardim malcuidado.

Um chá havia sido servido, como se ela o estivesse esperando. A chaleira ainda estava quente.

Coulton tirou do bolso do colete uma bolsinha de couro fechada com cordão, que tilintou em seus dedos com o peso de moedas. Ele estendeu a bolsinha, mas ela não a pegou e, depois de um momento, hesitante, Coulton a colocou no chão entre os dois.

— É o que combinamos — disse. — Está tudo aí. Talvez você queira contar...

Ela não fez nenhum movimento para isso. Apenas inclinou a cabeça, então o encarou novamente com seu olhar firme e escuro. Seus olhos, pensou ele, eram lindos.

Ele pigarreou.

— Não foi o que parecia ontem — disse, pateticamente.

A expressão dela não mudou.

— A menina — tentou ele de novo. — Ela é estranha. Mas não tão estranha quanto aquilo tudo.

Ela umedeceu os lábios, e ele se calou. Então ela disse, em um inglês claro e preciso:

— O senhor mesmo é, eu acho, um homem incomum, Coulton-san.

Coulton sentiu um calor subir ao seu rosto. Ele não era um homem que se constrangesse facilmente, mas havia algo no olhar dessa mulher que o perturbava. Ele não respondeu. Seus joelhos já estavam doendo de ficar ajoelhado, e ele mudou de posição desconfortavelmente, tentando fazer o sangue circular.

— Não foi só Komako-chan que me surpreendeu ontem — disse ela. — Eu não esperava que Berghast-san me enviasse talentos.

Coulton a olhou, surpreso.

— Você sabe sobre... talentos?

— O mundo invisível está a toda a nossa volta, Coulton-san. Embora não o vislumbremos com frequência. — Ela se ajoelhou muito quieta com as mãos delicadas dobradas uma sobre a outra no colo. — Minha *obaa-san* costumava dizer que cada um de nós é uma casa — murmurou ela. — Aqui. — Ela bateu no próprio peito. — E aqui. — Bateu na testa. — E toda casa recebe suas visitas. Devemos ser anfitriões afáveis.

Coulton sentiu que ele começava a franzir a testa.

— Talentos — disse ele — não são como uma pessoa que vem visitar. É apenas uma parte de alguém, assim como a mão. Ou um pensamento.

— O senhor já observou uma gota d'água juntar-se à outra? — replicou ela. — São duas e, no momento seguinte, apenas uma. Quando um hóspede entra numa casa, ele passa a ser a casa.

Coulton a observou em silêncio. Não sabia o que dizer. Talvez isso não tivesse importância. Por um instante ele se perguntou se ela mesma seria um talento, se teria um dom também. Tudo nesse país parecia não dito. Passado um longo silêncio, ele perguntou:

— Como você conheceu o Dr. Berghast?

Maki-chan sorriu, dobrou com todo o cuidado suas mangas e serviu o chá, demorando-se em cada gesto.

— Ah, existem talentos aqui também, Coulton-san — disse ela por fim, novamente como se pudesse ler seu pensamento. — Não é apenas a sua parte do mundo que os conhece. Embora não nos reunamos acima de um *orsine* aqui, e não tenhamos um glífico para nos ajudar a encontrar outros. São eles que precisam nos encontrar. Mas se essa garota Onoe foi revelada ao Cairndale, então é para o Cairndale que ela deve ir. A solicitação de um glífico deve ser respeitada. — A bruxa fez uma pausa. — O senhor não imaginava que o seu era o único refúgio desse tipo no mundo, não é?

Na verdade, ele nunca tinha pensado a respeito. Sempre se limitara a ir aonde lhe mandavam, recolher as crianças que lhe mandavam recolher. Ele sabia que havia talentos em Paris porque Berghast se correspondia com eles; mas em que outros lugares do mundo? Sentiu uma súbita onda de raiva, pensando que Berghast não julgara adequado informá-lo. Isso o fez parecer tolo, sim. Ele franziu a testa, girou a pequena xícara na mão e soprou o chá para esfriar.

— Então, para quem você trabalha? — perguntou.

De novo, aquele sorriso.

— Ah. Tenho a honra de trabalhar para *você*, Coulton-san.

Aquela não era uma resposta. A bolsinha de couro com as estranhas moedas japonesas ainda se encontrava, intocada, no chão entre eles. Mas Coulton sentiu algo mudar naquele momento, um equilíbrio delicado, como se o pagamento tivesse finalmente sido aceito, e mais uma vez ficou maravilhado com os costumes precisos daquela terra.

Estava escuro quando Coulton voltou para a hospedaria. Ainda não havia sinal de Jacob e ele praguejou entre dentes, e depois, parado com o biombo interno aberto atrás dele, fez uma pausa e virou-se devagar. Teve novamente a sensação sinistra de que alguém estava ali.

— Olá? — chamou, em voz baixa.

O corredor estava às escuras, o chão quente nas sombras, os degraus e o corrimão polido visíveis na escuridão.

— Eu posso *sentir* você — grunhiu. — Não se engane.

Nada ainda. Após um momento, com uma careta, ele fechou a tela com um estalo e tirou o chapéu e o casaco. Ficando louco o cacete. Ele sabia quando havia algo errado, merda.

O tatame tinha sido estendido novamente e ele ficou parado o encarando, irritado. Aquilo nunca pareceu certo, dormir em uma esteira fina no chão. Mas a hospedaria não tinha insetos; e a verdade era que suas costas agora, de manhã, doíam menos do que antes.

Estava suando ligeiramente, em camisa de botão, sentado de pernas cruzadas na pequena escrivaninha, registrando o progresso deles no diário do instituto, quando Jacob chegou.

— Ora — disse Coulton, erguendo os olhos —, quem é vivo sempre aparece. Por onde você andou o dia todo? — Mas, ao ver a expressão no rosto de Jacob, ele parou. — Rapaz? Você está bem?

Jacob demorou-se por um longo momento nas sombras, depois avançou e se agachou perto da lanterna de papel. Um débil brilho alaranjado criava em suas feições um estranho relevo.

— Eu estava lá embaixo no porto — disse ele em voz baixa. — Pensando.

— Pensando? — Coulton riu. — Não é de espantar que pareça tão cansado.

Mas o homem mais jovem não sorriu.

— Tenho tido... sonhos — disse ele. — Os sonhos mais peculiares. São muito reais. É como se não fossem sonhos.

Coulton, em silêncio, observava o rosto de Jacob, observava o conflito que se desenrolava ali.

— Tem uma... uma mulher. Nunca consigo ver seu rosto. Ela se mantém nas sombras. É como se ela estivesse comigo, no quarto, enquanto durmo.

Coulton sentiu um arrepio percorrê-lo. Pensou em seu chapéu, de cabeça para baixo naquela manhã. E disse:

— É um lugar estranho este país. Vai ser bom para nós dois quando voltarmos para a Inglaterra, no mundo certo.

Mas Jacob balançou a cabeça.

— Não é o lugar, Frank. Venho tendo esses sonhos já faz algum tempo. Desde o Cairndale.

— Muito bem — disse Coulton. — Então, o que ela quer, a mulher dos seus sonhos?

— Que eu abra o *orsine*. No Cairndale.

Coulton começou a abrir um sorriso, parou.

— Mas noite passada ela disse... disse que meu tempo estava se esgotando. Que meu irmão não tinha... morrido. Não de verdade. Que eu ainda podia ajudá-lo.

— Seu irmão. Bertolt. O que morreu tantos anos atrás?

Jacob assentiu.

Coulton inclinou-se para a frente, repentinamente concentrado. O quarto pareceu mover-se ao redor deles, ficar menor.

— Não vou dizer o quanto isso parece loucura. Não vou dizer isso.

Jacob estendeu seus lindos e longos dedos acima da lanterna.

— Ela te disse como isso devia ser feito? — perguntou Coulton.

A voz de Jacob era pouco mais que um sussurro.

— Não.

— Escute. Eu também já tive sonhos, rapaz. Pareciam tão reais quanto uma bala nas costas.

Jacob sorriu debilmente.

— Acha que estou enlouquecendo?

— Acho que os mortos continuam mortos. Não importa o quanto desejemos o contrário.

Jacob percebeu o tom de cautela. Ele se levantou para sair, parou junto ao biombo.

— Noite passada ela disse: *Eu não sou o que você pensa que sou*. Isso significa alguma coisa para você?

Coulton esfregou as suíças e ergueu as sobrancelhas.

— Porra nenhuma — respondeu.

— Ok.

Mas depois que o homem mais jovem saiu e o biombo foi fechado, Coulton ficou sentado, imóvel no brilho fraco da lanterna, e pensou em tudo aquilo. Ele conhecia homens que haviam sentido medo durante a guerra e que costumavam sonhar com figuras sombrias pairando sobre seus catres à noite. Pensou na sensação que vinha tendo havia semanas, de estar sendo seguido, de pequenas coisas movidas durante a noite. Lembrou-se do vislumbre de alguma coisa em sua visão periférica, a bordo do navio, nas ruas do bairro antigo, aqui na própria hospedaria. Ao se deitar para dormir, pensou em outra coisa, algo que uma mulher, um dos velhos talentos, tinha lhe dito certa vez, no salão do Cairndale. Ela dissera que toda luz produz uma sombra, e que uma não pode existir sem a outra e que havia histórias contadas, histórias antigas, sobre um talento sombrio, um talento que se mantinha no lado da sombra, nas salas cinzentas para além do *orsine*. A *drughr*, assim era chamada. E ela aparecia em sonhos.

— Ah. O mais provável é que seja só uma história — acrescentou ela, pegando o atiçador no gancho e remexendo os carvões no escuro. — O mais provável é que não exista mesmo.

Controle-se homem, disse ele agora. *A* drughr *é só uma história. E uma história não pode machucar ninguém, pode?*

Ele fechou os olhos, pesaroso.

14

A Esperança é um Coração Mecânico

Komako, enfurecida, levou a irmã de volta.

Do jardim da bruxa para o velho teatro, enrolada e tremendo, o rosto cinzento de Teshi oculto nas dobras de seu manto de ator, Komako guiando-a o tempo todo pelas partes escuras das ruas. Fora uma mentira, tudo aquilo: a bruxa não tinha nenhuma cura. Não para ela. Nem para Teshi.

Seu rosto estava franzido de raiva. Porém, ela se manteve em silêncio, pelo bem da irmã, somente os *geta* de madeira das duas fazendo barulho enquanto elas tropeçavam pelas vizinhanças abafadas. Ela não conseguia parar de ver o que tinha visto, o pó formando espirais sobre os belos dedos do homem, como fumaça, dançando pelas mãos, e o outro, o homem calado com as estranhas suíças ruivas, que se mantivera perto da porta, observando, ouvindo, os olhos velhos demais para o rosto.

Certa vez, quando Teshi era ainda muito pequena, Komako ouvira um barulho vindo do camarim do velho mestre. Uma mulher — uma gueixa — tinha ido visitá-lo. As irmãs nunca a tinham visto. Ela era muito bonita. Seu rosto era branco e o quimono, azul e dourado, e seus dedos pálidos e delicados flutuavam como pássaros. Estava afinando um *samisen* com grande concentração. No *kotatsu* havia um pacote desembrulhado de cancioneiros. O som das cordas era melancólico e sombrio. Mas, quando ela começou a cantar, um vazio se abriu dentro de Komako; o som do canto da gueixa era o eco de alguma coisa mais escura dentro da menina. Ela sentiu a mão de Teshi em sua manga. As duas mal ousavam respirar. Ao espiar de seu esconderijo,

Komako pensou que era como se a gueixa estivesse sentada atrás de um vidro, tão isolada estava do mundo, animada por ele, mas não uma parte dele, e, quando Komako finalmente desviou o olhar, viu que o mestre estava chorando.

Era essa a sensação que tinha agora ao olhar para a irmãzinha. Como se ela estivesse atrás de um vidro.

De volta ao teatro, ela colocou Teshi, tremendo, em seu quartinho e a cobriu com um cobertor. Em seguida, atiçou as brasas no braseiro. Durante toda aquela noite ela trabalhou distraída, pensativa, insegura. Apagou lanternas enquanto os atores ainda estavam nos camarins, derramou um balde de água no chão, deixou cair uma caixa de máscaras antigas durante a primeira apresentação, fazendo tanto barulho que se escondera debaixo da escada para não apanhar. Ela dormiu mal, teve sonhos estranhos no calor e, na tarde seguinte, ainda distraída, tentou se ocupar com suas tarefas. Um assistente de palco júnior encontrou as duas irmãs de joelhos, os quimonos dobrados até as coxas, Komako resmungando, Teshi movendo-se lentamente, como se não fosse por sua própria vontade, ambas esfregando o chão da escura sala do guarda-roupa com uma escova. O homem entregou a Komako uma pequena bolsa cinza.

— Um *gaijin* deixou isto para você — informou ele. — Não disse o nome. — Ele a fitou com um olhar demorado e inquisidor, como se tentasse entender no que ela poderia estar envolvida, e então saiu.

Komako sentiu uma onda de pavor. As fitas que envolviam suas mãos estavas molhadas e ela enxugou os punhos no avental. O piso à sua volta brilhava. Ela podia ouvir o teatro se enchendo de vozes. Do outro lado da sala, Teshi, de joelhos, a observava, uma cortina de cabelos caindo diante de seu rosto.

— É do homem de antes? — sussurrou a irmã. — Ko? O que ele quer?

Komako não respondeu, não disse: *Eu, sou eu que eles querem*. Em vez disso, ela desamarrou o cordão que fechava a bolsinha e olhou lá dentro.

Estava cheia de um sedoso pó prateado.

Jacob esperou mais duas noites, e então voltou.

Ele não sabia se a menina tinha recebido a bolsinha de pó que havia deixado para ela, não sabia se ela ficaria com raiva ao vê-lo, ou desconfiada de seus motivos, ou o quê. Ele tinha pensado que talvez, com o cólera, o teatro estaria vazio, ou quase, e que seria fácil passar despercebido pelos corredores dos fundos e encontrá-la. Mas não foi fácil, nem um pouco.

Para começar, ele não estava sozinho.

Ninguém mais, do lado de fora do velho teatro, parecia notar a mulher. Ela usava o mesmo vestido antiquado do sonho, com a gola de linho de babado, e o longo manto escuro com o pequeno fecho de prata, e o mesmo chapéu de seda com a armação de arame curvo. E, embora devesse ter se sentido ameaçado, no mínimo ansioso, Jacob se viu sentindo um estranho alívio, próprio dos sonhos, como se ela tivesse vindo com bondade e esperança. E então ele se virou e se juntou ao fluxo de pessoas que chegavam para assistir ao *kabuki*.

Ele hesitou na entrada baixa, em meio à fumaça das tochas, surpreso por as pessoas não o olharem tanto, e então, quando o primeiro gongo soou, ele deixou-se ficar para trás e viu que a aparição o observava de um corredor lateral, e que ela então se afastou. Ele a seguiu, uma lentidão onírica em cada movimento seu. A mulher de preto o conduziu por um labirinto de passagens escuras e abafadas, divisórias deslizantes, lances de escada tortuosos, até que ele finalmente entrou em um quartinho no topo do teatro, no centro do qual queimava um braseiro, e lá estava ela, a menina, Komako.

Ela estava ajoelhada ao lado de Teshi e se levantou quando ele apareceu. Ele vislumbrou uma corda, amarrada a um tornozelo, como se para conter a menina menor.

— Quem deixou você entrar aqui? — perguntou Komako.

Ela não esperou a resposta dele, mas virou-se, abriu a divisória e o levou dali, para o corredor cujo piso rangia, em seguida para uma escada estreita oculta na escuridão, que conduzia a um alçapão no teto. Ele se viu do lado de fora, no telhado do prédio. A cidade se estendia lá embaixo, um mar vertiginoso de pequenos fogos e lanternas coloridas. O ar abafado tinha cheiro de chuva. A menina já estava a uns três metros acima dele, subindo com destreza pelas telhas de barro com os pés descalços. Ela não parou, não olhou para trás para ver se ele a seguia.

Quando finalmente a alcançou, ela estava em uma sacada coberta, com empena e uma porta baixa escura atrás dela, parecendo trancada e sem uso por anos. A grade da sacada era uma espécie de trançado com vime, muito antiga e muito bonita, mas Jacob não confiava nela para sustentar seu peso.

A menina sentou-se, balançando os pés pela grade, como uma criança, exatamente como uma criança pequena, e Jacob lembrou-se novamente, com uma súbita pontada de dor, o quanto ela era de fato jovem. Ele tirou o chapéu, sentou-se ao lado dela, os cabelos grudando nas têmporas.

— Que lugar é este? — perguntou baixinho.

— Você não devia ter vido — disse ela. — Não quero te ver.

Ele não mencionou o fato de que *ela* o havia arrastado até ali em cima, no telhado, que ela poderia ter dito isso lá embaixo, ou simplesmente se recusado a falar, ou mesmo gritado para que alguém o levasse do quartinho.

— Me perdoe — disse ele. — Eu a deixei com raiva.

— Eu *não* estou com raiva.

Ele teve vontade de rir, mas apenas a olhou, sério, lembrando-se de como era na idade dela, quando Berghast o encontrara na sujeira de Viena, como ele se sentira velho, olhando as roupas ricas e o rosto macio do homem adulto, como ele achara que aquele homem não podia saber nada do mundo, não mesmo. E ele havia sentido medo também. Ainda sentia. Ele estudou o rosto da menina e tentou pensar em uma forma de começar.

— Seu inglês é excelente.

Ela deu de ombros.

— Era a língua do meu pai. Minha mãe me fez aprender.

— Sorte a minha que ela fez isso. O que há de errado com suas mãos?

Ela hesitou. Então, lentamente, desenrolou as ataduras de linho e ergueu as mãos. Os dedinhos estavam rachados e vermelhos.

— Sempre foram assim. Os seus não?

— Não.

— Quando você... soube? — perguntou ela, escolhendo as palavras com cuidado. — Que podia...? — Ela moveu as mãos, como se estivesse modelando o pó. De repente, ficou óbvio para ele o quanto ela precisava falar, quantas perguntas devia ter. Ele decidiu naquele mesmo instante ser o mais sincero e direto que pudesse com ela.

— Sempre — disse ele.

— Você pode fazer mais alguma coisa?

Ele fez uma pausa, examinando-a na escuridão.

— Como o quê?

— Qualquer coisa.

Ele sacudiu a cabeça.

— Não. Só trabalhar o pó.

— Isso te machuca?

— É frio, principalmente nos pulsos. Isso dói.

Ela pareceu refletir sobre isso.

— Como você aprendeu a controlar?

Ele se envolveu com os próprios braços, inclinou-se para trás para estudar o céu da noite úmida. Não havia estrelas.

— Sozinho, a princípio — disse ele suavemente. — Como você. Mas, quando cheguei ao Cairndale, eles me ensinaram coisas sobre isso lá também. Formas de usar esse talento com segurança.

— Cairndale. É de lá que você vem?

— Na Escócia. Sim.

— Isso fica na Europa?

— Sim.

— Você viajou meio mundo. — A voz dela era um sussurro.

Ele assentiu.

Mas Komako não pareceu feliz com isso. Ela começou a recolocar as ataduras de linho, enrolando-as nas mãos, em movimentos rápidos e hábeis.

— Você viajou meio mundo… por minha causa? Porque eu posso fazer o que você pode. Por quê? O que você quer de mim, Jacob Marber?

Era estranho ouvi-la falar seu nome daquele jeito. Ela não falava como uma criança, essa era a questão. Ele olhou para ela.

— Quero levá-la conosco. Para o Cairndale.

Ela deu uma risada áspera e de raiva.

— Por que não? — perguntou ele. — O que há aqui para você? Quem pode fazer o que você pode? Quem compreenderia isso, se visse?

Ela mordeu o lábio, desviou o olhar.

— Não sei nada sobre você. Poderia ser qualquer um.

Mas ele sabia que ela estava pensando na irmãzinha, no que seria dela. Ele girou o chapéu entre os dedos.

— Você sabe uma coisa sobre mim. Isso não basta?

Os olhos da menina se dirigiram para as mãos dele.

— Você não pode viver aqui sem proteção, Komako-chan, não para sempre. Nossa espécie, nós não ficamos bem sozinhos. As pessoas têm medo de nós.

— E não existem pessoas na Escócia?

Ele abriu um sorriso lentamente.

— Algumas. Mas os escoceses, eles são muito… práticos.

Ele olhou para ela e piscou. Então começou a falar, gentilmente, sobre a sua infância. Contou um pouco a ela como tinha sobrevivido, garoto, nos becos de Viena, assustado, faminto, até que um homem viera à sua procura também. Um médico. O mesmo homem que escrevera para eles, em Kyoto, sobre ela. Eles estavam no Japão havia mais de um mês agora, ele e seu parceiro, e apenas o mero acaso a trouxera até eles. Acaso, ou destino.

Ela podia decidir. Ele contou que a arte do pó não era o único talento no mundo e que seu parceiro, o Sr. Coulton, podia se tornar muito forte. Era algo extraordinário de se ver, disse ele. Ela ouvia em silêncio, sem nunca tirar os olhos do rosto dele enquanto ele falava, e ele não sabia no quanto ela acreditava. Contou que tinha um irmão gêmeo que morrera quando eles estavam talvez com a mesma idade de Komako. Aquela morte o havia destruído e ele nunca tinha superado e nunca superaria. Por fim, contou a ela sobre o glífico, um homem tão velho quanto a árvore mais velha, que vivia nas ruínas de um antigo mosteiro no Cairndale. Eles o chamavam de Aranha, por causa do que fazia, por causa de seu talento. Ele era, disse Jacob, um descobridor.

— Foi ele quem nos trouxe até você — explicou ele. — Em seu sonho, ele espera no centro de uma espécie de teia, e todas as vezes que um talento é usado em algum lugar, ele sente suas vibrações e tenta localizá-lo. — A garota observava seus lábios, como se fascinada pelas palavras, e de repente ele ficou quieto, subitamente constrangido. — Eu não sou nem um pouco como você, Komako-chan, é verdade — disse ele. — Eu não sei da sua vida, nem o que você passou. Mas, de alguma forma, você e eu somos iguais. Isso deve significar alguma coisa.

Ele passou as mãos pela barba. Ela talvez tivesse a mesma idade que ele tinha quando Henry o encontrou em Viena. Os olhos dela eram escuros e tristes. As mãos estavam envoltas em linho, como se tivessem sido queimadas.

— O seu irmão — disse ela. — Ele estava doente?

Jacob sacudiu a cabeça.

— Foi um acidente.

— O médico que te encontrou. Não salvou seu irmão?

— O acidente foi antes. Ele chegou... tarde demais.

— Você teria feito qualquer coisa.

Jacob inspirou silenciosamente o ar noturno.

— Ainda faria — disse suavemente. E, ao dizer essas palavras assim em voz alta, ao ouvi-las pronunciadas, subitamente ele soube que era verdade, e pensou na mulher de sombras, no *orsine* e no que ela dissera.

Komako inspirou lenta e profundamente.

— Minha irmã está doente — disse ela. — Ninguém sabe o que há de errado com ela.

Ele assentiu.

— Eu não sei o que fazer.

Ele tentou não olhar para ela. Não sabia como lhe dizer.

— Sua irmã — começou ele, e então engoliu em seco e tentou de novo. — Sua irmã, Teshi. Ela teve uma... uma enfermidade muito séria antes? Houve um dia, uma noite, em que você temeu pela vida dela? — Ele a observava. — Ela deve sentir muito frio o tempo todo. É muito pálida. Ela dorme?

— Nunca — sussurrou Komako. — Ela nunca dorme.

— Os dentes dela. Eles são... afiados? Ela tem três linhas vermelhas em volta do pescoço? — Seus dedos brincavam com o chapéu. — Teshi não está doente, Komako-chan. Isso não é uma doença.

Lentamente a menina virou o rosto em sua direção, ergueu os olhos para ele, uma pergunta terrível em seus olhos.

— O seu talento. Não é só a arte do pó. Existe algo mais também. — Ele estudou o rosto dela, a sua imobilidade, e sentiu-se mal com o que ia dizer. — É você. Você é quem está mantendo Teshi aqui, seu amor por ela a está mantendo aqui. Isso não a está machucando — ele apressou-se a acrescentar. — Mas... você precisa deixá-la ir. Precisa dar paz a ela.

A menina sacudia a cabeça, como se não acreditasse naquilo, ou não compreendesse, ou talvez as duas coisas. Mas ele sabia que uma parte dela compreendia, uma parte dela sabia que era assim.

— Ela já se foi — disse ele. — Sinto muito.

E de fato sentia, sentia no fundo do coração, uma dor profunda e violenta em seu peito. Não conseguia olhar para ela. Pensou que ela fosse gritar com ele, bater em seu peito com suas mãozinhas, ou talvez apenas sorrir com desdém, ou se levantar e ir embora, furiosa, mas ela não fez nada disso. Apenas ficou ali sentada, observando a escuridão, como se nem o tivesse ouvido. E foi então que ele a sentiu novamente, a presença, e correu os olhos pelo telhado. A mulher de fumaça estava de volta, em pé sobre as telhas de barro, sua silhueta sinistramente desenhada contra a escuridão da noite. Jacob sentiu algo frio e infeliz atravessá-lo. Nesse momento, começou a chover, suavemente, uma cortina de água morna pingando dos telhados em frente. A atenção da sombra pareceu atraída por algo na rua lá embaixo, um movimento rápido, e ela estendeu um braço comprido, apontando, e Jacob se levantou para ver.

Uma forma pequenina, muito branca na escuridão, fantasmagórica e sinistra, corria pela rua, afastando-se do teatro, em direção ao calor e à escuridão do bairro antigo. Ele ouviu Komako arquejar ao lado dele.

Era sua irmã, Teshi.

Ela se soltara.

15

A Garota que Foi Vista

Komako voou pelo alçapão, descendo os degraus de dois em dois, o medo e a confusão subindo como uma dor em sua garganta, e então se lançou pelo corredor escuro, passando pelo quartinho vazio que compartilhava com a irmã, amaldiçoando as dobras de seu quimono enquanto saltava o lance seguinte da escada até o patamar, e saltava novamente para o último. Podia ouvir Jacob atrás dela, mais lento, mais pesado, as botas batendo na madeira, mas não esperou, não podia, não com Teshi andando pelos bairros pobres no escuro enquanto o cólera assolava, Teshi que era como uma silhueta de cinco anos da própria doença. Komako conhecia os pobres supersticiosos, vivera entre eles a vida toda; sabia do que eles eram capazes. Os ajudantes de palco, com a vassoura nas mãos, viravam a cabeça quando ela passava correndo. Ela não se importava. Já tinha a sensação de que algo que ela sempre teve estava chegando ao fim. Então abriu violentamente a porta que dava para o beco e mergulhou na chuva quente.

Não estava pensando nas palavras de Jacob, no que ele tinha tentado dizer a ela. Ela entendia, ou pensava que sim, ou pelo menos entendia o suficiente para sentir uma fúria indignada crescendo dentro dela com o que ele ousara sugerir. *Que ele vá embora também*, pensou. *Se ele não vai ajudar Teshi, também não serve para nada.*

A chuva fustigava seu rosto agora, seus olhos. Ela a enxugou com a mão aberta. Podia ouvir persianas se fechando ao longo de todo o bairro de Asakusa, como se esperassem que o tempo fosse piorar. Ainda havia lanternas sob alguns beirais, algumas ainda acesas e balançando em suas cordas acima dos cruzamentos das ruas.

Então, mais à frente, ela viu: um fiapo de quimono branco dobrando uma esquina.

Jacob gritava para que ela fosse mais devagar. Ele estava logo atrás dela, uma grande sombra escura, a cabeça descoberta, o chapéu balançando em uma das mãos. Mas ela estava perto, muito perto de Teshi. Chegou a uma esquina e lançou-se por um beco estreito e gotejante, passando pelos pobres amontoados, uma mulher sob um guarda-sol esfarrapado, e então viu sua irmã.

Ela era tão pequena, tão pálida. Estava muito quieta, uma criaturinha confusa, com os cabelos molhados, trêmula, sentindo frio no calor pantanoso, fitando os corpos enrolados, empilhados como lenha sob o toldo do fabricante de caixões. Lá dentro havia lanternas acesas. Ouvia-se o som de um martelar constante.

Komako agarrou Teshi pelos ombros e a fez girar.

— Você não pode fazer isso! — gritou ela. — Você não pode vir pra cá sem mim! Não é seguro, Teshi. Está me ouvindo?

A irmã lhe dirigiu um olhar perdido, os olhos muito escuros.

— Estou com muito frio — sussurrou ela.

Jacob estava a alguns metros, parado na chuva, as mãos apoiadas nos joelhos, o rosto erguido para vê-la. Arquejando, a barba preta pingando.

— Tenho de tirá-la daqui — disse Komako por cima do ombro. — Não é seguro.

Mas então veio um súbito jorro de luz, quando a porta do fabricante de caixões se abriu. Vozes. Alguém na sala de *mah-jongg* acima fechou bruscamente uma veneziana e espiou. Komako vislumbrou movimento vindo do santuário ao lado, mergulhado na escuridão, e, sem pensar, postou-se imediatamente na frente da irmã. Eram viúvas, pais, filhos que perderam suas famílias para o cólera.

— Komako… — sussurrou Jacob.

Mas seu aviso já era inútil. Os pobres de luto, cheios de raiva, em trapos e chapéus de palha esfarrapados, já estavam de pé, deixando sua vigília para sair na chuva, alguns deles empunhando tochas, outros, bastões, um homem com os dentes de um ancinho erguidos no ar.

* * *

Naquele exato momento, do outro lado da velha cidade de madeira, Frank Coulton estava sentado de pernas cruzadas, só de camisa e calça, no meio de seu quarto na hospedaria, uma lanterna de papel pendendo das vigas do teto, cuja sombra lançava um leve brilho laranja sobre seus cabelos ralos, pulsos maciços e o maltratado baú de viagem feito de couro, que se encontrava aberto e vazio junto ao biombo mais distante. Ele segurava um revólver carregado em uma das mãos, um soco-inglês de bronze na outra, como se tivesse a intenção de rezar por eles. Por todo o chão, em todas as superfícies, ele havia polvilhado um fino pó prateado.

Vamos, seu desgraçado, ele estava pensando. *Mostre sua maldita figura*.

Ele havia aberto os biombos *shoji* nas três paredes, como um convite. Fechou os olhos, respirou, apurou o ouvido para qualquer som na penumbra.

Deixara Jacob ir sozinho ao *kabuki*, duas horas antes, deixara-o confrontar a menina sozinho, em parte porque parecia uma tarefa bem fácil, já que o rapaz tinha os bolsos cheios de charme da mesma forma que outros homens tinham moedas. Mas, sobretudo porque Coulton precisava cumprir uma tarefa, *essa* tarefa, e ele queria estar sozinho para isso.

Afinal, não era todo dia que você se dispunha a matar uma *drughr*.

Porque era o que aquilo era, uma *drughr*, e Coulton viera a acreditar nisso, a acreditar na coisa invisível que espreitava tanto ele quanto Jacob. Não se importava com o quanto isso parecia loucura. A *drughr* não havia contaminado os seus sonhos, pelo menos ainda não, não como Jacob descrevia, mas ele sentia sua presença na espinha, um pavor que subia por ela lentamente. Coulton sabia pouco sobre as histórias antigas, histórias dos mortos que nunca morreram, que haviam cruzado o limite para as salas cinzentas, ainda vivos; detentores dos talentos sombrios, fisicamente monstruosos, impossivelmente fortes; criaturas capazes de atravessar portas, paredes e até mesmo carne humana; criaturas de sonhos e, portanto, como os sonhos, invisíveis à luz do dia.

Sim, deve ser bastante fácil, então, pensou ele secamente. *O que poderia dar errado?*

E segurou o revólver com mais força.

Nos dias depois que encontraram a menina, dois acontecimentos fizeram Coulton acreditar que aquilo que o seguia era real. A primeira foi na base da escada da hospedaria, quando ele se virou de repente, tendo esquecido uma lista de suprimentos que queria, e ao voltar a subir as escadas apressado, havia roçado o ombro em *alguma coisa*. Ele tinha parado e estendido a mão para o vazio enquanto a hospedeira, mais abaixo, o olhava, sem expressão. A segunda foi um murmúrio no corredor, do lado de fora do quarto, na calada da noite, um murmúrio baixo e urgente cujas palavras ele não conseguia entender, como se estivesse ouvindo somente um dos lados de uma conversa. Ele se levantou como um felino e rápido, de pijamas, puxou a tela e saiu para o corredor iluminado pela lua. Estava vazio.

Ele não contou a Jacob. Se algo invisível os espreitava, poderia ouvir qualquer coisa a qualquer hora. Mas começou, a partir daquele momento, a pensar em como enfrentar o monstro.

Seu plano era simples. Ele vislumbrava dois resultados desejáveis. O primeiro seria a morte da coisa. Mas, mesmo que apenas a enfurecesse, a provocasse, de modo a fazê-la se revelar para ele, já seria um sucesso. Ele precisava saber o que era essa coisa.

E assim permaneceu sentado à débil luz laranja da lanterna, à espera. Estava com medo, e esse não era um sentimento com o qual estivesse acostumado, e, portanto, não sabia o que fazer com ele.

Uma hora se passou.

Nada aconteceu.

E então, de repente, de alguma forma, a coisa estava no quarto com ele.

Os pelos de sua nuca se eriçaram.

— Sei que você está aqui — disse ele, em um tom duro, para o silêncio.

— Posso ouvir você respirando.

Silêncio.

Ele grunhiu, fechou os olhos. Estava forçando seu talento a se manifestar, tornando sua carne mais densa, mais espessa, incrivelmente forte. Seu coração estava disparado, a familiar sensação sufocante o dominava, como se as paredes estivessem se inclinando em sua direção. Ele não achava que sua força igualaria a da *drughr*, não se as histórias antigas fossem ao menos metade verdadeiras, mas ele tinha também o revólver — e quando foi que uma *drughr* fora baleada na cara por um Colt à queima-roupa e escapado? Sua respiração também estava acelerada. Podia sentir os tendões em seu pescoço ao virar o rosto de lado para ouvir melhor.

— Venho me perguntando — disse baixinho — o que é exatamente que está me assombrando todas essas semanas. Sim, sei que você está aqui, e estava até mesmo a bordo do navio quando partimos de Cingapura.

Seus olhos varreram o quarto bem devagar.

— E então tivemos nosso breve encontro na escada. O negócio é que, se posso tocar você, então um punho também pode. E uma bala também pode. Você está me entendendo?

E foi então que ele viu. Uma leve mancha de poeira no chão, vindo do corredor escuro, se aproximando. Pegadas. Passando pelo baú de viagem aberto, passando pela pequena escrivaninha com seus frascos de tinta. Ele sentiu um horror dominá-lo rapidamente e lutou para contê-lo, perguntando-se o tamanho que essa coisa poderia ter, o que ele estava confrontando. O que ela queria? Ele tomou o cuidado de não se mexer.

— Agora, o problema de ser invisível — disse ele, mantendo a voz firme — é que isso não significa que você não esteja aí. E, se você está aí, não está em nenhum outro lugar.

Ele ergueu os olhos e olhou diretamente para onde a *drughr* estava.

As pegadas se detiveram. Ele viu a coisa se mover ligeiramente, como se estivesse se virando para olhar para trás, e naquele momento ele entendeu que a coisa sabia que ele a tinha visto, que ela havia caído em uma armadilha, e então ele se lançou com toda a força e velocidade diretamente para onde supunha que ela estivesse. Ao saltar, bateu na lanterna de papel pendurada e ela balançou loucamente para a frente e para trás, lançando sombras em movimento desenfreado sobre tudo que havia no quarto. E ele atacou, e sentiu seu punho se conectar com algo, mas foi apenas um golpe de raspão, e ele caiu de lado, indo colidir com um biombo de papel, rasgando-o ao cair.

Ele estava de pé outra vez imediatamente, tossindo, girando, tentando ver para onde a *drughr* tinha ido. Havia perdido o revólver. O pó fora todo levantado no ar, e nesse momento caía, flutuando. Mas Coulton não conseguia ver nenhum contorno ou forma da figura em meio à névoa de pó e temeu que ela tivesse escapado.

Então seus olhos pousaram no baú de viagem, empurrado de lado contra uma viga. Um ruído lento veio de dentro dela, quase como um gemido. Ele hesitou apenas um instante. E, sem pensar, deu um salto para a frente e bateu a tampa, trancando-a rapidamente. Em seguida, deu um passo atrás e ficou olhando através do pó que descia.

De repente tudo se aquietou. Ele podia ouvir agora a senhoria correndo pela hospedaria lá embaixo, começando a subir as escadas, parando no meio do caminho. Mas seu olhar estava fixo no baú, silencioso, imóvel. O sangue martelava em seus ouvidos.

Não era possível, pensou, simplesmente não era possível. Não se podia prender uma maldita *drughr* em um baú. Podia?

E nesse instante, como que em resposta, a tampa bateu bruscamente, duas vezes, e então uma batucada furiosa começou ali dentro, e Coulton cerrou os punhos e deu um passo involuntário para trás.

Puta merda, pensou.

Antes que o primeiro homem naquela turba tivesse erguido seu porrete, antes mesmo que Komako pudesse arrastar a irmã para trás pelo pulso, tirando-a do alcance da ira do homem, o inglês havia caminhado pela chuva com seu longo casaco preto batendo nos joelhos, o chapéu de seda caído no beco molhado, e erguido os punhos em desafio. Komako viu seus olhos. Estavam pretos, a esclera desaparecida, as íris cheias de escuridão.

— Fique atrás de mim — disse ele, severo.

Ela conhecia as superstições daquela gente, sabia que acreditavam em demônios e espíritos malignos, e sabia que temiam que o cólera fosse um sinal de feitiçaria entre eles. Ela sabia disso, e sabia que sempre tinham olhado com desconfiança para Teshi, e estava com medo.

Ela manteve um braço protetor em torno dos ombros de Teshi. A irmã parecia atordoada, meio adormecida, totalmente alheia ao perigo que corriam, seu rosto ainda voltado na direção dos corpos sob o toldo. A multidão estava engrossando. Agora havia jogadores *bakuto* entre eles, empunhando facas, seus dados viciados guardados em bolsinhas presas ao pescoço. Vinte, talvez trinta rostos a fitavam, ferozes, e quando virou a cabeça ela viu que outros haviam bloqueado o caminho por onde eles tinham vindo. Estavam encurralados.

E então o primeiro homem levantou seu porrete e o lançou em um longo arco, assoviando através da chuva, e Jacob girou e o recebeu nas costelas com um terrível ruído de algo se quebrando. Komako estremeceu, ouvindo-o grunhir de dor. Mas suas mãos estavam segurando o cabo da arma e ele lançou o homem menor de lado, para o beco. Então virou o porrete nas mãos e se ergueu em toda sua estatura e, inacreditavelmente, ele *rugiu*, não havia outra palavra para aquilo, rugiu como um urso na chuva escura, um som de fúria absoluta que fez todos ali hesitarem e se encolherem.

— Vai, Komako! Vai! — gritou ele.

Mas ela não podia, não havia para onde ir. Uma idosa avançou no meio do grupo, uma anciã em um *yukata* velho, o quimono pendendo, molhado, de seu corpo, e apontou um dedo deformado para Teshi. Um silêncio caiu sobre a multidão.

— Ela — sussurrou a mulher. — É ela, é a criança demônio...

Um burburinho percorreu a turba. Uma voz vinda de trás gritou alguma coisa, depois uma segunda voz. Um tijolo caiu perto de Teshi, uma pedra acertou Komako no peito. A multidão estava reunindo a coragem, sua ira tornando a crescer.

— Jacob! — gritou ela. — Não podemos...

Mas ele já estava ao lado dela, pegando Teshi e colocando-a sobre o ombro, avançando em meio à chuva na direção da fachada escura de uma loja e derrubando a porta com um chute enquanto arrastava Komako com ele, adentrando a escuridão. Ele ficou parado no vão da porta, uma figura alta e barbuda tomada pela fúria, lançando um olhar feroz para a multidão reunida.

Komako entrou correndo. A loja era apenas duas salinhas, frente e fundos, e não havia outra entrada nem saída. Na escuridão, ela sentia o cheiro de algo horrível. A sala dos fundos estava repleta com os mortos do cólera.

— Estamos encurralados — gritou ela. — Jacob! Não temos como sair!

Jacob limitou-se a sacudir a cabeça.

— Só precisávamos sair da chuva, Ko. Só precisávamos estar secos.

Ela o viu tirar as luvas. O pó. Ele pretendia usar o pó.

— Não — sussurrou ela. — Você não pode.

Ele olhou para ela, os olhos completamente pretos. Parecia estar esperando alguma coisa, mas ela não sabia o que mais dizer. Olhou para Teshi e viu sua irmãzinha de joelhos na sala dos fundos, uma figura pálida na penumbra, ajoelhada entre os mortos ali dispostos. Na cabeça de Komako passaram rapidamente as palavras que Jacob lhe dissera no telhado do teatro. O que quer que estivesse errado com sua irmã não era uma doença.

Jacob tornou a voltar-se para a multidão, as mãos erguidas. E imediatamente o pó naquela loja imunda lançou-se na direção de seus dedos, girando sem parar em torno de seus braços estendidos.

Um homem havia avançado, saindo da extremidade da multidão, brandindo uma tocha, a chama vacilando na chuva, mas sem se apagar, e Komako viu que ele pretendia atear fogo à loja, deixá-los queimar ali dentro. Sem pensar, ela arrancou as ataduras de linho, sentiu a dor gelada nos pulsos, reuniu uma meada de pó e o lançou, descrevendo um arco, na direção da tocha. O fogo se apagou em um suspiro da fumaça rápido e estrangulado.

A multidão arquejou em uníssono. Ela olhou para Jacob e viu o pó espiralando ao redor dele, viu que ele dava um passo à frente, ficando agora sob o toldo gotejante, e erguia os olhos para a multidão enfurecida. Havia medo no rosto daquelas pessoas. Elas estavam testemunhando o trabalho de demônios, de espíritos, de uma feitiçaria maligna. Não haveria mais vida para ela e Teshi agora, não aqui, não depois disso. Eles a *tinham* visto.

Então veio um brilho da loja ao lado, ela olhou rapidamente e viu que alguém tinha incendiado o telhado de palha. Apesar da chuva, o fogo já vinha saltando na direção deles.

— Jacob... — gritou ela.

— Pegue sua irmã — disse ele, e sua voz estava tensa.

Mas Komako não obedeceu, não de imediato. Em vez disso, ficou olhando enquanto ele se apoiava em um joelho e arrastava as mãos para a frente, como se através de uma água espessa, os tendões de seu pescoço se tensionando, e o grande monte rodopiante de pó voou com seus bilhões de partículas na direção dos rostos e olhos daquela multidão reunida, caindo sobre ela como um enxame de gafanhotos, e as pessoas gritaram, levando as mãos aos olhos, tropeçando, subitamente cegas.

— Depressa! — ele gritava.

E então Komako adentrou a escuridão da loja, agarrando o pulso da irmã, arrastando-a para fora, e Jacob pegou a garotinha no colo e os três saíram correndo na chuva, afastando-se das lojas de material de construção e dos antros de jogos, dos enlutados descontrolados e de todos os mortos silenciosos, através da escuridão do bairro, na direção do velho teatro *kabuki*, o único lar que ela conhecia.

Coulton fitava o baú à luz oscilante, a tampa batendo furiosamente.

Seu coração também esmurrava a caixa torácica. Ele podia ouvir a hospedeira chamando Jacob do andar de baixo, em um japonês tomado pelo pânico.

— Marubu-san? Marubu-san!

E ele hesitou apenas por um momento antes de pegar o revólver no meio da bagunça e se ajoelhar ao lado do baú.

— Não sei se você me entende — grunhiu ele baixinho —, mas ou você cala a porra da boca neste minuto ou eu descarrego o Colt neste baú. O invisível pode deter uma bala?

A tampa parou de bater. O baú ficou em silêncio.

— Certo — murmurou Coulton, afastando-se.

Ele saiu no corredor, inclinou-se sobre o corrimão. Com a voz calma, disse, dirigindo-se ao andar de baixo, que estava tudo bem, que ele tinha caído e quebrado um dos biombos, um acidente, mas que estava bem, estava tudo bem, não precisava se preocupar. E, obviamente, ele pagaria pelo prejuízo, sim, sim.

Ele podia ver o rosto pálido da mulher olhando-o do pé do lance da escada, à meia-luz. Ela segurava uma vassoura como se fosse uma arma, as duas mãos trêmulas. Os olhos dela não tinham expressão. Ele não sabia o quanto ela havia compreendido, mas a mulher respondeu alguma coisa em um japonês rápido e então virou-se e desceu silenciosamente.

De volta ao quarto destruído, Coulton olhou para o baú, inseguro. Ele podia ouvir a *drughr* se mexendo, movendo os membros lá dentro. Mas já não se debatia.

Coulton tentou dar algum sentido àquilo. Não via como uma coisa simples como um baú poderia deter uma *drughr*. Não deviam conseguir atravessar paredes? Não eram enormes, poderosos, grandes demais para tropeçar por acaso, cair em um baú e não conseguir sair? Inferno, seu soco de raspão não deveria nem mesmo tê-lo deixado atordoado.

Ele olhou furioso para o baú, sem saber o que fazer. A hospedaria estava muito silenciosa. Lentamente, sempre de frente para a coisa, começou a arrumar a bagunça, ajeitando os móveis, abaixando-se para varrer o pó, os pedaços quebrados do biombo. Quando terminou, pôs as mãos nos quadris e olhou à sua volta. O quarto ainda estava uma bagunça.

Quando não conseguia pensar em mais nada para fazer, sentou-se de pernas cruzadas diante do baú e ficou vigiando. Sua intenção era esperar Jacob. Ele se levantou, andou até a janela e olhou para a chuva. Então voltou, cruzou os braços e ficou olhando para o baú por mais um tempo. Era tarde. De repente ele ouviu seu nome.

— Sr. Coulton? — chamou uma voz abafada. — O senhor ainda está aí? Coulton!

Ele sacou a arma do bolso, seu sangue latejando. Vários minutos se passaram. A voz não soara muito como a de um monstro. Ele fez uma careta. *Como você pode ser tão burro, homem?*, ele se perguntou.

— Por favor! — pediu a voz.

Burro para cacete, pensou Coulton. E então deu um passo à frente e rapidamente destravou a fechadura e abriu a tampa com um movimento rápido.

Ali dentro havia uma criança.

Encolhida desconfortavelmente no fundo do baú. Uma maldita menina. Magrela, nua e suja, com o nariz sardento escorrendo e os cabelos ruivos desfiados e cheios de piolhos, como se nunca tivessem sido lavados em toda a sua vida. Era cortado como o de um menino, e com seu pescoço magro e o rosto comprido e estreito, parecia uma galinha particularmente ossuda já depenada, pensou Coulton.

Ela o olhava, tonta, surpresa, boquiaberta, um espaço entre os dentes da frente, como se não pudesse acreditar que ele batera nela, o lado esquerdo do rosto fino já escurecendo onde ele havia acertado. E então, de repente, ela sentou-se toda torta, olhou de cara feia para ele e esfregou a cabeça dolorida.

— Jesus — disse ela. — Por que que tu fez isso?

Ele manteve o revólver apontado para o coração dela.

— O que você é? — sussurrou ele. — Me mostra seu eu de verdade. Anda, mostra.

Ela o olhou como se ele fosse louco.

— Mostra! — gritou ele.

— Ai! — gritou ela de volta. — Eu não sou surda! Eu te ouvi. — Ela começou a passar a mão pelo maxilar, com cuidado, olhando-o com raiva. — Por que tu me bateu, afinal? Ai.

Ele franziu a testa, de repente inseguro. Ele a observava, revirando tudo em sua cabeça. Não fazia sentido. Com cuidado, levou a mão atrás de si, pegou seu pijama e o jogou para ela.

— Vista isso, pelo amor de Deus!

Foi o que ela fez. O tecido se juntava como uma grande piscina de algodão aos seus pés. As mãos se perdiam nas mangas. Ela estendeu uma delas, em saudação.

— Meu nome é Ribs — disse, como apresentação. Então ela viu o rosto dele. — Ah, o que foi? Tu nunca viu uma garota invisível antes?

Ele piscou.

— Isso é uma piada?

De repente ela dirigiu a ele um breve sorriso maroto.

— Tu ficou com muito medo! Ah, ficou!

— Não fiquei — disse ele.

— Quase mijou nas calças, sim. Ai, dói quando rio. Mas não consigo não rir. Tu devia ter visto tua cara.

— Você devia ver a sua agora — murmurou ele. Pousou o revólver no colo, mas o manteve engatilhado. — O que você está fazendo nos seguindo, então? Nunca ouvi falar de um talento que pudesse tornar uma criança invisível.

— Ai, meu Jesus cristinho — disse ela, com fingida seriedade. Então abriu bem os olhos. — Se *tu* nunca ouviu falar de uma coisa, ela não pode existir, imagino.

— Você tem um jeito muito educado de ser.

— Ora, obrigada, Sr. Coulton.

— Ribs nem é um nome decente.

— Diga isso à minha mãe.

— Onde ela está, então?

— Ai de mim, sou uma pobre infeliz, Sr. Coulton. Minha história é muito trágica. — Ela fez uma reverência com os pijamas compridos que usava, parecendo ridícula. — Nasci em lugar nenhum, cresci em todos os lugares. A pobreza foi meu pai. A solidão, minha mãe.

— Espere um minuto — disse ele. — Tenho que chorar.

Ela tornou a sorrir.

— Não vou contar pra ninguém.

Ele examinou suas feições sardentas, os olhos verdes gaiatos. Então assentiu.

— Certo. Não tem como a *drughr* ser tão irritante. Mas eu ainda posso atirar em você.

Ribs pareceu achar isso engraçado.

— Ok, tá certo, escuta — disse ela, recuperando a compostura. — Eu nunca tinha visto ninguém mais fazer o que eu posso fazer. Nem nada parecido. Então um dia vi Jacob com o pó. Nas docas de Cingapura. Eu queria ver o que vocês eram. Então simplesmente subi a bordo e naveguei com vocês, sim. Só não sabia que estavam vindo pro Japão.

— Como é que uma garota como você foi parar nas docas de Cingapura, para começar?

Ela sorriu.

— Ah, essa é uma história triste. Com certeza vai partir teu coração, Sr. Coulton.

— Eu quase matei você, garota. Pensei que fosse uma *drughr*.

— Uma o quê?

— Uma *dru*... — Coulton sacudiu a cabeça. — Deixa pra lá.

— Ah! Eis um aviso pra você: eu também não sou um unicórnio.

Coulton soltou o ar das bochechas. Estava se perguntando se um tiro atrairia a polícia de Tóquio para cima dele e, caso isso acontecesse, se o corpo dessa garota ficaria invisível ou não, e, se não ficasse, se valeria a pena assim mesmo.

Ribs, porém, parecia cada vez mais à vontade. Ela esfregou as mãos uma na outra, olhando com vivacidade à sua volta. Coçou os cabelos ruivos.

— Ok. Então onde Jacob está agora? Ele está falando com aquela menina Komako?

Coulton se deteve.

— Você sabe sobre ela?

— Difícil não saber, do jeito que vocês dois agem.

— Quanto você ouviu escondida? Você sabe o que fazemos?

— Sim.

— Sabe de onde viemos?

— Sim.

— Brilhante — murmurou ele. — Berghast provavelmente vai querer minha pele por isso. — Ele a encarou, sacudindo a cabeça. — O que vou fazer com você? Não posso simplesmente deixá-la andando por aí.

Ribs piscou, surpresa, para ele, os cabelos curtos em pé, bagunçados.

— Jesus, você... Eu não vou ficar andando por aqui para meu engrandecimento. Pretendo ir com vocês, é claro.

— O quê? Para o Cairndale?

Ela lhe dirigiu uma piscadela.

— Mas não nesse maldito baú, é claro.

A chuva morna caía em lençóis agora, borrando o contorno dos telhados curvos.

Do lado de fora do velho teatro, Komako deixou o inglês na rua deserta. Dobrando a esquina, riquixás se reuniam à luz das tochas, cobertos para se proteger da chuva. Ela não tinha oferecido nada a ele, nenhuma garantia, nenhum agradecimento. Confusa com o que estava em seu coração. Ele a salvara; ele a arruinara. Ela havia exposto seu talento e não haveria como se esconder agora. Conduziu Teshi para dentro do prédio, subindo e passando pelos ambientes escuros, felizmente não encontrando ninguém no caminho, e no pequeno espaço que compartilhavam no topo do teatro ela deitou a irmã em um tatame. O braseiro ainda estava aceso, pulsando com o calor.

Por último, ela abriu a veneziana de madeira e espiou lá fora. Ele ainda estava lá, Jacob, uma figura escura na chuva, sem chapéu, encharcado, observando a porta pela qual ela havia entrado. À noite ele parecia novamente sinistro, incompreensível, assustador. Ele não esperaria por ela por muito tempo, ela sabia.

Komako sentiu uma presença ao seu lado. Era Teshi, que se erguera de seu leito de enferma, os olhos muito fundos. Ela pousou a mão no ombro da irmã para se equilibrar e o frio atravessou Komako.

— O que ele quer, Ko? — sussurrou Teshi. — Por que está parado ali?

— Ele quer a mim — disse ela simplesmente.

Ela sentou-se então, de pernas cruzadas, as costas apoiadas na parede, e Teshi engatinhou até ela e deitou a cabecinha em seu colo, como costumava fazer quando era pequena, antes de adoecer. Komako acariciou-lhe os cabelos.

Ela estava tremendo, mas não por causa disso. Estava pensando no que Jacob dissera, como era a sua própria vontade que impedia a irmã de encontrar a paz, e que ela deveria fazer isso, deveria deixá-la ir, e Komako lembrou da silhueta pálida da irmã atraída para os mortos naquele beco e a sonolência sobrenatural que vivia constantemente com ela, mesmo enquanto a multidão gritava, enquanto os atacava. Sua irmã estava fria o tempo todo. Ela nunca dormia, e seus dentes eram, como Jacob imaginara, pequenos e afiados, como os de um peixe. E ela pensou então no médico da clínica e na maneira como olhara para Teshi, como se horrorizado, e no desprazer frio da bruxa, e de repente ela viu que já sabia, mesmo antes de Jacob lhe dizer, já sabia fazia muito tempo que o que havia de errado com Teshi não era uma doença, e que o que tinha de ser feito seria, para sua irmã, uma espécie de caridade.

Teshi deslizou os dedinhos frios para os de Komako, entrelaçando-os.

— Tá tudo bem, Ko — sussurrou ela.

Como se ela soubesse.

Mas não podia saber, não tinha como saber. Komako examinou-lhe o rosto, sentindo, nesse momento, como se estivesse sendo arrastada para a frente, arrastada na direção de uma luminosidade que devia machucá-la e à irmã, arrastada para os dois estranhos e qualquer que fosse a verdade que eles traziam com eles, e embora ela tenha engolido em seco e fechado os olhos, e tentado não pensar a respeito, não pôde evitar, não pôde, e então era como se ela estivesse caindo em uma luz que era como morrer.

Ah, Teshi, pensou ela súbita e ferozmente, enquanto caía. *Ah, Teshi, me desculpa, me desculpa...*

Alguma coisa se soltou dentro dela, então, algum nó apertado de tensão de repente estava se desfazendo, e Komako sentiu um horrível enjoo, reprimiu um soluço e abriu os olhos, olhando desvairada no brilho do braseiro. A cabeça de Teshi estava em seu colo, os olhos fechados, como se estivesse dormindo, exatamente como se estivesse dormindo. Mas não estava.

16

A Drughr

Anos mais tarde, muito depois que ele deixara de ser o que era, depois que estivera nas salas cinzentas além do *orsine* com a pele fumegando, e de as aparições com seus olhos pesarosos terem se reunido para um encontro com ele; depois que se tornara, sim, o que sempre esteve destinado a ser, uma extensão da *drughr*, o pó subindo dentro dele como uma escuridão fumegante até ele não lembrar mais nem mesmo do próprio nome; depois que ele matara aquelas duas crianças na travessia do rio e fora transformado por isso, transformado completamente, as muitas traições e mentiras do instituto tornando-se claras naquele momento, e acima de tudo, depois que ele começara a caçar o bebê, a criança no Cairndale, o menino que brilhava — ainda assim, em um pequeno canto trancado em seu coração, Jacob se lembraria desse dia, dessa partida e da viagem que estava por vir. Pois esse era o seu segundo começo.

Eles partiram da baía de Tóquio sob o branco plano e iluminado por trás de um céu sem sol, quatro passageiros a bordo do barco do contrabandista sueco: ele e Coulton, Komako em sua dor, e aquela estranha clandestina, a garota invisível, Ribs.

Enquanto eles deixavam a entrada da baía para trás, e as velas estalavam e se enfunavam com o vento, Jacob observava Komako na amurada. Os olhos da menina estavam fixos nos telhados recuados de sua cidade, seu rosto estava franco e triste. Ela mal falara, não dissera nada sobre a irmãzinha, absolutamente nada, e pelo silêncio dela ele soube o que ela havia feito e o que devia estar sentindo. Pensou em Bertolt naquele beco, tantos anos atrás, seus braços e pernas rígidos e manchados de fuligem, e se perguntou se poderia ter feito o mesmo. E naquele instante soube que não poderia, que seu amor pelo irmão não era grande o suficiente, ou altruísta o suficiente, e então ele abaixou os olhos, envergonhado. Jacob nunca soube quem ele era no mundo, sem Bertolt lá para ancorá-lo.

Depois de um tempo, ele se juntou a Komako na popa. Agarrando a amurada com força com ambas as mãos, como se fosse estrangulá-la, e olhando, com a menina, para a estranha e bela cidade passando por eles.

— Você não a verá novamente, não por muito tempo — disse ele suavemente.

— Eu odeio esse lugar — replicou ela.

E se afastou.

Jacob a observou ir, então ergueu o olhar. A mulher de sombras, aquela criatura de fumaça e escuridão, espreitava silenciosa e pensativa com suas saias pretas ao lado do tronco liso do mastro da proa. Um marinheiro encontrava-se agachado perto dela, catando estopa em um rolo de corda, alheio à sua presença. Jacob nem sabia o nome dela. Era estranho, não saber como chamá-la. A *drughr*, obviamente. Isso ele tinha deduzido. Mas talvez não fosse má. Seria possível? Ela estava com ele agora com frequência, não apenas durante o sono, mas também quando estava desperto, como uma sinistra segunda sombra do que ainda poderia ser. Ela aparecia atrás de Coulton na mesa do capitão à noite, enquanto seu amigo rude rasgava um pãozinho com os polegares. Postava-se, firme, no convés ensolarado enquanto o gurupés subia e afundava no borrifo das ondas, sem peso, o vento nunca batendo em suas saias. Na cabine escura e apertada que ele dividia com Coulton, ela frequentemente ficava no vão da porta, como se não tocasse o chão, a fumaça obscurecendo seus olhos. Às vezes, vê-la o assustava. Na maior parte do tempo, porém, apenas o fazia se sentir inexplicavelmente velho, e triste.

Ele não falou muito naqueles primeiros dias. Olhava à luz noturna da lanterna para o rosto vermelho de Coulton, as suíças ruivas, a maneira como tragava profundamente o charuto e segurava a fumaça nos pulmões, os olhos fechados, como um homem imensamente satisfeito com a vida. Seu amigo estava sempre conversando com a garota Ribs, a criança abandonada e magricela com os cabelos ruivos de palha. Ela estava sempre comendo, e mastigava com a boca aberta, deixando o espaço que tinha entre os dentes frontais visível.

Coulton parecia mais relaxado, mais feliz até. Certamente Jacob estava feliz por ele. Não era apenas o fato de estarem navegando para casa, ele sabia. Era por causa da garota insolente, também.

Então Frank Coulton tem coração, ele lembrava de ter pensado, vendo-o assim naqueles dias. *Quem diria...*

Ribs, por sua vez, passava veloz como uma salamandra, entrando e saindo de todos os ambientes em que Jacob estava. Era quase como se ela o estivesse evitando, quase como se ela soubesse de algo que ele não sabia. Ela estava em todos os lugares e em nenhum lugar, falando a mil por hora, sua voz chegando a todos os cantos do barco que rangia. Esquelética e rápida, com olhos que não eram os de uma criança. Naquela primeira manhã ela vestia um quimono infantil amarelo, comprado com cuidado por Coulton no distrito da seda, mas na segunda manhã usava uma calça de marinheiro enrolada e uma camisa rasgada nas mangas e ainda muito comprida, traje que usou no restante da viagem. Doía o coração de Jacob vê-la assim, imaginando o que ela devia ter suportado, que crueldades, as poucas gentilezas que não deviam ter se prolongado, mas ela não parecia se deter nessas lembranças. As únicas vezes que ele a via em silêncio era quando ela se sentava com Komako em um caixote amarrado no tombadilho, ambas olhando o reflexo do sol na água, suas lâminas de luz flamejantes, duas garotas talvez da mesma idade, uma amizade talvez florescendo entre elas.

A essa altura, eles já tinham deixado a Baía de Sagami, virando a oeste da Ilha de Oshima, o vento sul soprando forte. Seguiam para Taipei e o Mar da China Oriental.

Com pouco a fazer além de tomar conta das duas meninas, cochilar, proteger os olhos da claridade e observar os marinheiros balançando no cordame, no alto como macacos, os pensamentos de Jacob voavam até a Escócia e o Cairndale, e seus solitários edifícios de pedra. Ele estava fora fazia tempo demais.

Quase não havia como ficar sozinho naquele navio. Sempre aparecia um marinheiro, resmungando, executando alguma tarefa, ou Coulton emergia de uma escotilha, inquieto, ou a menina Ribs passava correndo a caminho de algum lugar. Ou ele se virava de repente e via a *drughr*, como um fantasma, observando-o do outro lado do navio. Ele já dormia cada vez menos. O que Komako tinha feito com Teshi estava dentro dele também, de alguma forma, e ele não conseguia deixar de pensar nisso. Ficava revirando a ideia na cabeça, ruminando, até que ela se confundia com o que a *drughr* dissera sobre o pequeno espírito de Bertolt, sofrendo, sozinho, com medo, e que ele poderia trazer o irmão de volta.

E foi assim que Jacob, na terceira noite no mar, chamou a *drughr* até ele. Dirigiu-se para o convés sob as estrelas para ficar sozinho e sentou-se de costas para a amurada no convés de proa, o vento quente em sua barba. Fechou os olhos com força e desejou que ela viesse até ele, e ela veio.

Você contou ao Sr. Coulton sobre nós, disse ela. Sua voz não estava satisfeita.

Jacob, segurando os joelhos junto ao peito, ergueu os olhos. Ela estava tão perto que ele poderia ter esticado a mão e segurado suas saias entre os dedos. Acima da gola rígida de babado, a fumaça se enrolava e adensava onde seu rosto deveria estar.

— Não existe isso de "nós" — murmurou ele. — Você disse que a morte é apenas uma porta. Disse que pode ser aberta e fechada, por qualquer pessoa que saiba como.

Sim.

— Ele ainda é... Bertolt? Ele ainda é quem ele era?

Você precisa abrir o orsine. *Precisa abri-lo para que ele não se feche novamente.*

— Você daria uma mensagem a ele por mim?

Você a dará pessoalmente. Quando abrir o orsine.

— Por que você não pode fazer isso? Para que você precisa de mim? — Ele esfregou furiosamente o próprio rosto e encarou a escuridão. — De qualquer forma, eu nem sei como. Não se pode abrir algo que não se entende.

É fácil, Jacob. Você precisa matar o glífico.

Jacob a encarou.

— O Sr. Thorpe?

Ele usa muito nomes. Mas é exatamente ele. Sim.

— Eu sei o que você é — disse ele de repente.

E o que eu sou?

Ele engoliu em seco.

— Drughr.

Ela se ajoelhou, recatada, as mãos enluvadas no colo.

Este é um dos nomes. Há outros. Sou velha, mais velha do que o seu bom Dr. Berghast, mais velha até que o seu precioso glífico.

— Coulton diz que você é maligna — sussurrou ele.

A cabeça dela então inclinou-se para o lado, como se lhe dirigisse um olhar demorado e sem expressão. Quase como se fosse humana.

O mal, disse ela suavemente, *é uma questão de perspectiva.*

— Não é.

Ah? E uma árvore é maligna? O pó é maligno? Somos parte de uma escuridão maior, Jacob, isso é tudo. O segundo lado da moeda. E o que você é? O que é o pó, o que significa ter poder sobre o pó? Isso não é maligno?

— Talentos não são malignos.

O seu, porém, é um talento muito particular. Não é?

Ele viu a silhueta de um marinheiro surgir do castelo de proa e cruzar até a amurada. O mar estava calmo, cintilando agora com o misterioso brilho azul das águas-marinhas sob a luz das estrelas. Após um momento, o marinheiro voltou para o seu turno.

Imagine se você tivesse aprendido então o que Komako aprendeu agora. Poderia ter mantido Bertolt vivo, poderia tê-lo mantido com você. Isso é parte do dom do artífice do pó. Berghast não lhe contou isso? É óbvio que não. Ele não ia querer que você soubesse. Mas eu posso lhe dar esse poder.

— Eu não iria querer. Eu não quero.

É seu assim mesmo. A *drughr* inclinou-se para a frente, seu rosto só fumaça e negrume. *O pó é o poder de trazer a escuridão para o mundo,* disse ela. *Você sabe tão pouco do que você é, Jacob. Ainda é muito jovem. Eu já vi tempestades de areia ao meio-dia no Bairro Deserto, como elas bloqueiam o sol. Faz pensar que é a calada da noite. Seu rugido abafa todo e qualquer som. E a sensação da areia batendo em sua pele oblitera todas as outras sensações. Não existe cheiro, nem gosto, nem sons, exceto a areia. A tempestade de areia elimina todos os sentidos humanos, até a pessoa deixar de ser uma pessoa. Ela é isolada de seu próprio eu. Esse é o poder do pó.*

— Eu não quero machucar ninguém...

É óbvio que não.

Jacob sacudiu a cabeça. Sentia-se sonolento, quase dopado. A *drughr* exercia esse efeito sobre ele, de alguma forma.

— Você disse... disse que conhecia uma maneira...

De encontrar seu irmão, no outro mundo. De ajudá-lo, sim. O orsine é a porta, é verdade, mas há outras maneiras de entrar lá. Pequenas janelas. Eu posso levá-lo até lá, Jacob, posso fazer o que Henry Berghast não fará. No entanto, o orsine precisa ser aberto se quiser que seu irmão seja trazido de volta definitivamente.

— Você disse que ele está sofrendo...

Não será fácil. E há um preço. Você está disposto a pagá-lo? Essa é a pergunta.

— Qual preço?

Ah. A *drughr* fez uma pausa, como se refletindo. *Por que as menores criaturas, Jacob, as mais indefesas, os camundongos e os ratos-do-mato, preferem a escuridão ao dia? O seu Dr. Berghast deseja preservar o mundo como ele é, os poderosos em suas posições, os mansos em seu lugar. Mas eu... eu não acredito que tenha de ser assim. Você sabe por que os talentos sombrios são chamados sombrios, Jacob? Ah, não tem nada a ver com o bem ou com o mal, com retidão ou sua perversão. É porque eles possibilitam que os fracos se escondam, que vivam como os fortes.*

— Bertolt não era fraco — sussurrou ele.

A *drughr* ficou em silêncio, a fumaça espiralando acima do rosto dele.

— Por que você me ajudaria? — perguntou ele. — Por quê?

O cordame rangia à luz das estrelas. A *drughr* ergueu-se suavemente, uma sombra mais negra contra as sombras dos mastros do navio.

Porque eu também preciso de uma coisa, Jacob, disse ele baixinho. *Também preciso da sua ajuda.*

De manhã, Frank Coulton estava sentado em um barril no convés, só de camisa, ouvindo o suave ruído das cartas sendo distribuídas, um vento morno soprando em suas roupas e crepitando nos metros de lona acima deles. As sombras brincavam em seu rosto. Ele estava distraído, pensando em Jacob, preocupado com o rapaz, cujos olhos pareciam doentes, como se ele não estivesse mais dormindo.

Havia quatro marinheiros do povo *orang-laut*, de pernas cruzadas e sorridentes, todos com cara de durões e pele de aspecto coriáceo, o segundo imediato dando as cartas. O vício dos marinheiros era o *zanmai*, um jogo que usava aquelas estranhas cartas de *karuta* coloridas tão comuns nas ruas de Tóquio. As regras eram básicas: três cartas, tentando somar dezenove. A trapaça, porém, era requintada.

Coulton, um conhecedor de habilidades, independentemente de sua natureza, divertia-se com a maneira como os marinheiros o limpavam de suas moedas, uma a uma, com exclamações de surpresa cada vez que formavam dezenove.

Mais tarde, ao anoitecer, Ribs disse:

— Posso contar como eles fizeram aquilo. Eu *tava* de olho.

Ele parou o que estava fazendo e olhou para ele.

— Se você for pega pondo em prática seu talento aqui neste naviozinho, vamos todos ter que ir nadando para Cingapura. Aja como uma criança normal. Consegue fazer isso?

Ribs lhe dirigiu um olhar fulminante.

— Eu *não* sou — ela fungou, pronunciando lentamente — uma *criança*.

Mas os dias ensolarados eram longos, o ar morno era turvo e espesso. De verdade, ele não podia culpar Ribs por seu tédio. Ele também estava esmorecendo. Cada vez mais mareado com as ondas do mar, ávido por terra seca e um banho frio, ele tentava reprimir sua irritação — e falhava.

Haviam passado por Taipei dois dias antes e Coulton estava em sua pequena cabine, com a porta fechada e a rede guardada, escrevendo na estreita escrivaninha pregada ao chão, quando fez uma pausa, pousou a caneta na mesa e virou o corpo parcialmente no banco.

— Certo — disse ele suavemente. Então olhou para o teto. — Se você quer completar a maldita viagem até a Escócia com a gente, teremos de estipular algumas regras. Primeira regra: nada de bisbilhotar.

A cabine estava vazia. Jacob havia subido para o convés. O navio subia e descia, subia e descia.

Por fim, do nada, veio a voz de Ribs.

— Como tu sabia que eu *tava* aqui?

— Posso sentir o seu *cheiro*, garota.

— Pode nada. — Ela farejou o ar, insegura. Fez uma pausa. — Não pode, pode?

Coulton fechou o diário, um dedo marcando a página, e esfregou o rosto, exasperado.

— Você disse que tinha parado de usar seu talento a bordo. Disse que se controlaria.

Ela se materializou de repente, uma coisinha esquelética nua bem na frente dele.

— Assim tá melhor? — Ela sorriu.

Ele recuou bruscamente, o calor subindo para suas bochechas, e virou o rosto. Tateou à procura de um cobertor comido de traças na rede.

— Pelo amor de Deus — murmurou ele. — O que as pessoas vão pensar se te virem perambulando por aí assim? Eu te disse para agir como uma pessoa normal. Isso não é normal.

Ela estava sorrindo para ele.

— Frank, Frank, Frank — disse ela.

— Quer fazer essa viagem na droga do meu baú? E é Sr. Coulton pra você.

Ela riu, e num piscar de olhos desapareceu, o velho cobertor caindo no chão.

Mas se Ribs estava reduzida a brincadeiras e tolices, Jacob, em seu mau humor, foi ficando cada vez mais perturbado. Coulton via as olheiras escuras sob seus olhos passarem de amarelo para cinza, observava a maneira como ele beliscava o pau do nariz e se inclinava para a luz do sol, e se preocupava. O rapaz havia desabotoado o colarinho e tirado a gravata e o casaco escuro, de modo que andava agora meio vestido, apenas com uma camisa de botão, sem paletó, metade do tempo o chapéu largado na cabine. Era a apatia de tudo aquilo, a longa mesmice dos dias, o modo como isso corroía suas disciplinas habituais que enlouquecia a pessoa numa viagem longa de navio.

Algumas noites ele acordava e encontrava a rede do rapaz vazia, então subia até o convés e o via olhando para o mar estrelado, seus olhos assombrados e furiosos. Havia noites na mesa do capitão em que Jacob não aparecia. Ele nunca queria falar sobre isso.

E então, uma noite, ele falou. Entrou e andou pela cabine estreita, torcendo os dedos longos e bonitos diante dele. Coulton, que se encontrava na pequena escrivaninha sob a vigia, virou-se no banco com o lápis nos dedos e esperou. Seu pescoço estava queimado de sol, seu nariz grande queimado e descascando gravemente. Mas Jacob, de alguma forma, parecia quase pálido.

Quando o rapaz falou, sua voz era vaga, infeliz.

— Eu não pude ajudá-la, Frank — disse ele. — Não pude fazer nada.

Coulton levou um momento para se dar conta de quem ele estava falando. A irmãzinha de Komako.

— Mas você a ajudou, sim — disse ele.

Jacob sacudiu a cabeça.

— Você não entende, não estava lá para ver. Ela me *implorou* para salvar Teshi.

— Sei que não fez nada de errado, rapaz.

— Eu disse a ela que deixasse a irmã ir. Eu fiz isso. Eu.

— Sim, e que escolha havia? Ela traria um suctor a bordo com a gente? Até o Cairndale? Ou talvez não viesse, simplesmente continuasse vivendo com um suctor naquele lugar? Quanto tempo você acha que ela teria durado então?

— A irmã não precisava morrer.

— Ela já estava morta, rapaz.

Jacob olhou para seus dedos longos, torcendo-os no colo.

Coulton se levantou. Olhou para o rapaz, olhou diretamente para a sua dor, quando disse:

— Esse não é o tipo de poder que você quer. Você pensa que sim. Mas não quer.

Os olhos de Jacob brilharam.

— Talvez seja. Talvez eu *devesse* ser mais poderoso. Qual o sentido desses talentos se não podemos salvar ninguém?

— Salvar quem? Do quê? De *morrer*?

— Sim!

Coulton encarou Jacob, ficou simplesmente olhando para ele, para a amargura que havia nele, e não soube o que dizer. Era porque ele compreendia.

— Mas o seu Bertolt já está morto, rapaz — disse ele baixinho. — Ele está morto, e não existe absolutamente nada que possa trazê-lo de volta..

Jacob voltou-se para o outro lado, com raiva.

— Nunca se destinaram a esse propósito, os nossos talentos — continuou Coulton. — A morte não é a parte ruim. Você sabe disso.

Mas o rapaz, impulsivo, infeliz, apenas chutou a porta da cabine e foi embora.

Não foi embora de verdade, porém. Não havia para onde ir naquele navio.

Jacob subiu a escada que levava ao convés de proa, mas não conseguiu ficar sozinho ali e então ficou andando de um lado para o outro na popa, como um gato, rondando a amurada, observando o sol mergulhar a oeste, bufando.

Não era culpa de Coulton. Ele sabia disso. Não era culpa de ninguém.

Ele olhava, zangado, o dia que morria quando Komako subiu e pousou a mão em seu braço. Ele baixou os olhos para ela, em seu quimono floral. De repente, ele sentiu sua fúria esvair-se. Ela parecia tão insegura, tão tímida.

— Você está bem? — perguntou ele.

Ela deu de ombros. Havia nuvens ao norte, escurecendo. No céu, viam-se traços dourados.

— No instituto — disse Komako — haverá outros como eu? Como Ribs?

Ele não entendeu de pronto, mas logo entendeu.

— Ah. Crianças? Por quê? Está preocupada com isso?

Assim que perguntou, sentiu-se tolo; é claro que ela estaria preocupada. Ele se lembrava de seu próprio pavor no meio da noite, quando embarcava no trem com Henry Berghast, todos aqueles anos atrás.

— Ouça — disse ele, ajoelhando-se. Às vezes ele esquecia que ela tinha apenas nove anos. — É um lugar onde você vai estar segura, Komako. Há outras crianças, sim. Você vai fazer amigos e vai perdê-los e talvez até encontre alguém de quem goste mais do que como amigo, quando for mais velha. Há professores, aulas e livros para ler, e você aprenderá sobre a arte do pó, o que é e o que pode e não pode fazer. É uma casa grande e antiga, cercada por campos, a terra é vermelha como sangue e a grama é mais verde que a água no porto de Tóquio. Você vai ver. E há um lago onde se pode nadar no verão, e uma ilha com ruínas.

Sua voz falhou com as lembranças. O ar quente cheirava a sal, a madeira queimada pelo sol. Os marinheiros subiam pelo cordame, descalços, ao longo das retrancas, recolhendo as velas, amarrando-as. Eles estavam sem camisa e queimados pelo sol como figos. Suas sombras se estendiam sobre a água.

— E você? — perguntou Komako, numa voz miúda.

Ele piscou.

— Eu?

— Você também vai ficar lá? — perguntou ela. — Não vai me deixar?

Jacob estendeu um braço lento e o pousou em torno dos ombros dela, e ela não se encolheu nem se retesou ou se esquivou. Eles ficaram assim à luz do sol poente.

— Eu não vou a lugar nenhum — mentiu ele.

Naquela noite, em sua rede pendurada na cabine estreita que dividia com Coulton, ele sonhou com Bertolt. Não parecia um sonho. Ele se encontrava na comprida enfermaria do Cairndale. Todas as camas estavam desocupadas, os colchões e forros virados e deixados encostados na parede, com exceção de uma. A luz do dia entrava como um brilho branco que atravessava as cortinas de musselina. Seu irmão estava deitado na cama, o rosto corado virado para o travesseiro, as mãos imóveis e pálidas em cima do lençol. Tinha a mesma idade de quando morreu. Tão pequeno. Uma enfermeira que Jacob não conhecia aproximou-se caminhando rapidamente, os saltos estalando, e parou junto à cama de Bertolt. Ela levantou um dos pulsos dele e depois de um momento o soltou e então se inclinou para abrir as pálpebras de Bertolt. O quarto foi ficando mais claro, e depois mais claro ainda. E então Jacob acordou.

Ele havia suado e molhado o pijama. Virou-se, exausto, e viu a rede de Coulton pendendo como um saco vazio e seu amigo em lugar nenhum à vista. A lanterna em seu gancho na viga queimava com um fogo baixo. Jacob jogou os pés para fora da rede, deslizou para o chão e esfregou o rosto.

A *drughr* estava parado no canto.

— Pelo amor de Deus — sibilou Jacob. Seu coração martelava.

A garota invisível, ela estava observando você hoje mais cedo, disse a mulher. *Você não a viu. Precisa tomar mais cuidado, ela é curiosa demais.*

— Ela não é a única — disse ele, enfaticamente. — Cadê o Coulton?

O Sr. Coulton vai ficar ausente por algum tempo.

Jacob, porém, mal a ouviu. Alguma coisa na postura dela o fez lembrar-se de alguma coisa, uma lembrança de muito tempo atrás, de sua infância em Viena. E então ele recordou.

— Eu conheço você... — disse de súbito. — Já a vi antes. Quando eu era pequeno...

Sim. Na Stephanplatz.

— Sob os arcos da catedral, naquele dia em que Bertolt caiu na rua. No dia em que o cavalo o escoiceou.

Também no dia em que vocês dois entraram no orfanato. Vi vocês subirem os degraus; vi as freiras receberem vocês. Você olhou para trás e me viu. Lembra?

Ele sacudiu a cabeça lentamente. Estava tentando, mas não conseguia.

Também no vagão do trem, quando Henry Berghast o levou para Viena. Eu estava sentada do outro lado do corredor, na janela, observando você, que ficou olhando para mim.

— Disso eu lembro — sussurrou ele.

Eu sempre estive com você, Jacob. Sempre cuidei de você. Você é precioso, há um grande poder em você. Pense em todo o bem que você poderia fazer, as pessoas que poderia ajudar. Basta que se permita tornar-se aquilo a que se destina.

— Bertolt sempre disse que amanhã era um novo começo. Que o que íamos fazer ainda não havia sido feito.

Mas já foi decidido. O que você fará, o que você será. Às vezes a decisão é tomada em nosso lugar.

— Eu... eu não sei.

Esse é o seu destino. Seu destino é ajudá-lo. Encontrá-lo.

Ele se sentia esgotado, como se não dormisse havia semanas. Ele não sabia qual era o seu problema. A criatura avançou, deslizando, seu rosto uma fumaça que flutuava devagar, toda profundidade, nuvens se dissipando e fiapos de sombra, fascinante, inesgotável, como se ele olhasse para um lago iluminado de longe por alguma estranha vida luminescente, quase visível, de tal forma que ele teve de se forçar a desviar o olhar.

Ele está sofrendo, Jacob. Ainda é uma criança, como era quando morreu. E está sozinho e sofrendo. A menos...

— A menos que o quê?

A *drughr* havia tirado as luvas.

Estenda as mãos, disse ela. *Vire-as.*

As mãos dela eram enegrecidas, crispadas como as mãos dos mortos. Com a ponta dos dedos, então, lentamente, ela roçou a palma das mãos dele. Jacob se encolheu. Ela o estava *tocando*. Parecia estranho, incorpóreo, como um sopro ou um suspiro, mas ainda assim era um toque. Seu choque se transformou em medo. De repente, a *drughr*, aquela aparição, aquele *produto da sua imaginação*, agarrou seus pulsos e uma dor lancinante subiu por seus antebraços. As mãos dela eram fortes. Ele cambaleou, tremendo, uma náusea profunda e desenfreada o invadiu, mas a criatura não o soltou, manteve-o seguro à distância de seus braços estendidos, como se um acordo estivesse sendo selado, embora ele não tivesse concordado com nada. Suas mãos estavam em chamas e uma agonia crepitava em seus dedos e pulsos. Ele não conseguiu se conter e gritou.

Ela o soltou.

Ele recuou, cambaleando, levando os pulsos para junto do peito, como garras. Suas mãos e antebraços estavam manchados por uma tinta escura, como se ele os tivesse banhado em quinino. Pareciam ter sido tatuados com redemoinhos e padrões, mas as tatuagens estavam se movendo, mudando languidamente de posição dentro de sua pele. Os nós dos dedos estavam deformados, os polegares alongados e monstruosos, os dedos amarelos e rachados.

— O que você fez? — sussurrou ele, horrorizado.

A moeda foi cunhada, Jacob Marber.

Ela gesticulou, indicando o canto da cabine estreita. A lanterna em sua viga balançava lentamente. O coração de Jacob estava pesado e doía no peito. Seus dedos arruinados se contraíram, quase por vontade própria, e uma pequena espiral de pó levantou-se do chão, de repente, e veio até ele, e, quando ele virou as mãos, sentiu uma força, um poder frio que não havia nele antes. Perplexo, ele comandou o pó e, para seu espanto, este se dobrou e *cresceu*, tornando-se mais denso, mais escuro, como se estivesse se multiplicando diante de seus olhos — pó, mas não exatamente pó agora, outra coisa, obscurecendo a lanterna em seu gancho de ferro, ocultando as redes e enchendo a pequena cabine com uma escuridão vertiginosa e opaca.

O pó agora faz parte de você, Jacob, soou a voz da *drughr*. Ele não podia mais vê-la por causa do ar espesso. *Pressinto uma bela fome. Sinta-a, sinta do que você é capaz.*

E ele fez isso; ele conseguiu. E se sentiu exultante, como se pudesse fazer qualquer coisa, como se por sua simples vontade pudesse trazer uma escuridão ao mundo.

Jacob fechou o punho, a tinta em sua pele formando uma nuvem e se separando e tornando a se juntar, como fumaça, e então o pó foi sugado sob seus monstruosos dedos curvados em uma espiral rápida e se extinguiu. O pó estava *nele*, como se fosse uma corrente elétrica.

Jacob estudou suas mãos deformadas. Sentia-se diferente, mais velho.

— Isso pode trazer meu irmão... de volta?

Isso é apenas uma amostra, disse ela. *É somente um começo.*

Ele umedeceu os lábios. De repente, lembrou-se de Coulton e sentiu uma pontada de culpa. Olhou para trás, para a porta, como se ela pudesse se abrir a qualquer momento. Seu amigo nunca entenderia. Ele baixou a voz ainda mais.

— Me diga — pediu ele. — Me diga o que devo fazer.

A lanterna rangeu acima deles. Ele podia ouvir a água batendo suavemente nas anteparas. Alguma coisa estava acontecendo com o ar atrás dela, como se estivesse se esgarçando, se rasgando.

A viagem é longa e as noites são curtas, murmurou a *drughr. Você deve estar disposto a vir comigo. Deve deixar tudo isto e me seguir. Pois você ainda não está forte.*

— Mas vou ficar — afirmou ele. — Vou ficar forte.

A estranha abertura no ar se ampliou, tornando-se grande o suficiente para ele passar. A resposta da *drughr*, quando veio, foi um sussurro.

Venha, então; venha e faça a diferença no mundo.

O Instituto

1882

17

Os Bons Feitos do Solar Cairndale

Alice Quicke acordou numa cama estranha, os dedos machucados. Ela não sabia se era manhã ou tarde. Suas roupas e seu chapéu estavam dobrados e empilhados numa mesa de cabeceira ao seu lado. Lá fora, ela podia escutar a chuva pingando do beiral e o som de vozes infantis.

Seu lado esquerdo doía quando ela inspirava, no local onde Jacob Marber a empalara, mas, quando procurou cuidadosamente o ferimento com a ponta dos dedos, não o encontrou. Tentou não respirar. Apenas estreitou os olhos, voltados para as vigas do teto, fazendo uma careta, tentando lembrar, em meio à confusão mental.

Lembrava do rugido do trem em meio ao vento, sim, enquanto se afastavam daquele monstro, a fumaça saindo em tiras dos punhos erguidos de Jacob Marber. E Marlowe aninhado nos braços dela. Mais tarde, uma espera irreal na plataforma de alguma estação ferroviária, enquanto condutores andavam de um lado para o outro, frenéticos, e locomotivas imensas e reluzentes bufavam sobre os trilhos. E ela se lembrou de um segundo trem, à noite, e depois de uma antiga caleche escocesa com molas quebradas, fedendo a charutos, as rodas quicando no solo de estradas ruins. E depois... isto. Um quarto na penumbra, de teto alto e mobília esparsa. Pisos de lajes de pedra, paredes revestidas com papel verde desbotado com motivos japoneses. Não sabia onde estava.

— Você está no Cairndale — disse a enfermeira que viera trocar a roupa de cama. — E parece bem melhor. Como se sente?

— Cairndale — repetiu ela, entorpecida. — Onde está Marlowe, ele...?

— O menino que brilha? Está por aí, tenho certeza. Com o amigo.
— Quanto tempo eu dormi?
— Ah, nem tanto assim. Devagar, agora. Um, dois, três e... Pronto.

Mas para Alice parecia que o tempo tinha se alongado, estendido e mudado de maneiras estranhas desde o ataque no trem. Era como se tudo isso estivesse muito longe. Ela observou a enfermeira enrolar os lençóis e enfiá-los num cesto no carrinho de metal, a porta se fechar, o som das rodas e dos passos se afastando. Então ela se levantou da cama. Suas costelas queimavam de dor. Despiu o pijama e se vestiu lentamente. Seu Colt Peacemaker não estava ali, não estava em lugar nenhum. Ela abriu as cortinas. Por causa da chuva, a luz do dia era fosca. E mesmo assim a luminosidade doeu em seus olhos, fez sua pele formigar desconfortavelmente. A lateral do seu corpo latejava. Ela havia sido surrada, chutada e espancada dezenas de vezes ao longo da vida, mas o que Marber tinha feito, o local onde o pó a ferira, de algum modo era diferente. *Ela* se sentia diferente.

Na verdade, não estava diante de uma janela, mas de uma porta de vidro alta, com um velho puxador de latão e pintura branca amarelada pelo tempo. Tinha uma fresta aberta, para entrar ar, e, apesar da dor causada pela claridade, Alice saiu para a sacada coberta. Achava-se no segundo andar de um antigo solar de pedra, com janelas escuras, um pátio onde sombras se formavam sob a chuva. Um aro e uma vara estavam apoiados em uma parede, como uma lembrança da infância. Três crianças com capas cinza se ocupavam com alguma brincadeira sob o beiral, cinco-marias ou bola de gude, aparentemente. Enquanto ela observava, uma delas puxou um cachimbo das costas, deu alguns tragos furtivamente e então o passou adiante. Uma lanterna a gás tinha sido deixada acesa sobre um banco de pedra do lado de fora da guarita na entrada da propriedade. Além dos portões ela podia divisar uma estrada sinuosa de argila vermelha, grama marrom morta, a silhueta de um grupo de construções distantes na penumbra. O solar ficava no alto, acima de um lago, onde ela podia ver uma ilha com uma árvore imensa crescendo em meio às ruínas, o guarda-chuva de folhas douradas sem muita visibilidade. A distância um muro antigo serpenteava ao longo da propriedade. No geral, um lugar frio e solitário.

Escócia, pensou ela sombriamente. *Você está na porra da Escócia, Alice Quicke.*

Não via nenhum sinal de Coulton, Charlie ou Marlowe. Nenhum sinal de qualquer outra vida, exceto em uma janela alta no andar superior da ala oeste, na qual ela avistou uma mulher idosa, as mãos enrugadas unidas na frente do corpo, o cabelo branco e fino despenteado. Um minuto depois a mulher fechou as cortinas.

— Eu estava começando a temer — disse uma voz — que você fosse dormir até o meio do verão.

Alice se virou. A Sra. Harrogate estava parada no vão da porta. Ela não usava o véu. O rosto parecia muito machucado. O olho esquerdo estava roxo e fechado, mais escuro que seu sinal de nascença. Estava com um vestido fino: galões pretos formandos arabescos sobre o peito, punhos justos, a gola bordada escondendo seu pescoço. Mas foram sobretudo a grossa atadura que envolvia sua cabeça, escondendo a orelha esquerda, e a fina teia de arranhões cicatrizando que cobria todo o rosto e as mãos que atraíram o olhar fixo de Alice.

A mulher mais velha avançou. Em seus olhos havia algo de exaurido e triste.

— *Sou* uma visão e tanto, Srta. Quicke, mas não precisa me olhar assim boquiaberta. Venha; você não devia estar fora da cama.

— Eles pegaram meu revólver.

— Para a sua proteção, tenho certeza. Como está se sentindo? É um ferimento muito incomum, mas vai melhorar, me disseram.

Alice levou a mão às costelas, devagar, absorvendo a informação.

— Marlowe está em segurança — continuou a Sra. Harrogate, adivinhando seus pensamentos. — Mandei recado para ele, dizendo que está acordada. Você vai descobrir que ele está bem famoso por aqui. O menino que escapou de Jacob Marber… As outras crianças, até os internos mais velhos, estão muito curiosas. Ninguém imaginava que ele voltaria, suponho.

Alice fez uma careta. Mais cedo a enfermeira se referira a ele como "o menino que brilha". Ela recordou aquela noite no parque em Nova York, quando Marlowe curou seu joelho, passando a dor para o próprio corpo.

— Ele...?

— Curou você? Arrã. Na carruagem, quando vínhamos para cá. Não sei se você estaria aqui se não fosse por ele. — O rosto da mulher mais velha tornou-se sombrio. — O Dr. Berghast ficou bem satisfeito.

Alice se surpreendeu com esse comentário, mas, antes que pudesse perguntar, a Sra. Harrogate sentou-se ao seu lado na cama e tocou de leve seu braço.

— Preciso lhe dizer, Srta. Quicke. Agora, enquanto estamos sozinhas. O Sr. Coulton está morto.

— Coulton?

As pequenas narinas da Sra. Harrogate se dilataram.

— Foi assassinado por Jacob. No trem.

— Ah — disse Alice, atônita.

— Ele era muito forte. Achava que nada poderia feri-lo. Eu... eu pensava a mesma coisa.

Alice lembrou-se de Coulton empurrando tanto ela quanto as crianças para trás dele e dos gritos quando o vagão escureceu.

— A última vez que o vi ele tinha... mudado. Estava usando seu talento, acho. Ele partiu para cima de Marber no vagão. Correu direto para ele. Isso nos deu tempo para sair.

A Sra. Harrogate assentiu.

— Sim, bem típico dele. — Ela virou o rosto para que Alice não o visse e ajeitou a atadura na orelha, ocupando as mãos. — Bem, precisamos nos recompor — disse numa voz mais grave. — O Sr. Coulton não aprovaria uma demonstração de sentimentalismo, certo? Então, você está vestida para viajar. É isso?

Alice olhou para suas roupas.

— Eu, eu não estava...

— Vou voltar para Londres. Tenho negócios para resolver lá, negócios que não podem esperar. Há lugar na carruagem para mais uma pessoa. — Ela pareceu considerar uma ideia. — Você ainda não viu Cairndale, é claro. Gostaria de ver?

Alice, ainda abalada, assentiu em silêncio.

O corredor do andar superior era longo e amplo, e elas seguiram devagar, como inválidas. Se alguém as tivesse visto, Alice em seu casaco de oleado, as duas mãos pressionando as costelas, e a velha Sra. Harrogate em seu traje de viúva, com o olho inchado e a orelha enfaixada, iria olhar com espanto ou rir; mas não havia ninguém, absolutamente ninguém para vê-las, e as duas mulheres seguiram pelo corredor mal-iluminado — a cada duas arandelas, uma apagada —, passaram pelas portas fechadas e seguiram ao longo das paredes de lambri de madeira escura, até chegarem a uma escadaria larga que levava ao andar de baixo. Ela ouviu as vozes distantes dos alunos, chegando pelos corredores, o som de passos correndo. Mas o interior do solar parecia, pensou ela, maior do que deveria ser. Havia portas demais.

— Porque é construído ao lado de um *orsine* — disse a Sra. Harrogate, olhando-a com o canto do olho bom, avaliando sua reação. — Estou impressionada; a maioria das pessoas não nota isso tão depressa. Pode ser bastante confuso para alguns. Havia uma mulher aqui que costumava ficar fisicamente doente com isso. — Ela ergueu uma sobrancelha. — O prédio é realmente maior por dentro do que por fora. O Solar Cairndale é um espaço liminar, um conduto entre mundos. Aqui, o mundo dos vivos e o mundo dos mortos se tocam.

Alice dirigiu-lhe um olhar estranho e desconfortável, mas nada disse.

A escadaria de pedra descia. Uma janela com vitrais banhava o rosto delas com uma luz vermelho-sangue. Seus painéis mostravam a vida dos mortos santificados.

— O *orsine*, Srta. Quicke, é a última passagem entre esses mundos. Existiam outros, mas Cairndale é o único *orsine* que permanece ativo. É nossa tarefa, aqui, contê-lo. É a tarefa do Dr. Berghast. O *orsine* precisa ser mantido fechado, sabe?

— Por quê?

— Senão os mortos passarão por ele — respondeu com simplicidade a Sra. Harrogate. — Os mortos e coisa pior.

Alice ergueu uma sobrancelha com ceticismo. Tudo aquilo parecia loucura para ela.

— Então acho bom vocês o manterem fechado — murmurou.

— Cairndale sempre esteve aqui — continuou a Sra. Harrogate. — As estruturas originais são velhas, muito mais velhas do que você pode imaginar. Já foi um mosteiro. Ainda se podem ver as ruínas, na ilha do lago Fae. Você viu? Da sua sacada? O terreno foi vendido pela ordem séculos atrás para o primeiro dos talentos, um homem que reivindicava para si o título de lorde e construiu o solar como você o vê agora. Ele foi o primeiro deles; mas, quando soube que havia outros, decidiu estabelecer um refúgio para eles. Ah. Eis o retrato dele. — Ela parou diante de um quadro escurecido pela fumaça. Olhos escuros em um rosto morto havia muito tempo fitavam as duas. — A propriedade foi ampliada, é claro, primeiro como um hospital para os pobres, mais tarde como um sanatório e agora como uma clínica. Ou, pelo menos, é como desejamos que pareça. Mas, na verdade, o solar sempre foi apenas um santuário para seus talentos residentes. A maioria deles agora está velho. Você vai vê-los, alguns deles, quando saírem de seus quartos. Isto é, os que quiserem ser vistos. Nos últimos anos, o lugar também se tornou uma espécie de... escola.

— Para as crianças.

— Sim. Agora são vinte e uma. Quando ficam adultas, algumas vão embora, é claro. Precisam aprender a controlar seus talentos, a focá-los. — Ela fez uma pausa. — Tudo isso deve parecer bastante estranho.

Alice deixou seu olhar vagar para o alto, para as antigas rodas de velas pendendo do teto.

— Estranho comparado a quê?

A mulher mais velha sorriu e continuou.

— Existem menos de doze residentes antigos aqui agora — disse ela. — Excluindo o Dr. Berghast e sua pequena equipe. As crianças são mantidas em pequenos grupos, ensinadas por poucos professores. Elas são... desencorajadas de se misturar. O Dr. Berghast acredita que é melhor manter a intimidade entre elas limitada.

— Por quê?

A Sra. Harrogate deu de ombros.

— Ele não explica seus motivos. Não para mim.

Chegaram a um grande hall de entrada. Poltronas de couro dispostas ao redor de espessos tapetes persas em cada canto, imaculado, vazio. Uma enorme lareira de pedra, apagada, na parede dos fundos e, de cada lado, portas que se abriam para sombras.

— As refeições são por ali, Srta. Quicke. E aqui é a sala para fumantes, para cavalheiros apenas.

Alice bufou ao ouvir isso.

— Completamente — disse a Sra. Harrogate. — Suponho que uma visita escandalosa daria muito assunto aos residentes mais velhos. À sua esquerda fica uma passagem que leva à pequena sala de aula onde Charlie e Marlowe vão estudar. É dirigida pela Srta. Davenshaw. Ela é severa, mas justa. A maior parte de suas aulas, porém, é dada nos anexos. São de uma natureza mais... prática. É bem-vinda para conhecer a propriedade, mas não se aproxime daqueles prédios, Srta. Quicke. Para sua própria segurança.

Alice a olhou com irritação.

Mas se a Sra. Harrogate percebeu — e ela percebeu, Alice sabia, pois ela percebia tudo —, não deu nenhuma indicação. Apenas entrelaçou os dedos e assentiu, com ar sombrio.

— Você deve ter mais perguntas, evidentemente. O Dr. Berghast mandará chamá-la quando estiver mais forte.

Nesse momento ouviram o som de passos correndo, uma antiga porta de carvalho do outro lado do hall foi escancarada e uma menina com uma longa trança voando atrás dela entrou em disparada. No seu encalço vinha Charlie, de pernas compridas como um camelo. Ao ver Alice, ele parou e a encarou. Por um instante ele pareceu, pensou ela, quase feliz, quase como o jovem que poderia ter sido, numa vida diferente, num mundo diferente.

E então, atrás de Charlie, desgarrada e tentando acompanhar, uma figura menor irrompeu pela porta, o cabelo preto desgrenhado, a camisa fora da calça, os bracinhos arando o ar. Marlowe.

— Alice! — gritou ele. — Você está acordada!

Ele correu para ela, e ela sentiu suas pernas cederem.

— Ah, graças a Deus — sussurrou. E o puxou com força para seus braços, sentindo a calidez boa do seu corpinho.

Era tarde quando Margaret Harrogate cruzou o pátio molhado do Cairndale e entrou por uma porta despretensiosa na ala leste. Estava pensando em Alice Quicke. Sua cabeça e sua orelha tinham voltado a doer, e ela pressionou a mão sobre a atadura, como que para conter a dor. Caminhou rapidamente através das salas, os móveis cobertos com lençóis brancos e as cortinas fechadas, isolando-as do mundo. Diante de uma grossa porta de carvalho, ela bateu duas vezes; uma voz respondeu; ela levantou o pesado aro de ferro, girou-o para o lado e entrou.

Um cheiro forte de poeira, condimentos e terra se degradando. Só o Dr. Berghast gostava dali. Tratava-se do antigo almoxarifado do instituto. Havia prateleiras de metal compridas cheias de potes, os rótulos amarelados e desbotados, e pequenas mesas de trabalho de madeira encostadas às paredes, com pesos, medidas e colheres antiquados e de diversos tamanhos.

Ela o encontrou olhando a chuva pela janela. Quando o conheceu, os cabelos dele eram pretos como as asas de um corvo. Agora, cabelos brancos e longos caíam sobre a gola. As mãos ainda fortes estavam unidas atrás dele. Os nós dos dedos pareciam inchados e protuberantes, como os nós num tronco de árvore. Mas ele ainda estava forte, as costas largas.

— Tenho pensado na criatura que você estava me trazendo — disse ele, sem se virar para olhar para ela. — O suctor, que caiu do trem. Você acredita que esteja morto?

— Não — respondeu Margaret, surpresa. — Seria preciso mais do que isso para matá-lo.

— Ele pode ser encontrado?

— Não seria fácil.

— Nada que valha a pena ser feito é fácil, Sra. Harrogate. — Ele se virou e olhou para ela. Seu rosto não tinha rugas; era o rosto de um homem mais jovem. — E como está a Srta. Quicke?

— É cedo demais para dizer — replicou Margaret. — Informei a ela o que aconteceu com o Sr. Coulton. Talvez devesse ter esperado. Quando a vir, ela vai lhe perguntar sobre Adra Norn. O que vai dizer a ela?

O Dr. Berghast alisou a barba com a palma da mão.

— Vou dizer a verdade — falou devagar —, ou o que sei dela. — Os olhos dele cintilaram como pedras cinzentas. — O papel de Alice Quicke nisso está longe de terminar. A senhora acha que ela vai servir aos nossos propósitos?

Margaret, levantando-se, refletiu.

— Ela não está pronta — disse. — Mas vai ficar. O senhor já viu os meninos?

— Ainda não. Em breve. — O Dr. Berghast a estudou cuidadosamente. — A senhora sabe quem é ele, o pequeno?

Margaret fez que sim com a cabeça.

Berghast bateu os polegares sobre os demais dedos entrelaçados, pensativo.

— O menino voltou para mim — disse ele, com uma satisfação silenciosa. — Como a senhora disse que aconteceria.

Havia algo em seu rosto, uma ânsia sombria, e ao vê-la Margaret sentiu um calafrio correr pelo corpo.

18

Os Jovens Talentos

*S*eguro. Charlie Ovid se sentia *seguro*.

Essa era uma sensação peculiar para ele, segurança, um garoto que fora sequestrado por um misterioso inglês armado e levado para uma cidade envolta em nevoeiro e lá, santo Deus, perseguido por um monstro. Ainda assim, ele se sentia seguro, sim. Dormiu aquela primeira e longa noite no instituto num quarto estreito de teto inclinado, Marlowe na cama ao lado da sua, e o horror da viagem de Londres até ali esmaecido como um sonho. E todos os mundos cheios de ameaças que ele tinha conhecido — a prisão escaldante em Natchez, os campos de algodão ensolarados no Delta, até mesmo as ruas sombrias de Wapping à noite, todos eles — pareciam muito distantes.

Seguro. Essa era a maravilha de tudo aquilo. Assim, naquela primeira manhã, quando acordou com vozes sussurradas, vozes de meninas, Charlie não teve medo; ele não se levantou de um salto, cerrando os punhos; só ficou deitado, zonzo e imóvel sob as cobertas, e tentou escutar. Eram duas e falavam de Marlowe.

— Você acha que é verdade, então? — cochichou a primeira. — O menino que brilha? É ele mesmo?

— Imagino que sim.

— Hã... não tem muita coisa pra ver, não é?

— Isso vindo de você?

— Psiu! Assim ele vai ouvir.

— A Srta. Davenshaw contou que o encontraram nos Estados Unidos, não se sabe como chegou lá. E esse outro também. Ela disse que o trem deles foi atacado por Jacob Marber e que eles o repeliram. Ele o repeliu. De novo.

— Ela te contou tudo isso?

— Foi.

— Ela não me contou essas coisas. Por quê?

— Precisa perguntar? Tem certeza?

Um muxoxo abafado, como uma risada.

— Inferno. Eles podiam ter sido encontrados no maldito Ártico que não faria nenhuma diferença. De jeito nenhum o velho Jacob vai desistir deles. — Um farfalhar enquanto a garota se aproximava. — Ai, Ko. Esse aqui agora acordou. Foi você.

Charlie abriu um olho. O quarto fora invadido pela luz do dia. Sua língua estava grossa, e ele movimentou a mandíbula por alguns instantes, engolindo o ar. Viu Marlowe adormecido na cama ao lado, enrolado em lençóis brancos, seu rostinho confiante relaxado no sono, e então ergueu a cabeça e viu a garota.

Ela havia se empoleirado na escrivaninha estreita, de modo que as pernas balançavam no ar. Devia ter uns dois anos a mais que ele, e usava uma jardineira cinza simples. Não era branca; ele vira trabalhadores chineses nos pátios da ferrovia em Natchez, e havia uma semelhança ali, talvez. Seu rosto era fino, os ombros largos. O cabelo comprido era preto e brilhante, e caía numa trança até a cintura. Usava luvas pretas de pelica com os dedos cortados. Os olhos eram tão escuros quanto os cabelos. Ele nunca vira alguém como ela. Percebeu que a encarava e um calor lhe subiu ao rosto; então ele desviou os olhos.

— Sabia que não estava dormindo — disse a garota. — Você é um péssimo fingidor. Sempre finge dormir para espionar uma garota?

— Eu… eu nunca… — murmurou ele. — Quer dizer, não é…

— Então você é Charlie Ovid — continuou ela, sem se impressionar. Ela o olhou de alto a baixo. — Achei que fosse mais velho. Sou Komako.

Sem graça, Charlie olhou em volta. Não via a segunda garota.

— Com quem você estava falando?

O rosto de Komako assumiu uma expressão inocente. Ela mexeu na trança.

— Hein?

— Agorinha mesmo. Eu ouvi. Havia mais alguém aqui.

— Aqui?

Ele piscou, de repente em dúvida.

Mas nesse exato instante, o ar se mexeu ao lado da cama, como se a própria luz fraca que entrava pela janela estivesse ondulando.

— Buu! — sussurrou a segunda garota em seu ouvido.

Charlie quase caiu das cobertas. Arrastou-se para trás, até encontrar a cabeceira, fitando o vazio, o coração batendo com força no peito. Não havia ninguém ali.

— Ei, estou aqui, Charlie. Não, aqui.

Ele virava o rosto de um lado para o outro, os olhos arregalados como se estivesse enlouquecendo. Como se tivesse batido a cabeça no trem e agora ouvisse vozes.

No entanto, a voz era real.

— Você não está maluco — disse ela. — Sou o que chamam de invisível.

Devagar, ele estendeu a mão. Só encontrou o ar.

— Você é… um fantasma?

Komako franziu o rosto.

— Ela é um talento, Charlie. Como todos nós.

— O nome é Ribs — disse a voz alegremente, agora a vários metros de distância. — Mas você tem de falar mais baixo. Não devíamos estar aqui. Não é adequado, sabe? A Srta. Davenshaw vai nos esfolar vivas se souber que estivemos aqui. Então, esse é mesmo o garoto que brilha? O que enfrentou Jacob Marber e sobreviveu?

— Hã… — disse Charlie. — Sim…?

— Espera. Você não sabe quem ele é? Ko, ele nem sabe.

— Seu amiguinho aqui é famoso — disse Komako. — Todo mundo achava que ele estivesse morto.

— Famoso?

Komako deu de ombros.

— Claro. Ele é o garoto que brilha. Impediu Jacob Marber de matar todo mundo aqui no Cairndale cinco anos atrás. Ele era só um bebê. Mas sumiu, foi sequestrado…

Charlie deu uma olhada em Marlowe, que ainda dormia. Estava sonolento e tentava entender o que as duas garotas falavam, mas era difícil, e ele estava confuso. Elas pareciam esperar que ele dissesse mais alguma coisa, então perguntou:

— Quem é a Srta. Davenshed?

— Davenshaw. Nossa governanta. Ela não é de todo má. — Ribs, a garota invisível, estalou a língua. — Você vai conhecer daqui a pouco. Vamos, conta. Como ele era, no trem? Jacob, quero dizer.

— Como você sabe do trem?

— Ah, todo mundo aqui sabe. É o assunto do momento. Droga, Alfie, na aula do Sr. Smythe, estava fazendo apostas. Você estava naquele trem, não é? Você enfrentou *mesmo* Jacob?

Charlie se enrolou no cobertor e se sentou mais ereto.

— Foi Marlowe quem fez quase tudo. Marlowe e Alice. Eu não fiz muita coisa.

— Bom, você não morreu. Já é alguma coisa. — Komako pulou para o chão, a longa trança balançando, e andou até a cama de Marlowe. — Ele é pequeno.

— É.

— Qual a idade dele?

— Oito.

— Parece isso mesmo. — O rosto de Komako tinha uma expressão estranha, um misto de raiva e tristeza. — Não temos nenhum pequeno aqui. Não tão pequeno assim.

O colchão rangeu ao lado dele; Ribs tinha se sentado.

— Bom, ele é um de nós outra vez. E você também. — Ela baixou a voz num sussurro teatral. — Então, o que você faz, qual é o seu talento, hein? Você não tem um gigante de carne embaixo da cama, tem?

— Hã… o quê?

— Ele não sabe o que é isso — disse Komako com paciência. — Você vai conhecer Lymenion logo, logo, Charlie Um-de-Nós-Agora. Embora ele seja meio… nojento.

— Ah, ele é fofo, Ko.

— Ele não é fofo. Nem Oskar acha que ele é fofo.

— Eu, hã… eu regenero — disse Charlie em voz baixa. — Sempre regenerei. Não me machuco, não morro, nada disso.

Os olhos escuros de Komako o estudaram. De repente, ele sentiu um beliscão forte no antebraço e gritou.

— Caramba! Por que você fez isso?

— Você disse que não se machuca — queixou-se Ribs.

— Eu me machuco, sim. Mas regenero.

—Ah.

Komako estava sorrindo.

— Às vezes Ribs é meio literal — disse. — Faz muito tempo que não vemos um novo *curaetor* por aqui.

— E que tipo de nome é Ribs, afinal? — disse Charlie, irritado.

— Um nome muito bom, é desse tipo — respondeu a voz de Ribs. — Charlie é nome de cavalo, e daí?

De repente, parecia que Komako estava se divertindo.

— Na verdade, é Eleanor Ribbon. Mas ela fará mais do que te beliscar se você a chamar assim.

Charlie ainda esfregava o braço quando a cama rangeu. Era Marlowe, sentando-se de pijama, esfregando os olhos com os punhos pequeninos. Ele olhou todos à sua volta e abriu um sorriso sonolento.

— Oi — disse, tímido.

Um pouco depois, enquanto os garotos se vestiam, Komako Onoe esperou no corredor fora do quarto, refletindo. Na verdade, elas não deveriam estar no corredor dos meninos; mas o Sr. Smythe e as outras crianças estavam no café da manhã, ou já nas aulas, e a Srta. Davenshaw não precisava saber.

O fato era que Komako não sabia o que pensar. Eles pareciam bastante comuns, se é que isso existia no Cairndale. Mas ver Marlowe, o menino que brilhava, em carne e osso lhe trouxe uma enxurrada de lembranças. Aquela noite, quando Jacob retornou, modificado, violento, tão sombrio como o pó que saía dos seus punhos... Ela e Ribs o tinham visto a distância, no escuro, mas não conseguiram se aproximar, não o suficiente para falar com ele. O bebê que ele fora assassinar, ou roubar, ela mal vira, só ouvira o choro às vezes à noite, quando a janela ficava aberta. Mas vira o berço destroçado, vira a janela estilhaçada na manhã seguinte. Desde então, se culpava. Talvez, se tivesse falado com Jacob, talvez tivesse conseguido impedi-lo.

Pensava em tudo isso enquanto aguardava os meninos. Sentia que Ribs observava seu rosto, observava nele o fluxo rápido de seus pensamentos.

— Deveríamos levá-los à Srta. Davenshaw — disse ela em voz baixa. — Agora que estão acordados. Ela deve estar esperando por eles.

— Ou... — soou matreira a voz sem corpo de Ribs. — Poderíamos fazer um... desvio. Levar os dois pra conhecer o velho fantasma. Descobrir todos os segredos deles.

Komako bufou com impaciência.

— Não vamos levar os dois para o Aranha, Ribs. Não.

— O lago é uma bela visão a esta hora do dia. Poderia ser divertido...

— Não.

O Aranha era o nome que davam para aquilo que dormia nas ruínas do mosteiro. O glífico. Ele nunca acordava, diziam, não totalmente, e era tão antigo que se entranhara nas raízes do olmo que se erguia em meio às velhas pedras. Diziam que bastava tocar sua pele para ver a verdade. O Aranha localizava as crianças perdidas em seus sonhos; porém, muito mais importante, ele mantinha o *orsine* bem fechado, contendo os mortos, mantendo todo tipo de mal no outro lado. Se algo lhe acontecesse, o *orsine* se romperia; os mortos irromperiam neste mundo. Ninguém sabia o que isso implicaria, mas já tinham aprendido o suficiente para deduzir que não seria nada bonito. A presença do Aranha protegia os próprios muros do Cairndale de criaturas como Jacob, como a *drughr*. Perturbá-lo era terminantemente proibido.

O que significava, é claro, que Ribs já tinha feito isso. Ribs, com seu comportamento furtivo, sua mania de bisbilhotar. Ninguém mais ousara. Quantas vezes ela já fora até lá, Komako não sabia, mas Ribs jurava que nunca tinha tocado sua pele, nunca ousara isso.

Ouviu-se um barulho quando Ribs, ainda invisível, se encostou na parede. Ela estalou os dedos, um por um por um.

— Aquele Charlie é bonitinho. Quer dizer, apesar de ser assustado como um coelho.

— Não seja vulgar — disse Komako. E puxou a longa trança para a frente.

— Você também acha. Eu vi.

— Não confio nele. Você também não devia confiar.

— Você não confia em ninguém. Conheci gente ruim a vida toda, Ko. Ele não é desses. — Ribs fungou e acrescentou, marota: — Confiar não é tão difícil assim, sabe? Basta um toquezinho do Aranha, e sai todo tipo de asneira...

Nesse momento os garotos deixaram o quarto, o cabelo bagunçado, os olhos ainda sonolentos, ambos vestidos com as camisas de colarinho e os coletes cinza dados a todos os meninos no Cairndale, as mangas de Marlowe compridas demais, sobrando, Charlie alto e magérrimo, com os punhos ossudos se projetando das mangas e uma das mãos segurando o cós da calça. Komako ergueu a sobrancelha ao ver isso, e Charlie percebeu, e de repente olhou com grande interesse os próprios sapatos.

Ela franziu a testa para não sorrir. Esse se envergonhava com muita facilidade. A pele cor de cobre do rosto e do pescoço dele era tão lisa e imaculada que quase brilhava.

— Quero ver Alice — disse o pequeno, Marlowe. — Podemos ir procurá-la, por favor?

A voz de Ribs respondeu.

— Ai, ela nem acordou ainda. De qualquer maneira, é melhor vocês verem a velha Davenshaw primeiro.

Komako viu o menino lançar um olhar preocupado para Charlie. Ambos ficaram calados. Ela entendia a cautela, entendia o medo. Já estava na Escócia havia nove anos e ainda sentia esse medo, embora Tóquio, o velho teatro, sua amada Teshi, tudo isso tivesse desbotado, adquirindo um tom de sépia, como um velho daguerreótipo. Ah, ainda havia manhãs em que ela acordava com a garganta doendo, o sonho da mãozinha da irmã na sua ainda real, ainda quente, e a dor que sentia, como se tudo fosse sugado pelas bordas do sono, como se estivesse sendo tirado dela outra vez, era quase insuportável. Nessas manhãs, ela queria chorar. Alguém tão pequeno e tão bom não deveria ser arrancado do mundo, não daquele jeito. Mas, em geral, Komako se acostumara com Cairndale; refinara seu inglês com facilidade; aproximara-se de Ribs e de Oskar. É verdade que o clima era frio e cinzento; é verdade que a comida era pesada e ácida; é verdade que as roupas eram rígidas e pouco práticas. Suas mãos ainda estavam vermelhas e rachadas. Mas o Cairndale não era o único mundo; ela crescera em outro, um mundo de dor e crueldade; e sentia-se agradecida com o abrigo desse lugar.

Como, com o tempo, Charlie e Marlowe também se sentiriam.

Eles passaram pelos quartos dos outros meninos, as portas abertas, as camas bem-feitas, nenhum objeto fora do lugar. Ela deu uma olhada em Charlie e Marlowe enquanto percorriam o corredor e desciam uma escada de serviço estreita, a caminho da Srta. Davenshaw e da sala de aula. Era tão estranho pensar que tinham enfrentado Jacob, que o tinham visto e até lutado com ele. Ainda pareciam tão... inocentes. Ela mesma não via Jacob havia anos. Às vezes pensava nele, em geral como ele era naqueles primeiros dias em Tóquio e na viagem por mar partindo do Japão — a tristeza silenciosa nos olhos dele, a gentileza, os silêncios tranquilos enquanto os dois, na amurada, observavam o sol mergulhar no mar. Ele lhe ensinara a controlar seu talento, a atrair o pó de um jeito que a cortasse menos, que aliviasse o frio nos pulsos. Fora uma distração, ela sabia, mesmo então, ainda em choque pela perda da irmã, ela soubera. Ficara agradecida por aquilo. Mas ainda naquele primeiro trecho da viagem, ao longo do litoral da China, antes de seu desaparecimento, ela viu que Jacob foi se tornando retraído, como estava dormindo pouco. O Sr. Coulton também tinha percebido, ela sabia. Então, no Cairndale, sua nova vida começara: aulas com a Srta. Davenshaw, aritmética, literatura, caligrafia, geografia. Sua amizade com Ribs. A história do *orsine* e a natureza dos talentos. Aulas práticas de como trabalhar o pó e como controlá-lo.

Até, é claro, aquela noite terrível em que Jacob voltara, e o que fizera com aquelas pobres crianças no rio, indo atrás daquele bebê como um homem possuído, aquele bebê que agora estava aqui, improvavelmente vivo, crescido, o famoso menino que brilhava.

Pelas janelas envidraçadas, ela podia ver a chuva. A luz do dia nos corredores era fraca. Eles se aproximavam da sala de aula quando Charlie a alcançou e perguntou sobre o seu talento.

— Você não falou o que você faz — disse ele. — Seu talento.

Komako o examinou. A mão enluvada dela estava na maçaneta da porta. Então, algo nela, alguma teimosia, a mesma coisa que afastava todo mundo e à qual Ribs vivia dizendo que não se entregasse, aquela mesma parte infeliz dela encarou Charlie, viu a transparência nele e se afastou rapidamente.

— Sabe aquela coisa que atacou vocês no trem? — perguntou ela. — Jacob Marber?

Charlie fez que sim.

— Eu sou igual a ele — disse ela, indiferente.

Komako não esperou para ver o efeito de suas palavras; não precisava. Sabia que seria nojo, repulsa ou coisa parecida. Então ela apenas abriu a porta com raiva e entrou.

Só que não foi nojo nem repulsa, nem nada parecido. Charlie percebeu a dor na resposta dela e reconheceu o que era de fato: vergonha, porque ele também a sentira, a vida toda, e apenas lamentou ter feito a pergunta.

A sala de aula devia ter sido a biblioteca no passado; era bem iluminada, com uma parede envidraçada na extremidade oposta, e sofás de couro com estofamento botonê dispostos sob os beirais. Quando entraram, Charlie sentiu Marlowe segurar sua mão; então, caminharam entre as filas de carteiras, tendo um mezanino acima deles à esquerda e paredes de livros de ambos os lados.

À frente, a silhueta recortada diante das janelas, havia uma mulher, alta e sóbria como uma régua de cálculo. Usava uma saia que ia até o chão e uma blusa branca que acentuava a compleição ossuda, e encontrava-se em pé ao lado da mesa. Era a Srta. Davenshaw. Ela virou o rosto e Charlie viu que usava um pano preto amarrado sobre os olhos: era cega.

— Sr. Ovid. E o jovem mestre Marlowe. Cairndale está muito contente em ter os senhores conosco. Acredito que a Srta. Onoe tenha lhes mostrado o solar...

Charlie olhou inquieto para Komako.

— Hã... um pouco?

— Entendo. — A mulher então virou o rosto sem visão para a parede, escutando. — Srta. Ribbon — disse com rispidez. — É falta de educação ficar bisbilhotando.

— Eu não estava, Srta. Davenshaw — protestou Ribs. — Juro.

— Também não espreitamos, Srta. Ribbon. E com certeza não como viemos ao mundo. — A mulher cega andou tranquilamente até um armário sob a janela e tateou o interior de uma gaveta. Pegou uma jardineira dobrada. — Pode se juntar a nós adequadamente vestida, por favor?

— Posso, Srta. Davenshaw — disse Ribs docilmente.

Charlie observou com espanto a jardineira flutuar e dar a volta em torno do quadro-negro de pé. Um momento depois, Ribs reapareceu, agora visível, o rosto corado, o cabelo vermelho vivo afastado do rosto. Era menor do que Komako, sardenta, com lábios suaves. Charlie ficou olhando para ela. Seus olhos eram muito verdes. Ao lado dele, Marlowe também a fitava.

— O que foi? — perguntou Ribs, estreitando os olhos. — Brotou uma segunda cabeça em mim, por acaso?

Charlie engoliu em seco e desviou os olhos.

— É que... você é bonita — suspirou Marlowe.

Komako fez um muxoxo.

A Srta. Davenshaw retomou sua posição em pé diante da mesa. Fez um sinal, curvando o dedo.

— Sr. Ovid — disse. — Aproxime-se.

Inseguro, Charlie olhou para Komako. Ao lado dela, Ribs sorria, fazendo um gesto afirmativo com a cabeça. Ele foi até a Srta. Davenshaw, e a mulher cega estendeu a mão e suavemente, muito suavemente, percorreu com a ponta dos dedos os contornos do seu rosto. Os dedos dela roçaram seu nariz, o côncavo dos olhos, dançaram ao longo dos lábios. O toque dela era fresco, macio, maravilhoso.

— Agora eu vejo você — murmurou ela, e havia um tipo de bênção nessas palavras.

Enquanto ela fazia o mesmo com Marlowe, o pequeno falou:

— Srta. Davenshaw, Alice está bem? — perguntou ele. — Eu quero ver a Alice.

A ponta dos dedos dela traçou a linha de sua mandíbula até as orelhas.

— A Srta. Quicke está descansando, criança — replicou ela. — Você vai poder ir vê-la depois. Ouvi dizer que ela está melhorando por sua causa. Ah, sim. Você também é um belo rapaz. Eu me perguntei todos esses anos como você cresceria. Fico feliz em ver que não é um monstro. Pode se sentar agora.

— Isso é uma piada — sussurrou Ribs para Charlie. — Às vezes ela é bem engraçada.

Mas Charlie ainda revirava na cabeça o que a cega tinha dito sobre a Srta. Alice e Marlowe. Ele não entendia.

— Por sua causa? — cochichou quando o menino se sentou. — Do que ela está falando?

— Eu ajudei — disse Marlowe. — Na carruagem, vindo para cá. Alice estava doente, e eu ajudei.

Nesse momento a Srta. Davenshaw voltou a falar.

— Vocês devem ter perguntas, tenho certeza. Vou tranquilizá-los — disse ela. — Srta. Ribbon, qual é o propósito do Instituto Cairndale? Pode por favor explicar a nossos hóspedes?

— Hã... é a nossa casa?

— Uma casa não é um propósito, Srta. Ribbon. Srta. Onoe?

— É um bastião contra os mortos.

— De fato. Contra os mortos e a *drughr*. Preservamos a passagem entre os mundos e cuidamos para que permaneça fechada. E qual é o propósito do Cairndale em nossa vida?

— É nos preparar — disse Komako. — Dar as habilidades de que precisamos para nos manter seguros.

— As habilidades, e o conhecimento. Temos vinte e um alunos aqui. Vocês conhecerão os outros com o tempo, sem dúvida. Mas a maior parte de suas interações com este grupo. Com esse objetivo, nosso dia se divide em aulas matinais, em que recebemos a formação acadêmica, e prática à tarde, em que trabalhamos para controlar e fortalecer nossos talentos específicos. Não temos um *curaetor* há muitos anos, Sr. Ovid. Estamos contentes de recebê-lo entre nós.

— Obrigado, senhora.

— E você, Marlowe. Seria bom você se lembrar que saberem de você não é a mesma coisa de o *conhecerem*. Certo?

O menino a fitou com olhos arregalados.

— Sim, Srta. Davenshaw — disse ele, claramente confuso.

O rosto da Srta. Davenshaw estava impassível.

— Bom, primeiro as regras. Vocês vão prestar atenção quando falarem com vocês; acredito que não precisarei lhes dizer a mesma coisa duas vezes. As aulas começam às oito e meia da manhã; não se atrasem. Na sala de aula, não mudem objetos nem móveis de lugar; não julgarei com bondade quem puser uma cadeira em meu caminho. O comparecimento ao refeitório, em todas as refeições, é obrigatório. Vocês não sairão da área do Cairndale em nenhuma circunstância, nem por qualquer razão, a menos que acompanhados por funcionários. Não é bom ter crianças incomuns passeando por aí, assustando os habitantes. Nossa segurança aqui depende da nossa discrição. Pois bem. É proibido o acesso aos quartos dos internos mais velhos, assim como à ala leste superior, onde o Dr. Berghast trabalha. Não quero saber de vocês xeretando nesses lugares. Não precisam se preocupar com as outras crianças e seus tutores. Esta aqui é a sua turma. O mais importante: a ilha do glífico é estritamente proibida. Não o perturbem. Fui clara?

Marlowe levantou a mão.

— Ela não pode ver você — cochichou Charlie. — Você precisa falar, Mar.

— Srta. Davenshaw? — disse Marlowe. — O que é o glífico? É a árvore grande amarela?

Ela estalou a língua. Inclinou o rosto vendado como se pudesse ver todos eles com a máxima clareza.

— Pensei que a Srta. Onoe tivesse lhes contado tudo sobre nosso glífico residente quando os despertou em sua cama hoje de manhã. Não? Ela não mencionou o Aranha?

Charlie viu Komako puxar a trança comprida, o rosto corando.

— O glífico, criança, é aquele de quem todos dependemos aqui. Ele mora sob a árvore, nas ruínas do velho mosteiro, na ilha do lago. É ele que nos mantém em segurança, que controla o poder do *orsine* e o mantém fechado. Se algo acontecer ao glífico, o *orsine* se abrirá. Trata-se de uma membrana fina; no outro lado, há um mundo diferente, um mundo de espíritos.

— Ah, a senhora deveria ao menos dizer a eles como é a aparência dele e tudo mais — disparou Ribs.

A Srta. Davenshaw franziu a testa.

— A senhorita tem por nosso glífico um interesse que não é saudável, Srta. Ribbon. Na verdade, por todo tipo de coisa que é proibida.

— Eu não.

A mulher ergueu uma sobrancelha em desaprovação.

— Quer dizer, não só por esse tipo de coisa — murmurou Ribs.

— Tenho certeza de que a Srta. Ribbon vai regalar vocês com histórias fantasiosas e imaginadas sobre a natureza e a aparência de nosso glífico — disse a Srta. Davenshaw. — Escutem por sua conta e risco. Imagino que nada disso interesse a vocês agora, mas conversaremos a respeito depois, quando estiverem instalados.

No entanto, a Srta. Davenshaw estava enganada ao dizer que a maquinaria mais sombria do Cairndale não interessaria a Charlie, assim como a estranha criatura que as crianças chamavam de Aranha, ou o próprio e misterioso *orsine*. Nas semanas seguintes, ele, na verdade, aprenderia bastante sobre esses assuntos e, com o tempo, acabaria aprendendo mais sobre o *orsine*, e os terrores que andavam à solta além dele, do que qualquer outro talento no mundo. Mas, por ora, tudo isso permaneceria envolto em mistério. Pois, enquanto estavam ali reunidos com a Srta. Davenshaw, um garoto gorducho veio até a porta, um menino talvez da idade de Charlie ou um pouco mais novo, de cabelos tão louros que pareciam brancos, lábios pálidos e olhos de um azul muito claro. Parecia que tinha rolado na farinha.

— Sim, Oskar, o que é? — disse a Srta. Davenshaw, virando o rosto na direção dele.

O menino entrou na sala de aula, sem fôlego. Tinha um barbante amarrado no dedo, que enrolava e desenrolava com nervosismo.

Nesse momento Charlie viu, espremendo-se atrás de Oskar, uma segunda figura, uma coisa enorme e disforme. Poderia ser a sombra do menino, exceto pelo fato de que era imensa e sólida, ou quase isso; na verdade, parecia ter uma consistência gelatinosa, tremendo um pouco ao se mover, porém marmorizada e escorregadia como carne crua: uma coisa sem rosto que virava a cabeça sem rosto para cá e para lá, como se tentasse ver o que Oskar via. Mas não tinha olhos para ver, nem orelhas, lábios, boca ou nariz. Moscas zumbiam em torno dela; um fedor de carne passada invadiu a sala e ali ficou. Ao lado de Charlie, Marlowe prendeu a respiração. Mas Charlie não teve tempo de se espantar com a coisa, com o — como foi que Ribs o chamara? — o gigante de carne, pois Oskar tinha vindo trazer uma mensagem.

Alice finalmente acordara.

19

Casa de Vidro

Marlowe e Charlie, Charlie e Marlowe.
Eles eram o que Alice tinha agora.
Ela se encontrava ajoelhada no amplo vestíbulo daquele solar, como se fosse receber um sacramento, enquanto os dois meninos vinham até ela, e ela os tomou nos braços, e os segurou junto ao coração.
Ela poderia tê-los segurado assim para sempre. Mas tinham muito que conversar; e depois que a Sra. Harrogate se retirou, os meninos levaram Alice de volta para o quarto, com muito cuidado, preocupados. Estavam vestidos com camisas brancas e coletes e calças cinza idênticos, sem graça e não exatamente do tamanho apropriado. Ela odiou a ternura ansiosa do gesto, mas se sentiu grata também. Ela só conheceria a garota que entrara correndo primeiro no dia seguinte; assim como os outros jovens talentos, a garota que podia desaparecer, o menino com o gigante de carne. Então, ela, Marlowe e Charlie relembraram Coulton; lamentaram sua morte, Marlowe se recusando firmemente a falar de Brynt; e juntos, os três, naquela primeira noite, dirigiram-se ao gramado depois que a lua nasceu, deram-se as mãos e fizeram uma prece em memória dos seus mortos.
Mas nem tudo era tristeza. Os corredores tortuosos do Cairndale, seu interior labiríntico, a correnteza de vozes e idosos desaparecendo ao virar uma esquina, tudo isso tornou seus primeiros dias ali misteriosos e adoráveis, de algum modo, como se eles tivessem entrado em uma história infantil. Da praia pedregosa do lago observaram a ilha no meio das águas,

o mosteiro em ruínas, a árvore dourada crescendo entre as pedras. Alice dormia, e continuava a se recuperar.

E, no terceiro dia, quando estava terminando o café da manhã, ela foi informada de que o Dr. Berghast desejava vê-la.

Ela foi levada por um criado através de um corredor nos fundos até o exterior, para uma estufa abobadada, de ferro forjado, seus milhares de pequenos vidros opacos, embaçados pelo vapor. Construída encostada em um dos lados da cocheira, com um pátio de arenito vazio voltado para o sul, a estufa parecia, pensou ela, mais um delicado barco cercado de terra do que uma *orangerie*. Do outro lado do gramado ela podia ver os estábulos e, além deles, o muro baixo de pedra delimitando a propriedade.

A primeira coisa que Alice notou foi a Sra. Harrogate esperando por ela na entrada, sem as ataduras na orelha. O rosto dela ainda exibia os sinais da agressão, a pálpebra manchada, porém, não mais inchada.

O que ela notou em seguida foi o traje da Sra. Harrogate: capa xadrez com chapéu combinando e uma pequena maleta de viagem que ela segurava com ambas as mãos. Estava de partida para Londres.

Por último, notou um homem de aparência vigorosa no fim de um dos corredores, de barba branca, vestindo um avental de couro com bolsos, que ela inicialmente confundiu com um jardineiro. Um pássaro cinza e branco empoleirava-se em seu ombro. O homem estava curvado sobre um carrinho de ferro, replantando algum tipo de muda. No entanto, sob o avental, ele vestia um terno preto e uma camisa de colarinho alto e engomado, elegante demais para aquele trabalho.

— Laranjas, Srta. Quicke — disse ele, indicando com a cabeça as árvores ao lado dela, as mãos ainda trabalhando a terra no vaso. — E temos morangos também, para consumo em janeiro. O aquecimento é a dificuldade. Dizem que eles constroem caldeiras agora que podem funcionar a noite toda, muito mais eficientes do que o vapor. — Ele olhou para ela. Seus olhos eram de um cinza pálido surpreendente, como se estivessem acesos por dentro.

Alice, indecisa, lançou um olhar questionador para a Sra. Harrogate.

Mas o Dr. Berghast, porque é quem o homem era, apenas fez sinal para que ela se aproximasse. As articulações em seu pulso e ombro estalaram suavemente com o gesto.

— Certa vez, um visitante procurou Heráclito para pedir conselhos e ficou constrangido ao encontrá-lo aquecendo-se numa cozinha. As cozinhas, veja bem, eram espaços indignos na Grécia Antiga. Heráclito, porém, apenas disse: "Entre, entre, não tenha medo. Aqui também há deuses."

Foi então que o pássaro no ombro dele soltou um estranho estalo e Alice viu, com certo alarme, que ele era feito de ossos. Uma armação de ferro, como uma espécie de armadura, segurava suas vértebras delicadas no lugar. As penas lustrosas destacavam-se contra a armadura.

— Ah — disse o Dr. Berghast, observando. — Eu o chamo de pássaro de ossos. Uma curiosa criação, hein?

Alice, ainda sem tirar os olhos da criatura, assentiu.

— Foram feitos para nós por uma bruxa dos ossos, há muitos anos. Nós os usamos para enviar mensagens. Mais eficientes e confiáveis que o Royal Mail. — Ele olhou de lado para a criatura em seu ombro, que estalou e se ajeitou em sua posição. — A mulher que os fez, lamentavelmente, já faleceu. Mas essas coisas espantosas persistem. Estão com noventa e seis anos agora. Mais velhas que a revolução na França.

Suas órbitas sem olhos pareciam fitar Alice diretamente. Ela reprimiu um calafrio.

— A Sra. Harrogate me contou — disse o Dr. Berghast — que você deseja saber sobre Adra Norn. Para sua informação, não tenho notícias dela há muito tempo. Não sei nem mesmo se ainda está viva. Temos mais ou menos a mesma idade, ela e eu; e isso faria dela uma mulher de fato muito velha. Mas vou lhe contar o que puder.

— Como o senhor a conheceu?

— É uma pequena comunidade de estudiosos, Srta. Quicke, que compartilha meus... interesses. Todos se conhecem. Adra e eu nos correspondemos durante anos, trocando teorias e pesquisas. Não conversávamos sobre assuntos pessoais. Faz muitos, muitos anos desde que a vi pela última vez. Foi em Marselha, em uma reunião de estudiosos interessados nas interseções entre ciência e religião. Eu, evidentemente, abordava o assunto pelo viés da ciência. Adra pensava diferente. Mas, apesar disso, havia muito consenso entre nós. Nós dois, por exemplo, acreditávamos no mundo invisível.

— O que é isso?

— Não é uma *coisa*, Srta. Quicke. É simplesmente um reconhecimento de que o que vemos não é tudo que existe. — O Dr. Berghast escavou um buraco na terra preta do vaso, pressionou uma semente dentro dele com o polegar, como uma uva-passa na massa. — Adra acreditava que a santidade exigia separar-se das corrupções do mundo. Ela acreditava que, se podia receber a verdadeira graça, podia fazer milagres.

— Como entrar e sair de uma fogueira.

Ele assentiu.

— Uma suposição não muito razoável, você entende, de um ponto de vista científico.

Alice fez um gesto na direção do pássaro de ossos.

— Eu mesma já vi algumas coisas pouco científicas.

— Mas não milagres, Srta. Quicke, nunca milagres. Milagres são monstruosos por sua própria natureza, contrariam as leis deste mundo. Os talentos são inteiramente naturais. Marlowe e Charlie não são mais evidências da mão de Deus no mundo do que você ou eu.

— Para alguns, é o bastante.

— Para alguns.

Alice estudou o rosto sem rugas do homem. Ele podia ter uns quarenta anos, apesar dos cabelos brancos. Mas sabia que era muito mais velho que isso.

— Você está me dizendo que Adra Norn nunca entrou e saiu daquela fogueira?

— Acho improvável. Você não?

— Eu estava lá. Eu vi.

— Você era uma criança. Você sabe o que *pensa* que viu. — Os cílios dele eram longos, escuros e lindos. — Adra não era como os nossos residentes aqui. Ela nunca fez parte do nosso mundo. Você entende que Bent Knee Hollow não era a única dessas comunidades que ela fundou?

Ele a observou atentamente e Alice sentiu — apesar da suavidade na voz dele — o poder concentrado e vertiginoso de sua atenção.

— Adra reuniu à sua volta aqueles que ela achava mais... suscetíveis. Como sua mãe. Ah, você está surpresa. Claro que ouvi falar de você. Não é esse o motivo pelo qual a Sra. Harrogate achou que você seria adequada?

Mas Alice não estava surpresa. Ela tinha imaginado que o Dr. Berghast sabia sobre ela; na verdade, ficaria surpresa se ele não soubesse.

— Você precisa entender que Adra estava sempre procurando algo *específico* em seus seguidores — continuou o Dr. Berghast. — Um tipo *específico* de fé. Ela desejava saber onde residia a essência de uma coisa: na causa ou no efeito. É um milagre porque aconteceu ou porque se *acredita* que aconteceu?

— O senhor quer dizer que o Hollow era apenas alguma espécie de... experimento?

— Srta. Quicke, mesmo o mais santo entre nós ainda se queima quando entra em contato com fogo.

— Pessoas *morreram*.

Ele assentiu, mas não disse nada.

Alice reprimiu a raiva. Percebia agora que vinha esperando que Adra Norn tivesse sido um talento, que tivesse havido alguma verdade no que ela e sua mãe tinham visto naquela noite, quando Adra atravessara a fogueira, algo *real* para esclarecer o que sua mãe tinha feito. Mas não havia nada.

— Minha mãe acreditava — disse ela em voz baixa. — Acreditava tanto que enlouqueceu. Ela acreditava em tudo que Adra dizia a ela. Adra costumava falar: "Uma fé poderosa promove sua própria mudança."

— Não podemos mudar o que somos. Somente o que fazemos.

— Como ela fez isso? Como fez parecer que era capaz de atravessar ilesa uma fogueira?

O Dr. Berghast estendeu as mãos sujas de terra. O pássaro de ossos estalou as asas em seu ombro.

— Isso eu não sei — respondeu ele. — Truques de ilusionismo, suponho. Lamento o que aconteceu. Sempre acreditei que fé e loucura estão intimamente ligadas. Alertei Adra. No entanto, ela era obstinada e estava determinada a nadar em correntezas perigosas.

— Nas cartas, alguma vez ela... mencionou minha mãe?

Dr. Berghast fez uma pausa, estudando-a. A expressão dele era calma, insondável. Talvez estivesse buscando algo na memória, talvez pensando em como responder.

— Não — disse, por fim. — Nunca.

Alice, sentindo uma súbita e violenta decepção crescer dentro dela, virou-se para ir embora.

— Obrigada pela atenção, Dr. Berghast. E por sua franqueza.

— E eu — disse o Dr. Berghast, erguendo a mão para detê-la — agradeço tudo que você fez pelos jovens Marlowe e Charlie. A Sra. Harrogate me disse que eles não teriam sobrevivido à viagem para o norte sem você.

— Isso foi mérito de Coulton — replicou Alice. — É ele quem merece seu agradecimento. E a guardiã de Marlowe, que lutou contra a criatura com unhas e dentes. Brynt.

— A mulher tatuada, sim. Ouvi falar dela.

— Um acontecimento terrível — disse em voz baixa a Sra. Harrogate. — A lamentável perda de uma vida. Mas haverá mais. Um mal está à solta no mundo, Srta. Quicke, um mal com um apetite extraordinário.

Alice virou-se. Quase tinha esquecido da Sra. Harrogate.

— Está se referindo a Jacob Marber.

— Estou me referindo à *drughr*.

— Jacob é um mero... instrumento dela — afirmou o Dr. Berghast, levando a mão ao ombro e erguendo o pássaro de ossos com dois dedos até um poleiro. A criatura se deslocou de lado e levantou a cabeça, seus ossos frágeis estalando.

"A culpa é minha. Fui eu quem o encontrou em Viena. Vislumbrei o talento dele. Jacob já era quem ele se tornaria, não era mais uma criança. Não vi isso na época. Eu mesmo o ensinei; e, quando atingiu a maioridade, eu o mandei em busca de talentos não descobertos. Havia uma criança em particular, nove anos atrás, uma artífice do pó como ele próprio, nas ilhas japonesas. Na viagem de volta, ele desapareceu. O seu Sr. Coulton estava com ele; disse que tinha sido uma viagem perturbadora, que a irmã caçula da criança tinha morrido." O Dr. Berghast limpou lentamente a terra das mãos, com grande tristeza. "É claro que não sabíamos, na época, que Jacob tinha sido seduzido pela *drughr*. No ano seguinte, não longe daqui, um talento foi assassinado. Uma jovem mãe. Foi Jacob. Ele pegou a criança recém-nascida dos braços da mulher moribunda, para alimentar a *drughr* com ela. Mas eu o impedi; cheguei tarde demais para salvar a mãe, mas salvei o bebê. Pelo menos isso eu fiz."

— Marlowe — sussurrou Alice.

— Sim, o menino que você chama de Marlowe. Fiquei como seu guardião e pai. Mas Jacob não se conformou; ele localizou duas crianças que estavam a caminho do nosso instituto e levou os pequenos para as margens do rio Lye, onde lhes cortou a garganta e os ofereceu à *drughr* como alimento. E quando estava forte o bastante, a *drughr* ajudou Jacob a invadir o Cairndale. Eles estavam tentando pegar Marlowe de volta.

— Por quê? Por que ele?

— Isso, Srta. Quicke, eu não posso lhe dizer.

Alice engoliu em seco.

— Isso é... é horrível.

— Sim, foi. Ainda é. E eu me culpo. Você deve compreender que na época eu sabia muito pouco sobre os apetites da *drughr*. Pensava que as piores histórias fossem como contos de fadas. Ah, alguns dos antigos aqui acreditavam. Mas eu, não. Eu sabia apenas que *alguma coisa* tinha passado pelo nosso *orsine*, que *alguma coisa* havia escapado.

— O que é esse... *orsine*?

— Uma passagem para a terra dos mortos, Srta. Quicke — disse o Dr. Berghast. — Ou pelo menos é o que parece; ninguém está absolutamente seguro disso. Na verdade, existem dois. O *orsine* de Paris está inativo há séculos, mas o nosso ainda tem o desagradável hábito de... se *abrir*. Mas os mundos devem ser mantidos separados, entende? Devem ser mantidos em equilíbrio. E por isso somos encarregados de mantê-lo fechado. Os mortos são mortais, assim como nós. Vagam pelas salas cinzentas lentamente esquecendo, até que aos poucos, ao longo dos séculos, eles se dissolvem e se transformam nas próprias partículas do universo. Imagine se voltassem para cá.

— Como pode saber de tudo isso?

— Como um pescador sabe o que vive no mar? Eu vivi ao lado dele a vida inteira.

— O senhor está falando sobre almas.

O Dr. Berghast franziu a testa.

— Prefiro manter a religião fora disso. Não existem hordas de anjos, cantando no céu. É um mundo como este, apenas diferente. E não há como voltar de lá.

Alice esfregava os nós dos dedos, tentando absorver tudo.

— Não há como voltar, isto é — continuou o Dr. Berghast, a voz pesarosa —, exceto para a *drughr*. De algum modo ela *voltou*. E está aqui agora, entre nós, neste mundo. E está se tornando cada vez mais forte.

— O que ela é, exatamente?

— Uma alma que teme a morte, mais do que qualquer outra coisa. Uma alma que teme o apagamento que a morte traz. Segundo as histórias antigas, ela se encontrava trancada atrás de um portão de ferro há séculos, após uma grande guerra. Esperava-se que a *drughr* se dissolvesse com o tempo, como acontece com os mortos, e que a sua maldade cessasse. Nas histórias, ela flutuava do outro lado, alimentando-se de almas perdidas. No entanto, deste lado, está sujeita à deterioração, como todas as coisas. Aqui ela precisa cometer atos indizíveis para sobreviver.

— As crianças — disse Alice.

O Dr. Berghast assentiu.

— Porque ainda está fraca. Quando estiver mais forte, vai se alimentar de todos os talentos. Aonde a *drughr* vai, a carnificina a segue. Para ela, a vida humana não tem nenhuma importância. É uma predadora, e nós somos suas presas. E Jacob Marber é seu... hospedeiro. A *drughr* ainda não tem força suficiente para ficar em nosso mundo sem a assistência dele.

— Por que está me contando tudo isso?

— Porque preciso da sua ajuda — disse o Dr. Berghast. — Gostaria que você encontrasse Jacob Marber.

Alice soltou uma risada de surpresa.

— Eu?

A Sra. Harrogate, parada muito quieta no fim do corredor, falou:

— Enquanto ele estiver por aí, Srta. Quicke, seu Marlowe não estará seguro. Charlie não estará seguro.

O Dr. Berghast colocou a muda que estivera replantando de volta ao seu lugar sob o vidro.

— No momento, ainda precisa agir *por meio de* Jacob; ele é seu ponto fraco. Sem Jacob, será como um nada de novo. No entanto, a cada vez que se alimenta, a cada nova criança que devora, sua força aumenta. Logo virá para cá. Você viu do que Jacob é capaz; a *drughr* é pior.

— Meus métodos se aplicam a pessoas — protestou Alice. — Jacob Marber pode estar em qualquer lugar. Como uma coisa como ele pensa? É preciso pensar como ele para encontrá-lo. — Ela sacudiu a cabeça. — Nenhum de vocês conseguiu encontrá-lo antes; o que os faz imaginar que eu posso encontrá-lo agora?

— Sabemos que ele está em Londres — disse a Sra. Harrogate.

— Londres é imensa.

— E — acrescentou o Dr. Berghast, limpando a terra preta de seu avental e erguendo os olhos para ela — agora temos uma coisa que não tínhamos antes.

— O quê?

— Você.

Alice riu com deboche.

— O seu ferimento, na verdade — corrigiu o Dr. Berghast. Ele se curvou sobre a pequena mesa de madeira e despejou ali o conteúdo de um pote de limalhas. Em seguida, tirou um ímã do bolso e o segurou entre o polegar e o indicador para Alice ver, e depois o balançou acima das limalhas. — Veja como o ferro busca o ímã. Isso é o que o pó de Jacob faz com ele. É uma parte dele. E ele deixou um pouco dentro de você, quando a atacou. — A voz de Berghast soava calma, mas seus olhos estavam brilhantes, brilhantes demais. — Você duvida de mim, é claro. Mas feche os olhos, Srta. Quicke. Estenda a mão. Permita-se *senti-lo*. Consegue senti-lo?

Cautelosamente, ela fez como ele pediu. De pé, ali na estufa, os lábios secos, as pálpebras trêmulas. Ela podia sentir *alguma coisa*, um formigamento que não estava ali antes. A sensação era de ter tinha um anzol nas suas costelas, puxando. Ela não gostou daquilo.

Berghast a observava.

— Vocês dois estão conectados.

Ela sacudia a cabeça, cada vez mais irritada. Sentia-se violada, nauseada. Deixou o olhar seguir para a Sra. Harrogate, que ainda aguardava em seus trajes de viagem, as duas mãos segurando a maleta diante dela.

— Se eu fizer isso, se eu o encontrar para vocês... o que vão fazer com ele?

— Vou matá-lo — respondeu a Sra. Harrogate.

— Como se mata uma coisa daquelas? — Alice olhou para o médico. — Suponho que o senhor tenha um plano.

— Eu, não — disse o Dr. Berghast.

A Sra. Harrogate deu um sorriso sem graça.

— *Existe* uma maneira. Se confiar em mim, Srta. Quicke.

Alice olhou para os vasos de cerâmica empilhados em suas fileiras. Então encarou o Dr. Berghast. Seus olhos cinzentos e duros, a boca oculta pela barba, a força em seu pescoço e nos ombros. O sol saiu de trás de uma nuvem e iluminou o vidro ao redor dele, de tal forma que de repente ela não via mais seu rosto.

Foda-se, pensou. Então virou-se para a Sra. Harrogate.

— Vou querer meu revólver de volta — disse ela.

20

Os Desaparecidos

Charlie estava no instituto há quase duas semanas, dormindo mal, quando viu pela primeira vez a carruagem escura.

Esse viria a ser seu primeiro vislumbre do outro Cairndale, seu gêmeo invisível, idêntico até mesmo nas aquarelas emolduradas nos corredores, na poeira se acumulando nos cantos, mas de uma forma sinistra, como se estivesse cheio de intenções. E depois disso ele começou a se perguntar o que exatamente estava acontecendo e o quanto não estavam lhe revelando.

Alice partira para Londres uma semana antes, na escuridão das primeiras horas da manhã, sob um recife de nuvens vermelhas no leste. Ela havia abraçado Marlowe, abraçado Charlie, enquanto a Sra. Harrogate observava impaciente do estribo, o rosto coberto pelo véu, os olhos duros como bolas de gude. Depois disso, eram só ele e Marlowe, somente os dois. As coisas entre eles se tornaram mais sensíveis, sensíveis no sentido de como uma contusão é sensível, sensíveis como se houvesse uma dor profunda em tudo e tocar em qualquer ponto fosse ser lembrado da dor. Komako e Ribs apresentavam o instituto aos dois, e às vezes o garoto polonês gorducho, Oskar, também, com seu cabelo louro quase branco, sua profunda timidez, e seu gigante carnudo e úmido copiando cada gesto seu. Mas Marlowe se mantinha perto de Charlie o tempo todo, mais perto do que o normal, colando a cadeira na dele quando comiam no refeitório, passando para a cama de Charlie depois que as luzes se apagavam, esse tipo de coisa, exatamente como um irmão mais novo faria, e Charlie sentia-se grato por isso. Pela primeira vez na vida, ele não estava sozinho.

Mas uma noite, depois da partida de Alice, Charlie acordou e viu a silhueta de Marlowe no banco da janela, os joelhos dobrados junto ao peito, o rosto voltado para a escuridão.

— O que foi? — sussurrou Charlie. — Teve um sonho ruim?

O menino olhou para ele, os olhos escuros e expressivos.

— Eu ouvi o barulho de cavalos.

Pela janela aberta, Charlie também ouviu: o fraco relinchar de cavalos. Ele saiu da cama. O quarto deles dava para o lago Fae e para o cais e a ilha escura no meio das águas com a silhueta retorcida do velho olmo. Mas não havia nada para ver; o pátio do Cairndale ficava do outro lado do prédio, abaixo dos aposentos das meninas. De pijama, Charlie estremeceu e cruzou os braços.

Marlowe mordeu o lábio.

— Onde você acha que Alice está agora?

— Na cama. Se tiver algum juízo.

— Charlie?

— O quê?

— Você às vezes pensa que as coisas poderiam ser diferentes?

— Claro. — Ele sentou-se ao lado de Marlowe e suspirou. — Mas esse tipo de pensamento é enlouquecedor. Não ajuda em nada. Quer que eu vá buscar um copo d'água pra você?

O menino, porém, cruzou um pé sobre o outro, coçando, e não se deixou distrair.

— E se Brynt não tivesse ficado comigo? Ou se tivesse fugido de Alice lá na tenda do Sr. Fox? Ou se Alice não tivesse me tirado daquele hotel antes de Jacob Marber conseguir entrar? Se você pensar nas coisas um pouquinho diferentes... — Seu rostinho estava perturbado. — Você acha que a gente *tinha* que estar aqui? É por isso que as coisas são como são?

— Nem tudo tem uma razão para ser do jeito que é.

— Minha mãe costumava dizer: "Sempre temos uma escolha." Brynt dizia isso também. Mas não é verdade, é? Nós nunca escolhemos vir para cá, não é?

— Eu, sim.

O menino parou para pensar.

— Por causa do seu pai — sussurrou ele.

Charlie assentiu.

— Não foi só isso. Mas, sim.

— Você vai mostrar o anel à Srta. Davenshaw? Talvez ela possa dizer o que é.

— Isso é segredo, Mar. Ok? Preciso que você não fale com ninguém sobre isso. Por enquanto.

— Por quê?

Mas Charlie apenas suspirou profundamente.

— Não sei — murmurou ele.

A noite estava escura nos olhos azuis-escuros de Marlowe, que piscou com seus longos cílios e então ergueu o rosto para Charlie. Olhava para ele com a mais pura e absoluta confiança.

— Sabe de uma coisa, Charlie? Fico feliz por todas aquelas coisas terem acontecido do jeito que aconteceram — sussurrou ele. — Fico feliz por você estar aqui comigo agora.

— Eu não vou a lugar nenhum — disse Charlie. E apertou o ombro do menino. — Exceto para ir buscar um copo d'água pra você. Agora volta pra cama. Eu já venho.

Ele saiu para o corredor, silencioso como fumaça. As arandelas na parede haviam sido apagadas. Havia um jarro de água de cristal lapidado em um aparador no fim do corredor para todos os garotos e uma bandeja de copos emborcados sobre um pano de prato, mas a jarra estava vazia. Charlie pensou por um instante e então seguiu a passos leves pelo corredor frio e virou à esquerda, no corredor em que as garotas dormiam. Ali havia um segundo aparador com uma jarra pela metade e foi quando estava despejando a água em um copo, de pijama e pés descalços, que Charlie olhou para fora e viu a carruagem.

A janela dava para o pátio. Uma carruagem havia parado perto da entrada da ala leste. Devia haver uma luz acesa lá embaixo, pois um brilho vermelho se refletia debilmente nas janelas e Charlie podia claramente distinguir as cortinas fechadas, a trava de latão da porta, o estribo aberto embaixo da porta. O revestimento de madeira preta cintilava. Afora isso, tudo era sombra e escuridão. As lanternas laterais do veículo estavam fechadas, e os cavalos relinchavam baixinho em seus tirantes.

Ele franziu a testa e se aproximou da janela, quase colando o rosto ao vidro. E estava assim quando viu dois homens saindo da ala leste, carregando juntos uma caixa comprida, parecida com um caixão. Eles a colocaram no lado oposto da carruagem e depois ficaram conversando perto dos cavalos. O condutor estava envolto em lã preta com o rosto oculto pela escuridão e uma capa de chuva puxada sobre a cabeça, a respiração se condensando no frio.

Algo foi passado de um homem para o outro, uma pequena bolsa. Então o motorista subiu pesadamente no veículo e soltou o chicote. Ouviu-se um barulho de arreios, o rangido de rodas reforçadas com ferro.

Foi o passageiro, porém, que chamou a atenção de Charlie. Ele também se virou para subir e por um instante Charlie o viu claramente, suas feições iluminadas na luz vermelha fraca. Um rosto cheio de cicatrizes, sem barba. Olhos duros. O homem olhou ao redor, depois levantou a cabeça. E encarou Charlie.

Se ele o viu ou não, ou apenas a silhueta dele ali, Charlie não podia saber. Mas sentiu um medo súbito e profundo. E nesse momento, bruscamente, com uma força inesperada, ele sentiu uma mão em sua manga, cambaleou e foi puxado para longe da janela, para as sombras.

Então se viu olhando o rosto de Komako.

— O que...? — ele começou, o sangue latejando alto em seus ouvidos.

Tinha deixado cair o copo ao cambalear, mas Komako de alguma forma havia se agachado e o pegado, pouco antes que se chocasse contra o chão, de modo que apenas um pouco de água derramou, o vidro não se quebrara e ninguém acordara ou viera correndo.

Ela o encarou de um jeito sombrio e, sem falar, devolveu-lhe o copo. Ela não estava usando luvas e ele viu que a pele de suas mãos parecia manchada e vermelha.

A expressão no rosto da garota era feroz, alerta, mas ali havia algo mais. Medo.

Ela levou aos lábios um dedo que parecia esfolado.

— Shhh — sussurrou.

E então se virou com o pijama branco e afastou-se silenciosamente, voltando pelo corredor, como um fantasma, a comprida trança negra descendo até a cintura enquanto ela prosseguia, passando pelos quartos das outras garotas, em direção ao quarto que dividia com Ribs. Charlie ficou observando enquanto ela se afastava. De repente, as palavras de Marlowe voltaram à sua mente, como não lhes cabia fazer as próprias escolhas na vida, e tudo que acontecia era acaso ou destino, sem que tivessem como saber a diferença entre eles.

Tinha sido um encontro estranho, quase como um sonho. O que quer que o condutor da carruagem e seu passageiro estivessem carregando no veículo escuro, Charlie não conseguia imaginar. Mas Komako nunca falou sobre o episódio, e ele achou melhor não perguntar. E, de qualquer forma, nesse meio tempo havia o dia a dia no Cairndale, e todo o estranho mundo de aulas e aprendizado.

Havia uns quinze garotos no Cairndale. Os quartos deles ficavam todos ao longo do mesmo corredor curto com o quarto de um mestre — o Sr. Smythe — na outra extremidade, cuja porta ficava entreaberta à noite enquanto os garotos se acomodavam. Em sua maioria, esses garotos eram mais velhos e de pele branca, embora houvesse alguns chineses e dois irmãos silenciosos vindos da Costa do Ouro que se mantinham reservados. Todos eles lançavam olhares curiosos para Marlowe; até os residentes mais velhos e os professores sussurravam e olhavam sempre que Marlowe passava. Todos tinham ouvido as histórias; muitos deles estavam lá na noite em que Jacob Marber invadira o Cairndale. Eles pareciam ver Marlowe como metade milagre, metade monstro, por ter sobrevivido ao ataque de Marber. Ao diabo com eles: Charlie e Marlowe ficavam no quartinho que lhes fora designado naquela primeira noite; e, afora Oskar, pouco tinham a ver com os outros garotos.

Era com Komako e Ribs que eles passavam os dias. A Srta. Davenshaw tinha colocado os cinco juntos nas aulas, apreciando, como ela disse, as habilidades de cada um.

— Vocês vão ensinar uns aos outros — informou ela — e aprender que cada um de nós tem nossos próprios dons para compartilhar. — Se havia outras razões mais sombrias, ela não disse.

Eles acordavam todas as manhãs com o Sr. Smythe tocando uma campainha no corredor, chamando-os para se vestirem. Depois vinha o café da manhã no refeitório, agitado, barulhento, com os talheres raspando os pratos, os gritos e as risadas, e depois os alunos se dirigindo para suas várias aulas. Marlowe e Charlie, Komako e Ribs e Oskar: os cinco começavam todas as manhãs na sala de aula com a parede revestida de livros da severa Srta. Davenshaw, sob seu olhar que não via.

Provavelmente esse era o mais normal de tudo que aprenderiam ali, embora Charlie não pudesse saber disso na época. A Srta. Davenshaw se postava rígida diante dos alunos e atribuía leituras e tarefas a cada um deles, e eles faziam fila e pegavam das mãos delas suas tarefas, sentavam-se e começavam a aprender. Charlie não se importava, até gostava, de aprender as letras e ler mais rápido, com mais facilidade. Depois vinha a geografia, as conquistas do Império Britânico, os países do leste e uma interminável litania de cidades, nações e línguas. Depois disso, era a vez da história das Ilhas Britânicas, uma lista de reis e rainhas e datas de batalhas. E, por último, eles estudavam aritmética no quadro de giz no canto da sala, enquanto a Srta. Davenshaw, embora cega, acompanhava seu trabalho, estalando a língua a cada erro, e a luz pálida da manhã preenchia lentamente as janelas altas e caía sobre as estantes de livros, avançando, gradualmente, até o chão acarpetado.

Depois do almoço, atravessavam em fila os jardins ingleses mortos, pisando o barro vermelho-sangue, até os anexos mais além, e ali começava o sutil trabalho com os talentos.

Era isso que Charlie mais ansiava, e era o que ele mais temia. Os anexos eram duas compridas construções de madeira cinza, semelhantes a celeiros ou galpões de armazenamento, com telhados que tinham goteiras quando chovia e piso de terra. Não tinham aquecimento e mal podiam ser considerados — murmurou Ribs com um sorriso — como prédios.

Havia outras pessoas na construção, adultos, alguns deles muito velhos. A Srta. Davenshaw separou as crianças e cada uma delas seguiu com um instrutor diferente, mas Charlie permaneceu com ela.

— Tenho alguma experiência com *curaetors* — explicou ela. — Vou ensinar a você o que eu puder. Ah… você está surpreso.

Charlie, que estivera olhando para sua venda preta amarrada com firmeza sobre os olhos e franzindo a testa, sentiu um calor subir até suas bochechas.

A Srta. Davenshaw abriu um sorriso astuto, como se pudesse ver.

— Ah, não experiência própria, Sr. Ovid. Obviamente não sou como você. Meu trisavô era um *curaetor*. Ele me criou. Isso foi há algum tempo. Ele já… se foi. Mas eu sei um pouco do que ele podia e não podia fazer.

Charlie, que vinha usando seu talento por toda sua breve vida para se manter vivo, cruzou os braços.

— Eu sei como funciona — disse ele. — Ele meio que faz tudo sozinho. Meio que…

— Reage? Sim. Mas também pode ser controlado, Sr. Ovid. É um talento maior do que isso. Embora com certeza vá exigir algum esforço da sua parte. E muita paciência. Isto é, se você estiver disposto a aprender. Está?

— Talvez — disse ele com cautela.

Eles se encontravam parados diante das portas abertas, ainda no interior do anexo, e o ar frio descia pesado sobre eles. Charlie ergueu os olhos e viu o loft na outra extremidade. Quando os baixou, percebeu que a Srta. Davenshaw tinha começado a andar, passando pelas portas, e já estava do lado de fora. Por um súbito e breve momento, ele se perguntou se ela sabia para onde estava indo.

— Você está certo em ter cautela — ela ia dizendo, como se ele não tivesse quase sido deixado para trás. — Mas não precisa ter medo.

— Eu não estou com medo.

— Hum. Sim. Ótimo. — Ela o guiou pela grama marrom até o perímetro do terreno do instituto. O céu ameaçava chuva. Era a primeira vez que Charlie se aproximava do muro e sentiu uma vibração baixa e apavorante no crânio, como se estivesse fazendo algo errado, como se não devesse estar ali. Tentou ignorar a sensação, mas sua ansiedade só aumentou.

O muro de pedra parecia antigo, e batia na altura da cintura, coberto por um musgo preto, desmoronando em alguns pontos. Havia sido montado frouxamente com estranhas pedras no formato de panqueca e que deviam ter vindo do fundo do mar. Estendia-se em ambas as direções, sobre as elevações e contornando o lago escuro e seus penhascos de barro também escuro, até onde os olhos de Charlie podiam alcançar.

A Srta. Davenshaw corria a mão longa e pálida sobre as pedras enquanto caminhavam. O barro vermelho era escorregadio sob os pés. O Cairndale assomava do outro lado do campo, atrás dos anexos, ameaçador, estranho.

— Sente isso, Sr. Ovid? — perguntou baixinho a Srta. Davenshaw, o rosto cego voltado para o outro lado. — Sente as defesas? Desagradáveis, não são?

Ele sentia; elas eram a fonte de sua ansiedade, de seu pavor. Eram como uma comichão de eletricidade ao redor dele, um zumbido no ar, em uma frequência logo abaixo do som.

— Isso, Sr. Ovid, é obra do glífico — disse ela. — Isso é o que mantém todos nós… seguros. Talentos como você não podem atravessar de um lado para o outro, a menos que o glífico queira. É preciso um esforço tremendo da parte dele para manter as defesas fortes, dizem. Ele nunca está em repouso. Essa é uma das razões pelas quais visitar a ilha é estritamente proibido. Mas não seria bom ter Jacob Marber, ou seu suctor, entrando aqui sem ser convidado, não é?

Charlie reprimiu um estremecimento. Aquela coisa que o atacou em Londres ainda lhe causava pesadelos.

— Mas as proteções também — prosseguiu ela — nos mantêm a salvo dos olhares indiscretos das pessoas comuns. Elas ficariam muito alarmadas com o que acontece aqui, hã? Se qualquer pessoa tentasse entrar na propriedade sem ser convidada, seria dominada por um forte sentimento de inquietação, um... desconforto. Que se tornaria mais sufocante a cada instante. Essa pessoa voltaria antes de percorrer três metros, embora não fosse capaz de explicar por quê. O Cairndale tem uma certa... reputação, por causa disso. Se você deixasse o instituto, veria. Os habitantes locais o olhariam com suspeita, com medo.

Charlie, que vivera toda a vida sob os olhos amargos de gente branca, assentiu.

— Creio que fariam isso de qualquer maneira — disse ele. — Eu não pareço...

— Eu sei qual é a sua aparência, Sr. Ovid. Não é o único estrangeiro no Cairndale.

Ele fez uma pausa, olhando para os olhos vendados dela, com raiva por ela o ter repreendido. Mas engoliu sua resposta. Podia ver, por cima do muro decadente, o mundo além, em sua rotação lenta e constante.

— O que você faz, Sr. Ovid, o que todos os talentos fazem, é uma espécie de... necromancia. A manipulação de tecido morto. Ninguém é capaz de manipular tecido vivo. E ninguém pode pôr em prática seu talento na carne de outra pessoa. Venha. Vamos caminhar, se não se importa.

Ela avançou adiante novamente, o rosto voltado para o outro lado, como se estivesse escutando alguma coisa.

— Existem cinco tipos de talento — continuou ela, secamente. — Clinques, conjuradores, transformadores, artífices do pó e glíficos. Preste atenção, Sr. Ovid, isso é importante. Em primeiro lugar, estão os clinques. Eles podem realçar o próprio corpo. Você, como um *curaetor*, é dessa ordem. Assim como os fortes, como o pobre Sr. Coulton era, que tornam sua carne tão compacta e densa que ela é capaz até de parar uma bala. Em segundo lugar, há os conjuradores, que podem animar restos mortais. As bruxas dos ossos, que evocam esqueletos, são conjuradoras. E o Sr. Czekowisz, seu amigo Oskar, com seu gigante de carne, Lymenion, também é um conjurador. Em terceiro, há os transformadores, que podem alterar a *aparência* de sua própria carne. A Srta. Ribbon, como você sabe, pode se tornar translúcida. Outros podem até mudar de forma. Em quarto lugar, há os artífices do pó, como a Srta. Onoe, que podem controlar e manipular suas próprias células mortas que se perdem no pó, e ligar outras partículas a elas. Por último, há os glíficos. Mas eles são uma raça estranha e desconhecida; desenvolvem seu talento como uma árvore se desenvolve em uma encosta. São solitários e poderosos e você precisa ir até eles, para encontrá-los. É o seu dom, ou maldição, ser capaz de ver a teia que conecta todos nós e acompanhar os fios. São imensamente poderosos.

Charlie caminhava ao lado dela, tentando absorver tudo.

— Cinco talentos — murmurou ele.

— Você vai ouvir alguns de seus colegas falarem de um sexto talento. Mas isso não existe. Eu o aconselho a dar ouvidos apenas aos fatos e a não aos boatos aqui, Sr. Ovid. Há muitos boatos aqui no Cairndale.

Ele dirigiu a ela, furtivamente, um olhar rápido e afiado, mas não conseguiu entender o que ela quis dizer. Não parecia possível que ela pudesse saber de suas suspeitas, do anel de casamento de sua mãe com o brasão do Cairndale, ou da carruagem escura e seu condutor.

— Há uma substância em você — continuou ela — que nós aqui no Cairndale consideramos como "pó", embora não seja pó, não no sentido comum da palavra. É isso que anima seu tecido morto, suas células mortas. Por que está em você, e não em outro, eu não sei dizer. Existem muitas coisas que não sabemos. Mas é esse "pó" que torna o seu eu corpóreo... extraordinário. Está *em* você e *através de* você, e deixa seus rastros onde e quando você usa seu talento. O corpo de um talento é um mapa de seu pó, Sr. Ovid, e um glífico pode lê-lo como se fosse um livro.

"Como *curaetor*", prosseguiu ela, "sua carne cura a si mesma. Ela se regenera. Repara as células mortas e, ao fazê-lo, parece restaurar o sangue perdido. Você não pode permanecer afogado, não pode permanecer queimado, não pode permanecer estrangulado." Ela fez uma pausa, estendendo os longos dedos até o rosto dele, tocando-o rápida e gentilmente. "Nada vem do nada. Os talentos são extraídos da vida de seus usuários; quanto mais eles são usados, mais curtas são essas vidas. Você sente uma dor terrível quando seu talento está em ação? É o mesmo para todos nós. Esse é o preço a ser pago. Os talentos brilham muito, Sr. Ovid, mas se esgotam rapidamente. Todos, menos você. Quando chegar à maioridade, por volta dos vinte anos, seu corpo vai desacelerar o processo de envelhecimento. Você viverá mais que todos nós."

— A senhora está dizendo que... eu não vou morrer?

— Tudo morre, Sr. Ovid. Exceto Deus, os anjos e a ideia de liberdade no coração dos puros.

Ele franziu a testa.

— Uma piada. Não. Você viverá muito tempo. Mas nada é para sempre; e seu talento vai enfraquecer, mais cedo ou mais tarde. E, quando isso acontecer, seu corpo começará a envelhecer. Lentamente a princípio, depois com rapidez. De repente você estará velho, e de repente estará morto. Meu trisavô era um homem forte de trinta anos dois dias antes de sua morte. Quando morreu, estava macérrimo e frágil.

Charlie engoliu em seco.

— Quanto tempo dura?

— A morte?

— A vida.

— Isso depende da força do seu talento. Não são todos iguais. Você vai viver pelo menos cento e cinquenta anos.

Ele não tinha certeza se ouvira corretamente. Tentou fazer os cálculos mentalmente.

— Não quero isso.

— Então você é mais sábio do que a maioria. No entanto, trata-se de algo que você é, Sr. Ovid; querer não tem nada a ver com isso. Mas há limitações para a sua habilidade. Seus membros tornarão a crescer, caso sejam separados do seu corpo, mas cortar sua cabeça porá fim à sua vida rapidamente. O preço mais alto que terá de pagar será em seu coração, e em sua alma. Eis uma coisa que esgota: viver mais do que aqueles a quem você ama. E ver o mundo mudar à sua volta. Mas isso não é algo com que eu possa ajudá-lo.

Charlie assentiu. Continuaram andando no terreno molhado.

— Controle é o que vamos tentar em nossas sessões juntos. Controle é tudo. Agora você não tem nenhum. Quando está ferido, seu corpo se regenera. É isso. Mas há muito mais que você pode fazer, Sr. Ovid, muitos usos estranhos para o dom de um *curaetor*. Eu entendo que você já sabe como ocultar objetos em sua carne. Mas há *curaetors* que já removeram partes de si mesmos, até mesmo ossos, quando seu uso era necessário. E outros cujo controle era tão grande que eles podiam moldar o tecido morto em seus corpos, em vez de simplesmente repará-lo; eles podiam *esculpir* seus *corpos*.

— Esculpir seus corpos?

— Essa habilidade se chama mortagem. Pode-se até dizer que ela é o verdadeiro talento, o propósito da arte do *curaetor*. Eles podiam alongar seus braços ou pernas, podiam espremer sua carne para passar por espaços impossivelmente exíguos. Podiam abrir fechaduras empurrando os dedos no buraco da chave. Esse tipo de coisa. A dor devia ser extraordinária. Aprender a suportá-la é uma parte significativa do nosso treinamento aqui. — Suas narinas dilataram quando ela inspirou lentamente. — Como eu disse: um talento incomum.

Tudo isso Charlie ouvia com uma sensação crescente de pavor. A Srta. Davenshaw com sua sinistra vigilância, seu olhar que podia ver sem enxergar. Ele estava se lembrando, como se através de uma névoa, o exame que a Sra. Harrogate fizera nele em Londres, naquela primeira semana na Nickel Street West. Ela havia pedido que ele fizesse algo assim, não foi? Ele olhou para trás, para os anexos, agora distante deles, e então deixou os olhos vagarem pelo campo vazio. Apesar de tudo, não pôde deixar de se sentir curioso.

— Como eu faço isso? Essa... mortagem?

— Você? Não faz.

— Mas a senhora acabou de dizer...

— Meu jovem, você ainda não recebeu treinamento suficiente. Eu vou lhe mostrar. Aproxime-se. Não se preocupe com a sensação provocada pelas defesas, o glífico não vai lhe fazer mal. Ele sabe que estamos aqui, conhece nossas intenções. Agora, aqui, onde estas duas pedras se encontram no muro. — Ela pegou a mão dele e deslizou seus dedos suavemente ao longo da fresta nas pedras. — Aqui tem um espaço pelo qual você poderia passar. Parece impossível, hein? Ainda assim... A mortagem vai mover um corpo sem que o corpo se mova. Vai transbordar sua imaginação.

Charlie apalpou o espaço. Fechou os olhos. Seu corpo inteiro vibrava com a energia das defesas do glífico. Tudo ficou quieto; e de repente o silêncio era como um som em seus ouvidos. Algo estava acontecendo. Ele podia sentir as pontas dos dedos pressionadas contra as pedras, procurando o espaço entre elas, e tentou visualizar aquela fresta se abrindo, uma estreiteza na qual pudesse enfiar os dedos. Nada aconteceu.

— Eu... não consigo — disse ele, a respiração pesada. — Eu simplesmente... não consigo. — Estranhamente tinha a sensação de tê-la desapontado.

— De fato, Sr. Ovid — disse ela. — Uma coisa de cada vez. Você está pronto?

— Certo — replicou Charlie, tentando evitar que a raiva transparecesse em sua voz. — Estou pronto.

A Srta. Davenshaw gesticulou, apontando um anel de pedras, disposto no barro vermelho.

— Então vamos começar — disse ela.

Os dias se passaram.

Uma tarde Charlie se encontrava na biblioteca, iluminado por uma vela, quando Komako o encontrou. Ele passara a usar o anel da mãe em um cordão no pescoço, em parte porque não era fácil nem indolor tirá-lo da própria carne. Ele o segurava, infeliz, sentado pensativo no largo parapeito da janela, quando ouviu o pesado puxador de bronze da porta girando. Em seguida, ouviu o clique dos sapatos de Komako no parquete incrustado e deslizou o anel de volta para dentro da camisa.

— Ribs está te procurando — disse ela, hesitante.

— Para quê?

— Ah, não é *para* nada. — Um sorriso malicioso, somente nos cantos da boca. — Eu só acho que ela não consegue relaxar se não souber onde você está.

Charlie franziu a testa. Se ela estava brincando, ele não sabia dizer. Komako aproximou-se, puxou uma cadeira e sentou-se, bem perto. Ele podia sentir o cheiro do sabão de lixívia em sua pele.

Ela estava usando as luvas de pelica sem dedos novamente, protegendo as mãos machucadas.

— Como foi sua primeira aula com a Srta. D? Detesto pensar no que um *curaetor* aprende. Ela fez você recitar os cinco talentos? — Komako baixou a voz a um sussurro. — Ela te falou sobre o sexto?

— Não existe um sexto.

Komako puxou sua trança grossa.

— Ou será que isso é o que eles querem que a gente pense? Pergunte a Ribs sobre isso. Ela tem todo tipo de teoria sobre o sexto talento. O talento sombrio, como ela chama. Os antigos gostam de contar uma história sobre o talento sombrio trazer o fim dos tempos e destruir todos os outros talentos... — Ela fez uma pausa, mudando de posição para ver seu rosto mais claramente contra a janela. — Ei, Charlie. Só estou brincando. Você está bem?

— Sim. Tudo bem.

— Quando cheguei aqui, ficava triste o tempo todo. Não era apenas o lugar. Quer dizer, era o lugar também.

— Eu não estou triste.

— Bem. Eu estava. — Sua boca, entreaberta, parecia em expectativa, como se soubesse que ele observava seus lábios com muita atenção. — Tinha acabado de perder minha irmã, Teshi. Ela era minha irmãzinha, e estava doente havia muito tempo. E então ela simplesmente não estava mais doente. Foram o Sr. Coulton e Jacob que me encontraram, que compraram minha passagem para cá. Ribs também estava lá. Ela havia meio que... se juntado ao grupo.

Charlie ergueu o rosto.

— Jacob...?

— Marber. Sim. Ele era diferente naquela época. Não sei o que ele é agora. Desapareceu quando a gente estava navegando ao sul de Tōquio. Ele simplesmente... se foi, numa noite. Os marinheiros acharam que ele tinha pulado ao mar. Mas anos depois, ele seria visto perto do Cairndale, nos vales, apenas andando. De cabeça baixa, como se estivesse procurando alguma coisa.

Charlie reprimiu um tremor. Ele imaginou aquele monstro de fumaça e escuridão, espreitando os muros do Cairndale, tentando encontrar uma maneira de entrar.

Komako de repente ficou séria.

— Eu sei o que isto aqui parece. O Dr. Berghast, a Srta. Davenshaw e outros, todos agem como se este fosse um refúgio para nós, para nossa espécie. E eles querem que seja, querem sim. Mas nenhum lugar é seguro de verdade. Tenha cuidado, Charlie Um-de-Nós-Agora.

— Você não sabe o que passei — disse ele. — Consigo cuidar de mim mesmo.

— Não é o único que teve uma vida dura, Charlie.

Havia algo na maneira como ela disse isso. Ele então olhou para ela, *olhou* realmente para ela. Imaginando de repente, e pela primeira vez, o que ela havia passado. Como sua irmã morrera, ou seus pais, ou como ela tivera de deixar sua vida inteira para trás e vir para cá. Ele raspou uma unha no parapeito, sentindo-se envergonhado.

— O que você viu na outra noite, a carruagem no pátio — disse ela. — Não era para você ter visto. Eles às vezes vêm fazer entregas. Caixotes. E às vezes levam coisas também.

— Eu não tenho medo.

— Só porque você não sabe. Você não sabe o que está acontecendo aqui.

Ele levantou a vela do pires onde derretia, derramou a cera e colocou a vela de volta na posição vertical.

— Então me conta.

Mas ele podia ver que ela estava debatendo alguma coisa consigo mesma. Então ela se levantou e escutou na porta enquanto lhe dirigia um olhar sombrio. Seus olhos brilhavam à luz da vela. Então ela voltou e sentou-se bem perto dele.

— Crianças estão desaparecendo — sussurrou ela.

Ele piscou.

— Do Cairndale?

Ela assentiu com gravidade.

— Talvez até estejam sendo mortas. Nós não sabemos. No semestre passado, vi Brendan O'Malley entrando naquela mesma carruagem no meio da noite. Ninguém nunca mais ouviu falar dele. Quando perguntei, me disseram que ele atingira a maioridade e voltara para a família. Mas ele não tinha família, pelo menos nenhuma para a qual valesse a pena voltar.

— Espera. O que você quer dizer? O que está dizendo?

— Eu não sei, ainda não. Mas vou descobrir. Todos nós vamos: eu, Ribs e Oskar.

— Como?

Komako se aproximou ainda mais. Ele podia sentir a respiração dela em seu rosto.

— Bem, é sobre isso que eu queria falar com você — disse ela suavemente. — Precisamos da sua ajuda, Charlie.

Fora ideia de Ribs abordar Charlie, pedir sua ajuda. Oskar e Lymenion não tinham gostado, é verdade, mas Komako podia ver que a ideia fazia sentido. Charlie tinha um jeito desconfiado de olhar de rabo de olho para você, o jeito de uma criança que tivera uma vida difícil, que levara Komako a pensar que ele poderia concordar. E ele era, afinal, um *curaetor*.

Foi isso, seu talento, que finalmente a convenceu. Porque se eles quisessem saber mais — se quisessem chegar mais perto do que quer que estava acontecendo —, então precisariam de um *curaetor*.

Os desaparecimentos haviam começado dois anos antes. Aparentemente, não muitos, não o suficiente para deixar alguém alarmado; e sempre havia uma explicação — foi para Londres, ou voltou para a família, ou foi enviado em uma viagem para a Romênia, para Pequim, para a Austrália. Mas ninguém nunca se despedia. E deixavam para trás tudo com o que se importavam. Quando Brendan foi levado escondido para a carruagem, na calada da noite, ele estava construindo uma réplica do Cairndale com palitos de fósforo em seu dormitório, que ele deixou inacabado. Uma garota que desapareceu seis meses antes dele, Wislawa, tinha acabado de capturar um coelho e o estava criando em uma gaiola atrás do depósito de ferramentas; ela o deixou sem comida. Verdade que Komako não conhecia bem nenhum dos desaparecidos: Cairndale mantinha seus alunos separados, até onde podia; ela, porém, tinha ouvido os comentários e sabia que essas crianças não eram do tipo que queria ir.

O que significava que algo estava acontecendo. E, pior, devia haver alguém no Cairndale que sabia sobre a carruagem, que estava ajudando em sua ação. A questão era que o próprio Cairndale era um poço de segredos, e os desaparecimentos podiam ser nada ou podiam ser tudo. Komako morava no instituto havia quase dez anos e essa era sua casa mais do que qualquer outra coisa, e assim mesmo havia partes do instituto que ela nem sequer imaginava.

Mas, por outro lado, ela sabia muito. Sabia, por exemplo, que os antigos talentos no Cairndale estavam morrendo. Restavam onze deles, velhos e velhas grisalhos, murchos como insetos sob o vidro, que se moviam com a lentidão da morte. Às vezes eles davam uma volta pelo pátio, as enfermeiras empurrando suas cadeiras de roda de vime, ou eles próprios se arrastando lentamente de chinelo e roupão de banho. E ela sabia que alguns deles iam até o glífico à noite, nos velhos barcos a remo, e que alguns nunca voltavam, ou voltavam mais fracos, mais frágeis. Não, nem tudo no Cairndale era o que parecia; mas, dos muitos segredos que o assombravam, nenhum era mais triste do que o próprio Dr. Henry Berghast.

Ah, ele era um bom homem, ela não tinha nenhuma dúvida disso. Afinal, era o Dr. Berghast quem os mantinha em segurança. Não sabia de onde ele tinha vindo. Sua idade, seu passado, sua família. Tudo era um mistério. Ele falava sem nenhum sotaque, uma maneira curiosamente plana de falar, como se não viesse de lugar nenhum e de todos os lugares ao mesmo tempo. De ombros fortes, intenso, ele parecia um homem em seu apogeu, mas Komako sabia que ele não podia ser. Pois havia uma tensão em seus olhos; e seu cabelo ficara todo branco. Ela ouvira os velhos talentos falando: ele vinha guardando o glífico havia pelo menos oitenta anos, antes mesmo do que se lembravam. Cuidando para que o *orsine* permanecesse fechado. Mas sua obsessão com a *drughr* era alarmante. Ele dormia pouco, muitas vezes partindo durante a noite a negócios, sem dúvida em busca da *drughr*, de Jacob e do que Jacob havia se tornado. A Srta. Davenshaw disse que ele se culpava por isso. O que Komako sabia com certeza era que esse homem antigo e sem idade, essa pessoa com olhos cinza muito claros e um profundo senso de retidão dentro dele, esse *médico*, estava se destruindo lentamente, em sua perseguição incessante àquele monstro. E partia seu coração ver isso.

Por essa razão ela não fora diretamente até ele, não relatara suas suspeitas em relação aos desaparecidos, não o advertira sobre a carruagem escura. Eles não *sabiam* de nada, ainda não. Mas os três haviam começado a observar os céus em busca de pássaros de ossos e — sempre que avistavam um recém-chegado — a ir sorrateiramente até o espaço de arame onde os pássaros se empoleiravam. Komako e Oskar vigiavam enquanto Ribs entrava furtivamente, desamarrava a mensagem, lia-a rapidamente e depois a recolocava no lugar, o tempo todo os pássaros de ossos estalando, se agitando e girando suas órbitas sem olhos, como se quisessem vê-la melhor. Até agora eles tinham descoberto pouco, algumas mensagens estranhas da Sra. Harrogate em Londres, uma mensagem em código ilegível de algum lugar na França.

Mas então, certa manhã, Komako foi enviada como mensageira ao antigo depósito, o laboratório do Dr. Berghast. De pé junto aos béqueres, destiladores e estranhas poções engarrafadas, Berghast havia esfregado os olhos, cansado, pegado a carta e a dispensado. Ao se virar para sair, ela viu, empilhadas na mesa de trabalho dele, várias pastas de papel pardo marrons. Ela sabia de onde eram aqueles arquivos; e eles lhe deram uma ideia.

Se quisessem rastrear as crianças desaparecidas, precisariam de alguém que pudesse escalar o lado de fora do solar, na escuridão; que pudesse entrar pela janela do estúdio de Berghast; que pudesse destrancar a porta por dentro. Então Ribs poderia entrar, arrombar o armário grande e vasculhar os arquivos de todos os talentos que já haviam sido admitidos no instituto até encontrar o que estava procurando: os arquivos das crianças desaparecidas.

Em outras palavras, eles precisavam de Charlie Ovid.

Komako caminhava apressada pelos corredores do Cairndale, assoviando baixinho para si mesma.

Porque Charlie tinha acabado de concordar em fazer isso.

21

Segredos de Outras Pessoas

Na viagem para o sul, a caminho de Londres, Alice Quicke se viu pensando nos mortos.

Havia Coulton, é claro. Ainda podia ouvir sua voz, o sotaque seco e cortante; via as suíças ruivas e ralas que ele cultivava e os cabelos rareando que penteava sobre o couro cabeludo rosado, o rosto avermelhado de pele marcada e queixo duplo. Era verdade que ele a deixava louca: misterioso e insuportável; metade do tempo, sarcástico, e no restante, arrogante. Mas Alice havia confiado nele; porque ele tinha conquistado essa confiança e porque ele nunca a tratara como uma detetive mulher, apenas como uma detetive; e, acima de tudo porque era um homem bom e um bom amigo.

E, no entanto, caminhando com passos duros pela plataforma em Edimburgo, observando pequenos grupos de mendigos espalharem-se por cima dos trilhos ou sentada em silêncio com a Sra. Harrogate num vagão-restaurante iluminado por velas, seus pratos transbordando com ensopado de carneiro e batatas, não era Coulton quem ocupava seus pensamentos, mas, sim, sua mãe.

O porquê disso, ela não saberia explicar. Ela se chamava Rachel Coraline Quicke. Alice não a vira por muitos anos; um pouco por mágoa, um pouco por repulsa. Alice não tivera nenhum tipo de infância. Sua lembrança mais antiga era de Rachel jogada numa rua de Chicago, berrando para as persianas do senhorio delas e atirando punhados de lama na casa porque a porta do cortiço estava trancada e ela havia perdido a chave. Ela vivia furiosa. Seus quadris eram largos e a barriga macia ao toque. Bebia litros de cerveja no bar irlandês próximo à Declamey Street e depois voltava para casa cambaleando e xingando. Trabalhava em uma padaria alemã no bairro vizinho, resfolegando como um cavalo nas primeiras horas do dia e moldando com dedos ágeis as figurinhas de massa na padaria vazia, lá fora ainda escuro, os pretzels, massas folhadas e tortinhas recheadas de geleia, mornos e de aroma doce. Era o único momento em que ela parecia estar em paz. Quando era muito pequena, Alice às vezes ia com ela, fingindo ajudar a atiçar os fogos e limpar a farinha das mesas, sem ligar para a hora. Então, quando estava com quatro anos, seu pai foi embora. Depois disso, eram só as duas. Durante um tempo, tiveram um pequeno *setter* irlandês chamado Scratch, mas um dia ele também sumiu, morto numa briga, escoiceado por algum cavalo ou talvez ele apenas tenha concluído que já estava farto e que havia lugares mais fáceis de se morar.

Nesses primeiros anos, a própria Alice já era uma ratinha de sarjeta, assombrando o dilapidado lado oeste onde elas moravam. Corria pelos becos com um bando de crianças mais velhas, imigrantes, a maioria delas irlandesas. Saíam todos ziguezagueando por entre as rodas das carroças e charretes, ateando pequenas fogueiras na feira da Randolph Street, atirando pedras nas janelas do pátio de cargas e correndo dos vigias. Seus amigos eram pegos e espancados; ela nunca, pois já naquela idade era muito ligeira. Chicago, naquela década, era uma expansão de lama e imundície, com áreas alagadas e de esgoto a céu aberto. O rio fedia no verão e as ruas formavam um grosso ensopado de lama na primavera e no outono. Até os cavalos se debatiam nos cruzamentos onde a lama era mais profunda. Por todos os lados havia linhas de trem, hotéis, armazéns, vastas extensões de galpões, currais e elevadores de grãos, tudo muito iluminado. Era uma cidade de fogo.

Alice tinha sete anos quando a mãe encontrou Deus. O que se seguiu foi uma estranha época de orações, reuniões na igreja e piqueniques às margens do rio aos domingos. Ela tinha apenas um vestido, que a mãe lavava exaustivamente. O gênio da mãe não abrandou; mas sua fé, se era disso que se tratava, a encheu de uma intensidade renovada, levando-a a açoitar as costas rosadas todas as noites com um galho de bétula até formar furiosos vergões vermelhos que exsudavam. À tarde, após o trabalho, ia para a esquina e subia num caixote de madeira, pregando aos transeuntes que analisassem o estado de suas almas. É possível que aquilo tudo também tenha envenenado o seu trabalho, quem saberia. Porque, mais tarde naquele mesmo ano, ela perdeu o emprego na padaria, o único trabalho que Alice a vira manter, a única estabilidade existente em suas vidas, e depois disso tudo mudou.

Na Igreja de Nova Canaã, chegou uma mulher vinda do oeste, de uma pequena comunidade religiosa localizada nos campos de trigo de Illinois. Seu nome era Adra Norn. Era alta e tinha longos cabelos cor de chumbo, um rosto que parecia fruta seca ao sol e mãos imensas e ásperas, mãos masculinas, mãos capazes de rasgar uma Bíblia em duas. Quando ela falava, até os homens escutavam. Ela dizia que o Deus deles era um deus raivoso, um deus vingativo, e que sua ira era dirigida aos homens do mundo. Sua comunidade era um lugar somente para mulheres, um refúgio das corrupções terrenas. Se Alice temia a mãe, o que sentia por Adra Norn era diferente; chegava mais perto do assombro. Por onde fosse, a mulher passava com a força de um furacão, as saias cinzentas rodopiando, as mãos enormes e esfoladas recolhendo tudo o que precisava ser feito. Seu discurso soava bíblico e perturbador, e seu sotaque era apenas em parte inteligível, embora sua mensagem fosse clara: *Deus não o ama, Deus não precisa de você. Arrisque-se a desagradá-lo e viva atormentado.*

— E, no entanto, para aqueles tocados por Deus — ela também dizia —, qualquer coisa é possível.

A mãe de Alice passou a dizer o mesmo, baixinho, repetidamente, quando achava que estava sozinha. Certo domingo, Alice viu a mãe, muito concentrada, conversando com Adra Norn; e, logo, a mulher alta passou a frequentar o apartamento delas à noite. Dois meses depois, quando Norn se preparou para partir, Rachel também arrumou os poucos pertences que tinham e partiu com Alice rumo à comunidade sagrada de Bent Knee Hollow.

Dessa viagem, sua primeira, Alice recordaria por toda a vida: os corvos alçando voo juntos nos campos cobertos de restolho, ligeiros e fervilhantes como o pensamento, exatamente como ela imaginava ser o pensamento; o sol vermelho e baixo se pondo acima da linha das árvores; as estradas poeirentas, desertas, enchendo-se com uma luz antiga; e, sempre, os carvalhos e salgueiros verdes e frondosos margeando rios refrescantes. Por cinco dias, elas prosseguiram, a velha carroça coberta de Adra Norn rangendo como um enorme navio terrestre a navegar os cruzamentos esburacados, Rachel curvada ao lado de Adra no banco duro da frente, perdidas em suas conversas. Alice era deixada sozinha na traseira, esparramada entre caixotes de sementes, grãos, rolos de tecido, machadinhas, pás e afins; e como era verão, ela dormia todas as noites ao ar livre, diante da fogueira fumegante, com Norn primeiro abençoando a comida delas, seu destino e a própria fogueira antes de deitar a própria cabeça cor de aço.

Chegaram a Bent Knee Hollow ao pôr do sol; por toda sua volta havia campos dourados, tingidos de vermelho sob a luz cor de sangue. Alice desceu da traseira da carroça e ficou ao lado da mãe, insegura, no olho de um furacão de mulheres, todas saídas dos prédios quando elas se aproximavam, algumas de avental, outras ainda empunhando facas de trinchar ou machadinhas, ou novelos de lã, seus rostos envelhecidos, mas felizes, os olhos límpidos. Adra foi caminhando entre elas, abraçando todas. As mulheres, subitamente tímidas, olhavam para os próprios pés quando ela passava.

Havia uma calma, uma mansidão naquele lugar. Alice levou semanas para reconhecer a sensação que tomou conta dela, ali: paz.

As estações foram passando. Rachel começou a mudar, imperceptivelmente a princípio, depois visivelmente. Cortou o cabelo curto, como o de Adra; passou a usar o mesmo vestido de juta cinzenta de Adra; raramente saía de perto da mulher mais velha. Se sua raiva ainda existia, foi enterrada; já não dava para ver aquela tensão em sua testa, em seu maxilar. Mas Alice passou a vê-la menos também — os seus próprios dias eram repletos de tarefas comunitárias, depenando, picando e descascando para o preparo dos imensos tachos de sopa, empilhando lenha, remendando roupas, batendo cobertores com varas, costurando botas. Na época da colheita, elas trocavam sua mão de obra com os fazendeiros locais por comida e suprimentos. As mulheres trabalhavam em silêncio monástico e não havia nenhuma outra criança. Aos domingos, a comunidade se reunia ao anoitecer para acender uma imensa fogueira, cantar hinos e assar batatas com casca. O fogo era sagrado, ensinava Adra Norn, o fogo haveria de limpar a terra por completo quando enfim chegasse o final dos tempos.

Apenas os puros, ela as prevenia, caminhariam através do fogo e seriam salvos.

Margaret Harrogate sabia de tudo isso, é claro.

Ou da maior parte, pelo menos. Tinha ouvido falar de Bent Knee Hollow e dos disparates de Adra Norn, e havia lido os relatórios escritos pelos médicos de Rachel Quicke, sobre o que a louca havia feito a todas as pobres almas naquela comunidade, além da longa carta escrita por Coulton sobre a própria Alice e seu estado mental. Ah, ela sabia, sim. Se segredos fossem moeda corrente no Cairndale, a bolsa de Margaret estaria cheia.

Mas nada disso lhe interessava.

O que a preocupava era o Dr. Berghast — Henry —, o Henry que ela deixara em Cairndale.

Ele não era o homem que ela havia conhecido durante todos aqueles anos. Isso estava sinistramente claro. Ele havia mudado, ela podia ver agora; certamente qualquer um poderia. Ele estava se deixando consumir pela obsessão. Pouco se importava com dor, medo, tristeza ou esperança. Só havia a *drughr*. Será que ele dormia? Margaret tinha as suas dúvidas. Será que sonhava? Apenas com a *drughr*. Ele se considerava responsável pelos tenebrosos atos da *drughr*; carregava dentro de si essa culpa, como um câncer. Ah, sim, no dia a dia ele parecia razoável e calmo. Mas a vergonha e a fúria haviam lentamente mutilado seu coração, transformando-o em algo que já não lembrava nada de bom e que justificaria qualquer coisa, qualquer ato, se este conduzisse à destruição da *drughr*. Ela temia por ele.

Sentada no pequeno compartimento do trem, que seguia para o sul, as janelas cobertas de respingos chacoalhando nas molduras, Margaret observava sua companheira dormir. A Srta. Quicke provara-se valente, sem sombra de dúvida; e provara-se leal, às crianças pelo menos. O Sr. Coulton havia sempre afirmado que ela era capaz, confiável. Margaret suspirou. Bem, logo, logo ela saberia.

Atravessavam agora o norte da Inglaterra. Tinham trocado de trem duas vezes, e a cada vez Margaret havia vasculhado as sombrias plataformas ferroviárias, atenta a algum sinal de Marber ou de seus suctores. Não tinha visto nada, ninguém. Bilheterias, bancas de leitura, homens solitários, de terno e chapéu preto e sem graça, segurando firme suas maletas de encontro ao corpo — nada daquilo a deixava tranquila.

Sua mente avançou para Londres. A primeira coisa que precisaria fazer seria deixar a Srta. Quicke descansar, recuperar suas forças. Então precisaria encontrar o Sr. Fang, seu contato na comunidade de exilados. Ele seria o caminho para ela achar o que queria: a arma capaz de matar Jacob Marber.

Era a mesma arma que Walter estivera procurando, tantas semanas atrás. Mas não teria tido nenhuma utilidade para ele, como não teria para ela. Nenhum dos dois poderia tê-la manejado. O chaviato só reagia ao toque de um artífice do pó. Mas, se Margaret estivesse correta — e tinha quase certeza de que estava —, a Srta. Quicke, por causa da ferida provocada por

Marber, por causa dos vestígios de pó que agora se encontravam dentro dela, seria capaz de manejar a arma. Ela seria capaz de *controlá-la*.

Margaret observou o rosto da mulher mais jovem, pálido e abatido, observou seus ombros sacudirem no ritmo do vagão do trem. Sombras e luz do dia acendiam e apagavam sobre ela. A Srta. Quicke continuava dormindo.

Eu só espero que ela seja forte o suficiente, pensou Margaret.

Mas Alice não estava dormindo.

Ela sabia que a Sra. Harrogate a observava. Sabia e não se importava.

Suas costelas doíam; sua cabeça doía; estava cansada, dolorida e com raiva por ter deixado os meninos sozinhos naquele estranho solar. O encontro com o Dr. Berghast não a tranquilizara. Dera para perceber que havia algo de errado com aquele homem, algo de estranho — uma espécie de fome enterrada, uma fúria que ele havia tentado disfarçar. Ela não conhecia a sua fonte e nem o que significava. Se ele era de fato o guardião de Marlowe, preocupava a ela o fato de que ele não tivesse mencionado a criança com afeto nem ao menos uma vez. Ela pensou no menino como ele havia sido naquele circo, com Brynt; na esperança e no temor que ele havia demonstrado e pensou na vida que ela havia acenado diante dos olhos dele, a promessa de uma família, e se odiou por isso.

Mas todas essas coisas podiam esperar, lembrou a si mesma. Manteve os olhos fechados, a cabeça baixa, em parte porque não queria ter de conversar com a Sra. Harrogate, pelo menos por enquanto. Não só porque estivesse cansada. Ela precisava pensar.

A primeira coisa era vingar a morte de Coulton. Ele era um homem bom, um homem gentil por baixo daquilo tudo, um homem honrado. Não tinha merecido sua morte. E o que a Sra. Harrogate dissera era verdade: se de fato temia pela segurança de Marlowe e de Charlie, ela teria de matar Jacob Marber, de uma vez por todas.

Então, que fosse. Não era como se ela nunca tivesse matado antes.

Alice tinha onze anos quando, em Bent Knee Hollow, Adra Norn tinha se despido e caminhado nua para dentro de uma fogueira. Atônitas, as mulheres pararam de cantar e gritaram; algumas correram para buscar baldes de água; outras deram-se as mãos e choraram; porém, depois de alguns minutos,

Adra saiu, ilesa, os cabelos fumegando, olhos brilhando, e postou-se nua à luz da fogueira com seu triângulo de pelos e os seios volumosos e abriu os braços em sinal de triunfo.

Viva. Plena. Sagrada.

Depois disso, algo mudou na mãe de Alice. Talvez em todas elas, em todas aquelas mulheres. Mas Rachel Quicke tornou-se obcecada; certas noites, a jovem Alice a pegava olhando fixo para a chama de uma vela, a mão pairando acima do fogo, ou então observando Adra do outro lado do dormitório com uma expressão indecifrável nos olhos, um misto de medo, assombro e ira.

— Para aqueles tocados por Deus, para aqueles tocados por Deus — murmurava repetidamente.

Sua velha fúria retornou, com mais força, mais intensa; passava horas a fio cortando lenha, banhada de suor, as saias pesadas; esfregava os vestidos na tábua de lavar roupas com tanta fúria que abria buracos no tecido. Quando ela passava, as outras mulheres puxavam as toucas em torno do rosto e desviavam o olhar.

Foi durante uma noite de lua cheia, uns seis meses depois, que Alice foi acordada por uma mão áspera que a sacudia. Era a mãe, completamente vestida, com um dedo diante dos lábios pedindo silêncio, sob o luar, chamando-a para fora do dormitório. Alice viu Adra adormecida na cama grande na frente das outras. A mãe a levou até o campo de flores, disse a ela que esperasse e desapareceu outra vez na escuridão. A grama brilhava prateada sob a lua. Alice estremeceu, com frio. Uns quinze minutos se passaram e então uma luz laranja surgiu diante dela. Era a mãe, carregando uma tocha.

— Mamãe? — disse ela.

A mãe não respondeu. Entregou a tocha para Alice e a conduziu até o dormitório. Havia montes de palha do celeiro sob as janelas, e sua mãe — com uma expressão gelada e feroz — segurou o punho de Alice com força e a obrigou a encostar a tocha em cada monte de palha, dando a volta por todo o dormitório, enquanto as chamas subiam com um silvo suave.

Chorando baixinho, Alice sacudia a cabeça, fitando a mãe, confusa, enquanto as duas completavam a volta. Foi quando viu que a porta do dormitório havia sido bloqueada pelo lado de fora.

O calor era intenso. Elas recuaram, tropeçando, afastando-se mais e mais, e a mãe tirou a tocha de sua mão. As chamas se espalhavam com rapidez, dobrando-se para o lado por cima do telhado como capim comprido ao vento, consumindo as paredes. As janelas se estilhaçavam com o calor, uma após a outra. Alice cambaleou para trás, cobrindo o rosto. Podia ouvir vozes gritando em agonia lá dentro.

— Mamãe! — chamou, começando a avançar.

— Você vai *ficar* onde está! — gritou a mãe. Alice ficou paralisada. Os olhos de Rachel brilhavam estranhamente sob as chamas. — Você vai *ficar* onde está e *ver*, filha! Pois elas se erguerão, elas sairão caminhando com os próprios pés!

Alice ficou onde estava. Ficou parada como lhe foi mandado, de pijama, na escuridão, o calor como um vento em seu rosto. Ela nunca contou a ninguém sobre aquilo, sobre o que havia feito; e a mãe nunca contou a ninguém, nem mesmo ao advogado, a ninguém. Alice apenas ficou lá parada e observou, chorando, enquanto a imensa engrenagem de sua vida rodava, e sua infância chegava ao seu verdadeiro fim: o julgamento da mãe, sua prisão e os duros anos de fome que Alice passaria nas ruas de Chicago. Ela ficou onde estava, e viu.

Pois o dormitório silvava e crepitava, até que o telhado desabou, e o grande incêndio continuou a rugir, e nem uma única alma saiu viva lá de dentro.

Enquanto as estrelas em suas órbitas rodavam e giravam, e o céu clareava no leste, e o fogo consumia e consumia e não morria.

22

O Estudo do Impossível

Era tarde quando Charlie foi até a alcova indicada na beira do pátio. Lá, no escuro, encontrou Komako, pálida como uma assombração, já esperando por ele. Ela havia enrolado a longa trança em torno da cabeça.

Ele sentia o ar frio da noite no rosto e nas mãos, e as enfiou sob as axilas para esquentar. Sob a capa, estava apenas com uma camisa de botão para facilitar a escalada. Havia lampiões acesos na janela de alguns talentos mais velhos, e o brilho alaranjado se refletia como fogo nos olhos de Komako. Ele não via sinal de Ribs nem de Oskar e Lymenion.

— Ribs já está esperando — disse Komako baixinho. — Está escondida perto da entrada do estúdio de Berghast desde que as luzes se apagaram. Não deixe que ela se distraia. Precisamos daquelas pastas. Quando destrancar a porta, você não vai vê-la, mas ela estará lá. — Komako fez uma pausa. — Quer dizer, a não ser que fique entediada. E adormeça.

Charlie sorriu. Então viu o rosto dela e o sorriso morreu.

— Não seria a primeira vez — disse Komako, dando de ombros.

— E se o Dr. Berghast ainda estiver lá em cima? — perguntou Charlie. — Se eu chegar até a janela e ele...

— Não está. Eu o vi sair.

— E se ele voltar?

— Por que faria isso?

— Não sei. Não conseguiu dormir? Esqueceu alguma coisa?

Komako o fitou na escuridão. Era quase uma cabeça mais baixa do que ele.

— Se não quiser fazer isso, Charlie...

— Eu não disse isso.

— Se não quiser fazer isso — prosseguiu ela em voz baixa —, não precisa. Ninguém vai pensar mal de você, se estiver com medo.

— Não estou com medo — murmurou ele. Pôs a cabeça para fora da alcova, escutando a noite, e então apontou a ala leste. — É aquela janela lá? Debaixo do telhado engraçado? Não há muito em que segurar.

— É por isso que precisamos de você.

Ele sabia o que ela queria dizer. Queria dizer que era perigoso, que provavelmente causaria lesões graves, e que precisavam de um corpo, qualquer corpo, que pudesse despencar nove metros até as pedras do calçamento se um pé escorregasse sem criar um caos ensanguentado. Literalmente. O que precisavam, em outras palavras, era de alguém que pudesse ter os ossos quebrados, várias e várias vezes, e não ser apanhado.

Mas havia algo que ele também queria. E não sairia do estúdio de Berghast sem conseguir.

Você continua sendo um idiota, pensou, correndo agachado em silêncio pelo pátio. Simplesmente não consegue manter as mãos longe do fogo.

Naquele mesmo instante, Ribs contava as flores do papel de parede na ala leste. Chegara a seiscentos e doze e começava a pensar que elas estavam se movendo quando levantou o rosto para escutar, perdeu a conta e teve de voltar ao início. Estava sentada bem rente à parede, os joelhos no peito, entediada até mais não poder. Encontrava-se invisível, é claro, sentindo as picadas da luz na pele quase como uma corrente elétrica. Era como rolar nua numa banheira de pregos.

As arandelas tinham sido apagadas com a saída do Dr. Berghast e de seu criado, e as portas fechadas e trancadas. O corredor estava sombrio, fantasmagórico. Quando teve certeza de que estava sozinha, levantou-se e tentou abrir a porta do estúdio de Berghast, por via das dúvidas, mas estava mesmo trancada, obviamente. Ela se posicionou junto à janela. Estava tudo escuro. Não via Charlie nem Komako, e lhe ocorreu que talvez não viessem, talvez fosse tudo uma armação, uma brincadeira, para deixá-la presa na ala leste a noite inteira, sem saber como se explicar quando a manhã chegasse.

Ela sorriu. Não, esse era o tipo de coisa que ela faria, talvez. Mas nunca Ko.

Em um nicho na parede havia um antigo armário de vidro cheio de ferrótipos e gravuras do Cairndale, de décadas atrás, bucólicas e suaves. Ela espiou mais de perto, tentando localizar os quartos das meninas, mas as janelas estavam todas no lugar errado.

Fora uma surpresa para ela que Charlie concordasse em ajudá-los. Ela dissera a Ko e Oskar, com plena confiança, que ele aceitaria, que era exatamente o tipo de pessoa que aceitaria, mas no fundo não acreditava, não de verdade. Ela se perguntou o que Ko dissera para convencê-lo e sentiu uma pontada de ciúme ao imaginar os dois sozinhos.

Que se dane, pensou ela. Ele logo chegaria. Estava tarde, estava na hora. Ela tentou escutar os sons lá fora: alguma coisa arranhando a parede, um retinido no telhado de ardósia. Em vez disso, ouviu outra coisa: passos aproximando-se, sem pressa, pelo corredor.

Alguém estava vindo.

Charlie desamarrou os sapatos, enrolou a barra das calças e deixou a capa dobrada ao lado de uma calha. Komako não o seguira pelo pátio e, quando se virou para procurá-la, ele não a viu.

Deu um passo atrás e espiou de baixo para cima o solar escuro. O estúdio de Berghast ficava no alto de uma ameia com janelas de corpo inteiro, três andares acima. Havia uma sacada à esquerda e uma entrada coberta com telhas de ardósia no andar térreo, ainda mais à esquerda. Ao longo de toda a fachada, viam-se parapeitos de pedra, alvenaria antiga, calhas de ferro.

Seria fácil cair.

Charlie soltou o ar das bochechas, fez uma careta. Então avançou de leve, ergueu os braços e içou o corpo para o estreito telhado de ardósia da entrada. Sentia que Komako o observava do outro lado da escuridão e tentou se mover devagar, com confiança, como se soubesse o que estava fazendo.

Só que não sabia, não era bom em escaladas, nunca fora, e tinha o pressentimento de que ia se expor ao ridículo, escalando a fachada externa de um prédio no escuro.

Pelo menos, não está chovendo, pensou.

Ele deveria ter mais medo de que alguém, qualquer um, passasse por uma janela da ala oeste, olhasse para fora e o visse se esgueirando como uma aranha pelas paredes. Ou de que alguém atravessasse o pátio por alguma razão imprópria e ouvisse o ruído e os estalos das telhas de ardósia sob seus pés.

Charlie colou o corpo à parede e se inclinou, se inclinou muito, para se segurar com a ponta dos dedos no parapeito seguinte. Mal conseguiu alcançá-lo. Firmou a mão e se arrastou, pesadamente, sem muito jeito, sobre o vão, arranhando-se de lado nos tijolos, arquejando, içando o corpo.

Havia uma espécie de aresta a seu lado, e ele empurrou o ombro contra ela, estendeu o braço, dando a volta, e segurou as pontas de ferro do parapeito da janela acima. Então torceu o corpo esguio, jogou os pés para cima e esgueirou-se — não havia outra palavra para descrever o que ele fez — um joelho, depois o outro, até conseguir se ajoelhar, se levantar sem muita firmeza e ficar em pé.

Agora talvez estivesse a uns nove metros do chão. Não era uma escalada bonita, mas era eficaz. Ele precisaria subir até o terceiro andar e atravessar o prédio até as janelas avarandadas. Tinha diante de si um salto até uma sacada a pouco mais de um metro de distância e a grade pontiaguda dali. Tentava não fazer barulho, sem saber o que estava na janela diante da qual passaria.

Mas, quando se preparou para pular, algo deu errado. Os dedos dos pés escorregaram para o lado, e, embora se lançasse com os dedos abertos, de alguma forma, impossivelmente, ele sentiu suas mãos errarem por pouco a borda da sacada, e então se viu caindo, o ar frio da noite passando veloz.

Ele pensou: Charlie, você é mesmo um idiota...

Mas o pensamento foi interrompido pelas pedras escuras do calçamento que vieram rapidamente ao seu encontro.

Uma figura dobrou a esquina do corredor na escuridão, alta, sem chapéu, de sobrecasaca, e Ribs viu na mesma hora quem era: Bailey, o criado do Dr. Berghast.

Embora invisível, ainda assim ela se encolheu contra a parede e pensou: Charlie, onde você estiver, não suba ainda.

Bailey dava medo em todos eles. O homem raramente falava, e, do crânio de caveira, os olhos fitavam raivosos, como se fosse estrangular alegremente qualquer um, criança ou talento, tanto fazia. Era meio criado, meio secretário, meio macaco. Ribs não tinha certeza do que o homem fazia para o Dr. Berghast. Nada de agradável, com certeza.

Bailey parou diante da porta do estúdio de Berghast e, devagar, escolheu uma chave no chaveiro. Então parou e olhou à sua volta, franzindo a testa.

Fitou o lugar onde Ribs se encontrava, quase como se conseguisse vê-la, e, devagar, estendeu a manopla, tateando o ar.

Ribs se apertou contra a parede, fora de seu alcance, e os dedos dele ficaram a milímetros de seu rosto. No entanto, ele se deu por satisfeito, virou de costas, achou a chave e destrancou a porta do estúdio.

Ribs mal se permitia respirar. Seu coração martelava no peito. Estava acostumada a que pessoas sentissem sua presença e até olhassem em volta, desconfiadas, mas raramente tinham tanta precisão para localizá-la.

De qualquer forma, pensou ela, você não está fazendo nada de errado. Qualquer um pode ficar parado em um corredor, se quiser. Não é contra a lei.

Enquanto ela pensava isso, esperando a frequência cardíaca se acalmar, Bailey havia baixado a cabeça e entrado na pequena antecâmara. Ribs deslizou sem ruído até a entrada. Lá dentro estava a mesinha onde Bailey trabalhava durante o dia e as duas poltronas para os visitantes aguardarem. No lado oposto, ficava a outra porta, a que dava no estúdio de Berghast.

Estava aberta.

Ora, abençoado seja seu coraçãozinho frio, Sr. Bailey, pensou ela com um sorriso maroto. Olhou de um lado e do outro do corredor e depois a antecâmara. Então pensou em Charlie. Se ele subisse enquanto Bailey estivesse no estúdio...

Ela trincou os dentes. Teria de dar um jeito de avisá-lo.

Invisível, com pés silenciosos, Ribs se esgueirou para dentro da sala.

Charlie fez uma careta de vergonha. Komako, ajoelhada, pairava acima dele, com medo de tocá-lo, sibilando seu nome. Ele podia sentir a tíbia estilhaçada já começando a se recompor. Algo estava errado com seu quadril. Tinha caído de lado, com força, e um ombro se deslocara. Apesar da dor, ele se sentou, forçou o ombro de volta ao lugar e sentiu o corpo estalar, se contorcer e se reconfigurar.

Por Deus, aquilo doía.

Havia sangue em seu rosto, nas mãos e nos olhos, e ele o limpou com a camisa. Komako recuou, observando-o das sombras. Ele viu medo no rosto dela, mas também algo mais: fascínio, e ficou surpreso de que isso o agradou.

— Charlie? — sussurrou ela. — Você está bem?

— Claro. — Ele deu de ombros e tentou sorrir. — Aquela sacada só não gosta muito de mim. Ninguém ouviu?

— Não.

Ele se levantou com uma careta. Pelo menos isso. Os pés descalços estavam molhados, e havia terra presa nas solas. Ele passou os pés na parte de dentro das pernas da calça para limpá-los antes de começar a subir de novo. Dessa vez, ele avançava mais depressa, com menos medo, sentindo que já tinha feito o pior e, portanto, havia menos a temer. Subiu do parapeito para a sacada, da sacada para o parapeito, achando o caminho gradualmente na escuridão. Havia uma vela deixada acesa em uma janela, e, quando uma sombra passou diante dela, ele parou com as costas coladas à parede, à espera. Mas, como não havia mais nenhum movimento, deslizou em silêncio diante da janela e continuou subindo.

Mais adiante, seu pé chutou um velho cano de chumbo quando passou pelo lugar de onde tinha caído. Charlie escutou o estrondo e o retinir do cano rolando no pátio lá embaixo, tão alto que teve certeza de que alguém ouviria. Mas ninguém apareceu. Nenhuma janela se abriu.

E ele continuou subindo.

Ribs observou o criado de Berghast na escrivaninha, vasculhando devagar as gavetas. Tinha acendido uma vela, e a luz alaranjada bruxuleava sobre a mesa, o tapete e as feições do grandalhão. Ele pegava livros-razão e folhas de papel com as mãos enormes, empilhando-os, sem pressa.

Ribs se esgueirou sem ruído até o lado da porta. Não fez outros movimentos e respirava suavemente. Até o deslocamento do ar podia fazer um alvo sentir sua presença. E Bailey parecia estranhamente atento ao ambiente.

Ela só estivera duas vezes nesse estúdio, ambas por instrução de Berghast: a primeira vez pouco depois de sua chegada ao Cairndale, como um tipo de apresentação; e mais tarde, em meio ao caos e ao pânico que se seguiram ao ataque de Jacob Marber, todos aqueles anos atrás. Ela se lembrava dos olhos cinza de Berghast, muito claros, como se iluminados por dentro, e da maneira como ele a estudara cuidadosamente, como se olhasse dentro de seu coração. Ela estremeceu, ao lembrar.

O estúdio era escuro, opressivamente mobiliado, muito frio. Numa ponta havia uma lareira, esculpida em pedra branca, e perto dela a escrivaninha e várias poltronas arrumadas em semicírculo. Havia portas em três paredes, portas demais, portas descombinadas e estranhas, diferentes das outras que ela vira no Cairndale. Ribs se perguntou aonde levariam. De uma parede pendia um estranho quadro emoldurado, comprido e estreito, a nanquim, cheio de riscos e círculos sobrepostos. Parecia, de certo modo, o complicado funcionamento interno de uma árvore imensa. Num dos cantos via-se uma gaiola alta com dois pássaros de ossos estalando e se movendo lá dentro. Finalmente, seu olhar recaiu sobre a janela de corpo inteiro, com suas cortinas abertas, as grades de ferro pontiagudas na pequena sacada claramente visíveis, apesar do reflexo da vela.

Não havia sinal de Charlie.

Finalmente Bailey achou o que procurava — um maço de algum tipo de documento — e começou a guardar o restante. Ele pigarreou, passou a mão sobre os olhos, e nesse momento pareceu quase vulnerável, quase humano, as sombras se acumulando sob a mão e transbordando como uma escuridão líquida. Ribs observava com fascínio. Gostava desses momentos, gostava de vislumbrar as pessoas em seu estado desprotegido, gostava dessa verdade.

Foi então, nesse instante, que Bailey se virou e olhou para a janela às suas costas, e Ribs sentiu que seu coração dava um sobressalto. Porque ela também tinha ouvido.

Um som áspero, arranhado, como uma mão que tentasse se segurar na parede lá fora.

Bailey se levantou.

Charlie estava inclinado lá fora na escuridão, respirando, só respirando. Uma das mãos segurava a grade de ferro, a outra tateava com cautela a borda de um parapeito de pedra inclinado. Os dedos dos pés se prendiam à saliência de uma janela, agarrando-se com força. Força demais. De repente, ele entendeu que, caso se soltasse, se afastaria da parede e cairia.

Então seus dedos o encontraram, um sulco profundo, o suficiente para apoiar seu peso. E com uma careta, ele se largou, balançou, voltou e aí usou o impulso para se lançar, grunhindo, para cima.

Seus braços doíam. A barriga doía. Ele se viu de pé em uma saliência, perto do telhado do solar, e ainda sentia as pequenas chamas na carne de quando caíra pela última vez. Mas estava perto agora, tão perto... conseguia ver a borda da parede onde assomava a janela com sacada do estúdio de Berghast. As pontas das grades tinham um aspecto cruel. Ele pensara que talvez tivesse de subir até o telhado e atravessar por lá, mas agora via uma saliência estreita de tijolos, quase invisível, entre o lugar onde estava e o parapeito da janela.

Não havia nada em que se segurar, obviamente. Mas não estava longe — e ele pensou que, talvez, apenas talvez, se o impulso fosse certo, conseguiria se impelir pelo vão usando a saliência estreitíssima e se segurar na grade sem cair depois dela.

Talvez.

Agora ele via Komako, em pé com as mãos ao lado do corpo, o rosto voltado para cima, o olhar fixo nele. Charlie se perguntou rapidamente como estaria sua aparência.

Vamos, disse a si mesmo. A janela não vai chegar mais perto se você ficar esperando.

Ele fechou os olhos por um instante, inspirou, tornou a umedecer os lábios, agachou-se e saltou. Passou de lado, com dois passos rápidos, pela saliência minúscula, sem se balançar muito, apenas o suficiente para controlar a queda, e então estendeu as mãos para o parapeito da janela e alcançou as pontas de ferro com os braços, perfurando a carne e, assim, se segurando, mantendo-se, ensanguentado, suspenso no ar.

As pernas se agitavam no espaço.

Ele podia sentir a carne do alto do bíceps, da mão e do antebraço se rasgando. A dor era imensa. O sangue encharcava sua camisa, e, quando se moveu, sentiu as pontas perfurarem o pulso, atravessarem os ossinhos que havia ali. Uma onda de náusea o envolveu.

Então, ele se ergueu, não sabia como, por pura força de vontade, subiu, rasgou os braços para livrá-los das pontas e os segurou junto ao peito. Estava ajoelhado, apoiado na janela, quando ouviu o trinco da janela girar, o ferrolho ser puxado, e a janela se abrir para fora e quase o derrubar.

Não havia ninguém ali.

Mas então ouviu uma voz baixa e urgente:

— Você demorou, hein? Não dava pra fazer ainda mais barulho aí fora?

Algo agarrou a frente de sua camisa e o arrastou para dentro, e ele desabou ensanguentado no tapete, enquanto Ribs murmurava alguma blasfêmia impublicável.

O fato era que Ribs tinha pensado que estavam acabados. Ou Charlie, pelo menos. Quando Bailey se levantou como uma lápide ambulante e se arrastou até a janela, ela teve certeza — certeza absoluta — de que era Charlie que o homem tinha ouvido.

Mas não era, por alguma razão não era. Um pássaro, um morcego? Não Charlie. Era como se ele tivesse o dobro da sorte e metade dos dados para lançar, pensou ela. Ele sempre parecia escapar por pouco de uma encrenca.

Essa era uma das coisas de que ela gostava nele, verdade seja dita.

Bailey tinha voltado à escrivaninha, reunido os documentos que procurava, enfiado todos os outros de volta nas gavetas e trancado. Apagou a vela entre o polegar e o indicador e, na escuridão súbita, Ribs prendeu a respiração, calada, invisível, ouvidos atentos. A porta foi fechada e trancada; os passos dele recuaram pela antecâmara e pelo corredor, afastando-se.

Ela suspirou.

Já era algum alívio.

Foi aí que ouviu Charlie, o Charlie real, grunhindo, se chocando e arranhando, desajeitado, até o parapeito da janela. E ela correu até lá, destrancou a janela e o puxou para dentro.

Ele estava um lixo. Esfarrapado, ensanguentado, os braços rasgados. Mas, enquanto observava, pôde ver os cortes e perfurações já se fechando por conta própria, sarando. Ele os mantinha em ângulos estranhos, tentando não pingar sangue no tapete nem em lugar nenhum. Mas havia muito sangue, até nas mãos de Ribs, e era visível, embora o restante dela não fosse.

— Como você entrou? — sussurrou Charlie, fitando os dois pássaros de ossos na gaiola.

Ribs, que estava um pouco afastada, pigarreou, e ele, em pânico, olhou em sua direção.

— Ribs? Você está aí?

— Não tire a camisa. — Ela sorriu. — Você tem muita sorte, Charlie. O criado de Berghast estava bem aqui, procurando uns papéis. Ele ia te encontrar se você fosse um ou dois minutos mais rápido.

Ela ficou olhando enquanto Charlie absorvia a ideia. Ele fez que sim, naquele seu jeito hesitante.

— Eu caí — disse ele. — Senão, teria chegado mais rápido.

Ribs riu.

— Então graças a Deus que você não é tão ágil quanto eu. Ou eu teria de cutucar o velho Bailey com o atiçador de brasa e correr para o banheiro feminino.

* * *

O estúdio tinha uma atmosfera sinistra na semiescuridão.

Charlie ouviu Ribs ir até o grande armário de madeira encostado na parede, remexer nas gavetas. De repente, uma pilha alta e pesada de pastas ergueu-se no ar, balançou, cambaleou, caiu desequilibrada no chão. Ele não a via, é claro, só o movimento das pastas. Uma delas subiu no ar, se abriu. Estava vazia. Flutuou de volta ao lugar; então uma segunda se abriu, também vazia.

— Não era só a gente que estava interessada nos desaparecidos, acho — sussurrou ela. — Que estranho. Quem tiraria todos os papéis, mas largaria as pastas?

Ela deixou para Charlie a tarefa de erguer a gaveta de volta e deslizá-la no lugar. Ela já estava puxando a gaveta seguinte, olhando o conteúdo. A pasta de cada criança desaparecida tinha sido esvaziada. Eram umas noventa, talvez cem pastas no total. Todos os talentos que tinham sido resgatados por Cairndale, pensou Charlie com espanto. Em ordem alfabética. Ele se inclinou sobre a letra O, achou sua própria pasta e olhou atrás dela. Mas não havia nenhum outro Ovid.

Ele se encolheu com o toque de Ribs e olhou para cima. Uma pasta flutuava aberta no ar atrás dele, as páginas virando. Ela tivera a mesma ideia: era a pasta dela.

— Achei que seria um pouco mais grossa, sabe? — resmungou ela. — Não é como se eu só tivesse chegado aqui ontem. Vejamos… Inteligente, ok, resiliente, ok. Por que essa parte aqui das habilidades está em branco? Eu tenho habilidades… tagarela… tagarela? — A pasta se fechou, foi virada de lado, desvirada, aberta outra vez. — Será que é a pasta certa? "Falta disciplina em seus esforços… Distrai-se facilmente…" Arrã. — Ela riu. — Acho que é esta mesmo. Olha isso, Charlie, olha. Acham que posso ser da Cornualha! Não sou da maldita Cornualha.

Ela pousou a pasta na mesa e procurou uma caneta-tinteiro.

— O que está fazendo? — sussurrou ele.

— Só deixando isso aqui mais verdadeiro. Como se escreve "fascinante"?

— O quê?

A caneta arranhou o papel.

— A Srta. Davenshaw relata que Eleanor demonstra uma bela aptidão nos estudos, superando até a Srta. Onoe, cujo desempenho tem sido uma grande decepção ultimamente… — A voz dela silenciou. — Assim está melhor. — A caneta pausou. — Você está bem, Charlie? Sua pasta está bem aí.

Os dedos dele pairavam acima dos papéis. Mas, se esperava um Ovid diferente, uma segunda pasta, uma pista de quem teria sido seu pai, ele se desapontou. Charlie abriu a pasta e leu com cuidado, começando com o primeiro documento, mas os detalhes eram esporádicos e pouco úteis. Uma lista das acusações de Natchez contra ele. Uma carta interessante do Sr. Coulton que descrevia Charlie e seu talento. Um rapaz íntegro, apesar da crueldade a que foi submetido. Um candidato digno ao Cairndale. Não havia menção a seus pais nem ao local de nascimento.

Mas no fim da pasta havia outra pasta, colocada no lugar errado, mal guardada. Registrava os detalhes de um tal Hywel Owydd.

Seu pai.

Charlie teve certeza na mesma hora, antes mesmo de começar a ler. Nunca soubera nem mesmo o nome do pai, e, no entanto, não teve dúvida. O sangue latejava em seus ouvidos. Ele se afastou de onde Ribs estava e, devagar, à luz fraca da janela, começou a ler.

Aparentemente o pai era galês. Foi para o Cairndale com 12 anos, depois de se manifestar como um clinque, um forte. Era o talento mais comum. Na época, fazia dois anos que ele trabalhava numa pedreira, apesar da idade, e parecia que algum tipo de incentivo — era essa a palavra registrada, "incentivo" — fora necessário para libertá-lo. Era descrito como calado, com dom matemático, de baixa estatura. Fora repreendido duas vezes por nadar nu no lago. Havia várias páginas de anotações que registravam seus resultados nos estudos e mais uma página com datas e abreviaturas que não faziam sentido. No fim da pasta havia um documento datado de fevereiro de 1864 detalhando sua súbita ausência do Cairndale.

Avistado em Londres por R. F., dizia uma anotação enigmática. Talento muito reduzido. Ex-73.

Charlie ficou olhando o papel, tentando entender as abreviaturas. Não conseguiu.

No pé da folha havia uma anotação rabiscada com tinta azul: H. O. desapareceu. Sem mais detalhes. R. F. relata que o Tâmisa está cheio. Indivíduo considerado morto.

O estúdio estava quieto, o luar fraco entrando pela janela. Em torno deles, o solar estava silencioso.

Hywel Owydd, pensou Charlie com amargura. Papai.

E, no entanto, ele ainda não o conhecia, nunca conheceria; seu pai, que caminhara por aqueles mesmos corredores sombrios quando tinha a idade de Charlie, que fugira para Londres por alguma razão, que não tivera no mundo nenhuma família que o quisesse, a não ser a que viria a formar e, algum dia, perderia no interminável Oeste americano.

— Então, o que você conseguiu? — perguntou Ribs junto ao seu ombro. Ele tentou se afastar, mas era tarde demais. — Owydd? — murmurou ela.
— Ora, como… Ovid?

— É meu pai — disse ele baixinho.

Ele sentiu quando ela tirou a pasta de suas mãos e a viu virar as folhas e, então, grunhir.

— Não faz sentido, Charlie, ele ser um talento. Não é assim que funciona. Os talentos não vêm pelo sangue, eles são aleatórios. Em geral, são nossos pais que nos jogam fora quando veem o que a gente é capaz de fazer.

Charlie engoliu o nó na garganta.

— Hã… Ele esteve em Londres?

Era desconcertante não ver Ribs enquanto ela falava. Ele olhou a pasta que flutuava na penumbra.

— Isso significa alguma coisa? — sussurrou ele. — Você já ouviu falar de algum talento que saiu deste lugar? Acha que ele fugiu?

— Até Londres? Não — disse ela. — Mas é para Londres que mandam os exilados.

— Quem são eles?

— São os que perdem o talento quando se tornam adultos. Não acontece com a maioria, só com alguns. Ninguém sabe por quê. — A voz dela ficou bem baixinha. — É uma coisa horrível e triste. Não é fácil para eles voltarem para junto da gente comum, não ser mais capaz de fazer o que faziam. É como perder uma parte de si mesmo, acho. Coitado do seu pai.

Charlie esfregou o nariz com o nó do dedo. Tentou imaginar.

— Ele era só um garoto, como nós.

Ribs fechou a pasta e a devolveu à gaveta. Sua voz estava bem perto da orelha dele quando voltou a falar.

— Se quiser conversar sobre isso, sou boa ouvinte — disse ela com suavidade. — Você nem vai saber que estou aqui. Todos nós temos histórias, Charlie. Todos sabemos como é.

Charlie sentiu o calor subir ao rosto.

E então, felizmente, ela foi tentar olhar as gavetas da escrivaninha. Estavam todas trancadas. Charlie tinha se virado, confuso, pensando no pai, quando o olho vislumbrou algo no tapete. Devia ter caído dos papéis quando Bailey esteve lá.

Ribs pegou o objeto. Era o caderno de anotações de Berghast. Eles não acenderam a vela; voltaram à janela e, ao brilho fraco vindo de fora, ela virou as páginas, tentando decifrar os rabiscos de Berghast. Havia listas de datas e números e letras anotadas que, talvez, significassem algo para ele, mas não para Ribs e Charlie. Nas páginas seguintes: diagramas e, talvez, mapas, eles não sabiam dizer. O sangramento dos braços de Charlie tinha cessado, e ele perambulou pelo estúdio, espiando os estranhos objetos e tentando abrir as portas em silêncio. Mas, quando Ribs de repente arquejou, surpresa, ele voltou e parou perto dela.

— O que você encontrou? — sussurrou ele. — O que é isso?

O diário, que flutuava, se fechou.

— Ribs?

— Acho que acabo de descobrir com quem temos que falar — murmurou a voz dela. — E não é com o maldito Berghast.

— O Aranha? — perguntou Komako um pouco depois, incrédula, fitando Ribs. Era tarde; eles estavam reunidos na sala de aula e falavam em voz baixa. Ela olhou para Charlie. — Ela está falando sério?

Charlie piscou à luz da vela.

— Acho que sim.

Ele parecia abatido. Talvez só estivesse cansado. A camisa estava rasgada e ensanguentada. Teria de se livrar dela, Komako sabia. Vê-lo cair tinha sido horrível, o peso do seu corpo mergulhando na escuridão, o baque oco quando ele se chocou contra o chão.

— Estou falando sério — sussurrou Ribs. Ela estava visível agora, usando a jardineira cinza, os tufos de cabelo ruivo em pé. — Juro por minha mãe mort...

— Tudo bem, tudo bem. Entendi.

— Eu, não — disse Oskar, nervoso. Atrás dele, Lymenion soltou um grunhido baixo e curioso pela garganta, como se concordasse. — O que o Aranha ia querer com... com... com os talentos desaparecidos?

Ribs piscou.

— Talvez eles sejam comida para ele.

Komako a fuzilou com o olhar.

— Bom, a droga do diário não dizia, não é? — protestou Ribs. — Só estavam lá os nomes numa coluna e o Aranha na outra. Claro que na página seguinte tinha uma lista de pedidos de velas, e as datas e os horários de entrega, então você me diga. Só acho que a gente devia ir lá e perguntar a ele.

Oskar engoliu em seco. Torcia e destorcia o barbante em torno do dedo.

— Perguntar... ao Aranha?

Komako fez uma careta. Era óbvio que Ribs estava certa, eles precisavam ver o que podiam descobrir com o glífico. Talvez fosse simples, como era procurar os talentos daquele jeito dele, pressentindo-os. Talvez isso fosse tudo que o Dr. Berghast queria, talvez ele também estivesse procurando as crianças desaparecidas. Ela ergueu os olhos.

— Cadê o diário?

— Bom, eu o coloquei de volta no lugar, não é? Eu não ia simplesmente trazer aquilo comigo.

— Você o pôs de volta no lugar.

— É.

— Tudo bem. Sim, muito bem. E não deixaram nenhum sinal de que estiveram lá?

— Não.

Mas algo no jeito como Ribs falou deixou Komako desconfiada.

— Charlie? O que Ribs não está dizendo?

— O quê? — perguntou Charlie. — Ah, sim, havia sangue. Um pouco pode ter pingado no tapete.

Komako umedeceu os lábios.

— Seu sangue?

Ele fez que sim, distraído.

— O velho Berghast não vai notar — disse Ribs depressa. — E, mesmo que note, não vai saber de quem é. Charlie não tem nenhum arranhão. E o que qualquer um de nós estaria fazendo em seu estúdio? Não tem problema, Ko. Fomos como o vento nos galhos de uma árvore.

— Que poético.

O rosto sardento de Ribs se franziu com um sorriso.

— É um dom.

Tímido, Oskar pigarreou. Fitava intensamente o dedo e o barbante amarrado nele.

— Não gosto do... do... do Aranha — murmurou. — Ele me assusta. Mas a Srta. Davenshaw diz que ele é como uma... uma teia. Ela diz que tudo está conectado. O Aranha, ele... ele consegue sentir quando algo se mexe na teia. As... as vibrações. É assim que ele acha os talentos. Quando está dormindo. Talvez consiga achar Brendan e Wislawa e todos os outros desaparecidos.

— Claro. Dentro da própria barriga.

— Ribs...

— Quer dizer, é isso que ele... que ele faz, não é? — continuou Oskar. — Achar coisas? Crianças como nós? Foi ele que achou Charlie e Marlowe...

— O Sr. Coulton me achou — afirmou Charlie.

— Sim, gênio — disse Ribs. — E como ele sabia onde procurar?

— Oskar tem razão — disse Komako com firmeza, puxando a trança. — Mesmo que não esteja envolvido, talvez o Aranha possa nos ajudar. Se soubéssemos onde procurar, poderíamos ter alguma resposta. Nenhum de nós está a salvo aqui. É isso que o diário quer dizer. Quer dizer que todos que percebemos que desapareceram estão ligados de alguma forma. Não estamos errados. E, se podem desaparecer, nós também podemos. Precisamos ir falar com o Aranha.

— Não foi isso exatamente o que a Srta. Davenshaw nos disse para não fazer? — disse Charlie, voltando à realidade.

— Foi — disse Ribs. Ela levantou a mão. — Então, quem quer ir?

Komako ergueu a dela. Depois Oskar, Lymenion um momento depois.

— Charlie? — perguntou Komako.

— Char-lie — sussurrou Ribs. — Char-lie...

Charlie soprou o ar das bochechas, o rosto preocupado.

— Acha mesmo que o Aranha vai falar conosco?

— Só precisamos perguntar com educação — piscou Ribs. — E ele sabe um monte de coisas.

— Quando vamos? — perguntou ele.

— Hoje à noite — respondeu Ribs.

— Amanhã — disse Komako.

Perto da lareira, Oskar fitava o colo. Na poltrona em frente, seu gigante de carne também fitava o colo, os ombros que vertiam um líquido curvados, imitando-o.

— Amanhã? — sussurrou Oskar, infeliz. — Não é um pouco... cedo?

Foi então que uma voz soou no outro lado da sala escura. A porta almofadada estava aberta; o pequeno Marlowe, em pé, de pijama, os observava, o rosto fantasmagoricamente pálido, os olhos com sombras profundas.

— Quero ir também — disse ele.

— Ah — murmurou Ribs. — De onde é que ele saiu?

— Mar? — chamou Charlie. — Há quanto tempo você está aí? — Ele se levantou, foi até o menino, fechou a porta e se ajoelhou diante dele. — E o que está fazendo aqui? Teve outro daqueles sonhos?

O menino fez que sim. Espiou além de Charlie, olhando diretamente para Komako, e seus olhos se encontraram. Ela desviou o olhar, sem ser capaz de dizer por quê.

A questão era que Marlowe era tão pequeno que quase lhe partia o coração. Ela olhava para ele e sabia que estava vendo sua irmãzinha, Teshi. Não importava que, se estivesse viva, Teshi agora teria o dobro da idade dele. Ela ainda sentia a mãozinha de Teshi na sua, lembrava o modo como ela estendia os braços para que a pegasse no colo, e como Komako a apoiava no quadril, e como em algumas manhãs ela se sentava atrás de Komako e passava os dedinhos por seus cabelos, suavemente, como um vento morno. A maneira como sorria antes mesmo de saber o que Ko queria. O modo como bocejava, com o rosto todo, os dentinhos minúsculos expostos. Tudo isso.

— Quero ir com vocês ver o Aranha — repetiu Marlowe, cerrando o maxilar com teimosia. — Não me deixe, Charlie. Você disse que não me deixaria.

Ninguém falou.

O gigante de carne ergueu a cabeça sem rosto. Havia algo nele que dava pena, algo doce. Ele respirou ruidosamente, fungando.

— Rrrh — roncou.

Charlie estava cansado na manhã seguinte. Todos estavam. Mas, se a Srta. Davenshaw notou, não disse nada. No entanto, ela fechou o livro com um estrondo exasperado quando ninguém parecia capaz de responder às suas perguntas, levantou-se da mesa e mandou que a seguissem. Então pegou uma vela num pires — não que ela precisasse, obviamente — e os levou para os porões sombrios sob o Cairndale. O ar estava gelado; a vela oscilou e se firmou; as pedras cheiravam a decomposição. Teias partidas flutuavam quando eles passavam. Charlie continuava pensando no Aranha e em sua pasta no estúdio de Berghast, a estranheza daquilo tudo. E se perguntava o que a criatura revelaria.

Estavam numa passagem larga, revestida de pedras planas, as paredes desmoronando em certos lugares pela pressão do solo durante os séculos. Seus passos deixavam rastros no pó do chão. Embora fosse cega, a Srta. Davenshaw andava rapidamente, quase com raiva, e Charlie se perguntou se seu talento, qualquer que fosse ele, lhe concedia algum tipo de visão. Ela usava um vestido verde comprido que varria o chão e tinha o cabelo preso num coque cor de aço. Seu pescoço era longo e pálido, adornado com uma única fita preta.

Os outros já tinham ido até ali embaixo. Charlie ouviu a voz de Ribs em seu ouvido.

— Veja, Oskar não se incomoda com isso — murmurou ela. — Mas, se quer saber, os bebês nos vidros são tão nojentos quanto uma lesma numa torta.

— Não fiquem de conversinha — gritou a Srta. Davenshaw, impaciente, como se tivesse ouvido, e a escuridão pegou sua voz e a levou para longe, num sussurro.

Ela os guiou até um pequeno depósito cujas paredes eram cobertas por estantes, nas quais havia vidros com deformidades humanas expostas, e todas eram fetos. Ela apoiou a vela num suporte na parede, e a luz tremulou, lançando sombras estranhas sobre todos. Marlowe se aproximou e pegou a mão de Charlie.

— Onde estamos, exatamente? — perguntou a Srta. Davenshaw, empertigada. — Qual é a natureza dessa criatura, o homem? Fomos feitos à imagem de Deus? Hein? Vamos, olhem as prateleiras, olhem. Pensem no que estão vendo. Aqui, deixamos os melindres à porta.

Quando os outros começaram a caminhar lentamente, espiando os vidros engordurados, Charlie e Marlowe fizeram o mesmo. Havia bebês com um olho só, encostados na parede dos vidros, como se dormissem; havia bebês com protuberâncias de carne empilhadas onde deveria estar o crânio, outros com cabeças enormes, com duas cabeças e até um com uma só cabeça e dois corpos. À luz da vela, eles pareciam quase se mexer.

— Qual é o nome correto desses espécimes, Srta. Ribbon?

— Teratologias, Srta. Davenshaw — disse Ribs com docilidade.

— Exato. Vocês verão aqui espécimes craniofaciais terminais, além de gêmeos xifópagos e síndromes de ciclope. Todos monstros, aos olhos da medicina. Mas, se quisermos entender o que somos, seria melhor considerar como viemos a ser. O que vocês veem aqui segue suas próprias regras de lógica. Essas não são malformações caóticas nem arbitrárias. Cada uma dessas aberrações se desvia do desenvolvimento normal no útero de maneira repetida e previsível. O útero nos assa, assim como o forno assa o bolo; se a receita for defeituosa ou os ingredientes mal misturados, o resultado não é o que desejamos. — A Srta. Davenshaw cruzou as mãos à frente do corpo e virou o rosto vendado na direção deles. — Cada um de vocês é diferente, exatamente dessa maneira. Só que não foi uma falha na receita, mas o acréscimo de algum outro ingrediente que levou a seus talentos. Olhem com atenção e sintam pena. A diferença, crianças, não é monstruosa. É a natureza em funcionamento.

Charlie olhou. A pena jorrou dentro dele.

— E este aqui? — acrescentou ela, apontando uma criatura encolhida, meio macaco, meio peixe. Parecia mumificada e feroz, a carne repuxada, deixando as presas à mostra. — Dizem que é uma sereia.

— É uma fraude — disse Komako. — Alguém costurou um rabo de peixe em um macaco.

— Um híbrido, meus jovens, seria mesmo uma aberração. Cães com asas. Grandes gatos com cabeça de águia. E assim por diante. Mas esses não existem. Srta. Onoe, quais são as causas do monstruoso, segundo o alquimista Paré?

Komako umedeceu os lábios.

— A primeira é a glória de Deus — disse ela. — A segunda é sua ira. A terceira, uma quantidade grande demais de sêmen. A quarta, quantidade pequena demais. A quinta... — Ela franziu a testa, irritada consigo mesma.

— Sr. Czekowisz?

— A quinta é a imaginação — disse Oskar timidamente.

— E...?

— A sexta é o tamanho do útero. A sétima é a postura da mãe na gravidez. A oitava é por lesão, quando a mãe cai ou é golpeada, por exemplo. A nona é por doença. A décima é pelo sêmen corrompido. A décima primeira...

— Não há décima primeira — disse Komako, interrompendo-o. — Mas Paré lista a influência de mendigos perversos e também de demônios.

A Srta. Davenshaw assentiu com austeridade.

— É claro que Paré escrevia no século XVI — disse ela a Charlie e Marlowe, para quem tudo isso era novo. — Ele ainda não abandonara a superstição nem a influência de Deus. Mas já tinha observado que o feto se desenvolve de forma material. A carne é física e cresce com o tempo.

— Não entendi — disse Marlowe.

— A pergunta, meu querido — disse a Srta. Davenshaw, suavizando a voz —, é de onde vêm nossos talentos. E a resposta é que crescemos no útero da nossa mãe e tudo o que somos nos é dado ali. Qualquer coisa diferente do normal parece monstruosa. Mas não é. Não é.

Charlie não tinha certeza de quanto daquilo tudo fazia sentido para Marlowe. Desconfiava que quase nada. O menino segurou sua mão com força e não largou. Não era de admirar que o garoto tivesse pesadelos.

— Fale-me, Sr. Czekowisz, desse novo conceito do Sr. Darwin, a evolução das espécies.

Oskar olhou para Charlie, desviou os olhos. Parecia envergonhado de ter sido escolhido.

— O Sr. Darwin sugeriu que a evolução é o resultado de... de mudanças constantes de todos os animais com o tempo.

— Então descendemos dos macacos?

— Não, senhora. Não exatamente.

— Continue.

— Existe um ancestral comum. Mas nossa espécie se separou dos grandes macacos há tanto tempo que nos tornamos humanos. Eles se tornaram... macacos.

— Diga, Srta. Ribbon, como as criaturas mudam com o tempo.

Ribs pigarreou para ganhar tempo.

— Hum, a senhora não prefere perguntar isso ao Oskar?

— Eleanor.

— O meio ambiente — cochichou Oskar.

— Por causa do meio ambiente — disse Ribs em voz alta.

— Obrigada, Sr. Czekowisz. A Srta. Ribbon lhe será sempre grata. Srta. Onoe, por favor?

— O Sr. Darwin acredita que mudanças minúsculas acontecem o tempo todo nas espécies, sem nenhuma razão. Mas que sempre que uma mutação dá uma vantagem ao animal em seu meio ambiente... quando o ajuda a conseguir mais comida ou a encontrar uma parceira... então essa mutação é passada para a geração seguinte. E as versões antigas acabam desaparecendo.

— Então, o que são monstros?

Komako fechou a cara por alguns instantes.

— Monstros são mutações que não levam a lugar nenhum. São extremas demais para serem reproduzidas.

Então a Srta. Davenshaw se deslocou ao longo da extensão das estantes, passando os dedos de leve pelos vidros.

— Isso mesmo — disse ela. — Muito bom. E o que somos nós, talentos? Monstros? Nossas diferenças não passam de mãe para filho. Mas são variações que existem desde os primeiros registros históricos, variações que continuaram de maneira repetida e previsível. Sempre houve talentos. E sempre haverá.

— Os cientistas não sabem de tudo — disse Komako em voz baixa.

A Srta. Davenshaw ergueu o rosto vendado, como se olhasse além deles.

— Ninguém sabe — disse.

Charlie se virou. Lá estava um homem poderoso de barba branca parado na porta, observando todos eles em silêncio. Era o Dr. Berghast. Ele fez uma reverência e retornou à escuridão.

23

OS EXILADOS E OS MORTOS

Margaret Harrogate chegou a Londres em meio a uma neblina muito densa, como uma sopa de ervilhas marrom e sufocante. A Srta. Quicke estava com ela. O coche de aluguel se arrastava pelas ruas, cego, a lanterna iluminando apenas uma auréola na névoa ao seu redor. E a primeira coisa que Margaret notou, quando destrancou os portões de ferro, atravessou o pátio de carruagens coberto e entrou pelas portas imponentes do número 23 da Nickel Street West, conduzindo sua companheira para o interior da casa, foi que alguém estivera ali pouco tempo antes.

Ela pousou a maleta de viagem suavemente, e apurou os ouvidos. Então atravessou o vestíbulo. No estúdio, o livro-razão do instituto ainda estava escondido atrás do balde de carvão. Em sua mesa, os papéis estavam intactos. Na cozinha, os balcões arranhados continuavam vazios e cobertos. Verdade que a janela de um quarto no terceiro andar fora deixada aberta, as cortinas esvoaçando levemente, mas, quando ela olhou lá fora tudo envolto em neblina, não conseguiu ver nada, nenhum movimento. Elas estavam três andares acima do solo, e a queda seria fatal. Ela sabia que a Srta. Quicke, na porta, a observava com olhos graves. Margaret percorreu os outros cômodos, sem tocar em nada, os cabelos de sua nuca eriçando, e então encontrou sua pequena pistola na gaveta onde a guardava e foi até o sótão verificar os pássaros de ossos em seu pombal. Tudo estava exatamente como havia deixado naquela manhã, quando tinham saído correndo para pegar o trem, naquele último dia de vida de Frank Coulton.

Ainda assim: alguém estivera ali, apenas momentos antes.

A Srta. Quicke imediatamente enfiou a mão no bolso fundo do casaco de oleado, sem dúvida procurando seu revólver. Em seguida, desceu a escada e saiu no nevoeiro. Ficou fora por muito tempo.

Voltou sacudindo a cabeça.

— Se havia alguém aqui, agora já se foi.

— Havia — replicou Margaret. — Você não sente?

— Sentir o quê?

— Em seu... — Ela gesticulou para o local do ferimento da mulher mais jovem.

— Não — respondeu a Srta. Quicke.

Margaret correu os olhos à sua volta, inquieta. A mobília, escura e imóvel. As cortinas fantasmagóricas. Lá fora, a névoa ia se tornando mais espessa.

Elas não ficaram.

Margaret pensou em Walter e em seu próprio pavor inominável e tentou agir com esperteza. Com certeza Jacob sabia o endereço. A Srta. Quicke ficou na janela, esperando, enquanto Margaret pegava o que precisava, e então as duas saíram. Alugaram um quarto do outro lado do cruzamento, em uma respeitável hospedaria para senhoras, de onde dava para ver, através da névoa, o número 23 da Nickel Street West. O toque de recolher da senhoria poderia ser um problema: a hospedaria fechava às nove horas, mas a trapeira do quarto delas dava para uma saliência estreita, que levava a um muro baixo de pedra, e assim Margaret viu que elas poderiam entrar e sair a qualquer hora que lhes conviesse.

O fato é que fazia quatorze meses desde que Alice Quicke fora contratada, e ainda assim Margaret Harrogate nunca convivera com ela antes, nunca a observara em primeira mão, nunca tivera a oportunidade. O pouco que sabia sobre ela fora extraído de telegramas, relatórios, das histórias irônicas e às vezes sarcásticas de Coulton. Quicke tinha mãos de aspecto áspero e um sorriso que não chegava aos olhos. Ombros musculosos. Cabelos louros oleosos, mal cortados, cheirando sempre à sua última refeição. Mas se suas costelas doíam, ela não reclamava. Se a morte de Coulton a entristecia, ela não chorava. Durante a longa viagem de trem da Escócia até o sul da Inglaterra, ela falara muito pouco, nada perguntara, apenas ficara olhando pela janela suja de carvão o mundo que passava, uma criatura forte e taciturna com um chapéu de abas largas e um casaco comprido e manchado, mais adequados ao Oeste americano do que à violência civilizada da Grã-Bretanha.

Mas Margaret começou também a ver por que Coulton viera a confiar em Alice, por que tantas vezes ele saíra em defesa dela, por que insistira em contratá-la, embora ela fosse uma forasteira e estranha ao mundo deles. Havia nela uma grande força e firmeza, como um poste fincado no chão. Se dissesse que faria algo, ela faria. Margaret gostava disso.

Durante todo aquele primeiro dia em Londres elas permaneceram no quarto, descansando, se recompondo, vigiando a casa do outro lado da rua. Margaret, porém, também observava a detetive, procurando sinais de colapso, preocupada com seu ferimento, preocupada com o que ele poderia significar. Ela temia que o que ligava a Srta. Quicke a Jacob também o ligasse a ela; temia que a presença dela fosse sentida por ele; temia que, nesse exato momento, em seu longo e sombrio dia de volta a Blackfriars, ele estivesse rondando as ruas, circulando, *pressentindo* a chegada dela.

Enquanto descansavam, Margaret contou à Srta. Quicke sobre os exilados. Às vezes, explicou ela, quando um talento atingia a maioridade, no fim da adolescência, sua habilidade diminuía e acabava. Ninguém entendia bem o porquê. Mas, quando isso acontecia com uma criança em Cairndale, ela era mandada embora, geralmente para Londres, e cabia a Margaret ficar de olho naquela comunidade. Com frequência ficavam apáticos, dominados por uma tristeza profunda, como se tivessem perdido uma parte de si mesmos, voltando-se para a bebida ou para o ópio, como consolo. Entre eles também estavam aqueles que haviam deixado o instituto por opção, que saíram do Cairndale por uma razão ou outra, para desaparecer na goela das favelas de Londres. E, escondida entre eles, continuou ela, estava a mulher que cuidara de seu Marlowe quando bebê, e que o levara do Cairndale naquela noite, tantos anos atrás, quando Jacob Marber fora atrás da criança. O nome dela era Susan Crowley; não devia ter mais de vinte e seis anos; e estava de posse da arma capaz de matar Jacob Marber.

A questão era que ela estava tão bem escondida que Margaret não tinha ideia de onde encontrá-la.

A Srta. Quicke ergueu as sobrancelhas ao ouvir a história. Já era tarde, a essa altura. A detetive, cansada, em seu oleado manchado estava sentada com as pernas estendidas, passando os dedos pelos cabelos.

— Eu não queria traí-la, sabe? — disse Margaret. — Fui eu quem a achou, tantos anos atrás. Ela fora encontrada em um vagão de carga e dada como morta, e os ferroviários a arrastaram para um pequeno bosque para que outra pessoa tropeçasse nela. Eles não queriam se envolver com o problema. — Suas narinas se dilataram com desgosto. — Pobre Srta. Crowley. Com o peito todo queimado, os bolsos esvaziados, sem o casaco. Não é de admirar que tenham pensado que ela estava morta. Se você a tivesse visto... Bem. Eu sabia que o Dr. Berghast, lá no Cairndale, estava furioso, eu sabia que ele queria que ela fosse encontrada por causa da criança. Mas eu temia por ela, não sabia o que ele faria com ela. Vi que a criança, o seu Marlowe, tinha desaparecido. Então eu não disse nada. Não contei a ninguém. Em vez disso, levei a Srta. Crowley para o sul, para Londres, e providenciei para que cuidassem dela, e tentei esquecer que a havia encontrado.

— Isto é, até precisar dela.

— De fato.

— Então. Por onde começamos?

— Você vai dormir — replicou Margaret, da janela. — Essa é a sua tarefa. Você precisa se fortalecer. Eu vou até os exilados em busca de informações.

— Sozinha?

Margaret sorriu debilmente.

— Eu não precisava da sua proteção antes de nos conhecermos, Srta. Quicke. E não preciso agora. Retorno pela manhã com o que precisamos.

— Certo. A arma que a senhora diz que pode matar Marber.

Margaret inclinou a cabeça.

Mas, para adquiri-la, precisava primeiro encontrá-la. Ela sabia que Jacob Marber também não a teria esquecido. Já era tarde quando deixou a Srta. Quicke dormindo na hospedaria, saiu pela janela aberta para o nevoeiro frio, desceu cautelosamente do muro baixo e seguiu para o leste, em direção a Bluegate Fields, com o coração batendo forte no peito. A névoa e a hora deixavam as ruas muito escuras. Margaret tinha pouca paciência para seu próprio medo, mas mesmo assim ele estava lá, era real e nem sempre facilmente dominado. Um ótimo resultado seria, pensou ela, ser esfaqueada aqui por causa de alguns xelins que levava na bolsa. Em Wapping, ela perambulou ao longo das paredes junto às quais indigentes dormiam, segurando uma lanterna com o braço estendido até encontrar quem ela estava procurando, um garoto com cara de mau, coberto de trapos e sujeira. Ele poderia estar à espera dela, agachado como estava, descalço, os olhos verdes voltados para a luz. Ele pegou sua moeda e a conduziu por um labirinto de becos gotejantes até chegarem à moradia de Ratcliffe Fang.

Ela não via Fang há anos: corcunda, o crânio comprido e estreito coberto por cabelos compridos e oleosos; olhos de peixe esbugalhados atrás de óculos de aro de arame. Luvas de algodão com dois dedos cortados. Os pulsos compridos projetando-se dos trapos, ossudos e peludos, como os de um macaco. Mas ele sabia coisas que os outros não sabiam, e andava pelas ruas mais sombrias de Londres sem ser importunado e sem medo.

— Margaret Harrogate — grunhiu ele, quando abriu a porta. — Entre e seja bem-vinda. É melhor você não ficar muito tempo. Tem gente por aí perguntando por você. — O lugar era imundo e fedia aos córregos de lama diante da porta, o piso pegajoso, rangendo. Ele voltou para junto de seu fogo de carvão, puxando rápido o cobertor. — Devo mandar pegar uma cerveja na esquina?

Margaret declinou. Sentou-se, segurando a bolsa com as duas mãos, e contou a ele o que havia acontecido no trem para a Escócia, a chacina que Jacob Marber causara, a criança que o detivera.

Era o suficiente; ela não precisava dizer mais nada.

Fang piscou repetidamente à luz do fogo.

— Ele sabe sobre a criança? Quem é ele?

— Talvez ainda não. Mas sabe que o menino é importante. Quanto ao menino, tenho medo *por ele* e tenho medo *dele*. Eu vou matar Jacob Marber, Sr. Fang, mas é o menino que eu temo.

Ratcliffe Fang cruzou os dedos diante do rosto comprido.

— Ah — disse ele.

E Margaret escutou enquanto ele contava sobre os rumores que corriam por Limehouse.

— Dizem que há criaturas rondando, caçando aqueles que não são cuidadosos. Nas docas, nos túneis, sob os arcos. Dizem que há corpos sendo encontrados destroçados, despedaçados. E há rumores mais infelizes: que é um homem feito de fumaça que está comendo os corpos, bebendo o sangue. Um negócio do mal, sim. Não preciso dizer o que isso significa. Os policiais ainda não estão cuidando do assunto, pois não é ninguém importante, não para a cidade. Apenas os que vivem à margem e afins. Mas espere só. Os moradores já estão andando em bandos, apavorados. Até os acendedores de lampiões e os batedores de carteira ficam com medo, quando escurece.

Limehouse, pensou Margaret com interesse. Ficava ali perto.

— E sobre o instituto? O que estão dizendo?

— Não há boatos sobre o Cairndale, tampouco sobre Berghast. Não em Limehouse. Talvez haja alguns que ouviram falar dele, mas não sabem de nada. A teoria predominante na área é que se trata de obra de Jack Saltador. — Ratcliffe Fang passou a língua pelos dentes escuros. — São eles, os suctores, é claro, que estão fazendo todo esse alvoroço.

— Suctores? Mais de um?

— Dizem que há um bando dessas criaturas. Caçam à noite, como lobos.

— Estão enganados. Diga-me: o que acha que Jacob pretende fazer, Sr. Fang? Por que ele voltou agora?

— Isso eu não consigo imaginar. Mas há um propósito nisso. Jacob Marber tinha uma inteligência rápida, mas nunca foi isso que o guiou. Seu coração era simplesmente diferente. Cada ato maligno que ele praticou foi motivado por seu coração. Eu não creio que ele tenha superado a morte do irmão, para ser franco. O que ele pretende fazer? Nada, eu acho, deste lado do *orsine*. Mas as salas cinzentas estão fechadas para mim, Margaret, e eu tento me preocupar com as coisas deste mundo. Você sabe disso. Deus sabe que elas já são suficientemente hediondas. Mas você não veio de tão longe para ouvir minha opinião sobre o caráter de Jake Marber.

Margaret fixou no velho um olhar tranquilo.

— Preciso saber o paradeiro de uma jovem que deixei aos seus cuidados — disse ela. — Faz alguns anos, depois daquele acontecimento infeliz com o bebê de Berghast. Você vai se lembrar dela, eu acho. Susan Crowley.

A expressão de Ratcliffe Fang não mudou, mas ela sentiu que ele ficou surpreso.

— Você me disse que nunca contasse a ninguém sobre ela — lembrou ele. — Nem mesmo a você. Me fez jurar por isso.

Ela assentiu.

— E agora devo lhe pedir que quebre essa promessa.

— Ah.

— Ela ainda está viva?

Ratcliffe Fang olhou para o fogo.

— Está viva — disse ele, relutante. — Trabalha como costureira, em Whitechapel. Não posso dizer mais nada.

— Você precisa. Deve haver centenas de mulheres assim.

Ratcliffe Fang estreitou os olhos.

— Não é próprio de você, Margaret, vir aqui assim.

— Então você sabe que deve ser importante. Susan Crowley estava de posse de algo muito raro, algo sem o qual eu não posso prosseguir. Uma ferramenta, pode-se dizer, deixada aos seus cuidados. Tenho certeza de que Jacob Marber está procurando por ela também.

Os olhos saltados de Ratcliffe Fang se iluminaram com a súbita compreensão.

— É por esse motivo que Jake Marber está em Limehouse — sussurrou ele. — Ela tem o que pode matá-lo, e ele sabe disso.

— Exato, Sr. Fang. E eu preciso tirar isso dela primeiro.

Dez minutos depois, ela deixou a casa de Ratcliffe Fang, satisfeita. Um endereço estava dobrado no pulso de sua luva. A névoa fria atravessava seu xale. A lanterna estava bem fechada, de modo que seu facho se voltava para um lado e para o outro, cintilando nos tijolos escorregadios dos cortiços. Ela ajustou o véu. Estava surpresa com o quanto Fang envelhecera; porém, ela também não era mais jovem. Margaret penetrou ainda mais no beco, segurando as anáguas para mantê-las longe da lama com uma das mãos, permanecendo rente às paredes.

Whitechapel, ela sabia, não ficava longe.

No entanto, não tinha dado vinte passos quando algo se materializou na névoa escura à sua frente, na esquina de um beco sem saída. Uma silhueta, espreitando em meio à névoa.

Ela abriu a lanterna e a segurou bem alto, mas não adiantou, a neblina havia ficado mais densa, e ela só conseguia ver as correntes de neblina girando e mudando à sua frente.

— Quem é você? — perguntou. — Me dê passagem. Não vou pedir duas vezes.

Ela ouviu as botas da figura rasparem nos paralelepípedos, aproximando-se. Lenta e cautelosamente, Margaret levou a mão à bolsa em busca da pequena pistola.

Que não estava lá.

Ela praguejou e agarrou a lanterna, preparando-se para lançá-la com força contra qualquer bandido que se aproximasse. As pedras do calçamento reluziam na luz franca.

— Você está procurando isto aqui, imagino — soou a voz.

Margaret tinha os olhos fixos à sua frente.

E então a figura emergiu da névoa em um casaco de oleado, o chapéu puxado sobre os olhos de assassina, segurando na palma da mão a pistolinha prateada. Margaret sacudiu a cabeça com raiva. Era Alice Quicke.

— O que foi? — perguntou a detetive. — Achou que eu não a seguiria?

— Achei — disse Margaret, pegando a arma de volta — que você teria mais juízo.

De sob o chapéu, a Srta. Quicke lhe dirigiu um sorriso breve e malicioso.

— Não, não achou — disse ela.

Whitechapel era mais sombrio, mais movimentado. Coches de aluguel passavam rangendo como aparições, bêbados ziguezagueavam e berravam, enxames de crianças pálidas vestidas com trapos amontoavam-se sob as débeis lâmpadas a gás enquanto as mães, exaustas, postavam-se no vão das portas com as anáguas à mostra. Margaret seguia com cautela, seguindo as indicações do Sr. Fang. Se era a névoa ou a aparência perigosa da Srta. Quicke, ela não sabia, mas elas andavam sem serem importunadas e a salvo. As vielas eram tortuosas e o lodo, macio sob os pés; as poças exalavam um fedor, e muitas vezes eles tinham de se abaixar para passar sob trapos e lençóis pendurados em varais nos pátios e vielas miseráveis. Margaret sentia-se melhor na companhia da Srta. Quicke, até mesmo agradecida, e quando se deu conta disso ficou surpresa e não se queixou mais.

Por fim, chegaram a uma porta sem identificação, molhada, escorregadia por causa do mofo. Era a terceira porta, na segunda viela depois da taberna Black Fox. Margaret bateu e deu um passo atrás.

Uma fresta se abriu na porta. Olhos perscrutavam, desconfiados.

— Srta. Crowley? — disse Margaret trivialmente.

— O que vocês querem?

Margaret tirou o véu.

— Você não vai lembrar de mim, mas sou amiga do Sr. Fang. Eu tinha esperança de que pudéssemos falar. Tenho notícias sobre a criança.

Ela pareceu saber imediatamente de quem ela falava.

— Onde ele está?

— No Cairndale. Mas temo que esteja em perigo.

Um momento depois, a mulher abriu a porta. Era alta, de ossos grandes, mas suas bochechas estavam encovadas, como se ela tivesse adoecido e nunca se recuperado totalmente. Cabelos pretos cheios, escapando de sob o gorro.

Suas mãos eram largas e pareciam fortes. Visível em suas clavículas estava a pele áspera marcada por cicatrizes antigas, como se muito tempo atrás ela tivesse sido queimada. Era ainda mais jovem que a Srta. Quicke, mas a vida dura a envelhecera muito e ela andava meio curvada, e notava-se um tremor em seu queixo.

— Você — disse a mulher lentamente —, foi você quem me resgatou naquele vagão de trem. Você me trouxe até o Sr. Fang. Depois que o bebezinho foi atacado. Depois que eu... o perdi. — Ela levou a mão às cicatrizes na clavícula, como se estivesse lembrando. Então olhou para a rua escura. — É melhor entrarem.

Quando estavam as três espremidas na exígua sala de costura, Margaret contou sobre Marlowe, como Henry Berghast havia procurado por ele e como a Srta. Quicke o levara para o Cairndale. E também contou sobre o retorno de Jacob Marber.

— Então o Cairndale não é mesmo seguro — disse Susan Crowley, imediatamente. A luz fraca das velas brincava em suas feições. — Jacob Marber vai encontrar uma maneira de entrar. Ele sempre conseguiu encontrar um caminho. Ele soube que a criança era especial desde o primeiro momento, por isso fez o que fez. E irá atrás dele novamente.

— Esse é o meu medo também.

Susan Crowley hesitou.

— Por que vocês vieram aqui?

— Tenho perguntas — disse Margaret. — E preciso pedir uma coisa a você. Pretendo deter Jacob Marber antes que ele possa machucar o menino outra vez.

— Mas ele não machucou o menino antes, Sra. Harrogate.

— Graças a você. Somente por sua causa.

— Sim, talvez... — A mulher desviou o olhar, os olhos verdes indecisos. — O que a senhora sabe sobre a história de Jacob Marber? Sabe que ele desapareceu numa viagem de volta do Oriente?

— Alguns afirmaram que ele se afogou — disse Margaret, tentando esconder sua impaciência. — Mas o Sr. Coulton contou que ele havia sucumbido à influência da *drughr* e fora levado por ele.

— Sim. Para o outro mundo.

Margaret piscou.

— Mas isso não é possível, certo? O talento dele distorceria. Ele morreria.

— Era o que deveria ter acontecido. Mas não aconteceu.

— Um ser vivo na terra dos mortos — disse Margaret, pensando. — Nunca houve uma coisa assim. Não sei o que significaria.

A mulher pegou um pedaço de tecido bordado, nervosa.

— Mas ele não é o primeiro talento a andar entre os mortos, Sra. Harrogate. Houve outros.

— Que outros?

— Experimentos do Dr. Berghast. — Susan Crowley fez uma pausa. — Pensei que a senhora soubesse.

Margaret sentiu um calor no rosto.

— Eu não conheço os detalhes — prosseguiu Susan Crowley, apertando mais o xale esfarrapado em torno do corpo. — Tudo começou muito antes de eu chegar ao Cairndale. O Dr. Berghast estava enviando talentos para dentro do *orsine*. Para o outro mundo. Fez isso durante anos. Estava desenhando um mapa para seus próprios propósitos. Foi assim que começou, usando aquele pobre glífico para abrir o *orsine* o suficiente e permitir a passagem de seus talentos. Ele havia adquirido algo, um artefato, que possibilitava a seus talentos entrar e retornar. Até que um dia um dos talentos não voltou. Estava perdido. O artefato também foi perdido. Algo havia sido perturbado, despertado naquele outro mundo, algo o tinha perseguido e devorado antes que ele pudesse...

— A *drughr* — sussurrou Margaret.

A jovem ama ergueu os olhos assustados à luz da vela. E assentiu.

— Mas os experimentos não pararam ali — continuou ela. — Ao contrário, ficaram ainda mais perigosos depois disso. O Dr. Berghast precisava encontrar o artefato que estava perdido dentro do *orsine*. Se caísse nas mãos da *drughr*... — Ela estremeceu. — Mas, sem o artefato, os talentos que ele enviava voltavam doentes, envelhecidos ou... deformados. E a *drughr* ia se tornando cada vez mais forte. Por fim, depois do desaparecimento de Jacob, o Dr. Berghast parou de procurar. Ele desistiu.

Margaret tinha ouvido rumores sobre experimentos, muitos anos atrás. Mas se recusara a acreditar neles. De repente, sentiu uma profunda vergonha.

— Por causa de Jacob?

— Por causa do bebê. — Os lábios de Susan Crowley se estreitaram. — É uma parte horrível da história. Os últimos talentos que o Dr. Berghast enviou foram os jovens pais do bebê. Ela estava grávida, embora ainda não soubesse. Enquanto se encontravam no outro mundo, ela deu à luz.

— Desculpa — disse Margaret bruscamente. — De quanto tempo ela estava?

— Ah. Mas é preciso lembrar, Sra. Harrogate, que o tempo passa de forma diferente lá. Há vales e rios onde ele desacelera completamente, e colinas onde acelera. — Os olhos de Susan Crowley escureceram. — Jacob Marber os encontrou, logo depois que ela deu à luz; ele matou os pais e levou o bebê. Ele o trouxe de volta, atravessando o *orsine*, para a abadia em ruínas no Cairndale. Ali fica a única saída, a única passagem entre os mundos. O glífico a abriu para ele. Jacob pretendia roubar a criança, supõe-se. Mas o Dr. Berghast o impediu.

Margaret não tirava os olhos do rosto da ama. Ela ainda estava chocada.

— Marlowe nasceu... *dentro* do *orsine*?

— Na terra dos mortos. Sim.

Ela sacudiu a cabeça, incrédula. Mas sabia que a estranheza do relato de Susan Crowley era exatamente a verdade, que Susan não estava mentindo. Não era de admirar que Berghast estivesse tão interessado na criança. Não era de admirar que os talentos da criança fossem tão inusitados, tão diferentes dos de qualquer outro. Não era de admirar que Jacob e a *drughr* o estivessem caçando.

Ele era algo inteiramente novo.

Um silêncio desceu sobre elas. Susan Crowley baixou a voz.

— Não sei se isso ainda é verdade — disse ela —, mas durante todo o tempo em que o conheci, Henry Berghast nutria um ressentimento no coração. Quando penso no que ele fez... explorando um glífico, fechando o *orsine*... digo a mim mesma: se houvesse alguém que pudesse encontrar uma maneira de destruir a *drughr*, seria ele.

Margaret apertou a bolsa nas mãos.

— Esse ressentimento ainda existe.

— Ele não mudou, então?

— Só para pior. Ainda está obcecado com a *drughr*. Talvez mais do que nunca. Temo que vá acabar traindo a si mesmo, traindo o Cairndale, traindo tudo que ele mesmo construiu, somente para destruir a *drughr*.

— Isso não teria importância para ele. Não para o Henry Berghast que eu conheci.

Ela fez uma pausa.

— Mas esse é o trabalho da vida dele.

— Não, Sra. Harrogate. O trabalho da vida dele está à sua espera no outro mundo. Melhor para todos nós se o glífico fosse destruído, se o *orsine* fosse selado para sempre.

— Isso é possível?

Os olhos da ama endureceram à luz das velas.

— Não enquanto o Dr. Berghast viver. Ele nunca permitiria isso. Ah, ele quer ser bom. Ele *é* bom, melhor do que todos nós. É ele quem vem opondo resistência à *drughr*, por mais tempo do que qualquer outro poderia ter feito. Mas, mesmo naquela época, ele já havia esquecido o que bondade significa. Era sempre o resultado final que importava para ele. O método nunca tinha importância. Lembro de como ele parava ao lado do berço, olhando, como se o bebê fosse um pedaço de carne. Como se houvesse um *uso* para ele. Mas eu... eu havia prometido manter aquele bebê em segurança...

A voz dela sumiu.

— E é esse o motivo de termos vindo procurá-la, Srta. Crowley — disse a Sra. Harrogate. — Para que possa manter essa promessa.

— O que eu posso fazer?

— Uma vez, um velho talento do Cairndale confiou uma coisa a você. Quando eu a encontrei, naquele vagão de carga, você a estava usando no pescoço.

Susan Crowley segurou os cotovelos nas mãos grandes e abaixou a cabeça, como se estivesse refletindo, então se levantou e foi para a sala dos fundos. Voltou com um cordão de couro enrolado nos dedos.

— É disso que está falando? — perguntou.

Ela abriu a mão e Margaret viu os abre-caminhos. Instantaneamente uma onda fria de náusea tomou conta dela. Margaret começou a tremer. Eles tinham o formato de duas chaves, enegrecidas, como se tivessem sido queimadas; ambas tinham um aspecto antigo, pesado. A Srta. Quicke também estremeceu ao vê-los, encolhendo-se visivelmente, o mal desprendendo-se deles como um cheiro e afetando-a poderosamente, muito mais do que a Margaret. Isso era um bom sinal, pensou ela. Mas Susan Crowley manuseava os abre-caminhos sem problema, como se fossem chaves comuns, como se não sentisse nenhum poder emanando deles.

Rapidamente, usando um lenço, Margaret ergueu o cordão de couro da mesa, tomando o cuidado de não tocar nos abre-caminhos. Em seguida, dobrou o lenço em quatro, e o deslizou com o cordão para sua bolsa.

— Não consigo imaginar o que abrem — disse Susan Crowley. — Coisas bem estranhas essas.

— De fato — disse Margaret, levantando-se.

Na porta, Susan Crowley, puxou o xale sobre a clavícula coberta de cicatrizes, constrangida, e disse:

— Sra. Harrogate, por favor. Me fale sobre o menino. Ele deve estar com oito anos agora, não é?

Elas se encontravam no vão da porta com as costas voltadas para a viela envolta na névoa. A Sra. Harrogate podia sentir os abre-caminhos pesando em sua bolsa. Ela assentiu.

— Cerca de oito, sim.

— Mal posso imaginar como ele está. Qual a altura dele? Os cabelos ainda são pretos? Sim, claro que sim. Me diga, ele é um menino bom?

Margaret olhou para a Srta. Quicke. Atrás e abaixo delas, as névoas noturnas de Whitechapel deslizavam, halos amarelos das lâmpadas a gás, figuras fantasmagóricas.

— O melhor — disse ela com firmeza.

Os olhos da jovem brilharam então, lembrando-se do bebê que ele fora, e por um único momento, na penumbra, Margaret viu suas feições duras suavizarem e se encherem com um antigo amor, que não se enfraqueceu com o tempo.

24

O Aranha

O curioso sobre Oskar Czekowisz, a coisa que aparentemente ninguém notava nem entendia, era que ele tinha pavor de ficar sozinho. Talvez fosse por causa de Lymenion, seu gigante de carne, que essa ideia não ocorresse a ninguém; afinal, quando ele ficava sozinho?

Assim, apesar de seu pavor do Aranha, naquela noite, quando os outros se esgueiraram no corredor frio para ir à ilha — as velas das arandelas na parede apagadas, a Srta. Davenshaw com a ronda já encerrada e recolhida em seu quarto —, Oskar e seu gigante de carne estavam lá, esperando, também.

Aos treze anos, ele era baixo para a idade e tinha ombros macios e pulsos pálidos e gorduchos. Tudo nele parecia exaurido de cor. Os cabelos eram louros quase brancos, como o de um velho, finíssimos, e caíam, lisos, sobre as orelhas, a testa e os olhos. Aqueles olhos eram grandes e confiantes, mas irradiavam medo.

Lymenion era seu único companheiro, seu verdadeiro amigo. Aparentemente, sempre estivera com ele, desde que Oskar podia se lembrar, robusto, calado, vigilante e leal. Oskar podia criá-lo a partir de qualquer coisa morta que encontrasse nas valas ou no terreno das fazendas e até dos pedaços de carne do açougue; podia fazê-lo e desfazê-lo à vontade, mas, sempre que o recriava e a carne e os tendões tomavam forma, era Lymenion, o mesmo amigo, o único.

Lymenion gostou das novas crianças, também. Mas elas passaram por muita coisa, avisou o gigante, as palavras se formando diretamente na mente de Oskar.

— Só espero que também gostem de nós — sussurrou Oskar.

Ele esperava, sim; mas sabia também como a maioria se sentia em relação a Lymenion, ao cheiro repugnante, à sua estranha submissão, à maneira como copiava cada gesto de Oskar, como uma sombra feita de carne; e isso sem ver o que podia acontecer quando ele enlouquecia, quando a fúria do próprio Oskar era despertada.

O fato era que, até ir para o Cairndale, Oskar Czekowisz e seu gigante Lymenion tinham sido selvagem e ferozmente sozinhos; não apenas sozinhos, mas também solitários: solitários em Gdansk, catando lixo nas ruas sinuosas enquanto os cães espreitavam e se mantinham a distância; solitários nas baias decrépitas dos velhos estábulos, atrás da casa de pedra da fazenda daquele casal de velhos, em algum ponto ao norte de Lebork; solitários na torre em ruínas acima da escuridão varrida pelo vento do Mar Báltico. Ele sabia que os habitantes locais o temiam aonde quer que fosse; conhecia as histórias que contavam sobre um menino de cabelos brancos e seu monstro. Por isso, mantinha-se afastado. Até certa noite em que um homem corpulento, de rosto vermelho, suíças ruivas e um sorriso sombrio, veio subindo a longa estrada de terra até a torre, um cajado de carvalho numa das mãos, o casaco soprado pelo vento batendo com força atrás dele. Usava terno e colete de xadrez amarelo vivo, como uma chicotada de cor naquela paisagem. Oskar, na época, falava apenas polonês; tinha dez anos; e o homem, Coulton — pois era quem ele era — falava apenas inglês. Assim, Coulton se sentou com paciência diante do portão da torre durante três noites, esperando. Na terceira noite, quando Oskar mandou Lymenion assustá-lo, Coulton limitou-se a mexer os ombros fortes como se sentisse dor por ficar tanto tempo sentado, e sorriu.

Agora, Oskar, Lymenion e os outros se esgueiraram rápida e silenciosamente pelo solar, saíram no pátio, contornaram a guarita do portão e cruzaram o gramado úmido. Todos usavam os mesmos roupões fantasmagóricos do Cairndale, cinza-claro, grossos o bastante para impedir que o frio entrasse, tendo embaixo os pijamas brancos do instituto feitos de algodão cru.

A névoa descera sobre a propriedade. Ao se espalharem pela grama, pareciam espectrais e lúgubres na penumbra. Correram em silêncio e velozes, e, quando o solar ficou para trás na neblina e suas luzes formaram halos e enfraqueceram, eles desaceleraram e, ofegantes, começaram a andar.

Oskar ficou surpreso ao ver Charlie se aproximar dele. Lymenion se esforçava para acompanhar, as pernas grossas se movimentando, os braços robustos balançando. Era sempre uma dificuldade para ele. Komako estava bem à frente na grama, uma aparição em seu roupão pálido, o pijama e o roupão sem cabeça de Ribs adejando vazios pelo gramado ao seu lado. Se as meninas falavam, era apenas entre si.

— Você já foi ver o Aranha, Oskar? — perguntou Charlie.

Oskar pigarreou, subitamente tímido.

— Já — murmurou. — Quer dizer... não. Mais ou menos... Quer dizer, todos sabemos o que ele é, todos já fomos à ilha. Mas a gente não vê o Aranha quando vai lá. Ele está... hã... num lugar diferente.

— Por que vocês vão à ilha? — perguntou Marlowe.

O menino andava ao lado de Lymenion, sem se incomodar, olhando suas feições com interesse, e ao ver isso Oskar se sentiu estranhamente aliviado.

— Você irá também — disse ele. — Vocês dois. A Srta. Davenshaw vai levar. É por causa do *orsine*. Ela vai mostrar a vocês o que é, como funciona.

— O que tem no outro lado? — perguntou Marlowe. Sua pele parecia pálida e fantasmagórica no escuro. — É assustador?

Oskar deu de ombros, constrangido.

— É onde ficam os espíritos — disse ele, sem convicção. A verdade era que não sabia muito. — O mundo além do *orsine* é para onde vão os mortos, quando morrem. Ouvi o Sr. Nolan falando disso uma vez. Ele é um dos velhos talentos. Disse que é... como se este mundo fosse uma folha de papel, e a gente dobrasse uma vez e depois dobrasse de novo. E aí tentasse traçar uma linha sobre toda a superfície dobrada. Parece... errado. Parece um lugar errado.

— Porque você tem de estar morto antes — disse Marlowe.

Na neblina, Oskar sentiu Lymenion voltar sua atenção para o menino.

— Mas como ele sabe? — perguntou Charlie. — Se nunca esteve lá, como pode saber?

Oskar corou, sentindo-se tolo de repente.

— Eu também me fiz essa pergunta.

— Talvez ele tenha ido lá, sim — disse Marlowe.

Mas Oskar sabia que era impossível.

— Ninguém pode entrar no *orsine*.

Eles desceram a encosta escura, os pés sibilando na grama molhada. A neblina se abriu; Oskar viu a mesa preta e plana do lago; a neblina tornou-se densa outra vez.

— É preciso estar morto primeiro — repetiu Marlowe baixinho para si mesmo.

Charlie ouviu o barulho suave do lago nas margens de pedra, mas não o viu por causa da neblina, não viu absolutamente nada, até seus sapatos mergulharam nele, e então sentiu a mão de Oskar em seu ombro, puxando-o para trás.

— Cuidado — disse o menino, com seu jeito quieto. — O cais fica para cá.

— Venham, vocês aí — chamou Ribs, lá na frente. Charlie viu suas roupas sem corpo andarem para cá e para lá na neblina.

Perto dele, a respiração do gigante de carne era densa e pesada. Havia algo estranho naquilo tudo, tão diferente do mundo que conhecera a vida inteira, da crueldade de Natchez, que fazia com que parecesse um sonho. Ele não parava de pensar no pai, não muito mais velho do que ele agora, perdendo seu talento, indo sozinho para o mundo. Será que sua mãe sabia algo sobre a outra vida do pai, o que ele já tinha sido capaz de fazer? Será que ele escondeu dela a tristeza, a sensação de perda? Charlie viu um rapaz magro sozinho num beco molhado, o sobretudo puído, e se encheu de uma tristeza só sua. Ainda não sabia o que pensar daquilo. Estendeu a mão e pegou a de Marlowe.

O cais era uma construção cinzenta e desgastada que afundara de um lado; tinha talvez uns cinquenta anos, e, torto, levava até a água escura. Na extremidade, estava atracado um solitário barco a remo, com tamanho suficiente para os cinco e Lymenion, um lampião apagado numa vara que se erguia da proa. Charlie ouviu um ruído; então Komako aproximou-se chacoalhando pelo cais, carregando os remos.

Marlowe fitava o lago.

— É grande. Eu não sabia que era tão grande, Charlie.

— Dizem que não tem fundo — sussurrou Oskar.

— Rrrh — murmurou o gigante de carne.

— Pelo amor de Deus — disse Komako, passando por eles e entrando agilmente no barco, a trança comprida balançando. — Tem fundo, sim. Só é bem profundo, só isso.

Ela endireitou o lampião do barco na corrente e abriu a portinhola de vidro. Descalçou as luvas, pôs os dedos nus em concha em torno do toquinho de vela. Lentamente, foi fechando as mãos.

A vela se acendeu.

— Ah — sussurrou Charlie, espantado.

Komako corou.

— É só fricção — resmungou Ribs, ali perto. — Não é mágica, Charlie.

Ele sentiu Ribs pegar sua mão. Os dedos dela estavam quentes. Ela praticamente o arrastou do cais para o barco, que balançava e batia enquanto embarcavam. Ribs segurou sua mão um momento além do necessário, depois a soltou.

O gigante de carne de Oskar pegou os remos. Um brilho de muco pingava da empunhadura, onde ele os segurava, e logo estavam se afastando do cais, avançando energicamente pelo lago.

A neblina foi se tornando menos densa à medida que se distanciavam da terra. Tudo era silêncio; o frio do ar sobre a água se infiltrava pelo roupão de Charlie; o ruído suave dos remos e a sensação leve e aprazível de deslizar sobre a superfície o deixaram com sono. Estavam no meio da travessia quando Komako estendeu a mão e apagou o lampião. Ele acordou de repente.

— Olhem — disse ela.

Acima da ilha, no ar e nas folhas do grande olmo, Charlie viu milhares de pontinhos minúsculos e brilhantes, como vagalumes. Não flutuavam, na verdade, só se elevavam em direção ao céu negro, um ciclone de flores de fogo, piscando e cintilando à medida que subiam. Charlie nunca vira nada tão bonito.

— É o *orsine* — disse Komako. — O Aranha está gerando o *orsine*.

— O que isso quer dizer? — perguntou Marlowe.

— Que ele está acordado — disse Ribs. Mas havia um novo tom em sua voz, contido, cauteloso.

Eles atracaram num cais antigo ainda mais torto e inclinado do que o primeiro, e seguiram por uma trilha íngreme pela face rochosa da ilha. Komako tinha trazido o lampião, e seu jorro fraco de luz iluminava o caminho atravessado por raízes. No alto do penhasco, assomavam as ruínas. Uma vasta copa escura de galhos se elevava das pedras quebradas. Era o grande olmo.

Ali já havia sido um refúgio com vários prédios, agora estavam todos desmoronados. A ilha tinha um ar sinistro e assombrado, como se algo os vigiasse. Charlie seguiu Komako e Ribs até o único prédio em pé, o maior, o telhado havia muito apodrecido. Tinha sido a capela do mosteiro; agora faltavam lajes no chão, e arbustos e raízes haviam irrompido por toda parte, e folhas secas eram sopradas contra as sombras. Onde teria sido o altar crescia agora o silêncio imenso e escuro do grande olmo: uma maciça expansão de raízes, derramando-se por todos os lados.

Komako não os levou até lá. Ela parou em um pequeno nicho na parede sul, pousou o lampião e afastou uma camada de terra no chão. Embaixo, havia um alçapão de madeira. O gigante de carne puxou o anel com leveza e facilidade, como se não pesasse nada, e ergueu a porta, que gemeu. Um sopro de ar úmido subiu. Lá dentro havia uma escada de pedras que descia para uma escuridão ainda maior.

— Hã... — disse Charlie, olhando os outros à sua volta. — Espera. Vamos ter de descer até lá?

— Você não tem medo do escuro, tem, Charlie? — perguntou Komako com um sorriso. — O que pode te fazer mal lá embaixo?

— Charlie não tem medo de nada — disse Marlowe.

Komako ergueu o lampião, que lançou sombras tortas em seu rosto, escurecendo o côncavo dos olhos.

— É isso mesmo, Charlie? — perguntou ela baixinho. — Você não tem medo de nada?

Charlie engoliu em seco.

— Existe uma outra entrada, Charlie — soou a voz de Ribs na penumbra da nave. — Uma porta de verdade, lá na frente. Mas está trancada.

— A chave fica com o Dr. Berghast — explicou Oskar.

— Rrrh — murmurou seu gigante, soando claramente inalterado, ainda segurando o alçapão.

— Deixe eu adivinhar — murmurou Charlie. — Esse caminho leva à cripta?

— Passa por ela — corrigiu Komako.

Ribs cutucou o braço de Charlie.

— Ei, sabe o que o esqueleto disse quando caiu? Isso foi *dolorosso*.

Oskar riu, uma risada nervosa e aguda que ecoou pela cripta.

— Ah, meu Deus — murmurou Komako. — Estou aqui com um bando de crianças. — Ela olhou para Marlowe, subitamente envergonhada. — Sem ofensas.

Mas Charlie ainda fitava a escuridão lá embaixo.

— Me digam de novo: de quem foi essa ideia?

— De Ribs — disse Komako.

— De Ko — disse Ribs.

Marlowe estendeu a mão e segurou a de Charlie.
— Minha — afirmou, a voz quase um sussurro.

Eles deixaram o gigante de carne no nicho do mosteiro em ruínas, fiapos de neblina flutuando no ar. Ribs sugeriu, de seu jeito ácido, que talvez o cheiro impedisse o Aranha de falar com eles; quando Oskar protestou, Ribs sugeriu que votassem. Todas as mãos se ergueram.

Assim, eles desceram à catacumba, os cinco, fantasmagóricos e pálidos em seus roupões, enquanto a luz fraca do lampião brincava nas paredes de pedra e a escuridão gotejava, chegando a seus ouvidos. Charlie mantinha Marlowe bem perto, a mão na nuca do menino, guiando-o gentilmente no negrume. A escada dava em uma passagem estreita, com pequenas janelas cortadas na rocha e ossos cruzados e empilhados, encimados por crânios. Eram os monges de uma era havia muito passada, as órbitas ocas e escuras.

À medida que avançavam, Charlie espiava à sua volta: o teto se perdia nas sombras, e havia mais passagens abertas à esquerda e à direita. Agora ele via os restos mumificados dos monges, encolhidos até o tamanho de crianças, suspensos de algum modo em suas túnicas nas paredes de pedra. Mas o piso estava seco e estalava baixinho enquanto avançavam; o ar era frio; o escuro era mais silencioso do que todos os silêncios que Charlie já conhecera, tão silencioso que quase parecia emitir um som, como o de um sino, em seus ouvidos.

Eles andaram por cinco minutos, talvez dez. Logo, Charlie notou que a passagem havia se estreitado, e que o teto baixara, de modo que ele teve de curvar a cabeça para prosseguir. Mas os ossos dos mortos não estavam mais lá; havia apenas a longa escuridão do túnel. Uma grossa raiz de árvore saía de uma parede, perto de seu cotovelo, serpenteando ao lado deles como um tipo de indicador, guiando o caminho. Uma segunda se uniu a ela; depois, sob os pés, uma terceira, até que não demorou para que o chão e as paredes do túnel estivessem cobertos de raízes, que rompiam as pedras, a alvenaria e os caixões frágeis e quebrados dos antigos monges. Quanto mais se aprofundavam no túnel, mais raízes tinham de transpor e baixar a cabeça para evitar — até que aquele parecia um túnel de raízes, não de pedra, como se estivessem descendo para o coração de uma árvore monstruosa. Charlie sentiu Marlowe procurá-lo e agarrar sua mão com força.

— Está tudo bem — murmurou.

Mas se falava consigo mesmo ou com o menino, não importava; não convenceu nenhum dos dois.

Alguns metros à frente, Komako parou de repente. Charlie viu pedras, rochas e um grande emaranhado de raízes bloqueando o caminho. Acontecera um desmoronamento.

Komako ficou ali parada, com o lampião erguido, como se estivesse perplexa. Charlie não entendeu sua hesitação; não era um serviço tão difícil assim, ele trabalhara com coisas mais pesadas quando tinha metade do tamanho que tinha agora, lá no Mississippi.

Ele passou por ela, estendeu as mãos para a maior raiz que bloqueava o caminho. Parecia macia, quase peluda ao toque. Ele a puxou com força.

— Charlie, não! — gritou Ribs.

Mas a raiz quase se soltara, então ele se inclinou sobre ela e puxou novamente. De repente, as paredes e o teto tremeram. Uma nuvem de poeira caiu em torno do seu rosto, entrando pelo decote do roupão. Um gemido profundo e inumano percorreu o túnel, como se o negrume fosse uma coisa viva.

Charlie recuou, cambaleando.

Komako o agarrou pelos ombros e o girou.

— Não machuque as raízes! — A trança dela fustigava, furiosa, de um lado para o outro. — Qual é o seu problema? Você vai fazer o túnel todo desmoronar em cima da gente. Fica ali parado. Não, ali. Não toca em nada. — Então ela falou para si mesma em japonês, palavras ríspidas e irritadas; não pareciam muito gentis.

Charlie, recuando até os outros, podia imaginar o significado. Ele esfregou o ombro.

— Ela não gosta muito de mim, não é?

Ribs, com o roupão flutuando ao seu lado, parou.

— Eu gosto — disse ela.

Mas ele não ouviu de fato; estava observando Komako pendurar o lampião num ramo para iluminar e, em seus pijamas claros, trabalhar para remover as pedras sem ferir a árvore. Ele não tirou os olhos dela até que o caminho se abriu e eles puderam se espremer e prosseguir.

Por fim, chegaram a uma câmara. Estava muito escuro. Quando Komako levantou o lampião, Charlie viu que o piso, as paredes e o teto baixo estavam completamente cobertos pelos tentáculos-raízes do grande olmo, de modo que parecia que tinham chegado ao núcleo oco da própria árvore. Um cheiro almiscarado de terra e madeira encheu suas narinas.

Ele parou com os outros logo na entrada. Marlowe seguiu com cautela adiante, à margem da poça de luz, escalando as raízes nodosas. À meia-luz do lampião de Komako, Charlie mal conseguia identificar, suspenso do teto baixo, num imenso emaranhado de raízes, torrões de terra e limo, um tipo de *coisa* — uma *figura* — tão antiga que parecia ter se entranhado nas próprias raízes da árvore.

Komako ergueu ainda mais o lampião. Pendendo no centro daquele emaranhado havia um rosto, um rosto que poderia ter sido esculpido em madeira, alongado e estranho, com uma boca esquisita escancarada, só que os olhos amarelos estavam abertos, cintilantes e inteligentes.

Charlie prendeu a respiração. Marlowe encontrava-se em pé logo abaixo daquele rosto, tão pequeno que conseguia olhar seus olhos sem se agachar.

Era o glífico, obviamente. O Aranha.

— Vocês... não deviam... estar aqui — disse ele, com uma voz que soava como um ronco lento, uma voz tão fria quanto os lugares escuros da terra.

Oskar deixou escapar um gemido; um momento depois, Charlie também sentiu algo, um aperto no tornozelo. Uma das raízes tinha se enrolado em seu sapato e o prendia no lugar. Os outros também haviam sido enredados, todos exceto Marlowe. Uma segunda e uma terceira raízes se enrolaram em torno das pernas de Charlie, de sua cintura, de seu peito, prendendo-o com força. Quanto mais ele tentava se soltar, mais as raízes apertavam, impossivelmente poderosas. Elas saíam das paredes, do teto.

— Hã, Ribs? — chamou Komako, nervosa.

Mas foi o pequeno Marlowe, em pé diante do glífico, que falou com a criatura.

— A gente não queria vir sem avisar — disse ele. — Mas precisamos da sua ajuda, por favor. Temos perguntas.

— Eles... querem saber... sobre os desaparecidos...

Charlie observou Marlowe se aproximar ainda mais, os cabelos pretos contrastando com seu rosto pálido. Mas não foi sobre as crianças desaparecidas que ele perguntou primeiro.

— Temo por alguém. Uma pessoa. O senhor pode ver, pode me dizer, se ela está bem? Ela se chama...

— Alice Quicke... não é... um talento.

Marlowe virou-se parcialmente, olhou para Charlie através da escuridão. Charlie pôde ver uma luz leve em seus olhos, como estrelas gêmeas.

— Não — disse Marlowe. — Mas ela é nossa amiga, minha e de Charlie, e ela nos trouxe aqui para o senhor. Mas agora ela foi para Londres com a Sra. Harrogate, e elas vão procurar Jacob Marber.

O glífico focou seus sinistros olhos amarelos em Marlowe. Seu rosto parecia todo de madeira, mas os olhos eram brilhantes, úmidos, reptilianos.

— Conhecemos... você. Já vimos... você. No Sonho.

Várias raízes grossas se ergueram e oscilaram perto de Marlowe. Mas não o atacaram.

— Alice Quicke... — trovejou o glífico, espichando o pescoço — está tentando... localizar... Jacob Marber.

— Sim.

— Mas ele... não será... encontrado. É ele... quem... encontra.

— O que ele quer dizer? — sussurrou Charlie para Komako. As raízes o apertaram ainda mais.

— Marlowe — chamou ela. Sua voz era baixa e urgente, e havia nela algo que Charlie ainda não tinha ouvido. Medo. — Marlowe, pergunte sobre as crianças desaparecidas. Como as encontramos? Pergunte sobre a carruagem.

Mas Marlowe tinha se aproximado ainda mais do glífico, talvez não tivesse ouvido.

— Eu... Eu tenho esses sonhos — disse ele num sussurro. — Acho que Alice está em dificuldade. Acho que ela precisa de mim.

— Sonhos... sim... sabemos... sobre sonhos. Você... é quem ele... procura.

Charlie não podia ver o rosto de Marlowe, só a parte de trás da cabeça, ele parado com o roupão sujo de terra, equilibrando-se na ponta dos pés.

— Mais perto, criança... mais perto... ponha as mãos... em nosso rosto... não tenha... medo.

— Hã, Mar... — chamou Charlie. — Não sei se isso é uma boa ideia.

— Tudo bem, Charlie. Ele não vai me machucar.

Komako estava com uma das mãos enluvadas livre, e segurou o pulso de Charlie. As pontas dos dedos dela estavam frias, leves.

— É como ele se comunica com mais clareza, Charlie. Não é perigoso. — Ela fechou os olhos, como se ouvisse um som dentro do crânio. — Ele sabe por que estamos aqui. Sabe o que viemos buscar.

E então Charlie viu o menino ficar na ponta dos pés, estender os braços e pousar as mãos delicadamente de ambos os lados do crânio do glífico.

Lentamente um brilho azul bem leve foi crescendo até encher a câmara, deixando tudo com um relevo sinistro, como se estivessem embaixo d'água. Charlie conhecia aquele brilho, já o vira no trem.

Os olhos de Komako se encheram de espanto. Oskar parara de gemer e olhava, os lábios pálidos e delicados semiabertos. Até as raízes da árvore hesitavam.

Tudo se imobilizou.

Mas então a luz ficou mais forte e continuou se tornando mais intensa até seus olhos doerem, e eles tiveram de desviar os olhos, e Charlie os semicerrou, protegendo-os contra o brilho, e compreendeu. Algo estava errada. Marlowe havia ficado rígido e, de repente, sem emitir nenhum som, seu corpo todo se contorceu para trás, como se estivesse em agonia.

— Marlowe? — gritou Charlie em meio ao brilho ofuscante. — Marlowe!

Ou pelo menos tentou; era como se as palavras não saíssem, ou só saíssem bem lentas, drenadas de todo sentido, e tudo se movesse absurdamente devagar. Ele virou o rosto azul e vagaroso. Levantou uma mão azul e lenta. Morosamente, as raízes azuis apertaram.

E então, da mesma forma repentina, o brilho se apagou e desapareceu; tudo voltou a ser escuridão absoluta, com a imagem ainda ardendo em suas pálpebras. Marlowe tinha caído, liberto do feitiço, qualquer que fosse ele, que o dominara. Charlie tentou se soltar, ir até ele, mas não conseguia se mexer, e estava começando a ter dificuldade para respirar. Sua visão, porém, ia se ajustando outra vez; ele viu que as raízes que cercavam o glífico se enrolavam e contraíam, se enrolavam e contraíam. A criatura ergueu o rosto, e dirigiu-lhes um olhar maligno com os olhos amarelos.

— A criança... pode passar... — trovejou. — Mas vocês... o resto de vocês... vêm com... perguntas... demais...

Charlie sentiu as raízes em torno do peito se apertarem mais. Seu pulmão estava em fogo.

Houve um movimento, um movimento robusto e poderoso vindo do túnel por onde tinham entrado. Os olhos de Charlie lacrimejavam, e era difícil enxergar. Mas as raízes se mexiam, tentando agarrar-se a alguma coisa, algo andava pesadamente atrás deles, e de repente Charlie sentiu uma mão forte puxar as raízes que o esmagavam.

Era o gigante de carne de Oskar.

Ele circulou calmamente entre eles, soltando-os, erguendo-os na proteção de seus braços. As raízes serpenteavam, agarravam seus braços, de maneira que ele precisava arrancá-las devagar, metodicamente, como se tirasse fiapos de uma manga. Eram raízes demais.

Quando se libertou, Charlie viu Marlowe se levantar.

— Por favor, deixe meus amigos partirem — pediu a criança com a voz rouca. — Por favor. Você prometeu.

Houve uma pausa; por um instante, Charlie temeu que o glífico atacasse Marlowe também; mas então, com um suave farfalhar, as raízes recuaram, uma a uma, deslizando de volta para as paredes e o chão. O glífico pareceu subir e afundar na massa de raízes que se contorciam, até não ser mais visto, e então Charlie cambaleou, ofegante, livre.

De quatro, ele ergueu o rosto. Os outros já voltavam, aos tropeços, para o túnel, subindo pelas raízes, ofegantes. Komako segurava a garganta. Ribs não estava mais invisível. O brilho do lampião era uma auréola de luz nas paredes. Mas Marlowe não tinha se mexido; estava tonto, as mãozinhas soltas ao lado do corpo.

Charlie cambaleou até ele.

— O que aconteceu, Mar? O que ele prometeu?

O menino o encarou, os olhos brilhando no túnel escuro.

— Eu... Eu vi Alice — murmurou ele. — O Aranha, ele me mostrou...

— O quê? Ela está em perigo?

— Ah, Charlie... — sussurrou o menino. — Todos estamos.

Então, Charlie o pegou no colo e o carregou enquanto fugia pelo túnel, passando pela abertura estreita nas pedras desmoronadas, pelo longo caminho rumo à cripta, aos crânios dos monges e à escuridão natural da noite verdadeira.

Henry Berghast fechou o diário em que estivera escrevendo, secou a ponta da caneta e se recostou. Pelas janelas do estúdio, a noite se aprofundava.

Então.

Eles tinham ido à ilha.

Talvez isso não fosse de todo mau, refletiu. Teriam perguntas, perguntas que ele poderia responder. Ele esfregou os olhos, assentindo com a cabeça. O fogo de carvão na grelha ardia devagar, e as arandelas de gás lançavam estranhas auréolas de luz nas paredes. Em sua gaiola, um pássaro de ossos estalou, mudando de posição no poleiro. As asas chacoalharam.

Ele destrancou uma gaveta da escrivaninha, tirou um rolo de papel e o alisou. Círculos e linhas sobrepostos, flechas, anotações em sua própria letra aracniforme. Era uma cópia da imensa tela a nanquim na parede. Era a obra da sua vida: um mapa que vinha compondo havia trinta anos. Um mapa do mundo além do *orsine*.

O tempo estava se esgotando. Ele havia desistido de seus experimentos, começara a temer que fracassaria por completo na busca da *drughr*. Mas então o glífico localizara o menino perdido por tantos anos, e ele vira que a criança seria útil, mais do que útil; a criança poderia até possibilitar que ele — o lamentável Henry Berghast, o fraco Henry Berghast — completasse o que se dispusera a fazer.

Ele enrolou a cópia do mapa e tornou a trancá-la.

— Bailey — chamou com voz ríspida.

O criado apareceu, o rosto comprido impassível, os olhos cinzentos brilhantes e inteligentes.

— Senhor?

— Nossos hóspedes recentes, os meninos novos. Você os reconheceria?

— Sim, senhor.

Berghast se virou na cadeira, olhou seu próprio reflexo na janela. Seus olhos estavam perdidos na escuridão.

— Traga-os para mim — disse o reflexo.

25

Criaturas Noturnas e Outras Tristezas

A criatura era pálida e glabra, com dentes longos e pontiagudos, e estava parada diante da porta aberta, absolutamente imóvel, como uma coisa modelada em argila. Somente seus olhos se moviam, observando a neblina noturna de Wapping.

Estava descalça, mas isso em si era banal, em um canto da cidade onde os corpos jaziam em qualquer estado de seminudez, e os vivos eram muitas vezes confundidos com os mortos. Com calça de tecido grosseiro esfarrapada, camisa sem colarinho e casaco cinza salpicado de lama, poderia ter sido qualquer tipo de pessoa passando por dificuldades. Mas sua boca estava perdida para a escuridão, inteiramente perdida; e havia na criatura uma sensação — uma aura — de absoluta calma que não combinava com os perdidos ou os destituídos. Ela não precisava de nada. A porta atrás dela pendia de uma dobradiça, lascada e quebrada; e semivisível por trás de uma cadeira estava um par de óculos de arame estilhaçado, e o braço estirado de Ratcliffe Fang, seu sangue coagulando como cera preta no chão.

O suctor estava de saída. Mas parou para pegar um chapéu-coco velho e surrado caído do corpo e, com uma delicadeza lúgubre, ele o girou, girou, como se perdido em devaneios, e depois o colocou na cabeça de um jeito sonhador.

Só então saiu, na noite escura, e tomou a direção norte. Apesar da neblina, ele caminhava rápida e decididamente pela lama e pelas valas de imundície. Mas parava de vez em quando, e se agachava tranquilamente para farejar o ar, antes de se levantar novamente e prosseguir. O tempo todo tentando se lembrar de algo, algo importante, mas não conseguia.

Jacob, pensava. *Jacob Jacob Jacob...*

O ar mudou; o suctor atingira a escuridão barulhenta da Whitechapel High Street. Aqui os cheiros se misturavam e exalavam juntos, o fedor de corpos sem banho, comida podre, animais e excrementos, de tal modo que ele teve de levantar o rosto e se virar lentamente, farejando. Mas então, erguendo-se como uma nota aguda e solitária acima da orquestra, o suctor o encontrou novamente, aquele cheiro, o cheiro de quem ele procurava; então virou para o leste e deslizou entre as carruagens de aluguel, cavalos que passavam e as figuras que pareciam espectros no nevoeiro.

A iluminação era fraca e acima das portas dos pubs pendiam antigos lampiões gordurosos iluminando a neblina, e o suctor deslizava como fumaça pela escuridão. Do outro lado da Commercial Street, ele virou novamente para o norte e seguiu sorrateiramente por um beco profundo com arcos e paredes de tijolos lisos, abrindo caminho por entre as formas que dormiam amontoadas nos vãos das portas.

Em seguida, outra vez para o leste, e para o norte, descendo por passagens e vielas, subindo becos e atravessando pátios, até que finalmente parou, absolutamente imóvel na neblina que deslizava pelo ar. Atravessou até um vão de porta sombrio, onde um homem dormia; ele ergueu os cotovelos com irritação, e o suctor — sem pensar muito — agachou-se, agarrou a testa do homem com uma das mãos e suavemente passou uma unha afiada de um lado ao outro da sua garganta. Uma flor vermelha surgiu na camisa do sujeito; ele esperneou, estremeceu, caiu para trás e ficou imóvel.

Do outro lado da viela, quase invisível em meio à névoa, uma porta se abria.

Duas mulheres saíram no alpendre, falando com uma terceira ainda lá dentro. A mulher mais baixa estava vestida de preto e usava um véu no rosto; a mais alta, em um casaco de oleado, examinou o nevoeiro com olhos perigosos.

O suctor tornou a desaparecer nas sombras.

Quinze minutos depois, na neblina abafada, Alice Quicke podia ouvir através do silêncio denso o som de suas próprias botas raspando nas pedras do calçamento — um som triste e sombrio, como giz em um caixão marcando os mortos recentes. Ela apurou os ouvidos, tentando identificar qualquer outro som. Algo a deixava ansiosa, inquieta. A Sra. Harrogate caminhava ao seu lado, de cabeça baixa, uma silhueta perdida em pensamentos. Na bolsa da mulher mais velha estavam as duas chaves pesadas, mas não eram elas que a preocupavam. A cada poucos metros, Alice olhava por cima do ombro, os cabelos da nuca se arrepiando.

Alguma coisa estava seguindo as duas.

Alice tinha certeza disso, certeza absoluta. Um assassino, talvez; quem sabe algo pior. Ela pensou no que Susan Crowley tinha dito sobre Henry Berghast e calmamente engatilhou o revólver em seu bolso e o segurou com força. Mas nada emergiu do nevoeiro, e ela não disse nada à Sra. Harrogate; continuaram andando até que a mulher mais velha acenou e um coche de aluguel parou, rangendo na escuridão espessa, e as duas mulheres subiram. Então o cocheiro estalou o chicote e o cavalo esquelético se sacudiu e, com um solavanco, seguiu em frente.

De volta à hospedaria, com a janela firmemente fechada e trancada, Alice tirou o casaco comprido, jogou o chapéu na cama desarrumada e franziu a testa.

— Não estávamos sozinhas — disse ela. — Quando saímos do quarto de Susan Crowley. Alguém nos seguia.

A Sra. Harrogate, soltando o véu e tirando o xale, ficou imóvel. Olhou para Alice como se estivesse pesando uma compra, considerando seu valor. Alice não gostou.

— Você sentiu alguma coisa, no ferimento? — perguntou a Sra. Harrogate com curiosidade.

— Não. — Ela levou a mão às costelas. — Não senti nada desde que chegamos aqui. E se não funcionar? E se eu não conseguir encontrar Marber?

— Você não vai precisar fazer isso. O chaviato o encontrará.

Alice sentou-se na borda da cama sob a luz amarela da lâmpada a gás e tirou as botas incrustadas de lama. Não tinha certeza do que a mulher queria dizer, mas decidiu deixar para lá. Tinha perguntas mais urgentes.

— Por que Marber está tão interessado em Marlowe? — questionou. — Por que ele mataria os pais do menino?

— Porque a criança é poderosa. E porque a *drughr* está interessada. — Os olhos da Sra. Harrogate estavam ocultos na sombra onde ela parou, dobrando o xale no guarda-roupa, e Alice viu o reflexo da mulher mais velha no espelho parar também. Seu tom se suavizou. — Me perdoe. O relato da Srta. Crowley foi... perturbador. Grande parte eu não sabia. E não gosto de ser surpreendida.

— A senhora acredita nela, então?

— Você não?

Alice considerou a pergunta.

— Ela não contou tudo, mas isso não significa que o que falou era mentira. Ela deu a entender que Berghast a assusta mais. Mais do que Marber ou a *drughr*.

— Somente alguém que não conhece a natureza da *drughr* acreditaria nisso.

Alice absorveu essas palavras.

— Lembre-se — prosseguiu a Sra. Harrogate —, não é Henry Berghast que caça crianças, que seduz talentos, que trai e assassina pessoas como Frank Coulton. Estamos aqui com um único propósito. Vamos cumpri-lo.

— Crowley disse que o verdadeiro trabalho de Berghast está no outro mundo. Por quê?

A Sra. Harrogate sentou-se empertigada na cadeira de veludo, ajeitou as saias. Seu rosto estava perturbado.

— Filho da puta. A senhora também não confia nele — disse Alice baixinho, começando a entender. Então ela pensou em outra coisa e sua expressão tornou-se sombria. — Por que estamos recolhendo crianças, Sra. Harrogate? Em que elas são usadas?

— Acalme-se, Srta. Quicke. Daqui a pouco nossa boa senhoria vai ouvir pelo buraco da fechadura.

— Deixei Marlowe e Charlie aos cuidados de Berghast.

— E eles estão bem seguros atrás dos muros do Cairndale — disse a Sra. Harrogate. — Henry pode estar equivocado, mas não é louco. O mesmo não pode ser dito de Jacob Marber. Tenho certeza de que a proximidade dos garotos com *ele* resultaria em um destino bastante diferente.

— A senhora continua dizendo que o Cairndale é seguro...

— Porque Jacob não pode entrar lá. O perímetro é protegido.

— Mas ele conseguiu antes. Não foi isso que Crowley disse?

— As proteções do instituto foram modificadas — disse a Sra. Harrogate suavemente. — Ninguém, absolutamente ninguém, deseja uma repetição do que aconteceu quando seu Marlowe era bebê. Mas a única maneira de as crianças estarem seguras, verdadeiramente seguras, será matar Jacob Marber.

Enquanto falava, a Sra. Harrogate tirou o lenço dobrado da bolsa. Alice sentiu mais uma vez a tontura repentina, mas se forçou a olhar para as duas chaves enquanto a mulher mais velha as desembrulhava. A Sra. Harrogate os colocou no aparador.

— Eles afetam você intensamente — disse ela.

Alice engoliu em seco.

— Parecem... malignos.

— Excelente. Sim. É porque você é sensitiva, Srta. Quicke. Isso é o efeito do ferimento de Marber afetando você. Eu torci para que isso acontecesse. Eles são chamados abre-caminhos.

Alice, que tinha um extenso conhecimento sobre chaves, estudou os abre-caminhos.

— São velhos. Não reconheço o tipo. Não se destinam a nenhum tipo de cofre. O que elas abrem, um quarto em algum lugar? Onde encontramos a coisa?

— Que coisa?

— A arma. Para matar Jacob Marber.

Os olhos da Sra. Harrogate brilharam.

— Ah — disse ela, com um sorriso condescendente. — Você está enganada. Esta *é* a arma. — A mulher mais velha ergueu o cordão de couro com cuidado, estudou os abre-caminhos que oscilavam diante dela. — Eles já foram três — contou. — Agora são dois. Algum dia haverá apenas um, e quando a última chave for perdida, não haverá como lutar contra a *drughr*.

— O que eles são?

— Coisas do mal, Srta. Quicke. Coisas não naturais. Não são chaves, mas recipientes, Srta. Quicke. Eles guardam dentro de si, como uma mosca conservada em âmbar, algo que não pertence ao nosso mundo. Você entende que o *orsine* no Cairndale é uma porta, uma passagem para outro mundo. O que está preso nesses abre-caminhos faz parte *daquele* mundo. — A Sra. Harrogate fechou a mão em torno das chaves e estremeceu. Sua voz ficou mais baixa. — E eles têm consciência, Srta. Quicke. Têm desejos e medos próprios, assim como nós. É preciso resistir a eles.

À fraca luz de gás daquele estranho quarto, Alice observou a mulher vestida de preto se levantar e caminhar silenciosamente até a porta trancada, como um fantasma. Tudo aquilo parecia estranho, misterioso e irreal. Mas havia muito ela desistira do real. Aquele pavor terrível estava crescendo em sua mente mais uma vez.

— Me mostre — disse ela em tom trivial. — Me mostre o que eles podem fazer.

Mas a Sra. Harrogate estendeu o cordão de couro, os estranhos abre-caminhos oscilando como o amuleto de um hipnotizador.

— Não, Srta. Quicke — murmurou ela. — É *você* quem deve mostrar a *mim*.

Então era para isso que precisavam dela.

Alice virou os abre-caminhos nos dedos, sentindo um frio atravessá-la, como uma faca. A sala oscilava. E então ela se viu cambaleando, agarrando a borda da cama, enquanto uma náusea profunda a invadia, indo e voltando, e a incisão na lateral de seu corpo, onde Marber a esfaqueara, explodia em dor. Em sua mão, os abre-caminhos eram tão frios que queimavam.

— Você deve se entregar a ela — sussurrou a Sra. Harrogate, de algum lugar próximo. — Não deve tentar controlar a dor. Aceite-a. Deixe que *ela* se torne *você*.

E, aos poucos, embora a sensação horrível não a abandonasse, Alice seguiu seu conselho e não se sentiu mais subjugada. Então abriu a mão, tremendo.

Eles não eram idênticos. Um, ela viu, era feito de ferro preto, ou algo parecido, sua superfície porosa, marcada e áspera ao toque. O outro era esculpido em uma madeira preta que se assemelhava ao ferro, mas parecia de alguma forma muito mais dura. Eram pesados, com hastes quase tão longas quanto sua mão. No lugar da argola no abre-caminho de ferro havia um nó celta, sem emendas e intrincado como um floco de neve; no abre-caminho de madeira fora esculpida uma cruzeta, e dentro dela havia um disco que girava no mesmo lugar, a madeira lubrificada e polida de tal maneira que seus veios brilhavam. No fim da haste, cada um tinha um estranho aro gêmeo, finamente moldado, diferente de tudo que Alice já tinha visto, e uma única aba inteira, sem nenhum dente, como se nenhum dos dois tivesse sido moldado para uma fechadura. E agora, olhando mais de perto, Alice via entrelaçados em ambos um fino trabalho de prata, entalhado quase como letras em uma escrita que ela não conhecia, embora o padrão fosse diferente em cada um deles.

As bordas das abas também eram diferentes, afiadas como uma faca, e contornadas pela mesma curiosa incrustação de prata. Além disso, a escuridão dos abre-caminhos parecia aumentar enquanto ela olhava para eles, quase como se as sombras da sala estivessem sendo sugadas de tal modo que ela parecia estar olhando, através delas, para a escuridão de um vasto céu noturno.

— Srta. Quicke — murmurou a Sra. Harrogate, e Alice voltou a si com um sobressalto.

— Sim — disse ela rapidamente. — O quê? O que eu faço?

A Sra. Harrogate indicou o abre-caminho de ferro.

— Essa é a arma. Ela pode ser usada em qualquer porta fechada, em qualquer fechadura. Vai se encaixar. E, quando você abrir essa porta, o chaviato vai sair. O propósito dele é o seu propósito; mas ele não obedece aos seus comandos simplesmente. O chaviato vai tentar dominá-la. Você não deve permitir.

— Não entendi.

— Você vai entender. Uma última coisa. O abre-caminho não funciona à luz do dia. Só pode ser usado à noite. Não entendo como ou por quê; só estou lhe dizendo o que me disseram. Você precisa devolver o chaviato por uma porta, e fechá-la outra vez com o abre-caminho, antes que o sol nasça.

— Ou o quê?

— Os abre-caminhos são o que mantém o chaviato em cativeiro. Quanto mais tempo o chaviato permanece fora do abre-caminho, mais fraco esse controle se torna. Quando o controle enfraquecer demais, o chaviato estará livre para agir como quiser, aqui, neste mundo. E obedecerá apenas aos seus próprios desejos. Seguirá apenas seus próprios apetites. Você não vai mais comandá-lo.

— O que ele fará, então?

— Não vamos querer descobrir, vamos?

— Mas por que eu posso fazer isso e ninguém mais pode?

A Sra. Harrogate lhe dirigiu um olhar zangado, quase amargo.

— Porque você é quem carrega o pó de Jacob Marber. Mas você não é a única.

Ela se referia ao próprio Marber, Alice sabia. Jacob Marber também podia controlá-lo. Ela estremeceu, dirigiu-se à porta, começou a introduzir o abre-caminho de ferro na fechadura e então se deteve.

— Espera — disse ela. — A outra chave, o que ela faz?

— Abre-caminho, Srta. Quicke. O nome é abre-caminho. O ferro destranca; a madeira tranca. É para encerrar. Quando chegar a hora de o chaviato te deixar.

— Antes do nascer do sol.

— Caso contrário, terá de esperar até a noite cair novamente. Sim.

Alice assentiu e tornou a virar-se para a porta. Então introduziu o abre-caminho de ferro e girou.

Nada aconteceu. Um longo silêncio se seguiu.

— Você precisa abrir a porta — disse a Sra. Harrogate, soando levemente exasperada.

Alice, nervosa, virou o puxador da porta. O corredor do lado de fora era estreito e mal iluminado por uma única arandela a gás perto do topo da escada. Alice saiu cautelosamente, olhando em ambas as direções. Estava vazio. Então ela sentiu algo roçar seu tornozelo e deu um salto para trás, mas era apenas um gato, um gato preto com uma das patas dianteiras branca, sem dúvida da senhoria, e Alice o fulminou com o olhar e começou a voltar, sentindo uma estranha mistura de alívio e decepção.

A Sra. Harrogate, no entanto, estava paralisada no meio do quarto, os olhos fixos no gato.

E de repente Alice compreendeu. Ela olhou para baixo, olhou para trás, sentindo-se ridícula.

— Não — disse ela. — O *gato*?

Ele havia entrado silenciosamente no quarto e agora saltou sobre as roupas de cama e ali se enroscou, a longa cauda indo de um lado para o outro. Com toda a calma, ele começou a lamber a pata branca. E foi então que Alice viu que o bichano tinha dois olhos extras, quatro ao todo, brilhando com a luz no pelo preto macio.

— O que ele faz? — sussurrou ela.

A Sra. Harrogate calmamente juntou as mãos na base das costas. E não se moveu mais.

— Ele entende o que você fala, Srta. Quicke. Pode perguntar a ele você mesma.

— Mas ele está aqui para ajudar, não é?

— Esperemos que sim. Seja educada; fale diretamente com ele.

— Olá, hã, gatinho — disse ela, sentindo-se vagamente ridícula. O chaviato, se é que ele era isso mesmo, continuou simplesmente se lambendo. — Meu nome é Alice Quicke. Eu, hã, abri a porta... A questão é que precisamos da sua ajuda. Tem uma mulher, uma... uma *drughr*, que está matando nossos amigos. Precisamos da sua ajuda para detê-lo. Por favor.

O chaviato levantou os bigodes e deu um grande bocejo, mostrando as longas presas, e por um breve momento Alice pensou que ele poderia reconhecer sua presença, pensou que ele poderia responder de alguma maneira estranha e não felina, mas ele apenas pulou silenciosamente para o chão, caminhou até a janela e saltou para o parapeito. E ali se sentou, a cabeça erguida, as orelhas apontadas para a frente, espiando a escuridão.

— Isso é ridículo — murmurou Alice. Tinha a crescente sensação de que estavam lhe pregando uma peça.

Mas a Sra. Harrogate não parecia achar nada ridículo. Ela havia se aproximado da janela e se postou cautelosamente atrás da criatura, tentando ver o que ela pressentia.

— O que foi? Há algo lá fora?

O chaviato não se moveu.

— Sim, há algo lá fora — disse Alice. — Um rato.

A Sra. Harrogate não achou graça.

— Meu nome é Margaret Harrogate — disse ela educadamente. — Nós o convocamos porque queríamos nos apresentar. Vamos pedir sua ajuda amanhã à noite; vamos sair pela cidade, em busca daquele que procuramos. Um servo da *drughr*.

A cauda muito preta se sacudiu, enroscou, sacudiu novamente. Afora isso, não deu nenhuma indicação de ter ouvido a Sra. Harrogate.

— Srta. Quicke — continuou ela. — Se inserir o abre-caminho de madeira na fechadura, nosso convidado poderá ir embora.

Alice assim o fez, e o chaviato, ou gato, ou o que quer que fosse, como se entendesse a Sra. Harrogate perfeitamente, farejou o ar e saltou com movimentos preguiçosos de volta para o chão.

Mas então, como se para provar que ir embora era ideia sua, ficou parado um longo momento no vão da porta aberta antes de sair para o corredor. Rapidamente Alice fechou a porta, retirou a chave de madeira e amarrou o cordão de couro em volta do pescoço.

O quarto ficou quieto; a Sra. Harrogate havia voltado para a janela e espiava o nevoeiro.

— Quem está lá fora? — murmurou ela.

Alice, porém, por via das dúvidas, abriu uma fresta na porta; o corredor estava deserto; o gato de muitos olhos havia desaparecido.

Elas não saíram novamente por várias noites. Harrogate coletou dezenas de jornais, examinando as manchetes e depois colocando as folhas na lareira.

Estava esperando outro assassinato em Limehouse. Por fim, pedaços de um barqueiro foram pescados no rio, e a hora chegou. Depois do anoitecer, Alice vestiu seu grosso casaco de oleado, prendeu o cabelo para trás e puxou o chapéu sobre os olhos. Do outro lado do quarto, a Sra. Harrogate colocou uma pequena caixa de madeira em cima da cama e tirou uma lanterna e dois pacotes compridos embrulhados em tecido. Alice se aproximou.

Eram duas facas, idênticas, as lâminas diabolicamente afiadas, com pequenos anéis de ferro ao longo dos punhos para os dedos passarem e uma haste estreita, parecendo um tubo, na parte inferior. Lâminas de assassino.

— Jesus — sussurrou Alice, erguendo uma delas. — Onde você encontrou isso?

— Na Crimeia — disse a Sra. Harrogate com naturalidade. — Foram tiradas de um batedor russo. Elas serão de alguma utilidade, talvez, se encontrarmos Walter.

A Sra. Harrogate deslizou as lâminas em seu cinto, onde ficaram bem presas. Alice verificou seu Colt Peacemaker e enfiou um punhado de balas extras no bolso, como se fossem moedas. Ela viu a Sra. Harrogate tirar uma pequena pistola prateada da bolsa de mão, verificar seu funcionamento e depois guardá-la de volta, fechando a bolsa rapidamente.

Alice sorriu.

— Olha só para a gente. Se alguém visse, pensaria que estamos indo para a guerra.

— E estamos — disse a Sra. Harrogate, prendendo o véu.

Por fim, Alice foi para a porta, inseriu o abre-caminho e deixou o chaviato, ronronando, entrar. Ele foi de imediato para a janela, como se soubesse exatamente quais eram as intenções delas, e ali se pôs a andar de um lado para o outro, em uma patrulha muito impaciente.

— Agora — disse a Sra. Harrogate, levantando a janela e permitindo que o ar fedorento das ruas entrasse —, vamos para os necrotérios, Srta. Quicke, vamos ver esse chaviato farejando.

As ruas estavam molhadas e escuras, com um nevoeiro pesado, enquanto elas se dirigiam lentamente para Limehouse. O chaviato mantinha-se perto. Havia multidões nas ruas, todos gritando, vendendo e se esgueirando, apesar da hora,; havia marinheiros enroscados nas portas, bêbados, crianças abandonadas vestidas com farrapos varrendo os cruzamentos, e mais uma vez a cidade, como sempre acontecia, deixou Alice vagamente irritada e triste.

Mas no ar havia medo, mais do que qualquer outra coisa, medo do monstro que espreitava as docas e travessas de Limehouse. Até agora somavam-se sete assassinatos e talvez houvesse mais por vir, mas ninguém da polícia parecia se importar. Era estranho para Alice andar sob a proteção de um gatinho preto. Mas ela estava além da crença e da dúvida. Tinha visto demais. Havia sombras vivas no mundo.

Encontraram o corpo no quarto necrotério que visitaram e ficaram paradas sob a fraca luz de gás laranja em meio ao fedor de formaldeído e vapores gasosos enquanto o embalsamador noturno enxugava as mãos no avental e tentava entender o que elas queriam.

— Qual? Aquele que tiraram do Tâmisa? — Ele fez uma careta.

A sala era pequena, pobre, com uma porta entreaberta que levava, Alice supôs, aos corpos não reclamados.

— Não queremos curiosos aqui, nem gente do jornal tampouco. Este é um estabelecimento respeitável, sim.

Alice estendeu seus documentos.

— Sou detetive particular, licenciada pela Scotland Yard. Me pediram que desse uma olhada no corpo. Canais não oficiais e tal. Não vai demorar muito.

Ele estava trabalhando em um homem com um bigode preto comprido muito parecido com o dele próprio e havia tubos entrando nos braços do cadáver. O embalsamador continuou indo e vindo, verificando o progresso. Havia um traço de algo escuro no lado do seu rosto e Alice não se deu ao trabalho de se perguntar o que era.

— Não é adequado para a sensibilidade de uma dama — avisou ele, olhando para a Sra. Harrogate.

— Ela vai ficar bem — disse Alice secamente. — É a mulher menos sensível que já conheci.

A Sra. Harrogate empertigou-se com uma dignidade silenciosa.

Depois de um momento, o embalsamador noturno deu de ombros.

— Fiquem à vontade. Mas só por um momento. Meu trabalho não se termina sozinho.

Ele as conduziu pela escada até um porão comprido com fileiras de pequenas portas ao longo de uma parede, acendeu um lampião e passou para um segundo cômodo menor. Ali, sobre uma mesa de aço, Alice viu o que parecia ser uma pia. Algo nadava em um ensopado dentro dela.

— Vá em frente então, dê a sua olhada — disse ele.

E pendurou o lampião no anel de ferro de uma viga.

Não era um corpo. O que quer que fosse, não era isso. O cheiro era de amônia e álcool e, por baixo deles, um cheiro adocicado, enjoativo e pungente, como vegetação podre. Os pedaços estavam meio fixados em uma mistura caótica, mas Alice podia distinguir um cotovelo, um antebraço e uma mão torta, e também o que parecia ser um pé com o osso exposto, além de um rosto com os olhos arrancados.

— São marcas de mordidas nas bordas — disse o embalsamador. Ele traçou com um dedo lento e firme para mostrar. — Aqui e aqui. O que fez isso não é humano.

Nesse momento, o chaviato, como se viesse do nada, saltou silenciosamente sobre a mesa e pôs as patas na borda da bacia.

— Mãe de Deus, o que ele está fazendo aqui? Cai fora, você! — E o homem pegou um trapo e bateu com ele no chaviato.

O gato, porém, em um lampejo de escuridão, já tinha saído pela porta, atravessado o longo porão, subido novamente a escada e ido embora. Alice olhou para a Sra. Harrogate; a mulher mais velha assentiu.

Estava feito.

Lá fora, no mau cheiro de Limehouse, o chaviato mostrava-se impaciente. Ele as guiou rapidamente por um labirinto de ruas escuras e escorregadias, atravessando pátios e passando sob arcos, até chegar a um píer afundado, onde várias figuras estavam sentadas na escuridão, as linhas de pesca frouxas. Alice segurou a lanterna no alto para ver onde estavam. O chaviato andava de um lado para outro, a cauda espetada no ar, as orelhas em alerta.

— Aqui é onde pescaram o corpo — murmurou a Sra. Harrogate. — Ele está farejando o rastro agora.

— Ou, talvez, onde o miserável entrou — disse Alice.

E então o chaviato partiu novamente, afastando-se do rio, serpenteando através da escuridão e do nevoeiro, e correndo entre as pernas das multidões, indiferente à sujeira, aos cavalos e ao alvoroço da High Street. Alice teve dificuldade para acompanhar. O nevoeiro baixou, com um inequívoco gosto amargo, como se os grandes fornos de cal estivessem envenenando o ar.

A névoa amarela se adensou; e então, como uma cortina ondulando, abriu-se por um momento apenas, e Alice vislumbrou uma figura atravessar, passando por um poste de amarração e deslizando como uma sombra ao redor de um prédio, uma figura meio curvada, usando casacão preto e chapéu-coco. No entanto, mesmo àquela distância e no escuro, ela pôde ver a pele anormalmente branca do seu pescoço, os dedos longos e finos pendendo dos punhos, e ela soube que era aquilo que estavam procurando.

O chaviato já tinha atravessado silenciosamente, dirigindo-se à entrada do beco. Era uma via de ladrões, assim batizada por causa das saídas ocultas e viradas repentinas, tortuosas e estreitas, entulhadas com as pernas esparramadas dos pobres indigentes. Alice fechou a lanterna e abriu seu caminho cuidadosamente sobre os corpos. Metade era de crianças, metade estava descalça. O chaviato desapareceu no nevoeiro, ressurgiu, sumiu. Ela podia ver as vidraças engorduradas das janelas superiores refletindo, numa imagem opaca, a névoa. Todas tinham grades. Os nervos dela estavam firmes.

A viela se bifurcou e ela foi para a esquerda, atrás do chaviato, e ouviu Margaret segui-la silenciosamente. Havia poças de lodo sob os pés. Um som de água pingando.

Quase tropeçou no chaviato. Podia sentir o cheiro do rio, nas proximidades. A rua não tinha saída. A Sra. Harrogate surgiu como um fantasma, os olhos ocultos pelo véu.

Mas agora Alice podia ver adiante a figura pálida da High Street, o suctor. Ele estava parado, maltrapilho, com os braços magros ao lado do corpo, sem o chapéu e a cabeça calva curvada, quase como se estivesse tentando escutar alguma coisa. Por um momento ela temeu que tivessem sido vistas. Mas então ele se virou, espiando ao redor, como que para ter certeza de que não estava sendo observado, e o nevoeiro se dissipou bem naquele momento, e Alice viu suas feições, e ficou paralisada. As costeletas ruivas tinham desaparecido, o cabelo ralo se fora, mas ainda assim ela conhecia aquele rosto.

Era Frank Coulton.

Ao seu lado, a Sra. Harrogate prendeu a respiração.

— Ah, meu Deus — sussurrou ela.

E então a criatura que um dia fora Frank Coulton pôs de volta o chapéu-coco, escalou o muro como uma aranha, saltou com leveza para o outro lado e desapareceu.

O rosto de Alice estava branco com o choque.

— Era *ele* — disse ela. — Era *Coulton*. Pensei que estivesse morto... — Ela se virou com raiva para a Sra. Harrogate. — A senhora disse que ele tinha morrido!

Mas a mulher mais velha, abalada, não conseguia falar.

Nesse exato momento o chaviato passou como fumaça entre seus tornozelos, e Alice o viu subir correndo o muro alto, impossivelmente rápido, e parar no alto com o dorso curvado e a cauda levantada. Ele voltou todos os seus olhos para elas, como se quisesse conferir se elas iam segui-lo.

Alice girou, à procura de um modo de subir. Havia uma escada capenga encostada a uma carroça, ela a derrubou com um chute, arrastou-a e a apoiou no muro.

Um suctor.

A escada não chegava ao topo.

Coulton é um suctor.

Ela cuspiu. Esfregou os dedos, enfurecida, evitando pensar nisso; e então, com o casaco de oleado estalando às suas costas, o nevoeiro como uma coisa viva envolvendo-a por todos os lados, ajeitou a alça da lanterna entre os dentes e começou a subir.

26

Casa de Muitas Portas

Uma figura de capa preta estava à espera deles no cais quando voltaram, remando, da ilha. O brilho de sua lanterna era como moedas de luz na água escura. Ninguém falava; apenas o suave ruído das pás dos remos na água e o rangido dos suportes cortavam o silêncio. Era o criado do Dr. Berghast, impassível e carrancudo; ele ergueu a lanterna na mão e com ela iluminou os rostos, um por um.

Em Charlie, ele parou; em Marlowe, ele parou.

— Vocês dois — disse o homem em uma voz grave como um bumbo. — O Dr. Berghast vai falar com os dois. Agora.

Ele não os repreendeu por terem saído, pela óbvia transgressão. E, no entanto, seu descontentamento era nítido. Charlie sentiu os lábios de Ribs perto de sua orelha.

— Merda — sussurrou ela.

Komako parecia envergonhada. Ele sabia que ela devia estar culpando todos eles por irem, mas a ideia fora igualmente dela, porque também quis ir. Ele lembrou do que ela lhe dissera, quando estavam sozinhos: *Eu sei o que isto aqui parece... Mas nenhum lugar é seguro de verdade.* De repente, ele pensou que o que via no rosto dela não era vergonha, mas talvez outra coisa. Medo.

Ele estendeu a mão para sustentar Marlowe. Mas Ribs ainda não tinha terminado.

— Não acredite em tudo o que ele diz — sussurrou ela. — O velho Berghast, é dele que estou falando. Escorregadio como óleo na turfa, é o que ele é.

— Ribs, eu nem sei o que isso significa — murmurou Charlie pelo canto da boca.

— Venham — rosnou o criado.

Ele sentiu os dedos frios dela roçarem seu pulso.

— Toma cuidado, Charlie Ovid.

Ele desceu do barco, deixando-o balançando junto à amurada. Marlowe pegou sua mão, e juntos seguiram o criado escuridão adentro.

Komako ficou observando enquanto eles desapareciam na noite. Então os três voltaram lentamente, seguidos por Lymenion, o gigante de Oskar. Ninguém falava. Na escuridão silenciosa, Komako estava perturbada. Tinha visto algo — não, algo lhe fora *mostrado* — enquanto estava nas garras do glífico.

Não conseguia encontrar um sentido naquilo. Eles voltaram se arrastando até os corredores mal iluminados do Cairndale e se enfiaram em seu esconderijo predileto, no fim de um corredor deserto, sob uma grande janela que dava para a ala leste. Dali podiam ver uma luz acesa no estúdio de Berghast.

— Eu vi uma coisa — disse ela, por fim, erguendo os olhos e fitando Oskar e Lymenion e Ribs, que se materializara na penumbra. — Na ilha. O glífico me mostrou uma coisa. Tentei perguntar sobre as crianças desaparecidas e a carruagem, mas não creio que tenha feito alguma diferença. Mas ele está morrendo. O glífico está morrendo, e ele me mostrou uma espécie de, eu não sei... memória, talvez. Do Dr. Berghast, dando a ele algum tipo de... medicamento. Eu acho que é o que ele fica fazendo no laboratório. Acho que ele está mantendo o glífico vivo. E eu vi o *orsine* implodindo. Cairndale estava em chamas. — Ela franziu a testa, sacudindo a cabeça. — Foi horrível. Não sei se era o futuro, ou se isso aconteceu há muito tempo, ou se era apenas algo que o glífico teme que possa acontecer. — Ela correu as mãos pela trança, confusa. — Se o glífico morrer — disse, lentamente —, então o *orsine* vai abrir. Qualquer coisa vai poder passar.

Oskar assentia, concordando com ela, como se entendesse.

— Os... os mortos passarão.

— Você também viu — disse ela.

— Não — sussurrou ele. — Quer dizer, eu vi um pouco disso. Vi que ele estava morrendo... — Os olhos de Oskar ficaram úmidos. — Eu... eu não sei como, eu simplesmente vi, sabe? E... e vi que ele estava com muito medo. Foi o que vi mais, Ko. O medo do Aranha. Mas havia outra coisa também. A fachada de uma loja. Tinha o nome COMÉRCIO DE VELAS ALBANY escrito nela. E... e... eu sabia, Ko. Eu sabia onde era. Fica no Grassmarket, em Edimburgo. O Sr. Coulton e eu ficamos hospedados perto de lá quando ele me trouxe, antes de virmos para Cairndale.

— Comércio de Velas Albany. Fica em Edimburgo?

Oskar assentiu.

— Você acha... acha que os talentos desaparecidos estão lá?

— Talvez.

— Por que outra razão o glífico mostraria isso? Quer dizer, se não...?

Komako umedeceu os lábios. Fez uma lista mental do que estava em jogo, marcando cada item em seus dedos.

— Temos o glífico morrendo. O Dr. Berghast está tentando prolongar a vida dele, mas não vai conseguir para sempre. Temos a carruagem escura e as crianças desaparecidas. A carruagem vem de um comerciante de velas em Edimburgo, ao que parece. E temos os arquivos dos desaparecidos sendo retirados da sala do Dr. Berghast. Alguém aqui no Cairndale tem que estar trabalhando com a carruagem.

— Você acha que tudo isso está conectado? — murmurou Ribs. — Acha que Berghast sabe sobre as crianças desaparecidas? Ele tinha o nome delas naquele caderno...

— Não — disse Komako com firmeza.

Os olhos lacrimosos de Oskar se iluminaram.

— Talvez não seja... seja... seja tão sinistro quanto parece — disse ele. — Talvez o Dr. Berghast saiba, sim, mas as crianças não estão sendo machucadas. Talvez seja para a proteção delas.

Ribs bufou, desdenhando.

— Proteção?

— Talvez elas estejam correndo algum tipo especial de... de... de perigo. Vindo de Jacob.

— Mais do que Marlowe?

Oskar enrubesceu e ficou calado.

— Rruh — grunhiu o gigante de carne.

Komako puxava a trança, preocupada.

— Ribs? O que o Aranha te mostrou?

Ribs, porém, tinha uma estranha expressão no rosto, metade raiva, metade desgosto.

— Hein? — disse ela, o nariz sardento arrebitado.

— Sua visão. O que foi que você viu?

— Ah, muitas coisas. Muitas e muitas coisas. — Ribs balançava a cabeça afirmativamente. — Coisas demais.

— E...? Você se importa de nos contar?

Ribs cutucava uma casquinha de ferida no cotovelo, a testa franzida.

— Ah, bem... teve aquele vendedor de velas. É. Em Edimburgo. E aquela coisa do Berghast preparando remédio para o Aranha, eu vi isso também. Puxa. Eram, hã, muitas coisas, sim.

Ninguém falou nada.

Então Komako disse baixinho:

— Você não viu nada, não foi?

Ribs fechou a cara. Sua voz falhou, incrédula.

— Por que eu sou aquela a quem ele nunca mostra nada? Ele escolhe *você* e... e *Oskar*, mas não mostra nada pra *mim*? Qual é o problema *comigo*?

— Talvez ele não pudesse te ver — disse Oskar, querendo ajudar. — Porque você estava invisível...

Ela lançou um olhar venenoso para ele.

— Era uma pergunta *retórica*!

— Rrh — resmungou Lymenion.

Ribs fuzilou o gigante de carne com os olhos.

— O que foi? O Aranha fala com você também?

Komako não conseguiu segurar o riso.

— Não importa — disse ela. — Não temos muito tempo. Precisamos descobrir o que é esse vendedor de velas.

— O que você quer dizer?

— Que precisamos ir a Edimburgo.

Oskar piscou, nervoso.

— Edimburgo! Mas nós... nós... nós não podemos passar pelas proteções... Não sem permissão.

— Na verdade... — Ribs esfregava os cabelos vermelhos, relutante. — Eu e Ko encontramos uma abertura, faz algum tempo. Acho que ainda está lá. É uma falha nas proteções, Oskar. Do tamanho suficiente para que a gente, todos nós, passe rastejando. Até mesmo o velho Lymenion.

Oskar pareceu magoado.

— Vocês nunca me contaram.

Gentilmente, Komako pousou as mãos enluvadas nos ombros do garoto.

— Precisamos encontrar o lugar de onde aquela carruagem está vindo, Oskar. Comércio de Velas Albany. Antes que alguém, quem quer que seja, venha atrás da *gente*. Você reconheceu o lugar na sua visão. Pode nos levar até lá.

Oskar engoliu em seco.

— Mas vamos nos meter em encrenca. Se a Srta. Davenshaw...

— Há uma razão para aquela visão ter sido mostrada a você — continuou Komako. — O Aranha *quer* que a gente vá. Ele *quer* que a gente veja. Tem que haver uma ligação com o que está acontecendo com ele, e as crianças... Está tudo conectado, Oskar.

O garoto estremeceu.

— Está bem — disse ele, tentando parecer corajoso.

Somente Ribs parecia não estar ouvindo. Ela voltara a resmungar, carrancuda, para si mesma:

— Eu nem ligo, Aranha *estúpido* e suas visões *estúpidas*...

Ela arranhava tristemente o parapeito da janela com a unha enquanto murmurava.

Depois de deixar os outros, Charlie e Marlowe foram conduzidos pelo gramado até o solar, e em seguida por um corredor, passando por uma porta, subindo uma escada e por fim atravessando um segundo corredor, este pontuado por portas a cada seis metros, até chegarem ao estúdio do Dr. Berghast.

— Não toquem em nada — disse o criado. — O Dr. Berghast virá vê--los em breve.

Charlie, por sua vez, não via nada em que valesse a pena tocar. Era a mesma sala em que estivera apenas alguns dias antes, embora por alguma razão agora parecesse mais aconchegante, menos assustadora. Um grande pedaço de carvão queimava na lareira; as arandelas ao longo das paredes estavam acesas, dando à sala um tom dourado; poltronas de couro estavam dispostas diante do fogo. O ar era quente, sonolento, com um leve cheiro de fumaça de charuto. Em um canto estava o arquivo de madeira, trancado. Em outro via-se uma gaiola, a silhueta de um pássaro imóvel no poleiro. A estranha pintura com nanquim, de linhas e círculos cruzados, pendia na escuridão. Marlowe pisou com cuidado no tapete persa e parou diante dela, observando. Bem no centro da sala erguia-se a mesa do Dr. Berghast: elegante, escura, vazia, exceto por uma bandeja com um decanter de vinho e uma taça solitária ainda meio cheia. Charlie não viu nenhum sinal do diário.

Aquela até poderia ser uma sala aconchegante, não fosse por sua estranheza particular: as portas. Nove ao todo, todas fechadas, todas esculpidas no mesmo carvalho antigo e de aspecto pesado, cobertas de estranhas marcas, como se os vermes tivessem comido a madeira, abrindo caminhos. Tantas portas davam ao estúdio a sensação de uma estação de trem deserta, ou de uma agência dos correios após o expediente — um lugar que deveria estar cheio de movimento, interrupções, saídas apressadas. Charlie olhou à sua volta, inquieto. Ele não havia notado todas elas na noite em que entrara ali às escondidas. Então viu a gaiola com mais clareza e se aproximou para olhar de perto. Aquelas coisas ali dentro não eram pássaros — eram combinações vivas de ossos e peças de metal, que viravam a cabeça com o crânio exposto de um lado para o outro, como se o observassem com suas órbitas sem olhos. Ele estremeceu.

Marlowe, porém, em silêncio, sentou-se no grande sofá e ficou balançando as perninhas, cutucando as mãos e esperando. Charlie sabia que o menino devia estar ansioso, que era seu pai adotivo que estavam prestes a conhecer; o que se passava no coração do menino ele não conseguia imaginar; e queria dizer alguma coisa, perguntar se estava bem, dizer algo para tranquilizá-lo, mas de repente já era tarde demais, pois a porta por onde haviam entrado se abriu bruscamente e Henry Berghast entrou.

Charlie ficou paralisado. Marlowe ergueu o rosto, um brilho meio esperançoso nos olhos.

Mas o homem passou direto por ele, pelos dois, mal lhes dirigindo um olhar. Em sua escrivaninha, ele pegou um caderno e desatarraxou a tampa de uma caneta-tinteiro. Por vários minutos ficou escrevendo calmamente. E, no entanto, o tempo todo Charlie tinha a sensação de que o homem estava ciente da presença deles, que os observava, avaliando seu silêncio friamente e concluindo que não estavam aptos. Por fim, ele ergueu os olhos, franzindo a testa.

— Muito bem — disse.

E isso foi tudo.

Charlie o conhecia, é claro, já o tinha visto espreitando nas janelas escuras enquanto eles se dirigiam aos anexos, já o avistara de relance no fim dos corredores, movendo-se rapidamente, vira-o, concentrado, conversando com os velhos talentos no pátio em algumas manhãs. Mas nunca tão de perto; nunca a uma distância que pudesse sentir a eletricidade do homem, a intensidade que emanava dele, como um zumbido baixo. Berghast era alto, mais alto até do que Charlie, tinha ombros largos, mãos grandes. Usava uma sobrecasaca preta cara, camisa branca de colarinho imaculada, como se tivesse acabado de chegar de um jantar. A barba era branca, os olhos cinzentos como um rio no inverno, brilhantes, pensativos e penetrantes, o cabelo espesso e comprido, caindo sobre a gola. Havia um ar aristocrático nele; parecia um homem acostumado a refazer o mundo dobrar-se à sua vontade. Charlie sentiu um medo imediato.

O Dr. Berghast entrelaçou as mãos sobre o tampo da mesa. Estava imóvel como uma víbora.

— É tarde, rapazes — disse calmamente. — Vocês devem estar com fome.

Tanto Charlie quanto Marlowe abanaram a cabeça. Do outro lado da sala, os pássaros de ossos clicavam e chacoalhavam.

Lentamente, com intensidade, os olhos do Dr. Berghast deslizaram para Charlie.

— Você é o novo *curaetor* — disse ele. Não era uma pergunta. — Eu sou o Dr. Berghast. Diga-me, o que está achando de Cairndale?

Charlie engoliu em seco.

— Estou gostando, senhor.

— E mesmo assim parece incapaz de obedecer às regras. Você invade lugares cuja entrada é proibida após o toque de recolher, vem aos meus aposentos em trajes inadequados. Seu pijama está imundo.

Charlie olhou para baixo, o rosto pegando fogo. Era verdade: havia lama e sujeira da ilha em riscos por toda parte.

— Vocês foram ver o Sr. Thorpe — continuou o Dr. Berghast. — Isso não é permitido.

Charlie piscou.

— Thorpe...?

— Nosso glífico. Ele não está... nada bem. Acredito que vocês sabiam que é proibido e é por isso que foram até lá furtivamente, depois da meia-noite. Encontraram as respostas que procuravam?

— Eu... eu não sei, senhor — murmurou ele. — Nós...

— Foi ideia minha — disse Marlowe corajosamente. — Eu queria saber se Alice estava bem.

O Dr. Berghast voltou seus olhos cinzentos e intensos para o menino.

— E ela está?

Marlowe hesitou. De repente, era como se toda a sua coragem tivesse desaparecido, e ele mordeu o lábio, corando.

— Não sei.

— Mas não foi só isso que vocês perguntaram, não é? Não foi essa a única razão para vocês perturbarem o descanso de um moribundo. Você sabe quem eu sou, criança?

Marlowe assentiu. Ele tinha os olhos voltados para o chão.

— Olhe para mim. Quem sou eu?

— Meu pai adotivo — sussurrou Marlowe.

— Sim. — Ele alisou a barba, avaliando ambos com o olhar. — E o que você faz, quando não está se esgueirando pelo instituto? A Sra. Davenshaw instrui você no uso de seus talentos?

— Sim, senhor.

— Ela explicou para vocês o que o glífico faz?

— Sim.

— Então me diga.

Marlowe olhou rapidamente para cima, uma pergunta nos olhos.

— A Srta. Davenshaw diz que ele mantém o *orsine* fechado. Mas ela está enganada, não está? Ele às vezes abre também. O senhor obriga o glífico a fazer isso. Mas ele precisa ser cuidadoso, senão qualquer coisa pode sair.

— Como você sabe disso?

— O Aranha. Ele... me disse.

— Entendo. E que tipo de coisa sairia?

Marlowe franziu a testa.

— É Jacob Marber?

O Dr. Berghast cruzou os braços grandes, recostou-se na cadeira atrás da mesa e olhou para os meninos.

— Existem coisas piores do que Jacob Marber nesse mundo — disse ele suavemente.

O menino então ergueu os olhos, desafiador.

— Mas o senhor mandou que eles fossem lá assim mesmo, não foi? O senhor enviou os velhos talentos, apesar de ser perigoso. Todos aqueles anos atrás.

Charlie sentiu-se subitamente apreensivo. Ele olhou para Marlowe, imaginando o quanto o glífico tinha lhe dito sobre aquele lugar e o que havia acontecido ali.

Berghast obviamente estava se perguntando a mesma coisa.

— O Sr. Thorpe foi bastante comunicativo, ao que parece. Apesar de seu estado.

Nunca havia ocorrido a Charlie que alguém pudesse ser enviado *através* do *orsine*. Mas então algo lhe ocorreu.

— É para isso que o senhor quer a gente também — disse ele. — Para entrar lá.

Os olhos do Dr. Berghast brilharam de uma forma que fez Charlie sentir um medo repentino.

— Sim — confirmou ele.

— Porque é importante — disse Marlowe.

— Porque é importante — ecoou Berghast.

Charlie o olhou com raiva.

— Importante para *quem*?

Mas se Berghast se incomodou com o tom de Charlie, não deu nenhum sinal. Seu rosto estava tão frio, inexpressivo e sem emoção como sempre.

— No outro mundo, na terra dos mortos... nada é como aqui. Lá, a matéria é pó e o espírito é substância. É um mundo tão diferente do nosso quanto o interior do seu corpo é diferente do que está fora dele. Seus perigos são vários e mutáveis. É fácil se perder. Houve um tempo em que eu enviava talentos até lá. Os antigos, como vocês os chamam. — O Dr. Berghast movia as mãos diante dele, massageando os nós dos dedos cobertos por cicatrizes como se lhe causassem dor. Ele ergueu os olhos. — Até que algo terrível saiu do *orsine* e pôs um fim em tudo. Uma criatura. É o que dá a Jacob Marber sua força e seu propósito. É o que estamos tentando deter. A *drughr*.

Charlie estremeceu.

— A Srta. Davenshaw deve ter lhes falado sobre o *orsine*. Mas não a sua essência. De onde nós viemos? O que somos, na verdade? Estamos conectados ao *orsine* de maneiras que vocês não podem imaginar. O *orsine* foi construído por ordem de um homem chamado Alastair Cairndale. Ele foi o primeiro de nossa espécie, o Primeiro Talento. Vocês certamente viram seu retrato no grande salão. Depois que seu talento se manifestou, outros surgiram, outros talentos chegaram até ele. Tudo isso foi há muitos séculos. Mas onde quer que haja ordem, o caos tentará se instalar. Com o tempo, começou a haver desavenças, uma luta entre talentos para saber como se posicionar no mundo. Se devíamos nos revelar totalmente. Se devíamos desempenhar um papel maior no destino das nações. A *drughr* emergiu desse caos, procurando nos destruir.

Charlie observava Marlowe. O garotinho ouvia atentamente.

— Lorde Cairndale e seus... associados construíram o *orsine* e baniram a *drughr* através dele. Cairndale era poderoso, muito mais do que somos hoje. Seu talento podia não só *manipular*, como o nosso, mas podia também *criar*. Na luta ele foi arrastado para o *orsine*, junto com o monstro. Como ele morreu, sob quais circunstâncias, nunca se soube. Mas de alguma forma conseguiu conter a *drughr*, que ficou presa dentro do *orsine*.

"No entanto, agora está de volta", continuou Berghast calmamente. "E cabe a mim confrontá-la."

Charlie podia sentir a tristeza sedutora do homem, a intensidade dela, e não gostou daquilo.

— O senhor quer dizer que cabe a *nós* — disse ele, um tom de reprovação na voz.

— Não sou nenhum Alastair Cairndale — continuou Berghast, como se Charlie não tivesse dito nada. — E, no entanto, eu devo me transformar nele. Todos nós temos que suportar o peso do que somos, Charles. Queiramos ou não.

Charlie olhou para Marlowe, cujo rosto não tinha expressão.

— Estou ficando cansado de me dizerem isso de cinquenta maneiras diferentes. Há sempre alguém dizendo o que se deve suportar e por quem se deve suportar.

Uma sutil dilatação das narinas traiu a impaciência de Berghast.

— O Sr. Thorpe está morrendo — disse ele. — O glífico de Cairndale está morrendo, Sr. Ovid. Sua indignação não mudará nada. O *orsine* vai se romper; Cairndale ficará indefeso. Os mortos jorrarão pela abertura para este mundo, e não há como saber o que será de nós então.

Charlie engoliu em seco, envergonhado.

— Quando isso acontecer, o *orsine* terá de ser selado — prosseguiu Berghast, em um sussurro em que se percebia a raiva contida. Era como se estivesse sozinho. — Selado para sempre. E então nossa única maneira de destruir a *drughr* estará perdida. Se vou entrar no *orsine*, se vou enfrentar a *drughr*, preciso fazer isso logo. Os poderes dela são diferentes lá; posso detê-la lá.

— Não entendo, Dr. Berghast — murmurou Marlowe.

O homem abriu seu sorriso frio.

— Estou me preparando para isso há mais tempo do que você pode imaginar, criança. Não preciso da sua compreensão. Somente da sua confiança.

— O senhor quer dizer da nossa obediência — murmurou Charlie.

Berghast destrancou a última gaveta da mesa e tirou dali uma caixa de metal comprida. Ele apoiou a mão na tampa.

— Houve um tempo em que eu enviava os talentos para lá, para que eles pudessem mapear o mundo além do *orsine*. Então estaríamos preparados, vejam bem, se a *drughr* voltasse. Eu havia encontrado um objeto, um artefato de imenso poder. Eu o vinha procurando fazia anos, por oceanos de areia, montanhas de gelo. No fim, localizei-o em uma comunidade de talentos a leste do mar Negro. — Enquanto falava, ele abriu a caixa e pegou uma luva estranha, feita de madeira, ferro e tecido. Parecia pesada e estalou quando ele a levantou. — Antigamente havia três desses artefatos; agora só existe um. Isto é uma réplica.

Ele a estendeu sobre a mesa e Charlie a pegou, virando-a entre os dedos. Placas de ferro e madeira, como a manopla de uma armadura. Costurada na parte interna do punho da luva havia uma faixa de pinos afiados, como pequenos dentes.

— O verdadeiro artefato permite que o talento que o usa passe pelo *orsine*, ileso, e que sobreviva no além. Permite que retorne vivo. Mas não só talentos. O poder do artefato é tamanho que ele protege *qualquer coisa* que queira passar de um mundo ao outro. Não importa o lado onde se está.

Charlie piscou.

— O senhor quer dizer, a...

— A *drughr*, sim. Estaria protegida aqui. Neste mundo.

Charlie estava passando o dedo sobre as placas de madeira lisa. Ele viu que havia entalhes delicados, linhas, como as trilhas deixadas por besouros na casca das árvores. Cada placa era diferente. Gravado na palma de ferro estava o mesmo brasão do anel de sua mãe, o mesmo desenho que pendia acima dos portões do Cairndale. Dois martelos idênticos sobre um sol em chamas. A madeira era lisa, quente. O ferro era flexível. Mesmo essa réplica parecia muitíssimo antiga. Charlie a ofereceu a Marlowe, que a devolveu ao Dr. Berghast.

O rosto do homem tornou-se sombrio enquanto estudava a cópia.

— Um belo objeto, não é? Mas a luva verdadeira foi perdida, anos atrás. Foi perdida dentro do *orsine*.

— O senhor quer que a gente a encontre para o senhor — disse Marlowe.

Ele assentiu, cauteloso.

— Precisamos encontrá-la antes que o glífico morra. Enquanto o *orsine* ainda pode ser controlado.

Charlie fez uma careta.

— Por que nós?

— Porque vocês são ambos... incomuns. Você, Charles, é um *curaetor*. Seu corpo, seu próprio talento, se sustenta, se regenera. Você pode se manter naquele mundo por muito, muito mais tempo do que qualquer outro talento. E você, criança — disse ele, fixando novamente seu olhar inquietante em Marlowe —, você é outra coisa completamente diferente.

Marlowe olhou para ele, os olhos arregalados.

— Você é extraordinário, menino. E guarda consigo uma faísca do *orsine*. Você é um *pedaço* dele. Pois nasceu nesse outro mundo, foi lá que sua mãe deu à luz, antes de ser assassinada por Jacob Marber. Você pode sobreviver lá pelo tempo que quiser. O *orsine* não pode lhe fazer mal.

De repente, foi como se todo o ar tivesse sido sugado da sala.

O Dr. Berghast havia falado tão casualmente, com tamanho descaso. Era chocante. Charlie segurou o ombro de Marlowe com firmeza.

O menino tinha os olhos fixos no Dr. Berghast. Estava boquiaberto.

— Minha mãe foi...?

— Assassinada. Sim. Você não sabia? — O Dr. Berghast fez uma careta indiferente e então disse, com uma expressão de satisfação brincando nos cantos dos olhos: — Ela era uma mulher gentil, uma mulher notável. Teria amado você mais do que a própria vida, criança. Marber a tirou de você, de todos nós. E então ele tentou levar você. Se quer vingá-la, se quer fazer Marber sofrer... esse é o caminho. Traga essa luva para mim, e eu destruirei o mestre dele.

Depois que os meninos saíram, Henry Berghast guardou cuidadosamente a réplica da luva, abriu uma segunda gaveta na escrivaninha e tirou um molho de pesadas chaves de ferro. Então se dirigiu até uma das portas do estúdio, a destrancou, acendeu uma lanterna que pendia de uma arandela na parede e começou a descer. Seus passos arranhavam os degraus de pedra, que desciam espiralando pelo chão adentro e cessavam em uma grossa porta de carvalho.

Era um esconderijo, uma sala secreta construída séculos antes, com o intuito de manter os sacerdotes católicos seguros numa época em que eram perseguidos pelo rei. Berghast o havia convertido para seus próprios propósitos. Só ele e seu criado, Bailey, sabiam de sua existência. Ali, naquela profundidade no solo, úmido e frio, o cômodo fora escavado na própria rocha.

Ele destrancou a porta e iluminou a escuridão com a lanterna. Então ouviu um suave tilintar de correntes; um estalo, quase como as asas de um inseto. Uma figura estava pendurada pelos braços, na parede oposta, a cabeça caída sobre o peito. O cheiro era terrível.

— Sr. Laster — disse Berghast suavemente. — Posso chamá-lo de Walter novamente?

O *suctor* ergueu o rosto, piscando os olhos líquidos. Havia uma inteligência sombria neles, algo rápido e cruel, e não mais humano. Eles o observavam.

Berghast pendurou a lanterna em um gancho no teto e prendeu os polegares no colete, olhando a criatura. Então foi até uma mesinha no canto e pegou um pires que continha uma substância preta semelhante a uma goma: ópio.

Walter deixou escapar um gemido, observando.

Mas Berghast não queria que ele sofresse. Não, tamanho sofrimento — e os olhos de Berghast, cada gesto seu irradiava seu pesar — era a última coisa que queria para o pobre Walter. Não, o que Henry Berghast mais queria era que Walter pusesse fim ao próprio sofrimento. Ou melhor, permitisse que Berghast fizesse isso por ele. Bastava que Walter respondesse às perguntas de Berghast, dissesse o que ele queria saber, e então seu sofrimento acabaria. Seria tão fácil, com certeza...

Tudo isso o olhar rápido e repugnante de Walter compreendeu; Berghast o viu cintilar e desaparecer, como um lagarto debaixo de uma pedra.

— Então Jacob queria que você fosse levado pela Sra. Harrogate — disse ele, como introdução à sessão noturna.

— Não.

— Mas foi o que você me disse da última vez. Não foi?

Walter lambeu os lábios. E disse, trêmulo:

— Jacob sabia que ela... nos traria. Para você.

— Não foi por causa da criança, então? Ele não mandou você para matar o menino?

Walter estava sussurrando alguma coisa para si mesmo, algo que Berghast não captou.

— Walter?

— Walter Walter pequeno Walter... — ecoou a criatura em um murmúrio.

Berghast o estudava com impaciência.

— Então ele não enviou você para matar Marlowe, Walter?

Walter sacudiu a cabeça pálida e careca. Berghast viu as finas linhas vermelhas de sangue onde as algemas de ferro haviam deixado seus pulsos em carne viva.

— Jacob... sabe. Ele sabe onde estamos... É por isso que estamos aqui, sim. Ele quer isto.

— Ah, Walter — murmurou Berghast com tristeza. — Você acredita que ele queria *isto* para você? — Seu olhar abarcou a cela sombria, as correntes, o ópio não fumado no pires, com uma profunda decepção. — Acho que não. Não. Você está aqui porque Jacob o abandonou. Por nenhuma outra razão. Jacob o largou, para que perecesse, porque você não é mais útil para ele. Mas você é útil para mim. Fui eu quem te resgatou, eu quem te trouxe para cá. E me dói dizer isso, é claro, mas seu Jacob não te ama. Não mais. Você fracassou com ele, e ele te despreza por isso.

Walter tossiu, os dentes semelhantes a agulhas cintilando à luz da lanterna. Todo o seu corpo estremeceu com o esforço.

— Mas ele está vindo... ele está vindo para cá...

— Ele não pode. Você sabe que ele não pode.

— As vozes... — sussurrou Walter. — Elas falam conosco, elas nos dizem...

Berghast deu um passo em sua direção. Podia ver os dedos em forma de garras, os cortes profundos no torso sem pelos do suctor, os horríveis lábios vermelhos e molhados. E os dentes. Essa era uma criatura que o faria em pedaços na primeira oportunidade que tivesse.

— O que as vozes dizem a você, Walter?

— Ele sabe que elas estão indo atrás dele. As mulheres. Jacob sabe.

— A quem você se refere?

— À Sra. Harrogate. E à outra.

Berghast franziu a testa. Isso era inesperado. Sempre, justamente quando ele estava preparado para considerar tudo que saía da boca do suctor loucura e delírio, algum estranho fragmento da verdade emergia e o deixava admirado.

Ele decidiu mudar a abordagem.

— Deve ser muito angustiante para você — disse, solidário. — Jacob não sabe o quanto precisa de você. Se ao menos você pudesse dar algo a ele, alguma coisa que Jacob deseje, alguma coisa que mostrasse isso a ele. Então ele viria resgatá-lo, não ia abandoná-lo. O que você daria se pudesse, Walter? O que é que Jacob mais quer?

Walter levantou a cabeça. Seus olhos eram calmos e inteligentes e refletiam o brilho da lanterna.

— Cairndale — sussurrou ele. — Nós daríamos a ele Cairndale, sim. E então daríamos você a ele.

Charlie não disse uma só palavra durante toda a caminhada de volta através do solar mergulhado na escuridão. Eram coisas demais. Todo o estranho relato da história do *orsine* e da *drughr* e a notícia terrível sobre a mãe de Marlowe e o que havia acontecido com ela, e antes disso, a ilha e o Aranha, e aquela luva de Berghast, pesada e com dentes. Ele e o garoto atravessaram o pátio no ar fresco e depois voltaram a entrar, subindo a grande escadaria sob os vitrais, passando pela porta do Sr. Smythe. E ainda não haviam trocado nem uma palavra. Eles podiam ouvir o ronco do Sr. Smythe através da parede. Charlie lançava olhares rápidos e preocupados para Marlowe, mas o menino estava perdido em seus pensamentos, perturbado, ou triste, ou apenas desapontado. Charlie não o culpava. Berghast *era* uma decepção como pai adotivo e como mentor. Ele lembrou do aviso que Ribs lhe dera ao descer do barco a remo, mas não disse nada a Marlowe. Não precisava. Continuaram calados enquanto se despiam, enquanto lavavam o rosto e o pescoço, calados continuaram quando subiram na cama e cruzaram os braços sob a cabeça, olhando, idênticos, para o teto escuro. As cortinas estavam se movendo, como se houvesse algo dentro delas.

— Mar? — disse Charlie por fim, em um sussurro. — Você está bem?

Era uma pergunta idiota, e ele se arrependeu assim que a fez. Virou-se nos lençóis e olhou para a outra cama. Ainda tinha o anel de prata no cordão em seu pescoço, o anel que a mãe havia enfiado em sua mão quando estava morrendo, e ele o esfregou nesse momento, pensativo.

— Seu pai, ele...

— Ele não é meu pai, Charlie.

Charlie assentiu na escuridão.

— Eu sei o que você vai dizer — acrescentou Marlowe. — Eu também não confio nele.

— Ok.

— E isso significa que ele estava mentindo.

— Não, não significa.

— E também não significa que a gente não deva fazer o que ele quer que a gente faça.

Charlie engoliu em seco.

— Sim. Mas também não significa que a gente deva fazer.

Ele viu o rosto pálido do menino na escuridão. Seus olhos estavam abertos. Ele não podia imaginar o que Marlowe estava sentindo. Ao longo dos seus infelizes oito anos, ele foi passado de adulto para adulto, como uma dívida incobrável, e fora aquele homem, aquele homem cruel, impassível e frio que começara tudo. Charlie sentiu uma fúria intensa crescendo dentro dele, diante da injustiça de tudo isso.

— Ei — sussurrou ele. — Se quiser entrar naquele *orsine* dele, estou com você, Mar. Não estou dizendo o contrário. Tudo bem? Mas não somos obrigados a fazer isso. Há sempre outras opções.

— Como o quê?

— Eu não sei. Podíamos ir embora. Partir simplesmente. Você e eu.

O garoto tinha uma expressão infeliz.

— Acho que o Sr. Thorpe quer que eu atravesse — disse ele baixinho. — Acho que ele... *precisa* que eu vá. Ele está morrendo, Charlie. O que o Dr. Berghast disse é verdade. Eu *vi*.

Charlie piscou.

— O que o Aranha te disse, afinal?

Marlowe virou o rosto e se apoiou no cotovelo. Ele parecia estar pensando na pergunta.

— Não eram palavras — murmurou ele. — Era mais como... imagens, em movimento. Em meio a uma névoa. Eu... eu acho que era o que *vai* acontecer, Charlie. Ou o que *pode* acontecer. Eu não sei.

— O que você *viu*?

A voz do garotinho não era mais que um sussurro.

— Nada sobre o que a gente foi saber. As crianças desaparecidas, quero dizer. Tentei perguntar sobre isso, mas... — Ele fez uma pausa. — Eu vi Alice,

Charlie. Ela estava morta. Jacob Marber que matou. Eu vi você também, mas você tinha aquele símbolo, aquele do seu anel, e ele brilhava na sua mão. Na palma da sua mão. Como a luva que vimos, mas você não estava usando a luva, e parecia que ela estava pegando fogo. E eu vi o Sr. Coulton, mas ele estava igual àquele outro homem, Walter, da casa da Sra. Harrogate. Aquele que te atacou. Todo branco e sem cabelo e com dentes afiados...

Charlie engoliu em seco. Um lampejo de garras arranhando, daquela criatura saltando da escuridão atravessou sua mente. Ele sacudiu a cabeça.

— O Sr. Coulton está morto, Mar — disse ele.

Mas Marlowe o olhava da penumbra com olhos assombrados.

— É o que eu estou dizendo. Não sei se ele está, Charlie.

Às vezes Charlie simplesmente não sabia o que pensar do menino, não sabia. Como no teto do trem. Ou na cova do glífico. Ou agora. Ele assentiu, como se entendesse, mas seu coração estava cheio essencialmente de piedade e ele estava pensando que o garoto tinha passado por muitas loucuras e não havia como saber o que era verdade, não mesmo, independentemente do que ele tivesse visto.

Ele umedeceu os lábios.

— Então, o que você quer fazer? O que vai querer?

O menino respirava silenciosamente no escuro.

— Mar?

— Eu quero Brynt de volta — disse ele, os lábios tremendo. — Quero Alice de volta. Quero tudo do jeito que costumava ser.

Charlie, que não voltaria para sua antiga vida por nada, não sabia o que dizer em relação a isso.

Ele fechou os olhos.

Mas, se tivesse se levantado e ido até a janela, teria visto ao luar três figuras — silhuetas que eram quase familiares — correndo silenciosamente pelo gramado vestidas com capas compridas e chapéus que não lhes serviam direito, uma quarta figura desengonçada e estranha se arrastando logo atrás, todas elas correndo pelo barro na direção do muro, de suas proteções e da estrada que levava a Edimburgo, ao sul.

27

Caçada a Marber

Alice Quicke aterrissou chapinhando em algo macio. Lama. Lama pura. Encontravam-se em um pátio escuro de armazenamento ao lado do rio. O chaviato estava agachado sobre um rolo de corda, ouvidos atentos à noite.

Coulton havia desaparecido.

Ela ergueu o lampião com cuidado, lançando um feixe de luz fino na parede, nos caixotes, nas cordas e nos guindastes em meio à neblina. Podia ver a marca dos pés de Coulton na lama, a sujeira onde ele tinha subido nas tábuas e entrado no armazém.

Ao longe, podiam ouvir os gritos dos trabalhadores nas docas. A neblina pairava espessa e imóvel, e Alice tinha pouco medo de ser vista, mas ainda assim esgueirou-se cautelosamente até a porta aberta do prédio, o casaco de oleado farfalhando na altura dos joelhos. Ela segurou o lampião em uma das mãos, o pesado Colt Peacemaker na outra. O chaviato ronronava junto a seu tornozelo.

— Vai — sibilou a Sra. Harrogate. — Depressa. Vamos perdê-lo.

Alice fuzilou a mulher mais velha com o olhar. Mas, quando abriu a porta com um chute da bota, só havia escuridão, o cheiro espesso de metal lubrificado, madeira e cordas molhadas.

O ar no interior do prédio parecia frio, e vasto, como se se estendesse por quilômetros. A luz do lampião mal iluminava dez passos. Coulton podia estar à espreita em qualquer lugar.

— Vai você agora — murmurou Alice.

Mas não quis dizer isso de fato; e, quando o chaviato avançou em meio ao silêncio, Alice o seguiu rapidamente, todos os seus sentidos alertas, na expectativa de que um borrão branco saltasse sobre ela a qualquer momento, lembrando-se em lampejos do horror daquele outro suctor. Se Walter morrera no trem ou se esperava com Coulton adiante, ela não sabia.

O chaviato seguiu rapidamente ao longo das fileiras de caixotes e barris, o chão escorregadio nos pontos em que salmoura havia vazado, as tábuas rangendo sob os pés. A lateral do corpo de Alice começou a doer. Ela continuou andando, sem fazer nenhum ruído.

Se Coulton tivesse sentido a presença delas, estaria à espreita em algum lugar. Mas, se não tivesse, havia uma boa chance de ele as levar diretamente a Jacob Marber.

Por fim, o chaviato parou com as costas arqueadas diante de uma porta fechada onde se via o número 21 pintado com tinta branca. Era um depósito e a lanterna iluminou caixas de madeira abertas com pregos, parafusos e presilhas. O chaviato dirigiu-se imediatamente para um alçapão no canto.

— Que merda — sussurrou Alice. — A gente vai descer?

O chaviato sacudiu a cauda.

A Sra. Harrogate passou por ela com suas saias pretas, levantou a argola de ferro e puxou. Uma rajada de ar fétido saiu dali de dentro.

— Ele não sabe que o estamos caçando — disse ela suavemente. — São eles que deveriam estar com medo, Srta. Quicke. Me dê esse lampião.

Havia uma dureza em sua voz que não existia antes. Fora a visão de Coulton, Alice sabia, que fizera isso.

Harrogate sacou as duas facas pretas compridas e enfiou os dedos nos anéis. Ela deveria parecer ridícula, uma mulher de meia-idade em anáguas com armas assassinas. Em vez disso, pensou Alice, ela parecia feroz, mortífera. A mulher passou os pés pela borda do alçapão e então deslizou para a escuridão.

— Sim — murmurou Alice. — Perfeito.

E, com uma rápida olhada pelo depósito escuro, ela se abaixou e entrou.

Ela aterrissou em um velho túnel de esgoto, um ramal, as pedras escorregadias sob os pés. A Sra. Harrogate sibilou, pedindo silêncio, e Alice ficou agachada, o sangue correndo ruidosamente em seus ouvidos, tentando ouvir alguma coisa, qualquer coisa.

A mulher mais velha abriu um pouco a portinhola do lampião. Ela segurava as facas para baixo, rentes à lateral do corpo.

— Ele está mais à frente — sussurrou. — Coulton, quero dizer. O chaviato já está seguindo. Venha.

E então a portinhola se fechou, e ela ouviu o farfalhar das saias da mulher mais velha, e tudo voltou a ser escuridão.

Ou quase escuridão; aos poucos, os olhos de Alice foram se ajustando, e ela conseguiu distinguir a curva do túnel, o lodo escuro e líquido escorrendo pelo centro. Outros túneis mais escuros se abriam de ambos os lados e o chaviato parava para esperar por elas a cada curva, em seguida desaparecendo novamente à frente. Alice pensou nas histórias que tinha ouvido, em ratos devorando pessoas nos esgotos, e estremeceu. Elas prosseguiram, devagar, cautelosas, pelo labirinto fedorento. Gradualmente, puderam distinguir um brilho fraco depois de uma curva mais à frente.

Chegaram a uma câmara antiga, parte de uma casa de banho romana, ao que parecia, com pilares e azulejos, envolta em sombras. Uma profunda sensação de desconforto, de que algo estava errado, pairava naquele lugar. Talvez o local já houvesse sido frequentado por algum bando de crianças de rua; o chão estava atravancado com móveis quebrados, caixotes e caixas estranhas e tralhas arrastadas das vielas de Limehouse. Mas velas novas ardiam agora em suportes nas paredes, sua luz dançando ao percorrerem os afrescos bizarros mostrando touros, meninos e mulheres seminus em roupões com dobras.

E no centro da câmara, na cavidade de pedra onde as águas antes formavam uma piscina, havia um homem. Ele estava deitado, coberto por mantas, em um divã verde desbotado, ao lado de uma mesinha e de uma coleção de jarras e frascos e coisas do gênero. Ele estava doente; lentamente, com esforço, ele virou a cabeça quando elas se aproximaram.

Era Jacob Marber.

Alice imediatamente sentiu medo. O ferimento na lateral de seu corpo ardeu de dor.

— Margaret Harrogate — disse ele suavemente.

Sua voz era como um mel escuro e, quando ele falou, um sussurro pareceu ecoar na escuridão cavernosa em torno deles. Ele olhou para Alice, expondo os dentes fortes, e havia uma estranheza no gesto.

— Ah. É a Alice? — perguntou ele, como se se conhecessem.

Ela estremeceu, levando a mão involuntariamente ao lado do corpo. Não estava acostumada a ter medo, e isso a deixou irritada; e por causa de seu medo, ela se obrigou a observá-lo cuidadosamente.

As sombras se repetiam em seus olhos. Essa foi a primeira coisa que ela viu. E ele parecia seguro de si, até demais, satisfeito com a própria esperteza. Essa foi a segunda coisa. Ele usava um terno preto manchado, a gravata bagunçada, o colarinho aberto, como um cavalheiro voltando de uma noitada na sarjeta. Um chapéu de seda estava virado para cima na almofada ao lado dele, luvas dobradas perto do chapéu, o lenço preto que geralmente escondia seu rosto dentro da copa. Alice conhecia sua silhueta do cais do Porto de Nova York. Sua barba era preta e bem cuidada e espessa como a de um pugilista, e os olhos eram bonitos, com longos cílios. A pele, porém, era cinzenta e velha — muito mais velha que sua idade — e ele tinha o pescoço fino e as bochechas encovadas, como se não comesse fazia muito tempo. Alice olhou ao redor, para os pilares envoltos em sombras e para as velas em seus suportes, mas não viu Coulton nem Walter nem qualquer outro. Se o chaviato estava em algum lugar ali, ele também havia deslizado para a escuridão e desaparecido. Muito deliberadamente, ela tirou o revólver do bolso, engatilhou-o e o apontou para o rosto do homem doente.

— Ah — repetiu ele.

Isso foi tudo. Se estava com medo, ele não deu nenhum sinal.

— Nós vimos Coulton — disse ela. — Vimos o que você fez com ele.

Os olhos de Marber cintilaram.

— E o que foi que eu fiz? Ele estava morrendo. Eu o salvei.

— Você o *matou*.

— E, no entanto, ele está aqui, andando ainda nesta terra. Dificilmente se poderia dizer que está morto, Alice. — Os pulsos e as mãos de Marber estavam cobertos de tatuagens que pareciam se mover à luz das velas. — Há muitas coisas que você não entende, receio. Eu não sou seu inimigo. Não desejo que haja violência entre nós.

A Sra. Harrogate estendeu a mão e gentilmente, mas com firmeza, baixou o revólver de Alice. Suas facas haviam sido guardadas.

— Muito menos nós — disse ela.

— Eu, sim — disse Alice.

Mas a Sra. Harrogate apenas dobrou as saias e sentou-se em uma das cadeiras, segurando a bolsa no colo, em posição vertical, e depois de um longo momento, Alice, contrariada, se sentou também. Manteve o Colt Peacemaker ao lado da coxa, o cano apontando sombriamente para o coração de Jacob Marber.

Ele havia fechado os olhos com força, a escuridão vazando de seus cantos.

— Você está surpresa de me ver tão mal, Margaret. Imagina que é por causa da criança. O que aconteceu no trem. Mas está errada.

— Talvez — disse a Sra. Harrogate. — Talvez.

— Meu corpo enfraquece porque eu fico mais forte.

A Sra. Harrogate não disse nada por um longo momento. Então ela replicou:

— Seu corpo está fraco por causa da *drughr*. E seu espírito está fraco por causa da *drughr*. No fim, ela vai consumir você, como consome tudo o mais. Essa é a natureza dela. Você simplesmente não vê.

Uma centelha atravessou o rosto de Jacob, e se foi.

— Não estou fazendo isso por mim — disse ele com toda a calma.

— É óbvio que não. Está fazendo pela *drughr* — retrucou a Sra. Harrogate. — Pela *drughr*, e somente por ela. Você só não se dá conta disso. Está sendo útil por um tempo, mas essa utilidade vai terminar. O que vai acontecer com você, eu me pergunto, assim que sua mestra puser as mãos na criança?

— A *drughr* não é minha mestra.

— Ah, Jacob. — E havia tamanha piedade na voz da Sra. Harrogate que Alice virou o rosto para ela.

E viu então, lentamente, materializando-se e saindo das sombras, pálido como fumaça, a forma branca de Frank Coulton. Ele ficou parado na abertura do túnel, os dedos longos semelhantes a garras ao lado do corpo.

A voz de Jacob Marber era suave.

— Onde estão os abre-caminhos, Margaret?

Surpresa, Alice olhou para trás.

— Os abre-caminhos — repetiu a Sra. Harrogate lentamente.

Ela parecia estar considerando o que dizer a seguir e Alice pensou que ela alegaria ignorância, mas não foi o que fez.

— Os abre-caminhos não têm nenhuma utilidade para você, Jacob. Mesmo que eu os tivesse. O que não é o caso. A criança está protegida pelo glífico.

— Ah. Mas isso não vai durar para sempre. — Marber passou a mão lentamente pelo rosto, cansado. Uma fuligem preta e fina soltou-se dele com o gesto. — O glífico está fraco. Berghast vem fazendo uso dele por tempo demais, drenando-o. Você sabe o que ele deseja, não é? Por que ele está fazendo tudo... isso? — Marber fez um gesto com a mão, como se o fato de estarem nessa câmara fosse obra de Berghast. Ele baixou a voz. — O nosso bom Sr. Coulton já fez uma visita ao Sr. Fang. Portanto, sei que os abre-caminhos estavam na posse daquela ama de leite. E sei que você a escoltou até Londres e a escondeu, até mesmo de Berghast. Eu sei de muitas coisas, Margaret, mas, principalmente, eu conheço *você*. Que outro objeto você poderia ter adquirido que a faria se julgar capaz de me confrontar? — Ele dirigiu a ela um sorriso breve e infeliz. — E, no entanto, ainda assim... por que você arriscaria? É isso que eu não entendo.

A Sra. Harrogate cruzou os braços, as facas pretas compridas brilhando desajeitadas sob seus cotovelos.

— Você se superestima — disse ela. — Não estamos em Londres por sua causa.

Mas Marber continuou com sua voz suave e monótona, sua mente se revirando como água.

— Não entendo por que Berghast permitiria que você se precipitasse numa coisa dessas. A menos que o tempo fosse uma questão crucial...

— Eu venho por vingança, Jacob — disse a Sra. Harrogate, como se para pôr um ponto final no assunto.

Mas ele não se deixou convencer.

— Acho que não. Acredito que eu seja mais útil agora. Por quê? — Ele voltou o intenso olhar negro para a Sra. Harrogate. Alice podia sentir a ameaça como uma vibração na própria pele. Lentamente, os olhos dele se iluminaram. — Ah — murmurou. — Certamente que não... Certamente que isso... não...

— Certamente não o quê? — perguntou a Sra. Harrogate, quase sem querer.

Marber lançou a Alice um olhar superior, como se estivessem em um jogo e ele houvesse solucionado um enigma. Então ele se voltou para a Sra. Harrogate.

— É porque o glífico finalmente está morrendo, não é? Logo Cairndale estará indefeso. O *orsine* vai se romper. Não haverá como fechá-lo novamente.

— Você está louco — sussurrou a Sra. Harrogate.

Marber inclinou-se para a frente.

— Em absoluto — sussurrou ele de volta.

Mas Alice pôde ver também, escrito claramente no rosto da mulher, o mesmo que Marber tinha visto: ele não estava errado. Alice não sabia o que isso significava, o glífico moribundo, não mesmo, mas a intensidade desse fato era clara. Era como se a Sra. Harrogate estivesse se dando conta também, simplesmente juntando peças em sua mente, do que Berghast escondera dela. Ela parecia devastada.

Alice correu os olhos pela câmara. Só havia uma entrada; eles se encontravam no subsolo; e Coulton estava bloqueando a saída. A dor em suas costelas acendeu-se como se em resposta ao seu medo. De repente tudo fez sentido.

— É uma armadilha — murmurou ela, levantando-se, o barulho de sua cadeira ecoando nas sombras. — Ele sabia que viríamos. Ele nos *atraiu* até aqui, ele *queria* ser encontrado.

— Certamente — disse a Sra. Harrogate com toda a calma.

Nesse mesmo momento, Alice ergueu a arma.

Ela pretendia acertar o olho dele. Ela havia atirado em muitos homens em sua vida; era rápida, precisa e mortal. Mas, quando recuou para ajustar a posição, viu a expressão de Marber mudar em um lampejo, de malícia para perplexidade, e em seguida para um sinistro entendimento.

E então algo extraordinário aconteceu. Ele fez um movimento casual com a mão, como se estivesse espantando uma vespa, e o pulso de Alice fez o mesmo em resposta. O choque a fez cambalear — o impacto daquilo, a *violação*. O revólver saltou de sua mão, deslizando para a escuridão.

Marber a olhava muito sério. Sua própria mão ainda estava suspensa. Ele virou o pulso e o pulso de Alice virou também. Ela sentiu aquilo, horrorizada, viu acontecer, mas era como se fosse o pulso de outra pessoa, como se estivesse acontecendo em uma performance, em um palco. Uma repulsa súbita e feroz tomou conta dela.

Marber parecia paralisado, hipnotizado.

— Como isso é possível? — sussurrou ele, levantando-se lenta e dolorosamente e ficando de pé. Parecia tão pálido, tão doente.

Coulton continuava entre os pilares, branco, sem pelos, imóvel.

— É claro. O trem. Meu pó.

— Me. Deixe. Em paz! — Com grande esforço, contraindo o maxilar, Alice conseguiu fechar a mão e forçá-la para junto do corpo. Era como se estivesse empurrando uma imensa parede de ar. O esforço a deixou trêmula.

Lentamente, o punho de Marber baixou em resposta, como se contra a vontade dele. Sua expressão tornou-se sombria; de repente ele a liberou, e a conexão entre eles foi cortada.

Ela cambaleou para trás, ofegante, a cabeça girando.

— Interessante — sussurrou Marber, estudando-a. — O que é isso em seu pescoço?

Alice sentiu um medo repentino e levou a mão ao cordão de couro, aos abre-caminhos pendurados ali. A Sra. Harrogate começou a falar, mas Marber simplesmente ergueu a mão em sua direção e ela ficou em silêncio. Seus braços estavam rígidos ao lado do corpo e ela arqueava o pescoço, virando a cabeça em um círculo hesitante, engolindo em seco, desconfortável, uma poeira preta rodopiando ao seu redor.

— Alice — murmurou ele. — O que você me trouxe?

Ela viu a Sra. Harrogate lutando para respirar. Uma grossa corda de poeira começou a se enrolar em torno de seu pescoço, segurando seu corpo com firmeza, fazendo com que ela ficasse na ponta dos pés. Seus dedos tentavam pegar as facas, incapazes de soltá-las.

— Deixe-a — gritou Alice. — Deixe-a em paz!

Marber, porém, com toda a calma, apenas caminhou até ela, até Alice, e com seus longos dedos retorcidos levantou e puxou o cordão de couro, que arrebentou com um estalo. Ele ficou parado muito perto dela. Alice podia sentir o cheiro de poeira em suas roupas. Seus olhos eram totalmente pretos, de maneira que parecia estar olhando para todos os lugares e para nenhum lugar ao mesmo tempo. Mas então ele se virou e se afastou, estudando os abre-caminhos na palma da mão.

Margaret emitiu um ruído gorgolejante, seu rosto escurecendo com o sangue.

— Deixe-a, por favor — implorou Alice.

E Marber, virando-se para trás e lançando um olhar casual para Alice, deu de ombros.

— Como quiser.

De repente, os tentáculos de poeira ergueram a Sra. Harrogate no ar e a arremessaram com toda a força do outro lado da câmara. Ela bateu em um pilar e caiu embolada no chão de pedra. Uma de suas facas deslizou, retinindo, para longe. Seu corpo parecia estranho, dobrado de forma errada. O suctor, Coulton, ainda não havia se mexido. Alice ouviu os dentes dele estalando, estalando.

— Estas coisas — disse Marber, tirando-as do cordão —, estas coisas são bem... incomuns, hein? O que sabe sobre elas, Alice?

Ela podia sentir os músculos apertando em sua garganta. Sua respiração era rápida e superficial. Não estava conseguindo sorver ar suficiente.

Ele a observava com a mesma indiferença cruel e agora era ela quem segurava o pescoço, tentando respirar, sabendo que ia morrer. Ela queria gritar, berrar com ele, feri-lo de alguma forma, mas tudo que podia fazer era cair, pesadamente, de joelhos, arfando. O chaviato, ela estava pensando, onde estava o chaviato? Tentou convocá-lo silenciosamente. Mas não podia fazer mais nada; pois, naquele exato momento, a Sra. Harrogate ergueu a cabeça debilmente do chão, tirou sua pequena pistola prateada da bolsa, apontou para o coração de Jacob Marber e puxou o gatilho.

A câmara explodiu. O barulho agudo do tiro ricocheteou nas paredes antigas. Marber recuou e girou sob o impacto, caindo para trás em uma súbita erupção de pó preto. Os abre-caminhos voaram de sua mão. De repente, o ar voltou aos pulmões de Alice, e ela estava ofegando e sacudindo a cabeça e arfando com o esforço, vendo estrelas nos cantos dos olhos.

— Srta. Quicke! — gritou a Sra. Harrogate. E arremessou a outra faca deslizando pelo chão.

Alice tinha virado a cabeça a tempo de ver a faca vir girando em sua direção, e de ver Coulton disparar, saltando para a frente, os longos dentes estalando, as garras raspando no chão de pedra. E ela se agachou, pegou a faca e se levantou para recebê-lo.

Coulton!, ela estava pensando, a cabeça girando. *Frank!*

E naquela massa de fumaça: Jacob Marber. Não seria possível lutar contra ambos. Ela e a Sra. Harrogate morreriam.

Mas então, em um borrão, o chaviato surgiu entre eles. Onde ele estivera se escondendo, Alice não imaginava. Ele voou entre os pilares em seus velozes pés felinos, a única pata branca brilhando, e pareceu crescer em tamanho enquanto corria entrando e saindo das sombras, agora tão grande quanto um cachorro, agora tão grande quanto um leão, de alguma forma com muitas pernas, e então ele se chocou com Coulton, arremessando-o, sem peso, para trás, contra os afrescos distantes e se lançando de lado, em suas costas, rosnando e cravando as presas enormes no ombro dele, dilacerando-o sob seu corpo, sem ainda desacelerar, mas tornando a saltar, seguindo para Marber, ainda crescendo, agora com seis patas, agora com oito patas, uma criatura de escuridão, pesadelo e fúria.

Tudo isso aconteceu tão rápido que Alice mal teve tempo de ajustar os dedos nos anéis do cabo e levantar a faca comprida à sua frente.

E então o chaviato já havia mergulhado na espiralada nuvem de pó onde Marber se encontrava, e Alice virou-se a tempo de ver Coulton — a coisa que um dia fora Coulton — erguer-se da escuridão, sujo de seu próprio sangue, agachar-se com as pernas retorcidas e pular em cima dela.

Ela caiu para trás com tudo, golpeando de forma rápida e violenta com a lâmina. Precisava manter Coulton à distância, então o segurava com seus braços esticados. O fogo da vela capturou as estranhas órbitas opacas de seus olhos, cintilou em seus longos dentes amarelos. Ele sibilava e rosnava, e ali não havia nada do homem que ela conhecera, nada do homem que aprendera a admirar.

E então ela se inclinou demais, tentando cortar-lhe a barriga, e as garras dele alcançaram seu ombro e rasgaram a lateral de seu pescoço.

Em um instante, ele estava em cima dela. Uma parte sua estava ciente da Sra. Harrogate, do outro lado da câmara, ensanguentada, arrastando-se e apoiando-se em um pilar. E a nuvem escura onde o chaviato e Marber lutavam se adensou no ar, e se abriu, e ela viu o chaviato enganchar uma garra na boca de Marber e puxar, abrindo em sua bochecha um rasgo grande e irregular, de modo que seu rosto escureceu de sangue e, através do buraco, ela pôde ver os dentes em sua boca, como em uma caveira. Ele berrou de dor.

Mas foi principalmente a estranha sensação do tempo em câmara lenta que chamou a atenção dela, enquanto Coulton baixava a cabeça, tentando morder seu pescoço, seu rosto, e ela o agarrou com uma das mãos e cravou a faca comprida repetidamente na lateral do corpo dele, no braço, nas costelas, no pescoço, tentando firmar a mão no sangue escorregadio.

Mas Alice não estava sozinha; sentiu novamente um peso enorme e poderoso quando algo, alguma criatura, colidiu com Coulton, arremessando-o no chão. Era o chaviato, ofegante, as longas presas estalando, suas muitas pernas flexionadas, prontas para saltar.

Ela viu Marber, estirado no chão. E viu a Sra. Harrogate, rastejando com os antebraços em direção a ele, empunhando uma das facas. Lentamente, em meio a uma névoa de dor, Alice começou a compreender que elas poderiam sobreviver, que poderiam até destruir Marber e Coulton. O chaviato talvez tivesse sucesso.

No entanto, algo mais aconteceu, algo... horripilante.

As velas nos suportes se apagaram, uma após a outra, como se alguma presença invisível estivesse seguindo ao longo das paredes daquela câmara. Uma por uma elas se apagaram.

E então uma fenda de luz cinzenta, como uma incisão no ar, lentamente apareceu. E foi se alargando, como uma ferida. Deslizando para fora daquele buraco rasgado saiu uma coisa, um monstro, uma criatura de pura e absoluta escuridão. A única luz que restava na câmara era a luz do lampião emborcado no chão, e em seu feixe de luz Alice viu o horror se elevar a três metros e meio de altura, os ombros esmagados contra o teto; os braços eram um borrão de fumaça, de modo que Alice não podia ter certeza se eram quatro, se eram seis.

Aquela era a *drughr*.

E então ela gritou. A *drughr* gritou e o som era o som da morte, da dor, do terror absoluto. E o chaviato rugiu, desafiando-a, e saltou à frente, e então Alice não pôde ver mais nada, somente a escuridão; mas podia ouvir o choque, os ruídos e os gritos das duas criaturas que lutavam, um som de metal se chocando com metal. Ela tateou debilmente em busca da faca, e em seguida rastejou até o lampião, abrindo bem a portinhola. Então o voltou para a câmara.

O ar estava espesso com uma poeira preta e sufocante. Ela não conseguia ver a Sra. Harrogate. Mas viu Marber de pé, a mão cobrindo o rosto, o sangue preto escorrendo por entre os dedos. Ele tinha algo na outra mão fechada, e a trazia junto de si. Alice o viu entrar no buraco prateado no ar. Então Coulton, ensanguentado e cambaleando, o seguiu.

A *drughr* havia agarrado o chaviato pelo pescoço e o torcia para um lado e para o outro, sacudindo-o, gritando. Alice procurou sua arma, tentando encontrá-la em meio à fumaça. Mas a *drughr* se elevou a um tamanho terrível e arremessou o chaviato contra um pilar distante de tal modo que as paredes estremeceram, nuvens de pó despencaram em torno deles e a escuridão desceu.

E então também a *drughr* fugiu pelo rasgo que fizera no tecido do mundo, e o buraco prateado se fechou como uma boca.

Seguiu-se um silêncio longo e profundo, no qual Alice voltou a mergulhar, exausta.

* * *

Então veio uma escuridão.

Uma escuridão maior.

Depois: movimento.
Dor, crescendo em seu peito. Alice tossiu, levou a mão ao lampião. Por alguma razão, a vela ali dentro não se apagara e ela o virou, voltando a luz na direção da Sra. Harrogate. O vestido da mulher estava branco de poeira, seu sangue era de um vermelho vibrante nos cabelos, nas mãos e nas costelas. Alice rastejou até ela, pôs-lhe a cabeça no colo.

A Sra. Harrogate olhou para ela com uma careta.

— Você... está... horrível.

Alice deixou escapar um soluço com sangue.

— Certo — disse, em meio a lágrimas e secreção. — E a senhora parece pronta para a droga da ópera.

— Minhas pernas... — Ela arquejou e umedeceu os lábios. Estava tentando levar a mão aos joelhos. — Não consigo sentir minhas pernas.

Alice olhou para elas, estranhamente retorcidas em meio ao pó. Ela piscou, tentando limpar o sangue dos próprios olhos.

— A senhora vai ficar bem — disse. — Só precisamos tirá-la daqui. Vamos encontrar um médico.

Mas já sabia que não havia conserto. A Sra. Harrogate balançava a cabeça.

— Não era para ele estar aqui, não devia ter conseguido... Eu não entendo...

— Aquela era a sua *drughr*, imagino...

Alice ouviu então um miado suave e viu o chaviato sentado ali perto. Ele voltara a ser apenas um gato preto. O bichano virou os quatro olhos cintilantes para ela, estreitando-os, então olhou em outra direção, entediado. Em seguida, no gesto mais dramático que se pode imaginar, como se o mundo inteiro estivesse observando, ele levantou calmamente uma pata e começou a lambê-la com a linguinha rosada.

A mulher mais velha levantou a cabeça de repente, os olhos brilhantes.

— Os abre-caminhos, eles estão...?

Alice desviou o olhar, lembrando. Então se levantou dolorosamente, escombros estalando sob seus pés, e com o lampião ela procurou nas sombras.

Cambaleou até onde a porta de prata no ar tinha estado e então começou a cavar com os dedos os destroços. Lembrou dos dentes compridos de Coulton tentando alcançar seu pescoço, lembrou da coisa na mão de Marber quando ele fugia. Ela os havia perdido. Havia falhado.

Mas então ergueu um pedaço de parede quebrada. E lá estava um deles, o de ferro, largado no pó como um pedaço de paquímetro quebrado. O de madeira, porém, se fora.

— Então já perdemos, Srta. Quicke. — A Sra. Harrogate balançava a cabeça coberta de sangue. — Sem o outro abre-caminho, você não pode mandar o chaviato embora. Vai perder o controle sobre ele. Nada mais vai poder deter Jacob. Ele ficará esperando o Sr. Thorpe morrer agora. Ficará de olho no glífico. Você precisa recuperar o abre-caminho.

Alice cuspiu.

— Primeiro precisamos sair daqui — disse ela. Não sabia para onde Marber e aquela *drughr* tinham ido, ou se voltariam. Ela não desconsiderava essa possibilidade. — É o que precisamos fazer. Enquanto ainda temos luz para enxergar. Podemos pensar no que fazer com o chaviato mais tarde.

Mas a Sra. Harrogate continuava balançando a cabeça.

— Não, Srta. Quicke — sussurrou ela. — Alice...

Era a primeira vez que a mulher mais velha chamava Alice pelo nome e ela ficou surpresa ao se ver piscando para conter as lágrimas.

— O que foi? — perguntou, rouca.

— Eu não posso. Minhas pernas...

Alice tentou pensar. Olhou para o corpo da mulher, retorcido como um prego ruim, e cerrou o maxilar, determinada. O lampião bruxuleava, prestes a se apagar.

A escuridão veio com tudo.

28

Depois de Amanhã

Pela manhã, Charlie e Marlowe voltaram ao estúdio do Dr. Berghast. Ainda estava cedo; pela janela do quarto, enquanto se vestiam, podiam ver uma névoa pálida pairando sobre a absoluta escuridão do lago e obstruindo a visão da ilha. Dentro do instituto, os corredores estavam sombrios, frios e desertos. Eles não viam ninguém. Os outros alunos ainda estavam dormindo. Enquanto andavam, Charlie levava o anel de casamento da mãe apertado na mão para dar sorte ou consolo, ou talvez apenas por hábito, até que, chegando ao corredor superior onde o Dr. Berghast estaria à espera deles, o garoto passou o cordão pelo pescoço e o enfiou sob a camisa, fora de vista.

Quando eles bateram, de leve, na porta do estúdio do Dr. Berghast, o homem abriu a porta imediatamente, como se estivesse esperando, como se soubesse que voltariam, àquela hora, com aquela determinação. Ele parecia extenuado e abatido; mas seus olhos brilhavam.

— Então — disse ele. — Vocês vão.

Não era uma pergunta.

Ele os deixou entrar. A gaiola onde ficavam os pássaros de ossos estava coberta por um lençol. Na mesa de Berghast havia uma bandeja com pratos de bacon e salsicha, ovos cozidos e bolo amanteigado, ainda fumegando. Eles comeram vorazmente; o Dr. Berghast observava sem falar; e, quando terminaram, ele se levantou e pegou uma lanterna com a vela acesa. Com uma chave estranha, destrancou a porta mais à esquerda na parede leste.

— O Sr. Thorpe está enfraquecendo — disse ele gravemente. — Não podemos demorar.

A porta se abriu para um lance de escadas, que descia numa espiral em direção à escuridão. Eles estavam entre as paredes do Cairndale, descendo, logo se viram embaixo do solar, e por fim emergiram em um túnel subterrâneo escuro. O ar tinha um gosto azedo, e era difícil respirar. O piso do túnel estava escorregadio com a lama e algum tipo de líquido que vazava. O Dr. Berghast ergueu a lanterna e, sem falar nada, começou a andar. O túnel, até onde a luz alcançava, parecia seguir em linha reta infinitamente.

— Aonde estamos indo? — perguntou Charlie. O eco de sua voz soou à frente deles, várias vezes.

— Este túnel leva até embaixo do lago, Charles. Vamos para a ilha.

— Mas o lago é fundo — disse Marlowe.

— Sim, criança. É mesmo. — Berghast não se virava ao falar, apenas continuava a conduzi-los rapidamente adiante. — Exceto onde uma crista singular de pedra conecta a ilha à margem. Estamos andando no interior dela agora. Acima de você é só água.

Charlie engoliu em seco. Ele pensou no peso daquela água, fazendo pressão no teto do túnel, pensou na rocha se partindo e cedendo, e no rugido que o fluxo faria...

— Quem construiu este túnel? — perguntou Marlowe.

— Os mortos, criança. Como fizeram tudo que nos diz respeito.

Eles ficaram quietos então e seguiram caminhando. O único som era dos sapatos chapinhando e raspando no chão, o silvo baixo da vela oscilando em sua própria cera.

Por fim, o túnel pareceu começar a subir um aclive, bem de leve, e o ar ficou mais doce, e então eles chegaram a um segundo lance de escadas. O Dr. Berghast os conduziu até uma velha porta, que ele destrancou, e do outro lado Charlie viu novamente as ruínas do mosteiro. A luz cinzenta do dia era feroz, dolorosa, depois da escuridão lá embaixo. Charlie estreitou os olhos, fazendo uma careta. Eles estavam de pé em uma abside, em um pequeno abrigo, a porta habilmente protegida da visão.

— Venham — chamou o Dr. Berghast.

Ele os conduziu em meio às pedras tombadas e da grama alta até o lado de fora, seguindo até a frente do prédio desgastado pelo tempo. E de novo, laboriosamente, destrancou uma porta pesada, ergueu a lanterna e os conduziu para o interior, deixando a névoa para trás.

No passado, aquele lugar devia ter sido algo como um alojamento para os monges que construíram a ilha: um quarto comprido, sem janelas, tendo em cada extremidade pequenas câmaras nas sombras. O Dr. Berghast os levou rapidamente até uma parede quebrada nos fundos, abaixou a cabeça e passou. Tratava-se de uma escada estreita, esculpida na própria rocha, descendo numa curva até uma espécie de caverna natural.

A luz ali dentro era fraca e azul. A primeira coisa que Charlie percebeu foi uma espécie de zumbido, parecido com uma corrente elétrica de baixa intensidade. Havia raízes projetando-se do chão rochoso, subindo emaranhadas pelas paredes, e arcos de pedra sustentando o telhado; e no centro da câmara via-se uma cisterna funda, feita de pedra, coberta de vegetação. Em um dos lados, havia degraus que levavam ao interior dela. Sua superfície parecia escura, sem reflexos; por fim, Charlie viu que não era água, mas uma espécie de seiva coagulada, engrossando ali. Nas profundezas da cisterna brilhava uma luz azul lúgubre e assustadora. As raízes haviam mergulhado nela, da mesma forma que as raízes de uma árvore crescem em uma poça de água. Charlie prendeu a respiração.

— O *orsine* — disse o Dr. Berghast calmamente, indicando a cisterna. Ele estendeu uma faca pequena e antiquada. — Vocês precisam cortá-lo, para alcançar as águas abaixo.

Charlie pegou a faca com cautela.

— Onde está o glífico?

Berghast ergueu um braço.

— Ah, o Sr. Thorpe está aqui, em toda a sua volta. Tudo isso é uma parte dele. Aquela substância, selando o *orsine*? É uma resina, produzida por suas raízes. Ele se alimenta do *orsine*.

— Temos que cortar isso?

— Sim.

— Não vai causar dor nele?

— Imagino que sim.

Marlowe deu um passo em direção ao *orsine*, então parou. Algo estava acontecendo com suas mãozinhas, e ele as estendeu — elas estavam brilhando; reluziam com o mesmo azul cintilante das águas.

O Dr. Berghast parecia satisfeito. Ele pousou a lanterna no chão, a seus pés, levou a mão ao interior do casaco e tirou um rolo de pergaminho.

— Aqui está uma cópia do mapa — disse ele, ajoelhando-se na poeira para abri-la. — Vocês o reconhecerão da parede do meu estúdio, talvez. Aproxime-se, Charles. No início, vai ser difícil lê-lo. Mas fará sentido quando vocês atravessarem o *orsine*. Aqui estão as salas cinzentas, por onde vocês entrarão. E aqui está a escada morta, e aqui vocês veem o começo da cidade.

— A cidade...?

— A cidade dos mortos. Sim. No terceiro círculo. — O Dr. Berghast apoiou um joelho em um dos cantos para segurar o mapa, liberando assim uma das mãos, e então passou seu dedo longo pelo mapa, até o branco das bordas externas. — Aqui — disse ele — é onde acredito que se localize o Quarto. Era muito longe para os outros irem até lá. Mas não para vocês.

— Espere. Como vamos saber?

— Os espíritos não chegam perto do lugar. Vocês verão uma árvore branca que sangra. Precisam entrar na sala e me trazer o que encontrarem lá. Precisam me trazer a luva. E isto — disse ele, pegando um caderninho com capa de couro e um lápis bem pequeno — é para vocês registrarem o que encontram, aonde vão, tudo. Há algo que ainda não lhes contei. Os talentos que voltavam do *orsine*... eles tinham poucas lembranças da passagem por lá. O que tinham visto ficava confuso, tudo misturado. Começamos a usar esses cadernos para registrar o que eles viam.

Ele colocou o pergaminho, o caderno e o lápis em uma pequena bolsa de tecido, a tiracolo, e a entregou a Charlie.

— Tenham cuidado, vocês dois — continuou ele. — Esse mundo prega peças nos vivos. Vocês podem pensar que estão vendo seus entes queridos, aqueles que perderam, e vão querer segui-los. Muitos se desviaram, ao tentar. Mas são apenas sombras; não são quem vocês amaram e perderam, apenas as lembranças deles. Eles não vão saber quem vocês são.

— Se são apenas lembranças, não podem nos machucar — disse Charlie.

— Os espíritos são muito perigosos — disse Berghast rispidamente. — Quando se reúnem, eles assumem a forma de uma névoa. Vocês não devem se deixar apanhar por ela. Eles são atraídos por movimento, calor, velocidade, qualquer coisa que os faça lembrar da sensação de estar vivo, ainda que brevemente. É uma necessidade pura e absoluta: uma necessidade que devora. Eles vão sugar a vida de vocês. Fiquem longe deles. E não são apenas os espíritos que habitam esse mundo. Lembrem-se de que nosso mundo e esse outro — ele ergueu os olhos para contemplar o *orsine* com um curioso anseio —, cada um é uma casa de muitas portas. Tudo ali está sempre apenas de passagem.

Ele se inclinou para trás e apagou a lanterna de modo que a câmara ficou banhada na luz azul. Seus olhos se encheram de sombras.

— Eu não sei quanto tempo vão poder ficar lá dentro. O tempo se move de forma diferente nesse mundo. Para os outros, com o artefato, eram no máximo algumas horas do nosso tempo. Mas para vocês... um dia? Dois dias? — Ele pareceu crescer na escuridão. — Saibam isto: observem seus dedos, suas mãos. Se a névoa afetar vocês, eles começarão a tremer e perderão a cor. Quando isso acontecer, vocês precisam voltar imediatamente.

— E se a gente não voltar?

— Estarão perdidos.

A superfície da cisterna, que se assemelhava a uma pele, zumbia e brilhava com seu azul misterioso e elétrico, e as mãos de Marlowe brilhavam da mesma forma. E então o menino, que até ali não tinha dito nada, pegou a faca da mão de Charlie, atravessou o chão da gruta, agachou-se na extremidade da escada e cravou a longa lâmina. Uma mancha escura vazou do corte e Marlowe serrou uma longa cruz na superfície. Seu corpo inteiro agora reluzia, brilhante e translúcido.

— Isso — murmurou o Dr. Berghast. — Muito bom.

O menino não lhe deu atenção. Quando terminou, largou a faca no chão e agarrou as raízes como uma espécie de corda e desceu os degraus, entrando na abertura brilhante; sua calça escureceu, depois a camisa, e logo ele estava encharcado até os ombros. E então, com um rápido olhar para Charlie, as águas se fecharam sobre sua cabeça e eles o perderam de vista.

— Jesus... — sibilou Charlie, surpreso. O garoto tinha submergido muito rápido.

Ele correu para a borda, examinando a superfície escura, a luz estranha vindo lá de baixo, mas não conseguia ver nada. Marlowe tinha desaparecido.

— Você precisa se apressar, Charles — disse o Dr. Berghast da escuridão. — Caso contrário, vai perdê-lo. Não se esqueça da faca. Vocês vão precisar dela para cortar o caminho de volta.

Algo no *orsine* fez Charlie hesitar. Não era medo, exatamente. Mas, quando entrou, ele arquejou bruscamente. A água — se aquilo era mesmo água — agarrou-lhe os tornozelos com seu frio. Era quase como se estivesse o segurando. As abas na superfície, que pareciam de couro, dobraram sob seu peso. Ele franziu o rosto, respirou fundo. Não conseguia ver Berghast por causa do azul que brilhava lá embaixo.

— Espere, Mar — murmurou. — Estou indo.

E suas roupas ondularam pelo seu corpo, e ele mergulhou na água que não era água. E depois de um tempo não conseguia mais sentir os pés, nem as pernas, nem as mãos, nem os braços, e ainda assim os degraus desciam, e logo ele não conseguia sentir absolutamente nada.

Respirou fundo. Seu rosto afundou.

Ele submergiu na escuridão.

Os Crimes
de
Jacob Marber

1874

29

Homem, Criança, Monstro

Crepúsculo, sob um céu cada vez mais escuro.

Jacob Marber estava em pé, com uma camisa de botão e colete, num rio lento nos confins da Escócia, observando a luz sumir da água preto-prateada, sabendo que não pertencia àquele lugar, não entre os vivos, não mais. A estranha fumaça concedida a ele pela *drughr* fundia-se em sua pele, uma parte dele, e ao mesmo tempo não, como o sopro dos mortos.

Ele tinha andado tanto tempo pelo mundo dos mortos, mês após mês, que o mundo da humanidade agora lhe parecia estranho. Pequeno, breve demais. Ele não era mais inocente, mas ainda não fizera o pior que viria a fazer. A água em suas coxas era fria, incômoda depois de tanto tempo longe, e a escuridão em sua pele formigava. Ele estremeceu. Esse mundo era deles, pensou. E virou o rosto.

Porque havia encontrado o irmão. Naquele outro mundo, ele o encontrara. Exatamente como a *drughr* tinha prometido. E agora não havia mais como desencontrar, não havia volta, ele teria de conviver com o que vira. Aquele encontro não resolvera nada. Não restabelecera nada. Como uma ondulação no ar, como uma tristeza fechando-se em si mesma, Bertolt viera até ele à beira da escuridão três vezes, durante três noites, invocado pelo pesar do próprio Jacob. Ainda tinha a aparência de um menino da idade com que morrera, as bochechas pálidas e suaves, o cabelo escuro sem cor, e Jacob caíra em prantos ao ver o rosto que tinha amado e que não esperara voltar a ver. Ele havia implorado, apelado, contara histórias da infância dos dois em Viena, das freiras no orfanato, da fábrica, de seus dias nas ruas.

E, na terceira noite, contara em voz baixa a história da morte do próprio Bertolt, vislumbrando por um momento uma faísca de reconhecimento. Mas então ela se foi, tão rápida quanto surgira, e o irmão apenas oscilou, uma onda no ar, os olhos vazios.

E a *drughr* lhe disse: *Ele esqueceu você; é tarde demais. Não há como salvá-lo agora.*

Jacob respirava suavemente, recordando. Do ponto onde se encontrava no rio, podia ver a estrada e a ponte no crepúsculo. Estava atento a qualquer sinal de perseguição, mas não havia nada, ninguém. Ninguém tinha encontrado a carruagem no meio das árvores, os cavalos mortos, o cocheiro morto. Ninguém viria.

Ele saiu do rio, as calças coladas ao corpo, geladas. A sobrecasaca estava pendurada num arbusto. Ele levantou o rosto ao ouvir uma voz conhecida dentro da própria cabeça.

Está quase na hora, Jacob. Está preparado?

Na margem coberta de lama, a *drughr* encontrava-se agachada, à semelhança de um animal selvagem, não na forma em que ele a conhecera, não uma mulher bonita e pálida, mas uma criatura de sombra — enorme, peluda, com presas. Ela fitava seu próprio reflexo na água, fascinada.

Atrás dela, abraçadas no mato baixo, estavam as duas crianças que ela pedira. As duas crianças que ele trouxera para ela. Ele podia sentir a avidez dela.

— Não existe outra maneira? — perguntou ele baixinho.

Ela não respondeu.

As crianças tinham talvez treze ou quatorze anos — um menino e uma menina, talvez irmãos — interceptados no caminho para o Cairndale. Eram talentos, é claro. Localizados e mandados para o norte pela Sra. Harrogate, em Londres, exatamente como ele costumava fazer, como fizera com a menina japonesa, Komako, a artífice do pó, e a menina de rua invisível. Ao lembrar-se delas, sentiu uma leve pontada de arrependimento, de tristeza. Que logo passou. Deliberadamente não perguntara o nome dessas crianças nem nada sobre elas. Não queria ter conhecimento de nada. Sabia que ficaria nauseado ao vê-las, sabendo o que a *drughr* faria com elas. Mas não ficou. Elas pareciam curiosamente insubstanciais, como se ele pudesse ver o tempo passando através delas, como luz, como se estivessem prestes a se dissolver a qualquer momento. De fato, ele tinha ficado tempo demais naquele outro mundo.

Agora, estava ligado à *drughr*. Ela era parte dele, como ele era parte dela. Era assim que ele via a situação. Conseguia sentir os desejos, os temores dela, como se fossem seus, ou quase, como se fossem o lado sombrio de seus próprios anseios. Por exemplo, ele sentia a fome crua dela pelas duas crianças, pelo poder de seus talentos. Ela não era forte neste mundo. Ainda não. Ela absorveria as duas crianças, alimentando-se delas. Ela as drenaria. Depois, faria o que precisava fazer: enfraquecer as proteções do glífico no Cairndale, para que Jacob pudesse tirar o bebê de lá.

Tem certeza de que consegue entrar?

— Já providenciei tudo — respondeu ele.

A criança é tudo, Jacob. Você tem de trazê-la para mim. Não pode falhar.

Jacob a olhou nos olhos e fez que sim.

A criança, o bebê. O menino sem nome, o menino que brilhava. A criança que Henry Berghast tinha roubado e agora mantinha no Cairndale, trancada, para usar, como Jacob temia, para seus propósitos sinistros. Ele não sabia tudo o que aquela criança podia fazer, mas sabia o suficiente para temer que sua vida seria horrível, e, embora lhe restasse muito pouco de sentimentos humanos, ficara com pena do bebê, sofrera por ele, pegara-o no colo, acariciara seu rosto macio e sentira uma afinidade, algo próximo do amor, e pensara: Você é como eu. Somos iguais. E então ele prometera ao bebê, naquele momento, que ele não teria uma infância sofrida como a do próprio Jacob.

A *drughr* não sabia de nada disso. E Jacob tinha medo, medo de que ela descobrisse o que ele realmente pretendia, sua traição, e tinha medo também de fracassar, e do que aconteceria com o bebê e com ele mesmo.

Pois Jacob não planejava levar o bebê para ela de jeito nenhum. Ele sequestraria o menino que brilhava e o levaria para longe, para bem longe, para algum lugar onde ninguém pudesse machucá-lo, nem Berghast, nem a *drughr*, ninguém.

O céu escureceu. A hora se aproximava. No crepúsculo, a *drughr* se virou para as crianças. Elas estavam abraçadas, fitando-a, aterrorizadas. Já estavam roucas de tanto gritar.

Vá agora, disse ela a Jacob, dispensando-o. *Vou interromper as proteções pelo tempo que puder.*

Ele foi.

Não houve gritos nem choro das crianças. Mas, enquanto se afastava do rio, seguindo para o Cairndale e para o bebê que lá estava, Jacob ouviu o som molhado e dilacerante da *drughr* se alimentando.

* * *

Em um quarto grande e bem equipado que dava para o lago profundo, na ala leste superior do Solar Cairndale, soou uma batida à porta. A ama de leite se levantou do banco junto à janela e se afastou do berço que balançava. Ela mesma, em muitos aspectos, ainda era uma menina. Abotoou a blusa. Os seios doíam, pesados de leite, e ela hesitou, cansada, enfiando os cabelos pretos sob a touca. Esses cabelos que até recentemente eram a inveja das meninas da aldeia. Ela sabia que agora o bebê dormiria até que ela mesma dormisse, e então ele acordaria e gritaria e só se acalmaria quando ela percorresse novamente todo o quarto, cantarolando para ele. Mas, ainda assim, era uma coisinha doce e querida. Ela puxou as cortinas ao redor do berço, e do bebê que dormia quentinho ali dentro. Seu nome era Susan Crowley, e ela trabalhara nas cozinhas do Cairndale até um ano antes, quando engravidou. De um aprendiz de leiteiro lá do vale, que era casado; e, embora ela tivesse feito o possível para se livrar da gravidez à moda francesa, nada tinha funcionado, e ela levara a gravidez até o fim. E então dera à luz e, na mesma hora, se apaixonara pela filhinha; e, naturalmente, ela lhe fora tirada, levada pelo bom Deus como uma espécie de castigo. Pois aquela menininha dormia agora num cemitério em Aberdeen, morta por uma febre fazia nove meses, e por muito tempo depois Susan chorou até dormir todas as noites, o que às vezes ainda acontecia, embora tivesse sido contratada de novo ali no instituto, e com muita sorte, contratada havia sete meses como ama de leite de um menino abandonado.

Um menino diferente de todos os outros.

Ah, ela o vira reluzir com aquele estranho e lindo brilho azul, é claro. Não sabia o significado nem a causa. Mas não vira nenhum mal, nenhum perigo nele. Somente beleza. Mas ela percebera o modo como o Dr. Berghast olhava o bebê, o medo e o fascínio tremulando em seus olhos, e então soubera: aquela criança era especial.

A batida na porta se repetiu, de leve.

Era o Dr. Berghast. Ele estava parado no corredor, as arandelas lançando sombras em seu rosto curtido. Por um longo momento, ficou parado, olhando para ela. Ela não gostava do homem, nunca gostara. Não eram só seus olhos cinzentos, a luz da lareira duplicando dentro deles ou o jeito estranho como seguiam a pessoa pela sala. Era outra coisa também, alguma parte indistinguível dele, como um aroma, um aroma de sombria suspeita.

Ela ficou de lado quando o homem entrou e pegou o chapéu da mão que ele estendeu.

— Então ele está dormindo — disse Berghast, passando a palma da mão pela barba branca, alisando as suíças.

— Sim, senhor — disse Susan com uma reverência.

Ele passou por ela. Henry Berghast era alto, de compleição forte, vestia-se de forma impecável. Usava as suíças muito brancas compridas, e o cabelo caía sobre o colarinho numa moda antiga que Susan vira às vezes, quando menina, no avô e amigos. Ela sabia que ele era velho, bem mais velho do que parecia, embora não soubesse sua idade. Era um homem da ciência, era verdade; nada menos que um médico; mas era também um homem de predisposições sombrias, com sensibilidade para o impossível, como todos em Cairndale. Não se podia morar no instituto sem ver o que não deveria ser visto e entender a natureza do que acontecia.

De onde exatamente viera o bebê, Berghast não disse. Mas ela ouvira boatos, partes de histórias, e sabia que tinha algo a ver com o artífice do pó de quem ninguém falava, o tal Marber, que amedrontava os velhos talentos. Não havia nenhum outro bebê no Cairndale, nunca houvera; o talento mais jovem depois do bebê tinha nove anos, e já conseguia cortar a carne do seu prato e fazer a própria cama.

Devagar, o Dr. Berghast abriu a cortina e ficou parado junto ao berço. Olhava o bebê que ali dormia. Dera ao menino seu próprio nome — Henry —, mas nunca o chamava assim, nem tampouco ela, no mínimo porque achava que não combinava com o bebê, por ser o nome de um homem de grande ego e severidade, e que mais parecia um selo de propriedade do que o nome de alguém.

— Quer pegá-lo no colo, senhor? — perguntou ela.

Mas havia maldade em sua pergunta, e ela tinha consciência disso, porque já conhecia a resposta. O Dr. Berghast nunca pegara o bebê no colo, nem mesmo o tocara, e houve uma rápida expressão de alarme no rosto dele quando entendeu suas palavras. Então ele se virou.

— A criança parece saudável, Srta. Crowley — murmurou ele. — A senhorita está se saindo bem. Fico agradecido.

— Obrigada, senhor.

— Não deve ser fácil ficar aqui só.

— Acho que ele não se importa, senhor.

— Eu me referi a você, Srta. Crowley.

Fosse outra pessoa a dizer uma coisa dessas, ela teria achado que, na melhor das hipóteses, era uma gentileza e, na pior, um atrevimento; mas com o Dr. Berghast ela sabia que não se tratava de nada disso, era apenas a constatação de um fato.

— Ah, não é nenhum sacrifício, senhor. Gosto da companhia do bebê.

— Hum. — Ele ficou mais um momento olhando a criança. Ela não conseguia ver seu rosto. — Meu menino — sussurrou.

Então, ele se retirou para a antecâmara.

Ela o seguiu.

— A Srta. Davenshaw me disse que você está precisando de mais carvão e velas... — disse ele quando a cortina estava novamente fechada e eles se encontravam longe do bebê adormecido. — Vou providenciar para que tragam. A criança precisa ficar aquecida, sim. Ela também me disse que a senhorita não está comendo.

Susan corou.

— Estou bem, senhor. Só um pouco cansada. É de se esperar.

Ele fez uma careta.

— Preciso lhe dizer uma coisa, Srta. Crowley. A decisão acabou de ser tomada, mas acho melhor que saiba já.

Os olhos cinzentos de Berghast cravaram-se nos dela, e ela desviou o olhar.

— A criança não pode ficar aqui, em Cairndale. Ela terá de ser mandada para longe. Gostaria que a senhorita fosse junto, caso esteja disposta.

Ela ergueu os olhos.

— Mandada para longe? Mas ele ainda é muito novinho, Dr. Berghast...

— Não há nada que se possa fazer. Já escrevi diversas cartas pedindo informações e só estou aguardando as respostas. Tenho dois destinos possíveis. Eles são... remotos.

— Mas... por que, senhor?

Ela observou o Dr. Berghast ir até a janela, separar as cortinas de musselina com uma das mãos e fitar a escuridão que se acentuava. Ela não tinha acendido nenhuma vela, e se movimentou agora para fazê-lo.

Foi então que ele falou.

— Porque a criança não está segura aqui, Srta. Crowley — disse, bem baixinho. — Ela não está segura em lugar nenhum. Precisamos escondê-la antes que venham buscá-la.

Ela o encarou de repente.

— Quem está vindo buscá-la, senhor?

Mas a essa pergunta ele não respondeu.

Naquele mesmo momento, no saguão inferior do Cairndale, Abigail Davenshaw estava sentada, ereta e rígida, numa poltrona, as mãos unidas no colo, escutando o relógio tocar em um dos cantos. Havia quase uma hora que esperava a carruagem de Edimburgo, a carruagem que estava trazendo seus dois novos pupilos.

Chamavam-se Gully e Radha, eram gêmeos, e tinham percorrido uma grande distância para chegar ao instituto. Ela só sabia o que a Sra. Harrogate lhe dissera ao chegar: vinham de Calcutá, comprados pelo Sr. Coulton de um vendedor de especiarias, e não entendiam quase nada de seus talentos.

A Sra. Harrogate os vira em Londres, na manhã em que chegaram; a bagagem se atrasara na alfândega de Gravesend, e o Sr. Coulton concordara em acompanhá-los até o trem quando as malas finalmente fossem entregues.

Como regra geral, Abigail Davenshaw não gostava que as crianças viajassem desacompanhadas — não se deve convidar o problema para vir à sua casa, como diria seu avô —, mas fora feito assim antes do seu tempo em Cairndale, e nunca acontecera de uma criança se perder nem se atrasar, e portanto quem era ela para exigir a presença de um acompanhante?

Ela ergueu o rosto, ouvindo o som de saltos vindo suavemente em sua direção.

— Sra. Harrogate — disse ela.

— Srta. Davenshaw — respondeu a mulher mais velha. — Estou procurando o Dr. Berghast. Ele não passou por aqui? — Ela fez uma pausa. — O que foi? Os novos? Eles ainda não chegaram?

Abigail Davenshaw inclinou a cabeça.

— Como a senhora pode ver.

— Bom, tenho certeza de que a carruagem logo chegará. É o Sr. Bogget, afinal de contas. Ele traz os novos de Edimburgo desde... bom, desde a época do meu falecido marido. E até hoje não falhou conosco. Talvez tenha havido algum problema na estrada ou com os cavalos. Ele chegará. Tenho confiança.

— Hum — respondeu ela. Porque a Sra. Harrogate não soava confiante de forma alguma, não aos ouvidos treinados de Abigail Davenshaw.

Um silêncio longo e desagradável se passou. Ouviu-se o rumor distante das crianças em disparada pelo corredor lá em cima. A mulher mais velha fungou, e então Abigail Davenshaw sentiu uma mão em sua manga.

— Quanto tempo estão atrasados?

— Cinquenta e seis minutos.

— Ah. — A Sra. Harrogate pigarreou. — Onde está o Sr. Laster? Não está na guarita junto ao portão, acabei de vir de lá. Se houver alguma notícia, ele a terá recebido.

— Não houve nenhuma notícia, Sra. Harrogate. A carruagem está simplesmente... atrasada.

Abigail ouviu o aço na voz da outra mulher quando ela respondeu.

— Você pode optar por esperar notícias, Srta. Davenshaw — disse ela. — Mas eu não vou ficar sentada à toa, sem fazer nada. Vou procurar o Sr. Laster e informá-la se houver alguma notícia.

Abigail Davenshaw inclinou a cabeça. Um silêncio longo se seguiu.

— Boa noite — disse a Sra. Harrogate, por fim.

— Certo.

Abigail virou o rosto quando os passos da mulher atravessaram o saguão, saindo do prédio e seguindo para o pátio, em direção à guarita de Walter Laster mais além. Sua respiração estava calma. Somente quando a porta da frente se fechou com estrondo, e ela teve certeza de que estava sozinha, é que se permitiu uma careta rápida e infeliz.

A carruagem nunca se atrasava.

Impaciente, Walter Laster fechou a porta da guarita e a trancou bem. Então atravessou o pátio com passos apressados até a entrada de serviço, lançando olhares cautelosos à sua volta. Estava escurecendo.

Ninguém o viu sair. Ele estava de olho naquela mulher de Londres, a tal Harrogate, a de preto com o rosto coberto pelo véu, que parecia observá-lo o tempo todo. Como se ela soubesse. Na entrada de serviço, ele fez uma pausa, enfiando rapidamente um lenço na boca para abafar a tosse. Sentiu um espasmo de dor no corpo. Quando tirou o pano, mesmo à luz fraca que vinha do solar, pôde ver os respingos de sangue. Havia gosto de ferro em sua boca.

A carruagem que viria de Edimburgo não tinha chegado. Esse era o sinal. Seu coração batia com força e ele balançou a cabeça de leve enquanto girava o chaveiro, procurando a chave certa. Precisava se apressar. Se tudo corresse como tinham lhe dito, então Jacob viria em menos de uma hora.

Finalmente, achou a chave que procurava, enfiou-a na porta da entrada de serviço e apurou os ouvidos, tentando escutar. Não havia ninguém por perto. Ele se apressou pelos corredores dos fundos, desceu a escada que levava ao frio porão e encontrou o velho lampião que escondera atrás de uma prateleira. Riscou um fósforo e o acendeu de costas para o porão.

Jacob, Jacob. Seu querido e único amigo.

Walter sempre fora pequeno, deformado devido a um acidente na infância, um solitário que sofria por ser sozinho. Tinha cabelos compridos e oleosos, cortados por ele mesmo com uma tesoura que, uma vez por mês, pegava emprestada no barracão do jardineiro, mãos pequenas e dois dentes caídos atrás. Observava com cautela as crianças do Cairndale, mantendo distância delas, pois não gostava do modo como riam perto dele, sabendo as coisas antinaturais que podiam fazer. Mas a maior parte daqueles que habitavam o Cairndale não prestava atenção nele — afinal, ele era apenas o estranho Sr. Laster, que morava na guarita e cuidava de quem chegava e saía do instituto.

Mas Jacob não tinha sido assim, não. Jacob, quando estava em Cairndale, havia se sentido imediatamente atraído para Walter, ou Walter para ele — era difícil saber exatamente — e não era só porque ambos eram diferentes do restante, ou igualmente sem amigos. Não, era um laço mais profundo, não como a amizade, mais como irmãos. Ou assim sempre parecera a Walter.

Quando Jacob sumiu e não voltou, Walter soube que algo ruim tinha acontecido. Viu o tal Sr. Coulton partir num coche para Edimburgo, mal conseguindo ocultar seu desagrado. Talvez o homem tivesse abandonado Jacob, ou até o matado e deixado o corpo em um beco qualquer. Sem dúvida, Coulton era o tipo capaz de fazer isso.

Foi mais ou menos nessa época que a doença se manifestou. Tuberculose. Certo inverno, ele tossiu forte na mão, que ficou molhada de sangue; ele viu e soube o que significava. Mais um ano, mais cinco, não importava. Aquilo iria matá-lo, com toda a certeza.

Mas então vieram os sonhos.

Jacob, falando com ele em sussurros. Visitando-o. Sentado com ele, calmo, gentil. Seu velho amigo, seu único amigo. E prometendo que poderia ajudar, que poderia fazê-lo melhorar, deixá-lo saudável e não mais sozinho.

Que estava voltando para Cairndale. E que levaria Walter com ele dessa vez, quando partisse.

Uma porta se abriu em algum lugar na despensa lá em cima. Walter ficou muito quieto, com o lampião erguido, escutando, e então seguiu até a parede do porão. Era cortada na rocha, coberta de prateleiras. Ele procurou um trinco na terceira prateleira, encontrou-o, e aí a estante deslizou suavemente para a frente, como se tivesse trilhos, e depois virou de lado. Um ar úmido e fétido passou por ele.

Walter fitava a absoluta escuridão de um túnel. Era perfeitamente redondo, como se aberto na rocha por uma imensa broca industrial. Ele umedeceu os lábios, nervoso. Jacob estava esperando por ele, dependendo dele.

Então ergueu o lampião e entrou às pressas.

Havia noites em que Henry Berghast caminhava pelos corredores sem luz do Cairndale observando a escuridão, sentindo o movimento do ar roçando sua pele e o modo como o tempo se movia em torno dele e através dele, como areia escorrendo pela mão fechada, e nesses momentos ele sentia o corpo se decompondo.

Envelhecendo. Era isso que estava acontecendo, algo ainda estranho para ele, mesmo com o passar das décadas.

Ele passava, de colete, camisa de botão e colarinho engomado, pelas portas fechadas, as vitrines, as aquarelas e gravuras emolduradas nas paredes, tudo estranho na escuridão da noite. E se perdia em suas recordações, lembrando como o sol se punha na foz do Nilo naqueles primeiros anos em que os navios de guerra britânicos ainda eram desconhecidos dos egípcios, e como o ar nas selvas da Nova Espanha cheiravam a fruta podre. Ele recordava os muitos mortos que conhecera, seus colegas, seus amigos, alguns agora famosos nos anais da ciência. Aos poucos, com o passar dos séculos, suas amizades e laços tinham ficado para trás. Já fazia muito tempo que estava sozinho; assistira aos que amava envelhecerem e morrerem, abandonando-o, deixando-o sem nada, sem ninguém, somente uma dor onde antes estava o amor por eles. Houve seus pais, mortos havia séculos; um irmão, e até uma esposa e uma filha, uma menininha — qual era mesmo seu nome? — que gostava de flores brancas e o enchia de alegria, embora todos os rostos já estivessem havia muito tempo perdidos para ele, e lembrá-los agora fosse como ler a seu respeito nas páginas de um livro, um livro escrito por outra pessoa. Disseram-lhe, muitos anos atrás, que todos os talentos, até os *curaetors* mais poderosos, envelheciam e morriam. Ele esperara por isso. Mas não tinha envelhecido.

Em vez disso, pensou com calma indiferença, ele se corrompeu de dentro para fora, apodrecendo como uma fruta velha, escurecendo, morrendo, e a podridão se espalhou até que o que ele era e o que parecia ser não tivessem mais nenhuma relação. Quem vive muito tempo deixa de ser humano, deixa de compreender qualquer coisa que enche o coração humano. Pois o coração é feito de tempo e consumido pelo tempo, pelo conhecimento de sua própria morte, e Berghast não podia morrer.

Só que... agora ele *podia*.

Essa era a parte cruel, pensou ele, enquanto descia as escadas e perambulava pelos corredores inferiores. Ele era o talento maior, *ele* era aquele cuja existência deveria continuar, fora *ele* e mais ninguém que vira e conhecera o verdadeiro poder. Ele só havia vislumbrado um poder como o seu em outro ser uma única vez, naquela antiga criatura conhecida como *drughr*. Era linda e aterradora, uma criatura inebriante. Algo do absoluto a preenchia, alguma profunda pureza não humana, e Berghast a vira, odiara e desejara. Ele sabia que a *drughr* perseguia o bebê, assim como Jacob. E sabia também que havia muito tempo a profecia de um glífico numa caverna da Bulgária anunciara que uma criança nasceria no outro mundo, na terra dos mortos, uma criança que sobreviveria e cortaria o tecido dos mundos e refaria os talentos à sua própria imagem. O Talento Sombrio.

Berghast caçara essa criança durante anos, reduzindo seu próprio talento no processo. E agora, por causa de Jacob, o menino tinha sido encontrado.

Encontrado, sim, e levado para um lugar seguro; mas Berghast estava fraco demais para fazer algo com ele, fraco demais para usá-lo como precisava, como queria. Era uma percepção amarga. Seu talento tinha se esvaído, de modo que ele não curava mais, e agora nada havia além da longa e lenta dor de sua morte.

Isso o enchia de uma fúria além do que se pode imaginar.

30

O Túnel

Jacob Marber encontrou a entrada da caverna parcialmente oculta pela vegetação rasteira, úmida e retorcida, em uma pequena elevação rochosa, de onde se via o vale. A entrada era estreita, e a pedra, escorregadia e fria. Mas lá dentro o teto se elevava e as paredes se afastavam, e o túnel se abria completamente.

Ele havia deixado uma vela ali dentro, em um pires junto da entrada. Tirou as luvas, dobrou-as duas vezes e enfiou no bolso das sobrecasaca. Depois, esfregou o pó entre os dedos, uma pequena chama azul surgiu e ele acendeu a vela, começando a avançar, descendo a caverna inclinada, deslizando até a parede dos fundos, onde uma fenda mais escura se abria na terra.

Ele estava pensando nas duas crianças no rio, nos sons da *drughr* se alimentando. Então estremeceu ligeiramente. *Não havia nada que você pudesse fazer*, disse a si mesmo.

E apressou-se caverna adentro.

Havia passagens subterrâneas, todas debaixo e ao redor do Cairndale. Poucos as conheciam. Ninguém nunca as mapeou. Túneis antigos, formados pela água de degelo das últimas geleiras, quando a grande pressão do gelo escavou os lagos da Escócia e fez a terra como ela era.

Ele seguiu caminhando em silêncio, escorregando nas pedras molhadas, a luz da sua pequena vela tremulando sobre a pedra. O ar era frio, rançoso, desagradável. Jacob avançava com cautela. Fazia alguma ideia de para onde ia, uma esquerda aqui, uma direita virando mais adiante, mas o caminho era incerto, ele tinha medo de se perder.

Alguma coisa na escuridão estreita dos túneis o fez pensar, pela primeira vez em anos, naqueles primeiros dias felizes, quando ele e o irmão gêmeo, Bertolt, trabalhavam como limpadores de chaminés em Viena. Eles se sentiam livres. O tempo do orfanato estava encerrado. O bando de crianças de rua que tinham encontrado era rápido, eficiente e bem alimentado.

Era outono, o tempo ainda não era aquele frio cortante e, cansados, eles dormiam juntos em uma adega abandonada, entre velhos barris vazios, sem precisar de cobertor nem de fogo. As outras crianças, aquelas a quem eles tinham se juntado, deitavam-se espalhadas em torno deles todas as noites, e todas as manhãs o chefe dos limpadores os encontrava na viela e distribuía as vassouras, as pás e os endereços para o trabalho do dia.

Eles tinham nove anos. Era a primeira vez que Jacob observava como a cidade era linda, os bondes e as damas em sua elegância, e os cheiros das carrocinhas nos parques. Bertolt mostrava tudo a ele, como se de algum modo conhecesse a cidade, conhecesse o mundo de uma maneira que Jacob não conhecia. Ele sempre fora o corajoso, é claro, o inteligente, Bertolt, aquele que fazia as coisas acontecer. "Porque você é especial, Jake", dizia Bertolt, "porque você precisa de alguém que cuide de você. Esse é o porquê. Não posso fazer o que você faz. Não sou especial." Ele sempre falava dessa forma, sussurrando à noite, o rosto no travesseiro do orfanato, enquanto as freiras patrulhavam os corredores numa escuridão deprimente. Ele sempre fazia Jacob sentir que viver valia a pena, que não se desistia, por mais difíceis que as coisas ficassem. Mas Jacob sabia que isso também não era verdade, o que Bertolt dizia — seu irmão *era e*special, tinha uma bondade e uma inteligência que mais ninguém possuía, especialmente Jacob. Nos seus primeiros anos, Jacob o admirou e desejou ser mais parecido com ele, e o amou mais do que a própria vida.

De repente, um ruído soou no túnel atrás dele. Jacob parou, atento. Um pingo de água na pedra. Ele não era a única criatura ali embaixo, movendo-se em meio à escuridão, com um propósito.

O ruído não se repetiu. O túnel tornava-se impossivelmente escuro a poucos metros dele, em ambas as direções. Ele ficou parado no halo embaçado da luz da vela, olhando para trás e para a frente, sentindo-se pequeno e sozinho.

Talvez Henry Berghast soubesse que ele estava vindo. O pensamento lhe ocorreu como um lampejo. Mas em seguida ele o desconsiderou; não podia ser. De qualquer maneira, agora não havia como voltar.

Ele prosseguiu, pé ante pé, o sangue pulsando alto em seus ouvidos. A escuridão se abria para deixá-lo passar e imediatamente a mesma escuridão se fechava atrás dele, absoluta.

Depois que o Dr. Berghast saiu, Susan Crowley se levantou rapidamente, enrolou-se em um xale, acendeu uma vela e foi até a porta. Ela escutou. Ele se fora.

Então ele queria mandar o bebê para longe.

O absurdo dessa decisão a espantava e enfurecia. Não estava habituada a sentir raiva, não era uma emoção que lhe viesse facilmente; durante toda a vida tinham lhe dito o que fazer, aonde ir e como chegar lá, e o direito de sentir raiva não era algo que ela conhecesse bem. Mas aquilo a encheu de uma fúria surpreendente e rápida. O que o Dr. Berghast sabia sobre bebês e suas necessidades, sua segurança? Ele se recusava até mesmo a pegar a criança no colo. Ela piscava com força, tentando analisar a situação.

Não que ela não tivesse imaginado isso, algumas vezes, fugir com o bebê no meio da noite, ir para longe de Cairndale, para longe do Dr. Berghast. Mas o bebê ficava cada vez mais velho, menos delicado, mais resistente. E ela também sabia que suas fantasias eram apenas isso: fantasias.

Susan foi depressa até o berço e certificou-se de que ele estava dormindo em segurança e então saiu no corredor. Estava à procura da Srta. Davenshaw, sem ter certeza do que iria dizer, mas certa de que a mulher mais velha teria algo que valeria a pena ser dito. Sabia que a Srta. Davenshaw tinha suas reservas em relação ao Dr. Berghast e à maneira como Cairndale era dirigido. Ah, não era nada que a mulher cega tivesse dito abertamente — ela era discreta demais para isso —, mas sim os silêncios, a testa franzida em reprovação.

A Srta. Davenshaw, porém, não estava em seus aposentos. Susan passou por duas garotas, talentos que ela não conhecia pelo nome, cruzando depressa o corredor, ambas de pijamas e com expressão culpada, e lhes dirigiu um sorriso leve. Elas enrubesceram e continuaram, apressadas.

Susan conhecia aquela sensação, aquele medo de ser apanhada. Era estranho pensar que tinha apenas uns poucos anos a mais que as garotas.

No patamar da escada, vislumbrou uma mulher vestida de preto, o rosto coberto por um véu. Era aquela mulher sisuda, vinda de Londres. Susan cumprimentou-a com a cabeça educadamente e passou rápido por ela. Aquela mulher a assustava. Era confidente do Dr. Berghast e ficava a serviço dele na capital; não era digna de confiança.

No saguão, Susan encontrou a Srta. Davenshaw sentada no sofá, diante da lareira, as mãos unidas no colo. Ela até poderia estar à espera de Susan, tão quieta e paciente parecia.

— Qual o problema, Srta. Crowley? — perguntou a mulher cega, antes mesmo que Susan pudesse falar.

Ela pigarreou. Não sabia como começar.

— Eu acho — disse a mulher mais velha — que a maneira mais fácil de começar uma frase é abrindo a boca e falando.

— Sim, Srta. Davenshaw, me desculpe. Eu... eu acabo de receber uma visita do Dr. Berghast. Ele disse que pretende mandar o bebê para longe.

A mulher cega virou o rosto.

— Para longe?

— Sim. Ele não disse para onde.

— Ele quer que você acompanhe a criança?

— Sim.

— Bem, pelo menos isso. Quando vocês partem?

Susan sacudiu a cabeça. Não era absolutamente o que ela queria dizer, estava saindo tudo errado.

— Não quero ir, Srta. Davenshaw. É isso o que quero dizer. Não acho que o bebê deva ser levado a lugar nenhum. Ele ainda é muito pequeno.

A Srta. Davenshaw abaixou o queixo.

— E mesmo assim os bebês viajam, Srta. Crowley. — Ela alisou o vestido. — Ele lhe deu alguma explicação, algum motivo? Não? — Quando Susan não respondeu, a mulher mais velha baixou tanto a voz que Susan teve de se inclinar na direção dela para escutá-la. — Na minha opinião, Srta. Crowley — disse ela em tom sombrio —, essa criança estará melhor em qualquer outro lugar que não Cairndale. Se é que você me entende.

O ar debaixo da terra tornou-se mais denso. Jacob avistou o brilho da lanterna, sua luz se derramando pelas paredes e pelo teto do túnel, muito antes de ver o homem. Ele apagou sua vela com um sopro.

— Olá, Walter — disse em voz baixa.

O homem levou um susto e olhou à sua volta, assustado. Ele era baixo, franzino, com uma palidez doentia no rosto, como se a vida já tivesse sido toda sugada dele. Jacob sabia que ele estava morrendo de tuberculose. Os cabelos tinham rareado no topo da cabeça, embora ele não tivesse muito mais de trinta anos, e ele o usava comprido, ao redor do topo da cabeça, como se para compensar. O mais provável é que ele não se importasse muito. Olhos grandes e nervosos. Um tremor no peito. Acreditava que Jacob era seu amigo, e Jacob sabia disso; era digno de pena; era patético.

— Jacob? É você? — sussurrou ele.

Jacob saiu das sombras, deixando que o pó se dissipasse para que o homem pudesse vê-lo claramente. Walter olhou para ele, num misto de fascínio e medo.

— Vim para onde você mandou — disse Walter. — Eu vim. Estou aqui não sei quanto tempo faz. Mas trouxe a lanterna, como você disse. Vai me levar com você desta vez? Você prometeu, Jacob...

— Não temos muito tempo — disse Jacob.

Walter assentiu vigorosamente, mas não se mexeu.

— Sim, sim, claro, você está certo — murmurou ele. — A gente precisa se apressar. Sim. — Mas então ele lançou um olhar de lado, dissimulado e ansioso, para Jacob. — Mas você vai, não vai? Me levar com você? É só...

— Vou, Walter.

Ele engoliu em seco.

— Hoje à noite? Vai me levar hoje à noite? Devo preparar alguma coisa, uma sacola, talvez...

Jacob baixou os olhos para o homem, que tremia de frio ou medo ou outra coisa. Não disse nada. Podia sentir sua irritação crescendo.

— É só que meus pulmões não estão muito bem — continuou Walter. — E você falou, quer dizer, não sei se você lembra muito bem, mas você falou que ia, hã, me ajudar com isso. Que tinha um jeito de...

Jacob olhou incisivamente além do homem, mais adiante no túnel.

— É só que, hã, você é meu amigo e, quer dizer, você disse que ia...

— Walter — cortou Jacob friamente. — Eu sou seu amigo. Seu único amigo de verdade. Vim por sua causa também. Mas agora você precisa ir na frente e se certificar de que não há ninguém por perto. Eu não posso ser visto. Pode fazer isso por mim? Quando eu estiver com o que vim buscar, nós vamos juntos.

O homenzinho assentiu repetidamente.

— Certo, claro. O bebê. Não é?

— Sim.

Walter engoliu em seco novamente.

— Ah, sim, sim, você está certo. Desculpa. Sim. Eu vou na frente.

E saiu correndo pelo túnel, de um jeito esquisito, como um rato, a lanterna balançando perigosamente em sua mão estendida. E Jacob o seguiu.

A criança estava próxima. Ele podia *sentir*.

A escuridão no túnel tornou-se acinzentada. Adiante havia uma abertura. Finalmente, Jacob deslizou, sem fazer barulho, através de uma parede partida, para dentro do porão sombrio do Cairndale. O cheiro familiar. O velho rangido das tábuas do assoalho. Walter não estava à vista. Jacob afastou do rosto uma teia diáfana, e uma onda de lembranças desabou sobre ele, fazendo-o parar no limiar da porta, engolir em seco e fechar os olhos.

Em casa. Ele estava em casa.

Abigail Davenshaw levantou-se do sofá no saguão, onde estava esperando fazia bem mais de uma hora, e dirigiu-se com determinação para o refeitório. Chega de ficar me preocupando, disse a si mesma.

As crianças iam chegar. Elas sempre chegavam. Se não fosse esta noite, seria então pela manhã.

O refeitório estava silencioso e escuro. Havia sido limpo horas atrás. Ela estava sem apetite, mas talvez um bule de chá acalmasse seus nervos e lhe permitisse dormir. Tinha pedido que guardassem alguma coisa para as crianças comerem quando chegassem, mas, embora chamasse, ninguém respondeu. Foi até a cozinha nos fundos. Todos tinham ido embora.

No entanto, quando estava se virando para sair, sentiu uma coisa, uma brisa leve e gelada, vinda do porão. Primeiro pensou que uma porta ou janela estivesse aberta ou quebrada. Mas o ar tinha um cheiro estranho, úmido e rançoso, como um túmulo esvaziado.

Então ela desceu a escada que levava ao porão. Não conhecia bem aquele depósito, e seguia com cuidado, tateando enquanto andava ao longo das prateleiras, seguindo a brisa. Até que chegou a uma prateleira que claramente tinha sido afastada, tocou as bordas geladas da entrada do túnel, e compreendeu.

Estava no Cairndale tempo suficiente para ter ouvido as histórias sobre túneis debaixo do solar. Ela sabia que o Dr. Berghast tinha uma passagem subterrânea que levava do estúdio dele até a ilha, ao *orsine* que ficava lá. Mas não tinha ouvido falar de um túnel aqui.

Ela recuou devagar, refletindo. E em seguida subiu os degraus, voltando à cozinha. Uma criada, Mary, soltou um grito de susto ao ver Abigail emergir dos porões, mas Abigail não tinha muita paciência para isso.

— Chame o Sr. Smythe — disse rispidamente. — E a Sra. Harrogate também, se conseguir encontrá-la. Diga-lhes que tragam lanternas. Tem alguma coisa nos porões que precisam verificar. Ande logo.

— Sim, senhora — disse a garota, percebendo o tom de voz dela.

Abigail Davenshaw ouviu o barulho dos sapatos da garota ressoando no chão enquanto ela se afastava. O que Abigail estava pensando era que algumas das crianças, os jovens talentos, deviam ter descido para os túneis numa travessura. Mas era perigoso, ela sabia, e caso se perdessem...

Não lhe ocorreu — pelo menos não naquele momento — que a boca do túnel tinha sido aberta exatamente pelo motivo oposto: porque alguma coisa havia entrado.

Depressa, agora.

Jacob subiu correndo a escada, atravessou a cozinha pelas passagens dos fundos até a escada dos criados, subiu mais dois lances até os quartos na ala leste. Era estranho estar de volta. Ele conhecia esses corredores, esses quartos, a própria forma do solar, como se tivesse sempre vivido ali e nunca tivesse saído, mesmo agora, mesmo com as diferenças, uma prateleira estranha, um papel de parede novo, uma aquarela emoldurada acima de uma escrivaninha que não estava ali antes.

Ficou surpreso com a raiva que isso provocava nele. Mas surpreso, também, pela saudade que sentiu ao passar silenciosamente pelos corredores mal iluminados. Não viu ninguém. Mas podia sentir através das paredes os talentos adormecidos, os jovens sonhando com suas vidas ainda não vividas, e os velhos, quase mortos agora, secos e finos como papel. Nada significavam para ele. Não tinham feito nada para ajudá-lo, para trazê-lo de volta do outro mundo, para lhe oferecer refúgio quando ele vislumbrara a verdadeira natureza da *drughr* e recuara, com medo. Um pouco mais à frente podia ouvir Walter, deslocando-se de modo surpreendentemente furtivo, a lanterna agora apagada, de quando em quando reprimindo uma tosse. Talvez o homem não fosse tão inútil quanto parecia. Jacob andava calmamente, com passos largos e lentos, como se esses cômodos e esse solar fossem seus.

Mas ele não estava calmo, não de verdade. Estava atento, tentando identificar, com todos os seus poderes, o som de uma passada em particular. Porque, em algum lugar em meio a tudo aquilo, ele sabia, Henry Berghast espreitava, inquieto, feroz, desconfiado.

Jacob havia conhecido homens como ele, mesmo ainda menino, mesmo nas ruas de Viena. Homens que queriam uma coisa e não deixavam que nada se metesse em seu caminho, nem piedade, nem desprezo, nem fragilidade humana. Seu irmão, Bertolt, fora vítima de um desses homens. Herr Gould, o chefe dos limpadores, tinha uma barriga redonda e enorme como um tambor, a cara vermelha e mãos do tamanho de pás. Quando soube que Bertolt tinha ficado preso no interior de uma chaminé do outro lado da cidade, fora até lá, amarrara cordas em torno do corpo do menino e o arrastara para fora, apesar dos seus gritos de dor. Jacob tinha tentado subir para interromper aquilo, mas não conseguiu, era muito pequeno, havia homens na multidão que se formara que o seguraram, estava chovendo naquele dia e seu talento não era forte o suficiente para fazer alguma coisa. Bertolt saiu de lá morto, a cabeça virada para trás. E Herr Gould levara seu irmão gêmeo numa carroça e o jogara em um beco, no meio do lixo, quando ninguém estava olhando, isto é, ninguém que importasse, porque Jacob e os outros limpadores estavam lá para ver. Jacob ficara sentado junto ao corpo do irmão no meio da sujeira durante horas, enquanto a noite caía em torno dele, e, quando enfim se levantou, não era mais o mesmo menino.

Era como ele pensava no que acontecera, como recordava, agora. Se aquela era ou não a verdade, quem poderia dizer? Mas na sua mente foi a morte do irmão que o transformou, que por fim o abriu para a *drughr*.

Ele deitara o irmão de costas, com as mãozinhas cruzadas sobre o peito, e limpara a fuligem e a sujeira de seu rosto e pescoço; depois se levantara e, com apenas nove anos, saíra à procura de Herr Gould. Cego de fúria. Foi enxotado de bares e bordéis, mas finalmente encontrou o homem em um antro de jogo perto da Unterstrass. O homem na porta o tomou por um mensageiro e o deixou entrar, e Jacob ficou parado em meio ao barulho e à escuridão, com os punhos cerrados, e viu Herr Gould rindo e bebendo diante das cartas, e o que quer que fosse que tivesse se apossado dele, algum mal, ou fúria, ferveu em seu interior e transbordou, e aquele seu talento de fazer o pó turbilhonar explodiu. Ele sentiu o pó ir até ele e rodopiar em torno dos seus punhos, a dor e o frio percorrendo seus braços, fazendo sua cabeça rodar. Ele ergueu as mãos. Seu rosto estava molhado.

E no momento seguinte o pó disparava de seus dedos estendidos, formando cordas de escuridão ao redor do homenzarrão, de seu peito, de sua garganta. E começou a apertar.

Os lampiões piscavam por todo o salão. Àquela altura os clientes estavam caindo uns sobre os outros, virando as mesas, lutando para sair do caminho, as prostitutas gritando de medo. E o rosto de Herr Gould foi ficando vermelho, depois roxo, seus olhos quase saltando das órbitas, e a força do pó o havia erguido do chão, de modo que suas grandes mãos nodosas arranhavam o ar de pavor.

Quando Jacob o soltou, ele desabou no chão. E Jacob virou-se, mais vazio do que nunca, e saiu para a cidade, verdadeiramente só.

De algum modo Berghast soubera disso. De algum modo ele tinha ido procurá-lo. Jacob pensara de início que o homem fora salvá-lo, mas não era isso, agora ele sabia. Ele tinha ido para usá-lo, como usava todo mundo. O pequeno Jacob Marber, artífice do pó, matador de homens, seria sua arma.

Walter o aguardava numa pequena alcova protegida da arandela na parede próxima. O homenzinho passou a língua pelos lábios e apontou para a porta da ama de leite.

— A criatura está aí dentro, Jacob — sussurrou ele. — Mas a ama está com ela. Está sempre com ela. Nunca deixa a criatura sozinha.

— *Ele* é um *bebê*, Walter. Não é uma *criatura*. E por que a ama o deixaria sozinho?

O homem assentiu, obsequioso.

— Sim, sim, claro, por que ela deixaria, não é?

Mas Jacob estava desconcertado mesmo assim. Berghast pusera o bebê no quarto que Jacob ocupara. Ele murmurou instruções a Walter, dizendo como deveria distrair a ama, e depois observou Walter bater de leve na porta e enfiar as mãos nos bolsos, depois tirá-las, depois alisar os cabelos oleosos.

Jacob postou-se um pouco mais à frente, silenciosamente.

A ama de leite que abriu a porta era jovem, uma garota ainda, de ossatura grande e cabelos pretos. Ela olhou Walter com educação, porém também com receio enquanto ele falava, perguntando, apontando alguma coisa no quarto atrás dela, alguma coisa que precisava de conserto, e em seguida entrando com passos rápidos e enérgicos, apesar dos protestos dela.

Quando ela se virou, irritada — "Com licença, Sr. Laster, o que pensa que está fazendo, eu *não* o convidei parar entrar, senhor, o bebê está *dormindo*" —, Jacob lançou uma fina nuvem de pó ao redor de si mesmo, como um véu de escuridão, e entrou silenciosamente atrás dela. Então, atravessou seu antigo quarto. A ama acendera apenas duas velas e foi fácil para ele se manter nas sombras.

Walter, nervoso, estava fazendo alguma piada sobre um relógio na lareira, rindo de um jeito esquisito.

Jacob deslizou até a cortina e a deslocou apenas ligeiramente ao passar. Pé ante pé, como um pesadelo, foi na direção do berço. Prendeu a respiração. Ali, ele viu, estava o embolado de mantas.

E, dentro dele, a criança indefesa.

31

O Começo

O fogo crepitava na lareira. Henry Berghast recostou-se na cadeira, afastando-se da mesa, inquieto, insatisfeito, totalmente incapaz de se concentrar em qualquer trabalho. Rosqueou de volta a tampa do frasco de tinta e tamborilou os dedos na capa do diário fechado. Então colocou o chapéu, pegou um lampião e desceu para a passagem subterrânea que levava até o *orsine*. Se a *drughr* viesse, teria necessariamente de ser por ali.

Ele caminhava rapidamente. Não tinha informado Bailey de sua ida. Mas não importava.

O que o estava preocupando não era, de fato, a *drughr*. Não. Ele não viu nenhuma razão para acreditar que o alcance da *drughr* pudesse ir além das proteções do glífico. Não; era, ele compreendeu nesse momento, a ama de leite Crowley. Ele não gostou da maneira como ela reagira quando ele lhe disse que a criança deveria ser mandada para longe, para sua própria segurança. Será que ela viria a ser um obstáculo? Ele não tinha certeza.

No entanto, estava certo do perigo. Era apenas uma questão de tempo até Jacob Marber vir buscar o bebê, até a *drughr* vir. Disso ele tinha certeza. O glífico havia sugerido isso, alguns dias atrás. Não era o bem-estar da criança, é claro, mas tudo que ela representava — a possibilidade de poder, de redenção — que atraía tanto a *drughr* quanto o próprio Henry para o bebê, como tubarões para sangue na água. Era um jogo de estratégia antigo e interminável que ele e a *drughr* disputavam. A criança poderia, no entanto, vir a ser decisiva.

Segurando o lampião bem alto, ele subiu a escada na extremidade do túnel, suas longas pernas cobrindo dois degraus de cada vez, e parou no ar noturno. As pedras esburacadas e as paredes desmoronadas do velho mosteiro erguiam-se ao seu redor na escuridão. Ele olhou, além do lago, para Cairndale, iluminado contra o céu como um navio ancorado. Alguma coisa não estava certa.

Ele franziu a testa e afastou a preocupação da mente. A pessoa podia se preparar, e então podia esperar. Mas a preocupação não servia para nada.

Ele abaixou a cabeça e, com o lampião à sua frente, atravessou o mosteiro em ruínas e desceu até a cisterna abaixo. Antes mesmo de chegar ao fim da escada curva de pedra, pôde sentir que algo estava errado. A câmara, geralmente iluminada com uma leve cor azulada, o brilho refletido do *orsine*, estava feericamente iluminada. O *orsine* brilhava com intensidade máxima.

Ele protegeu a vista com a mão e estreitou os olhos, hesitante. O local nunca estivera tão iluminado antes.

Por um longo e impossível momento, ele ficou ali parado, pensando. Se o *orsine* estava aceso, significava que tinha sido aberto. Se tivesse sido aberto, significava que os poderes do glífico estavam...

E, com um medo crescente, ele compreendeu. Então fez meia-volta imediatamente e saiu em disparada. Correu para o túnel e, ao alcançar a escada, subiu três degraus de cada vez e correu com seus passos compridos por toda a extensão abaixo do lago, o lampião balançando perigosamente em sua mão. E, quando chegou de volta ao estúdio, disparou pela antecâmara e passou por um atônito Sr. Bailey. Mas não parou nem diminuiu a velocidade, embora o chapéu voasse de sua cabeça e vários velhos talentos e algumas das crianças parassem nos corredores para vê-lo passar, desconcertados, alarmados. Ele não parou nem diminuiu a velocidade até chegar aos aposentos da Srta. Crowley, até chegar ao bebê.

A ala leste estava quieta, calma. Ele tentou tranquilizar a respiração, ajustou o colete, penteou o cabelo com os dedos e depois bateu com firmeza na porta.

Ouviu a voz irritada da Srta. Crowley antes mesmo que ela abrisse a porta.

— Sr. Laster, o senhor realmente precisa... — Então ela se calou, olhando, surpresa, para Berghast. — Ah, me perdoe, senhor, eu pensei que fosse...

— Laster. Sim. — Ele passou por ela. Alguma parte de seu cérebro titubeou nesse ponto, perguntando-se por que o porteiro estaria incomodando a babá. Mas então esqueceu. — Onde está a criança, Srta. Crowley? — perguntou ele baixinho. — Não houve nenhuma... perturbação?

— Perturbação, senhor?
— Ficou aqui todo esse tempo?
— Sim, senhor.

Ele olhou à sua volta. O quarto parecia silencioso e aquecido, exatamente como o deixara. Ele virou o rosto lentamente em direção à cortina, em direção ao berço que estaria logo atrás dela, tentando acalmar seu coração. Teria ele se enganado?

— O bebê está dormindo, senhor. Não soltou nem um pio. — A Srta. Crowley levou a mão ao pescoço, franzindo o nariz. — Mas o que aconteceu, Dr. Berghast? Algum problema?

Ele não respondeu. Um pavor crescia em seu peito. Foi até a cortina, puxou-a lentamente para trás e olhou para o berço.

Estava vazio.

Jacob segurava aquela coisa enrolada junto ao peito enquanto disparava pelos corredores. O peso suave e quente dela, sua delicadeza. Ele quase temia sufocá-la e a todo momento diminuía a velocidade e afastava o rosto para espiá-la em sua manta, e então erguia o rosto, corria os olhos ao redor e continuava a correr.

Ele havia deixado Walter. Simplesmente pegara o bebê no colo, dera meia-volta e saíra dos aposentos da ama com o pó encobrindo sua presença como antes, mal ousando olhar para a criança, admirar sua doçura e maravilhar-se por tê-la novamente nos braços, mas, uma vez no corredor, deixou de lado todas as dissimulações e simplesmente correu.

A hora era avançada. Ele precisava voltar para os porões, para o túnel. Temia ser visto, é claro; porém, mais do que isso, temia que o poder da *drughr* falhasse, e as proteções do glífico recuperassem a força, e ele ficasse preso entre os muros do Cairndale.

Ele diminuiu a velocidade no corredor dos criados. Ouviu vozes adiante na cozinha e parou na porta, espreitando nas sombras, tentando escutar. Pensou que deviam ser os cozinheiros ou os ajudantes, mas estava enganado — eram dois homens falando sobre crianças desaparecidas, um túnel nos porões. Ouviu uma terceira voz chamar lá de baixo, depois recuar. Eles haviam encontrado o túnel.

Ele tornou a se dissolver na escuridão, alarmado.

O corredor era comprido, com lajes de pedra, a antiga tinta cinza das paredes descascando. Havia arandelas vazias ao longo das paredes. Várias portas, todas fechadas, e depois a escada no fundo. Ele estava tentando pensar em como poderia sair. Deslizou o casaco sobre o bebê para abafar qualquer barulho que ele pudesse fazer e então se virou ao ouvir um som. Passos. Alguém estava se aproximando.

Ele engoliu em seco, liberou as mãos para o trabalho com o pó. Estava relativamente confiante de que poderia estrangular quem se aproximasse, a menos que tivessem um talento com alguma força.

Nesse momento, porém, alguém chamou seu nome, sibilando:

— Jacob, por aqui! Venha!

Era Walter, espiando por uma porta entreaberta logo adiante. Jacob não hesitou. Em um piscar de olhos foi até lá, passou pela porta, fechando-a na mesma hora. Eles se encontravam em uma espécie de armário de vassouras estreito, a única luz vindo de uma rachadura na porta. Jacob podia sentir o cheiro rançoso de doença que emanava das roupas de Walter. O homenzinho olhou para ele e levou um dedo aos lábios.

Quem quer que estivesse correndo por ali não desacelerou.

Então Jacob sentiu um puxão suave em sua manga. Era Walter, levando-o mais para o fundo do armário. Na parede oposta o homenzinho pressionou um painel oculto, e uma porta apareceu.

Jacob o seguiu, passando por ela. Estava espantado e imensamente admirado. Havia seduzido Walter porque o homem era fraco, vulnerável, um alvo fácil. Não imaginava que ele também pudesse ser genuinamente expedito.

A passagem escondida de Walter levava a uma pequena sala de estar, cuja mobília estava coberta por lençóis brancos. Jacob vislumbrou os três — ele, Walter, o bebê — em um espelho alto e embaçado, perto de uma janela. Aparições, cada um deles. Então saíram silenciosamente no saguão grandioso do Solar Cairndale.

Estava vazio e escuro. Na grande lareira só restavam brasas. Jacob seguiu rapidamente para as portas da frente, mas não estava nem na metade do caminho quando Walter parou, alarmado.

Havia uma figura parada diante das portas. Uma mulher, magra, austera, com um tecido amarrado sobre os olhos. Era cega, Jacob percebeu.

— Exatamente aonde vocês pensam que vão? — perguntou ela.

Walter estava olhando para Jacob, apavorado, a confusão tremulando em seu rosto. Ele agitou as mãos, de forma furtiva, como se quisesse avisar alguma coisa, mas Jacob sentiu uma impaciência aguda crescer dentro dele e deu um passo à frente.

— A senhora nos confundiu com outras pessoas — disse friamente.

E então o bebê começou a chorar.

Jacob viu o rosto dela se voltar para ele na escuridão. Ela pareceu registrar as palavras dele.

— Acredito — disse ela lentamente — que isso seja verdade.

Isso foi tudo. E, no entanto, era como se tivesse dito: *Eu sei por que você está aqui, Jacob Marber. Eu sei o que você é.* De alguma forma — talvez pela expressão em seu rosto, ou pelo silêncio que pairou no ar depois disso, quebrado apenas pelo choro da criança —, Jacob teve a nítida sensação de que ela sabia exatamente o que estava acontecendo. Cega ou não, ela *sabia*.

E foi então que ele sentiu uma mudança na escuridão em torno deles, e baixou os olhos, surpreso, e viu que o bebê estava piscando com um leve brilho azul.

— Srta. Davenshaw, senhora... — começou Walter.

— Sr. Laster? — disse ela, surpresa. — Foi você...?

Jacob agiu rápido. Ele invocou o pó e a fumaça de dentro de sua carne e os apertou com força na mão fechada e então os arremessou em um arco longo e vagaroso contra a mulher cega, como um chicote, atingindo-a violentamente na parte de trás da cabeça e lançando-a para a frente, deslizando pelo chão. Seu corpo bateu na base da escada e escorregou de lado na direção de Jacob e de Walter, e parou.

Então Jacob Marber, a fúria deixando-o ainda mais sombrio, fumegando, passou por cima de sua figura encolhida, abriu as grandes portas com um chute e saiu para a noite, o brilho do bebê aumentando cada vez mais em seus braços.

Henry Berghast olhou para o berço vazio, furioso. E, nesse momento, uma voz aguda interrompeu seus pensamentos.

— Dr. Berghast! Estava procurando pelo senhor.

Ele se virou. A Sra. Harrogate estava parada no vão da porta, olhando para o interior do quarto com uma estranha expressão. Ela olhou da Srta. Crowley para Berghast e de volta para a ama de leite.

— Descobriram algo, no porão — continuou ela secamente. — Um túnel. A Srta. Davenshaw receia que algumas crianças possam ter saído. — A voz dela falhou. — O que... Qual o problema aqui?

Henry sentiu o sangue atravessar seu crânio. Ele se apoiou na parede, como se para conseguir se manter em pé. A Srta. Crowley torcia as mãos tolamente.

— Ninguém saiu, Sra. Harrogate — sussurrou ele. — Em vez disso, alguém entrou.

— Como?

Henry dirigiu-se rapidamente até a janela, puxou as cortinas e abriu o batente. A noite era fria, imensa, profunda.

— Foi Jacob. O Sr. Laster o está ajudando. Eles levaram o bebê, Sra. Harrogate. Roubaram a criança.

A Srta. Crowley deixou escapar um pequeno gemido e afundou no sofá.

— Meu Deus... — disse a Sra. Harrogate, parecendo zangada.

Henry, porém, já estava pensando.

— Ele ainda está aqui. Ainda há tempo. Vocês descobriram a rota de fuga dele, portanto ele terá que sair por um caminho diferente. Atravessando os campos, talvez? Não. Não, ele descerá pelo lago e usará os rochedos como cobertura. De alguma forma, as proteções do glífico foram enfraquecidas. — Enquanto falava, ele corria de janela em janela e, em seguida, deixou o quarto e disparou pelo corredor, parando em cada janela para ter uma visão melhor. E então ele viu o que estava procurando.

Do outro lado dos campos, na encosta baixa que descia para o lago, exatamente como havia presumido, ele viu uma tênue luz azul tremeluzindo na escuridão. O bebê. O menino que brilhava.

— Aí está você — sussurrou ele.

Jacob sabia que eles deviam tê-lo visto, sabia que não havia tempo. Ele não pensou na mulher cega que ele havia atacado, lá no instituto. Para ele, ela não era nada. Ele corria, sentindo a sobrecasaca voando atrás dele, o ar noturno frio batendo em seu rosto, as botas deslizando loucamente na grama escorregadia da encosta. Em algum lugar à frente estava o lago escuro, e além dele, os rochedos. Se pudesse alcançá-los, poderia atravessar o perímetro de pedra do Cairndale e escapar do alcance do glífico.

O bebê chorava sem parar. Walter ofegava, ficando para trás, gritando fracamente para que ele fosse mais devagar. Mas Jacob não desacelerou, não podia. Seus braços praticamente crepitavam com o brilho azul do bebê agora. A criança estava enrolada na manta e enfiada dentro do casaco de Jacob, e ainda assim o brilho escapava. Não havia como escondê-la.

Jacob arriscou um olhar para trás. As janelas do Cairndale estavam acesas.

Então algo aconteceu. Ele não entendeu inicialmente. Era uma espécie de formigamento, uma dor, por toda a sua pele, seu rosto e seu couro cabeludo, que o fez tropeçar. O bebê estava quente, inacreditavelmente quente. Ele puxou a criança de dentro do casaco e a segurou, olhando para seu rosto brilhante.

E o brilho se intensificou.

Jacob não estava mais pensando, agia puramente por instinto. Talvez tivesse agido de forma diferente, se não fosse assim. Mas ele se ajoelhou na lama da encosta sob um céu noturno preto e tentou invocar o pó; tentou envolver o bebê em uma esfera de escuridão. Pensou que ainda poderia esconder o brilho. Que ainda poderia contê-lo.

Mas a dor se intensificou. Logo sua pele ardia, seus olhos começaram a nublar e uma agonia irrompeu em sua carne. Em meio à nuvem de pó, a luz azul do bebê crescia.

Tarde demais, ele compreendeu. Não havia como contê-lo.

Foi quando veio um clarão ofuscante, seguido por um vento que rugia nos ouvidos de Jacob, e ele foi lançado, girando, no ar, como uma boneca de pano. E o chão veio velozmente ao seu encontro.

Terra queimada, ainda fumegando.

Isso era tudo que Margaret Harrogate conseguia ver no brilho sinistro dos lampiões. Terra queimada e revirada, e as marcas escavadas de uma espécie de luta. Das janelas do instituto, ela também tinha visto o clarão azul de luz, e viera correndo.

— Meu Deus, o que...? — murmurou, a respiração se condensando no ar frio.

O Dr. Berghast girou no lugar onde estava, olhando para a escuridão.

— A criança — sussurrou ele. — O bebê fez isso. Onde ele está? Onde está Jacob?

— O bebê fez isso? — Margaret duvidava muito que isso fosse um feito do bebê. Mas quem era ela para dizer? Balançou a cabeça. — O seu Jacob nos enganou, Dr. Berghast. O bebê...

— Não está com ele.

Ela ergueu o lampião para poder ver o rosto dele claramente. Havia quase duas dúzias de outros vindo do solar, lampiões e tochas queimando contra a escuridão. Ela os observou se espalharem e começarem a procurar.

— Aqui — disse Berghast, empurrando a lama com a bota. — Dá para ver onde Jacob caiu. E como fugiu, por aqui, correndo. Ele está ferido. Veja como as pegadas de sua bota parecem vacilar. Mas aqui... — e ele se afastou alguns metros, até um trecho de terra queimada — ... aqui você vê um novo conjunto de pegadas. Menores. De uma mulher. Ou de uma menina. Foi quem encontrou o bebê. Ela foi nessa direção.

Margaret ouviu tudo isso com incredulidade.

— Uma garota? — murmurou ela. — O senhor não está imaginando que uma das alunas daqui levou o bebê? Que uma das alunas está em conluio com Jacob Marber? Eu não acredito nisso.

O Dr. Berghast fez uma careta.

— Obviamente que não, Sra. Harrogate. Embora Jacob tivesse, sim, um comparsa aqui, entre nós.

— O Sr. Laster vai se arrepender disso.

— O Sr. Laster já está morto — replicou Berghast rispidamente. — Ele só não se deu conta ainda.

— A doença dele...

— Está muito avançada. Sim.

Margaret andava entre os dois conjuntos de pegadas, balançando o lampião de um lado para o outro.

— Eles não vão na mesma direção. As pegadas de Marber e as dessa outra.

— Porque eles não estão juntos. Imagino que a jovem tenha roubado nosso protegido e fugido com ele. Ela irá para Edimburgo, sem dúvida. E de lá, para o sul, para a Inglaterra. Jacob ficará... decepcionado.

Margaret sentia que havia muitas coisas nessa história que ela não entendia. Podia ver as pessoas que participavam da busca se movimentando pelo terreno do instituto, vasculhando a vegetação rasteira.

— Quem foi? — perguntou ela. — Quem levou a criança?

Mas Berghast não respondeu. Ela o observou olhar as chamas vivas dos lampiões na escuridão à sua volta, seus reflexos na água escura do lago. Lentamente, seu rosto se encheu de satisfação.

— Ela não vai longe — disse ele baixinho.

A uns três quilômetros dali, na escuridão, Susan Crowley tropeçava e caía e tornava a se levantar, o bebê aconchegado dentro de sua capa para mantê-lo aquecido. O único som que se ouvia eram os arquejos e gemidos amedrontados que ela deixava escapar enquanto corria.

Cairndale já tinha ficado muito para trás. E em algum lugar lá atrás também estava aquele homem, aquele monstro, Jacob Marber, que havia roubado a criança debaixo do seu nariz, e também o Dr. Berghast, com seus olhos sinistros que não piscavam e sua atitude ávida. Ah, o pobre bebê. O Dr. Berghast queria mandá-lo para longe dali, escondê-lo do mundo. Ele estaria seguro apenas quando ela o levasse embora, ela sabia, quando o levasse para o mundo, longe daquela horrenda mansão com seus talentos e propósitos nefastos. A pobre criatura deveria escolher seu próprio caminho no mundo, escolher quem queria ser. E, no Cairndale, não haveria escolha.

Ela parou, os ouvidos atentos. Seu coração batia forte. Ela não ouvira nenhum som de perseguição, mas sabia que eles viriam. Havia saído da casa em pânico, jogando a capa sobre as roupas velhas, vestida de forma inadequada para o clima e sem nenhuma comida. Bem, ela havia suportado coisas piores do que a fome, não era? Que assim fosse. Não havia lua e talvez isso fosse uma coisa boa, mesmo que significasse ela ter de se manter no meio da estrada lamacenta enquanto prosseguia, as saias pesadas e cheias de lama. Estava com muito medo de perder a direção para se preocupar com isso. Ao seu redor, na escuridão, o estranho e selvagem negrume da paisagem escocesa se impunha.

Quando amanhecia, um fazendeiro lhe deu carona, e ela e o bebê seguiram para os mercados de Edimburgo amontoados entre sacos de legumes. Se ele desaprovava que ela viajasse desacompanhada, não disse nada. Ela tivera a previdência de pegar o pouco dinheiro que guardava no fundo da cômoda e com ele comprou uma passagem de terceira classe para o sul da Inglaterra na Princes Street Station, e ela e o bebê viajaram na parte de trás do vagão de trem com os rostos virados. Havia uma bolha de tristeza ao redor deles que os tornava quase inacessíveis.

Dias longos e cinzentos, turvos pela falta de sono. O bebê sentia fome, o bebê estava cansado. Susan o alimentava, lavava e trocava as fraldas da melhor maneira possível. Às vezes ela acariciava sua bochecha e ele olhava em seus olhos ou estendia a mãozinha e agarrava seu nariz ou cutucava seu queixo, e ela sorria gravemente. Tinha perdido um bebê; não perderia outro. Havia tanta inocência e tanta avidez pelo mundo nele. Ela não sabia o que fazer, para onde ir. Tinha uma vaga noção de que o Dr. Berghast a caçaria nas ferrovias, que ele enviaria seu pessoal atrás dela, então em Leicester ela pegou um trem de passageiros indo para o leste, para Norwich, e dali seguiu em direção ao sul, para Cambridge, e algum tempo depois, quando o dinheiro estava quase acabando, embarcou furtivamente com o bebê em um trem de carga outra vez na direção oeste.

Foi naquele vagão, bem tarde da noite, enquanto a chuva caía lá fora, que o bebê começou a brilhar com uma luz azul intensa e extraordinária, o mesmo brilho azul que ela vira engolir Jacob Marber. Susan não sabia o que fazer, como pará-lo. Estava assustada, porque seu leite não estava saindo direito havia dias agora. Estava tão cansada. Ela abriu a blusa para amamentá-lo, sentiu que ele começava a sugar. Tentou fechar os olhos para protegê-los do brilho.

Mas então uma dor terrível e abrasadora explodiu em seu peito e a pele começou a ferver. Ela gritou de agonia e tentou afastar o bebê, mas era tarde demais, ela já estava desabando para trás, sobre a palha, a dor envolvendo-a em ondas, e tudo escureceu.

O trem chacoalhava e fazia barulho.

O bebê, brilhando em meio à palha, começou a chorar.

Nesse exato momento, lá fora, nos campos que passavam, uma garota de cabelos castanhos precipitou-se de entre as árvores. Ela subiu a encosta na chuva, de quatro, e lançou-se pela porta do vagão de carga, arrastando-se, ofegante. Cães emergiram do intervalo entre as árvores, bem atrás.

E um homem de chapéu alto parou seu cavalo no crepúsculo, ergueu um rifle até a altura do ombro e fez mira.

Fumaça

1882

32

O Homem na Escada Morta

Charlie Ovid estava descendo, a faca na mão.
Uma água que não era água o cercava, sua camisa flutuando nela, e ele prendeu a respiração até o pulmão quase explodir e ele não conseguir mais segurar. Então, ofegou, respirando sabe-se lá como; uma luz azul fantasmagórica brincava em sua pele e nas paredes. Ele podia distinguir uma escada, um corrimão esculpido em madeira, papel de parede estampado. A escada girava e girava na descida.

Marlowe não estava em lugar nenhum.

Mas Charlie ouvia um som, como água num cano, por todos os lados. Quando tinha treze anos e morava à margem do rio Sutchee, no Mississippi, ele descia nas noites de sábado, depois de uma semana trabalhando nos campos quentes, e se deitava na água tranquila, afundando tanto a cabeça que as orelhas ficavam embaixo d'água. Passar pelo *orsine* era assim, exatamente assim, como se de repente suas orelhas se enchessem com o som da pressão em seu crânio, e fosse seu próprio sangue que ele ouvia, assustadoramente alto, mas ao mesmo tempo meio abafado também. Só que agora não estava só nos ouvidos, mas ao redor dele, do corpo todo.

Um zumbido baixinho dentro dele.

Um silêncio tão terrível que deixava um tinido fino e agudo nos ouvidos.

Havia água, e em seguida não havia. Como se a água tivesse se dissolvido em ar, em sombra. A escada descia até um grande saguão com iluminação fraca. Uma porta com vidraças laterais e moldura de madeira polida, um banco encerado, um aparador com uma flor cortada murchando em seu vaso. As paredes estavam cobertas de um estranho limo verde, talvez um tipo de mofo, e o tapete sob os pés vertia água a cada passo. A luz era estranha, particulada, granulada e cinzenta. Ele levantou o rosto devagar, bem devagar, como se estivesse embaixo d'água, e viu que Marlowe o observava do portal. O menino disse alguma coisa, mas estava abafado, deturpado, e Charlie não conseguiu entender.

— Mar-lowe — tentou dizer, mas sua voz parecia vir de muito longe.

Havia algo familiar no saguão onde estavam. Marlowe se virou, como num sonho, abriu a porta e saiu. Atravessou uma cocheira, passou por um portão enferrujado, pendurado por uma única dobradiça, e chegou à rua. As pedras do calçamento estavam cobertas de mato verde e luxuriante. Havia poças escuras no leito da rua e pingava água dos beirais. Charlie saiu e girou no mesmo lugar, espantado.

Era uma cidade, mas parecia abandonada, entregue à natureza, de forma que se podiam ver arbustos e árvores crescendo na rua pantanosa. Por todos os lados, havia uma neblina densa, os prédios sumindo dentro dela. Havia velhos coches sem uso na lama, alguns cobertos de musgo. Numa poça perto de seu sapato, Charlie viu um punhado de moedas e uma bota de couro apodrecida.

— Charlie — disse Marlowe baixinho.

Ele se virou, surpreso. Marlowe respirava pesadamente, como se tivesse corrido. A voz soava normal, só um pouco abafada. Ele pôs a mão no ombro da criança, estranhamente comovido. Parecia ter passado uma vida inteira desde que ouvira a voz de alguém.

— Que lugar é este? — murmurou.

Mas, antes mesmo que Marlowe falasse, ele ergueu os olhos para a fachada lúgubre do prédio de onde saíram e soube. Soube com um choque gelado: era a Nickel Street West, em Londres. Estavam em pé diante do prédio da Sra. Harrogate, de onde ele fugira naquela noite em que o suctor o perseguiu.

— É Londres, Charlie — sussurrou Marlowe. — Estamos em Londres.

E era verdade, estavam. Mas, ao mesmo tempo, também não era Londres. Charlie sabia disso com uma certeza que não tinha em relação a qualquer outra coisa. Por toda parte, havia longas ervas verdes, água gotejante, poças negras venenosas que chegavam aos tornozelos. Uma parede de névoa branca flutuava em torno deles. Charlie recordou o que Berghast tinha dito sobre a névoa, os espíritos, e puxou Marlowe de volta para dentro do portão. A imobilidade, a ausência de pessoas, de cavalos, de ratos, tudo dava ao lugar uma impressão sinistra e errada. Charlie engoliu em seco. Olhou os tijolos marrons arenosos, o verde da moldura aveludada de uma janela lá em cima, o amarelo e o preto lustroso das vigas de madeira podre. A cidade não tinha cheiro: essa era a coisa mais estranha de todas. Só um leve odor de queimado que se prendia nas narinas como fuligem.

A neblina passou, afastando-se. Ele tirou o mapa da sacola e o virou, tentando achar um ponto de referência.

— Acho... Acho que vamos por aqui, Mar — disse ele.

Quando ergueu os olhos, Charlie tomou consciência de formas que se moviam na neblina: colunas de ar estreitas e tremeluzentes. Não na neblina. Elas *eram* a neblina.

Marlowe deu um passo de leve, saindo do portão, e ficou olhando. Também conseguia vê-las.

— São espíritos, Charlie — sussurrou. — Olhe. São bonitos.

E eram: como fitas retorcidas de sopro, mas com formas, e sempre em movimento, seus rostos indistintos que mudavam e tremulavam, num momento o rosto de uma garotinha, em seguida o de uma velha, depois garotinha outra vez. E Charlie, de certo modo, compreendeu. Os espíritos, dissera o Dr. Berghast, eram lembranças, lembranças e esquecimentos; aqueles eram os rostos de uma vida inteira, lembranças transformadas em realidades, mas que ao mesmo tempo nunca permaneciam, nunca paravam, sem nenhum presente em que se agarrar. Havia centenas deles, milhares talvez, todos flutuando muito calmamente na rua. Uma cidade dos mortos, Berghast a chamara.

Eles estavam de frente para o prédio. Encaravam a boca do *orsine*, uma imensa e vasta multidão de mortos. Era como se conseguissem pressentir o mundo dos vivos do outro lado, como se fossem atraídos por ele. Charlie estremeceu.

— Eles podem nos ver? — perguntou Marlowe. — Acha que sabem que estamos aqui?

— Não sei. Precisamos tomar cuidado.

— São tantos, Charlie.

— É. — No mesmo instante, a tristeza daquilo tomou conta dele, e Charlie teve de desviar os olhos. — Ei, como está se sentindo, Mar?

O menino franziu a testa.

— Sinto... que já estive aqui. Como se eu conhecesse este lugar.

— Suas mãos não estão tremendo?

— Estou bem, Charlie.

— Temos de ir depressa, de qualquer modo. — Charlie deu uma olhada na rua, nos espectros que rodopiavam. Eram tão lindos. Mas algo naquilo não parecia certo; ele não gostava do quanto era fácil se perder neles. — Vamos — chamou, e começou a andar na direção oposta, desviando-se com cuidado dos mortos.

Mas, de um lado a outro da rua cheia de mato, havia espíritos à deriva, uma parede de névoa subindo como o calor que tremula sobre as pedras do calçamento, e encontrar um caminho para contorná-los não era fácil.

Quando chegaram ao fim da rua, Charlie se virou e olhou para trás. A neblina dos mortos estava densamente acumulada em torno do *orsine*. Como se à espera.

Eles prosseguiram, apressados. Desviavam das poças escuras da melhor maneira possível. Nas partes mais rasas, sempre havia objetos estranhos, como lembranças, um velho ferrótipo desbotado, um sapato de criança. Charlie receava se perder, mas não sabia mais o que fazer. A cidade parecia a Londres que eles tinham conhecido, mas ao mesmo tempo era diferente, entrecruzada de pátios e becos que ele tinha certeza de que não existiam na Nickel Street de verdade. Os prédios tremeluziam em certos pontos, às vezes com aparência de novos, às vezes desmoronando, às vezes inteiramente desaparecidos e, em seu lugar, prédios de madeira antiga. Era como se a cidade fosse um sonho de todos os seus passados também.

Charlie levou Marlowe até o grande rio. A margem oposta sumia em meio à neblina. Onde deveria estar a ponte Blackfriars, só havia a margem e uma escada torta e escorregadia de madeira que levava a um píer. A água parecia estranha, preta, grossa como tinta. Charlie girou no lugar onde estava, confuso, e espiou a extensão do rio. Não havia nenhuma ponte.

Em vez disso, ele viu, rastejando pela superfície, pequenas embarcações que se moviam devagar, impelidas por solitárias figuras de capa na popa. Se havia algum passageiro a bordo, eram espíritos — invisíveis àquela distância —, mas os barqueiros em si eram sólidos, de capuz preto e aparência fria e cruel, e Charlie puxou Marlowe depressa pelo ombro, afastando-o da margem. Ele se lembrou do aviso de Berghast: Existem coisas piores do que Jacob Marber nesse mundo.

Ele consultou o mapa para se orientar, espiou além da catedral, com sua cúpula escura e coberta de musgo, e depois levou Marlowe, hesitante, para leste, chapinhando por uma rua coberta de agrião crescido na água. As lâmpadas a gás das esquinas estavam acesas, brilhando com um fraco halo de luz, e Charlie sentiu novamente a estranha sensação, agora quase familiar.

Eles entraram em um beco coberto, passaram por plantas penduradas, atravessaram um pátio inundado, a água fria subindo acima dos joelhos, e então uma rua calçada de pedras surgiu da água, e eles pararam, torceram a roupa e tentaram se secar.

O tempo todo, a névoa dos mortos passava pela entrada do beco.

— Há quanto tempo estamos andando? — perguntou Marlowe, num sussurro.

Mas Charlie não sabia. A luz nunca mudava. Parecia não haver dia nem noite nesse mundo. Com o sapato, ele raspou o musgo macio de um pórtico, sentou-se e passou a mão pelo rosto. Estava cansado. No beco onde tinham parado, havia uma roda reforçada com metal enferrujado encostada na parede e uma janela quebrada com a vidraça serrilhada como dentes. Era a oficina de um tanoeiro; uma placa pendia acima da porta, as letras quase apagadas por ervas e sujeira. Quando se sentou, ele tirou o anel que tinha pertencido à mãe, segurou-o na palma da mão e o fitou.

Foi então que a sensação ruim tomou conta dele.

Charlie não sabia o que era. Era um sentimento de puro medo, de pânico. Seu coração disparou. Ele fechou a mão em torno do anel, olhou para Marlowe e viu o mesmo terror gravado nos traços do menino. Então olhou na direção da névoa e apurou os ouvidos. Levantou-se, imitado por Marlowe, e, silenciosa e rapidamente, experimentou a fechadura da porta da tanoaria. Ela se abriu facilmente e, na escuridão ali de dentro, ele não conseguia ver nada. Ele e Marlowe, entraram em silêncio, chapinhando no chão molhado, fecharam a porta e prenderam a respiração.

O que era? Charlie podia sentir o sangue correndo ruidosamente dentro do seu crânio. Com uma das mãos ele segurava a maçaneta da porta, mantendo-a fechada, e o olhar estava fixo na janela quebrada à direita. Marlowe estava na água parada, segurando os cotovelos, tremendo.

Até que ouviram: alguma coisa raspando no chão do beco, como uma barra de metal sendo arrastada, se aproximando. Algo grande e escuro passou pela janela. Ouviram um resfolegar, como se algum tipo de animal escarafunchasse o lugar onde estavam momentos antes. Então um som vibrante, um barulho de água; e o ruído arranhado sumiu aos poucos até só haver silêncio, a água batendo de leve em algum ponto da escuridão mais além.

Marlowe estava imóvel, apenas respirando. Ficaram assim muito tempo, só esperando, para o caso de vir mais alguma coisa. Mas não veio; por fim, eles voltaram ao beco.

— O que era aquilo, Charlie? — sussurrou Marlowe.

— Não sei.

— Você deveria escrever no caderno, como o Dr. Berghast falou. Acha que aquilo ouviu a gente?

Provavelmente, pensou Charlie. Mas ele apenas olhou para Marlowe e disse:

— Não ouviu.

— Não quero estar aqui quando ele voltar.

Charlie concordou com um movimento da cabeça.

— Mostra suas mãos.

O menino puxou as mangas, virou os pulsos e Charlie os examinou. Não havia sinal de tremor nem de descoloração. Ele sabia que Berghast tinha dito que Marlowe era imune, mas não tinha intenção de confiar o bem-estar do menino ao mesmo homem que os mandara para esse lugar. Ele fez uma careta, pegou o mapa, o consultou e olhou à sua volta. A névoa aparentava estar mais próxima, as estranhas figuras se retorcendo nela quase pareciam procurar por eles. Era hora de prosseguir. Na entrada do beco, havia uma placa pregada na parede: FANNIN STREET. Ele pegou o mapa na sacola. Não achou nenhuma Fannin Street em lugar nenhum.

— Acho que é por aqui — disse, guardando-o de volta. — Tem que ser. Vamos.

Os prédios escuros da cidade avultavam. Não havia nenhum sinal da criatura do beco. Apenas os mortos sem rosto em seus volteios, e a água, e o frio.

A luz nunca mudava. Quando cansaram, eles dormiram no segundo andar decadente de um prédio de apartamentos, em algum ponto ao norte do rio. Estavam molhados, com frio, os pés limpos de tão encharcados, e tiraram os sapatos e secaram a pele amaciada o melhor que puderam. Era um quarto com uma velha cama sem colchão, mas as paredes estavam quase sem fungos, a vidraça intacta. Não tinham como acender fogo na lareira nem nada para comer e se deitaram tremendo na penumbra. O tempo passou.

— É melhor guardar, Charlie — disse Marlowe, sonolento. — Você vai perder.

Charlie abriu os olhos. Girava o anel da mãe entre os dedos outra vez, traçando com os dedos os martelos gêmeos gravados na peça. Ele piscou. Não tinha se dado conta.

Ele olhou para Marlowe, viu que o rostinho o observava.

— Nunca te contei — disse devagar, e desviou os olhos. Não queria dizer mais nada, mas, quando deu por si, estava falando e era como se não pudesse mais parar. — Eu o encontrei, Mar. Meu pai. Tinha uma pasta no escritório de Berghast. O nome dele era Hywel. Esteve no Cairndale quando era bem novo, como a gente. Um forte, como era o Sr. Coulton. Ribs disse que tem esse grupo vivendo em Londres, os exilados. Talentos que perderam seus poderes. Ela disse que é triste de ver. Foi o que aconteceu com meu pai. Acabou lá com eles, sozinho.

— Ele não estava sozinho — disse Marlowe, com tranquila convicção.

Charlie virou-se de bruços, tremendo.

— Estava, estava, sim. Mas tudo bem. Tudo isso foi há muito tempo.

— Ele não estava sozinho, Charlie. Ele tinha você.

Charlie engoliu o nó na garganta, infeliz. Estava muito cansado.

— Não sei onde ele achou esse anel idiota — acrescentou. — Deu de presente para minha mãe quando se casaram. Era precioso para ela. Veio do Cairndale, é óbvio. Não sei, talvez deem esses anéis quando alguém perde o talento.

— Acho que não fazem nada de bom se você perde o talento — disse Marlowe baixinho.

— Talvez tenha ganhado num jogo de cartas. Ou roubado.

Marlowe assentiu, as pálpebras pesadas.

— Mas nunca vou saber, não é? Quer dizer, não de verdade.

O anel estava frio em sua mão, excepcionalmente pesado. Então ele fez algo estranho: tirou-o do cordão de couro e enfiou no dedo. O anel brilhou como uma faixa de luz prateada na penumbra. Charlie não se lembrava de ele ter se ajustado tão bem em seu dedo antes.

— A questão é — murmurou — que a gente perde muito tempo sonhando com o lugar de onde veio, porque sabe que ninguém vem do nada. E a gente diz para si mesmo que, se soubesse, então talvez encontrasse uma razão para ser do jeito que é. O porquê de sua vida ser como é. Mas não existe nenhuma razão, não mesmo. — Ele brincou com o anel no dedo, sentindo o frio do metal. — Meu pai morreu há muito tempo — disse, sem pena. — Eu nunca o conheci. Não sei nem como era a aparência dele. Ele morreu, depois minha mãe morreu, e eu fiquei sozinho, embora ainda fosse bem pequeno. E é assim que é. Não há como mudar isso, e também não significa nada.

— Mas você tem a mim — disse Marlowe, sonolento.

* * *

Deve ter sido o frio que o acordou.

Ele ainda estava com o anel. Sentou-se ereto. Marlowe estava em pé, a menos de um metro, fitando a parede do outro lado. A névoa havia entrado no quarto e estava se condensando ali, e Charlie se pôs em pé imediatamente.

— Mar! — sibilou, todos os sentidos de repente alertas. Ele recuou, batendo na parede úmida, e olhou de um lado para o outro.

Mas o menino não se mexera.

— Está vendo ela também, Charlie? — sussurrou ele.

Charlie não tinha certeza do que via. Tentava distinguir as formas à meia-luz, paralisado, o olhar fixo, puxando o medo em torno de si como um cobertor.

Marlowe não parecia nem um pouco amedrontado, apenas cheio de tristeza.

— É a Brynt, Charlie — murmurou ele. Havia espanto em sua voz. — Olha. É ela.

E Charlie lembrou-se da mulher enorme no trem, os braços e o pescoço tatuados, o cabelo prateado preso em uma trança como o de um guerreiro enlouquecido saído de uma lenda, que havia lutado com o suctor, forçando-o a se ajoelhar, que tinha se agarrado a ele e se jogado do teto do trem em velocidade para salvar todos eles. E lembrou também das palavras que Marlowe lhe disse naquela primeira noite na casa da Sra. Harrogate em Londres: Brynt é a minha família. E olhou para o menino com o coração cheio de piedade.

— Ela disse alguma coisa? — sussurrou. — Disse o que quer?

Pois ele pensava novamente nos avisos do Dr. Berghast, que os mortos não eram como tinham sido em vida, como se o homem soubesse o que encontrariam.

Marlowe parecia ter medo de respirar.

— Eu acho... acho que ela só quer me ver.

Agora Charlie também podia vê-la, a névoa escura sempre rodopiando e se movendo, uma figura imensa, os braços tatuados com símbolos misteriosos, o rosto pesaroso, os olhos parecendo estrelas gêmeas ardendo naquela névoa. Que ela não era mais humana, isso estava claro. Seus traços não paravam de mudar, como se estivesse submersa em uma água que se movesse depressa ao seu redor, e Charlie percebeu que ficava tonto ao olhá-la. Ela parecia encarar Marlowe, encarava-o de forma intensa. Não havia amor nesse olhar, nenhuma gentileza. Uma dor subia pela garganta de Charlie; o que quer que ela fosse agora, não era a Brynt que o menino tinha amado.

Charlie estava com mais frio agora, muito mais frio, e viu a respiração formar uma nuvem diante dele no quarto arruinado. Estendeu a mão para Marlowe, mas o esforço foi estranhamente difícil. Olhou à sua volta. A névoa os cercara em uma camada fina e agora se adensava, e ele viu rostos tremularem na neblina, olhos sem luz, bocas que pareciam abertas num grito silencioso. Agora ouvia um silvo baixo, como o sussurro de centenas de vozes, indistintas porém cheias de sofrimento. Ele tentou gritar, mas não conseguiu... O quarto estava escurecendo... Ele sentia frio, muito frio...

— Charlie! — gritava Marlowe, parecendo estar muito longe. — Charlie! Charlie!

E então uma luz azul atravessou a névoa, queimando-a, os tentáculos de neblina se dissiparam e recuaram, e ele viu Marlowe com as palmas estendidas, brilhando, e o menino lutava para colocá-lo de pé, e os dois saíram aos tropeços pela porta, desceram a escada, alcançaram a rua e se afastaram dali.

Ele não lembrava muita coisa do que aconteceu depois. Havia fragmentos de imagens: um pátio em ruínas, um beco sob arcos de tijolo, uma rua submersa. Ele continuava vendo o rosto dos mortos, seus olhos, o anseio neles.

Charlie voltou a si algum tempo depois, no pórtico de um prédio de apartamentos numa rua torta. Ouviu Marlowe andando de um lado para o outro no quarto úmido atrás dele, como se procurasse alguma coisa. A luz esquisita desse outro mundo não tinha mudado nem um pouco. Ele se sentou, sentindo a fome fria e clara na barriga. A cabeça doía. Ele olhou a neblina dos mortos passando pela rua e se perguntou o que aconteceria se entrasse nela e se permitisse se deixar levar. Seu corpo ficaria neste mundo sem apodrecer? Ele se ergueria do corpo, uma figura de lembranças translúcidas e já se apagando? Depois se perguntou se aquele mundo significava que Deus e tudo o que tinham lhe dito sobre o céu e a verdadeira ordem do universo estava errado ou meramente oculto por um véu maior; então, soltou um profundo suspiro e esfregou as mãos na calça, como se quisesse se assegurar de que ainda estava vivo. Foi nesse momento que viu sua mão direita.

Ela tremia. Ele lembrou do aviso de Berghast e enfiou a mão debaixo do braço, franzindo a testa, preocupado. Sabia o que significava: Marlowe teria de continuar sozinho.

Dali a algum tempo, ouviu Marlowe atrás dele. Havia lágrimas secas em seu rosto, e os olhos de um azul profundo estavam vermelhos.

— Charlie! Você está bem?

— Sim. E você?

O menino franziu a testa com bravura.

— Brynt se foi.

— Sim.

— Mas ela me reconheceu, Charlie. Ela sabia quem eu era. Deu para ver.

Charlie olhou o menino, mudou de posição. Não gostou de ver a esperança no rosto dele. Enfiou a mão trêmula no bolso e se levantou.

— É — disse. — Bom, temos um quarto para encontrar.

Ele começou a andar, cansado, os pés doloridos. Porém, Marlowe não o seguiu. O menino mordia o lábio com expressão assombrada e havia nele algo diferente, algo tinha mudado, e Charlie olhou uma vez na direção em que seguia, deu meia-volta e se arrastou até o menino.

— Mar?

Marlowe olhava, hesitante, para trás.

— É por ali, Charlie. Temos que ir por ali. Eu posso... posso sentir.

Charlie olhou naquela direção e, por um instante, achou ter vislumbrado na neblina adiante o imenso espírito translúcido de Brynt, seus olhos brilhantes, mas a imagem logo sumiu, fosse o que fosse, e só restou aquela estranha cortina móvel de névoa.

— Tem certeza? — perguntou.

O menino balançou a cabeça.

— Não.

Mas mesmo assim ele seguiu Marlowe pela rua torta e por um beco gotejante, procurando ater-se o máximo possível às poças rasas, passando sob as ervas que pingavam e o musgo que pendia de molduras de portas e arcos. Ele não sabia mais onde estavam.

Era uma cidade morta, uma Londres de imobilidade e perda, as ruas eram labirínticas e cheias de detritos de vidas passadas. Marlowe o levou a descer por uma escada torta, escorregadia, com um musgo tão preto que brilhava quase azul naquela luz estranha, e então parou sob um tipo de aqueduto e apontou. E lá estava ela.

Uma árvore branca, sem folhas, crescia na lama no meio de um chafariz. Onde a casca se soltava em tiras finas como papel, a nova casca que se via por baixo era vermelho sangue. À sua sombra, havia uma bomba manual à moda antiga, feita de madeira, e no outro lado da praça uma casa sinistra, alta e estreita, com sacadas tortas que se inclinavam para fora no espaço vazio. Não havia portas, somente uma passagem quebrada em uma parede.

— É claro — murmurou Charlie, passando a mão pelos cabelos com desgosto. — Temos que entrar lá? É claro.

Marlowe o olhava de um jeito estranho.

— Sua mão, Charlie — disse ele. — Está tremendo. Olha.

Mas Charlie só a enfiou de volta no bolso.

— Não se preocupa com isso, Mar. Está tudo bem.

— Dói?

Charlie não respondeu. Havia espíritos se reunindo, se adensando, à esquerda da praça. Ele verificou se o caminho à frente era seguro e passou com pressa, Marlowe quase correndo atrás dele. No pórtico da antiga casa, o menino o alcançou e puxou sua manga.

— Sei o que você quer dizer — explicou Charlie. — E não está errado. Mas temos que pegar essa luva que Berghast quer. Estamos muito perto, Mar. Quer ter que voltar e fazer tudo isso de novo?

Charlie observou Marlowe pensar, e o menino lhe dirigiu um rápido olhar de repreensão. Então, entraram, tomando cuidado para não roçar na moldura de pedra escorregadia.

A casa estaria escura, não fosse pelas janelas quebradas por onde entrava aquela mesma estranha luz cinzenta. Eles fizeram uma pausa, para que os olhos se ajustassem, e foi aí que Charlie viu que não estavam sozinhos. Na base da escada, uma difusa coluna de ar se formava. Um espírito. Ele pôs a mão no ombro de Marlowe, alertando-o. O espírito tremulou, definindo-se na figura translúcida de uma mulher, então rodopiou de novo no ar. Depois era novamente uma mulher, com vestido de anquinhas, de costas para eles. Ela não fazia nenhum barulho, mas sua agitação era clara. Devagar, ela flutuou pela sala, como se estivesse embaixo d'água, e pareceu a Charlie que tudo se imobilizava, e era como se ele estivesse em pé numa rua fria espiando por uma janela. Nisso, o espírito virou o rosto e Charlie o viu com clareza.

Era sua mãe.

Ou, melhor, sua mãe como podia ter sido, deveria ter sido antigamente, nos anos que antecederam a perda e as dificuldades. Seu rosto tremulava, mostrando as diferentes idades. Charlie procurou a parede, sentiu o lodo frio do papel de parede sob a mão. Ele tremia. Conhecia cada linha daquele rosto, conhecia-a em qualquer condição. A pele parecendo berinjela escura, e o cabelo puxado para trás e preso em um coque. As maçãs do rosto altas. Os olhos castanhos e tristes.

Ela parecia falar com alguém na escada, uma segunda figura, embora não emitisse nenhum som, e então uma segunda coluna de ar se retorceu, tomando forma, e um homem surgiu, pálido, de cabelos pretos, esguio como uma sombra, com uma sobrecasaca antiga. Ele desceu, tomou as mãos dela e falou de um jeito urgente, embora Charlie não ouvisse nada. Mas entendeu, na mesma hora, que aquele era seu pai.

O rosto não parava de tremeluzir, desbotar e voltar a ter substância enquanto falava. Mas Charlie fitava no homem os lábios finos, os dentes pequenos, as rugas nos cantos dos olhos de tanto sorrir. Tinha um rosto flácido, com papada, que era estranho num corpo tão magro, como se devesse ser robusto. Os cabelos eram compridos. As grandes conchas rosadas das orelhas sobressaíam.

Charlie não conseguia pensar; não conseguia respirar. Viu os dois tremerem, flutuarem e passarem por uma porta baixa que levava aos fundos da casa, e os seguiu. O lugar estava em estado de deterioração avançada, e a água corria em filetes pelas paredes, e as tábuas do assoalho pareciam moles sob o peso de Charlie. Havia um berço no quarto dos fundos, um berço dentro do qual se via um bebê enrolado. Ele não compreendia. Era a si mesmo que via, sabia disso, mas como seu espírito poderia estar aqui também se ele estava vivo, em carne e osso, presente, observando? Devagar, o pai tirou um anel da mão estendida da mãe, o seu anel, o de Charlie, o mesmo que ele usava agora no dedo. Observou o homem se inclinar sobre o berço e apertar a joia na minúscula mão fechada do bebê, e Charlie sentiu a visão se turvar.

Então o pai levantou a cabeça e olhou para Charlie, diretamente para Charlie, com um ar de sombria confusão, e a mãe se virou e o fitou também, estarrecida, e então Charlie sentiu a mão de Marlowe em seu braço, e os dois espíritos estremeceram, ficaram translúcidos e desapareceram, como se dispersos no vento, e não havia mais nada, ninguém; eles se foram, como se nunca tivessem existido.

O coração de Charlie batia com força. Seu rosto estava molhado.

Nesse momento ele viu, atrás de onde estivera o berço-fantasma, uma porta.

* * *

— É isso, Charlie — sussurrou Marlowe. — É por aqui.

Marlowe estava em pé no vão da porta, olhando-o com olhos grandes e solenes. Havia uma escada mais adiante. Charlie girou algumas vezes no mesmo lugar, observando a casa decadente. Alguma coisa estava faltando. Ele tinha dificuldade de organizar os pensamentos.

— Charlie, vamos.

Era uma escada de fundos estreita, a passagem dos criados pela casa. Eles subiram até o segundo andar e, com cuidado, contornaram um buraco no chão, seguiram por um corredor e subiram mais escadas até o terceiro andar. Pisando apenas nas junções dos degraus, passaram pelo terceiro andar e continuaram subindo até o alto. Lá em cima, encontraram a porta do sótão. Charlie tinha a forte sensação de que alguma coisa estava errada. Eles tinham encontrado o Quarto.

Marlowe também estremeceu. Mas não hesitou; o menino entrou no sótão como alguém que prende a respiração e pula na água fria.

O sótão não parecia nada de mais. Um quarto estreito sob um telhado de duas águas. Em um dos cantos, as vigas tinham caído, levando parte da parede externa, de modo que a neblina cinzenta e a silhueta dos telhados da cidade eram visíveis pelo buraco. As pegadas de Charlie ecoaram quando ele baixou a cabeça e entrou devagar. A porta de uma sacada pendia torta na dobradiça. Escombros, alvenaria desmoronada, pedaços de móveis havia muito quebrados enchiam o cômodo. Então Charlie parou. Encostado na parede oposta à entrada estava o corpo de um homem.

Estava ali fazia muito tempo. Vestia-se à moda de décadas passadas, como algumas das pessoas retratadas nos corredores superiores do Cairndale. A pele do morto secara a ponto de parecer papel, os olhos sob as pálpebras tinham afundado no crânio e a garganta mumificada parecia uma corda fina. Numa das mãos, exibindo um brilho sombrio, como se absorvesse toda a luz que pudesse encontrar, estava a luva de madeira e ferro que Berghast os mandara procurar.

Charlie foi até o corpo e puxou a luva. Os dentinhos dentro da peça morderam a mão na altura do pulso. Charlie sacudiu a luva. A mão caiu despedaçada, em meio a uma nuvem de pó. Ele ficou olhando, fascinado.

Os pedaços de madeira costurados nela brilhavam como vidro preto. A luva era pesada e bonita, muito mais bonita que a réplica que Berghast mostrara. Charlie viu que sua mão tinha parado de tremer.

— Há quanto tempo você acha que ele está aqui? — perguntou Marlowe. — O que aconteceu com ele?

Charlie franziu a testa.

— Não sei. Acho que não quero saber.

— Posso ver a luva? Charlie?

Mas Charlie ainda a segurava, os olhos fixos nas placas pretas foscas de madeira e ferro, e precisou de muito esforço para conseguir desviar os olhos.

— Sim — disse, forçando-se a soar indiferente. — Sim, claro. Toma.

Ele a entregou ao menino, deu de ombros e se virou. Mas, no coração, sentia que não devia largá-la, que devia mantê-la perto de si, usá-la por segurança, porque só ele podia compreender como era preciosa, só ele a manteria a salvo.

Mas a sensação passou num instante, e então foi como se nunca tivesse existido. Ele foi até a porta quebrada e saiu na sacada. O ar estava frio. Agora, suas duas mãos tremiam. Na praça lá embaixo, os espíritos estavam mais densos, e o véu de névoa que formavam se abria e tornava a fechar, e os telhados escuros e molhados da cidade pareciam se estender infinitamente. Ele se perguntou se haveria outros mundos além daquele, se havia mundos além dos mundos. Tudo parecia possível.

Eles precisavam voltar. Ele estava se virando para entrar quando algo o deteve, uma sensação; olhou para baixo e vislumbrou movimento na praça. Uma figura pálida e sem cabelo, à espreita sob a estranha árvore branca no chafariz.

E foi então que ouviu o ruído de sapatos na madeira em algum ponto da casa. Alguém estava subindo a escada. Lá dentro, Marlowe ficara imóvel. Charlie começou a ir até ele, mas parou e se encolheu junto à parede, o coração batendo forte no peito. Pois uma sombra enchera o vão da porta.

Era um homem que emanava poder, todo de preto, vagamente familiar. Ele tirou o chapéu, girando a copa entre os dedos enluvados. Sob a barba preta, via-se claramente que a boca e a bochecha tinham sido cortadas. Havia sangue cobrindo suas roupas. No mesmo instante, Charlie o reconheceu e se encolheu.

— Olá, Marlowe — disse Jacob Marber, a voz macia como veludo.

33

O Grassmarket

Uma chuva escura havia começado durante a noite. A carroça que parou para eles no campo era conduzida por um velho cortador de turfa que se sentava como uma figura esculpida em granito, o cachimbo preso entre os dentes, a chuva escorrendo do chapéu, da barba e da capa. Ele resmungou e os três — Komako, Ribs e Oskar — sacudiram a água de suas capas e subiram na carroça. Lymenion, fedorento, mole como cera derretida na chuva, ficou parado junto à cerca viva com água até os tornozelos, observando-os ir, o rosto triste e disforme impassível. Komako olhou para Oskar. O rosto do menino estava voltado para o outro lado.

O cortador de turfa não falou uma só palavra durante toda a lenta viagem para o sul, a caminho de Edimburgo, e os três garotos estavam cansados demais para falar. Era quase de manhã quando a carroça parou na Princes Street. Estavam diante do Monumento de Scott. Os três desceram. Acima deles, o castelo assomava fantasmagórico na chuva, como uma cidade no céu.

— Bom dia para vocês, então, viajantes — gritou o cortador em seu forte sotaque escocês.

Komako, com o capuz ainda cobrindo o rosto, ergueu a mão em um gesto de agradecimento. O homem estalou as rédeas e a carroça seguiu aos solavancos madrugada adentro.

Já havia vagões de carvão em suas entregas e os pobres tremendo sob arcos e portas, mas no geral a cidade parecia cinzenta, solitária e silenciosa. Komako examinou os prédios, procurando um pub aberto àquela hora.

Quanto mais cedo eles obtivessem indicações de como chegar, melhor. Tinham um nome: Comércio de Velas Albany. E Oskar parecia certo de que ficava no Grassmarket, onde quer que isso ficasse.

Obviamente, ainda era muito cedo para a loja de velas estar aberta. Mas eles podiam encontrá-la e esperar, não podiam?

Oskar estava mancando quando começaram a descer a rua. Komako parou e pôs a mão em seu braço.

— Lymenion vai ficar bem. Você sabe que vai.

O lábio inferior de Oskar se projetou para a frente. Ele estava piscando para afastar a chuva.

— É o meu sapato, Ko. Está me machucando.

Bem ali, no meio da rua, Ribs se ajoelhou, levantou o sapato do menino e o examinou.

— Tem um prego aí — disse ela. — Venha.

Foram até um banco de parque debaixo de um olmo pingando e ali Ribs pegou o sapato de Oskar, enfiou a mão em seu interior e procurou. Ainda segurando o sapato, ela se levantou, chutou os galhos e as samambaias caídos no chão até virar uma pedra grande, então voltou com a pedra em uma das mãos e o sapato na outra e começou a bater no prego.

Komako, que observava tudo isso, levantou-se e olhou ao longo da rua.

— O que você acha que eles disseram a Berghast? — perguntou ela baixinho.

Ribs fez uma careta, os cabelos vermelhos grudados no rosto.

— Charlie e Marlowe? Nada. Eles não são dedo-duro.

Mas Komako não tinha tanta certeza.

— Berghast tem um jeito de descobrir o que quer saber — disse ela. — Lembra como ele fez com o chocolate, daquela vez que você entrou na despensa?

Ribs, que martelava o prego enterrado no sapato, fez uma pausa e enxugou a água dos olhos. Ela parecia estar se lembrando.

— Sim, mas valeu a pena. — Ela sorriu.

— Que chocolate? — perguntou Oskar. — Nunca vi nenhum chocolate.

As pontas dos dedos de Komako estavam vermelhas no frio e ela enfiou as mãos nas axilas.

— Ultimamente ele parece tão cansado. Como se estivesse sobrecarregado. Não quero dificultar as coisas para ele, não quero que fique preocupado.

Ribs fez uma careta.

— Acho que o velho Berghast pode cuidar de si mesmo, Ko. Você não é a mãe dele.

— Eu sei disso — disse Komako baixinho.

— Não confio nele, acho, não como você. Mas ele não vai machucar Charlie ou Mar, não. Ele quer as mesmas coisas que nós queremos. Não estamos trabalhando *contra* ele. Certo?

Komako mordeu o lábio, pensativa.

— De qualquer forma — acrescentou Ribs, virando o rosto para o lado e cuspindo nas pedras do calçamento. — Acho que ele já sabe que estivemos no estúdio dele, bisbilhotando. E sabe que a gente foi ver o Aranha. Dê a ele cinco minutos e ele vai juntar tudo e dizer o que a gente está fazendo, o que está pensando e o que comeu no almoço, e até se a gente gostou e se comeria de novo.

Eles ficaram em silêncio por um momento, sorrindo na chuva que não parava.

— Ele não ia saber o que a gente comeu no almoço — disse Oskar.

Quando voltou a calçar o sapato e cautelosamente apoiou o peso naquele pé, Oskar olhou para Ribs com alívio; então atravessaram a rua, agora mais movimentada, deslizando entre eixos que rangiam e cascos que espalhavam a água das poças, e começaram sua busca por indicações de como chegar ao Grassmarket. Havia jovens balconistas sob guarda-chuvas e lojistas mais velhos com casacos e chapéus escorregadios com a chuva, mas não havia mulheres àquela hora. Caminharam lentamente, três pequenas figuras em capas idênticas. Ficou combinado, dado o sotaque polonês e a pouca idade de Oskar, e as feições de Komako, que Ribs falaria, e ela pareceu satisfeita com a perspectiva. Então ajeitou os cabelos ruivos rebeldes, lambeu um dedo e alisou as sobrancelhas, como se isso fizesse alguma diferença. E adotou um sotaque refinado. Ou o que ela supunha pudesse passar por um sotaque refinado.

— Perdoe-me, mas o senhor poderia ser tão magnífico a ponto de compartilhar comigo a direção geral do estabelecimento de um excelente comerciante de velas no Grassmarket? — praticou ela, olhando para Komako em busca de aprovação.

— Isso é horrível — disse Komako.

— Sim — concordou Oskar.

Mas Ribs apenas sorriu e piscou um olho.

— Compete a vocês falar mais respeitosamente, meus caríssimos.

— Ninguém fala caríssimos.

— Ninguém — ecoou Oskar.

A essa altura, eles estavam parados sob o beiral gotejante de uma taberna em uma esquina lotada. Ribs não se deixaria convencer.

— Ah, vocês não saberiam o que são boas maneiras nem se elas mordessem esse seu nariz. — Ela sorriu. — Eu pareço uma rainha.

E ela empurrou a porta de vaivém do pub enfumaçado e entrou. Komako esfregou as mãos geladas. Por cima da cabeça de Oskar, ela vislumbrou um policial, com uma capa escura brilhante, passando lentamente. Seus olhos, embaixo de sobrancelhas pesadas, passaram por ela e Oskar, detiveram-se por um momento e então seguiram em frente. Ela ficou surpresa com a rapidez com que seu coração batia.

Oskar tinha outras preocupações.

— Não devíamos ter deixado para a Srta. Davenshaw um... um bilhete ou algo parecido? Para que ela não ficasse preocupada? — perguntou ele.

— Ela não enxerga para ler, Oskar — disse Komako.

Oskar assentiu, abatido.

— Eu sei. Eu... eu falo uma mensagem de... de... de algum tipo... Só não gosto de pensar que ela está se preocupando, só isso.

Komako também não gostava. A Srta. Davenshaw era rigorosa, mas justa, e havia nela uma bondade firme como um cabo de aço. Ela pousou a mão no ombro de Oskar.

— Charlie e Marlowe vão deduzir — disse ela. — Vão dizer a ela que fomos a algum lugar. Mas todas as nossas coisas estão lá. Vai ficar claro que vamos voltar.

— Mas e se Charlie e Marlowe também não estiverem na aula?

— Onde mais eles estariam?

Ele deu de ombros, infeliz, na chuva.

Uma voz atrás deles bufou.

— Ele acha que eles ainda estão com o velho Berghast. Tomando o café da manhã.

Komako se virou. Ribs tinha saído enquanto eles conversavam e estava levantando o capuz de sua capa para cobrir os cabelos ruivos.

— Eu não acho isso não — replicou Oskar.

Komako apontou o pub.

— E então? O que eles disseram?

— Bom, primeiro — disse Ribs efusivamente —, vocês vão gostar de saber que eles ficaram impressionados com meu sotaque. Ah! Encantador, é o que foi! *Ora, olá, senhorita*, eles disseram. *E o que a senhorita está fazendo em um dia como este, assim desacompanhada?* E eu disse a eles: *Ah, minha governanta está lá fora, tomando ar e tal*, e eles disseram...

— Ribs — disse Komako. — O que eles disseram sobre a *loja de velas*?

Ela deu de ombros.

— Nunca ouviram falar.

— Mas o Grassmarket? Eles devem saber como chegar lá...

— Be-e-em — começou ela. — Não cheguei a ter a chance de...

Mas naquele momento Komako viu o policial voltando, vindo na direção deles. Uma figura enorme em sua capa de chuva preta e com suíças castanho-avermelhadas espessas que lhe davam um aspecto felino e feroz na escuridão. Ele parecia ter o olhar fixo em Ribs e Oskar e ela rapidamente pegou os dois pelos cotovelos, levando-os dali.

— É melhor a gente ir embora — sussurrou ela.

E eles abriram caminho através da multidão de trabalhadores do comércio, mergulhando os pés na água que ia até os tornozelos abaixo dos postes de amarração, tentando dar a volta e conseguir espaço. Vadiagem era apenas uma desculpa para um policial fazer com você o que ele quisesse e a última coisa de que precisavam, ela sabia, eram problemas com a lei. Eles não estavam correndo, mas quase isso, andando tão rápido que atraíam olhares de reprovação das pessoas por quem passavam.

— Vocês três! Ei! — chamou o policial.

Ele os alcançou a menos de dez passos da esquina da Hanover Street. Komako, Ribs e Oskar se encolheram contra uma grade de ferro, ainda na chuva. Era difícil distinguir os olhos do homem, que avultava acima deles, o rosto gravado em uma carranca. Komako de repente sentiu medo. Aqui havia menos pedestres. Mas estava tudo molhado demais para ela manipular qualquer pó; Ribs estava completamente vestida e, portanto, não poderia ficar invisível, e Lymenion, o gigante de carne de Oskar, estava a quilômetros de distância. Eram tão impotentes quanto quaisquer crianças comuns, em qualquer lugar.

Burra!, pensou de si mesma.

O policial batia o cassetete — *slap, slap* — na palma da mão. Um coche de aluguel passou por eles, chacoalhando. O homem olhou para a rua, depois de volta para eles.

— A gente não *tava* fazendo nada — disse Ribs. — Não é contra a lei tomar chuva.

— É verdade — disse o policial.

— Então... a gente pode ir? — perguntou Komako.

Mas ele estava bloqueando o caminho com seu tamanho e ela podia ver o apito pendurado em seu pescoço e sabia que eles não iriam a lugar nenhum sem que ele permitisse. Suas suíças eram longas e estavam molhadas como o pelo de um cachorro e, quando ele fez uma careta, saiu água delas.

— Eu conheço vocês — disse ele calmamente. — Vocês são daquele tal Cairndale, ao norte, não são?

Komako congelou. Ela olhou para Ribs, e de volta para o policial.

— Não — disse Ribs.

Mas o policial ignorou essa resposta.

— A irmã da minha mulher costumava entregar perecíveis nessa propriedade. Costumava falar sobre as crianças de lá. Disse que parecia uma vida solitária, crescendo na beira daquele lago. Apenas alguns de vocês. — Ele inclinou a aba do capacete com a bengala e a água escorreu para um lado. — Não precisa parecer tão chocada, mocinha. Vocês estão usando essas capas que são de lá. — Ele apontou a insígnia sobre o peito dos três. — Pode ser que a maioria aqui na cidade grande não conheça, mas os que vêm do norte conhecem bem o brasão do Cairndale.

— Sim, senhor — disse Komako educadamente. Ela estava surpresa e confusa demais para dizer qualquer outra coisa.

Mas Ribs não estava. Ela deu um passo à frente, como se estivesse avaliando o homem, e disse, ousada:

— A gente *tava* procurando uma loja, senhor. Uma loja de velas, de um tal Sr. Albany. Fica no Grassmarket. A gente queria comprar alguma coisa especial para a nossa governanta.

— Em uma loja de velas? — perguntou o policial. — Eu diria que um belo corte de tecido seria um presente melhor. Ou talvez algo da casa de chá logo depois da esquina...

— O Sr. Albany é um amigo especial dela, senhor — disse Komako rapidamente. — É um presente que agradaria muito, por razões sentimentais.

— Ah. Muito bem, então. Mas... — Ele franziu o rosto e virou-se na chuva, olhando a rua melancólica. — Deixe-me ver. Não conheço nenhum Sr. Albany, mas se é o Grassmarket que vocês estão procurando, fica bem depois da rocha do castelo. Vocês vão atravessar os jardins até a Cidade

Velha e virar à direita na Victoria Street e seguir por ela em direção à West Port. Vejam bem. Têm comércio de todo tipo por lá, negociantes de breu e alcatrão, tintureiros e afins. E mesmo que esse homem que vocês procuram não esteja, haverá um ou dois que aponte para vocês a direção certa.

Komako decorou os nomes. Victoria Street. West Port.

— Vocês estão bem em relação a dinheiro, então? Comeram alguma coisa?

Os olhos de Ribs se iluminaram.

— Não... — ela começou a dizer.

Mas Komako falou antes dela.

— Estamos bem, obrigada, senhor. Nós comemos antes de sair esta manhã. E trouxemos tudo de que precisamos.

— Está certo — disse ele.

Então inclinou o capacete e se despediu, voltando a andar na chuva, balançando alegremente o cassetete.

Mas eles *estavam* com fome, sim. Compraram um monte de bolinhos enrolados em jornal em uma carrocinha na beira do gramado e depois andaram na chuva, em completo silêncio. Os caminhos de cascalho brilhando, as árvores escuras e imóveis. As muralhas do castelo assomavam acima deles, recortadas e medievais, e os canhões nas ameias mal podiam ser vistos em meio à neblina. A Cidade Velha era mais sombria e as ruas mais estreitas, e quando finalmente chegaram ao ar livre do Grassmarket estavam todos cansados e cheios de dúvidas. Nos antigos currais de gado, corvos enormes empoleiravam-se nas barras da cerca, observando. Komako podia sentir a água circulando em torno dos dedos dos pés a cada passo.

— A Srta. Davenshaw ficará brava quando a virmos — disse Oskar.

Komako colocou a mão no braço do garoto, tranquilizando-o. Eles estavam parados no local da velha forca e ela se virou na chuva para olhar à sua volta. Um beco estreito, fachadas de lojas tortas. Um cavalo preto puxando uma carroça passou por eles na escuridão. E lá estava, em uma vidraça pintada na esquina, em letras cursivas grandes:

COMÉRCIO DE VELAS ALBANY,
Fornecedor de velas finas, pavios e lanternas.
Conserva de gorduras e óleos de todos os tipos.
Edward Albany, proprietário. Desde 1838.

Um toldo vermelho desbotado e com furos gotejava sobre o pórtico. Um barril sem tampa continha só Deus sabe que tipo de líquido. Havia um rato morto bem no meio da escada, deixado ali por algum gato empreendedor. Isso, ou envenenado. A loja estava escura e parecia deserta, nada acolhedora. Mas enquanto eles observavam, a placa na janela foi virada e mudou para ABERTO. Um rosto pálido se materializou na vidraça, espiando a rua, e então desapareceu.

Ribs sorriu. Então cobriu os cabelos com o capuz e falou com seu pretenso sotaque de classe alta.

— Bem, meus caríssimos. Vamos fazer uma visita ao bom Sr. Edward, certo?

Oskar fez uma careta.

— Ela não vai fazer isso de novo, vai? — sussurrou ele.

— Ribs... — começou Komako. — Tenha... cuidado. Você não sabe o que tem lá.

— Eu sempre tomo cuidado. — Ela sorriu.

— Se encontrar algum sinal de Brendan ou de alguma das crianças desaparecidas, volta aqui imediatamente. Ok?

Ribs piscou. Então fez meia-volta com um floreio, de forma que sua capa tremulou à sua volta, e começou a atravessar a rua.

Naquela mesma manhã, precisamente às nove horas e cinco minutos, Abigail Davenshaw ergueu-se tranquilamente de trás de sua mesa e, passando as mãos pelas saias, atravessou a sala de aula silenciosa e foi até o corredor. O solar estava fresco, e no ar pairava um cheiro de grama molhada que entrava pelas janelas abertas. Um fogo de carvão queimava atrás dela na lareira.

Ela não vira nenhum sinal dos jovens talentos naquela manhã, nem Komako nem Charlie Ovid nem ninguém. Não estavam no café da manhã nem nos corredores nem no pátio. "Vira" talvez fosse um termo estranho para usar nesse caso. Pois Abigail Davenshaw era, obviamente, cega; havia nascido assim, sem visão; porém, porque nunca tinha enxergado, não era uma coisa de que sentisse falta, e ela havia aprendido maneiras de navegar na escuridão de seu mundo com uma rapidez e clareza que rivalizavam com a visão de outras pessoas. Ela era exigente com sua aparência, usando o cabelo preso, sem nem um fio fora do lugar. Tinha aprendido a importância disso cedo na vida. Era a filha ilegítima da governanta de uma propriedade em

Midlands, e o senhor recluso que havia se retirado ali assumira a tarefa de cultivar a inteligência da menina. Por que, ela nunca saberia. Bondade ou caridade, um experimento ou algo completamente diferente. Quando era pequena, ele lia para ela os clássicos — Shakespeare, Dante e Homero —, mais tarde as ciências modernas e, mais tarde ainda, os filósofos e poetas modernos. Ela havia aprendido as teorias da luz e da matéria e as novas leis da termodinâmica. Aprendera línguas, música, dança e até, estranhamente, as artes da esgrima e do boxe.

— Não se trata de ver com os olhos, filha — dizia ele —, mas de ouvir com os ouvidos e sentir com a pele e usar tudo o que o bom Deus achou por bem lhe dar.

Abigail tinha uma memória notável, e citava para ele longas passagens, palavra por palavra, e isso também o encorajava a persistir na educação dela; e assim ela cresceu, lentamente, tornando-se uma jovem formidável. Como o Dr. Berghast a encontrara, ela nunca saberia. Ele lhe enviara uma carta sem apresentação seis semanas depois da morte de seu benfeitor, e a mãe dela, já idosa, hesitante, lera a carta com surpresa. Parecia que o Instituto Cairndale ouvira falar de sua educação extraordinária e desejava empregá-la na educação e orientação de suas próprias crianças bastante incomuns.

Ela seguia agora rapidamente ao longo do corredor, roçando os dedos levemente pela parede, as saliências e sulcos familiares lhe dizendo quando viriam as curvas. Ela podia sentir as mudanças na pressão do ar, na temperatura, que a avisavam quando uma porta era aberta, quando uma pessoa se aproximava. Em seus aposentos, ela mantinha uma longa vara de bétula, muito lisa, usada por muitos portadores da mesma deficiência que ela para sondar o ambiente em busca de obstáculos. Abigail, porém, raramente recorria a ela, apenas quando estava entrando em território desconhecido.

Ela a estava usando agora.

O primeiro lugar a que se dirigiu foi o dormitório feminino. Ali ficou parada na porta do quarto vazio, com o queixo erguido, escutando. O lugar estava vazio, ela podia sentir isso no tipo específico de silêncio e na maneira como o ar se movia ao seu redor. Levando a vara para a frente e para trás no ar, batendo no chão à sua frente, ela tateou a cama de Komako Onoe, e depois a cama malfeita de Eleanor Ribbon. Nenhuma delas havia dormido ali naquela noite; ela podia jurar. Sentou-se de leve na borda da cama de Komako e tateou embaixo do travesseiro. Nada.

Então. As meninas estavam fora desde a noite anterior.

Ela apostaria que Oskar, Charlie e Marlowe também estariam com elas. Os dois últimos a surpreendiam um pouco; ela não achava que Komako estivesse preparada para confiar neles. Ah, ela havia observado que Ribs tinha uma queda pelo garoto novo, Charlie Ovid, e sabia que Oskar queria mais do que tudo um amigo; Komako, porém, era obstinada, independente e cautelosa. A Srta. Davenshaw não estava preocupada com a *segurança* deles; qualquer que fosse a diabrura em que estivessem se metendo, eram mais do que capazes de sair dela.

Bem.

Ela se levantou e esfregou o pulso esquerdo com a mão direita, pensando. Havia outra possibilidade, considerou: o Dr. Berghast. Ele ainda não havia entrevistado os novos garotos, e era bem possível que os tivesse chamado em particular para uma de suas conversas, em seu estúdio.

Ela desceu rapidamente a escada e seguiu para o pátio, usando a bengala para encontrar o caminho no meio da chuva. Não passou por ninguém. Conhecia o caminho, embora não costumasse entrar na ala que abrigava os aposentos de Berghast e os da maioria dos talentos mais velhos. O corredor superior que levava ao estúdio de Berghast era pontilhado de portas corta-fogo, a cada cinco metros aproximadamente, e estavam todas fechadas, de modo que ela precisava ir devagar, encontrar as maçanetas e seguir adiante.

Ela bateu na porta do estúdio do Dr. Berghast. Nenhuma resposta.

Tentou a maçaneta; estava destrancada. Um cheiro de fumaça de cachimbo e carvão, e o bafo picante de conhaque deixado ali. E mais fundo, debaixo disso, um cheiro de couro rachado, tinta, lama e pedra. Era um lugar que a fazia estremecer.

— Bom dia — disse ela corajosamente. — O senhor está aqui, Dr. Berghast?

Mas apenas sua própria voz retornou, e a escuridão imóvel e quente. Ela deu um passo à frente, engolindo em seco. Podia sentir o cheiro de outra coisa, tinha certeza: os meninos, Marlowe e Charlie. Seus aromas particulares. Eles tinham estado aqui.

— Meninos? — chamou. E então, para ter certeza: — Dr. Berghast? É a Srta. Davenshaw, senhor.

Mas o estúdio estava deserto. Ela entrou e ficou parada no tapete, sentindo o ar quente no rosto e no pescoço e ouvindo os ruídos do solar através das paredes e do chão, os movimentos distantes de seus habitantes. Então sentiu algo frio deslizar por ela, um sibilo de ar, e se virou e seguiu cautelosamente naquela direção, vendo-se diante de uma porta na parede, uma porta que estava entreaberta. Ela a abriu, chamou, e sua voz voltou distorcida. Sabia, pelo som, que se encontrava no topo de uma escada circular e que aquela era uma longa descida. Franziu a testa. A coisa sensata, ela sabia, seria dar meia-volta e ir embora. Isso é o que ela esperaria que seus protegidos fizessem. Em vez disso, porém, como uma aluna tola, começou a descer.

Prosseguiu em silêncio, os ouvidos o tempo todo atentos. Ao pé da escada, ela se viu em uma pequena antecâmara, de frente para uma porta de ferro trancada. Bateu suavemente nela, sentindo uma crescente sensação de desconforto. Nunca tinha ouvido falar desse lugar. Cairndale era velho, cheio de segredos. E assim também, pensou ela duramente, era Henry Berghast.

Ela elevou a voz.

— Charles? Marlowe? Vocês estão aí, meninos?

Dali de dentro veio a respiração rápida de alguém na outra extremidade. O retinido pesado de correntes, mudando de posição. Em seguida, mais respiração.

— Quem está aí? — perguntou ela, tomada por um súbito medo. — Responda. Você precisa de ajuda?

Mas o que quer que estivesse ali dentro ficou muito, muito quieto. A respiração, ela pensou, não tinha um som muito normal. Não parecia exatamente... humana.

Lentamente, na escuridão que era seu mundo, a Srta. Davenshaw colou um ouvido no metal frio da porta. E ficou ouvindo.

34

Mundo Mais Cheio de Choro

A cidade dos mortos estava silenciosa. A névoa varria os telhados, rolando densa sobre si mesma.

Agachado na sacada, Charlie ouvia, enquanto Jacob Marber se movia como um gato lentamente pelo Quarto, circulando Marlowe. Charlie queria saltar, lançar-se sobre o monstro. Ele estava com a faca que o Dr. Berghast lhes dera para atravessar o *orsine*. Além disso, ele era um *curaetor* e não se machucava facilmente e, embora não conhecesse toda a extensão do poder de Jacob Marber, tinha uma boa noção de que seu próprio corpo se recuperaria, independentemente do que acontecesse.

Mas ele não se movia, não respirava, ficou parado, ouvindo os passos lentos e pesados nas tábuas do assoalho. Ele não sabia se era medo ou outra coisa que o detinha.

Apenas espere, disse a si mesmo. *Espere.*

Podia ver Marlowe olhando fixamente para o monstro. O menino segurava a luva com força na sua frente. Seus pequenos ombros estavam empertigados, como se estivesse pronto para uma luta, e apesar de tudo que Charlie sabia sobre seus poderes, o pequeno parecia indefeso diante do monstro.

— Imagine, encontrar você *aqui* — murmurou o homem. — De todos os lugares. Me perdoe, não fomos apresentados adequadamente. Jacob Marber, às suas ordens. — Daquele ângulo, Charlie não conseguia ver seu rosto, somente a parte de trás dos cabelos pretos, o tufo de barba espessa. A todo momento ele levava a mão ao rosto, como se quisesse manter a bochecha fechada. Havia algo de errado com sua pele; as sombras nos dedos estavam se movimentando. — Eu não o teria encontrado, se você não tivesse usado seu... dom ontem à noite. Neste mundo, ele deixa um rastro. Como sangue na água. Foram os espíritos que te atacaram?

O garoto não havia tirado os olhos assustados de Jacob Marber. As mãos de Charlie tremiam tanto que ele mal conseguia fechar os punhos. Sabia que, se não partisse logo, se não atravessasse logo o *orsine*, algo ruim lhe aconteceria.

— Lugar estranho, este Quarto. Você sente isso? — continuou Jacob Marber. — Ele é... protegido. Escondido. Você e eu, nós podemos encontrá-lo e entrar. Mas a *drughr* não pode. Tampouco os espíritos. Muito menos o seu bom Dr. Berghast, obviamente. — Ele fez uma pausa, tornou a colocar o chapéu na cabeça. Encontrava-se de pé sobre o corpo mumificado e emitiu um pequeno ruído, como se seus ferimentos doessem. — Este pobre coitado deve ter rastejado até aqui em busca de refúgio — murmurou ele. — O que aconteceu com a mão dele, eu me pergunto...

Marlowe levou o artefato para trás das costas, mas era tarde demais. Jacob Marber fez um movimento com a mão e um fino tentáculo de pó preto se curvou em torno dos braços do menino, fazendo-o soltar o objeto. Jacob Marber pegou a luva de ferro e madeira, examinou-a e então, para surpresa de Charlie, a devolveu.

— Dr. Berghast enviou você para recuperar isso, presumo...

Quando Marlowe não respondeu, o homem voltou a andar. Agora Charlie viu que sua testa estava coberta de arranhões, o casaco estava rasgado no ombro. Havia lama em sua calça.

— Você sabe o que é isto? — perguntou ele. — O que isto tornará possível, o que Berghast fará com ela? Não, claro que não. Você não a tiraria desta sala, se soubesse. E não é só Berghast. *Ela* gostaria que eu a levasse para ela também.

O chão rangia suavemente sob seu peso. Charlie estava tentando desesperadamente pensar em algo para fazer. Ele tinha o elemento surpresa. Poderia saltar em cima de Jacob Marber, empurrá-lo para fora pela parede quebrada. Talvez. Mas uma queda machucaria o monstro?

Jacob Marber voltara a falar.

— Você está com raiva de mim. Ouso dizer que você talvez até me odeie. Você deseja que eu morra?

Charlie sabia que Marber tinha dado a volta pelo quarto e estava de frente para ele agora, e não ousou espiar pela porta para não ser visto.

— Você acredita que sabe pelo que está lutando, o que defende. Acredita que compreende o seu lugar em tudo isso. Mas está enganado, criança. O Dr. Berghast não é seu pai. Não o seu pai verdadeiro.

— Eu sei disso — sussurrou Marlowe. — Ele me falou.

— Ah. — Jacob Marber pareceu querer dizer algo mais, porém desistiu, suspirou e arrastou as botas pelo piso quebrado. Quando falou em seguida, sua voz havia mudado, estava mais suave. — Eu conheci você antes, há muito tempo. Antes de você se chamar Marlowe. Ele te contou isso?

Charlie arriscou um olhar. Marlowe assentia com raiva.

— O que mais ele te disse? Que eu matei sua mãe? Que eu queria te matar?

— Sim.

— Você acredita nele?

— Você matou o Sr. Coulton. Você mata muita gente.

— Ah. Às vezes é necessário, se a pessoa deseja salvar muitos outros. — Ele estava sombrio, quieto. Tirou algo do bolso, virando-o entre os dedos. Uma chave, esculpida na mesma madeira preta da luva. — Eu não matei sua mãe, criança. E não tentei te matar. Henry Berghast fez de mim um monstro, ele tentou me destruir. Mas eu não sou o que ele diz.

— Não acredito em nada do que você fala — disse o menino.

O rosto de Jacob Marber se contorceu.

— Não tem importância. A verdade é a verdade. Seja ela conhecida ou não.

Marlowe ergueu o queixo.

— Você vai me matar?

— Que bobagem é essa? Matar você...?

Marlowe o fulminou com o olhar.

— Minha intenção foi sempre mantê-lo em segurança. — Jacob Marber ergueu uma sobrancelha, com expressão de pesar. — Ah, criança, o que foi que eles te disseram? O que você deve pensar de mim?

— E Nova York? Quando você foi atrás de mim e de Alice?

— Alice... — Ele ficou em silêncio por um momento, pensativo. Quando falou em seguida, sua voz estava mais suave. — Eu sabia que Henry tinha encontrado você. Usando o glífico, presumi. Sabia que você estava sendo levado para ele. Eu não tinha intenção de fazer mal a Alice Quicke. Mas não podia deixá-la levar você.

O homem parecia quase gentil. Quase.

Charlie sabia o que tinha de fazer. Ele tinha notado o cuidado com que Marber guardara aquela estranha chave na sobrecasaca. Se ele pudesse fazer a mortagem, como a Srta. Davenshaw tentara lhe ensinar, talvez pudesse estender o braço o suficiente para tirá-la do bolso do desgraçado.

Ele fechou os olhos, estabilizando a respiração como a Srta. Davenshaw lhe dissera. Mas havia algo, um medo, uma solidão, que não parava de se infiltrar, distraindo-o, e quando ele abriu os olhos nada havia mudado.

Ele não conseguia.

Muito perto dele, Jacob Marber passou a mão pela barba, alisando-a, tomando cuidado com o longo corte em sua bochecha. Então uniu as mãos na base das costas, virou-se e olhou pela parede em ruínas a cidade e as névoas cinzentas além. Charlie se encolheu, o coração martelando no peito.

— Fiquei preso neste mundo durante anos — disse Jacob Marber baixinho. — Aprendi a viver aqui. Eu conheço este lugar melhor do que qualquer criatura viva jamais poderia conhecer, e, no entanto, mal o conheço. Você não pode imaginar como foi viver aqui. Eu sabia que havia um portal, o *orsine*, mas não podia usá-lo. Henry Berghast o manteve fechado para mim.

— Você o traiu. Foi culpa sua.

— Hum. — Seus sapatos estalavam, pisando nos destroços. — Eu ainda era jovem quando a *drughr* apareceu para mim. Ela ofereceu me trazer aqui, para este mundo, para procurar... alguém. Para ajudá-lo. Ela precisava da minha ajuda também, entenda.

Nesse momento Charlie viu, na extremidade da sacada, uma barra de ferro. Muito lentamente, muito silenciosamente, ele se inclinou e a pegou. Era longa e fina, mas tinha uma das pontas afiada. Ele a segurou com força em uma das mãos, a faca na outra.

— Meu irmão morreu quando éramos crianças. Éramos gêmeos. A *drughr* me disse que eu poderia vê-lo novamente, que poderia ajudá-lo, aqui, neste mundo. Se eu me tornasse poderoso o bastante, eu poderia até trazê-lo de volta. Mas fui enganado. Durante anos vagamos por esta cidade, procurando meu irmão, tentando encontrar qualquer vestígio dele entre os espíritos. O que é que você vê, Londres? Para mim, é Viena. — Ele franziu a testa. — Era solitário, e fui ficando estranho, não tendo outra alma viva com quem conversar. Apenas a *drughr*, que frequentemente estava comigo, e de quem fiquei... próximo. E ela veio a confiar em mim, e foi aí que eu soube o quanto ela odiava o mundo dos vivos, o quanto estava ávida por devorar os talentos. Esse desejo a consumia.

— Você o encontrou? Encontrou seu irmão?

— Sim. Mas não era Bertold. Não mais.

Marlowe ficou quieto.

Jacob prosseguiu.

— Meu irmão apareceu para mim três vezes, aqui neste mundo. Fiquei sentado na borda do *orsine*, implorando para que fosse aberto. Tudo o que Berghast precisava fazer era nos deixar passar. Isso teria mudado tudo. Mas ele não fez isso; e a lembrança que meu irmão tinha de mim se desvaneceu. E então já era tarde demais.

— É por isso que você o odeia?

— Uma pessoa se torna peculiar, neste mundo — disse ele. — Não se trata de estar sozinho, mas da solidão. Um dia, a *drughr* também foi embora. E eu fiquei sozinho de verdade. Devastado. Com medo. Saí à procura dela. Eu não tinha mais ninguém, entenda. E depois de muito tempo eu a encontrei, escondida em um túnel na margem do rio. Ela tinha um bebê com ela... uma criança humana, parecia. Mas não era humana. Era dela. Seu filho. E ela estava magnífica. Eu podia sentir o poder e a fúria que havia nela. De alguma forma, o bebê estava lhe dando força, tornando-a ainda mais poderosa. E eu vi naquele instante o horror de que ela seria capaz, e soube que o bebê não poderia viver. — Ele respirava pesadamente agora, e Charlie viu que ele tinha uma mão pressionada na lateral do corpo. — Ele não deveria...

Charlie podia sentir o sangue movendo-se em sua cabeça. Ele sabia, mesmo antes de o homem falar, o que ele iria dizer.

— Eu roubei o bebê. Minha intenção era matá-lo. Mas não consegui, eu não consegui fazer isso. Eu sabia o horror que seria a vida daquela criança, o quanto seu destino seria terrível, e não podia suportar isso também. Então fugi com o bebê para o único lugar onde a *drughr* não poderia me seguir: o *orsine*, que Berghast havia fechado para mim, e implorei ao glífico que nos deixasse passar. Você era aquele bebê, Marlowe. Você era aquela criança.

— Não — sussurrou o menino.

— É por isso que você é diferente. E é por isso que a *drughr* está atrás de você. Ela é sua mãe.

— Você é um mentiroso! — gritou o menino de repente. — Isso é mentira!

Jacob Marber continuou com sua voz baixa e cheia de dor.

— Mas isso não significa que você tenha de ser igual a ela. Você pode escolher o que é, o que você será.

Charlie arriscou um olhar horrorizado. Marlowe estava tremendo. Charlie podia ver o quanto o menino estava desesperado para fugir dali. Mas não fugiu. E de repente ele compreendeu o porquê: *ele* também não deixaria *Charlie*.

— Quando Berghast tirou você de mim — disse Jacob —, eu estava muito fraco, depois de anos aqui neste mundo, para impedi-lo. E voltei para buscar você antes de estar suficientemente forte. Eu queria levar você embora, escondê-lo em algum lugar onde Berghast e a *drughr* nunca pudessem encontrar. Um lugar onde você poderia ser feliz e ter uma vida boa. Mas eu falhei com você. Agora não vou falhar.

Havia em sua voz um arrependimento genuíno, como se não desejasse que acontecesse o que estava prestes a acontecer. De repente, seus olhos ficaram totalmente pretos, como se uma tinta preta houvesse se espalhado como uma nuvem pelas íris e pela parte branca dos olhos até que houvesse apenas escuridão, escorrendo e manchando suas pálpebras. Lentamente, ele arregaçou as mangas. Havia uma escuridão se contorcendo e se retorcendo sob sua pele.

— Aqui somos como deuses, Marlowe — disse ele, e seus dentes apareceram pelo buraco ensanguentado em sua bochecha. — Aqui nossos talentos são muito, muito mais poderosos. Pode sentir isso? Este mundo não gosta disso, ele pressente que nosso lugar não é aqui. É por isso que nossa espécie não pode ficar aqui tempo suficiente para aprender a explorar o que somos, o que podemos fazer. Mas você, criança, você pode ficar. Por causa do que você é.

— Eu não sou, eu *não* sou...

Jacob Marber não se deu ao trabalho de discutir. Ele fez uma pausa e ergueu o rosto como se estivesse ouvindo e então disse:

— Ela está perto. Eu preciso ir.

— Quem está perto? — gritou Marlowe.

Mas Jacob Marber já estava abrindo os dedos, quase delicadamente, movendo-os em gestos estranhos e misteriosos. Uma longa e fina corda de pó, elástica e de alguma forma sólida, serpenteou pelo ar e enrolou-se em torno de Marlowe, prendendo-o com firmeza.

Charlie apertou a faca e a barra de ferro com as mãos trêmulas. Ele se sentia tonto, fraco, como se não conseguisse recuperar o fôlego. Mas só precisava que Jacob Marber se aproximasse uns poucos metros.

Então o monstro falou novamente e Charlie ficou paralisado.

— Você vai ficar seguro, criança. Ela não vai te encontrar aqui.

— Espera! O que você está fazendo? Para com isso! — Marlowe estava se debatendo, tentando se livrar das cordas de pó. — Aonde você vai?

— Vou levá-la para longe de você. Depois vou atrás de Henry Berghast.

— Por quê? Para fazer o que com ele? Matar?

Jacob Marber inclinou a cabeça, confirmando.

— Você deveria matar a *drughr* — gritou Marlowe com raiva. — Se você não fosse mesmo mau, é isso que faria.

Jacob Marber fez uma pausa, os olhos brilhando. Ele parecia esmagado pelo pesar.

— A *drughr* e eu estamos interligados. Sou sustentado por ela, como ela é sustentada por mim. Matá-la não seria assim tão... fácil. — Ele baixou a voz. — Mas você precisa ter cuidado, criança. Você não está sozinho aqui. Este é o mundo onde o Primeiro Talento desapareceu. Seu poder ainda está aqui. Eu posso senti-lo. E Henry Berghast pode sentir também.

Marlowe parou de se debater e olhou para ele.

— E daí?

— Por que você acha que Berghast quer essa luva?

— Para deter a *drughr*.

Jacob Marber curvou a cabeça, respirando. Então levantou os olhos.

— Tenha cuidado, pequeno. Eu voltarei para buscá-lo.

Então Charlie ouviu o barulho de seus passos descendo pela estranha casa. Um momento depois, sua forma escura apareceu em meio à neblina abaixo, atravessando a praça. Da estranha árvore branca, uma segunda figura se afastou e começou a correr ao lado dele, como um cachorro. Charlie conhecia aquela coisa, a maneira como ela se movia. Ele estremeceu.

Marlowe estava encostado em uma parede, em frente ao talento mumificado, os braços presos com firmeza, as pernas amarradas. Os pequenos pulsos do menino já estavam vermelhos onde as cordas se esticavam, apertadas. Charlie imediatamente se ajoelhou e começou a tentar cortar as amarras.

Marlowe não olhava para ele.

— Charlie, você ouviu o que ele disse?

— A gente se preocupa com isso depois, Mar. Primeiro vamos livrar você disto.

— Ele vai matar o Dr. Berghast.

— Ele vai tentar. Fica quieto. — Mas as mãos de Charlie tremiam tanto que ele mal conseguia envolver as cordas de pó com os dedos para tentar puxá-las. Elas eram macias, quase escorregadias, mas ao mesmo tempo elásticas e fortes, e se curvavam em torno dos braços, dos pulsos e das pernas do menino como tentáculos vivos.

Do lado de fora, o nevoeiro passava, com as fitas de mortos.

A voz de Marlowe estava calma quando ele falou novamente e foi essa tranquilidade que fez com que Charlie olhasse para ele.

— Eu não sou um monstro, Charlie — disse.

E então o menino começou a chorar. Charlie enxugou os olhos dele com as mangas da própria roupa.

— Não ouça o que ele diz — replicou. — Não deixe que ele entre na sua cabeça.

— Eu não quero ser... o que ele diz que eu sou.

— Você não é.

O menino voltou a chorar.

— Ei — disse Charlie. — Ei, olha pra mim. E a Brynt?

Marlowe olhou para ele.

— O que tem a Brynt?

— Uma vez ela te disse que você podia escolher quem é a sua família. Então faça isso, Mar. Escolha.

Ele abaixou o rosto, triste.

— Brynt estava errada.

— Você sabe que ela não estava — disse Charlie energicamente. — Ela não estava nem um pouco errada. Agora me deixa tirar essas malditas coisas de você. Eu não entendo como ainda estão aqui, não deveriam simplesmente... desaparecer? Se eu conseguir... ao menos... segurar...

Ele estava gemendo, suando com o esforço. Mas não havia como parti-las, nem as afrouxar, nada. Não eram cordas. Ele não conseguia desatar uma coisa que não tinha fim, nem começo, nem nó em lugar nenhum, e quando olhou para Marlowe e percebeu que o menino também sabia disso, viu uma dúvida rastejar em seu rosto, se encolheu e desviou o olhar. O garoto estava certo em ter medo.

— Não adianta, Charlie — sussurrou ele. — Olha as suas mãos.

Elas tremiam incontrolavelmente. Charlie as levantou na luz sinistra. A pele estava ficando coberta de manchas, perdendo a cor.

— Você tem que ir, não pode ficar mais aqui. Precisa sair daqui. Você *precisa*.

— E se ele voltar? E você está sozinho aqui, amarrado desse jeito...

Mas o menino olhava para ele diretamente, balançando a cabecinha de cabelos pretos daquele seu jeito triste, que não parecia exatamente uma criança. E Charlie sabia que Marlowe estava certo, que ele, Charlie, tinha de voltar pelo *orsine*, que não teria nenhuma utilidade para Marlowe se ficasse mais doente aqui. E o menino não se machucaria, não podia se machucar, não aqui, não assim. Charlie deixou a cabeça pender.

— Eu volto já — sussurrou ele.

Então pegou a estranha luva no chão, e era quase como se um som estivesse vindo dela, uma música muito distante que ele não conseguia ouvir. O dedo que usava o anel de sua mãe começou a doer. Ele enfiou a luva em sua sacola.

— Você lembra do caminho de volta? — perguntou Marlowe.

Ele lembrava. Nem precisava do mapa. Ele encontraria o rio e depois o domo da catedral e o prédio na Nickel Street e a escada morta que levava de volta ao *orsine*. Ele seria rápido e não pararia por nada, e voltaria para buscar Marlowe antes que algo ruim pudesse acontecer. Era isso que ele faria. Então cambaleou até a porta, balançando. Olhou para trás, para o garotinho em suas amarras escuras, passou a mão sobre os olhos e, descendo os degraus de dois em dois com a sacola batendo no lado do corpo, começou a correr.

35

Vapor e Ferro

Ensanguentada, exausta, Alice, de alguma forma conseguiu arrastar a Sra. Harrogate dali.

A essa altura, a *drughr* já tinha ido havia muito tempo, levando Jacob Marber e Coulton com ela. A estranha e tremeluzente fenda no ar havia se fechado.

Alice carregou penosamente a Sra. Harrogate através no brilho moribundo do lampião, as sombras de ambas tortas em meio à fumaça. O pó preto no escuro era sufocante. Os pés da Sra. Harrogate deixavam rastros longos e escuros como uma trilha na sujeira. Alice voltou para pegar o lampião, que tornou a pousar cuidadosamente no chão, à frente de onde deixara a Sra. Harrogate, voltando e a arrastando um pouco mais. Assim, pouco a pouco, ela retornou pelo chão úmido e coberto de lama do túnel, em direção ao alçapão, ao armazém e ao mundo dos vivos.

Elas estavam a uns seis metros dele quando o lampião morreu de vez e Alice, suando, ofegando, seus próprios ferimentos sangrando livremente, deixou-o onde estava e continuou arrastando a Sra. Harrogate. O chaviato andava ao lado delas na escuridão, sua única pata branca parecendo brilhar enquanto caminhava. Havia um leve brilho de luz do dia onde o alçapão não vedava e ela deixou a mulher mais velha gemendo fracamente e, como o teto não era alto, ficou na ponta dos pés e empurrou. O alçapão se abriu facilmente; ninguém o havia bloqueado, graças a Deus. Alice, grunhindo, içou-se pesadamente para o depósito.

Ela podia ouvir homens se movendo no armazém adiante, já trabalhando. Estava procurando algo, talvez uma corda, algo que a ajudasse a tirar a Sra. Harrogate dali. Então ela avistou: uma escada.

O que ela estava pensando, enquanto, com uma careta, arrastava a outra mulher para fora daquele túnel, de volta ao mundo, era como tudo parecia inútil agora. Jacob Marber havia escapado, com a ajuda da *drughr*; se Marber era um monstro de força terrível, a *drughr* era infinitamente pior. Alice não sabia o que era o medo antes, mas ela o conhecera quando a *drughr* gritou. Coulton, o pobre Frank Coulton, tinha sido transformado em um suctor; ele parecia não saber quem ela era, muito menos ele mesmo. Pior, Marber havia desaparecido no ar, através de algum tipo de portal, e, se ele podia se deslocar dessa maneira, como ela poderia encontrá-lo, encurralá-lo e destruí-lo? A única arma de que dispunha era o chaviato, e Marber escapara com um dos abre-caminhos. Logo a criatura deixaria de obedecer aos comandos de Alice; logo as deixaria, ou se voltaria contra elas, ou ambos. A Sra. Harrogate temia que isso acontecesse, e se havia uma coisa que Alice estava aprendendo era que o que Margaret Harrogate temia, ela também deveria temer. Ela pensou nos monstros lá fora, perseguindo Marlowe e Charlie, e conteve sua fúria. Não havia nada que pudesse fazer.

Alice ficou muito tempo sentada, apenas respirando, ali naquele depósito. A certa altura a Sra. Harrogate perdeu a consciência. Provavelmente era melhor assim, pensou Alice. Por fim, ela se levantou e conseguiu colocar a mulher sobre um ombro e, com o chaviato em seus tornozelos, saiu cambaleando para a barulheira do armazém, uma figura ensanguentada e esfarrapada carregando um corpo, o rosto todo sujo.

Homens paravam em seus equipamentos para fitá-las, boquiabertos, outros mantinham a mão em barris ainda suspensos no ar para olhá-las. Que se danassem. Alice apenas cerrou o maxilar e seguiu cambaleando, saindo nas docas, e dali para a névoa cinzenta das carruagens matinais.

O primeiro coche de aluguel recusou por causa da aparência delas e o segundo se recusou a levar o gato. O terceiro era desleixado e manchado, e cobrou o dobro, mas as levou diretamente para o número 23 da Nickel Street West. Alice desceu, ignorando o olhar de reprovação do cocheiro, a maneira como ele ajeitou o chapéu e cheirou o ar, como se ela e a Sra. Harrogate estivessem bebendo ou fazendo coisa pior. O cocheiro não ofereceu nenhuma ajuda. Alice arrastou a Sra. Harrogate pelo portão de ferro para dentro da casa.

O prédio estava escuro, silencioso. O chaviato cheirou uma perna da mesa, então desapareceu nas sombras que se derramavam no corredor além. Uma porta estava aberta. A cabeça de um javali empalhado pendia, imperturbável, na parede acima de uma cortina. Alice esperou um momento, com os ouvidos atentos. Então carregou a Sra. Harrogate escada acima a acomodou em sua cama, e em uma bacia lavou seu próprio rosto e seus cabelos sujos, e então voltou ao primeiro andar e saiu à rua. Encontrou um limpador de travessia em frente à ponte Blackfriars, deu ao rapaz que tremia dois xelins e lhe disse que fosse buscar um médico o mais rápido possível. Ela segurou um terceiro xelim entre os dedos e disse que seria dele quando o médico chegasse.

Então foi até o quarto alugado, pegou as coisas delas, acertou com a senhoria e arrastou tudo, de qualquer jeito, pelo cruzamento até o número 23.

Sua cabeça doía, seus dedos também estavam doloridos, a aflição em suas costelas estava pior. Ela se sentou no andar de baixo e esperou o médico. Era um irlandês idoso, sem fôlego mesmo antes de subir a escada, e sentou-se com a Sra. Harrogate. Pegou um relógio de bolso, mediu-lhe o pulso, levantou as pálpebras e franziu a testa. Ele testou os joelhos dela e virou-lhe as pernas cuidadosamente nos quadris. O limpador espreitava da porta, todo olhos e sujeira, o terceiro xelim fechado na mão.

— Foi uma queda de cavalo — disse Alice, levantando-se. — Ela não consegue sentir as pernas.

— Uma queda e tanto — grunhiu o doutor, passando a mão pelas suíças. — E todos esses arranhões?

— Galhos. Ela foi lançada ao chão no parque.

Ele pegou algo em sua língua. Tabaco. Então tirou os óculos, cansado.

— Ela não vai voltar a andar — disse sem rodeios. — Sinto muito. — Então tirou da bolsa um pequeno frasco de remédio. — Para a dor — disse ele.

Alice não conseguia nem chorar. Cansaço era tudo que sentia. Ela não sabia o que fazer; era uma sensação a que não estava acostumada, e não gostava disso. Quando a Sra. Harrogate acordou, gemendo, Alice administrou o remédio, e a mulher tornou a cair para trás, voltando a dormir, e Alice lavou o sangue e a sujeira do rosto e do pescoço dela e a deixou. A última noite que ela passara nesta casa, Coulton ainda estava vivo, e ela ficara o tempo todo sentada aprumada no quartinho que ficava mais adiante no corredor, observando o rosto de Marlowe e de Charlie enquanto eles dormiam. Isso agora era da sua natureza, e ela não sabia o que fazer a respeito.

O chaviato passou o dia todo indo até ela, esfregando-se em seus tornozelos, pulando em seu colo e ronronando. Ela passava a mão pelo seu pelo, coçava atrás de suas orelhas e olhava para ele, uma criatura longa e rija, seus quatro olhos dourados se estreitando, e ela então reprimia um tremor, lembrando-se do que tinha visto naquela câmara subterrânea, o tamanho e o frenesi de suas muitas pernas.

— O que você é? — murmurou ela, acariciando-o. — Sabe que Margaret tem medo de você? Sim, ela tem. Talvez eu devesse ter também, hein? O que vamos fazer, pequeno? Como podemos deter Marber agora? Eu nem tenho mais os dois abre-caminhos. — Ela olhou pela janela para a névoa amarela venenosa. — Margaret disse que você vai ficar estranho se não pudermos trancá-lo de volta.

Ela estava apenas falando, murmurando para si mesma. Mas algo chegou a ela então, quase como um som, só que estava em sua mente. Um clarão de dor, uma imagem toda vermelha, um súbito lampejo de compreensão. *Eu sou, eu sou, eu sou.* A voz estava em sua cabeça, suave, sem nenhuma particularidade, insistente. Em seguida desapareceu e havia algo mais, uma espécie de conhecimento: de alguma forma Alice entendeu que o chaviato não estava apenas aprisionado pelos abre-caminhos, cativo, como Margaret havia explicado, como um peixe em um aquário — mas compreendeu também que isso estava errado, profundamente errado, e que a pobre criatura não deveria ficar trancada. Ela deveria ser *livre*.

A mão de Alice ficou imóvel. Ela olhava para o chaviato em choque.

— O que... Isso foi... Isso é você? — sussurrou ela. — Você está falando comigo?

O chaviato flexionou uma orelha e ronronou.

Ela se levantou abruptamente e a criatura saltou para o chão, caminhou até o canto do sofá, parou. Sua cauda espetava o ar.

Não pode ser, pensou Alice, observando-o com medo. *Certamente que não.*

No dia seguinte, ela deixou o chaviato trancado no salão da frente e saiu em meio ao nevoeiro, sozinha. Embora ainda fosse cedo, a neblina havia se tornado mais densa, as ruas estavam mais escuras agora, exceto pelo halo das lâmpadas nos postes, a silhueta indistinta de figuras passando apressadas. Ela voltou com duas pequenas rodas de carrinho de mão, feitas com fitas de ferro circulares e com robustas varetas de carvalho, e uma pequena caixa preta de ferramentas de marcenaria. E pôs em pé uma das engenhocas empilhadas no quarto dos fundos e começou a serrar, medir e martelar. Era um trabalho fácil e lhe dava algo com que se ocupar. Seus pulsos fortes estavam doloridos e cheios de crostas das feridas que Coulton lhe infligira, mas a dor não a incomodava. Ela estava se lembrando de algo de sua infância em Bent Knee Hollow. Havia uma mulher lá, muito velha, que não podia mais andar e que fora colocada em um velho carrinho de mão de madeira, cercada de almofadas e cobertores, e todos os domingos era levada para as fogueiras para ficar com as outras. Ela estava se lembrando disso, e pensando na pobre Sra. Harrogate, agora paralisada, e era uma sensação boa fazer um trabalho simples novamente, um trabalho que tinha uma finalidade.

E, depois de construir o eixo, reforçar a parte inferior do assento e prender as rodas na altura certa, ela virou a cadeira para cima e construiu uma barra estendida para ela empurrar. Então acolchoou o assento e o encosto com almofadas e recuou alguns passos para olhar seu trabalho.

Uma cadeira sobre rodas.

A Sra. Harrogate, por sua vez, não tinha o menor interesse em piedade. Ela acordou furiosa com a roupa de cama suja e Alice teve de trocá-la e limpá-la, e o tempo todo a mulher a olhava carrancuda, tentando conter o desgosto em seu rosto. Ela queria saber o que tinha acontecido com o chaviato (nada), e o que tinha acontecido com Jacob e a *drughr* (nada), e se Alice havia providenciado para que Cairndale fosse avisado sobre o que tinham acontecido com elas (ela não providenciara). A Sra. Harrogate não demonstrou o menor interesse no diagnóstico dado pelo médico irlandês. Ela já sabia.

— Precisamos agir imediatamente, antes que Jacob e aquela criatura o façam — disse ela, enquanto Alice a rolava para trocar a roupa de cama. — Lembrei de algo em meus sonhos. O glífico. A dedução de Jacob. Receio que ele não esteja errado; e, se o glífico estiver realmente morrendo, então o próprio *orsine* se romperá. A *drughr* vai transpô-lo.

Alice estremeceu.

— Não fique aí parada, boquiaberta. Me traga um lápis e um papel — disse a Sra. Harrogate secamente. Ela agarrou a cabeceira da cama e se arrastou até ficar sentada. — Vou escrever uma mensagem, e você precisa levá-la ao sótão. Lá você vai encontrar um poleiro com os meus... pássaros mensageiros. Pássaros de ossos, Srta. Quicke. Como o que você viu em Cairndale. Um deles vai levar meu aviso para o Dr. Berghast.

Como Alice continuava imóvel, a mulher mais velha parou e olhou para ela. *Olhou* de verdade. E levou a mão às marcas em seu rosto.

— Ah — murmurou ela. — O que foi? Perdeu a esperança?

Alice não disse nada, envergonhada. Sempre que fechava os olhos, via aquela coisa, a *drughr*, enorme, sombria, gritando.

— Srta. Quicke — disse a Sra. Harrogate. — Vamos deixar uma coisa bem clara. Nada que vale a pena fazer é fácil. Vamos sair vitoriosos, mas não se desistirmos agora. Você não tem a intenção de desistir, não é?

— E se eu desistir? — perguntou Alice de repente, amarga. Não era essa sua intenção, não mesmo, mas toda a raiva, decepção e culpa por ter falhado vieram à tona, surpreendendo até a si mesma com sua amargura. — Olhe para a gente, Margaret. O que podemos fazer para deter Marber agora? Ele deve estar quase chegando em Cairndale. Você mesma disse: o glífico está morrendo. O que significa que a *drughr* vai... — Ela titubeou, estremecendo. — Enquanto isso, você não pode nem usar a droga de uma comadre.

Os olhos de Harrogate cintilaram.

— Cairndale já foi dominado, então?

— Talvez sim. Talvez Marber tenha se enfiado naquele maldito buraco no ar e saído direto no lavabo de Berghast.

— Não saiu.

— É o que você diz.

— Ele foi ferido, Srta. Quicke. Vai precisar de tempo para se recuperar, para reunir suas forças. Assim como a *drughr*. Deve ter exigido muito dela abrir aquele portal.

— Você fala como se fizesse ideia. Não faz.

— Ah — disse Harrogate. — Pronto.

Alice não conseguia mais se conter.

— Você não tem ideia nem do que *é* essa coisa! — exclamou ela. — Quanto mais do que ela pode e não pode *fazer*.

A Sra. Harrogate observou Alice por um longo momento.

— Achei que você fosse mais forte — disse suavemente. — O Sr. Coulton decerto pensava assim.

Alice enrubesceu. A fúria já estava se escondendo dela, deixando-a envergonhada, irritada, cansada.

— Sim, bem, veja onde isso o levou — murmurou ela.

— Sente-se — disse a Sra. Harrogate.

Relutante, Alice sentou-se.

— Ainda *não* acabou, Srta. Quicke. A despeito do que Jacob acredita, o Sr. Thorpe ainda não está morto. E ele é bem mais resiliente do que a maior parte das criaturas. Parece que o Dr. Berghast sabe de sua condição; espero que ele tenha algum tipo de plano em prática, caso o pior aconteça. — Ela fixou um olhar de aço em Alice. — Seu Marlowe ainda pode ser salvo, assim como o jovem Charles Ovid. A menos que decidamos, agora, *não* agir. Nesse caso, está tudo realmente terminado; então, de fato, teremos falhado.

— Mas eles são poderosos demais. O que podemos fazer?

— Vamos pensar em alguma coisa — disse a Sra. Harrogate. — É isso que faremos. — Seus olhos pousaram na cadeira com rodas que Alice havia construído, deixada em um canto sob a janela. — Vamos começar me colocando naquela *engenhoca*. Você vai fazer uma mala de viagem para nós duas. Vamos para o norte, juntas, no expresso.

Alice olhou para as sombras no papel de parede, olhou para trás. Parecia tudo inútil. Mesmo que conseguissem chegar lá a tempo... Nesse momento o chaviato enfiou-se pela porta aberta, caminhou até a cama e saltou, com leveza, sobre os lençóis. Então enroscou-se e começou a se lamber.

— Vamos levar a criatura — disse a Sra. Harrogate.

Alice fez uma careta.

— Ele... falou comigo. Noite passada. Me mostrou que... está aprisionado pelas chaves, machucado por elas. Ele merece ser libertado, Margaret. Ele sente dor.

— Ele falou com você? — A Sra. Harrogate franziu os lábios. — Os abre-caminhos são as únicas coisas que o mantêm sob controle, Srta. Quicke, e nos mantêm em segurança. Não se engane. Eles são as barras na jaula dele, verdade. Você deixaria uma fera selvagem andando livremente? Quanto mais tempo ele permanece entre nós, sem trancas, menos nosso controle sobre ele dura.

O chaviato ergueu o rosto, moveu uma orelha. Bocejou.

— Ele está ouvindo, é claro. Não é? — Então a Sra. Harrogate olhou nos olhos de Alice com uma expressão sombria e perturbada. — Você viu do que ele é capaz. Precisamos recuperar aquela chave.

— Ou...?

Mas a Sra. Harrogate deixou a pergunta de Alice no ar e não respondeu. Não precisava; Alice sabia muito bem o que a mulher queria dizer. *Ou ele terá de ser destruído.* No entanto, isso lhe parecia errado. Quando olhava para o chaviato, não via selvageria, mas dignidade. Ele não merecia encontrar sua própria natureza, retornar ao seu lugar legítimo?

Mas a Sra. Harrogate não havia terminado.

— Temos outro problema. Se Jacob está de posse do outro abre-caminho, então o chaviato não poderá atacá-lo. Ele está seguro.

Alice absorveu a informação. Parecia que não havia mais como piorar.

Por último, a Sra. Harrogate acrescentou, em voz baixa:

— Jacob não vai esperar que o Sr. Thorpe morra. Ele pretende apressar essa morte, Srta. Quicke. Ele pretende matar o glífico.

— Mas ele não pode entrar em Cairndale, não enquanto o glífico estiver...

— Ele vai usar Walter.

Alice piscou.

— O suctor? Como?

— Ele já está lá. No Cairndale.

Alice esfregou o rosto, tentando dar um sentido àquilo tudo.

— Walter está morto, Margaret. Ele morreu no trem...

— Não morreu, infelizmente. O Dr. Berghast o mantém preso em Cairndale. Ele foi encontrado inconsciente perto da linha férrea após o ataque e foi levado para o norte pelo criado do Dr. Berghast. Para ser... interrogado. — Os olhos da Sra. Harrogate estavam estarrecidos de repugnância. — Pensamos que estávamos sendo espertos. Mas não estávamos. Walter está lá de propósito. Jacob o *quer* lá. E se Walter se libertar e matar o glífico...

Alice umedeceu os lábios.

— Então aquele monstro poderá entrar.

Margaret assentiu.

— Qualquer coisa poderá.

O chaviato, ronronando, ergueu os quatro olhos dourados.

Naquele exato momento, nas profundezas do Cairndale, Walter Laster se arrastava para trás na escuridão úmida, suas correntes chacoalhando, até que se viu colado na parede de pedra. Ele estava com frio. Muito frio. Em algum lugar no escuro, do outro lado daquela cela, estava a mesinha, o pires azul com o ópio. Ele sempre agira bem com seu Jacob, não agira? Ele o amava, não amava?

Ah, mas Jacob não o abandonara, não o seu amigo...

O tempo passava absoluto. Horas sem luz, dias sem luz. Às vezes a porta estalava, os ferrolhos eram puxados, e então uma fresta de luz gemia e se alargava, e o homem alto e silencioso entrava, o criado, qual era o nome dele... Bailey... Ele olhava Walter de cima, com um olhar assustador, e Walter choramingava, ah, Walter implorava. Por favor, por favor, não me bata de novo, por favor. Então vinha a escuridão novamente, e a porta. O estalo, os ferrolhos sendo puxados, a mesma fresta de luz do lampião se alargando, e o criado, Bailey, estaria de volta, trazendo-lhe água, talvez, trazendo-lhe carne.

Mas o outro, o médico, o que tinha a barba branca e olhos terríveis que fingiam ser gentis, *Henry Berghast*, sim... *ele não* vinha. E Walter esperava, enquanto ao seu redor o ar zumbia com violência, as pedras tremiam levemente, e ele sentia o *orsine* como uma coisa viva, ávida.

Walter Walter...

— Nós somos Walter — sussurrava ele. Sentindo uma tristeza no coração. Passando a língua ao longo das pontas afiadas dos dentes.

Jacob está vindo, Walter. Está quase na hora...

E ele choramingava consigo mesmo, e chacoalhava as correntes em seus pulsos, como se as vozes pudessem ver, pudessem ouvir, e ele sacudia a cabeça, frustrado.

— Mas não podemos fazer isso, como poderíamos, olhe, olhe para nós...

A vibração no ar continuava. As vozes não cessavam.

Walter Walter pequeno Walter, sussurravam elas. *Jacob está vindo. Encontre o glífico. Encontre o glífico encontre o glífico encontre o...*

36

A Verdade da Alquimista

Komako observou Ribs, com sua capa pesada, atravessar entre os postes de amarração no outro lado da rua e entrar na loja de velas. A porta se fechou atrás dela. A loja estava escura, e as vitrines refletiam as distorções líquidas da rua. Ao lado de Komako, Oskar fungava, os olhos franzidos de preocupação.

Cinco minutos se passaram.

Dez.

— Muito bem — disse Komako. — Vamos buscá-la.

— Não deveríamos esperar que ela saísse? — perguntou Oskar. — Não foi o que você disse?

Ela limpou a chuva do rosto.

— De quem é o plano?

— Seu?

— Meu. E se quiser esperar aqui fora sozinho...

— Não quero — disse Oskar depressa.

O interior do Comércio de Velas Albany era muito silencioso e pouquíssimo iluminado. As vitrines na frente estavam cobertas de fuligem por dentro, e a luz do dia chuvoso entrava escassa e tênue. A porta se fechou com um tilintar do sino preso nela, e Komako ficou um longo momento imóvel, deixando os olhos se ajustarem.

O ar parecia abafado, insalubre. Um fedor de sebo, óleo e algo mais pungente e agressivo, como soda cáustica, queimou suas narinas. Pilhas altas de velas industriais ao lado da porta, caixotes de madeira fechados e carimbados. Komako avançou com cautela, tirando as luvas.

Era uma loja de esquina, estreita, com o balcão de atendimento ao fundo. Os olhos dela examinaram o teto baixo com manchas marrons onde a água se infiltrara com o passar dos anos. Arandelas a gás, onde queimava um fogo baixo, pendiam das paredes. Quando conseguiu enxergar melhor, ela desceu um longo corredor lotado de latas, vidros e pilhas de cordas de várias espessuras, e ouviu Oskar segui-la, os sapatos molhados rangendo baixinho. Ouviam uma discussão nos fundos da loja. Duas vozes.

Mas nenhuma era de Ribs, e sim de um homem e uma mulher, velhos, talvez casados. A mulher soava descontente com alguma coisa, ofendida. Komako baixou a cabeça ao se aproximar, mas, antes de chegar a eles, seus olhos captaram algo embaixo de uma prateleira, e ela parou. Era uma capa molhada, bem dobradinha. Também um vestido cinza simples, uma camisa, um par de sapatos muito molhados.

Oskar se agachou ao lado dela, balançando a cabeça.

— Ela se despiu, Ko — sussurrou ele. — Ficou invisível.

— Brilhante. — O verdadeiro talento de Oskar, pensou ela, irritada, devia ser declarar o óbvio. Mas, se Ribs tinha se despido, isso significava que ela poderia estar em qualquer lugar. Também significava que devia ter visto alguma coisa, ouvido alguma coisa que exigia cautela. Ela e Oskar precisavam tomar cuidado.

— Ei! Vocês!

Komako ergueu os olhos. Uma velha de avental de couro e cabelo preso por um lenço a olhava de cara feia. Parecia inglesa, não escocesa. Seu punho enrugado segurava uma colher de pau. A outra mão, ela não tinha.

— O que vocês estão bisbilhotando aí, hein?

— Não estamos bisbilhotando — disse Komako com calma, pronunciando cada palavra. Ela afastou o capuz do rosto. E Oskar fez o mesmo.

— Ora, é uma japonesinha, Edward! — exclamou a mulher. Ela olhava para além deles e Komako se virou e viu, na outra extremidade do corredor, impedindo que batessem em retirada, um velho robusto usando camisa de botão. A barba era desleixada e tinha manchas de fumo em torno da boca. Os braços peludos estavam pretos de sujeira. — E não é que ela fala o inglês da rainha!

— Hã — grunhiu o homem.

Komako ergueu o queixo ao ouvir o nome do homem e ignorou a observação da velha.

— Sr. Edward Albany? — perguntou ela. — É o senhor?

— Hã — grunhiu o homem outra vez. As sobrancelhas desceram, num olhar desconfiado.

— Estamos procurando o senhor. Somos do Instituto Cairndale. O senhor conhece?

Komako observou o rosto dele para ver a reação, mas não houve nada, nenhuma centelha de reconhecimento. Ela se virou para a velha, que também parecia esperar que dissesse mais alguma coisa.

— Continue — disse a mulher. — E daí?

— Vocês não fazem entregas no instituto? — perguntou Komako, de repente insegura.

Edward Albany franziu a testa e, sem saber o que fazer, olhou para a mulher. Komako viu então que havia algo infantil nele, apesar da idade. Segurava várias voltas de arame, e ele as pendurou no gancho de uma prateleira; depois, deu de ombros e arrastou os pés até outra parte da loja. Ela podia ouvir sua respiração pesada mesmo depois que ele se foi.

Oskar a olhava por baixo dos cílios, uma pergunta nos olhos. Ribs não estava em lugar nenhum.

— Então, do que está precisando, menina? — perguntou a mulher, assumindo o controle. — Entregas, foi o que disse? Fazemos muitas entregas, mas só dentro dos limites da cidade. Somos só nós dois aqui, está vendo? E não somos nem metade do que já fomos. De onde você disse que era?

Ela se aproximou mais, e Komako sentiu o cheiro de gordura e soda cáustica que vinha dela. Sua única mão estava gasta e sem cor, e o outro toco parecia esfolado. Os olhos eram amarelados pela idade, desnutrição ou alguma doença mais sombria, e lacrimejavam de leve nos cantos, e Komako viu na mesma hora que se enganara, que a rispidez da mulher não era maldade. Ela só era pobre e tivera uma vida dura.

— Vocês estão encharcados até os ossos, os dois — murmurou a mulher. — Estão molhando todo o meu chão.

Komako fez que sim.

— É verdade, senhora.

— Vamos, vamos. Sou a Sra. Ficke. Vamos esquentar vocês. Há um fogãozinho nos fundos que esquenta como um cavalo. E qual é o seu nome, rapaz?

— Oskar, senhora.

Komako também se sentiu relaxar.

— Sra. Ficke — disse ela —, o nome Henry Berghast lhe diz alguma coisa? Estamos aqui por causa dele.

A velha, próxima agora, bateu pensativa a colher de pau no queixo.

— Berghast, Berghast... — murmurou. Os olhos dela se iluminaram. — Ora, acredito que sim.

Komako estava enxugando as mãos no vestido.

— Então a senhora o conhece?

Algo mudou no rosto da Sra. Ficke, um lampejo de sombra, logo abaixo da superfície. Ela disse:

— Barba branca? Bonito como o diabo? — Ela assentia com a cabeça. — Mas bem mal-humorado. Ah, sim, acho que conheço.

Komako não pensara no que dizer depois disso. Tinha imaginado que teriam de entrar furtivamente, escutar escondidos — não encontrar a dona, a gerente ou o que quer que ela fosse tão... prestativa.

— Sra. Ficke — começou —, estamos aqui por causa de algumas entregas que o Instituto Cairndale recebe a cada duas semanas. E, hã, os passageiros que a carroça transporta. Fomos direcionados para cá. Temos algumas perguntas...

— Direcionados para cá? Para a minha loja? Por quem, amor?

— É complicado.

— Quase todas as coisas são, eu não duvido. — Uma expressão astuta surgiu em seu rosto. — Mas fale a verdade. Henry sabe que seus pupilos fugiram e estão se intrometendo em seus assuntos?

Os olhos amarelos da velha se desviaram — apenas por um segundo — para a esquerda de Komako. Mas foi aviso suficiente. A menina girou rapidamente nos calcanhares, atraindo o pó para a ponta dos dedos.

Mas lá estava Edward Albany, já assomando por cima da estante, um porrete pesado na mão. Então tudo aconteceu muito depressa. Albany derrubou os vidros quando seu braço pesado desceu com força e Komako ouviu Oskar gritar. Ela convocava o pó, mas era tarde demais; o braço dele já descia outra vez, e então uma dor lancinante preencheu sua cabeça, os olhos reviraram para dentro do crânio e, de repente, tudo escureceu, abençoadamente, sem dor nem som.

* * *

Ribs, invisível atrás do balcão, viu em silêncio seus amigos serem golpeados e perderem os sentidos. Não fez nenhum movimento para ajudá-los. Nem quando a velha comerciante trancou a porta da frente rápido e virou a placa para FECHADO, ela se mexeu ou fez menção de se aproximar. Manipular seu talento depois de uma longa noite sem sono fazia sua pele comichar, as cicatrizes que havia nela parecendo estar queimando em fogo. Ela fez uma careta, mas manteve a dor sob controle. O que ela precisava agora, mais do que tudo, era ficar calma.

A verdade era que estava irritada. Irritada com a impaciência de Komako, irritada com as perguntas astutas da velha. Claro, talvez fosse uma ideia burra ir às escondidas para Edimburgo a fim de descobrir o que Berghast pretendia. Ela poderia ter dito isso a Ko. Inferno, tinha dito, sim. Mas alguém lhe dava ouvidos?

Iam acabar mortos, era isso.

Ela havia se esgueirado para o interior da loja em silêncio, estendendo a mão para calar o sino quando a porta se fechava, e depois começara a avançar lentamente por um corredor. Foi então que ouvira os velhos falando, se agachara mais que depressa e ficara escutando. Praticamente a primeira palavra que ouvira foi Cairndale. Então se despiu em silêncio, enxugou o cabelo com a camisa de baixo e escondeu as roupas. Deixou o formigamento tomar conta da pele até que só havia luz e pó onde deveria estar sua carne. Era sempre um momento atordoante quando olhava suas mãos e seus pés e não via nada, e havia sempre aquele rápido instante em que Ribs tinha a sensação de estar caindo. Mas passou, como sempre acontecia, a cabeça clareou, e ela avançou pé ante pé para ouvir melhor.

A velha maneta estava falando das entregas. Havia uma marcada para aquela noite, ao que parecia, e ela instruía o homem grisalho sobre o cuidado específico com os caixotes. Parecia que o que havia neles era frágil e de valor maior do que de costume. O homem se limitava a assentir com a cabeça, mudo, lúgubre, no compasso das instruções que ela dava. E foi então que a velha falou aquilo.

— Agora não vai demorar — murmurou. — Aquele pobre glífico não vai viver muito, e não há solução para isso. Mas não se tapa um buraco no barco com cera, costumava dizer meu velho Sr. Ficke. E o que tem lá em cima é cera ou coisa pior. Não, Henry não vai conseguir adiar por muito mais tempo.

A velha se calou e ergueu os olhos amarelos. Ribs prendeu a respiração. A mulher olhava em sua direção, quase como se pudesse vê-la.

Foi quando a porta chacoalhou na frente da loja; Ribs olhou para trás: eram Komako e Oskar, entrando com a chuva pingando deles.

E agora tinham sido golpeados, os patetas. Ela trincou os dentes. Mas observar o cuidado com que a velha e seu companheiro lidavam com os dois, a atenção para não bater a cabeça deles nas estantes enquanto os carregavam até a escada do porão, fez Ribs parar e refletir. Fosse o que fosse, parecia que a velha não pretendia lhes fazer mal.

Pelo menos, ainda não.

Havia uma escada antiga e decrépita que levava dos fundos da loja ao segundo andar, e Ribs se encaminhou para ela. Lá em cima, a velha tinha dito. Ko e Oskar precisariam de resgate, é certo. Mas, quando ela fizesse isso, não haveria mais oportunidade de olhar em volta; era melhor olhar primeiro.

Em silêncio, pisando na borda externa dos degraus para evitar rangidos, ela subiu.

Komako abriu os olhos na escuridão. A cabeça latejava. Ela se remexeu e viu que as mãos manchadas estavam amarradas na frente do corpo, os bolsos revirados para fora. Oskar estava deitado ao lado dela, amarrado do mesmo modo. Encontravam-se no chão de um porão mal iluminado, a terra embaixo deles fria e úmida.

— Ah, ela está acordando. Excelente. — A velha se mexia pela escuridão, mudando coisas de lugar, chutando algum lixo, e a voz chegava rangendo, abafada, aos ouvidos de Komako.

Sem querer, ela gemeu e balançou a cabeça para clareá-la.

— Isso é coisa de Edward — disse a mulher. — Desculpa por sua cabeça. Ele não conhece a própria força. Mas nenhum cuidado é pouco. Só um minutinho enquanto termino isso...

Ela deve ter achado o que procurava, porque parou e, um momento depois, uma luz se acendeu no porão e Komako viu onde estavam.

Era um laboratório. Havia tubos de vidro até o alto nas paredes, com algum tipo de líquido que se movia devagar dentro deles, e fogões em dois cantos, nos quais alguma coisa borbulhava. Uma estante se curvava sob o peso de grossos tomos. Perto de onde estava deitada, num longo cocho de madeira, Komako viu centenas de besouros brancos rastejando uns sobre os outros. Havia caixotes e barris cobertos de pó, assomando na escuridão, e vidros com coisas mortas ao longo da parede mais distante. E, numa mesa comprida no meio do porão, a Sra. Ficke trabalhava, tirando vidros e livros do caminho, fazendo algum preparado. Ela prendera um aparelho estranho, um tipo de gancho de ferro com garras móveis, operado por engrenagens e alavancas, no toco do braço danificado. Era mantido no lugar por correias de couro e fivelas que cruzavam o peito e passavam por trás dos ombros. Com habilidade, ela o usava para mover vidros, erguer caixas e soltar os arames que prendiam a tampa dos vidros. Komako observava.

Oskar começou a se mexer, erguendo o rosto gorducho e, com um medo súbito, espiava à sua volta enquanto ia se dando conta da situação.

— Ko?

— Está tudo bem — sussurrou ela. — Estamos bem.

— Olá, Oskar — disse a Sra. Ficke baixinho. — Peço desculpas pelas cordas.

— O que vai fazer com a gente? — indagou Komako.

— Fazer?

— Vai nos machucar?

A velha fez uma careta.

— Ah, criança. É claro que não.

— Não acredito em você.

— Acredite no que quiser.

Ela continuava a trabalhar na mesa comprida, despejando um pó fino numa balança, pesando-o com cuidado.

— Prova, então — disse Komako. — Desamarra a gente.

A Sra. Ficke fez uma pausa, suficiente apenas para dar um sorriso condescendente, mas não fez menção de desamarrá-los. Acima deles, as tábuas do assoalho da loja rangeram quando alguém — Edward Albany, talvez — caminhou pesadamente por elas. O pó desceu pelo ar à luz do lampião.

— Você deve ser a menina chamada Komako — disse a Sra. Ficke. — A artífice do pó. Não é?

Komako piscou.

— A senhora... sabe quem somos?

— Mais do que você pode imaginar. E você, Oskar. Onde está seu companheiro, seu... gigante de carne, é isso? Como é que você o chama?

Oskar a olhou com raiva.

— Ele vem me buscar. Não vai querer estar aqui quando ele chegar.

— Tenho certeza de que você tem razão. Uma criatura formidável. Eu esperava que Eleanor estivesse com vocês.

— Ela foi buscar socorro.

— Ah, acho que não. — A velha olhou à sua volta na escuridão. — Não. Acho que ela está aqui agora, com a gente. Você está aqui, não é, Eleanor? Acredito que não vá tentar fazer nenhuma bobagem.

Não houve nenhum som vindo da escuridão, nenhuma resposta. Komako não sentia que Ribs estivesse por perto, embora às vezes fosse difícil saber. Ela temia pela amiga. Por outro lado, pensou, onde quer que Ribs estivesse, provavelmente estava melhor do que ali.

— Não importa — disse a Sra. Ficke. — São respostas que vocês estão procurando? Henry nunca gostou muito de mim, mas acho que ele não mandaria seus pupilos como... aviso. Portanto, suponho que estejam aqui por conta própria. O que vocês fizeram? Fugiram do instituto? Ou vieram em busca de algo mais... específico?

Komako umedeceu os lábios. Sentiu o frio chegar a seus pulsos, a dor gelada, e arquejou quando o pó começou a rodopiar em torno de seus dedos. Se essa mulher sabia tanto quanto afirmava, estaria ciente de que as cordas de pouco adiantariam contra o talento de Komako.

Mas a Sra. Ficke estalou a língua, como se desaprovasse sua atitude.

— Isso não é necessário, Komako, nem útil. Não, se forem respostas o que vocês procuram.

A velha pegou um dos destiladores com a mão boa, contornou a mesa e despejou um pó escuro num círculo em torno de onde estavam Komako e Oskar. Na mesma hora, a dor sumiu dos dedos de Komako, o pó assentou no chão, o talento cessou.

— O que...

— É um pó anulador, criança. Invenção minha. Tive a ideia a partir de um estudo de uma bruxa dos ossos, ah, muitos anos atrás. Não funciona por muito tempo. Mas vai permitir que sejamos civilizados uns com os outros, pelo menos por enquanto.

A Sra. Ficke, andando pesadamente, deu a volta pela longa mesa de trabalho, remexendo em garrafas e vidros, cutucando o líquido fumegante. O lampião brilhava em cima de uma pilha de livros antigos ao lado dela.

— Vocês têm medo de que minha intenção seja lhes fazer mal. Mas não estamos em conflito, vocês e eu. Nossa espécie não deveria estar. Não é certo. Além disso, Henry terá um castigo para vocês quando voltarem para Cairndale.

— Nossa espécie?

— Sou como vocês. Ou era, pelo menos. Você parece surpresa.

Se o rosto de Komako traía sua descrença, ela não tinha como impedir. Baixou o queixo para que o cabelo caísse sobre os olhos.

— Sou um dos exilados. Ah, já ouviram falar de nós? Mas não muito, imagino. Raramente falavam disso em minha época. — A velha franziu a testa. — Alguns de nós perdem o talento quando se tornam adultos. Sem nenhuma razão que se possa explicar. Um dia, eles simplesmente... desaparecem. E, quando esse dia chega, o jeito do Cairndale... o jeito de Henry lidar com isso é pedir, educadamente, que partam.

— Ela foi mandada embora — sussurrou Oskar, compreendendo.

— O Dr. Berghast nunca faria isso — disse Komako com firmeza e rapidez.

Mas a Sra. Ficke ergueu o rosto no brilho do lampião. Sua voz era suave.

— Então você conhece Henry assim tão bem?

— Ela está sozinha desde então — sussurrou Oskar para Ko. — Imagina...

— Não quero saber disso, menino — disse ela, olhando Oskar com raiva. — Não quero a sua piedade. Tive uma vida mais interessante do que a maioria. Não há falta de experiências a fazer, conhecimento a adquirir. — Ela mostrou o porão com um gesto. — Não parece muito, não é nenhuma universidade famosa, mas é meu. De fato, nunca houve muito espaço para uma mulher na Academia Real. Mas, de qualquer forma, eles não se importariam com meus interesses. Pensam apenas no que deveriam pensar, aqueles lá. Enquanto o estudo de minha vida é o contrário. Venho estudando o que não deveria existir.

Komako a fuzilou com os olhos.

— Certo. Velas.

— Alquimia, querida. Um ramo do conhecimento mais antigo do que a ciência... e mais sábio. Ah, os cientistas têm medo do que nós, alquimistas, já soubemos. Eu tinha dezenove anos quando Henry me mandou embora. Não tinha muita utilidade para ele na época.

— Acha que ele precisa da senhora agora?

Os olhos da mulher cintilaram.

— Ah, eu me tornei útil.

— Por causa do glífico.

— Minhas tinturas, sim — murmurou a Sra. Ficke. — Eu o mantive vivo todo esse tempo. Você é bem espertinha, hein? Mas fiz mais do que isso, meu bem.

Os nós nos pulsos de Komako cortavam sua carne. Ela olhou para Oskar à luz do lampião: assustado, ele fitava a velha com olhos arregalados.

— O que está dizendo? — sussurrou Komako devagar, temendo a resposta. — Que coisas a senhora fez?

Ribs parou no alto da escada. Abaixo dela, a loja estava em silêncio. Dava para ouvir o ruído da chuva tamborilando no telhado, de leve, em algum lugar. Ela deu um passo à frente, cautelosa.

O andar de cima do Comércio de Velas Albany estava escuro, sem iluminação. Ribs se viu num longo corredor que ia de uma ponta à outra do prédio, terminando numa janela que dava para a rua. Essa janela fora vedada por tijolos em algum momento do passado. Havia várias janelinhas altas na parede à direita, lançando a pouca luz que havia ali; à esquerda, eram muitas portas, como numa pensão, todas fechadas.

Foi então que ela ouviu o som. Um tipo de choramingo, vindo da porta mais próxima. Podia ser um gatinho chorando. Ela experimentou a maçaneta, mas não abriu; então ela colou a orelha à porta. O miado parou por um tempo... e recomeçou.

Havia sete portas no total. Todas estavam trancadas. Ela não ouvia nenhum som vindo das outras, a não ser da penúltima — uma espécie de arranhão, vindo de dentro, como um animal pequeno cavando.

Ela se virou, hesitante. Passos pesados se aproximavam pela escada.

Era o homem grande, Edward Albany. Ele carregava um caixote de madeira nos dedos gastos, e algo no caixote tilintava. Ribs o viu se ajoelhar, colocar o caixote no chão com uma delicadeza inesperada, depois levantar uma tigela com algum tipo de gororoba e uma caneca engordurada. Então, destrancou a primeira porta e entrou.

Prontamente, com o coração na boca, ela atravessou o corredor escuro. Um fedor forte de carne suja a alcançou. No vão da porta, ela parou, tentando entender o que estava vendo.

Um quarto pequeno. O interior era escuro, a janela do outro lado havia sido coberta com tábuas. Lâminas de luz do dia entravam entre as tábuas e formavam listras no chão. Ribs viu a caminha. O baú de roupas. A figura esfarrapada no canto, curvada e virada para o outro lado, tremendo, chorando baixinho. E viu o modo como Edward Albany pousou a tigela e a caneca junto da porta, entrou e se inclinou sobre a criança.

Só que não era uma criança. Ela via isso agora. Era mole e deformado, e ergueu um braço torto quando Edward Albany se agachou a seu lado. O que pareciam raízes ou galhos havia brotado em suas costas, e a roupa tinha sido cortada para acomodá-los. Albany pegou a criatura no colo, a embalou e cantou para ela, e devagar, bem devagar, a coisa parou de chorar. As estranhas saliências semelhantes a raízes se enroscaram nos pulsos e braços de Edward Albany, mas gentilmente. Parecia que a criatura não conseguia andar, só se arrastar, e dali a pouco Edward a ergueu sem esforço, a levou até a caminha e a deitou. Havia uma estante de livros, Ribs agora via, e ele abriu um deles e começou a ler. Foi nesse momento que a criatura ergueu o rosto e moveu a língua como se tentasse falar, e Ribs viu com horror quem era.

Os traços tinham mudado, quase derretido. O nariz estava torto e os olhos estranhamente afundados nas órbitas, sim, mas era ele, ela conhecia seu rosto, o vira nos últimos seis anos nos corredores, no refeitório, no campo.

Era o menino desaparecido, o que chamavam de Brendan. O que estava construindo a maquete do Cairndale com palitos de fósforo.

Edward Albany lia gentilmente para Brendan, a grande mão coberta de cicatrizes acariciando o cabelo do menino, cabelo que agora era branco e crescia estranhamente nos lados da cabeça. Ribs deu uma olhada no caixote e viu mais seis pratos e seis canecas, olhou de novo pelo corredor as seis outras portas, e então compreendeu.

Lá embaixo, no porão, Komako esfregava os pulsos, arrastando-se para mais perto de Oskar, observando na penumbra a Sra. Ficke continuar seu trabalho na mesa comprida. A mulher tornara-se temperamental, dissimulada. Parecia querer dizer mais, mas havia se calado.

O ar tinha cheiro de queimado, estranho.

— Continua — disse Komako, frustrada. — Por que ajudar Cairndale, se a senhora foi mandada embora? Por que trabalhar para o Dr. Berghast, se não gosta dele?

— Gostar? — Um lampejo de sorriso atravessou o rosto da mulher. — O que gostar de uma pessoa tem a ver com isso?

— A senhora poderia ir embora. Ir para Londres, para os Estados Unidos, qualquer lugar. Não precisa ficar aqui, fazendo... tinturas.

A Sra. Ficke fungou.

— Tudo parece muito simples na sua idade. Eu me lembro. Mas nada é, não mesmo, não quando se traz tempo, traição e perdão para a questão. A verdade é que tenho para com Henry uma... dívida. Uma dívida que nunca pagarei por completo, por mais que eu tente. — Ela inclinou a cabeça um instante, depois olhou para cima. As engrenagens do gancho de ferro zumbiam. — Meu irmão, Edward. Henry demonstrou com ele uma bondade que salvou sua vida. A coisa certa a fazer é honrar nossas dívidas, mesmo que tenham de ser pagas com sangue.

— Com... com... sangue...? — gaguejou Oskar.

Komako sentiu o calor subir ao rosto.

— Sinto muito — disse baixinho. — O que aconteceu?

A Sra. Ficke deu de ombros.

— Vocês estão certas em desconfiar, crianças. — A língua pálida da Sra. Ficke apareceu, como se testasse o ar. — Eu também já fui assim. Agora, sejamos francos. Vocês estão aqui por causa das crianças desaparecidas. Não mintam para mim.

Oskar abriu a boca, começou a falar, tornou a fechar.

Komako balançou a trança para tirá-la do rosto.

— Onde elas estão?

— Há mais coisas em ação do que vocês imaginam — murmurou a Sra. Ficke. — Podem pensar que estão caçando um leão. Mas é a selva que está caçando vocês dois.

Então ela fez uma pausa e fitou as sombras no porão, como se estivesse tentando tomar uma decisão. Em seguida, foi até eles e desamarrou as cordas. Oskar se sentou, esfregando os pulsos. Os de Komako ardiam, e ela esticou e tocou com cuidado a pele esfolada.

— Eleanor — chamou a velha. — Apareça. Você verá que eu trouxe suas roupas aqui para baixo e as deixei atrás daquele barril no canto. Se puder fazer o favor de se vestir e se juntar a nós...

Komako sorriu por dentro. Esperava que Ribs estivesse longe, talvez procurando uma forma de ajudar. Mas, passado um instante, para sua surpresa, ouviu a voz de Ribs.

— Eu vi — sussurrou a voz, com fúria.

— Viu o quê?

De trás de um caixote, Ribs apareceu, o rosto sujo, o cabelo desgrenhado e caído sobre os ombros. Já estava vestida. Ela se aproximou lentamente e ficou em pé ao lado de Komako e Oskar, o rosto irradiando ódio. Mal dirigiu um olhar a Komako; toda a sua raiva estava voltada para a Sra. Ficke.

— Eu vi Brendan. E os outros.

A Sra. Ficke ficou imóvel. A garra em gancho estava suspensa sobre o fogo; ela a recolheu, piscou e franziu a testa.

— Você não deveria ter ido lá em cima — disse.

— E então? O que fez com ele? — Ribs exigia saber. A voz dela ia ganhando volume. — O que fez com todos eles? Quando o Dr. Berghast descobrir...

— Quando ele descobrir.

— Quando eu contar pra ele o que você fez...

— Quando você contar para ele.

— Você vai se arrepender de verdade. — Ribs tinha os punhos cerrados e deu um passo ameaçador na direção da velha.

Mas a Sra. Ficke nem piscou.

— Ah, minha criança, você realmente não entendeu nada — disse ela, com pesar. — Aquilo é coisa do Henry, o que está lá em cima. Não minha.

— Coisa nenhuma! — berrou Ribs.

Komako puxou a amiga para trás.

— O que está acontecendo? Ribs?

A menina se virou. Os olhos estavam furiosos.

— Eles viraram monstros, Ko — disse ela num ímpeto. — Estão todos trancados em quartinhos e foram todos transformados em... — Ela estremeceu.

A boca de Oskar estava aberta.

— Eles quem? Os desaparecidos?

Komako afastou-se rapidamente do pó anulador e reuniu um grosso punhado de pó. Havia surgido nela uma fúria imediata. Ela sentiu o solavanco e a súbita pontada de dor subindo pelos pulsos e indo até os antebraços quando o pó começou a fazer efeito. Ela deu uma olhada na escada, mas não havia sinal de Edward Albany.

— Vá em frente — disse a Sra. Ficke sem se impressionar com a demonstração de Komako. — Mas, se fizer isso, não haverá ninguém para alimentá-los, lavá-los e trocá-los. Acha que Henry se preocupa em mantê-los vivos? Somos só eu e o Sr. Edward que fazemos isso.

Um forte pó preto girava em torno dos punhos de Komako.
— Mostra — disse ela. — Me mostra o que você fez.

Komako nunca tinha sentido tanta raiva, tanto poder. Aquilo a assustava. Eles encontraram Edward Albany no alto da escada e, apesar do tamanho dele, ela sentiu que seria fácil quebrar o seu pescoço com uma corda de pó. Ele segurava um caixote com tigelas e canecas sujas junto à barriga, e ficou parado, piscando, fitando a escuridão que espiralava em torno dos punhos dela, como se estivesse confuso, até que a irmã o enxotou com impaciência e os deixou passar.

A Sra. Ficke parou na quarta porta ao longo do corredor vazio.
— Quem está aqui é Deirdre — disse ela, pegando um chaveiro. — Ela veio para nós, hã... faz uns dois anos. Ela não sabe quem é, portanto recuem, todos vocês. Não faz sentido assustar a coitadinha mais do que já está assustada.

Os punhos de Komako fumegavam. A dor fria agora estava nos ombros, irradiando-se pelos ossos. Ela sabia que devia relaxar, mudar o foco, mas havia na dor algo novo, algo de que ela gostava.

— Ko, seus olhos — disse Ribs.
— Ficaram totalmente pretos — sussurrou Oskar, parecendo preocupado.

Ela não ligou. A sensação era boa. Mas, quando viu a menina encolhida no quarto e o modo como a Sra. Ficke se ajoelhou ao seu lado e acariciou suas costas, de repente a raiva morreu. Ela deixou de se concentrar no pó, só isso, e ele caiu instantaneamente, pousando como cinzas em suas roupas e sapatos e no chão.

Pois de repente havia muita ternura na velha.

A menina Deirdre estava em pé no meio do quarto. A janela tinha sido pintada com cal, mas ainda enchia o quartinho com uma luz suave. O cabelo de Deirdre estava branco e comprido, puxado sobre o rosto, como se ela fosse tímida, como se estivesse com vergonha. O corpo era pequeno, como o de um bebê, e havia algum problema na parte inferior dele. Os tornozelos, os joelhos, as coxas tinham enrijecido e se entrelaçado, formando uma única árvore nodosa, os pés como as raízes, as pernas como o tronco. Os dedos eram compridos, descascados, e deles brotavam pequenas folhas verdes. Komako sentiu a repugnância subir dentro dela, involuntariamente. Oskar arquejou. Os olhos de Ribs estavam úmidos.

— O que... ela é? — sussurrou Komako.

— Um tortoglífico — disse a Sra. Ficke. — É o que ela é. É uma coisa horrível, também. — Havia uma bonequinha de pano no canto, e a velha a pegou e a enfiou na dobra imóvel do braço de Deirdre. — É tudo o que restou dela, pobre criatura. Não parecia certo deixar Henry descartá-la. Nenhum deles. Então fizemos o que estava ao nosso alcance: nós os trouxemos para cá, para cuidar deles. Essencialmente, só estão tristes e confusos. Não sei o que resta deles por dentro. Mas por fora não há nada neles que seja perigoso.

— Vocês... cuidam deles? — perguntou Ribs devagar.

A Sra. Ficke puxou com suavidade o cabelo da menina para trás da orelha, revelando um rosto pálido em formato de coração, os olhos fechados.

— Ninguém mais faria isso — disse.

— O que é tortoglífico? — perguntou Komako.

Nesse momento, a expressão da mulher endureceu.

— Ah, eles são só exilados, como eu. Só que, quando perderam os talentos, Henry ofereceu a eles uma opção. Contou sobre o Sr. Thorpe, falou de sua doença, de tudo o que pode acontecer ao instituto quando o glífico morrer e o *orsine* se abrir. E perguntou se poderiam ajudar. Disse que, se ajudassem, manteriam os amigos a salvo. Em troca, ele lhes devolveria o talento. Esses foram os que concordaram em tentar.

— Tentar o quê? — sussurrou Komako. No entanto, ela já sabia a resposta:

— Ser transformado em um novo glífico. À sua imagem, por assim dizer. Para assumir o lugar do Sr. Thorpe quando ele morrer e controlar o *orsine*, as proteções e tudo mais. Ah, nunca deu certo, obviamente. Não se faz um glífico assim. Mas Henry tinha essa ideia de que a chave de tudo éramos nós, exilados. Só que agora — a mulher passou a mão com ternura pelo rosto da menina, a voz cansada —, agora ele não tem mais tempo.

— Como assim? — perguntou Oskar.

— O glífico está morrendo, criança. A *drughr* está vindo. E então os mortos vão atravessar. O *orsine* precisa ser fechado para sempre, ser selado, e só há um jeito de fazer isso.

— E que jeito é esse?

— Arrancar o coração do glífico e afundá-lo no *orsine*.

— Não — disse Ribs imediatamente. — Estou fora.

Os olhos de Komako fuzilaram.

— Isso é repugnante.

A Sra. Ficke se permitiu um sorriso sombrio.

— O mundo é um lugar feio, meus amores. Infelizmente, não me consultaram quando ele foi feito. Mas eis a verdade: Henry Berghast não vai permitir que o *orsine* seja fechado. De que outra maneira ele traria a *drughr* até ele, se não fosse através do *orsine*?

— Através do *orsine*? — sussurrou Ribs, se virando. — Ela acabou de dizer através do *orsine*?

Komako também não tinha certeza de ter ouvido direito.

— Ele quer levar a *drughr* para dentro do Cairndale? Por que ele faria isso?

A voz da Sra. Ficke era suave.

— A *drughr* é a diferença entre medo e horror, meu bichinho. É o tipo de medo que nos enche de repugnância, que faz a gente preferir... a destruição. Isso — murmurou ela, acariciando o cabelo da menina — é preferível à *drughr*. E, no entanto, mesmo assim... é Henry Berghast que vocês mais deveriam temer.

Ribs, de sua parte, limitou-se a fazer uma careta.

— Talvez atrair a *drughr* para Cairndale seja a melhor maneira de *destruí--la*.

— Você não está ouvindo — disse a velha, balançando a cabeça. — Henry Berghast vem caçando a *drughr* desde antes de vocês nascerem. O poder da *drughr* nunca foi medido. Se pudesse ser dominado, se pudesse ser absorvido...

Komako ergueu o rosto, chocada.

— Absorvido...?

A Sra. Ficke fez um gesto com a garra em gancho. A luz do dia enchia seus olhos, tristes e brilhantes.

— É o que estou tentando lhes dizer. Henry não pretende *destruir* a *drughr*, minha criança — sussurrou ela. — Ele quer se tornar a *drughr*.

O Estranho Mecanismo do Destino

Alguma coisa estava a caminho, alguma coisa terrível.
Em um vagão de segunda classe, ao norte de Doncaster, Alice Quicke encontrava-se sentada com o rosto voltado para a janela, pensativa, à luz das primeiras horas do dia. Ela podia sentir essa coisa se aproximando, uma espécie de pavor, correndo em sua direção sobre a espinha do mundo. Em uma cesta a seus pés, o chaviato ronronava; no bolso do sobretudo estava o velho revólver, carregado. Ela o segurou bem firme. Não chegariam à Princes Street Station, em Edimburgo, antes da noite.

Margaret Harrogate, no assento à sua frente, não se permitia refletir, não sobre sua coluna esmagada, não sobre o fato de que ela nunca voltaria a andar, não sobre o pressentimento ruim que carregava. A cadeira de rodas que a Srta. Quicke havia construído, enfiada em um canto, batia suavemente contra a porta revestida. Do outro lado dos campos, o céu branco se enchia de luz e escurecia novamente.

No Cairndale, bem ao norte, Henry Berghast experimentava a mesma sensação. Ele se encontrava na cela úmida onde Walter estava acorrentado, um lampião erguido na mão. Fazia dois dias que o suctor não comia nada, não bebia nada, recusou até mesmo o pires com o ópio, e agora jazia em posição fetal, de lado e imóvel, à fraca claridade do lampião. Estaria ele doente? Estaria morrendo? Ele não sabia. Pensou nos dois garotos que haviam atravessado o *orsine* e que não tinham voltado, e cutucou o suctor com a bota onde ele estava deitado imóvel como uma coisa morta. Berghast teve a sensação repentina — a sensação desconhecida e desagradável — de que os eventos estavam escapando de seu controle.

Quando a porta da cela finalmente se fechou com um gemido e as fechaduras giraram duas vezes na escuridão, Walter Laster ergueu a cabeça, apurando os ouvidos. Estava muito fraco. Jacob encontrava-se perto agora, muito perto. As algemas giravam frouxamente em seus pulsos ossudos, mas, embora Walter fizesse força, não conseguia fazer passar as mãos. Na escuridão absoluta, ele colocou um polegar entre os dentes e o segurou ali por um momento, como um bebê. Então, ignorando a dor, ele mordeu com força, puxou e torceu, e então começou a mastigar.

Não havia ninguém no covil do glífico para ver como ele tremia e se debatia no sonho. Ele podia *sentir* a criatura branca que não pertencia a nenhum dos mundos devorando a si mesma. Mas havia outra presença também, uma criança viva, sozinha e em sofrimento no outro mundo. Quem era ela? Tentou alcançá-la com seus pensamentos, mas em sua mente havia apenas a criatura, sua fome como uma boca, o mal que havia nela. Eles não eram fortes o suficiente.

Os espíritos se reuniam do lado de fora do Quarto. Marlowe estava com frio e com fome, ainda amarrado nas cordas de pó de Jacob. Ele podia ver a névoa dos mortos pairando no topo da escada, silenciosa. Só esperando. Só observando. Brynt estava com eles, a sua Brynt. Ela não tirava os olhos dele nem por um segundo e, embora seu rosto se modificasse como a luz, e sua forma não passasse de uma coluna de ar, seu olhar era escuro e sem vida e não mudava. O menino virou o rosto.

Alguma coisa estava a caminho. Abigail Davenshaw, sentada em sua penteadeira, passando uma escova pelos cabelos compridos e lisos, tentava dar um sentido àquela sensação. Já passava do meio-dia. As crianças ainda estavam desaparecidas. O Dr. Berghast também não estava em lugar nenhum. E havia uma sala trancada escondida embaixo de seu estúdio. Ela tinha sentido um medo frio quando ficara parada ali, ouvindo o que quer que estivesse lá dentro respirar. Ela abaixou a escova de cabelo e desatarraxou um pote de creme, pensando.

O céu branco era ofuscante quando Komako saiu de Edimburgo na carroça de Edward Albany, Ribs e um Oskar adormecido se sacudindo ao lado dela no assento. As estradas no meio da manhã estavam lotadas. Ela era uma condutora de cavalos ruim, mas a égua parecia saber o caminho e a lama não era profunda. Havia medo em seu coração, e pavor, e algo mais também. Fúria. Ao lado dela, Oskar começou a roncar.

Enquanto isso, a quilômetros de distância, do outro lado das ásperas colinas escocesas, uma criatura de carne e tendões seguia adiante cambaleando, a pele brilhando, úmida. Lymenion era forte o suficiente para arrancar uma árvore com as próprias mãos, mas seus pensamentos estavam cheios de preocupação. *Oskar*, pensava ele. *Oskar... Oskar... Oskar...*

Nuvens brancas se aglomeravam sob uma luz uniforme. As sombras encolhiam e voltavam a crescer.

Tique-taque-tique-taque, faziam todas as engrenagens em todos os relógios no mundo todo.

Com o que restava de suas forças, Charlie Ovid forçou um ombro contra a pele viscosa do *orsine*, sentindo-o se esticar e se moldar à sua volta, e, desesperado, agarrando a faca com as duas mãos trêmulas, ele foi abrindo caminho às punhaladas, serrando e criando uma abertura irregular, e por fim irrompeu do outro lado, ofegante, encharcado, tremendo na luz fraca do mundo a que pertencia.

Ele tinha atravessado. Tinha conseguido.

Era isso que estava em sua cabeça: alívio. Essa *sensação*. Seus pensamentos estavam lentos, como se ele tivesse dormido por muito tempo.

Por quanto tempo ficara fora? Uma lanterna havia sido deixada acesa em uma parede; mas a câmara estava vazia. Ele tentou ficar de pé, mas não conseguiu. Em vez disso, encolheu-se no chão, entre as raízes, tremendo, o frio saindo dele como vapor. Suas mãos estavam retorcidas em um ricto de garras e a pele em seus dedos era de um tom escuro e horrível, e o anel, o anel de sua mãe, queimava o dedo onde ele usava.

O que acontecera naquele outro mundo era nebuloso. Marlowe estivera lá, ainda estava. Sim. E havia um homem, um homem de barba preta e luvas escuras. Charlie arquejou, lembrando-se de algo. Ele ergueu o rosto exausto. A *luva*.

Então abriu a sacola. A luva estava lá, segura, intacta, os dedos vazios dobrados para dentro, um estranho artefato de ferro e madeira. Ao seu redor, o *orsine* brilhava com seu azul misterioso, lançando uma luz sinistra sobre tudo. Charlie ficou de pé, cambaleante.

Foi tropeçando até a escada e desceu pelo túnel, ao longo da escuridão úmida, seus passos ecoando à sua frente, a sacola balançando pesadamente, e logo subia a escada curva de pedra e abria a porta do estúdio do Dr. Berghast.

O fogo ardia na lareira. Berghast estava vestido apenas com uma camisa de botão, sem paletó, em sua mesa, escrevendo em um diário. Ele ergueu os olhos e na mesma hora tirou os óculos.

— Charles Ovid — disse suavemente. — Você está vivo.

Charlie oscilou no vão da porta.

Os olhos de Berghast seguiram para a sacola pesada ao lado do garoto.

— Você a encontrou, então. Extraordinário. — Ele se levantou tranquilamente e deu a volta na mesa, estudando Charlie com um olhar cauteloso. — Já se passaram dois dias e, no entanto, aqui está você. Como pode não ter morrido? — Então ele olhou bruscamente para cima. — Você não usou a luva?

— A... a luva? — gaguejou Charlie. — Não, eu... Acho que não.

O homem pegou a sacola de Charlie, removendo a luva, segurando-a à luz e virando-a. Seus olhos brilhavam.

— Humm. Onde está o caderno?

— Não está... não está na...?

Berghast se afastou. Ele virou a bolsa em cima da mesa e o conteúdo se espalhou. Caderno. Faca. Lápis. Pergaminho. Ele folheou o caderno com uma carranca e o pôs de lado.

— O que é isto? Você não anotou nada? Eu preciso de direções, distâncias, detalhes do Quarto e sua condição de... — Mas ele deve ter visto algo na expressão de Charlie então, porque se interrompeu e disse lentamente: — Você está sozinho.

Charlie tremia.

— Ele está morto, então? O menino?

Charlie sacudiu a cabeça, lutando para lembrar.

— Eu... eu acho que não. Ele estava no Quarto. Eu... eu precisava ir. Eu não queria deixá-lo, mas ele não podia vir...

Os olhos cinzentos e frios de Berghast estavam cravados nele, um olhar que misturava fascínio e fúria. Seus dedos rastejavam como uma aranha pela luva.

— Você se lembra? — sussurrou ele.

Charlie se sentia mal, envergonhado. Ele deixara Marlowe para trás, deixara seu amigo, e nem sequer conseguia se lembrar de ter feito isso. Tentou se concentrar: sombras se materializavam no nevoeiro e em seguida desapareciam.

Mas Berghast ainda o encarava, imperturbável.

— Você não deveria conseguir se lembrar de nada, Charles Ovid — disse ele calmamente. — Como isso é possível? Diga-me, o que mais você... *lembra*?

O homem deu uma ênfase peculiar à palavra. De repente, ela parecia perigosa.

Charlie começou a falar, mas as palavras saíam emboladas, e Berghast ergueu a mão para acalmá-lo. Em seguida, ele o fez sentar-se em frente ao fogo. Tocou um sino e alguns minutos depois, seu criado, Bailey — alto, ameaçador, sombrio como sempre — apareceu com uma bandeja de chá quente e biscoitos.

— Primeiro você deve beber. Comer. Vai ajudar. — Não havia bondade na voz de Berghast, apenas eficiência. Depois que Charlie comeu, o homem pediu novamente. — Conte-me. Tudo.

E assim Charlie fez: contou o que podia. Hesitante no início, confuso. Mas, à medida que falava, começou a lembrar de outras coisas. Suas lembranças de antes de descer ao *orsine* eram nítidas e claras; mas agora ele conseguia juntar fragmentos de sua jornada para o Quarto também. Ele descreveu a cidade dos mortos e a criatura no beco e a maneira como Marlowe havia lutado contra os espíritos. Lembrou-se da árvore branca que sangrava e da entrada na casa torta. Depois disso, porém... tudo ficou nebuloso, por mais que tentasse recordar. Havia um homem de preto, sim. E dor. Ou era medo? A sensação de água em seu rosto. Ele correndo. Em seguida, cortando e abrindo o caminho de volta através do *orsine*. Enquanto bebia o chá quente, Charlie sentia o tremor começar a diminuir. Mas ainda se sentia tonto. Ele colocou a cabeça nas mãos.

— Você deveria estar morto — murmurou Berghast. — Nem mesmo um *curaetor* deveria ser capaz de sobreviver por tanto tempo. Não sem ajuda. — Ele observou Charlie sentado com a cabeça nas mãos, e então hesitou. — O que é isso no seu dedo?

Charlie virou os pulsos. Era o anel da sua mãe.

— Onde você conseguiu isto? — perguntou Berghast em tom autoritário. Então agarrou o pulso de Charlie com força e virou o braço na direção da luz da lareira, mas parecia ter medo de tocar o anel. Ele pegou um abridor de cartas em sua mesa e por um momento apavorante Charlie pensou que ele queria arrancar o anel de seu dedo, mas o instrumento era apenas para raspar a prata. O metal descascou e, embaixo, o anel era feito de faixas alternadas de ferro preto e madeira preta metálica.

Exatamente como a luva.

— Por Deus — disse Berghast. — Foi por *isso* que você não morreu no *orsine*.

— Solta — protestou Charlie, sem conseguir libertar a mão. — É meu!

— Não é, não — disse Berghast. — Ele não pertence a ninguém. O metal foi retrabalhado, mas eu o reconheceria em qualquer lugar. Isto, Sr. Ovid, é um dos dois artefatos que estavam desaparecidos. Imensamente poderoso e mais antigo até mesmo que o Cairndale. — Ele aumentou a pressão na mão de Charlie. — Não minta para mim: onde *adquiriu* isto?

— Era da minha... mãe. — Charlie arquejou, relutante. — Meu pai a deu para ela.

— Seu pai. — Berghast relaxou a pressão.

Charlie recolheu a mão bruscamente, como se ela tivesse sido queimada, e a enfiou embaixo do braço.

— Ele era um... um talento, aqui. Mas o dom dele desapareceu, e o senhor o mandou embora.

— Impossível. Talentos não vêm de talentos.

Mas Charlie apenas o olhou, teimoso, recusando-se a desviar o olhar. Ele conhecia a sua origem. E não apenas por causa do arquivo que havia lido. Por alguma razão, sabia disso com uma nova certeza, uma nova clareza. E não seria Berghast ou qualquer outra pessoa que lhe diria o contrário.

O Dr. Berghast, no entanto, não parecia impressionado. Ele se levantou ainda segurando a luva, foi até a porta e descansou a mão na maçaneta.

— Preciso pensar sobre isso — disse ele. — Este foi um encontro muito esclarecedor, Sr. Ovid. Pode ficar com o anel por enquanto. Vá. Descanse um pouco.

Charlie se levantou entorpecido, sem entender.

— Mas não vamos voltar? — perguntou. — Por Marlowe, quero dizer? Ele está lá sozinho.

Berghast franziu a testa.

— O que quer que eu faça?

— Nós temos a luva. E... e agora o anel. Eu pensei...

— Você *não* pensou — retrucou Berghast. — Não há nada que possa ser feito. Aquele menino era seu amigo, e, no entanto, você o deixou. Você o abandonou, e agora é tarde demais. Marlowe pode ser capaz de sobreviver no *orsine*. Mas a essa altura os espíritos já terão ido buscá-lo.

— Os espíritos? — Charlie estava tremendo. Ele não tivera escolha; certamente ele podia ver isso.

— Agora vá embora e me deixe, Charles Ovid — concluiu o Dr. Berghast. — É o que você faz de melhor, não é?

O desprazer no tom do homem era definitivo, destruidor. A silhueta de Berghast estava recortada contra a luz do fogo, suas mãos embalando a luva antiga como uma coisa de um passado não lembrado, uma coisa que havia lhe mostrado uma vez seu verdadeiro eu, e que talvez ainda pudesse mostrá-lo novamente.

Arrasado, Charlie se foi.

Tinha sido um dia longo e frio na estrada enquanto a carroça os levava do Comércio de Velas Albany, de volta pelos compridos e tortuosos caminhos verdes, até o portão do Cairndale, e além dele.

Era tarde; o sol já estava baixo no oeste. Eles haviam passado sem impedimentos pelas proteções e seguiam pelo caminho de cascalho em direção ao solar. Lymenion estava esperando por eles no frio, seus ombros enormes escorregadios ao luar, e Oskar parou diante dele com uma expressão de profundo alívio. Então todos tinham entrado, preocupados.

Mas eles não haviam se dirigido a seus quartos, não tinham se dado ao trabalho; em vez disso, seguiram para a sala de aula e fecharam a porta com cuidado, assim como as cortinas, para não serem vistos. A campainha do jantar tocaria em breve, e, de qualquer forma, estavam todos muito perturbados com o que haviam testemunhado em Edimburgo, com tudo o que a Sra. Ficke lhes dissera, para descansar. Komako cruzou as mãos sobre o pavio de uma vela e uma chama surgiu; então os quatro se sentaram no chão atrás da mesa da Srta. Davenshaw.

Desesperançados.

Era como todos se sentiam. Komako, quando se permitiu pensar a respeito, notou uma raiva silenciosa crescendo dentro dela. Mas, ainda assim, ela havia tomado uma decisão.

— Precisamos selar o *orsine* — disse ela aos outros. — A Sra. Ficke também sabia disso. Foi por esse motivo que ela nos disse como deve ser feito. O Aranha teme que isso não seja concluído, é isso que ele estava tentando nos mostrar. Ele o guardou por séculos, e isso não terá significado nada caso se abra agora.

Ribs fez uma careta.

— Ou... a gente podia simplesmente pegar quem desse ouvidos à gente, e *ir embora*.

— Ir para onde? — perguntou Oskar, esfregando o nariz vermelho. — Fugir não vai adiantar nada, Ribs. Se os mortos se libertarem, qual lugar será seguro?

— Rrh rruh — concordou Lymenion.

Ribs estalou os dedos, um a um, os olhos verdes fitando melancolicamente a chama da vela.

— Você é boa com lâminas, Ko? Porque eu não vou tirar o coração do corpo dele. Hã-hã.

Komako franziu o cenho.

— Vamos tirar no palitinho. Dessa forma é justo.

— Bole um plano diferente então. Eu não vou fazer isso.

— Eu... eu... eu faço — disse Oskar baixinho.

Elas ficaram em silêncio, olhando para ele. Ribs abriu a boca, em seguida fechou.

O garoto corou com tantos olhares em si.

— Corpos não me perturbam — disse ele. — É o que eu faço. É assim que crio Lymenion. Eu só... talvez eu precise de ajuda.

Nesse momento, da escuridão veio um ruído. Todos eles se viraram ao mesmo tempo no instante em que a maçaneta da porta estalou e abriu silenciosamente na escuridão. Charlie ficou ali parado, parecendo imundo e cansado, como se estivesse andando pelos corredores por horas, chorando. Suas roupas estavam esfarrapadas e as mãos estendidas diante dele, os dedos parecendo garras, doloridos. Ele se deteve quando os viu.

— Jesus, é Charlie — arquejou Ribs. — O que...?

Komako foi até ele. Ela sentiu uma onda elevar-se dentro dela, de algo que não era alívio nem preocupação, mas algo mais, uma espécie de felicidade raivosa, e isso a confundiu. Ela tocou na manga suja dele e então perguntou:

— Onde você esteve? O que aconteceu, Charlie?

— Eu o abandonei — sussurrou. — Eu abandonei Mar. Eu fiz isso, Ko. Eu.

Ela segurou o rosto dele entre as mãos e o inclinou para baixo a fim de forçá-lo a olhar para ela.

— Ei — murmurou ela. — Está tudo bem. Onde ele está? Onde Marlowe está, Charlie?

— Eu... eu não consigo lembrar — disse ele, esfregando os dedos na testa. — Nós passamos pelo *orsine*, Ko. Eu e Mar. Nós *entramos* lá.

Então, à luz da vela, ele contou a eles tudo o que lembrava, fragmentado como estava. Como Berghast os levara a se oferecer como voluntários, o assassinato da mãe de Marlowe, o fogo frio do *orsine*, a cidade dos mortos e a luva, e o que Berghast revelara sobre o anel de sua mãe. Eles ouviram em silêncio. O coração de Komako doeu quando ele falou sobre Marlowe, vendo a expressão aflita em seu rosto. Ele não se lembrava de tê-lo abandonado. Isso era quase o pior de tudo, ao que parecia. Ele não conseguia se lembrar, em absoluto, só sabia que era assim, só sabia que seu amigo ainda estava lá, sozinho, pequeno, com medo.

Quando terminou, Ribs contou sobre Edimburgo. Ela não omitiu nada — nem a Sra. Ficke, nem o que ela falou sobre Berghast, nem as crianças tortoglíficas, nem a garota Deirdre.

— Foi o Dr. Berghast quem fez isso — disse ela. — Foi uma coisa horrivelmente triste de ver, Charlie. — Por último, ela contou sobre o *orsine* se abrindo e o terrível método para selá-lo para sempre. Embora o coração de um glífico tivesse de ser arrancado da grossa armadura de sua casca, isso tinha de ser feito. Oskar, disse ela, lançando ao menino um discreto olhar avaliador, já havia se oferecido para isso.

Charlie pigarreou.

— E quanto a Marlowe? — perguntou baixinho. Seus olhos esquadrinharam o rosto deles. — Se você selarem o *orsine*, ele... ele não vai poder sair.

Ribs falou, solene:

— Todos nós queremos Marlowe de volta, Charlie. Mas para o que ele voltará, se o *orsine* se abrir? Não haverá ninguém aqui.

— Não posso acreditar que estou dizendo isso — falou Komako. — Mas Ribs está certa.

— Eu não vou deixar Marlowe lá.

— Charlie? — disse Oskar, nervoso. — Marlowe pode sobreviver no *orsine*, certo? Então temos tempo para pensar em algo. — Ele olhou para seu gigante de carne, como se estivesse ouvindo. — Lymenion diz que podíamos perguntar a um dos antigos talentos. Eles podem ter algumas ideias. Ele diz que talvez haja uma maneira de tirar Marlowe *e* selar o *orsine*.

Charlie ergueu o rosto e seus olhos estavam assombrados.

— É pior do que isso — disse ele em voz baixa. — Eu... eu acho que Jacob Marber está vindo para cá.

Komako ergueu a cabeça bruscamente.

— Jacob...? Aqui?

— É só um... um pressentimento. Eu não sei explicar.

— Ah, inferno — rosnou Ribs. — Devíamos ir logo até a ilha e selar o *orsine* agora. Enquanto podemos. Assim não haveria nenhuma *drughr* entrando, e também nenhum morto.

— Mas as proteções também vão falhar, quando o glífico estiver morto — disse Komako. — Jacob Marber poderá simplesmente entrar andando. Não há nenhum lado bom nisso, não há caminho certo. Ou fechamos o *orsine* e corremos o risco de prender Marlowe lá dentro e Jacob poder entrar no Cairndale como quiser...

— Ou não fechamos — concluiu Ribs, em tom de desgosto — e os mortos o atravessam, e a *drughr*, e a bosta do mundo inteiro acaba.

Oskar respirou fundo e soltou o ar lentamente.

— O Dr. Berghast só está preocupado em capturar sua *drughr* — sussurrou ele. — Não vai ajudar a gente.

Komako se pôs de pé, passando as mãos pelo cabelo emaranhado. Estava exausta. Não dormia satisfatoriamente desde antes de irem ver o Aranha, não tinha comido, não tinha tomado um banho. Ela esfregou o pescoço. Os outros a olharam, em expectativa, como se talvez ela tivesse uma resposta. Só Charlie não olhou para ela. Ele parecia diferente de antes, de alguma forma mais velho. Mais determinado.

As sombras na sala estavam ficando mais densas.

— Certo — disse ela, cansada. — Precisamos encontrar uma maneira de deixar Marlowe em segurança. Obviamente. Mas aconteça o que acontecer, aquele *orsine* precisa ser selado.

Depois que os outros foram para os quartos se lavar e trocar de roupa, talvez para tentar descansar, Charlie subiu no parapeito da janela e ficou olhando para o gramado sob a noite que caía. Ele podia ver a névoa movendo-se sobre ele. Como os espíritos, ele pensou vagamente, embora na verdade não tivesse nada a ver com os espíritos. A vela queimou até apagar. Seu coração estava vazio. Ali sentado, olhou para as próprias mãos e não sentiu nada.

Foi Komako quem voltou, vinte minutos depois, e o encontrou assim. Ela não explicou o porquê. Ele estava sozinho e de repente não estava mais, e ergueu o rosto e a viu.

— Não sei o que fazer — sussurrou ele, como se ela tivesse estado ali o tempo todo. — Não sei como consertar. A culpa é minha, Ko. É minha culpa que Mar ainda esteja lá.

Komako pousou a mão na dele, vigilante, quieta. E então, quando ele não disse mais nada, ela se inclinou e o beijou na bochecha. Seus lábios eram macios como as pétalas de uma flor. Ele a olhou, surpreso.

Os olhos dela estavam sérios.

— Vamos encontrar um jeito, Charlie — disse ela. — De alguma forma, vamos encontrar.

Ele engoliu em seco. O calor subiu ao seu rosto, ele ficou agitado e engoliu em seco novamente.

— Sim — disse.

— Só não perca a esperança.

Mas ele não tinha a intenção de perdê-la. A esperança não era algo de que ele pudesse se dar ao luxo de desistir.

— Marlowe ainda está vivo, Ko — disse ele de repente, com firmeza. — Posso sentir isso. Ele está, ele está tentando...

Mas então se deteve, olhando para a névoa.

— O que foi, Charlie? — sussurrou ela.

— Ele está tentando voltar — disse baixinho.

38

A Terra dos Mortos
Está em Toda Parte

O pensamento desabrochou na mente do glífico como uma flor.
Jacob Marber está vindo.
O tempo era uma névoa flutuando à deriva ao seu redor, sem futuro nem passado, e ele sonhava, como sempre sonhou, com o começo e o fim das coisas. Ele estava morrendo. Isso ele sabia como sabia como era suave a terra em seus dedos, como conhecia a sensação da luz do sol nas pedras queimadas do mosteiro acima dele. Tinha vivido mais do que a existência das nações e observava o funcionamento dos vivos com um certo distanciamento. Tinha visto gerações se transformarem em pó e ele continuar vivendo, e a maior dor em uma vida tão longa era a lembrança. Agora ele se moveu e sentiu os lentos tentáculos da raiz se mexerem e estremecerem por toda a extensão do túnel e através das pedras, até onde estava o *orsine*.
Em breve, agora, Jacob Marber vai atravessar.
Havia aquele velho *curaetor*, Berghast, que tinha perdido seu talento, que temia a morte do glífico e trazia elixires para mantê-lo vivo, e havia a terrível fome dentro dele, como um fogo que não se apagava. E havia todos aqueles outros, os talentos da casa grande do outro lado do lago, que costumavam vir até ele para pedir permissão para entrar no *orsine*. E havia os sombrios no outro mundo, deslocando-se, sempre se movendo como água em um rio, mas sem ter para onde ir, e a maldade que espreitava do outro lado desse rio, desesperada, furiosa, totalmente desumana, incognoscível e sombria. Era contra ela que ele mantinha o *orsine* fechado, só ela que o fazia ter medo. E muito além dela, um poder mais sombrio, banido há tanto tempo que era como se nunca tivesse existido.

O glífico girou seus lentos tentáculos pela terra, sentindo o solo frio se mover. Ali, quase escondido, silencioso, estava o homem de fumaça. Marber. Um rasgo havia se aberto nos campos além das proteções e ele estava pressionando, nesse exato momento. As proteções do Cairndale não resistiriam. O glífico viu em um instante tudo o que perderia, tudo o que ganharia, pois o que estava por vir e o que já havia sido eram uma coisa só.

Agora ele podia sentir as unhas arranhando a pele do *orsine*, tateando, procurando as cicatrizes moles onde a faca do outro havia serrado. Se era um sonho ou se era real, ele não sabia dizer. Mas a dor nele era espessa, real, e se espalhava por seus membros como um calor, e ele começou a estremecer, e enquanto estremecia enviou sonhos, como pólen ao vento, sonhos que talvez encontrassem seus sonhadores.

Logo.

— Ah — ele sussurrou, na escuridão sob a terra.

Deixe que saibam, deixe que vejam, deixe que venham antes que seja tarde demais.

Henry Berghast acordou do sonho cheio de um medo desconhecido e olhou ao redor, confuso a princípio, voltando a si aos poucos. Um sonho. Tinha sido um sonho.

Estava em seu estúdio, o colarinho afrouxado, as mangas da camisa arregaçadas. Já era tarde, quase noite, a julgar pelo azul profundo nas cortinas. O fogo na lareira estava frio. Os pássaros de ossos estalavam e chacoalhavam em sua gaiola. Ele esfregou o rosto e se levantou — as costas rígidas —, e tocou o sino, chamando seu criado, Bailey.

Ele estivera esperando, sim. Desde que o menino Ovid voltara da terra dos mortos, de posse da luva. Tudo o que lhe faltava agora era uma isca para atrair a *drughr*.

Mas isso, também, viria. Ele havia sonhado.

Ele foi até o estreito lavabo, despejou água fria em uma bacia, lavou o rosto e o secou nas fraldas da camisa, e então olhou para o espelho no aparador. Seus olhos estavam inchados e velhos, as pálpebras pesadas. Ele colocou a palma das mãos sobre a barba branca e olhou sua imagem, como se fosse um estranho, e afastou o cabelo do rosto, segurando-o colado à cabeça com as duas mãos. Então abriu o pequeno armário e tirou uma tesoura e uma navalha. Raspou a barba lentamente, parando muitas vezes para considerar seu reflexo. Era um rosto que ele não conhecia. Espantava-

-o pensar na verdadeira face das coisas, no que havia sob as superfícies, em como tudo o que ele e todos pensavam conhecer era apenas aparência e ilusão. Seus dedos continuavam trabalhando na barba. Então ele começou a cortar e raspar o cabelo sobre os olhos e na testa, por fim passando a navalha em movimentos longos e amplos pelo couro cabeludo, lavando-o na bacia fria, até que ele se viu com pequenos cortes vertendo sangue e seu couro cabeludo ossudo parecendo estranho no espelho.

Houve uma batida na porta. Seu criado, Bailey, não demonstrou alarme com a mudança em sua aparência. O homem — alto, ossudo, sombrio — apenas acenou com a cabeça para ele e estendeu uma toalha, como se tivesse sido convocado justamente para esse propósito, e Berghast a pegou e se virou.

Você está ficando louco. Ele sorriu para seu reflexo.

Seu reflexo — sem pelos, manchado de sangue onde a navalha havia cortado muito fundo — retribuiu o sorriso.

Ele viu o rosto de Bailey pelo espelho, observando.

— Devemos ser como água, Bailey — murmurou ele. — Devemos ser limpos e vazios.

Ele voltou para o estúdio, o criado calado. Foi então que Berghast viu que a porta que levava aos túneis estava aberta. Parada ali estava uma figura pequena, esfarrapada, com as unhas ensanguentadas, o cabelo preto desgrenhado. Um brilho azul irradiava de sua pele. Ele poderia estar ali parado por muito tempo. Poderia ter chegado nesse instante. Era tudo exatamente como Henry Berghast sonhara que seria.

O menino que brilhava.

Marlowe.

Marlowe tinha voltado.

Abigail Davenshaw, que estava dormindo em seus aposentos, acordou de repente. Ela foi até a janela aberta com o coração na garganta e sentiu a luz da tarde bater em seu rosto.

A criança estava de volta. Marlowe.

Ele havia retornado.

Ela sabia que era verdade. Estava tremendo. Lá fora, o terreno do Cairndale estava silencioso, o ar tingido com uma fumaça distante como de folhas queimando. Ela podia sentir o cheiro do lago abaixo do solar. Mas não havia vozes, não havia alunos chamando uns aos outros, nenhum sinal de vida. Ela havia sonhado com o pequeno Marlowe tão claramente e, de alguma forma, sabia que não era um sonho, não mesmo, e ela também sonhara com outras coisas. Raramente sonhava em imagens, mas nesse dia sonhou. Se era semelhante à visão, ela não saberia dizer. Mas sonhara com um homem de chapéu e capa caminhando por um campo, e ela sabia que era Jacob Marber com a mesma clareza; também sonhara com chamas e ouvira choro, e o choro era o seu próprio.

Ela sabia que deveria ir procurar o Dr. Berghast, contar a ele o que havia sonhado. Não podia se imaginar fazendo isso, parecia tão tolo. *Perdoe-me, doutor, tenho tido pesadelos...* E, no entanto, havia uma convicção feroz nela que a enchia de certeza. Era preciso ir. Pôs o xale e passou as mãos cuidadosamente pelo vestido e pelos cabelos, alisando os fios soltos, depois amarrou a venda nos olhos, pegou a vara de bétula para ir mais rápido e abriu a porta.

Havia presenças no corredor, passando apressadas. Ela soube imediatamente, pelo som dos passos e os cheiros, como o de algodão seco e o fedor acre de urina, que eram alguns dos residentes antigos, aqueles em que ela pensava como fantasmas.

— Srta. Davenshaw — disse uma voz trêmula. Era o Sr. Bloomington, o antigo talento que morava mais além no corredor. — Seria melhor, minha querida, se ficasse em seus aposentos. Não é hora de sair. Dissemos o mesmo ao Sr. Smythe.

Ela engoliu o orgulho e virou o rosto em sua direção.

— E por que não? — perguntou. — Parece que alguma ajuda não lhe faria mal, senhor.

Ela podia ouvir a respiração pesada do homem. Parecia medo.

— Ele está de volta, Srta. Davenshaw. Ele voltou. Passou pelas proteções do leste e está vindo para cá, só Deus sabe como. As crianças... as crianças precisam ser mantidas em segurança. Nós vamos ao encontro dele.

Por um breve momento de confusão, ela pensou que ele estivesse falando de Marlowe. Mas o Sr. Bloomington deve ter visto alguma coisa no rosto dela, pois acrescentou, com sua voz rouca:

— É o jovem Jacob, Srta. Davenshaw. Jacob Marber está vindo pelos campos.

Ela congelou em choque.

— O que vocês vão fazer? — sussurrou.

— O que deveríamos ter feito há muito tempo — disse o velho. — Vamos lutar.

39

A Escuridão Crescente

Foi a imobilidade na estrada longa e tortuosa para o Cairndale que despertou o medo em Margaret Harrogate.

O silêncio que reinava ali.

A estrada serpenteava entre grupos de árvores e fitas de campo arado, e ainda assim, na luz que sumia, ela não viu nenhum corvo, nenhuma criatura, nada. Até os arbustos e os carvalhos retorcidos pareciam se encolher, afastando-se da estrada, para buscar a escuridão que caía. A carruagem alugada avançava.

Os olhos da Srta. Quicke estavam fechados. Ela segurava no colo o chaviato, acariciando distraidamente seu pelo, como se ele fosse um gato inocente, como se fosse um animalzinho de estimação. Margaret tinha visto gatos com os olhos fechados de prazer, e uma olhada rápida talvez fizesse pensar que aquela criatura era apenas isso, não uma coisa monstruosa de um mundo diferente, com quatro olhos onde deveria haver dois. Não uma arma. Mas é o que ele era: um instrumento para matar. Margaret viu a gentileza dos dedos da Srta. Quicke, fechou a cara e olhou pela janela empoeirada. Suas próprias mãos agarravam os joelhos, como se quisesse manter as pernas retas. Ela detestava imensamente a sensação de impotência que experimentava, mas disse a si mesma que isso não importava. Orgulhosa, pensou. É o que você é, Margaret. O que o bom Sr. Harrogate *diria se a visse agora?*

Mas havia algo diferente na detetive. Não era só um novo tipo de afinidade entre elas. Outra coisa. Tinha a ver com o chaviato e a maneira como a Srta. Quicke se voltava para ele, o modo como ele se esfregava, ronronando, em seus tornozelos, os longos olhares silenciosos que os dois, mulher e criatura, sustentavam. Margaret sabia o que tinha visto lá no subterrâneo de Wapping, o chaviato grande e rápido como um leão, com oito patas e uma pelagem que ondulava como água escura; e ela viu de novo, na mente, a *drughr* rugindo e avultando sobre todas as coisas, em uma forma física, *corpórea*, e então esfregou os olhos com a base das mãos.

Não adiantava. Como poderiam enfrentar tamanho terror? E com Jacob Marber de posse de um dos abre-caminhos, roubado, de maneira que a criatura que a Srta. Quicke agora tratava como companhia ficaria cada vez menos tímida e se tornaria cada vez mais selvagem, até que, finalmente, não haveria mais como controlá-la. A carruagem sofreu um solavanco de repente, deu uma guinada para a esquerda e recuperou o equilíbrio; Margaret estendeu a mão para se firmar. A Srta. Quicke tinha aberto os olhos e a observava. Margaret não disse nada. Pensou no pobre Frank Coulton, como ficaria horrorizado se soubesse que terminaria como um suctor, um escravo de seu antigo parceiro Jacob Marber, e pensou no próprio Jacob, que se mostrara tão mais calmo e mais triste do que ela esperava. Margaret passou a mão sobre os olhos e, finalmente, deixou os pensamentos seguirem para o Dr. Berghast. Ela não sabia se ele tinha recebido seu pássaro de ossos com o aviso sobre o suctor e o Sr. Thorpe. O relato da ama de leite sobre as experiências do médico a tinha perturbado, ela via agora; mas ele ainda era o mesmo homem que lutara todos aqueles anos para destruir a *drughr*, ela disse a si mesma. Ainda era a maior esperança deles.

E tinha de ser avisado.

— Precisamos levar as crianças embora — disse a Srta. Quicke baixinho, abrindo os olhos. — Elas não podem ficar em Cairndale.

Margaret a observou com calma.

— É verdade — replicou. — Você cuidará disso. Eu encontrarei o glífico e o manterei a salvo de Walter.

A Srta. Quicke, como se lesse seus pensamentos, perguntou:

— E Berghast?

— Estou irritada com o que ele fez — disse Margaret. — Mas isso vai esperar. Sem dúvida, ele nos diria que o veredicto correto justifica o julgamento errado. E quem poderia afirmar que, se estivéssemos no lugar dele, agiríamos de outra forma? Ele conhece a natureza da *drughr*, o que ela fará com todos, muito melhor do que nós.

— Parece que você está arranjando desculpas para ele.

— Nunca — disse ela bruscamente. — Mas primeiro precisamos ter certeza de que o glífico está a salvo e que o *orsine* não corre perigo. Caso contrário, teremos de enfrentar coisa pior do que Henry Berghast.

— Então a *drughr* vai para Cairndale? — perguntou a Srta. Quicke.

— Jacob Marber vai. E ele não faz nada que não seja por ordem dela.

— Coulton estará com ele.

Margaret sentiu uma pontada de culpa.

— Sim.

— Não vou falhar com ele outra vez. Eu vou matá-lo, Margaret. Vou tirar Frank desse sofrimento.

Ela olhou à sua frente e viu os olhos totalmente insensíveis de uma matadora de homens, e pressentiu, não pela primeira vez, a pessoa perigosa que a Srta. Quicke poderia ser.

Elas se aproximavam nesse momento do muro de pedra em ruínas que marcava o terreno de Cairndale, e ela abriu a janela, pôs a mão para fora e bateu no teto para o cocheiro parar.

— Uma última coisa — disse. — As proteções no muro que delimita a propriedade não permitirão que nosso convidado entre conosco. A menos que... caiam. — Com cautela, ela baixou os olhos para o chaviato. — Se nos permite, temos de deixar você aqui até a hora em que possamos pedir sua ajuda ou retornemos.

Muito devagar, o chaviato estendeu as garras, arqueou as costas e bocejou. Seus quatro olhos transformaram-se em fendas.

— O que aconteceria — perguntou a detetive — se tentássemos entrar com ele?

Margaret encheu as bochechas e soprou.

— Ninguém jamais tentou. Quer descobrir?

A Srta. Quicke não respondeu, mas abriu a porta, desceu e o chaviato disparou crepúsculo adentro. Então o cocheiro lhe disse alguma coisa e a detetive respondeu e voltou a embarcar, a carruagem balançando sob seu peso. Pouco antes de a porta se fechar, porém, Margaret achou ter vislumbrado a distância, ao longo do muro de pedra serpenteante, uma figura alta de chapéu, caminhando a passos largos.

A carruagem prosseguiu, passando pelos velhos portões, e subiu a longa entrada de cascalho depois da guarita do portão até o pátio do Cairndale. O solar parecia diferente — mais frio, isolado, abandonado. Ninguém veio recebê-las. Não havia alunos brincando no pátio. Margaret ergueu os olhos quando o veículo parou.

Uma luz ardia no estúdio do Dr. Berghast.

Henry Berghast passou a mão pelo couro cabeludo liso, indo até a nuca, a pele formigando.

— Marlowe — disse ele, baixinho. — Você voltou.

A criança estava parada no vão da porta, oscilando, o rosto muito branco. Berghast viu seus pulsos esfolados. Os olhos encovados do menino percorriam o ambiente, como se não o conhecesse, como se tentasse se lembrar de alguma coisa.

— Calma, criança — murmurou Berghast, indo na direção dele com as mãos estendidas, da maneira como se aproximaria de um cavalo arisco. — Venha, sente-se. Você deve estar cansado.

O menino avançou, obediente, e sentou-se na grande poltrona junto ao fogo. Sua voz, quando falou, soava estridente, fraca, como se ele não a usasse por muito, muito tempo.

— Eu... quero ver Charlie. Ele... está aqui? — perguntou.

Berghast já estava dando a volta na mesa, pegando a luva, voltando para pôr lenha no fogo da lareira. Seu criado, Bailey, fundira-se de volta às sombras na parede mais distante e lá estava, calado, vigilante.

— Charlie está seguro, criança — disse Berghast. — Ele vai ficar contente em ver você.

O menino assentiu para si mesmo.

Só por um instante, Berghast sentiu uma rápida pontada de culpa ao ver como ele era pequeno, como estava exausto. Tivera medo de que o menino não voltasse a tempo, mas seu medo não se devia ao bem-estar da criança, e sim à sua utilidade, e ele soube, naquele momento, que algo dentro de si tinha se perdido, para sempre. Mas ele passara tempo demais vivo, vira décadas demais passarem, vidas demais sumirem, para ficar pensando nisso. A morte fazia parte da vida e não distinguia os muito jovens dos muito velhos. Sua morte viria no devido tempo, também. Ele não choraria.

Berghast viu o menino olhando a luva em suas mãos.

— Seu amigo, o Sr. Ovid, a trouxe para mim — disse ele suavemente.

— Esperávamos que nos ajudasse a voltar até você, a libertá-lo. Estávamos nos preparando para ir buscá-lo.

— Foi Jacob Marber — sussurrou o menino. — Ele nos encontrou.

Os olhos de Berghast e de Bailey, no outro lado do estúdio, se cruzaram e algo não dito se passou entre eles.

— Você viu Jacob? Tem certeza?

O menino fez que sim, os olhos azuis atentos.

— O que mais você recorda?

— Eu me lembro de tudo.

Berghast sentiu uma satisfação lenta e profunda crescendo dentro dele.

— É claro que lembra. É porque você faz parte do *orsine*. Quero saber toda a história, criança. Suponho que Jacob tenha tentado roubar o artefato.

Mais uma vez, o menino fez que sim.

— Mas ele devolveu.

Ao ouvir isso, Berghast franziu a testa. Conhecia a natureza da *drughr* e sabia o quanto ela queria a luva, e não entendia por que Jacob Marber a devolveria.

— Ele está vindo para cá agora — acrescentou baixinho o menino. — Está vindo matar o senhor.

Berghast atravessou até a tela na parede e cruzou as mãos nas costas. Na penumbra, as linhas pareciam rastrear, flutuar e se mover.

— Então elas falharam comigo — disse ele. — Sua Srta. Quicke e a Sra. Harrogate falharam comigo.

A voz do menino vacilou.

— Alice está bem?

— Bem, ela é astuta.

O menino esfregava o rosto com a base da mão, obviamente exausto.

— Este mapa — disse o Dr. Berghast, apontando a tela — é bem incomum. Se você olhar de perto, verá que não é feito de tinta. Isto é pó, Marlowe. É um mapa escrito com pó; e a tela é pele humana. Ah, ficou perturbado? Não fique; é a pele esticada de um artífice do pó, um dos mais antigos e melhores de seu gênero; e foi seu desejo ser usado assim. Veja como o pó se move, mesmo agora. Ele se move porque aquele mundo de onde você acabou de vir também se move, está em fluxo constante. — Berghast se inclinou para a frente, cheio por um momento de um remorso fluido e profundo. Ele suspirou suavemente. — Este foi um presente de alguém que já não vejo há muitos anos. Ah, todos perdemos aqueles que amamos; é uma condição deste mundo. Essa pessoa tinha um mapa idêntico pendurado em sua parede, e, quando este mudava, o dela também mudava. Estavam conectados, entende?

Por um longo momento, nenhum dos dois falou. Os pássaros de ossos estalavam em sua gaiola.

— Jacob não matou minha mãe, não foi? — perguntou o menino. Sua voz soou tão baixa que Berghast quase não ouviu e, quando entendeu e ergueu os olhos, surpreso, soube que seu rosto tinha traído a verdade.

— Não — respondeu com relutância. — Não matou. Ele contou isso? Contou também quem é a sua mãe?

O menino fitava o próprio colo. Fez que sim com a cabeça.

— Então você entende por que menti para você — continuou Berghast. — Jacob Marber é uma alma corrompida e atormentada. Sua mãe, infelizmente, é algo muito pior. Mas você não tem de ser como ela. Eu não queria que você... ficasse confuso com a verdade.

— Charlie disse a mesma coisa. Ele disse que não tenho que ser como ela, que posso escolher.

— Então ele é sábio. — Berghast disse isso com gravidade, com uma voz que era e não era dele. Então voltou para a lareira e sentou-se perto da criança. Girou a estranha luva nas mãos, fitou as placas de madeira sem brilho. Todas as partes de seu ser estavam elétricas com cautela. Ele estava perto, muito perto, de terminar o trabalho pelo qual tanto se esforçara. Não podia cometer nenhum erro agora.

— Sabe o que é isto? — perguntou baixinho. — Uma luva, sim. Mas não é só isso. É um repositório de conhecimento, um... livro. Um livro escrito antes que os homens tivessem linguagem. Você sabe ler, não é? Então entende. Você sabe como é conseguir entrar na mente do outro. Venho fazendo uma pergunta há muitos e muitos anos, e ninguém foi capaz de responder. Mas isto — e ele aninhou a luva blindada nas duas mãos enquanto falava, a superfície preta e sedosa sem refletir nenhuma luz, absolutamente escura, absolutamente imóvel —, isto me dirá o que desejo saber.

— Como? — perguntou a criança, duvidando.

Berghast sorriu.

— Vou lhe mostrar.

Ele pôs a luva com cuidado no sofá e atiçou o fogo até as labaredas arderem; então, pegou a luva e a colocou em meio às chamas. Ela não queimou, é claro. Mas aqueceu até a superfície blindada ficar clara como vidro e Berghast poder ver uma fumaça cinzenta se retorcer e se deslocar dentro do vidro; então, ele pegou uma tenaz, tirou a luva e foi até onde o menino estava sentado.

— Você precisa calçá-la — disse ele. — Não tenha medo. Está bem fria, garanto.

O menino, embora com medo, fez o que ele pedia; e, quando a luva foi calçada, ele ergueu os olhos, espantado. Sua pele não estava queimada. A luva era enorme em seu bracinho, ainda translúcida, de modo que sua mão parecia uma pedra em um rio. Berghast se ajoelhou na frente de Marlowe, virou seu pulso para cima e fitou a palma vítrea.

— Se quiser que a *drughr* seja destruída, se quiser manter seus amigos a salvo, precisa manter a mão firme.

— Como funciona?

Mas era como se o menino já soubesse a resposta, como se a soubesse e temesse.

— Isto não foi feito em nosso mundo — disse Berghast, sem desviar os olhos. — Ela exige uma fagulha do *orsine* para funcionar. Não foi feita por nós, entende, para irmos até *lá*. Foi feita por eles para virem *aqui*.

— Eles? — perguntou o menino em um sussurro.

Berghast, porém, não respondeu. Agora conseguia ver seu próprio reflexo, um rosto vago e distorcido curvado e enlouquecido na palma de vidro. E, embaixo dele, os lindos padrões de fumaça se desenrolando.

— Mostre — murmurou ele para a luva. — Mostre-me o que busco.

Então, devagar, em toda a sua volta, parecia que as paredes do estúdio estavam se dissolvendo até só ele existir, fitando a luva com o olhar intenso e feroz, e de repente ele viu tudo: como levar a *drughr* ao *orsine* e contê-la ali e como tomar seu poder em sua própria carne. Havia cores que não conseguiria descrever e uma luz ofuscante que brilhava em seu rosto, e ele não conseguia sentir o corpo, os músculos, nada, mas sentia uma vontade imensa emanando de sua mente, quase como um som, uma nota musical. Ele não compreendia tudo o que via; era como se aquilo estivesse sendo mostrado a ele numa língua que não compreendia totalmente, se é que imagens podiam ser uma língua; então, de repente, as placas da luva escureceram, e ele recuou, piscando, a sensação da própria pele movendo-se sobre ele como a mão sobre a boca.

Mas agora ele sabia. Sabia o que fazer.

A única maneira de destruir a *drughr* seria infectá-la. Ele sabia disso havia muito tempo, mas não havia percebido que tinha de ser o sangue de um exilado, de um talento caído, para conseguir tal feito. Se os talentos eram seu sustento, os exilados eram sua toxina.

Tremendo ligeiramente, ele se pôs de pé. Seu estômago se revirava. Ele tirou a luva do menino e, então, o olhou com nojo. A luva trouxera para fora uma parte do menino que estava escondida.

— Eu já fui um talento — murmurou ele. — Você sabia? Um *curaetor*, como seu amigo, o Sr. Ovid. Achei que minha utilidade tinha acabado quando perdi meu poder. Mas agora vejo que estava apenas começando. Sempre esteve em fluxo, o meu caminho, era tudo parte do mesmo rio.

A mão do menino estava vermelha, parecendo esfolada onde antes estava a luva.

— Eu absorverei o poder da *drughr*, Marlowe, *por causa* do vazio que há em mim. E essa parte minha que irá para dentro dela a destruirá. Pois ela não pode sobreviver a este mundo. — Ele passou a mão lentamente pelo couro cabeludo raspado e viu na janela seu reflexo líquido fazer o mesmo. — Aqueles de nós que perderam o talento são como recipientes esvaziados. O formato ainda existe, mas não está mais cheio. Retornamos a um estado potencial. Eu serei novamente; o poder da *drughr* me preencherá.

O menino o olhava com medo.

— Mas o Sr. Thorpe enfraquece a cada hora. Se ele morrer, o *orsine* se abrirá; e não haverá como conter a *drughr*. Tem alguma ideia de quantos amigos meus ela devorou? Foi por causa dela que meu talento se esvaiu. Eu não falharei. E você — disse ele, erguendo-se em toda a sua altura —, você será a isca, Marlowe; você precisa atraí-la para mim. Ela virá se você a chamar.

— Como vou saber o que fazer?

Berghast fechou o punho.

— Será tão fácil quanto fechar sua mão. Está em sua natureza. Venha, veja. — Ele pegou um castiçal na escrivaninha e levou o menino até um espelho acima do aparador junto à porta. — O que você vê?

E a criança, fraca, com medo, olhou seu reflexo. Uma *drughr* o olhava de volta. Devagar, enquanto observavam, os chifres e o crânio espessado encolheram, voltando ao formato próprio do menino.

— Você saberá o que fazer — disse Berghast, quase com ternura, sua manzorra descansando no ombro da criança —, porque uma abominação vive dentro de você. Faz parte de você. E mandá-la embora não é uma *opção*.

* * *

Ele estava ali. Seu Jacob viera.

Walter se agachou na cela, sentindo o sangue subir da carne na palma da mão onde antes havia o polegar. Seu rosto e seu queixo tinham gosto de ferro azedo, ele estava todo molhado, e havia dor, muita dor, que tomava conta dele em ondas.

Mas Jacob estava perto, Jacob viera... Nada mais importava.

Só que ele ainda não tinha feito o que Jacob pedira. Ainda não encontrara o glífico, ainda não lhe rasgara a garganta para seu querido Jacob, não. Ele se levantou, sentindo os joelhos rangerem dolorosamente e, com cautela, andou pela extensão da cela sem luz. Tinha tirado as algemas frouxas pelas mãos ensanguentadas depois de arrancar os polegares a mordidas, e agora nada o deteria.

Estalava os dentes semelhantes a agulhas. Fechou os olhos e viu.

Jacob, seu querido e belo amigo Jacob. Andando devagar no crepúsculo ao longo do perímetro de Cairndale, passando a mão sobre as pedras do muro em ruínas. A fuligem e o pó fumegavam em torno dele como uma fumaça viva. As proteções estavam fracas, sim, mesmo com o glífico ainda vivo, e Walter observou com os olhos da mente Jacob empurrar as duas mãos contra a barreira invisível, e ela ceder levemente, como madeira podre, estremecer sob a pressão. Não era um sonho. Ele viu Jacob juntar forças dentro de si e, então, uma rachadura estreita surgiu no ar diante dele e se alargou e se abriu, e então houve um rugido tremendo, e o muro de pedra implodiu, e Jacob Marber, belo, brilhante, poderoso, sinistro, adentrou o terreno de Cairndale.

Ah, mas havia outro com Jacob, um segundo, um companheiro, andando rapidamente como um caranguejo na praia. Quem seria? Walter sentiu uma pontada de ciúme e decidiu que, sim, ele ajudaria seu querido Jacob, o outro suctor não era bastante bom para Jacob, não, ele teria de ser extirpado. Eliminado. Eviscerado. Sim. Para o bem de Jacob, só para ajudar seu querido Jacob, sim.

Mas antes, o glífico. Ele precisava fazer o que tinham lhe mandado. Podia sentir o que estava vindo, sua proximidade, sabia que haveria fogo e derramamento de sangue e horror, e seus lábios formigavam com a ideia. Na porta fria, ele encostou a orelha para escutar. O profundo subterrâneo do Cairndale era imenso, e estava absolutamente silencioso. Estava quase na hora. Seu sangue zumbia dentro dele.

Alguém logo desceria a escada, sim.
E então Walter estaria livre.

No fundo do morno emaranhado de raízes na terra, o glífico sentiu sua vida se afrouxar, desenrolar-se pouco a pouco como os dedos de uma mão se abrindo. Tinha sentido as proteções se estilhaçando em seu próprio crânio, uma dor aguda e ofuscante, e naquele instante ele soubera que Jacob Marber tinha voltado. Tinha previsto isso, sonhado com isso, e agora ali estava. No entanto, agora ele estava fraco demais, frágil demais, para manter tanto o *orsine* fechado quanto as proteções firmes ao longo do muro. E Jacob Marber sabia disso.

A escuridão morna o cercava. Era sua própria morte que ele via agora. Houve um tempo, em um passado muito, muito distante, em que imaginara que sentiria tristeza, e um tempo posterior em que pensara que sentiria alívio. Não sentia nada disso. Uma mudança corria dentro dele como seu próprio sangue. Ele vivera tanto tempo nesta terra que o tempo de vida de homens e mulheres era para ele como um dia, e ele os via como uma criança veria um inseto. Ele pensou no sol nascendo acima dos grandes navios da Armada Espanhola, na floresta de mastros que tinha avistado passando pelo canal, na semelhança que a luz do sol tinha com o cordame e em como as trombetas de Valladolid eram cheias de saudade. E pensou nos mosteiros em chamas em Essex na época dos invasores, nos drácares que subiam pelos rios, escudos forrando as laterais, as figuras de proa, no formato de dragões, cortando o ar. O medo nas aldeias então. E se lembrou dos bailes nos jardins formais de Edimburgo no tempo do rei Jaime, e do primeiro balão de ar quente que sobrevoou Glasgow e o rio Clyde, e do último mastro da festa da primavera no campo da aldeia, na época em que ele ainda andava na superfície da terra. E da luz do sol se refletindo nos cacos de gelo que pendiam das forcas no Greenmarket, e da nuvem de vapor que subia da boca dos mortos recentes quando eram retirados na aurora do século XVIII. E do rubor nas faces do recém-nascido que ele pegara no colo certa vez na Sicília, como o tom rosado de um pêssego no fim do verão, e o assombro que sentiu enquanto a mãe exausta dormia na palha a seu lado. E do modo como uma criança o olhou no porto de Alexandria, quando ele desceu pelo portaló e mergulhou na neblina. Tudo isso, tudo isso e muito mais, sumiria do mundo com sua extinção, toda a beleza indelével que agora só vivia dentro dele se perderia, momentos tão frágeis como moedas de luz na água, e isso, mais do que qualquer outra coisa, o fez sentir-se solitário, pesaroso e frágil. Pois, em todo esse sentimento, pensou ele com seu lento modo de árvore, estavam os últimos remanescentes do que certa vez o fizera humano, tanto que ele ainda era um deles.

Algo tremeu na terra. Lá longe, no túnel, ele sentiu uma coisa roçando pelas paredes e pelos nós das raízes. Algo estava vindo. Sua morte estava chegando.

40

Tudo e Nada

Os vidros dançaram e chacoalharam suavemente na mesa de Henry Berghast. Ele se virou onde estava junto ao espelho de parede para observá-los, e seus olhos encontraram os de Bailey. Pela cortina, viram uma rápida explosão de luz. O menino Marlowe se soltou de suas mãos, atravessou a sala e olhou para fora. Algo iluminava a escuridão; algo estava pegando fogo.

— É ele — sussurrou o menino. — É Jacob.

Berghast o seguiu até a janela, a destrancou e escancarou. No pátio, havia uma carruagem estranha, recém-chegado. Ele viu a Srta. Quicke, a detetive, parar na porta aberta e espiar a luz do fogo refletida. *O que ela está fazendo aqui?*

Então veio um grito distante, seguido pelo ribombo grave e abafado de uma detonação, e seus pensamentos se desviaram. Os anexos estavam em chamas. Aquelas vozes seriam — tinham de ser — dos talentos mais velhos, reunindo-se à luz do fogo. Se era mesmo Jacob Marber, se as proteções tinham caído... então eles não seriam suficientemente fortes.

Ele olhou para Bailey, calado e ameaçador nas sombras.

— Cuide do Sr. Laster — ordenou. — Depois, livre-se dos documentos aqui. Vou levar o menino. Venha — disse ele a Marlowe. — Temos de nos apressar.

Mas o menino o olhou com raiva, repentinamente obstinado, teimoso.

— Venha — repetiu Henry com rispidez.

— Não vou — respondeu o menino. — Quero ver Charlie primeiro. O senhor disse que eu poderia ver Charlie.

Berghast se obrigou a falar com calma.

— Neste mundo há coisas mais importantes do que o que nós queremos, criança. Se demorarmos agora, não haverá mais como achar seu amigo. Jacob Marber e a *drughr* cuidarão disso.

Ele viu que o menino não acreditou, mas não tinha tempo para discutir, não agora. Então se virou, aplicou no menino um golpe forte com a mão aberta, as pernas dele cederam sob o corpo e a criança desmoronou, inconsciente, no chão.

Henry se permitiu a raiva; pensara que tinha mais tempo; pensara que as proteções do glífico resistiriam por mais tempo. Talvez Jacob estivesse ainda mais forte do que ele temera. Já vencera Jacob anos atrás, antes que seu próprio talento se esvaísse. Mas não conseguiria fazer isso agora.

Ou ainda não, pensou com satisfação.

Ele pegou a antiga faca do *orsine* na última gaveta da escrivaninha, a mesma lâmina que dera ao garoto Ovid para pôr na sacola. Enfiou-a no colete e depois calçou a luva de ferro e madeira. Os dentinhos morderam seu pulso. No último momento, lembrou-se do diário, seu livro dos segredos, e por segurança pegou-o na escrivaninha que mantinha trancada, foi até a lareira e o lançou no fogo.

Então, jogou o menino inconsciente sobre o ombro, pegou um lampião atrás da porta e correu escada abaixo, para dentro da escuridão.

Chegaram tarde demais.

Marber já estava dentro da propriedade, Marber e seu suctor Coulton. Alice Quicke empurrou a Sra. Harrogate pelas lajes numa meia corrida, a cadeira de rodas guinchando e se sacudindo. A mulher mais velha não se queixou; tinha as facas de aparência maligna em ambas as mãos, sobre a manta em seu colo. Algo estava em chamas atrás do solar, e elas deram a volta, apressadas, passando pelo pórtico e parando no início do campo.

Por um momento longo e confuso, Alice não entendeu o que estava vendo.

Figuras recortadas contra a luz do fogo, numa fileira. Estavam de pijama e roupão, de frente para o outro lado, para as trevas. Ela contou oito. Eram os velhos, os talentos que viviam havia décadas em Cairndale, antigos, trêmulos, frágeis.

— O que eles estão fazendo? — sussurrou ela. — Margaret? O que eles...

— O que sempre fizeram — respondeu a Sra. Harrogate. — Estão se preparando para lutar.

— Eles não podem lutar — disse ela com rispidez. — Olhe para eles. Não conseguem sobreviver sozinhos.

E ela procurou irritada, no cordão em seu pescoço, o abre-caminho pendurado. Não via o chaviato em lugar nenhum. Mas, se as proteções tinham caído, com certeza ele também poderia passar, não é? Cada vez mais semelhante a um gato, cada vez menos obediente, pensou ela. Um pequeno grupo de crianças observava a um lado. Havia outros rostos, pressionados contra as janelas atrás deles.

— Lembre-se do motivo de estarmos aqui — disse a Sra. Harrogate. — Precisamos avisar o Dr. Berghast. Precisamos proteger o glífico.

Alice tirou seu Colt do bolso.

— Se o canalha já estiver aqui, eu diria que chegamos tarde demais — rosnou ela, e então ouviu uma voz conhecida.

— Alice? — gritava a voz com urgência. — Alice!

Charlie.

Ela se virou e, no patamar da cozinha do solar, viu o garoto se lançar, todo braços e pernas compridos, como o adolescente que era, e atrás dele seus outros amigos, a menina japonesa com a boca carrancuda, o menino muito louro e gorducho que mal falava e, o que era aquilo, outra coisa, uma figura de carne e tendões andando com dificuldade logo atrás deles. Ela recuou um passo involuntariamente, levando a mão à boca por causa do cheiro. Por último vinha a mulher cega, a professora, virando o rosto para cá e para lá, no brilho fraco dos anexos em chamas do outro lado do campo, como se estivesse vendo tudo.

Alice não viu Marlowe.

Nesse momento, porém, Charlie lançou os braços em torno dela, que piscou de alívio. Ele parecia exausto. Os outros cercaram a Sra. Harrogate, preocupados com seu estado, exigindo saber o que estava acontecendo lá no campo ardente. Tinham vindo correndo pelo solar no mesmo momento em que Alice e Margaret chegavam.

Foi a Srta. Davenshaw quem falou.

— Os anciãos não serão capazes de deter Jacob Marber. Ele ficou poderoso demais. Até o Dr. Berghast quer fugir.

A cabeça da Sra. Harrogate se virou de repente.

— Como assim?

— Ele sumiu — disse ela, simplesmente. — Não foi encontrado em lugar nenhum o dia todo.

Alice desabotoou o casaco de oleado, ajustou a aba do chapéu. Alguma coisa estava acontecendo no campo. Os velhos talentos tinham ficado imóveis.

— Precisamos sair daqui — disse ela, devagar. — Todos nós. Precisamos ir agora.

Mas Charlie olhava para além dela, na direção do fogo e dos velhos talentos parados na grama.

— Não podemos partir, Alice. Precisamos fazer uma coisa primeiro. — A voz dele era baixa. — Antes que Jacob Marber chegue até a gente, quero dizer.

A Sra. Harrogate de repente levou a cadeira de rodas até Alice.

— Não temos tempo para isso. Precisamos achar Henry. Imediatamente.

— Achei que você quisesse proteger o glífico — disse Alice.

— Não é possível — interrompeu a garota japonesa, descalçando as luvas enquanto falava. — Não importa o que façam. Não há como deter o que está acontecendo com ele. Mas vocês ainda podem fechar o *orsine*.

A Sra. Harrogate a estudava com olhos brilhantes.

— Um suctor foi enviado para abri-lo.

— Um suctor...? — Charlie recuou, o medo retorcendo sua boca. — Quer dizer, como o que me atacou lá em Londres?

— O próprio.

— Charlie — disse Alice, um pavor crescendo dentro dela. — Onde está Marlowe?

Charlie olhou, impotente, para a garota japonesa.

— Sinto muito, sinto muito mesmo. Ele está lá dentro, Alice. Dentro do *orsine*. Nós dois entramos, só que ele nunca saiu. Tentei voltar para buscá-lo, eu tentei. Mas o Dr. Berghast não me deixou. — Ele apontou o campo em chamas. — E agora, se Jacob Marber está aqui, significa que já começou.

— O que começou?

— O glífico. Ele está morrendo.

A Sra. Harrogate olhava além, para o outro lado do campo, examinando-o.

— Talvez a criança esteja mais segura lá, não? Pelo menos por enquanto. Diga-me, menina, como se fecha um *orsine*?

A menina alisou a longa trança.

— Temos que chegar à ilha. Vamos precisar do corpo do glífico.

— Henry estará na ilha. Com a *drughr*.

— Jesus. — Alice sacudiu a cabeça. — Então é perigoso demais. Nós vimos a *drughr*, sabemos o que é. Não há como lutar com ela. — Alice estendeu a mão, segurou os ombros de Charlie e o virou de frente para ela. — Escute, se o *orsine* se abrir, então Marlowe poderá voltar, certo?

— Sim...

— Bom, pelo menos é alguma coisa.

— Mas voltar para o quê? — gritou Charlie. — Os mortos vão passar aos montes. Eu vi, Alice, o que fazem com os vivos. Eles são... horríveis. Marlowe não ia querer isso.

— Srta. Quicke — disse a Sra. Harrogate em sua cadeira de rodas. — Vamos trazer a criança de volta. Vamos atravessar a *drughr*, se for preciso. Ela passou por uma abertura em Londres, não foi? Ela... fez uma abertura. Vamos dar um jeito de fazer isso também. Mas o *orsine* precisa ser selado.

Os olhos de Charlie estavam úmidos.

— Alice, precisamos tentar — implorou ele.

Ela não sabia o que dizer. Sabia que ele estava certo, todos estavam. Mas nesse exato momento ouviram um som, um guincho, vindo do outro lado do gramado, e Alice se virou a tempo de ver a silhueta de Jacob Marber — não havia como confundi-lo — avançando devagar com seu chapéu de seda, o casaco comprido estalando em torno dele. Ela já estava se movendo de lado, pelo caminho de lajes, buscando um ângulo melhor para vê-lo, quando ele levantou as mãos, e uma escuridão pareceu surgir das palmas erguidas.

Algo estava acontecendo com os velhos também. Eles estavam mudando, seus talentos se manifestando. Três deles correram à frente numa velocidade impossível em sua idade — agora rápidos, não mais frágeis — e ela assistiu, fascinada, ao corpo de dois deles se tornarem mais grossos, maiores, enquanto corriam, a cabeça abaixada como se fossem aríetes. O terceiro, um velho de pijamas, aumentava de altura, as pernas e os braços se alongando, de modo que ele logo ultrapassava os outros dois e estendia a mão gigantesca como se quisesse achatar Jacob Marber no lugar em que estava. Uma senhora, mais atrás, parecia levitar, quase pairando no ar, e uma estranha luz branca, como a das estrelas, emanava dela. Os outros também estavam se transformando, embora Alice não conseguisse identificar exatamente como.

No entanto, havia algo errado com Marber, isso estava bem claro. A grande escuridão em torno dele, seu pó, girando em um ciclone saindo de seus punhos, pareceu se lançar contra o gigante que se aproximava e os dois outros corredores musculosos, e depois ser sugada de volta, voltando a cercá-lo, e dava para ver que ele estava com dificuldade. O gigante também pressionava suas grandes palmas contra o pó, inclinando-se sobre ele, forçando-o lentamente a recuar, e Alice começou a pensar, a ter esperanças de que talvez Harrogate estivesse enganada, talvez todos estivessem, talvez os velhos talentos fossem mais fortes do que se supunha.

Ela então notou duas coisas: um dos oito anciãos, mais frágil que os outros, apoiado numa bengala a certa distância, com a cabeça baixa; e uma coisa rastejante e rápida, pálida e quase invisível na estranha luz do fogo, deslizando de lado pela grama, como um caranguejo, na direção dele. Ela reconheceu Coulton imediatamente; levantou o revólver num movimento suave e automático e mirou, mas foi quase como se ele sentisse sua atenção, seu foco, pois nesse instante se moveu para o lado, deixando o velho talento entre os dois. E, um instante depois, Coulton saltou, todo garras e presas, e ferozmente lançou no chão a figura velha e frágil.

Ela atirou mesmo assim, apertando o gatilho com calma, e o tiro errou o alvo; ela esperava assustar o suctor e afastá-lo do velho, mas não fez nenhuma diferença; e, quando Coulton ergueu o rosto, ela viu uma baba escura de sangue escorrendo em seu queixo e manchando o pescoço e a frente da camisa esfarrapada.

O que quer que o velho estivesse fazendo foi desfeito. Jacob Marber, com força súbita e explosiva, lançou para trás o talento gigantesco, e então uma nuvem de pó cobriu os outros, de modo que Alice não conseguiu mais vê-los.

Foi a velocidade daquilo tudo, a velocidade com que tudo aconteceu, que mais a espantou. Pareceu que haviam transcorrido apenas minutos desde que ele aparecera. Ela olhou desesperada para as crianças e viu que elas também não tiveram tempo de se mexer, de fazer nada, e apenas fitavam, horrorizadas, aquela tempestade negra de pó cobrir tudo em seu caminho.

— O que está acontecendo? — berrou a Srta. Davenshaw.

— Onde eles estão? — gritou a garota japonesa. — Vocês estão vendo?

Mas ninguém via. Havia apenas uma tremenda tempestade de pó que rugia, um ciclone sobre o campo. Por um longo momento, nada aconteceu. E então, saindo do torvelinho, os olhos fixos diretamente neles, vinha Jacob Marber, o suctor como um cão em seus calcanhares. Os velhos talentos estavam mortos.

— Temos que ir — disse Alice com rispidez, já dando meia-volta.

Só então ela percebeu que a Sra. Harrogate tinha sumido.

* * *

Charlie tinha visto a Sra. Harrogate silenciosamente impulsionar a cadeira para trás e afastar-se, adentrando a escuridão, na direção do lago, as facas compridas como crescentes de escuridão em seu colo. Quando Alice se virou, surpresa, ele não respondeu, não falou nada, não lhe disse o que vira, aonde ela fora. Não precisava. Todos eles sabiam.

Mas o que Charlie estava pensando, o que não conseguia parar de pensar, era nos espíritos naquele outro mundo, inquietos, tremeluzindo, reunidos fileiras após fileiras numa grande e densa neblina no outro lado do *orsine*. Esperando. Como se atraídos para o calor dos vivos. A lembrança deles era nebulosa, mas ele tinha a sensação de estar cercado, de um frio terrível se infiltrando em seu peito, de uma fome insaciável. Ele não sabia como seu mundo ficaria se eles atravessassem.

Não era um pensamento claro, e sumiu tão depressa quanto apareceu porque Alice o estava empurrando, empurrando todos eles, de volta para o solar.

— Andem, andem! — gritava ela. — Depressa! — Acenava para os outros alunos voltarem também. E então todos se atropelavam pela cozinha, pelos grandes tachos de cobre de guisado e sopa, agora frios, talvez quinze crianças no total, espalhando-se pelo refeitório, a louça se quebrando em seu rastro enquanto corriam para o saguão, para a escada. Charlie deu uma olhada no Sr. Smythe e em seus pupilos correndo na outra direção, mas estavam longe demais para chamá-los e, de qualquer modo, não havia tempo.

No andar de cima, o Solar Cairndale estava tranquilo e silencioso. Eles seguiram em frente. Pelas janelas, o brilho alaranjado do incêndio manchava de luz as paredes, seus rostos e suas mãos. De repente eles ouviram, às suas costas, vidros estilhaçando e gritos. Então os gritos cessaram.

— Ele está vindo — sibilou Alice.

As outras crianças, anônimas, tinham se espalhado por vários quartos, fechando as portas, amontoando-se em silêncio. Mas Charlie, ao olhar para trás, viu uma sombra deslizar pelas paredes, ainda longe, e soube que não havia como se esconder. Não do suctor. Aquilo o assustava mais do que tudo no mundo, e ele começou a tremer. Estavam num corredor reto e comprido, e a criatura se aproximava depressa.

— Precisamos enfrentá-los — sussurrou Komako com raiva. — Não podemos nos esconder.

— Onde está a Srta. Davenshaw? — perguntou Oskar.

Charlie olhou à sua volta. Eles a tinham perdido também, em algum lugar, de algum modo.

— Filho da puta — soltou Alice.

Estava tudo dando errado. Alice começou a voltar, mas nesse momento o solar estremeceu, as paredes se sacudindo, como se alguém tentasse derrubá-lo em torno deles. Charlie a viu hesitar. Então ela tirou uma chave comprida do bolso e passou as mãos por ela com desespero. Ele pensou que talvez ela estivesse enlouquecendo. Nisso, um gato saltou agilmente no peitoril de uma janela aberta, quase como se convocado, e Alice o fitou ferozmente.

— Demorou uma vida — disse ela, ríspida.

Para o gato.

Charlie ficou olhando. Mas não teve tempo de pensar, pois nesse momento soou um súbito estrondo, e Charlie olhou pela janela e viu a outra ala do solar — a ala onde ficava o estúdio de Berghast — explodir em chamas. Uma escuridão turbilhonava por lá, encobrindo o céu, e ele se deu conta de que era pó. O pó de Jacob Marber, cercando-os, enclausurando-os. Precisavam chegar ao estúdio de Berghast e aos túneis antes que o fogo tornasse o caminho intransponível. Mas então ele sentiu Ribs agarrar sua manga, tropeçou e se virou. O suctor se arrastava na direção deles pelo corredor. Pelo caminho, ia tirando as velas das arandelas. Numa das garras, segurava um lampião, e Charlie viu quando a criatura o ergueu e o estilhaçou contra uma porta. Uma chuva de faíscas fez a madeira começar a pegar fogo.

Eles seriam todos queimados vivos.

— Temos que ir agora! — berrou Alice. Eles já estavam correndo, seguindo para a curva do corredor. Alice olhava para trás, com raiva. — Por que ele ainda não nos atacou? — perguntou. — É mais rápido do que nós, já deveria estar aqui. — É quase como... como...

Sua voz foi morrendo, horrorizada, quando dobraram a esquina.

— Como se estivesse nos conduzindo para uma armadilha — concluiu Komako num sussurro.

Charlie seguiu o olhar da garota. Lá estava, à frente deles, Jacob Marber, bloqueando a saída, o pó escuro girando em cordas em torno de seus punhos. Charlie não conseguia ver seus olhos por causa das sombras, mas o queixo estava caído, fazendo a barba se derramar no peito como um avental de trevas. A bochecha rasgada balançava, ensanguentada. Ele andava devagar, sem pressa, na direção deles.

— Charlie! — sibilou Komako. Ela o agarrou pelo pulso, e ele se virou para ela, que disse, com a voz calma e fria: — Você precisa ir até o glífico, você tem que selar o *orsine*. Podemos cuidar disto aqui. Você precisa ir.

Em pânico, Charlie olhou de Jacob Marber para Komako, voltando para Marber.

— Eu não... Eu acho que não consigo — disse ele. Atrás deles, as longas garras do suctor raspavam as paredes.

Alice entreouviu e avançou até eles.

— Você se cura, não é? — perguntou com rispidez. — É isso que você faz?

Ele concordou com a cabeça, confuso.

— É...

Sem esperar mais, ela o agarrou pelo colarinho, virou-o com firmeza para a janela e o empurrou. E então Charlie, os cacos de vidro e as lascas de madeira da moldura despencaram todos no pátio em chamas lá embaixo.

Henry Berghast largou a criança no chão da câmara.

Lembrou-se de fazer as coisas com calma. Tinha pendurado o lampião do lado de fora da porta quanto a destrancou e o esquecera lá, mas não importava. A câmara estava iluminada pelo brilho azul do *orsine*. Ainda assim, ele precisava tomar mais cuidado. Não teria uma segunda oportunidade.

Foi então que percebeu que não estavam sozinhos.

Havia figuras curvadas na penumbra, silhuetas obscuras, cinzentas como poeira, com o rosto voltado para o *orsine*, os ombros caídos e os braços sem vida ao lado do corpo. Seis no total. Não notaram a presença de Berghast e da criança.

Os espíritos.

Berghast se agachou, observando. Enquanto olhava, um sétimo atravessou sonolento o *orsine*. Os pés deixavam pegadas molhadas no chão de pedra. Tropeçou por uns poucos metros e então se virou, olhando a superfície azul brilhante, e ficou imóvel.

Em silêncio, o coração batendo forte, Berghast começou a preparar o que precisava. Recordava as palavras que vislumbrara na luva, o encantamento, e começou a murmurá-las agora, baixinho. Por natureza, ele não era de crer no espiritual nem no invisível, e sabia que muitas das crenças dos antigos eram bobagem ou superstição, mas faria como a luva lhe mostrara. Era melhor ser prudente.

Ele ouviu a criança se mexer.

— Você me bateu — choramingou o menino.

Berghast se permitiu fechar a cara rapidamente.

— Você não me deu opção — murmurou. — Eu não gostei de fazer aquilo. Não me obrigue a machucá-lo de novo. Agora, silêncio; não estamos sozinhos.

O menino deve tê-los visto também, pois se calou.

Berghast se apressou em sua tarefa. Aproximou-se do *orsine* com cuidado, mas os espíritos não lhe deram atenção. Vestia a luva na mão esquerda e a pressionou contra a superfície. A pele do *orsine* estava mais fina, rompida em alguns pontos, já enfraquecendo.

Ele passou a grande mão áspera pelo couro cabeludo nu, pensando. Então, devagar, começou a andar em torno da cisterna, inclinando-se com a faca antiga e serrando as raízes no ponto em que elas mergulhavam no tanque. A lâmina cortava suavemente, com facilidade, e as raízes do glífico mal sangravam.

Nem assim os mortos se mexeram.

Por fim, Berghast levou o menino até a borda do tanque, tirou os sapatos dele, arregaçou as pernas da calça. A criança estava calma, os grandes olhos voltados para as figuras cinzentas à sua volta. Ele mergulhou os pezinhos brancos do menino no *orsine* gelado. Pareciam de cera no brilho azul.

— Agora, esperamos — murmurou ele.

Marlowe ergueu os olhos com medo.

— Sei que você acha que tem que fazer coisas — sussurrou. — Mas não tem. Você não é má pessoa. Pode escolher.

— Ah, mas eu já escolhi — respondeu Berghast baixinho. — Escolhi isto.

O que a criança pensava, o que sabia, não tinha importância. Jacob Marber estava dentro do Cairndale, abrindo caminho, passando pelos velhos talentos. Que venha, pensou Berghast com um sorriso sinistro. Que veja o que acontecerá. A mão tinha começado a doer dentro da luva. Era como se os dentinhos mastigassem seu pulso. Entredentes, ele começou a repetir o encantamento, as palavras na língua antiga, batucando como um tambor no fundo da garganta.

Venha, venha, venha, venha.

Quanto tempo esperaram no silêncio? Parecia que o mundo em volta recuava na imobilidade, de modo que não havia Cairndale, Marber, espíritos, fogo nem ruína. Só havia um homem e uma criança à beira de um tanque, fitando seu próprio eu aquoso.

E então, na turva cisterna azul: uma sombra. Havia algo ali embaixo. Uma silhueta se erguia das profundezas, ficando maior, cada vez maior, impossivelmente grande.

— Ah — sussurrou Berghast, satisfeito. Dobrou os dedos enluvados. — Sua mãe veio, criança. Pressentiu sua presença e veio. Agora podemos começar.

A criança baixou o rosto, espantada. Berghast agarrou-lhe o bracinho e passou a lâmina pelo pulso. O menino gritou; e a *drughr*, a impressionante *drughr*, nadou para cima, em sua direção.

E, naquele mesmo instante, os espíritos reunidos, em uníssono, escancararam a boca escura e começaram a gritar.

Komako viu Alice Quicke empurrar Charlie pela janela, estilhaçando a vidraça, tudo mergulhando em direção ao piso de granito lá embaixo. Ela sabia que ele ficaria bem, já vira o suficiente de seu talento para saber disso, mas mesmo assim seu coração foi tomado pelo medo.

Ela se virou para encarar Jacob.

— Você cuida do outro — disse a Alice. — Jacob é meu.

Os traços suaves de Oskar se endureceram. Lymenion, imenso, raivoso, se aproximou. Mas Alice não estava escutando; ela havia se ajoelhado diante de um estranho gato escuro, cochichava com ele, discutia. Quando ergueu os olhos, fitou Komako diretamente e falou:

— Ele diz que não pode nos ajudar. Não contra Marber, não enquanto ele tiver o abre-caminho.

Komako não entendeu.

— Uma chave, é uma chave — disse Alice com pressa. — Temos que tirá-la dele, senão o chaviato não pode nos ajudar. — Ela deve ter visto algo no rosto de Komako que a fez franzir a testa rapidamente com irritação. Então puxou um cordão do pescoço e ergueu uma chave comprida, de aparência elaborada. — É parecida com esta. Não posso explicar agora. Só procure uma chave e tente tirá-la dele.

— Certo. Uma chave...

O revólver estava na mão de Alice, e ela o engatilhou e se virou, de modo que o casaco comprido de oleado estalou atrás dela.

— Depressa. Eu e Ribs cuidamos do suctor.

E ela voltou por onde viera, com um olhar assassino.

Komako viu Jacob Marber andar, agora com firmeza e calma, pelo corredor comprido. Seu rosto estava dilacerado, a barba emplastrada com seu próprio sangue. Havia pouco nele em que ela reconhecesse o rapaz que a resgatara anos atrás, que salvara sua irmãzinha, Teshi, daquela multidão em Tóquio, que a abraçara enquanto ela chorava depois da morte de Teshi. Ela se lembrou de como ele falou do próprio irmão, a busca frenética para ajudá-lo, que ele confessara que, por pior que fosse, se algo pudesse lhe devolver seu Bertolt, ele o faria. Esse algo foi a *drughr*. Talvez, mesmo enquanto ele a ajudava, enquanto a abraçava, aquela *drughr* o estivesse cortejando. Komako havia carregado essa culpa tanto tempo dentro de si, a sensação de que ela é que falhara com *ele*, que poderia ter sentido a voracidade da dor dele e o ajudado a sair daquela situação, só que estava sufocada demais por sua própria dor. Desde então, ela tentava recordar essa verdade única: que o seu sofrimento, sua entrega a ele, tinha aumentado a reserva de sofrimento dos outros no mundo. Mas talvez, só talvez, ainda fosse possível argumentar com Jacob. Talvez ainda houvesse uma parte dele pudesse alcançar. E se não houvesse? Ela se tornara mais forte do que ele poderia saber; que descobrisse então.

Jacob se aproximava. As velas do corredor se apagavam, uma após a outra, expelindo fumaça. Ele caminhava na direção deles como o arauto de uma grande escuridão. Komako o viu e de repente tinha novamente nove anos, nas ruas tortas de madeira de Tóquio, enquanto a chuva caía e sua irmã, Teshi, oscilava, e Jacob a olhava com um medo zangado que não estava muito longe do amor.

— Jacob...! — gritou ela. — Você não quer isso, eu sei que não!

Ele parou ao ouvir a voz dela. Seu olhar passou por ela, indo até Oskar e Lymenion, e voltou.

— Komako? — perguntou, e havia nele um cansaço que quase partiu o coração dela. Lentamente, a fumaça e o pó diminuíram. Os olhos dele estavam vidrados. — Por favor — disse ele —, vá embora. Afaste-se. Não estou aqui para machucá-la, nenhum de vocês. Vim atrás de Berghast.

— Você matou os velhos. Lá no campo. Eu vi você...

— Eu quis evitar. Eu os avisei. Eles não me deram ouvidos. Alice Quicke tem algo de que preciso. — Ele a estudou no brilho fraco do fogo distante. — Você não sabe nada disso, não é?

Oskar sussurrou do outro lado do corredor:

— Não dê ouvidos a ele, Ko. É tudo mentira.

Mas Komako não tinha tanta certeza.

— Por que está aqui atrás do Dr. Berghast?

Jacob abriu as mãos. Uma escuridão se contorcia sob sua pele. A aba do chapéu ocultava seus olhos.

— Para matá-lo — disse ele, baixinho. — E o chaviato vai me ajudar. Depois de Berghast...

— Sim?

— Vou matar a *drughr*. Vocês todos estarão a salvo.

— Por quê?

— Porque eles são malignos. Os dois.

Ela encontrou os minúsculos pontos de luz onde ficavam seus olhos e os fitou com intensidade. Havia um nó em sua garganta. Ela se forçou a olhá-lo e não desviar os olhos ao dizer:

— Mas você também é, Jacob. Você ficou assim. Você matou. Matar mais não vai mudar isso.

O tempo todo ela estava se aproximando, ganhando tempo. Lymenion, perto dela, esgueirava-se pela parede na escuridão. Ela estava a uns três metros de Jacob quando a viu. Numa corrente no bolso do colete, a cabeça nodosa aparecendo. A chave.

Ele parecia mais alto, mais feroz, mas havia também um quê encurvado e torto no modo como se movia. Se apoiava em um dos lados do corpo. Fora atacado com ferocidade por alguém, de alguma forma, e as feridas não estavam sarando devidamente. De repente, Komako deixou o frio se infiltrar em seus punhos, os braços doeram, ela convocou o pó vivo e deixou que entrasse nela, um vácuo grande, espesso e profundo que a preencheu completamente, tudo isso num instante, e ela sentiu a satisfação de saber que Jacob não poderia adivinhar seu poder, o que aprendera a fazer, sua velocidade e agilidade. E ela teceu um tentáculo fino e forte de pó na direção dele, rápido como um chicote, que enroscou a chave, rompeu a corrente e a trouxe até sua mão aberta.

Ele nem piscou.

Apenas suspirou, como se fosse disso que tivesse medo, e ergueu a aba do chapéu. Ela então viu o que havia em seus olhos, todo o cansaço, a fúria resignada, os anos de atos cruéis, e soube que não conseguiria lutar contra ele.

Ela nem teve um momento para tentar correr. O pó saía dele, longas fitas de trevas, estava dentro dele, fazia *parte* dele. E de repente serpenteava em torno dos tornozelos e dos joelhos dela, prendendo-lhe os cotovelos com força junto às costelas. Ela ergueu os olhos e começou a falar, mas não conseguiu, o pó pressionava sua traqueia, o pó de Jacob.

Devagar, ele caminhava em sua direção.

Foi então, surgindo da escuridão, que Lymenion atacou. Ele se jogou com a força de um trem de carga e lançou Jacob para trás, tirando-o do chão, esmagando-o, e seguiu, com uma força formidável, socando Jacob de um modo que fazia o chão tremer e o gesso cair do teto, e Jacob se viu enfiado até o quadril numa reentrância nas tábuas. Tudo aconteceu tão depressa que Komako só vislumbrou um borrão de fúria. Jacob teria atravessado para o andar de baixo, mas, no último momento, algo segurou o punho de Lymenion, e o manteve rígido no ar, e então o poderoso gigante de carne cambaleou para trás, virando a cabeça de um lado para o outro, como se subitamente estivesse confuso, como se alguma força invisível o acossasse por todos os lados.

— Lymenion! — gritava Oskar. — Lymenion!

Agora o gigante de carne socava o ar, tentando bater no pó que rodopiava em torno dele como se fosse uma nuvem de abelhas irritadas. O pó se espessou, até que Komako não conseguiu mais ver Lymenion. Ela ouvia Oskar gritando, berrando alguma coisa no fim do corredor. Então Jacob ergueu as mãos e as fechou, e a escuridão que cercava Lymenion o espremeu, fazendo com que ele explodisse numa chuva de carne fedorenta, deixando apenas manchas no chão, nas paredes, no teto.

Os ouvidos de Komako zumbiam. Ela não conseguia se mexer. A chave estava presa em sua mão fechada, mas as cordas de pó e fumaça eram fortes demais para ela. Olhou para Jacob com desespero, os braços presos à lateral do corpo.

— E Bertolt? É isso que ele ia querer? Jacob!

— Talvez — sussurrou Jacob.

Ela podia ver que ele estava decidindo alguma coisa, sua expressão se endurecendo.

— Eu amava você como um irmão! — gritou ela. — Por favor!

Jacob ergueu a mão, a escuridão tatuada se contorcendo dentro dela. Um pó preto espiralou, perturbador, belo.

— Sei que amava — murmurou ele com tristeza.

O pó, quando a atingiu, foi com a força de um vento terrível, lançando sua cabeça para trás e girando-a de lado, arremessando-a contra a parede arruinada. Ela não enxergava nada com a tempestade de fuligem nos olhos, e, quando abriu a boca para gritar, esta se encheu de fumaça, e o pó vivo despejou sua escuridão garganta abaixo, até o pulmão.

Margaret Harrogate virou a cadeira de rodas quando tentou sair dela, à beira do lago, onde o cais afundado começava.

Ela caiu com força. Teve de tatear na penumbra à procura das facas que carregava no colo. Mas havia se preparado para isso: vestira uma roupa com mangas de lã grossa para proteger os cotovelos, e se arrastou, incansável, rumo ao barco a remo, desamarrou-o e conseguiu embarcar com dificuldade.

Atrás dela, uma parede de fumaça se movia e tremeluzia, e o reflexo do lago também ardia. Ela se permitiu um rápido e doloroso momento para rezar para que Alice levasse os pequenos embora. Todos eles. Vão, rezou, *vão e não olhem para trás*.

O casco balançava suavemente. Ela estendeu a mão para os remos. Devagar, o barquinho partiu pelo lago de fogo. Havia partículas de luz azul à deriva acima do olmo, como cinzas incandescentes. Seus ombros doíam, seus braços doíam. De vez em quando vinha o ruído grave e abafado de explosões no alto do morro. A casa encontrava-se amortalhada numa nuvem preta de pó e fumaça, pulsando com um brilho alaranjado onde a nuvem se afinava. Alguma coisa queimava lá dentro.

Na ilha, ela içou o corpo para fora do barco, em seguida amarrou bem a embarcação e rastejou com os antebraços pelo caminho rochoso, subindo a encosta que levava ao mosteiro em ruínas. A essa altura seus cotovelos estavam ralados e sangravam. À luz do fogo, as paredes do mosteiro brilhavam avermelhadas, como se encharcadas de sangue. Ela fez uma pausa, girou as pernas mortas e se sentou para pensar. O glífico; o *orsine*; Dr. Berghast e sua *drughr*...

De repente uma gritaria começou.

Os gritos eram graves, lúgubres, cheios de uma música triste e saudosa, mas também havia ódio neles, e fome, e Margaret estremeceu ao ouvi-los. Não era o som de nada humano. Ela pressionou o rosto de encontro à pedra fria; o som vinha da própria terra.

Aos poucos, Margaret deu a volta no prédio, arrastando-se. Uma porta pesada estava aberta, um lampião ardendo num gancho ao seu lado. As vozes ficaram ainda mais altas. Berghast, pensou ela. Então, rastejando, entrou, passou por uma antecâmara, desceu uma escada áspera e curva de pedra e saiu, ofegante, numa grande câmara rochosa. Uma cisterna. A luz lá dentro era azul. O piso e as paredes estavam rompidos e entrecruzados por centenas de raízes, como tentáculos, e os gritos terríveis enchiam e reverberavam nas paredes. Havia figuras cinzentas por toda parte, indistintas, em pé, na penumbra, a boca aberta. A gritaria vinha delas.

A cabeça dela rodou. Pois ali, na beira da cisterna, sua sombra monstruosa lançada pela estranha luz que brilhava sob ele parecendo imensa, estava Henry Berghast. Por um momento, ela não o reconheceu. A cabeça estava raspada, a barba espessa sumira. Usava uma estranha luva reluzente que chegava até metade do antebraço. Suas costas largas estavam voltadas para ela, e preso sob seu braço encontrava-se o menino Marlowe.

O pulso da criança fora cortado. Berghast o segurava rigidamente sobre o tanque, o sangue escorrendo. O rosto do menino estava pálido.

Margaret buscou suas facas.

Naquele mesmo momento, Abigail Davenshaw andava suavemente pelo tapete do estúdio do Dr. Berghast, sentindo o caminho com a bengala de bétula, apurando os ouvidos, atenta a qualquer movimento. Havia os estalidos baixos e sinistros dos pássaros de ossos na gaiola, regulares como máquinas no escuro. Havia a vibração abafada do silêncio. Passos em um corredor distante, apressados.

Ela avançou com cuidado, passando pelas cadeiras, pela escrivaninha. Sentia um cheiro de couro e papel chamuscados, bem fraco. Um jato de ar frio veio do subterrâneo, e ela descobriu que a porta que atravessara antes, a porta que levava àquele estranho cômodo trancado, estava escancarada.

— Olá! — gritou. Sua voz ecoou e desapareceu nas profundezas. — Dr. Berghast? É a Srta. Davenshaw...

Nada.

Ela mordeu o lábio, franzindo a testa.

Pois que fosse.

E começou a descer. Tateando com os dedos dos pés, devagar, cautelosa a cada passo, torcendo para não cair ali, presa por aquelas paredes, onde ninguém a encontraria, enquanto o Cairndale ardia até o chão.

No entanto, ela não caiu. E, quando chegou à base da escada, soube, pelo modo que o ar se movia, que algo estava diferente. A porta trancada fora arrancada das dobradiças.

— Olá! — chamou ela, insegura. Lembrou-se da respiração pesada que ouvira antes, e passou a se mover agora com grande cautela, o medo que sentira naquela ocasião tomando conta dela novamente. Mas o que quer que tivesse ouvido não estava mais ali, havia partido ou morrido; não havia nada vivo ali, a não ser ela.

Quando a bengala de bétula tocou a coisa esparramada dentro da cela, a Srta. Davenshaw não soube o que pensar. Uma corrente tilintou baixinho. Suas solas escorregaram numa poça de um líquido viscoso, e ela soube, pelo cheiro de ferro, o que era.

Ela se ajoelhou e procurou o rosto do morto. Era Bailey, o criado do Dr. Berghast. Sua garganta fora dilacerada, havia feridas profundas no peito e nos braços. Era como se tivesse sido atacado por um animal selvagem.

Abigail Davenshaw umedeceu os lábios, levantou-se com a expressão sombria e voltou pela longa escada por onde viera. No estúdio, avançou com cuidado até o fogo, procurou um atiçador e, cuidadosamente, tirou da grelha um diário parcialmente queimado. Era dele que tinha sentido o cheiro. Se Berghast havia tentado destruí-lo, devia guardar algo de valor, raciocinou ela. Então foi até a escrivaninha e experimentou as gavetas, procurando alguma outra coisa valiosa. O fogo estava se aproximando, ela sentia o calor pelas paredes, e, finalmente, com uma expressão dura no rosto, prendendo o diário chamuscado embaixo do braço, Abigail Davenshaw atravessou o estúdio em silêncio, procurou a maçaneta da porta e correu para o interior do prédio em chamas.

Charlie estava com medo, muito medo.

Ele entrou correndo pela porta do estúdio de Berghast, a clavícula quebrada ainda suturando, os mil cortes feitos pelos estilhaços de vidro já sarados. O glífico. Ele precisava localizar o glífico e arrancar seu coração. Sabia que talvez tivesse de enfrentar o suctor, Walter, o suctor que o aterrorizara tanto em Londres e tentara cortar sua garganta, e cujas garras o machucaram de uma maneira nova, de tal forma que ele se curou lenta e dolorosamente. Havia sua lembrança do suctor, e havia os pesadelos que ele tinha desde então, os sonhos em que a criatura se arrastava pelo teto, caindo sobre ele como uma enorme aranha branca. Ele então acordava encharcado, tremendo.

E agora estava à procura da criatura. Todos dependiam disso.

Mas não havia tempo para refletir. Ele só parou por tempo suficiente para olhar o estúdio, certificando-se de que Berghast ou seu criado gigante não estavam ali, seus olhos pousando nos pássaros de ossos nos poleiros, estalando os ossos suavemente, nas brasas na lareira ainda pulsando com o calor, e então ele correu para a porta dos túneis, a porta que levava ao subterrâneo, e à ilha, passando por baixo do lago. Se ele tivesse chegado apenas cinco minutos antes, teria apanhado a Srta. Davenshaw tirando o diário queimado da lareira; ele a teria visto, e talvez pudesse pedir seu conselho, sua ajuda, mas ela já se fora, voltara para o labirinto do Cairndale, para o solar em chamas com aquele diário fumegante apertado firmemente contra o peito, metade de seus segredos queimada, e talvez ele não a visse novamente.

Charlie desceu a escada de três em três degraus. O túnel estava mais escuro do que tudo, o ar, fétido. Ele tinha esquecido de levar um lampião ou uma vela. Seus passos espirravam constantemente a água parada e, embora a cada passo tivesse a sensação de que estava prestes a colidir com algo com que não colidia, ele não tropeçou nem caiu.

E então ele sentiu que o túnel começava a subir gradualmente, o ar clareava e uma luz cinzenta e fraca surgia à frente. Quando saiu na ilha, ele escalou as pedras caídas e viu um lampião deixada em um gancho ao lado da porta aberta. Ele podia ouvir um grito baixo vindo da câmara do *orsine*. Havia alguma coisa lá dentro. Fosse o que fosse, poderia ceder um lampião, decidiu, e o desenganchou, correu para os fundos e entrou na catedral em ruínas.

Sob as vigas do telhado e o céu noturno além, ele seguiu, cansado, determinado, o lampião em punho. Encontrou a cripta e ali, encostada na parede, a velha tocha em seu suporte. Ele abriu a porta do lampião e acendeu a tocha. Os crânios sorriam de suas cavidades. Ossos descansavam em suas caixas antigas.

As raízes se tornavam mais grossas. Ele viu à luz do fogo sinais de luta, as raízes partidas ou estraçalhadas, pintas de sangue formando uma trilha se aprofundando na cripta. Isso devia ser coisa do suctor. Walter.

A essa altura, ele já estava quase correndo, tropeçando nas raízes e se agarrando a elas para não cair, fazendo muito barulho. Não importava. Quando chegou à câmara baixa e emaranhada do glífico, ele tropeçou bruscamente e olhou a cena, horrorizado.

O glífico e Walter pendiam do teto em um abraço tenebroso. Havia sangue por toda parte. As raízes do glífico haviam arrancado inteiramente uma das pernas de Walter; uma dúzia de outras raízes tinham atravessado seu corpo e perfurado os braços, o peito e a coluna; um grosso nó de raiz se encontrava enrolado em seu pescoço e os olhos estavam revirados com somente a parte branca visível. Ele estava morto.

Mas o mesmo acontecia com o glífico. Antes de morrer, Walter havia rasgado a garganta do glífico com os dentes, e a cabeça do antigo ser agora pendia em um ângulo estranho, e o sangue lavava toda a frente do seu corpo.

Charlie estava tremendo, ao mesmo tempo arrasado e aliviado. Pelo menos não teria de ser ele a abater o glífico.

Foi então que ele se deu conta de que não levara nada para extrair o coração. Então correu os olhos ao redor, à luz da tocha. Seus olhos pousaram nas garras do suctor. Os polegares haviam sido arrancados. Ele estendeu a mão, torceu o pulso encharcado de sangue e com cuidado pressionou uma garra contra o peito do glífico, com aquele aspecto de casca de árvore.

A garra entrou, deslizando, com um sibilo. Um limo preto e líquido escorreu. Charlie começou a serrar o peito, abrindo-o, e, quando cortou fundo o suficiente, introduziu a mão e procurou algo macio e elástico, e o arrancou com fúria.

O coração saiu com um barulho de sucção. Ainda estava quente. Do tamanho de um punho, coberto por uma gosma preta gelatinosa. Ele o segurou com ambas as mãos, respirando com dificuldade, sentindo uma terrível tristeza crescendo dentro de si. Independentemente do que mais ele fosse, o glífico tinha sido um ser antigo e bom, uma criatura que mantivera todos eles em segurança. Vivera acorrentado ao *orsine*, tão prisioneiro dele quanto qualquer um dos espíritos. Não parecia justo. Charlie recuou, cambaleando, e limpou o coração com a manga. Sob a gosma, a superfície do coração pulsava lentamente, como uma brasa. E brilhava.

Foi nesse momento que ele sentiu. Ergueu o rosto e veio de novo: um ronco baixo e profundo, como um trem passando na terra. As paredes estremeceram. Do teto, uma chuva de terra caía por toda parte. E então Charlie compreendeu: a ilha estava sucumbindo.

Ele girou a tocha e correu.

Alice voltou em disparada pelo corredor escuro, sentindo o solar tremer sob seus pés, sabendo que Ribs estava perto, mas não vendo a garota, é claro, empunhando o Colt enquanto corria. Jacob Marber estava em algum lugar atrás dela agora, enfrentando a garota Komako, Oskar e seu gigante de carne. Aqui o corredor estava calmo, mais fresco. Ela desacelerou, parou. Inclinou a cabeça para escutar.

Sabia que Coulton estaria por perto. Ela quase podia senti-lo ali, à sua espera na penumbra, os dentes compridos e apavorantes estalando. Ela engatilhou o revólver e girou em um círculo lento. As luzes haviam sido apagadas no corredor.

— Sei que você está aqui, Coulton — disse com calma. Seus olhos dirigiram-se às alcovas escuras, aos vãos de portas envoltos em sombras. Ela teve um súbito lampejo de dúvida, perguntando-se se não estaria enganada, se ele de alguma forma teria passado por ela e estava ajudando Marber no corredor mais adiante.

— Coulton? — chamou.

Então ela sentiu: uma gota leve, escorregadia e quente em seu ombro. Com uma lentidão impossível, Alice voltou os olhos para o alto.

Coulton estava agarrado ao teto, diretamente acima dela, os dentes compridos à mostra em um sorriso, uma umidade se acumulando em seus lábios e pingando. E então ele mergulhou em cima dela, lançando-a com uma força incrível contra o chão, arrancando a arma de sua mão e rasgando seu casaco, os braços, a pele exposta, tentando alcançar mais uma vez o abre-caminho em seu pescoço.

Ela lutou silenciosa e furiosamente, com uma violência que surpreendeu até a si mesma, mordendo Coulton, rasgando-lhe o rosto e os olhos com os polegares. De repente, ele uivou e girou, saltou, saindo de cima dela, agarrando a base do pescoço, rodopiando feito um louco. Foi quando ela viu a lâmina de vidro ensanguentada flutuando na escuridão.

Ribs.

Coulton também viu. O suctor se jogou contra a parede e com as garras e a rapidez dos dedos dos pés impulsionou-se para cima e pousou exatamente onde Ribs deveria estar. Ela, porém, era muito rápida; a arma de vidro havia caído no chão; Coulton guinchou e girou onde estava.

Alice se arrastou, apoiando-se contra a parede, tateando no escuro, à procura de mais cacos de vidro. Então encontrou um e virou a mão no momento em que Coulton se lançava sobre ela outra vez, e sentiu o vidro enterrar-se na barriga dele; ela moveu a mão, golpeando e deslizando, cortando a carne em tiras, uma substância quente encharcando seus pulsos e braços.

Ele havia mordido o ombro dela violentamente, afastando a cabeça com um pedaço de sua carne na boca, mas isso foi tudo. Ele caiu para trás, as mãos agarrando a barriga, agitando as pernas em agonia.

Ela se levantou, arfando. Procurou sua arma e a viu flutuando no ar. Ribs a tinha apontada para o suctor. E puxou o gatilho. Em um rugido ensurdecedor, Coulton — o que um dia fora Coulton — virou de lado e parou de se mexer.

Não parecia possível. Alice oscilou. A mão segurava o ombro ferido, e ela olhou para onde Ribs devia estar e assentiu. E então as duas já estavam correndo outra vez, mais devagar agora, mas mesmo assim corriam de volta pelo corredor em direção aos sons de luta e destruição.

Elas viraram a esquina. Alice quase caiu de joelhos. Oskar encontrava-se tombado, imóvel, contra uma parede desmoronada, o rosto sangrando. Lymenion não estava em lugar nenhum. Havia respingos de sangue e pedaços de carne por todo o teto do corredor e Alice sentiu-se cambalear. Uma parede inteira havia cedido e ela viu, na sala em ruínas — além do imenso turbilhão escuro que era o chaviato, com suas oito patas, as fileiras duplas de dentes, enfrentando Jacob Marber —, Marber com cordas e tentáculos de pó enredando o chaviato rapidamente, arrastando-o para trás pelo pescoço, o chaviato rasgando os braços e as pernas de Marber com suas garras compridas. Com urgência, Alice olhou para trás. Viu Komako, ajoelhada, olhando para ela por baixo dos cabelos pretos emaranhados. A menina ergueu uma das mãos. Estava segurando o outro abre-caminho.

Alice não hesitou nem parou para pensar, mas sentiu a pontada na lateral de seu corpo onde havia sido ferida por Marber, o lugar no seu corpo em que a poeira havia penetrado, e se debruçou sobre a sensação, abraçou-a, e ergueu as duas mãos abertas diante de si, em seguida abrindo bem os braços, sentindo, ao fazê-lo, como se estivesse abrindo caminho por águas densas. E ela viu Jacob Marber afastar-se do chaviato cambaleando, erguendo as mãos subitamente, numa imitação exata do gesto dela, um olhar de perplexidade cruzando seu rosto.

E então o chaviato se levantou de uma pilha de tijolos quebrados, rosnou e se lançou contra o peito exposto de Marber.

Alice caiu de joelhos no mesmo instante. A força de manter Jacob Marber preso era demais; ele virou o rosto e a olhou, mesmo enquanto o chaviato saltava de encontro ao seu coração.

Depois disso, tudo aconteceu ao mesmo tempo. O chaviato foi atingido lateralmente por uma parede de fumaça. Alice sentiu uma corda de pó envolver sua própria garganta com a força tênsil do ferro, e então ela estava girando, voando pela sala, atravessando uma porta que dava para a pequena sacada de pedra. Tudo era dor, névoa, confusão mental. Ela ergueu o rosto e viu o chaviato, cravando as mandíbulas no pescoço de Marber. Depois piscou. Marber, esmagando o chaviato contra o chão. Piscou de novo. O chaviato acertando a cabeça de Marber. De repente, a sacada estremeceu e Marber e o chaviato passaram velozmente, e ela viu Marber receber um golpe terrível do chaviato, e sua cabeça dobrar estranhamente para trás, e então a sacada cedeu sob o peso deles, e Alice agarrou-se à beirada da porta e de alguma forma conseguiu se segurar enquanto Jacob Marber despencava em uma pilha de pedra e tijolo no pátio lá embaixo.

Alice sentiu algo, um par de mandíbulas poderosas agarrar seu sobretudo pela parte de trás da gola e erguê-la, arrastando-a de volta para o quarto. Ficou caída, arfando e soluçando, imóvel em meio à poeira e aos escombros. Ela havia sobrevivido.

Quando ergueu o rosto, viu que o chaviato estava mancando, apoiando-se na pata dianteira esquerda. Ele ainda estava maior que o normal, do tamanho de um cachorro muito grande, embora tivesse novamente o aspecto de gato, com quatro patas e dentes comuns. Mas havia sangue em seu focinho e no pelo embolado, embora Alice não soubesse dizer se era dele ou de outro. Ela estendeu as mãos e abraçou seu pescoço, enterrando o rosto nele. O calor que ele exalava era tremendo. Seu pelo cheirava a coisas queimadas.

— Obrigada — sussurrou ela, os olhos úmidos. — Obrigada, obrigada...

Oskar e Komako emergiram da fumaça, ensanguentados, machucados. Eles não se aproximaram muito do grande chaviato. Ela viu Komako ir até a borda e olhar para os destroços lá embaixo, para a mão esmagada visível de Jacob Marber. A garota fechou os olhos. Sem falar nada, entregou a Alice o segundo abre-caminho, aquele de madeira que Jacob havia tirado dela em Londres. O chaviato estreitou os olhos brilhantes, todos os quatro.

— Ko? — soou a voz de Ribs ali perto. Alice viu fumaça se enrolando em torno da silhueta da garota, leve, sombreando-a. — Não podemos ficar aqui. Se Jacob Marber entrou em Cairndale, aquela maldita *drughr* deve estar por perto também.

— Ribs tem razão — disse Oskar, que sangrava na testa.

Cairndale gemeu, estremecendo ao redor deles. Não tinham muito tempo. Mas Alice estava espiando pela parede quebrada, além da poeira que se dissipava, a ilha, a ampla copa da árvore. Estava toda iluminada, com um sinistro brilho azul.

— Você acha que Charlie selou o *orsine*?

— Não — disse Komako, indo até ela. — Ainda não. Você consegue andar?

Em um flash, Alice viu o horror gigantesco que havia aberto um buraco no ar, lá em Londres. Nenhuma dessas crianças o tinha visto. Somente ela. Alice olhou para eles e depois para o chaviato exausto, e soube que não poderiam lutar contra a *drughr*, não assim.

— Temos que descer para o pátio — disse ela, tomando uma decisão. Ela se levantou, trêmula. — Há uma carruagem lá embaixo; Margaret e eu chegamos nela. Não pode ter ido longe. Temos que tirar todos vocês daqui.

Então se virou para o chaviato e se ajoelhou, e ele veio mancando até ela e se aconchegou em sua mão aberta. Ela segurava os dois abre-caminhos na outra mão e os colocou com cuidado no monte de destroços, dando um passo atrás.

— Isto é seu — disse baixinho.

O chaviato cheirou com cautela os abre-caminhos, então ergueu o focinho, como se para olhá-la com um apreço cauteloso.

— Anda — sussurrou Alice. — Vai.

E o chaviato, como se entendesse, de repente inclinou o rosto para o lado e engoliu os abre-caminhos em dois goles rápidos, e então se virou, caminhou silenciosamente para o corredor em chamas com sua sombra serrando as paredes, e se foi.

As crianças estavam um pouco atrás, observando tudo em silêncio.

Ribs, ainda invisível, gemeu.

— Malditos americanos! Têm sempre que fazer o grande gesto.

— O que isso quer dizer? — perguntou Alice.

— Quer dizer que talvez da próxima vez você possa esperar até *depois* de estarmos seguros.

Alice pôs-se a andar na direção do corredor, verificando seu revólver enquanto seguia, o casaco comprido tremulando atrás dela.

— Ninguém nunca está seguro — murmurou —, e nunca há uma próxima vez.

* * *

Nesse momento, enquanto Alice e as crianças atravessavam correndo o solar em chamas, Margaret, na ilha, segurava as facas com anéis e se arrastava lentamente pela câmara de gritos. As figuras cinzentas não se moveram. Elas a enchiam de terror. Ela sabia apenas que tinha de ajudar a pobre criança, o pequeno Marlowe, tinha de impedir Henry Berghast de fazer o que quer que ele estivesse fazendo. De alguma forma, tudo isso era culpa dela. Ela deveria ter visto logo o que ele era, deveria ter sabido.

Com uma careta, ela continuou rastejando. O menino estava caído ao lado da cisterna, largado. Tudo dependia da surpresa, da rapidez.

Mas, quando ainda estava a alguns metros de distância, em choque ela viu o que o médico estava fazendo. A *drughr*, como uma mancha de escuridão, estava pressionada contra a superfície do *orsine*, aprisionada ali, dominada pela fúria. Henry Berghast tinha enfiado a mão na lama da *drughr*, alimentando-se dela. Então, lentamente, ele pareceu arrastar a *drughr* para cima, cada vez mais, de modo que ela subiu sob a pele de alcatrão do *orsine*, colossal, com seus três metros e meio de altura. Ela se debatia e virava o rosto oculto na direção de Marlowe. E, enquanto ela se erguia, os gritos das figuras cinzentas de súbito cessaram; elas ficaram em silêncio, as bocas ainda pretas, sem luz e escancaradas.

O silêncio ecoava nos ouvidos de Margaret, desorientando-a. O sangue do pulso do menino ainda escorria para as águas. Ela balançou a cabeça para clarear a mente.

Mas então Berghast se virou e se ergueu tranquilamente, como se a esperasse. Seu rosto liso estava tenso, as sombras escuras sob os olhos pronunciadas, a pele do maxilar e das maças do rosto parecendo uma caveira cruel.

Sua voz suave e comedida ao mesmo tempo era dele e não era.

— Ah, Margaret — disse ele. — Você veio me avisar sobre Walter e o Sr. Thorpe. Está muito atrasada. Ele está morto.

Ela tentou esconder as facas, mas era tarde demais, ele já as tinha visto. Pareceu indiferente. Atrás dele, a *drughr* se retorcia lentamente em sua lama, uma figura de agonia e pena.

— Eu vi sua carruagem no pátio — continuou ele suavemente. — O que aconteceu com você? Parece... deplorável.

Ele a circulou com passos lentos e felinos e então se agachou suavemente e agarrou seus pulsos. A mão enluvada era áspera, as placas de madeira tinham bordas afiadas. Ela dispendia um leve vapor, embora fosse fria ao toque. Ele torceu-lhe as mãos, fazendo-a soltar facilmente as facas, e ela arquejou de dor e frustração. A *drughr* se contorcia acima do *orsine*, dobrando-se sobre si mesma, como fumaça presa em um frasco.

Alguma coisa mudou então, atrás de Berghast; ele se virou parcialmente, e Margaret vislumbrou Marlowe ajoelhado com ambas as mãos agarradas com força no braço nu de Berghast. O menino reluzia com um brilho terrível, sua pele de tal modo translúcida que ela podia ver o formato de seu crânio e suas cavidades oculares ocas e os ossos e veias em seus braços. Seus dentes estavam cerrados. O brilho explodiu.

E ela viu a pele de Berghast começar a ferver onde Marlowe a agarrava.

Margaret não entendia o que estava vendo. Não parecia possível. Berghast, porém, levantou-se de repente e lançou a criança para trás; a cabeça de Marlowe bateu no chão de pedra e, de repente, a luz que o iluminava morreu e ele pareceu desossado e estranho.

A pele de Berghast estava brilhando.

— Por que você está fazendo isso? — gritou Margaret, cheia de uma raiva repentina e impotente. — Eu vim te *avisar*. Achei que você tentaria *protegê--los*, todos eles. Henry, eu acreditei em você! Todos esses anos, eu te ajudei! Meu Sr. Harrogate ajudou você! Mas você é apenas um... um monstro...

— Não sou — disse ele. — Há um propósito maior nisso.

Ele a puxou para cima, torcendo seus pulsos para trás de tal forma que ela temeu que fossem quebrar. Então ele soltou um deles e pegou sua própria faca.

— Henry... — disse ela.

Mas ele deslizou a lâmina, enterrando-a dolorosamente em sua barriga, sem lhe dar atenção. A lâmina entrou escorregadia e inexorável até o cabo, e ela arquejou com a dor lenta, seu corpo inteiro se enchendo de assombro.

— Eu não sou um monstro — repetiu ele, olhando nos olhos dela, forçando-a a olhar nos seus. — Não tenho nenhum prazer nisso.

E então puxou a faca e a soltou.

Charlie saiu da cripta, levando com ele o coração gotejante.

Por toda sua volta uma luz azul brilhava. Ele segurava o coração do glífico envolto em sua camisa como um recém-nascido, sentindo a suavidade quente, suas mãos em concha segurando-o enquanto prosseguia.

Do outro lado do lago, Cairndale estava pegando fogo. Ele observou a estrutura de chamas. Seus braços e suas pernas estavam arranhados e ensanguentados, mas os arranhões já estavam se fechando e, quando pôde respirar novamente, deu a volta cambaleando pelo mosteiro em ruínas, entrou no alojamento dos monges sombrios e desceu a escada de pedras. Tinha de afundar o coração no *orsine*.

O brilho azul que vinha lá de baixo era ofuscante. Ele tropeçou na borda da câmara subterrânea, estremecendo. O *orsine* estava muito brilhante. Mas, quando virou o rosto para o lado, viu, espreitando junto às paredes, estranhas figuras cinzentas. A luz parecia não se registrar em sua cor cinza, tampouco a escuridão; e eles viraram o rosto para onde Charlie estava parado, e ele os reconheceu. Estavam diferentes, não eram mais bonitos, não se assemelhavam mais a fitas de lembranças; mas ele os reconheceu. Os espíritos.

De repente, eles o cercaram. Não emitiam qualquer som. Mas se moviam a uma velocidade incrível, e ele sentiu o toque do primeiro com um tremor, enquanto tentava proteger o coração do glífico. Pois aquele toque era tão sólido quanto qualquer coisa neste mundo; e brilhava com o mesmo fogo azul; e, em agonia, ele sentiu a própria carne começar a borbulhar e derreter.

E então um segundo e um terceiro estavam em cima dele, e à medida que os espíritos se aproximavam, Charlie não conseguiu mais segurar o coração do glífico, que escorregou de suas mãos, e de repente os mortos o soltaram e enxamearam em torno do pequeno coração azul e brilhante. Eles o estavam comendo.

— Não... — Charlie caiu de joelhos, horrorizado. Os mortos não lhe deram atenção, e logo o coração havia sido totalmente devorado. Tinha desaparecido. As bocas e os dedos dos espíritos estavam manchados de limo preto.

Nesse momento Charlie ergueu os olhos e viu que algo estava preso no *orsine*, um enorme gigante viscoso tentando romper a sua superfície, que parecia mais densa, alongada e coberta de alcatrão. E então ele viu o Dr. Berghast debruçado sobre o *orsine*, a luva pesada ao lado do seu corpo, a outra mão enfiada até o cotovelo na coxa pegajosa da figura, como se a agarrasse, como se a mantivesse no lugar. Mas algo estava acontecendo com ele — estava tremendo, um brilho azul fraco em sua pele que quase parecia como Marlowe ficava às vezes —, e Charlie compreendeu. Berghast estava drenando o poder da *drughr*.

O rasgo no *orsine* ainda estava se ampliando. Os mortos estavam de pé novamente, braços ao lado do corpo, observando o *orsine*. Charlie havia falhado, falhado com todos, tinha perdido o coração do glífico e agora o *orsine* nunca seria selado.

Nesse momento, ele viu, amontoados parcialmente na escuridão, os corpos imóveis da Sra. Harrogate e de seu único amigo, Marlowe. Eles estavam caídos perto de um pilar e parecia que a Sra. Harrogate de alguma forma tinha arrastado Marlowe até lá. Ele podia ver uma longa mancha de sangue por onde ela havia rastejado e, quando chegou até ela, viu o sangue em sua barriga e soube que ela estava morrendo. O pulso esquerdo de Marlowe havia sido cortado, ele estava coberto com seu próprio sangue e seu rosto estava muito branco. Charlie tinha chegado tarde demais.

Mas então Marlowe sorriu fracamente.

— Char-lie — disse ele, a voz suave e seca. — Eu sabia... que você viria.

Charlie sentiu seu peito inchar de dor. Ele enxugou os olhos com a base das mãos.

— Desculpa, Mar, me desculpa. Perdi, perdi o coração do glífico, eu deveria selar o *orsine*, mas eles o tiraram de mim, eu tentei impedi-los...

Mas o menino apenas suspirou e fechou os olhos novamente.

— Mar?

Ele ergueu a cabeça e viu que os olhos da Sra. Harrogate estavam abertos. Ela o observava.

— Minhas facas — sussurrou ela. — Se você puder. Chegar à borda. Do tanque. Você ainda pode. Detê-lo.

Ele seguiu o olhar dela, viu os objetos compridos e de aspecto maligno no chão, não muito longe de Berghast.

— O glífico, ele se foi — disse Charlie, sufocando um soluço. Não via de que isso serviria. — Os mortos vão passar agora. Não há como fechar o *orsine*. Não tem mais importância.

Os olhos da Sra. Harrogate cintilaram de dor.

— Sempre importa — sibilou ela.

Charlie olhou para Marlowe, olhou de volta para a Sra. Harrogate. O Dr. Berghast ainda estava debruçado sobre o *orsine*, mergulhando a mão livre na lama da *drughr*, drenando-a.

De repente, Charlie se abaixou e, agachado, começou a avançar. Ele foi de pilar em pilar na luz azul aquosa. Mas não conseguiria chegar às facas. Quase sem pensar, fechou os olhos; respirando devagar, tentou esvaziar a mente. Havia tranquilidade; silêncio; uma sensação de grande paz. E ele estendeu a mão, com calma, e então foi como se ainda estivesse estendendo o braço, tentando alcançar, e sentiu os músculos em seu braço puxarem e se contraírem e puxarem com mais força, e parecia que seus ossos estavam sendo sugados de suas cavidades, e a dor era vertiginosa; então ele sentiu os dedos se fecharem em torno do cabo de uma faca, e abriu os olhos. A faca era pesada, mais pesada do que deveria ser, e o metal estava quente ao toque. Seu braço parecia estranho, como uma cobra, e silenciosamente ele o puxou de volta para sua carne, experimentando uma dor imensa. E ainda assim seu coração deu um salto de satisfação.

Ele tinha conseguido; tinha feito a mortagem.

A enormidade desse feito, do que significava, desapareceu de imediato. Berghast ainda estava sangrando a *drughr*, roubando sua força. Ele parecia maior, as costas mais largas, parecia cheio de uma energia frenética. Era tarde demais. Sempre seria tarde demais.

Charlie disparou adiante. E cravou a faca até o cabo nas costas do Dr. Berghast.

O efeito foi imediato. O brilho tremeluziu; a *drughr* deslizou debilmente de volta para as profundezas do *orsine*. Berghast girou na direção do garoto. Estava sem barba, sem cabelo. Os lábios encontravam-se repuxados sobre os dentes no ricto de um sorriso, os olhos fundos e brilhantes. Uma sinistra energia azul crepitava em sua pele, em sua mão, exatamente como Charlie tinha visto acontecer com Marlowe. Berghast cambaleou e caiu de joelhos, como se o esforço do que estivera fazendo, o que quer que fosse, tivesse sido demais e não lhe restasse mais nada.

Charlie viu a segunda lâmina na borda da cisterna, saltou para pegá-la e ergueu-se segurando-a na frente dele. Berghast não havia se mexido. Estava ajoelhado com os ombros caídos e o rosto voltado para baixo, apenas respirando.

Mas, quando Charlie deu um passo à frente para apunhalar seu coração, a mão enluvada de Berghast se ergueu para ir de encontro à faca, que deslizou de lado com um ruído metálico. Ele então agarrou o pulso de Charlie e o garoto sentiu um fogo selvagem e agonizante. Algo estava acontecendo com ele, podia sentir, ali preso nas mãos do velho, uma espécie de esvaziamento, como se uma parte de seu eu estivesse sendo raspada.

— O que... o que está fazendo? — gritou Charlie.

— Você — arquejou Berghast. — Você não... compreende...

Por um momento longo e terrível, o fogo azul pareceu engolir os dois. Charlie estremeceu de dor. A pele de seu pulso estava borbulhando. Mas era pior do que isso; era como se uma parte de suas entranhas estivesse sendo arrancada lentamente. Berghast continuou a segurá-lo, sem forças para fazer mais do que isso. Houve um súbito e breve movimento no chão atrás de Berghast: a Sra. Harrogate havia se arrastado até ali. Charlie observou quando ela estendeu a mão e empurrou, muito gentilmente, o ombro de Berghast; e, quando ele afastou o próprio pulso, Charlie viu o homem que tinha feito tanto mal a todos eles inclinar-se casualmente para fora, e tombar debilmente sobre a borda, caindo no tanque luminoso.

Tudo aconteceu tão devagar, com tanta delicadeza, que não parecia real.

Mas então Berghast começou a se debater, tentando se manter à tona. E Charlie viu, ascendendo do fundo do *orsine*, uma figura sombria — a *drughr* — subindo pela água azul turva para envolver com um braço o pescoço de Berghast e arrastá-lo lentamente, levando-o para as profundezas.

Alice e os outros atravessaram em disparada os longos corredores do Cairndale, parando onde o fogo era instransponível, voltando atrás, procurando um caminho alternativo. Havia corpos no corredor, corpos pequenos. Ela tentou não olhar para eles. *Vai!*, pensava. *Apenas vai!*

O vitral sobre a grande escadaria havia se estilhaçado e, enquanto desciam os degraus, suas botas esmagavam os cacos. O fogo consumia tudo ao redor deles. Uma parte do teto caiu com um estrondo e Alice tropeçou, mas continuou segurando Oskar e o arrastou para longe. Suas mãos e seu rosto estavam manchados de fuligem, o cabelo chamuscado. Os olhos de Oskar pareciam desvairados de medo.

E então eles estavam do lado de fora, o ar noturno sibilando em torno deles, e a luz do fogo lançando um brilho laranja em toda a paisagem ao redor. A carruagem havia desaparecido. Alice gesticulou na direção da guarita e do caminho de cascalho além dela e gritou que os cavalos não podiam ter ido longe — ainda estavam com os arreios; os animais podiam ter levado a carruagem pela estrada ou até pelos campos, mas eles a encontrariam, sim. Ela não olhou para a direita — simplesmente se recusou a fazer isso —, para a pilha de tijolos e alvenaria que se derramara sobre as pedras, a mão de Jacob Marber, parecendo uma garra, projetando-se dela. O chaviato não estava em lugar nenhum.

Ela empurrava as crianças adiante, através do pátio em chamas, o casaco comprido pesado em seus ombros. Eles eram muitos para caber na carruagem, mas dariam um jeito — teriam de dar — e ela esgotaria os cavalos para tirá-los todos dali.

Foi então que ela viu uma figura, caída no vão de uma porta, arquejando. Ela desacelerou; parou. Os outros já estavam um pouco à frente, silhuetas esguias, correndo pelas pedras do calçamento em direção à guarita. Ela foi até a porta e ajoelhou-se cautelosamente.

Komako a viu parar.

— Alice! — a menina estava gritando. — Temos que ir! Alice!

Mas Alice não olhou para trás, não ousou desviar o olhar. Era Coulton. Ele tinha as costas apoiadas em uma porta, segurando a barriga com seus dedos em formato de garras. Ela olhou para o rosto manchado de sangue, os lábios vermelhos retorcidos de dor, os dentes compridos e finos como agulhas. Seus olhos estavam escuros, conscientes.

— Ali... ce... — arquejou ele.

Ela se inclinou, aproximando-se dele, sua respiração pesada. Não estava com medo. Na expressão dele havia reconhecimento, alguma parte do velho Coulton, o homem que ela conhecera e em quem confiara. Era como se, com a morte de Jacob Marber, ele tivesse voltado a ser ele mesmo, e o que viu o deixou horrorizado.

— Por favor... — sussurrou ele, quase chorando. — Me mate. *Por favor*.

Ela umedeceu os lábios. O solar queimava em torno deles, começando a desmoronar. Os destroços estavam cheios de mortos. Ela piscava, tentando afastar alguma coisa dos olhos. Pegou o revólver e o engatilhou, encostando o cano no peito dele, onde seu coração deveria estar. Ele envolveu a arma com suas garras ensanguentadas, e a segurou junto com ela. Então fez um gesto afirmativo com a cabeça.

— Frank... — sussurrou ela.

Estava prestes a dizer algo mais quando os polegares dele encontraram seu dedo no gatilho e apertaram. O Colt pulou uma vez em sua mão e recuou em uma nuvem de fumaça que se espalhou lentamente.

Charlie, fraco, inclinou-se sobre a borda de pedra. Respirava irregularmente e sacudia a cabeça. Berghast tinha feito algo com ele. Seu pulso era uma agonia de fogo. Nas profundezas do *orsine*, para onde Berghast havia sido arrastado, ele viu o brilho azul tremeluzir, tornar-se mais fraco e, de repente, foi como se o brilho estivesse subindo das profundezas, indo velozmente em sua direção. Charlie cambaleou para trás.

Eram os mortos, os espíritos. Suas figuras cinzentas subiam lenta e metodicamente, saindo do *orsine*, uma após a outra. Havia vinte, trinta deles agora. Outros continuavam a chegar. Eles se reuniam e ficavam se balançando, virando a cabeça cinzenta de um lado para o outro, como se procurassem algo.

As águas começaram a subir também, transbordando a cisterna, as estranhas águas brilhantes se espalhando pelo chão. Charlie patinhou até a Sra. Harrogate, puxou-a pelas axilas até o pilar onde Marlowe estava caído. O tempo todo mantinha um olho nas figuras cinzentas. Algumas delas tinham se virado para eles.

Mas, quando chegou lá com a Sra. Harrogate, percebeu que era tarde demais. Ela estava morta.

— Não, não, não, não, não — gritou Charlie, segurando a cabeça dela. — Por favor, Sra. Harrogate. Não.

As águas se acumulavam à volta deles. Tudo estava dando errado. O teto estremeceu. A ilha agora tremia, começando a ruir.

Marlowe sentou-se em meio às águas que subiam, seus olhos vítreos observando uma das figuras cinzentas. Ele parecia tão pequeno.

— Ei — disse Charlie, agachando-se, ficando de frente para ele. Forçou-se a falar com calma. — Eu ia voltar para buscar você, eu ia.

— Eu sei, Charlie.

— Acho que você acabou encontrando seu próprio caminho.

O menino sorriu debilmente.

— Acho que sim.

A ilha tremeu novamente e ouviu-se um som abafado de explosões e Charlie piscou, afastando o medo. O que quer que Berghast tivesse feito com ele o deixara tonto. A água já estava acima de seus tornozelos.

— Bem, você precisa me contar tudo — disse ele. — Mas agora temos que ir, Mar. Consegue andar?

Marlowe balançou a cabeça.

— Eu não posso.

— Claro que pode. Eu te ajudo.

Mas o menino gentilmente afastou seus braços. Charlie não entendeu. Ele seguiu o olhar de Marlowe até onde o *orsine* transbordava, inundando o chão da câmara, e de repente a terra tremeu e então ele compreendeu, ele soube o que seu amigo estava pensando.

— Não é possível, Mar — sussurrou ele. — Eu perdi o coração do glífico. Acabou.

— Posso fechar o *orsine*, Charlie.

Charlie tentou rir, incrédulo, mas o som que emitiu pareceu mais um soluço.

— O que você pode fazer? Você não sabe nada sobre isso.

Mas havia uma calma no rosto de Marlowe que enervou Charlie e o fez duvidar de suas próprias palavras.

— Brynt sabe como — disse o menino. — Ela vai me mostrar.

E então Charlie tornou a olhar por cima do ombro e viu a figura cinzenta que Marlowe estivera observando. Era grande, muito maior que as outras, e estava de frente para Marlowe com os braços enormes ao lado do corpo. Era ela.

Charlie chorava, balançava a cabeça e olhava para o rosto do amigo.

— O que vai acontecer com você? — sussurrou ele. — Tem que haver outra maneira. *Por favor*.

O menino mordeu o lábio. E mesmo enquanto falava, Charlie sabia que não havia. Marlowe estava tentando se levantar, segurando o pilar, deixando nele pequenas marcas de mãos ensanguentadas. Charlie também ficou de pé. Na água aos seus pés, a Sra. Harrogate jazia em seu vestido preto esfarrapado, o rosto machucado virado para o outro lado, os cabelos movendo-se lentamente. Charlie cerrou a mandíbula.

— Então eu vou com você — disse com firmeza. — Eu tenho este anel. É um artefato, como a luva...

— Você não pode vir comigo — disse Marlowe, com aquela mesma calma enervante. Ele parecia diferente, não só por causa da dor e da exaustão. Parecia mais... centrado. Mais ele mesmo. Como se tivesse vislumbrado a pessoa que se tornaria ao crescer e já estivesse se tornando. Ele disse: — Você tem que ficar aqui, Charlie. Preciso de você deste lado.

— Por quê?

Marlowe dirigiu-lhe um sorriso que parecia estranho em um rosto tão marcado com dor e sangue e desprovido de cor.

— Porque você precisa encontrar uma maneira de me trazer de volta — disse ele.

Devastado, Charlie não conseguia pensar no que dizer.

Ele observou o menino caminhar até o *orsine*, os pezinhos chapinhando na água brilhante, os pulsos aninhados de encontro ao peito e os ombros pequenos curvados à frente. Ele parecia tão pequeno. A figura enorme e cinza de Brynt estava com ele. O brilho agora vinha de Marlowe também,

Charlie podia ver a luminosidade nele, e viu em sua mente o menino como era quando se conheceram em Londres, o quanto sua mãozinha na dele era quente e macia, e viu também a cela de prisão em Natchez e sentiu o cheiro bom da pele de sua mãe antes de tudo isso, quando ela o abraçava, quando ele ouvia seu batimento cardíaco, e ele teve que virar o rosto porque estava chorando.

A Brynt morta estendeu a mão para o menino.

Charlie sentiu medo. O brilho azul se intensificou. Vinha acompanhado por um som triste, dolorido, e ele podia ver as silenciosas figuras cinzentas reunidas naquela câmara incharem com a luz, como se iluminadas por dentro, e se desintegrarem, como se nunca tivessem existido, e então seu amigo, o único amigo que ele já tivera, o mais próximo de um irmão que ele poderia ter, desceu para o *orsine* e, com um esforço terrível, puxou a pele da água sobre sua cabeça. Suas mãozinhas puxavam e puxavam, e então Charlie viu o azul furioso que brilhava lá no fundo encolher, estreitar e se fragmentar até se apagar, e a câmara ficou escura, a superfície do *orsine* fria e sem luz como as pedras formadas onde a água flui, e aquele estranho brilho azul de Marlowe desapareceu, se foi do mundo para sempre.

Alice levou a mão aos olhos e fitou o solar em chamas. A grande nuvem de pó que Jacob Marber havia criado estava se desfazendo. Então ela ouviu Ribs gritando. A velha carruagem estava perto dos penhascos acima do lago. Alice desceu a encosta correndo, as botas deslizando na lama macia, as pernas fortes passando por Oskar à luz do fogo. Komako já estava junto aos destroços, de pé com as mãos na cabeça, sem dizer nada.

Os cavalos deviam ter se assustado quando o incêndio começou, galoparam até ali e depois tentaram virar bruscamente quando viram o penhasco à frente deles. A carruagem estava virada, duas rodas quebradas e tortas. Um dos cavalos estava emaranhado nos arreios, sem se mover, deitado quieto como se estivesse exaurido. Ela não achou que estivesse ferido. O outro revirou os olhos de medo ao captar o cheiro de Ribs. Havia três outros cavalos, escapulidos dos estábulos em chamas, que deviam ter seguido os da carruagem noite adentro e que agora reviravam os olhos, aterrorizados, afastando-se de lado sempre que uma criança chegava perto.

— Não se aproxime — disse Alice para Ribs, onde quer que a garota estivesse.

Do outro lado do lago, ela podia ver a ilha onde ficava o mosteiro em ruínas, a ilha para onde Charlie tinha ido. Algo estava acontecendo ali, algo estranho. Havia luzes erguendo-se das árvores como minúsculas mariposas, circulando e espiralando para o alto. Um estranho brilho azul pulsava nas ruínas, cintilando sobre as águas escuras.

O primeiro cavalo resfolegou e sacudiu a cabeça. O segundo agitou as pernas de repente, tentando ficar de pé.

— Calma — murmurou Alice. Ela tinha as mãos erguidas e ficou parada para que o primeiro cavalo pudesse vê-la claramente. — Está tudo bem — tranquilizou ela —, está tudo bem. Você está bem. Você está bem.

O cavalo estava se acalmando. Ela estendeu a mão e a pousou em seu pescoço úmido, o tempo todo murmurando.

Mas então Oskar gritou, em pânico. Alice deu um passo para trás com calma e olhou.

Esfarrapado e fumegando, caminhando em direção a eles como uma figura de fúria, vinha Jacob Marber. Mesmo àquela distância Alice podia ver o sangue em sua barba e as feridas onde sua orelha havia sido arrancada. Suas roupas estavam rasgadas. As mãos longas estavam levantadas.

— Pelos demônios — praguejou ela.

Então pegou o Colt, apontou e disparou cinco vezes diretamente no peito de Marber, fazendo-o cambalear. Mas ele não caiu. Com calma, mas veloz, ela abriu o tambor, despejou os cartuchos e começou a recarregar. Não deveria ter libertado o chaviato tão cedo.

Ela viu Oskar ser erguido no ar e lançado como um brinquedo de criança encosta abaixo, em direção à beira do penhasco. O menino ficou caído onde aterrissou, imóvel. Três outras crianças tentaram correr e foram arrastadas com força para a escuridão, gritando. Ela viu Komako, as mãos erguidas, lutando, caindo apoiada em um joelho, depois no outro, sua trança comprida voando atrás dela. Uma nuvem de pó a envolvia. Marber continuava vindo, em direção a ela, Alice. Então seu revólver foi carregado e Alice se lançou sobre um joelho e apoiou o revólver em um pulso para estabilizá-lo e disparou contra as pernas de Marber.

Isso o deteve. Suas pernas cederam sob o corpo, deslizaram de lado e ele desabou com força. Alice já estava em pé, correndo para os outros, para Oskar e Komako, e gritando para que Ribs tirasse os cavalos dos arreios. Nesse momento, a ilha explodiu.

Era uma vasta conflagração azul incandescente e as estranhas chamas subiam em um arco e se derramavam sobre o lago. Alice recuou cambaleando ao ver aquilo, pensando em Charlie por lá, seu coração de repente partido. Mas não havia tempo — Marber tinha se levantado, estava gritando com ela, vindo para ela correndo como se não tivesse sido baleado, esmagado ou rasgado pelo chaviato, e ela viu e soube, mesmo enquanto erguia o Colt, que ele não poderia ser detido.

Não por ela.

Algo maciço e escuro saltou da escuridão da noite e se chocou contra ele, rosnando e golpeando sua cabeça, e então ambos caíram e rolaram encosta abaixo em direção aos penhascos. Era o chaviato: com suas muitas pernas, presas e garras, tomado por uma fúria que Alice nunca tinha visto.

No entanto, ela não parou para ver. Estava puxando Oskar, tirando-o da lama, e correndo para Komako e pondo-a de pé, e então todos subiram nos cavalos, agora desatrelados por Ribs, e partiram, em pelo, três em cada um; eles cavalgavam rápidos e amontoados, inclinados sobre o pescoço dos cavalos, e Alice, com o coração partido, olhou para trás apenas pelo tempo suficiente para ver o chaviato agarrar o crânio de Marber em suas poderosas mandíbulas e arrastá-lo esperneando para a beira do penhasco, e então ambos mergulharam pela borda em direção às águas negras e sombrias lá embaixo, a superfície do lago fechando-se sobre eles, formando ondas que foram se afastando do centro até as águas voltarem a ficar imóveis. Na noite iluminada, a ilha ruiu sobre si mesma, desmoronando. O rosto de Alice estava molhado. Seu ombro mordido ardia, como se estivesse em chamas. Atrás deles, na escuridão o velho solar queimava sem parar. Os cavalos continuaram correndo.

Epílogo

O céu no leste estava vermelho. Charlie encontrou a Srta. Davenshaw nas ruínas assim que o dia começou a raiar. Ela ainda estava viva, a única. Ele a carregou colina acima e a deitou no musgo na borda do penhasco, ensanguentada, suja de cinzas e fuligem, as roupas rasgadas. Com cuidado, ele a cobriu com um cobertor chamuscado recuperado nos destroços fumegantes, pousou delicadamente a mão em seu rosto e, em silêncio, implorou para que ela não morresse. Seu pulso, onde Berghast o havia agarrado, ainda doía. Lá embaixo ele podia ver na luz que ia se tornando mais intensa a casca fumegante do Solar Cairndale, duas paredes ainda de pé, e ele sabia que entre seus mortos estavam todos os velhos talentos, os animais em seus estábulos e outros, criados, zeladores, jovens talentos cujos nomes ele nunca aprendera. Nas águas negras do lago, a ilha havia desmoronado sobre si mesma, de modo que agora nada restava além de uma depressão profunda, marcada por cicatrizes, ainda cheia da escuridão da noite, que ainda demoraria para se iluminar.

Marlowe.

Era o que estava na sua cabeça. Marlowe. Lá na ilha, perdido. Por mais que ele tentasse não pensar nisso. Marlowe descendo no *orsine*, os espíritos sumindo diante dele, aquele brilho azul intenso desaparecendo, tudo sendo fechado pelos punhos de Marlowe e depois pela explosão. Charlie abaixou a cabeça, encostando o queixo no peito, os olhos úmidos. Ele havia voltado para a ilha e procurado seu amigo entre as ruínas, mas obviamente não o encontrara. Havia para Charlie apenas este mundo agora. Mais tarde, no solar, ele tinha vasculhado os escombros, chamando a Srta. Alice, Komako, Ribs, Oskar ou qualquer um, qualquer um mesmo, mas não havia ninguém, nada, nenhum sinal de vida, até ele vislumbrar a Srta. Davenshaw sob uma viga desmoronada no que antes fora a porta da ala leste. Ela estava toda branca com a poeira, como um suctor, exatamente como um suctor. Mas, se os outros tinham conseguido fugir ou caído em algum ponto distante ou se estavam enterrados bem debaixo de seus pés, ele não sabia dizer, e não saber era quase o mais difícil.

E era tudo assim. Ele simplesmente não sabia o que fazer. O que quer que tivesse acontecido com Jacob Marber e seu suctor, eles não se encontravam em lugar nenhum. Charlie havia arrastado a Srta. Davenshaw, tirando-a dali, e tentara acordá-la, e quando isso não funcionou, ele havia olhado ao redor, impotente, e então começara a longa e incômoda escalada com ela em seus braços, na posição vertical, subindo a colina, para longe das ruínas, tentando fugir dali. Não havia nenhum pensamento claro em sua cabeça além desse. Ela estava agarrada a um diário encadernado em couro, parcialmente queimado, mas quando tentou tirá-lo, não conseguiu abrir os dedos dela, cujos nós estavam brancos, e desistiu.

Então voltou às ruínas e encontrou um carrinho de mão de tábuas em um galpão que não tinha pegado fogo. As pequenas vidraças haviam sido estilhaçadas na explosão e ele cortou a mão em um caco; olhou para o sangue que brotava na palma de sua mão imunda e o modo como o sangue manchava lentamente o cabo do carrinho de mão. Esse tipo de dor não importava. Não para um *curaetor*.

No lago, ele tirou o corpo da Sra. Harrogate do barco a remo onde a havia deixado e a levou no carrinho até o alto da colina, as pernas dela dobradas para fora na frente, os braços cruzados no peito, ele realmente não sabendo mais o que fazer. Não parecia certo deixá-la. A Srta. Davenshaw ainda não tinha se mexido. Ele sabia que as colunas de fumaça atrairiam os vizinhos e que não demoraria muito — no máximo no meio da manhã — para que os policiais e os jornalistas chegassem. Ele queria já ter ido embora antes disso. Sabia que a Escócia não era o Mississippi, mas ainda assim não queria ser o único sobrevivente, um jovem negro, cercado por destruição e corpos brancos.

Mas então, quando o sol começou a clarear o lago, a Srta. Davenshaw acordou. Ela se ergueu, gemendo, apoiando-se em um cotovelo, e virou o rosto de um lado para o outro na manhã vermelha.

— Quem está aí? — perguntou com a voz rouca.

Por um momento ele não conseguiu falar.

— Sou eu, Charlie — disse depressa, subitamente comovido. De repente, ele estava arquejando e soluçando, seus ombros se sacudindo.

Ela demorou a responder. Uma série de expressões complicadas cruzou rapidamente seu rosto.

— Charlie... Nós somos...? Alguém mais...?

— Somos só nós, Srta. D — disse Charlie. — Não vi mais ninguém vivo. Somos só nós.

Foi nesse momento que ele viu a mancha de sangue na manga da mulher cega onde ele a havia tocado, e ele ergueu a palma da mão, assombrado. O corte ainda não havia cicatrizado.

Mais tarde, quando pensou no assunto, ele entendeu que devia ter sido Berghast, na borda do *orsine*, quem fizera isso. De alguma forma, com aquele aperto que o queimara, Berghast tinha arrancado o talento de Charlie, o eviscerado, deixando-o esgotado, esvaziado e comum, tão comum quanto qualquer outra pessoa.

Ele enrolou o pulso queimado em uma tira de camisa rasgada, com cuidado, desajeitado, e depois enrolou também a mão ensanguentada. Quase imediatamente uma mancha de sangue surgiu no tecido. A dor latejava. Ele estava surpreso demais, exausto demais, cheio demais de tristeza e raiva por tudo que havia acontecido para compreender de fato essa nova perda.

— Talvez volte — sussurrou ele para a Srta. Davenshaw, sentindo medo.

Ela estendeu a mão ensanguentada, como se fosse segurá-lo.

— Ah, Charlie — murmurou.

Eles deixaram o corpo da Sra. Harrogate debaixo de um lençol no pátio do Cairndale, sabendo que os moradores da região iriam enterrar os mortos. Essa era a ideia da Srta. Davenshaw. Mas pegaram o que puderam encontrar nos escombros, uma bolsa de viagem, alguns alimentos da despensa. A coisa mais próxima de uma muda de roupa limpa. A Srta. Davenshaw o instruiu a ir até o galpão que estava em pé e em um pote virado ele encontrou um porta-moedas e um maço de cédulas e os levou para ela. Ele se manteve longe dos corpos no campo e, mais tarde, quando encontrou a mãozinha de um menino projetando-se de entre os destroços, olhou para ela, depois desceu a encosta, sentou-se e não voltou a subir.

No momento em que as sombras compridas haviam recuado até a metade do lago, elas já tinham começado a caminhar. Charlie podia ver cavaleiros se aproximando, no momento que ele e a Srta. Davenshaw deixavam a propriedade para sempre, escalando o muro baixo de pedra que delimitava o perímetro, as colunas de fumaça ainda subindo lentamente de dois dos anexos atrás deles.

Mais tarde naquela manhã, foram recolhidos por uma carroça do mercado e percorreram o restante do caminho até Edimburgo e, quando chegaram à Princess Street, dirigiram-se imediatamente à estação ferroviária e compraram uma passagem direta para King's Cross, em Londres.

— Lá nós podemos desaparecer — explicou a Srta. Davenshaw.

Ele não perguntou por que, ou para quem, nem por quanto tempo. Continuou tocando seus curativos a todo instante, sentindo a pontada de uma dor que não o deixava. Ela disse a ele que iriam para o sul, para um endereço que pertencera ao instituto, e ficariam lá por um tempo enquanto decidiam o que fazer.

Ela se referia, naturalmente, ao prédio da Nickel Street West.

Aos poucos, ele foi se acostumando com a ideia do que era agora, um exilado, um talento perdido. Ele era o que seu pai tinha sido antes dele. Se não se curava, não era em nada diferente de Alice, ou de sua mãe, e ele havia amado e admirado as duas. No entanto, surpreendia-o o fato de não estar mais devastado com a mudança. Todas as manhãs ele acordava e sentia o ar escuro de Londres na pele, amarrava as botas, sentia o calor do próprio sangue nos dedos e pensava em Marlowe sozinho na terra dos mortos. Seus próprios infortúnios diminuíam nessas ocasiões. Ele se lembrava de um menino miserável, condenado à morte em Natchez, confuso e apavorado com seu talento, pensando que estava sozinho no mundo. Aquele menino lhe parecia quase outra pessoa, alguém com que ele gostaria de encontrar e conversar, e dizer a ele: *Não está nada bem, mas vai melhorar.*

Porque tinha melhorado. Ele via isso agora. Mesmo depois de tudo. Depois de conhecer Mar, Ko, Ribs e Oskar, depois de descobrir sobre seu pai, depois de entrar no *orsine* e andar por um mundo morto. Sua primeira vida parecia um sonho. O que ele tinha visto desde então era mais real. Ele havia testemunhado os espíritos saírem do *orsine*, sentira o enxame gelado deles lutando pelo coração do glífico. Ele vira uma *drughr* ser drenada de seu poder, e assistira enquanto seu melhor amigo descia para aquele outro mundo, selando-o ao passar. Dentro dele agora havia uma tristeza nova e silenciosa. Não só por sua perda. O único refúgio de Charlie no mundo todo havia sido consumido pelo fogo. Seus amigos estavam perdidos, provavelmente mortos. O que quer que ele fosse agora, quem quer que estivesse se tornando, não tinha nada do menino que fora um dia.

Por várias semanas eles permaneceram na antiga residência da Sra. Harrogate, por mais assustadora que fosse para Charlie, atormentado pela sombra deformada do que havia acontecido lá, o suctor andando pelas paredes, as garras em seu pescoço. Ele lembrava também da estranha não Londres do outro mundo, o vestíbulo daquele prédio aquoso, e tinha de reprimir um estremecimento todas as vezes que saía. Mas os dois saíam apenas para comprar comida e artigos de primeira necessidade. Eles tiveram que quebrar a fechadura para entrar, e embora Charlie tivesse feito o possível para consertar o portão, ainda não fechava direito, e ambos estavam receosos. A Srta. Davenshaw estava calada, pensativa, obcecada com o diário queimado que trouxera do Cairndale. Charlie lia passagens para ela por longas horas, as lâmpadas a gás acesas, uma vela às vezes acesa na arandela ao lado do sofá.

Quanto a ele, não conseguia afastar a sensação de que Marlowe não havia desaparecido para sempre, não estava morto, que se encontrava em algum lugar dentro do *orsine*, do outro lado, ainda vivo. Ele não tinha motivo nenhum para pensar assim e todos os motivos para pensar o contrário, exceto pelas palavras de despedida do amigo e seu próprio sentimento. Uma noite ele contou à Srta. Davenshaw o que sentia, que talvez Mar não estivesse morto. A Srta. Davenshaw apenas o puxou para perto e o abraçou.

O diário que ele lia todas as noites pertencera ao Dr. Berghast. Estava parcialmente queimado e tinha páginas faltando; a última capa fora arrancada inteira e o papel cheirava a fumaça, óleo e coisas mortas, e quando ele esfregava os dedos, eles ficavam com o mesmo cheiro. Às vezes ele tinha de deixar o diário um pouco de lado. Parecia uma relíquia daquela noite terrível. Pouca coisa naquelas páginas fazia sentido para ele. Havia colunas de números, ou datas, e rabiscos apenas parcialmente legíveis registrando cores e horas do dia, todos eles anotações de algum tipo de experimento. Tudo isso ele obedientemente lia em voz alta. Havia uma anotação registrando três nomes, com localizações descritas, que a Srta. Davenshaw lhe pediu que relesse várias vezes enquanto ela se mantinha sentada, com o rosto virado de lado e a testa franzida.

— São do glífico — murmurou ela finalmente. — As últimas descobertas do Sr. Thorpe. Crianças. Talentos. Elas ainda estão por aí, em algum lugar.

Charlie lembrou-se de seu próprio resgate feito pela Srta. Quicke e pelo Sr. Coulton, naquela cela em Natchez. Parecia que isso acontecera uma vida atrás.

— Como alguém vai encontrá-los agora?

Mas a Srta. Davenshaw apenas pediu para que ele marcasse o local e continuasse a ler. Muitas das páginas seguintes estavam faltando, mas às vezes ele ainda conseguia ler partes de anotações, e foi uma dessas leituras que fez a Srta. Davenshaw franzir a testa e se sentar ereta, como se estivesse esperando exatamente por essa passagem. Parecia uma espécie de anotação em um diário. Fazia menção a uma mulher chamada Addie, de uma comunidade construída com ossos. *Addie acredita ser possível guardar a passagem e manter seus monstros afastados*, escrevera Berghast. *Não é possível. Se houver uma porta, ela será aberta. Cedo ou tarde. Pois esse é o seu propósito, e todas as coisas desta terra, tanto animadas quanto inanimadas, devem cumprir seu propósito no tempo. Não se pode fechar os olhos e confiar que o horror fugirá. A única maneira de matar um monstro é enfrentá-lo em seu covil.*

Lentamente Charlie entendeu. Ele ergueu os olhos. Berghast estava escrevendo sobre um *orsine*.

Um segundo *orsine*.

Então um dia uma mão forçou a grande porta da frente, e em seguida veio o som de passos no vestíbulo do andar de baixo, e então Alice Quicke estava parada diante de Charlie, fitando-o espantada e muda, suas roupas imundas e seus olhos marcados por rugas e os ombros largos cansados. Ela parecia dez anos mais velha. Antes que ele pudesse dizer qualquer coisa, cercando-a por todos os lados, vieram Komako, Oskar e Ribs, embora o braço esquerdo de Ribs estivesse em uma tipoia e seu rosto anguloso parecesse mais pálido que o normal. Estavam todos rindo, falando uns por cima dos outros, e até a Srta. Davenshaw sorria solenemente.

— E onde está Lymenion? — perguntou ela, depois que haviam se acalmado.

Oskar franziu as sobrancelhas pálidas, a cara fechada.

— Ele nos ajudou a deter Jacob, Srta. Davenshaw. Mas eu posso fazer o Lymenion outra vez. Eu só preciso do material... certo.

— Ele quer dizer que precisa de alguns mortos — disse Ribs, prestativa.

— Ah, Lymenion não se foi para sempre. Não se pode matar um gigante de carne, pode?

— Não — respondeu Oskar com firmeza.

— Obrigado, Eleanor, já basta — disse a Srta. Davenshaw. Havia um leve sorriso em seus lábios. Parecia que uma parte dela estava retornando, e ela se empertigava com um prazer altivo. — Vamos ao que interessa primeiro. Suponho que vocês não tenham comido. E qual foi a última vez que tomaram banho? O que estão vestindo?

Quando os dedos da Srta. Davenshaw começaram a investigar o estado de seus pupilos, Charlie viu Komako olhando para ele atentamente, examinando seu rosto, com profunda simpatia, e sentiu um calor subir até suas bochechas. O que ela viu? Os olhos dela se demoraram na cicatriz nova e inchada na sua palma. Ele fechou a mão, escondendo-a, desconfortável, tímido. Gostou da aparência dela, mesmo bagunçada, suja e cansada. Sua trança comprida estava enrolada em torno da cabeça.

— O que aconteceu com sua mão? — perguntou ela baixinho, de modo que só ele pudesse ouvir. — Charlie...?

Ele começou a responder, a contar sobre seu talento, mas percebeu que não podia. Ele balançou a cabeça, desviou o olhar.

— Achamos que você estava morto — disse ela. — Eu achei que você estava morto. Todos nós vimos a ilha explodir.

— Sim. Eu... Eu escapei.

— Obviamente. — Ela arqueou uma sobrancelha fina e, por um breve momento, Charlie viu a velha Komako, a garota sarcástica, aquela que não facilitava as coisas para ele. Mas com a mesma rapidez esse lado dela se foi, e essa nova expressão preocupada baixou sobre seu rosto como um véu. Ver isso o deixou triste, embora ele não entendesse o porquê. Foi só mais tarde que se deu conta de que ela não havia perguntado sobre Marlowe, nenhum deles. Era como se soubessem. Havia uma distância nela agora, alguma coisa tácita, e ele soube então que todos eles estavam mudados, completamente mudados, e não havia volta ao que era antes.

* * *

Naquela noite eles se reuniram em frente à lareira no salão e ali Alice contou o que havia acontecido. Ela falou sobre a morte de Jacob Marber, como Lymenion terminou e sobre o ataque do suctor Coulton. O chaviato tinha salvado todos eles. Ribs estava sangrando muito quando a ilha ruiu e eles haviam pegado os cavalos e fugido das ruínas em chamas do Cairndale, indo para Edimburgo. Eles eram quinze, os que escaparam. Tinham ficado com a alquimista, a velha Sra. Ficke, enquanto Ribs sarava. Os jornais haviam enlouquecido com especulações sobre a destruição do instituto. A polícia local estava à procura de testemunhas. Alice temera que Berghast, a *drughr* ou algo pior ainda os estivesse caçando, e por isso não quis ficar na Escócia. Então viera para Londres e deixara as outras crianças, todas as onze, aos cuidados de Susan Crowley. Se alguém podia mantê-las seguras, era a Srta. Crowley. Claro que Ribs, Oskar e Komako haviam se recusado. Então tinham vindo para cá, para a Nickel Street West, porque Alice não sabia para que outro lugar ir.

Quando Alice terminou de falar, Charlie contou brevemente sobre Marlowe, a Sra. Harrogate, o Dr. Berghast e o *orsine*. Ele falou sobre a perda de seu talento e ergueu a mão para mostrar a cicatriz. Não tinha disposição para falar muito sobre o assunto. Os rostos de seus amigos estavam abatidos e tensos, e Oskar parecia prestes a chorar quando ouviu como Marlowe tinha saído do *orsine*, que estivera lá o tempo todo e como se sacrificara.

Depois disso, a Srta. Davenshaw contou sobre os acontecimentos após aquela noite, sobre o corpo da Sra. Harrogate, a jornada deles para o sul e o diário que ela pegara no estúdio do Dr. Berghast. Por último, ela falou sobre os escritos de Berghast a respeito de um segundo *orsine*. Era real, disse ela; já existira no passado; talvez ainda existisse. O restante dessa anotação estava faltando. Mas certamente ainda havia pistas a serem descobertas no diário.

— Em algum lugar existe outro portal — explicou ela, sentada muito ereta e imóvel. — Existe outro caminho para esse outro mundo.

Komako balançava a cabeça.

— Por que isso é importante, Srta. Davenshaw?

Charlie olhou para ela, e em seguida para todos os seus amigos.

— Marlowe selou o *orsine*. Depois que Berghast... caiu. Talvez ele ainda esteja vivo lá. Eu preciso descobrir, Ko. Preciso saber com certeza.

— Você acha que ele... sobreviveu? — sussurrou Oskar.

Charlie assentiu.

— E Berghast? — perguntou Komako. — Acha que ele sobreviveu também?

Charlie fez uma pausa.

— Não sei.

Os olhos verdes de Ribs se estreitaram.

— O que você tem esperanças de fazer, Charlie? Aquele canalha tirou o seu talento.

— De fato, Srta. Ribbon — disse a Srta. Davenshaw, voltando seu rosto severo na direção da garota. — Mas existem outras maneiras de existir no mundo. Nem toda mudança é uma perda.

A expressão de Charlie era de determinação. Ele sabia que eles tentariam convencê-lo a desistir do que estava prestes a dizer.

— Eu vou procurar o segundo *orsine* — anunciou ele. — Vou encontrá-lo. E então vou tirar Marlowe de lá.

Ninguém falou nada. Alice tirou o chapéu e passou as mãos pelos cabelos louros oleosos. Então tornou a colocar o chapéu. Seus olhos eram duros como granito.

— Muito bem — disse ela. Seus olhos fitaram os de Charlie. — Então vamos encontrá-lo.

AGRADECIMENTOS

Em primeiro lugar, Ellen Levine, agente e amiga, sem a qual este livro não existiria. Nenhum escritor poderia pedir uma defensoria mais feroz, gentil e capaz. Também: Audrey Crooks, por sua incansável assistência, Alexa Stark, Martha Wydysh, Nora Rawn, Stephanie Manova e todos da Trident Media que ajudaram a tornar este livro possível.

Megan Lynch, da Flatiron Books, foi um presente de Deus, a editora mais brilhante, sensível e delicada que um autor poderia desejar. Foi minha maior sorte trabalhar com ela. Também: Kukuwa Ashun, guru organizacional, que manteve tudo nos trilhos o tempo todo. Keith Hayes, designer de uma capa absolutamente maravilhosa. Malati Chavali, Marlena Bittner, Katherine Turro, Nancy Trypuc, Cat Kenney e Claire McLaughlin, por suas ideias brilhantes. Erica Ferguson, extraordinária preparadora de originais. Ryan Jenkins e Hazel Shahgholi, revisores inestimáveis. A Flatiron é incrível.

Jared Bland, da McClelland & Stewart, fiel apoiador deste livro desde o início. Sinto que tenho uma sorte incrível por ter entrado em sua órbita e por poder contar com seu olho na minha escrita. Também: Tonia Addison, Erin Kelly, Sarah Howland, Ruta Liormonas e todos na M&S.

Alexis Kirschbaum, da Bloomsbury, cuja cordialidade e entusiasmo por este projeto me ajudaram a persistir. Também: o restante da equipe da Bloomsbury, especialmente Philippa Cotton, Emilie Chambeyron, Stephanie Rathbone e Amy Donegan.

Rich Green, do Gotham Group, profissional maravilha, por toda a sua fé e apoio.

Acima de todos, sempre: Jeff, Kevin, Brian, meus pais. Cleo & Maddox, que sonham mundos em palavras todos os dias. E Esi, meu amor, meu talento, com quem tudo começa e termina.

Impressão e Acabamento:
BARTIRA GRÁFICA